김화영의
번역수첩

김화영의
번역수첩

김화영 지음

문학동네

번역,
'시작'의 두려움
뒤에 숨다

정확하게 세어본 것은 아니지만, 1969년 르 클레지오의 산문 『침묵』을 번역한 이래 내가 지금까지 약 46년 동안 번역 출판한 책이 100권은 넘는 것 같다. 저서의 수가 그 이상인 이도 있고 전문 번역가들 중에는 200권이 넘는 책을 번역 출판한 이도 있다. 거기에 비하면 그리 대단한 것도 아니다. 그러나 나 자신은 뒤를 돌아보며 그 숫자에 놀란다. 스스로 쓴 저서보다 다섯 배도 더 많은 책을 나는 번역한 것이다. 뭘 이렇게 많이 번역했단 말인가. 무슨 쓸데없는 일에 이리도 오래 골몰했던 것일까?

나는 왜 이렇게 번역에 매달렸을까?

이 질문에 대한 답은 쉽지 않고 단순하지도 않다. 그러나 적어도 한 가지 '혐의'만은 지워지지 않고 마음 한구석에 어둡게 남아 있다. 어쩌면 나는 내 글을 쓰는 대신 번역을 하면서 나 자신의 글쓰기에 알리바이를 만들고 그 환상 뒤에 숨고 싶었을지도 모른다. 나는 늘 글쓰기에 매혹되면서 글쓰기를 두려워했다. 정확하게 말해서, 나는 늘 글의 첫 문장을 '시작'하는 것이 두렵다. 그것이 시든 산문이든 평론이든, 짧은 글이든 긴 글이든 첫 문장의 시작을 못해서 늘 다른 책을 읽고 노트에 끼적대고 음악을 듣고 친구를 만나고 잠을 자고 술을 마시고 여행을 떠나고 거리를 헤맨다. 그러나 일단 첫 문장을 시작하면 불안정한 걸음걸이로나마 앞으로 나아갈 수가 있다. 정말 나의 글쓰기에 있어서는 진정으로 시작이 반이다.

그런데 번역은 누군가, 그것도 대부분 내가 글쓰기라는 면에서 좋아하고 찬미하는 터인 누군가 이미 시작해놓은 것을 뒤에서 따라가면 된다. 그야말로 나의 가장 고통스러운 어떤 것을 대신 해준 사람의 노고에 편승하는 일이다. 일단 시작하면 그다음부터는 호랑이 등에 올라탄 것처럼 두려워도 달려야 한다. 그 등에서 내리면 잡아먹힐 것 같으니까. 아니, 잡아먹겠다고 위협하는 쪽이 이번에는 나 자신이 된다. 그래서 두렵고 힘겨워도 앞으로 나아가야 한다. 이런 과정이 알게 모르게 수십 년간 되풀이되었다. 내가 '시작'을 하지 않아도 된다고 해서 번역의 과정이 어찌 즐겁기만 하겠는가. 더러는 도중에 포기하고 싶어지기도 한다. 그러나 나 자신의 글쓰기와는 달리 번역은 오랫동안 덮어두었다가 다시 시작해도 큰 손상이 따르지 않는다. 가끔 너무 힘든 순간이 찾아올 때면, 자신이 위대한 작곡가의 곡을 해석하는 일종의 연주자라고 자위해보기도 하고, 위대한 작품을 정독하는 가장 유별난 방식이 번역이라고 변명도 해본다.

그런데 한 권의 책을 번역하는 오랫동안의 수고가 끝나면, 완주 지점에 어렵게 도착한 마라톤 선수에게 한 바퀴만 더 돌고 오라는 주문처럼 또하나의 고단한 일이 눈앞에 놓인다. 그것이 바로 '역자 후기'라는 글쓰기의 주문이다. 더러는 짧은 안내나 여담으로 끝내버린 경우도 있고 더러는 긴 '해설'로 장황스럽게 벌여놓은 글도 있다.

여기에 한데 묶어 펴내는 글들은 바로 지치고 지친 마라톤 주자가 마지막 남은 기운을 긁어모아 단내 나는 호흡으로 추가하여 질주한 한 바퀴의 기록들이다. 책을 내기 위하여 오랫동안 먼지에 쌓인 책들을 뒤적거리자니 문득 중국 설치작가 송동이 2006년 광주 비엔날레에 출품하여 대상을 받은 작품 〈버릴 것 없는Waste not〉이 생각났다. 작가는 그의 아버지가 세상을 떠나자 상심한 어머니를 위로하기 위하여 어머니가 50여 년 동안 버리지 않고 집안에 무질서하게 쌓아두었던 옛날 물건들, 헌책, 신문, 박스, 볼펜, 장난감, 옷가지, 가구, 신발, 텔레비전 등 1만여 점의 물건들을 꺼내어 어머니의 기억이나 역사적 순서에 따라 정성껏 정리 배열하였다. 한 생애의 시간이 설치공간으로 정리되어 눈앞에 놓인다. 이 작품은 곧 문화혁명을 포함한 사회적 격변기에 중국을 살았던 한 서민 가정의 내밀한 역사인 동시에 외로움과 슬픔에 쌓인 채 고립되어 있던 어머니를 다시 세상으로 나오게 한 치유의 과정이기도 하다. 나는 오랜 세월에 걸쳐 쓴 '역자 후기'들 중 대부분을 버리고 글 자체의 가치나 흥미보다는 번역 대상이 된 책들의 성격이나 가치에 따라 그중 몇 편만을 추렸지만, 이 역시 한 시대를 살았던 내 먼지 앉은 내면적 기억들을 정리하여 스스로의 마음을 쓰다듬고 치유하고 이해하려는 한 방법인지도 모른다.

『카뮈 전집』은 전 20권을 별도로 출판하였으므로, 그중 『이방인』의 '해설'이 아닌 짧은 머리말, 전집을 마감하며 제20권째로 번역한 『시사평론』의 「번역을 마치며」, 그리고 전집에는 포함하지 않고 별도로 출판한 『카뮈-그르니에 서한집』의 '역자의 말'만을 여기에 남겨놓았다.

이 책은 김민정 시인의 너그러운 시선과 열정적인 도움, 그리고 대한민국예술원의 지원에 힘입어 세상에 나올 수 있게 되었다. 진심으로 감사드린다.

2015년 11월
김화영

차례

2부

내 인생의 작가와 작품

3부

프랑스 문학, 프랑스 문화 깊이 읽기

언어, 문학, 번역
그리고 나

언어, 문학, 번역
그리고 나*

나는 오랫동안 대학에서 강의하는 것을 직업으로 삼았을 뿐 생계를 위하여 일하는 전문 번역가는 아니다. 나는 뒤늦게야 거의 백 권 가까이 번역했다는 사실을 알게 되었다. 프랑스어 텍스트를 한국어로 번역한 것이 대부분이고 한국 소설이나 시를 프랑스어로 번역한 경우도 있다. 나는 실제 번역을 통해 무수한 문제들과 마주치면서 그럭저럭 성공하거나 거의 실패에 가까운 결과에 이르렀다. 그러나 정작 번역에 대하여 깊이 연구하거나 설명 혹은 비평하는 데 큰 관심

* 2010년 9월 13일, 한국문학번역원 주최 제4회 세계 번역가 대회 〈번역의 진화〉에서 가진 기조 강연 원고.

을 기울이지는 못했다. 무관심했다기보다는 직접 번역을 하면서 구체적인 문제에 직면하여 고민하는 것만으로도 시간이 부족했기 때문일 것이다.

나는 오늘 이 자리에서 이론적인 반성이나 검토보다는 단순히 '언어, 문학, 번역'과 관련하여 나의 지나온 삶의 경험을 이야기하고자 한다. 따라서 오늘 나의 이야기는 '어떻게 번역할 것인가?'보다는 '나는 왜 번역을 하게 되었는가?' '나에게 번역이란 무엇인가' '나는 무엇을 번역하고자 했는가?' 등의 질문에 대한 대답 혹은 설명의 시도라고 하겠다.

서울말 배우기

나의 의식적인 삶은 '타자'와의 만남으로부터 시작되었다고 할 수 있다. '타자'와의 만남은 나와 세계 사이에 가로놓인 소통의 어려움에 대한 의식을 의미하고 그 의식을 출발점으로 나 자신을 객관화하여 바라보는 능력의 배양, 그리고 타성에 젖은 일종의 쇼비니즘에서 해방되려는 노력을 의미한다. 타자와의 만남 중 두 가지 경험만 말해보겠다.

나는 경상북도의 산골 마을에서 태어나 어린 시절을 보냈다. 열세 살 되던 1955년 봄, 나는 초등학교를 졸업하고 혼자 기차를 타고 서울로 올라와 중학교에 입학했다. 낯선 곳에서 경이롭고도 두려운 '타자'와 만난 것이다. 한국전쟁이 끝난 지 2년이 채 되지 않은 때였다. 수도 서울의 중심부는 거의 폐허였다. 그곳에서 처음 만난 '타자'는 '서울말京辭, 어쩐 말'이라는 낯선 언어의 모습으로 나타났다. 당시는 교통, 정보, 경제적 장애 때문에 원거리 유학이 쉽지 않았다. 내가 입학한 중학교에서는 거의 예외 없이 토박이 서울말만이 통용되고 있었다. 나는 주류 언어를 습득하지 못한, 유일한 시골 출신의 '미운 오리 새끼'가 되고 말았다. 소외되어 조롱당하지 않기 위해서 '타자의 언어'를 신속하게 습득하는 일이 급선무였다. 이 언어 습득에는 교사가 따로 없었다. 같은 한국어였지만 어휘, 어미 변화, 특히 억양에 있어서의 미묘한 차이는 배우기 쉽지 않았다. 어린 나는 차이를 '눈치'로, 즉 세심한 주의와 발견을 통해서 신속하게 숙지하고 적응해나가지 않으면 안 되었다.

소통과 관련하여 흔히 거론되는 '발신자'와 '수신자'의 관계는 번역 이론에서 말하는 '기점 언어-목표 언어(출발어-도착어)' 모델과 상통하는 것이다. 두 가지 다 판독과 해석의 과정, '약호 조립-약호 풀이'라는 처리 과정을 거친다. 한 언어와 다른 언어 사이에서나 동일한 언어 내에서나 '소통'은 언제나 일종의 '번역'이다. 모든 번역 이론가들이 지적하듯 '번역을 연구한다는 것은 언어를 연구하는 것이다'. 내가 위기의식과 함께 이 점을 깨달은 것은 이 무렵이었다. 고독하고 고통스러운 언어 습득이 어느 정도 궤도에 이르렀을 무렵, 첫 여름방학을 맞아 귀향한 날, 밥상머리에서 부모님과 형제들에게 나는 또다시 조롱의 대상이 되었다. "야가 언제부터 이리 어쩐 말을 잘 씨부리게 됐노······" 나는 '우리'의 낯익은 세계에서 다시 미운 오리 새끼가 된 느낌이었다.

이리하여 나는 언어의 여러 층위와 미묘한 음성학적 차이에 민감해졌다. 한편, 고향의 광범위한 지역 일원에 널리 알려진 규방가사 작가였던 나의 조모는 『몽유록』을 위시하여 여러 편의 규방가사를 남겼다. 뿐만 아니라 어린 나의 머리맡에서 항상 우리의 고전소설 『춘향전』 『사씨남정기』 『숙향전』 등을 일정한 박자와 리듬에 실어 암송하면서 가사노동의 시름을 달래는 습관이 있었다. 이 또한 어린 나의 언어 감각을 키우는 데 큰 영향을 주었을 것이라 생각된다.

어린 나는 부모와 멀리 떨어진 곳에서 생활하는 동안 외톨이의 고독감과 민감해진 언어적 감각이 한데 어우러지면서 점차 시 읽기와 쓰기에 몰두하게 되었다. 당시 명성 높은 소설가, 평론가였던 국어교사들 역시 나의 언어 감각에 큰 영향을 끼쳤다. "눈물 아롱아롱/ 피리 불고 가신 님의 밟으신 길은/ 진달래 꽃비 오는 서역 삼만 리/ 흰 옷깃 여며 여며 가옵신 님의/ 다시 오진 못하는 파촉 삼만 리// 신이나 삼아줄 걸 슬픈 사연의/ 올올이 아로새긴 육날 메투리/ 은장도 푸른 날로 이냥 베어서/ 부질없는 이 머리털 엮어 드릴걸". 미당 서정주 선생의 이런 리드미컬한 시를 처음 만난 것도 이 무렵이었다. 나는 어떤 슬픔의 정조와 더불어 그 정조를 싣고 흐르는 미당 선생 시의 운율 속에서 어린 시절 내 몸안으로 들어온 생래적 노래의 물결과 재회하는 느낌이었다.

이때 이후, 언어와 문학에 대한 관심과 천착은 나의 변함없는 운명이요 천직이 되었다. 나는 지금까지 한 번도 장래의 진로 문제 때문에 고민해본 적이 없다. 그저 언어와 문학의 길을 계속하여 나아가면 되는 것으로 알고 살아왔다. 그리고 그런 삶이 마음에 들었고 행복했다.

프랑스어 배우기

나는 상과대학에 진학하라는 아버지의 권유를 물리치고 문과대학의 불문과에 진학했다. 내 가정 환경의 모태였던 유가儒家의 고루한 예절, 사고방식, 학습 방식의 구속으로부터 해방되고 싶었고, 다른 한편 번역판으로 간신히 접하여 감동받은 앙드레 지드 등 몇몇 프랑스 작품들을 원어로 읽는 것이 꿈이었다. 일제강점기 지식인 세계의 지배적 분위기에 영향을 받아 당시 이 나라의 지식인, 특히 문학인들의 세계에서 불문학은 선망의 대상이었다. 내게 대학 시절은 가난했지만 빛나는 자유의 체험이었다. 대학에 입학한 1961년은 4·19 학생혁명의 회오리가 막 지나간 축제 마당이었고, 또한 전후의 폐허로부터 조금씩 정신을 추스르기 시작한 이 나라에서 처음으로 몇 종의 세계문학전집과 포켓판 문고본들을 통해 외국 문학 작품들이 번역되어 쏟아져나오기 시작했을 뿐 아니라, 이 나라 최초의 『불한 佛韓 소사전』이 서점에 등장한 해로 기록된다. 언어, 문학, 번역의 측면에서 볼 때 특히 중요한 사실이 또하나 있다. 나는 이른바 '4·19세대' 혹은 '한글세대'에 속한다. 즉 일제강점기에 성장하고 교육받은 관계로 일본어를 공용어와 교육 수단으로 강요받아온 앞선 세대와 달리 우리는 해방 전후에 태어나 일본어 교육을 강요받지 않고 전 과정을 한국어로 교육받고 한국어만을 사용한 첫번째 세대, 즉 일본어를 거치지 않고 직접 외국어(영어, 독일어, 프랑스어)를 배우고 읽고 번역하지 않으면 안 되는 세대였던 것이다. 우리는 처음으로 전쟁에 동원되는 일 없이 평화 속에서 모든 정규 교육 과정을 결손 없이 이어갈 수 있었던 행복한 첫번째 세대였다.

대학에는 한국 불문학계에서 명성 드높은 교수들이 포진하고 있었지만 강의는 휴강이 잦았다. 불문과 강의는 대부분 강독으로 진행되었다. 물자가 부족한 시대였으므로 원서를 구하는 것은 지극히 어려웠다. 교재는 질 나쁜 종이에 조악하게 등사된 프린트나 얄팍한 원서 문선집文選集, pages choisies이 고작이었다. 그 교실에서 나는 '해석'이라는 외국어 교육 방식을 통해서 알지 못하는 사이에 일종의 '번역' 연습을 하고 있었던 것이다. 한편 나는 고등학교 때의 관심을 이어 대학에서도 시를 썼고 발표했다. 나의 관심은 언제나 언어가 가진 결과 풍미와 그 무한한 가능성에 집중되었고 나의 정신은 두 개의 언어와 문학 사이를 끊임없이 왕래했다. "인식connaissance은 곧 비교comparaison"라는 시인 클로델의 말은 나의 정신의 일관된 존재 방식, 실천 양식이 되었다.

프랑스, 그 타자의 충격

내가 진정으로 '타자'의 세계 그 자체를 만나게 된 것은 1969년 말, 프랑스 정부 장학생이 되어 프랑스의 엑상프로방스 대학으로 유학을 가게 되면서였다. 그때까지 받아온 대부분의 프랑스어 교육이 책을 통한 읽기, 즉 해석하기와 문법 습득이 주종을 이루고 있었으니 말하는 습관을 익힐 기회는 거의 없었다. 이런 상태에서 돌연 프랑스의 대학 생활 속으로 던져진 나의 경험은 충격 그 자체였다. 박사 과정과 별도로 학부 과정 강의를 수강하기 시작했다. 첫 강의는 에밀 졸라에 대한 것이었다. 소설 『제르미날』은 첫 페이지부터 탄광 광부들의 채탄 과정, 낯선 도구들, 그들의 일상생활과 관련된 전문적 어휘들로 가득차 있었다. 교수는 강단에서 빠른 속도로 말을 했고 프랑스 학생들은 그 빠른 말을 빠짐없이 받아 적었다. 그들의 노트는 해독 불가능한 암호와 기호로 가득한 속기록이었다.

대학 강의실만이 아니라 기숙사에서 만난 친구들과의 일상적인 대화마저도 쉬운 일이 아니었다. 대학 식당에서 한 프랑스 친구를 만난 나는 친근감을 나타내기 위하여 말을 붙여보고 싶었다. 즉 "헬로" "안녕" "살뤼salut, 친한 친구 사이에 가볍게 하는 인사" 같은 '친교적 기능fonction phatique'을 수행할 기회였다. 나는 "식사했니?" 하고 말을 붙이고자 했다. 이것은 "너 밥 먹었니?"라는 구문에 해당된다. 내 머릿속에서는 이 평범한 한국어 구문이 신속한 통사론적 분석을 거쳐 프랑스어로 번역되는 과정을 밟고 있었다. 그런데 '식사'를 상징하는 프랑스 사람의 주식은 '밥'이 아니라 '빵'이다. 따라서 문화적 상응관계를 바탕으로 유추해낸 목적어와 함께 내 입에서 나온 번역판 의문문은 이러했다. "Est-ce que tu as mangé du pain?(너 빵 먹었니?)" 친구는 즉시 다음과 같이 되물었다. "Du pain? Mais quel pain?(빵이라니? 아니, 무슨 빵?)" 프랑스어에서도 "식사했니?"라는 질문은 한국어처럼 목적어를 생략하고 '먹다' 동사를 자동사로 활용하여 그저 "Tu as mangé?(너 먹었니?)"라고 표현하면 된다는 사실을 나는 알지 못했던 것이다.

사정이 이러하다보니 나는 대화에서 항상 말하는 쪽이 아니라 미소 지으며 상대방의 말을 경청하는 쪽이 되어버렸다. 내가 침묵을 지키며 짓는 '동양적' '낙천적' 미소는 사실상 언어 능력의 결핍을 은폐하는 가면이었다. 그러나 달변의 타자는 나를 침묵의 피난처 속에 늘 방치해두지는 않았다. 자신의 의견에 대한 반응을 확인하기 위한 질문을 던지는 것이다. 이때 나는 대개 긍정으로 대답했다. 부정으로 답할 경우는 복잡하게 그 이유를 설명해야 하기 때문이다.*

첫 번역 작품 이후의 반성—내가 좋아하는 텍스트만을 번역한다

나의 첫 번역 경험은 1974년 여름, 내가 프랑스에서 박사학위를 받고 귀국한 직후에 찾아왔다. 오랜 외국 생활을 청산하고 귀국하여

---

* 소설 『이방인』의 첫머리에 등장하는 상황이 이런 경우일 것이다. "잠을 깨고 보니 나는 어떤 군인의 어깨에 기대어 있었는데, 그는 나에게 웃어 보이며 먼 데서 오느냐고 물었다. 나는 더 말하기 싫어서 '네' 하고 대답했다."

거처마저 마땅치 않았던 나에게는 서울이 오히려 '타자'의 세계처럼 낯설었다. 대학에 교직을 얻기까지 기다리는 동안 당장 생계를 해결해야 하는 나를 딱하게 본 누군가가 내게 번역 일거리를 주선해주었다. 출판사의 청탁을 받고 내가 처음 해본 번역은 프랑수아즈 사강의 신간 소설 『잃어버린 얼굴』이었다. 번역은 그다지 어렵지 않았지만 나의 선택이 아니라 생계의 수단이었다는 점이 따분했다. 원작에 감동받아 시작한 일이 아니었으므로 문장의 묘미나 번역의 재미에 끌리기는 어려웠다. 그러나 이 경험은 중요했다. 반성의 계기가 되었기 때문이다.

곧 대학 강단에 서게 되면서 출판사나 잡지사로부터 번역 청탁을 받기도 했지만 나는 반드시 텍스트가 번역할 만한 흥미와 가치가 있는가에 따라 결정을 내렸다. 즐거운 번역만을 하기로 한 것이다. 내게 중요한 것은 어떻게 번역할 것인가보다 무엇을 번역할 것인가였다. 나는 수동적으로 청탁받기에 앞서 먼저 번역 소개할 서적을 정하고 출판사와 접촉하는 방법을 택했다. 물론 교섭은 그리 쉽지 않았다. 당시 출판계는 외국 정보에 어두웠다. 문학 서적의 경우, 출판사들은 기껏해야 노벨상 수상 작가의 작품이나 프랑스의 공쿠르상 수상작에 매달렸다. 널리 알려지지 않은 작가의 작품을 처음으로 번역한다는 것은 모험이었다.

장 그르니에의 「섬」, 미셸 투르니에와 파트릭 모디아노를 소개하다

한 예로 장 그르니에의 철학적 에세이 『섬』의 번역 출판 과정을 들수 있다. 나는 오래전부터 카뮈의 스승이었던 철학자 장 그르니에의 몇몇 저작들을 읽고 깊은 감명을 받았기에 그의 대표적인 저작인 『섬』을 번역하기 시작했다. 몇몇 출판사에 이 책의 출판을 제안했을 때 그들의 질문은 늘 같았다. "이 저자 유명한 사람입니까?" 당시 국내에서 장 그르니에라는 이름을 아는 독자는 거의 없었다. 무려 다섯 곳의 출판사가 거절했다. 나는 결국 월간 문예지 『문학사상』에 『섬』의 첫번째 산문 「공작孔雀의 매혹」을 번역 소개했다. 독자의 반응은 즉각적이었다. 거절했던 출판사로부터 연락이 왔고 책은 출판되었고 좋은 판매 성적을 얻었다. 이와 같은 방식으로 나는 르 클레지오, 파트릭 모디아노, 미셸 투르니에, 크리스토프 바타유, 로맹 가리, 로제 그르니에, 에마뉘엘 로블레스 등 프랑스의 유수한 현역 작가들을 우리나라에 처음으로 소개할 수 있었다.

1970년대 말 나는 다시 약 2년간 프랑스에서 체류하게 되었다. 나는 1969년 유학생으로 프랑스에 도착한 이래 줄곧 『르 몽드 데 리브르』나 『마가진 리테레르』 같은 프랑스의 서평지와 문예지를 거의 빠짐없이 구독하는 것을 습관으로 삼아왔다. 그와 같은 지속적 관심은 지난 30~40년간 프랑스 문단과 독서계의 동향을 관찰하면서 살아 움직이는 프랑스 문단 분위기를 파악하는 데 필수적이었다. 우리나라 대학에서 외국 문학을 전공하는 교수들이나 연구자들이 관심을 가지는 대상은 주로 평가가 안정적인 1960년대 이전의 '고전'에 한정되어 있다. 그 결과 오늘의 프랑스 문학의 흐름에 대해서는 무관심하기 쉽다. 나는 1978년 어느 날, 한 친구로부터 편지를 받았다. 출판사를 개업한 그는 내게 출판에 적당한 책이 있으면 한 권 번역을 해달라고 부탁했다. 나는 미셸 투르니에의 소설 『방드르디, 혹은 태평양의 끝』을 번역하여 보냈다. 내가 오래전부터 주목하고 있던 작가의 대표작이었다. 번역 원고를 받은 친구의 출판사로부터는 1년이 다 되도록 소식이 없었다. 소설이 길고 무겁고 난해한 탓인 듯했다. 걱정이 된 나는 『방드르디, 혹은 태평양의 끝』의 출판을 보류하도록 요청하고 그 대신 당시 호평을 받으며 공쿠르상 후보에 자주 오르던 파트릭 모디아노의 소설 『어두운 상점들의 거리』를 번역하여 보냈다. 그러나 출판사는 두번째 원고를 받고도 또 주저했다. 그러는 사이에 모디아노는 그해 공쿠르상을 수상했다. 당시 한국에서는 늘 그랬듯이 여러 출판사가 경쟁적으로 이 책의 번역 출판에 열을 올렸다. 수상 소식을 접한 다른 출판사가 여러 역자를 동원하여 신속하게 번역했다는 소문과 함께 책이 나오고도 한참이 지난 뒤에야 나의 묵은 번역 원고가 출판되었다. 베스트셀러 번역에 연연하는 듯한 인상이 거부감을 주었다. 한국이 아직 세계 저작권 협약에 가입하지 않았던 시절의 이야기다.

1986년에 와서야 한국의 출판계는 그 선사 시대를 뒤로하고 새로운 국제적 환경 속으로 진입했다. 한국도 '세계화 시대'에 적응하기 위하여 국제 저작권 협약에 가입하지 않을 수 없었다. 이 새로운 환경은 나의 번역 방식에 결정적인 영향을 끼치게 되었다. 소설 『방드르디, 혹은 태평양의 끝』을 통해서 처음으로 국내에 소개한 바 있는 미셸 투르니에의 흥미로운 신간 에세이 『생각의 거울』이 출간되자 그 일부를 번역해보고 출판사에 번역권 구입을 제안했다. 내 번역이 어느 정도 신용을 얻어 출판사들이 곧잘 내 청을 들어주곤 했던 때였다. 놀라운 답이 왔다. 문제의 책은 『상상력을 자극하는 101가지 방식』이라는 제목으로 다른 출판사에서 번역 출간되어 이미 서점에 나와 있었다. 책을 읽고 그 일부를 번역해본 다음 출판사들과 교섭하는 느린 방식은 새로운 환경에 적응하기 어렵게 되었다. 출판사들이 난립하고 그사이에 양성된 수많은 번역자들이 '장사가 된다 싶은' 책을 골라 신속하게 번역서들을 쏟아내기 시작한 것이다.

다른 문제도 있었다. 한국에서는 그동안 장편소설보다 단편집이 훨씬 더 많이 출판되었고 독자들은 단편소설에 익숙해진 편이었다. 반면에 모파상의 나라 프랑스에서는 기이하게도 단편소설집을 만나기란 그리 쉽지 않다. 나는 오랫동안 프랑스의 문예지나 단편집을 읽으면서 주목할 만한 작품들을 골라두었다가 여러 작가들의 단편소설들을 묶어 『새들은 페루에 가서 죽다』(선집 속에 포함한 로맹 가리의 단편 제목)라는 한 권의 단편 선집을 번역 출판했다. 문단과 독자의 좋은 반응을 얻었던 이 책은 '번역권'이 문제되면서 서점에서 사라져버렸고 다시는 부활하지 못했다. 같은 제목의 로맹 가리 단편집이 번역권을 얻어 출판된 것이다.

그러나 이 새로운 환경 속에서 베스트셀러 동향에 정통한 출판사들, 번역자들과 경쟁하지 않고도 할 일은 없지 않았다. 전공인 불문학 연구와 관련된 서적들은 전문성이 필요했다. 나는 우선『프랑스 현대 시사』『프랑스 현대 소설사』『현대 소설론』『오늘의 프랑스 철학』 등을 번역하여 교재로 사용할 수 있었다. 다른 한편 고전이 된 말라르메 시선『목신의 오후』『레오폴 세다르 셍고르 시선』, 자크 프레베르 시선『절망이 벤치에 앉아 있다』 등 몇 권의 시선집도 번역했다. 또 알베르 카뮈를 연구하는 과정에서 알게 되어 친근하게 된 카뮈의 옛 친구들, 가령 작가 에마뉘엘 로블레스, 로제 그르니에, 그리고 나의 박사학위 지도 교수였던 작가 레몽 장 등의 소설들을 우리 독자에게 처음으로 소개하는 일도 나에게는 즐겁고 중요한 일이 되었다.

세번째로 내가 오래전부터 많은 관심을 가져왔던 조형 예술 분야의 서적들이 있다. 나는 특히 상상력과 관련된 일련의 저작들 중에서 탁월한 미술사가인 르네 위그의 저작에 깊은 감명을 받은 바 있었다. 그의 저서『예술과 영혼』의 번역은 미술계 인사들로부터 좋은 반응을 얻었다. 그후 미술과 관련된 서적들을 여러 권 번역하게 되었다.

네번째, 나는 자녀들이 성장하는 과정에서 그들에게 책임감을 가지고 권할 수 있는 책들이 많지 않다는 사실을 발견했다. 나는 자녀를 키우는 젊은 여교수들과 함께 '우리 자녀들에게 권하고 싶은 어린이 책'을 찾아보기로 했다. 이것이 어린이 책 번역에 관심을 갖게 된 계기였다. 나는 많은 어린이 책들을 찾아 읽고 번역했다. 그러나 지금은 그 일마저 신속한 경쟁의 세계에 편입되었다. 나의 자녀들은 성장했고 나는 이제 더이상 어린이 책에 관심을 갖지 않아도 된다.

'카뮈 전집'과 고전의 새 번역

내가 가장 많은 노력과 정력과 시간을 할애한 것은 역시 개인적 전공인 '알베르 카뮈 전집'의 번역이라고 할 수 있다. 이 이야기는 오래전인 1974년 봄으로 거슬러올라간다. 나는 알베르 카뮈에 대한 박사학위를 받고 귀국하기 직전 파리에서 카뮈의 부인인 프랑신 여사를 만나게 되었다. 그분은 내게 어떻게 그 먼 나라인 한국에서 카뮈에 관심을 가지게 되었는지를 물었다. 나는 물론 청소년 시절부터 카뮈의 여러 번역본을 읽고 그의 작품 세계에 매료되었다고 설명했다. 이에 부인은 그토록 여러 작품이 번역되었으면서 어떻게 자기에게는 아무 연락이 없었는지 의문이라고 말했다. 저작권 협약에 가입하지 않은 탓이라 하지만 가령 소련 같은 나라에서는 번역서를 보내왔다는 것이었다. 나는 부끄러운 마음을 금할 길이 없었다. 귀국 후 1986년, 한 출판사가 카뮈 전집 번역 간행을 제의했다. 나는 전집 번역은 약속하지 않은 채 우선 국내에 온전한 번역으로 출간되지 않은 산문집 『결혼·여름』을 번역했다. 두번째로 소설 『이방인』의 새 번역과 관련하여 또다시 전집 기획이 제기되었다. 프랑신 여사의 말을 기억한 나는 프랑스 출판사로부터 번역권을 얻는다면 카뮈 전집의 번역에 착수하겠다고 대답했다. 나는 호랑이 등에 올라탄 기분이었다. 이렇게 하여 한국에서는 최초로 번역권을 정식으로 획득한 카뮈 전집이 간행되기 시작했고 나는 그로부터 23년이 지난 2010년에야 비로소 카뮈 전집 전 20권을 번역 완간, 호랑이 등에서 내릴 수 있었다. 그사이에 카뮈의 마지막 미완성 소설 『최초의 인간』이 프랑스에서 출판되었지만 번역권 문제로 나는 출판사를 달리하여 그 책을 번역 소개했다.

마르셀 프루스트의 『잃어버린 시간을 찾아서』

대학에서 정년퇴직이 가까워올 무렵부터 신간보다는 불문학 고전을 다시 읽고 번역하는 데 관심을 가져보기로 마음먹었다. 여기에 경쟁은 치열하지 않았다. 플로베르의 『마담 보바리』와 앙드레 지드의 『지상의 양식』 같은 고전의 새 번역은 이런 관심의 표현이었다. 또 대학원 학생들과 함께 프루스트의 긴 소설 『잃어버린 시간을 찾아서』를 정독하기 시작했다. 꼬박 4년 반이 걸렸다. 퇴직 후 나는 이 기나긴 문장, 끝이 보이지 않는 기나긴 소설을 번역하기 시작하여 지금도 계속하고 있다. 긴 시간과 인내를 요구하는 작업이다.

결론적으로 번역에 대한 나의 태도를 몇 가지로 요약하자면 다음과 같다.

첫째. 번역은 나의 생계 수단이 아니므로 내게 즐거움을 주는 텍스트, 나에게 의미 있는 책만을 골라 번역하기로 했다. 그렇게 함으로써 내가 번역 소개하기로 선택한 책과 그 저자의 목록만으로도 나의 '개성'의 한 표현이 되도록 노력했다. 프랑스의 경우 출판사에서 어떤 '총서'를 간행할 경우 그 총서의 책임자(디렉터)가 누구인가를 책의 머리에 표시한다. 알베르 카뮈는 갈리마르 출판사의 총서 'Espoir희망'의 책임자였다. 카뮈는 시몬 베유, 르네 샤르 등의 책을 그 총서에 포함시킴으로써 자신의 뜻을 표현했다. 나는 일련의 번역을 통하여 나를 표현하고자 했다. 그러할 때 가령 신경숙의 『오래전 집을 떠날 때』 같은 소설에서 다음과 같은 문장을 만나는 것은 뜻밖의 즐거움을 가져다준다. "그 소설 제목은 새들은 페루에 가서 죽다, 였지. 그녀는 그 소설의 제목에 반해 내용은 알지 못한 채 김화영 번역의 책을 사와서 다섯 번도 넘게 읽었다. 최근에 현대문학사라는 출판사에서 새 표지로 단장되어 나왔을 때 또 한 권을 샀다."

둘째. 번역을 하기 전에 텍스트 자체를 충분히 즐기고 이해하는 과정이 번역 못지않게 중요하다. 어떤 책이 정독하고 싶은 욕구를 자극하는가? 항상 이 질문에 답해야 한다. 번역에 앞서 그 텍스트의 해석과 이해를 위하여 그 책이나 작가에 관한 연구 과정을 거치는 것이 바람직하다. 『서정주 시선』을 프랑스어로 번역하기 전에 나는

『미당 서정주의 시에 대하여』라는 비평서를 먼저 냈다.

두 가지 예만 들어보겠다.

소설 『이방인』의 첫 줄 "Aujourd'hui maman est morte"를 반드시 "오늘 어머니가 돌아가셨다"가 아니라 "오늘 엄마가 죽었다"라고 번역해야 하는 것은 단순히 프랑스어 원문의 언어적 해석에만 근거한 것이 아니라 이 기이한 소설 주인공의 정교한 심리적 해석을 바탕으로 한 것이다. 주인공은 언제나 "엄마maman"라는 표현만을 사용한다. 이 단순하고 친근한 표현은 뒤이어 등장하는 전보문 속의 "모친 사망"이라는 격식 갖춘 문체와 강한 대조를 보인다. 이는 이 인물이 법정의 검사가 주장하는 것과 달리 자신의 어머니에 대하여 무한한 친근감을 가지고 있음을 말해준다.

프루스트의 『잃어버린 시간을 찾아서』의 첫 줄 "Longtemps je me suis couche de bonne heure(오랫동안 나는 일찍 잠자리에 들어왔다)"의 번역이 어려운 것은 이 짧은 문장 자체의 의미가 난해해서가 아니다. 이 첫 문장은 이 기나긴 소설의 마지막 권, 마지막 문장 "Aussi, si elle m'était laisée assez longtemps pour accomplir mon oeuvre, ne manquerais-je pas d'abord d'y décrire les hommes, cela dût-il les faire ressembler à des êtres monstrueux, comme occupant une place si considérable, à côté de celle si restreinte qui leur est réservée dans l'espace, une place au contraire prolongée sans mesure puisqu'ils touchent simultanément, comme des géants plongés dans les années à des époques, vécues par eux si distantes, entre lesquelles tant de jours sont venus se placerdans le temps〔그래서 만약 나에게 내 작품을 완성하기에 충분할 만큼 긴 시간 (longtemps)이 남아 있다고 한다면, 나는 반드시 거기에다 무엇보다 먼저, 인간들이, 비록 그렇게 하다가 그 인간들을 그만 괴물 같은 존재들로 만들 어놓는 한이 있을지라도, 공간 속에 할당된 그토록 한정된 자리에 비긴다면 너무나도 엄청나게 큰 자리, 공간 속에서와는 반대로, 한없이 길게 연장된— 기나긴 세월 속에 몸담고 있는 거인처럼, 그 사이의 거리가 그토록 먼, 그 들이 살았던 여러 시기들, 그토록 많은 나날들이 차례차례 그 사이에 와서 자리잡는, 여러 시기들에 동시에 닿아 있으니까—자리를 시간(le temps) 속에 차지하도록 그려보고 싶다〕"와 정확하게 맞물려 있다. 첫 줄의 'longtemps시간'는 마지막 문장에서 두 번이나 반복된다. 마지막 문 장에서 작가가 되기로 결심한 주인공은 이 소설의 첫 줄을 쓰기 시 작한 것이다. 이런 예는 번역이 작품에 대한 전문적이고도 깊은 이해 를 전제로 한다는 너무나도 당연한 사실을 단적으로 말해준다.

셋째. 번역의 최종적인 언어는 도착어(나의 경우 한국어)이므로 번 역만이 아니라 도착어로 자신의 글을 꾸준히 쓰고 이를 발표하는 노력과 병행하여 번역을 하지 않으면 좋은 성과를 얻기 어렵다. 결과 적으로 탁월한 번역은 한국어 글쓰기 능력에 달려 있다고 나는 확 신한다. 내가 한국의 시와 소설의 프랑스어 번역에서 점차 멀어진 이

유도 여기에 있다. 물론 모국어가 프랑스인 전문가와의 공동번역이었지만 번역 원고를 읽으면서 최종적으로 나 자신이 '이제 이 정도면 대체로 번역이 완성되었다'고 판단할 수 있는 직관을 가질 수가 없었다. 작가 미셸 투르니에는 번역의 경험이 자신의 글을 쓰는 데 큰 밑거름이 되었다고 했다. 나는 오히려 나 자신의 글쓰기 경험이 번역에 큰 도움을 준다고 말하고 싶다. 글을 쓰는 동안 처음부터 다시 읽어봄으로써 글쓰기를 이어갈 동력을 얻고, 또 완성된 글을 소리내어 읽으면서 수정하는 습관을 가진 내게 글을 최종적으로 끝낼 때 이 직관은 결정적이다. 뒤늦게 외국어를 배운 경우, 모국어와는 달리 이런 판단이 잘 내려지지 않는다. 특히 문학 텍스트의 경우 이는 지극히 중요하다고 본다.

1부

내가 발견한 작가와 작품

기억의
어둠 속으로
찾아가는
언어의 모험

파트릭 모디아노
『추억을 완성하기 위하여』
문장사, 1978
세계사, 1991
문학동네, 2015

지금까지 우리나라 독서계에 소개되어온 프랑스 문학은 낯익은 몇몇 작가들로 국한되어 있는 것이 오늘의 실정이다. 6·25 이전까지 일본 문화권에서 교육받은 교양인들, 혹은 문인들이 중역重譯이라는 굴절의 무리를 각오하고 젊은 날의 독서에서 받은 그 시대 특유의 감동을 전달하고자 단편적으로 소개해온 작가들 중 우선 떠오르는 프랑스 작가는 가령 앙드레 지드 정도로, 그 이름과 함께 아이러니컬하게도 '감상적'인 레이스를 달고 등장하는 『좁은 문』이 대표될 수 있을지 모른다. 그리고 한 걸음 더 나아가 '나타나엘'이라는 이름이 충동하는 『지상의 양식』의 정열에 찬 대전 전의 감동이 어느 세대의 머릿속에는 고이 간직되어 있을 것이다.

그러나 곧 한국전쟁과 더불어 고통스러운 세대교체가 일어나고, 실제로 사회의 뿌리 깊은 곳에서 겪은 파괴와 허무의 경험은 5∼6년의 간격을 두고 프랑스 전후의 새로운 감수성을 우리 나름으로 수렴하게 만들었다. 이와 함께 한국 문화계에는 가령 낯익다못해 이제는 거의 감미로운 추억의 후광까지 쓰게 된 '부조리' '참여' 등의 어휘가 등장했고, 사르트르, 카뮈는 프랑스 문학의 대명사처럼 낯익은 존재가 되었다. 이는 전후의 경제적, 사회적 복구의 기운과 때를 같이해 고개를 드는 출판계, 특히 세계문학전집, 기타 전집류 및 문고판의 양적 증가와 더불어 강화되었지만, 과연 우리는 실존주의라는 매혹적인 술어와 함께 보통명사로 변신하려 하는 카뮈, 사르트르 이외에 또 어떤 작가를 접할 수 있었던가? 물론 시류를 타고 들어오는 어떤 특수성의 뒷받침 아래 1950년대 '천재 소녀'로 출발한 프랑수아즈 사강의 영원한 인기도 있고, 실존주의보다 앞선 세대로서 앙드레 말로, 프랑수아 모리아크, 그리고 기이하게도 (어쩌면 『어린 왕자』의 그 서투른, 그래서 감동적이라는 그림과 글 덕분에) 생텍쥐페리 등이 그들 위치에 합당한 대접을 받은 것은 사실이다. 그뿐 아니라 과연 실존주의적 낡은 휴머니즘에 반기를 들고 새로이 등장한 누보로망 역시 그 어려운 번역 효과의 장애에도 불구하고 부분적으로나마 소개될 수 있었다. 그리고 또 마르그리트 뒤라스, 망디아르그, 유르스나르, 로맹 가리, 르 클레지오 등도 성의 있는 독자에게는 접할 기회가 주어졌다. 그러나 1970년대 후반에 (어떤 이유에서인지 모르지만) 갑작스럽게 한국의 출판계가 관심을, 맹렬한 관심을 보이기 시작한 몇 사람의 공쿠르상 수상자를 제외한다면 적어도 1960년대 중반부터 10여 년에 걸친 시기에 등장한 새로운 작가들은 어둠 속에 묻혀 있다.

1960~1970년대에 프랑스 문단은 어떤 새로운 작가를 탄생시켰을까? 이에 대한 해답은 지극히 어렵다. 그 정답은 어디에도 발표되어 있지 않다. 새로이 등장한 작가의 수는 오히려 양적으로 증가했다 할 수 있지만 '대표적'이라 할 만한 작가의 선정에는 우선 객관적인 기준을 세울 수 없다. 베스트셀러 순위에도, 매년 늦가을에 발표되는 각종 문학상 수상자 명단에도, 신문 문화면의 머리기사 제목에도 '대표적', 혹은 '천재'의 바로미터는 표시되어 있지 않았다. 게다가 프랑스의 사회적이고 문화적인 뿌리 깊은 변혁에 따라 작가가 대중의 이목을 집중시키는 현상이 서서히 자취를 감추어갔다는 것 또한 '새로운 작가'를 찾아내는 작업의 난점이었다. 실존주의나 누보로망, 혹은 N.R.F 같은 집단적인 운동도, 집단화의 노력도, 뒷받침도 없이 많은 작가들이 각자 나름대로의 책을 가지고 전기, 회고록, 논픽션, 정치평론, 녹음기 소설, 에세이 등 다양한 분야의 베스트셀러들 사이에 자욱이 등장했을 뿐이다.

이 같은 어렴풋한, 혹은 혼란스러운 조망 속에서 지난 1960~1970년대에 프랑스 문학이 새로이 거두어들인 수확을 지극히 주관적인 각도에서 살펴보던 과정에서 역자가 파트릭 모디아노라는 완전히 낯선 이름을 『추억을 완성하기 위하여』(원제: 호적부ivret de famille)라는 소설과 함께 접하게 된 것은 1978년 봄이었다. 사실 대학을 중심으로 '연구'를 위해 프랑스 문학을 접하는 외국인이 시시각각 변모하는 현재의 프랑스 문단을 직접적으로 소상하게 느낀다는 것은 지극히 어려운 일이었다. 잠시 나타났다가 무명으로 사라질지도 모르는 다수의 저자들을 일일이 읽고 그 가운데 한두 작품을 찾아내는 것은 프랑스 밖에 살고 있는 외국 문학도에겐 모험일 뿐만 아니라 시간 낭비일 공산이 컸다. 어쨌든 『추억을 완성하기 위하여』는 사실 프랑스에서 출간된 직후 신빙성 있는 신문 문예란의 서평들, 베스트셀러 명단, 그리고 역시 오랜 전통의 후광을 등에 진 갈리마르 출판사라는 타이틀 등 이를테면 문화적 체제가 담당한 '예선'을 거치고 선별되어 나의 손까지 이른 여러 소설 중 하나였다.

『추억을 완성하기 위하여』의 표제 다음 페이지에는 다만 "파트릭 모디아노는 1945년생이다. 그는 첫 소설 『에투알 광장』을 1968년에 출간했다. 이어서 『야간순찰』 『외곽 순환도로』 『슬픈 빌라』 『에마뉘엘 베를의 심문』을 펴냈다. 그는 루이 말과 함께 〈라콩브 뤼시앵〉의 시나리오를 썼다"라는 지극히 간략한 작가 소개가 실려 있다. 파트릭 모디아노는 내가 숱하게 읽은 프랑스 문학 신간들 중에서 가장 기이한 여운을 남겼다. 그 여운의 힘이 한여름을 통과하여 가을 속에서 익는 동안 여러 신간들이, 심지어 여러 문학상의 수상 작품들이 비교적 무심하게 그들의 책장들을 넘겨 보이고는 창고 안으로 들어가버렸다. 이런 특유한 매력을 행사하게 된 데는 파트릭 모디아노의 작품이 불러일으키는 구체적인 감동 이외에 당시 역자의 사사로운 경험 또한 무관하지만은 않았다. 우선 첫딸을 낳은 아버지가 병원의 낯선 방문객으로서, 혹은 평소에 발걸음할 일이 없는 시청 호적과의 손님으로서 겪는 남다른 경험이 수줍게 서술된 소설의 첫 장면이라든가, 지난날 내가 오래도록 정들었던 프랑스를 떠나면서 세상의 마지막 영화처럼 보았던 루이 말 감독의 〈라콩브 뤼시앵〉이 준 형언할 수 없는 감동, 심지어 모디아노가 데뷔작을 쓴 해, 다시 말해 작가가 등단한 해가 1968년, 저 찬란한 축제의 1968년이라는 사실에서 어쩌면 무의식적으로 '새로운 감수성'이라는 선입견을 갖게 된 것 등은 작품의 객관적인 가치와는 좀 거리가 있는 나만의 개인적인 감동의 이유가 되었을 것이다.

이 작품을 처음 접하고 여러 달이 지난 뒤 새삼스럽게 파트릭 모디아노를 우리말로 옮기게 되기까지 작품 자체의 강력한 설득을 받아온 것이 사실이다. 당시 만 32세의 젊은 작가(젊다지만 10년간의 작가 생활에 페네옹상, 로제 니미에상, 아카데미 프랑세즈 소설 대상을 수상했고 1977년에 『추억을 완성하기 위하여』로 마지막까지 공쿠르상을 다툰 경력을 등에 업고 있었다)였던 모디아노는 어떤 작가였을까? 『야간순찰』『에투알 광장』『슬픈 빌라』(모두 갈리마르의 폴리오 문고판)를 통해 이미 특유의 문체와 분위기를 정착해놓은 터였지만, 『추억을 완성하기 위하여』에서 모디아노는 그때껏 다루어온 소재, 주제, 스타일을 가장 간결한 문장과 그에 실린 고압의 전력으로 구현해놓았다.

우선 이 소설 자체가 보여주는 특이한 인상, 참으로 막연하게 '인상'이라고 부를 수밖에 없는 개성적 성격은 인물, 성격, 구조, 테마 등 전통적인 소설의 구성 요소에 길들여져 있던 독자를 어느 면 당혹하게 했다. 그러나 다른 한편 1950년대 및 1960년대에 걸친 프랑스 소설의 특징적인 실험을 구체화해 새로운 문학 이론을 탄생시킨 누보로망에 익숙한 독자 역시 이 소설을 앞에 놓고서는 기이한 놀라움을 경험한다. 아마도 이런 놀라움이 전통적 소설 특유의 '재미'나 '스토리'에 익숙한 독자와 동시에 언어적 기능에 바탕을 둔 실험에서만 문학적 진실을 파악할 수 있다고 생각한 독자들의 공통된 주목을, 그리고 공통된 호평을 유도했는지도 모른다.

『추억을 완성하기 위하여』에는 외형상 '나'라는 일관된 인물이 등장하기는 하지만 사실 주인공이라 할 만한 서술의 중심은 없다. 이처럼 짧은 소설에 이처럼 많은 인물이 등장하는 경우도 드물 것이다. 도대체 이 책은 한 권의 장편소설인지(숫자로 배열된 각 장의 외형을 보면 장편인 듯도 하다) 아니면 어떤 막연한 주제들을 중심으로 열다섯 편의 단편을 모은 소설집인지─각 장의 독립된 분위기며 독자적인 구성과 서술의 통일성은 한 권의 책이라는 형식과 무관하게 각기 다른 단편으로도 충분히 읽힐 수 있고, 과연 개개의 장은 다른 어떤 장의 후속편도 아니며 인과율의 관계나 시간적인 연속성도 없다─아니면 열다섯 장으로 무심하게 분할된 따뜻한 분위기의 수필집인지 분간하기 어렵다. 그러나 문학적 습관에 따라 우리가 자신도 모르게 조바심하며 장르를 구분해 결정짓는 것이 한 작품의 파악에 실질적으로 무슨 도움을 주겠는가? 그 모든 어렴풋하고 낯선 불확실성에도 불구하고 『추억을 완성하기 위하여』는 매우 단정하고 아름다우며 그 속에 담긴 강력한 현실성으로 여기 우리 눈앞에서 최고의 호소력을 발휘하고 있다는 사실을 우선 인정하지 않을 수 없다.

모디아노의 매혹과 호소력은 참다운 문학 언어의 본질적 기능이 그러하듯 어떤 상반된 두 개의 극이 잡아당기는 저 신비스러운 의미의 어둠 속에서 생겨난다. 읽는 사람을 끊임없이 불안하게 하면서 동시에 다음 페이지로 전진하게 하는 이 책의 추진력은 일견 지극히 관습적인 듯한 서술 양식에서 독자가 마땅히 기대하게 되는 이야기의 '줄거리'를 끊임없이 유예시키는 데서 생겨나는 것이다. 즉 끊임없이 유예되는 기대다. 1장의 아기의 탄생, 그리고 시청 호적과로 가는 동안 '나'와 동행하는 코로맹데, 그리고 코로맹데 못지않게 낡은 자동차 등은 거의 탐정소설이 불러일으키는 것과 유사한 흥미와 기대를 갖게 한다. 그런데 2장에서는 보다 구체적인 행동의 진전을 보여줄 것이라 기대했던 코로맹데도, 그의 낡은 레장스 자동차도, 그렇게도 어렵게 등록한 '제나이드'라는 이름의 어린아이도 소식이 없고, 이번에도 역시 코로맹데 못지않게 불확실한 과거의 어둠 속에서 앙리 마리냥이라는 인물이 출현한다. 독자는 또한번 저 해소되지 못한 궁금증을 안은 채 3장으로 옮겨간다. 이번에도 역시 코로맹데도, 마리냥도 어디론가 사라져버리고 화자의 할머니가 우연처럼 밀려와 유령처럼 살다 간 불확실한 파리의 어느 거리가 자세히 묘사된다. 이렇게 해서 소설이 막을 내리는 15장에 이르기까지 독자의 궁금증을 풀어줄 해답들은 나타났다가 사라지곤 하는 인물들과 시간, 공간 사이로 유예되기를 거듭하다가 끝내 어둠 속으로 가라앉아버린다. 결국은 전체적인 이야기의 연속성을 조직적으로 단절하는 이 책의 책장을 굶주린 듯 넘겨가며 '그래서 어쨌다는 것일까?' 하는 질문을 연발해온 독자는 '그래서? 도대체 작가는 무엇을 말하고자 하는 것일까?'라고 마침내 자문하면서 첫 페이지로, 파트릭 모디아노라는 이름과 『추억을 완성하기 위하여』라는 표제가 인쇄된 첫 페이지로 되돌아오게 된다. 우선 이 차분한 서술 방식의 책이 우리에게 표현하는 것은 바로 독자들이 자연발생적으로 제기하게 되는 하나의 질문, '그래서 어쨌다는 것일까?'이다. 이 질문은 다분히 '호적부'라는 기이한 사회적 제도, 아니 그것을 넘어서는 한 인간적 욕망에 적용될 가능성이 있다.

우리는 자기 자신은 물론 타인의 정체성을 파악하고자 할 때 거의 관습적으로 그 인물의 호적부에 관심을 가진다. 호적부란 한 인간을 그가 태어난 사회와 연결시켜주는 공적인 문헌이다. 그 속에는 일련의 이름들과 시공간의 좌표에 따라 아주 건조한 객관성과 함께 한 인물이 지나온 삶의 이정里程이 기록되어 있다. 부모의 성명, 출생, 결혼, 자녀, 그리고 마침내 죽음…… 모디아노는 특유의 섬세하고 집요한 표현 양식을 빌려 자기 나름으로 이 호적부를 다시 기록한다. 관공서의 짧은 문서가 무시해버린 모든 종류의 사항이 조명을 받으면서 과거 속에서 나타난다. 이로 인해 관청 서류로서의 호적부가 가진 그 간결하고 너무나 자명한 듯하던 요식이 깨져버리고 인간의 일생이 문득 지극히 밝은 빛 아래 껍질을 벗고 드러나지만, 다른 한편으로는 지극히 정확한 사실들과 지극히 정확한 시공간 속에 던져지는 빛으로 인해 밝혀지는 개개의 현실의 강도에 비례해, 정작 그 전체를 관류해야 할 통일성, 혹은 그 사실, 시간, 장소 전체에 계속성과 일관성을 부여해야 마땅할 '의미' 자체가 허구로 변질되어버린다. 이같이 자명하고 섬세하게 묘사된 개개의 사실이 가진 밝음과 하나의 통일된 숙명의 얼굴을 완성하는 데 없어서는 안 될 의미의 어둠이라는 이 명암의 마찰 속에 여운처럼 떠서 감돌고 향기처럼 문득 스쳐왔다 사라지는 박명의 정서, 아마도 여기에 『추억을 완성하기 위하여』의 감동이 내재하는 듯하다.

모디아노의 펜은 마치 복잡하고 정교하고 미세한 톱니바퀴들을 국부적으로 정확히 투사하는 시계 수리공의 강렬하고 조그만 전등을 연상시킨다. 그 명징한 불빛은 '전체성'이나 '구조'나 '관계'에는 영향을 미치지 않은 채 어떤 현실의 분리된 국면만을 적나라하게 조명한다. 여기서 그 국면들에 '현실성'의 외관을 부여하는 것은 우리가 일상적인 관습에 따라 상황이나 사실 파악의 기준으로 삼는 시간, 공간, 이름 따위다. 이 점에서 『추억을 완성하기 위하여』는 관청 서류의 요식이 가지는 허구를 조직적으로 사용한다. 허물어진 과거를 기억력의 도움을 받아, 적어도 현재와 흡사한 겉모습을 갖춘 어떤 현실체가 되도록 조립하기 위해 작가는 시간과 공간이라는 기둥들을 폭넓게 활용하는데, 그 시간, 공간의 표현이 소설의 거의 모든 장의 서두를 이룬다. "그때 나는 아직 스무 살도 되지 않았었다" "나의 할머니는 그 레옹 보두아예 가에 살았다. 어느 무렵이었을까? 1930년대였을 거라 생각한다" "열여덟 살 때 내 어머니는……" "그해 겨울, 나는 열다섯 살이었다" "1973년 10월 초의 어느 저녁이었다" "그래, 맞아. 테른 구역의 이 작은 영화관에서는……" "나와 내 아내는 비아리츠의 클레망소 광장에 도착해 있었다" "보 면面의 로잔에 머물렀던 시절 이후로 내가 그렇게도 변했을까?" "10년 전 어느 겨울날 아침, 뤽상부르 공원에서……" "6월의 어느 토요일 저녁, 파리를 떠났었다" ……모든 이야기란 현실성을 지니기 위해 시간, 공간, 고유명사를 사용하는 법이다. 그것의 가장 원시적인 형태는 아마도 거의 모든 동화에 나오는 '옛날에 아주 먼 나라에 한 임금님이 살았다'라는 식의 서두일 것이다. 그러나 지금까지 파트릭 모디아노처럼 이 방법을 극한까지 밀고 나간 경우는 드물다. 방금 언급한 예에서처럼 『추억을 완성하기 위하여』는 도처에서 시간과 공간과 이름들을 조직적으로, 의식적으로 사용한다. 도대체 이 소설에 등장하는 도시 이름, 무엇보다도 수많은 거리 이름, 왼쪽, 오른쪽, 위아래, 2층, 3층, 그리고 6월 12월, 토요일, 저녁, 아침, 1973년, 1930년대, 열여덟 살, 열네 살…… 거기에 겹쳐 코로맹데, 레트 버틀러, 제나이드, 로제 푸 셍, 조르주 보 웨, 토토, 주느비에브 카틀랭, 오펜펠트, 레이놀드, 마기, 슈베르, 랑드리…… 끝도 없이 나타났다가 사라지는 인물들의 이름이며 〈남부의 반 메르 선장〉『회상록』〈밤의 음악〉 등의 영화 제목, 책 제목, 라디오 프로그램 제목, 심지어 낡은 전화번호부에 등록된 이름과 주소와 전화번호…… '현실성'의 기본 요소라고 우리가 늘 생각해오던 시간, 공간, 고유명사, 숫자가 도처에 무시로 등장함으로써 마침내 똑같은 이유로 본래의 현실성마저 상실하게 되지는 않는가? 해묵은 문서 보관소에 보관된 호적부상의 낯선 이름이나 출생 일자나 장소가 대량으로 축적됨으로써 그 현실적 의미와 실감을 완벽하게 잃고 말듯, 여기서도 단순히 서류상의 기록처럼 지나치게 사용된 시간, 공간은 오히려 비현실적인 것이 되고 만다. '호적부'는 이렇게 해서 파열되어버린다.

그러나 기이하게도 이 수많은, 그리고 무의미해진 시간, 공간, 이름의 정확성이 유도하는 비현실성에 일말의 현실성의 가능성을 남겨놓은 것은 그 정확성의 저변에 깔린 부분적 부정확성이다. 가령 "1944년 2월 므제브에서 나의 아버지와 어머니는 무엇을 하고 있었을까?"라는 문장에서 그 서술에 현실성을 부여하는 것은 1944년 2월, 므제브, 아버지, 어머니…… 등 얼핏 보기에는 가장 구체적일 듯한 단서보다는 오히려 마지막의 의문부호나 '무엇'이라는 빈칸으로 남겨진 불확실성이다. 바꿔 말해보면, 의미 전달 도구로서의 언어와 단순히 빈 공간, 혹은 침묵을 가리키는 언어 사이의 마찰 속에 모디아노의 현실성이 새로이 탄생하는 것이다. '1944년'이나 '2월'과 같이 숫자로 표시된 자명하고 객관적인 시간, '므제브'라는 지명이 표시하는 부정할 수 없는 공간적 좌표는 그 자명한 객관성 자체로 인해 하나의 추상으로 변질되고 그에 따라 현실적 경험의 탄력을 상실하는 데 반해, "나의 아버지와 어머니는 무엇을 하고 있었을까?"라는 의문은 실상 밝혀지지 않고 밝힐 수도 없는 사실의 어둠이면서 동시에 그 어둠의 신비로움에서 가동될 수 있는 어떤 힘을 추상으로 변질시킨 현실에 충돌시킴으로써 참다운 상상력의 탄력을 발생시킨다. 그 결과, 소설은 이렇게 발생한 독자의 상상력에 의해 현실성의 잠재력을 획득한다.

모디아노가 이 소설에서 우리에게 드러내 보이는 것은 역설적이며 상반된 두 가지 노력이다. 객관적인 문서, 지명, 시간, 사람들의 이름, 주소 등을 동원해 마치 고고학자처럼 과거의 미세한 사실들을 추적하고 잊혀버린 추억 위에 시계 수리공의 그것과도 같은 국부적이며 예리한 조명을 가한다. 이같이 철저한 추적과 조명은 물론 국부적인 사실들의 매우 생생한 묘사를 동반한다. 마치 허물어져버린 과거의 편린들을 주워모아 한데 맞추어서 어떤 덩어리의 형체를 만들어보려는 듯한 안타까운 노력이 도처에서 지극히 사실적인 묘사를 사용하게 만든다. 그러나 이 사실성은 앞서도 강조했듯이 '국부적'인 한계를 넘어서지 못한다. 이런 조명 장치는 어느 한 부분의 톱니바퀴들이 서로 엇갈린 모양을 극명하게 비춰줄 수는 있지만 각 부분 하나하나에 의미를 부여하는 근원인 전체, 즉 삶의 전모를 다 비춰주지는 못한 채 빛을 받지 못한 다른 부분들을 완전한 어둠 속에 남겨놓는다. 그리하여 어떤 문단이나 어떤 장들은 그 자체로서는 매우 자상하고 사실적이지만 다른 문단이나 다른 장들과 연결되지 못한 채 제각기 분리된 섬들같이 고립된 상태로 떠 있게 된다. 이것은 어떤 각도에서 보면 지극히 현상학적인 기술 방법이라 하겠다. 부분적으로 철저하게 사실적이며 정확하고 자명하면서도 그 부분들 사이는 철저하게 단절된 개개의 편린들. 이것이 바로 우리의 추억이 가지는 실제 모습이다. 전통적인 이야기꾼들은 몇 개의 사실에서 출발해 그 사이사이에 허구적인 사실들의 다리를 놓아서 하나의 일관된 전체를 만든다. 모디아노는 오히려 몇 개의 사실을 최대한 자세히 묘사함으로써 그 사실들의 사이를 완전한 어둠으로 단절시킨다. 빛을 받고 있는 지대의 가장자리를 에워싸고 조금씩 조금씩 빛을 침식해 들어오는 어둠. 작가는 바로 그 어둠 속에 문학적 상상력이 들어와 살게 만든다. 사실 이 소설처럼 사실적인 묘사를 하면서도 처음부터 끝까지 서정적인 반과거시제로 일관되어 있는 경우도 드물 것이다. 요컨대 모디아노의 작품에서 우리가 받는 서정적 혹은 낭만적인 인상은 어둠 속에 묻힌 과거 위에 국부적인 빛을 던짐으로써 과거의 조각이 군데군데 되살아나는 모습을 보여주면서도 사실은 그 과거의 편린들이 어둠 속으로 다시 가라앉아가는 모습을 목격하게 하는, 서로 상반된 방향의 움직임을 동시에 드러내 보이는 데서 오는 것이다.

소설 속에 수없이 나타나는 예지만 가령 12장의 하리 드레셀의 이야기는 이 서로 상반된 방향의 움직임을 보여주는 좋은 본보기다. 대개의 전기 작가들이 그렇듯 '나'는 저 무명의 하리 드레셀이라는 사람의, 밝혀진 바가 거의 없는 과거를 최대한 자세히 추적해들어간다. 이를테면 그의 호적부를 추적해가는 셈이다. 이것은 모든 사람들의 기억의 어둠 속에 가라앉아 있던 드레셀의 과거를 빛 속으로 끌어내려는 철저한 노력이다. 그러나 막상 12장을 읽는 독자는 드레셀의 과거가 되살아나는 과정을 목격하는 것이 아니라 필연적으로 망각 속으로 깊이깊이 가라앉는 과거를, 그리고 영원히 해체되고 잊혀가는 한 일생의 어둠을 보고 있다는 느낌을 더 강하게 받는다.

요컨대 모디아노가 '추억을 완성하기 위하여' 그 조각조각을 주워 모아 맞추어놓은 과거들은 마치 피라미드 속에서 이제 막 꺼낸 미라처럼 그 외면적인 형체를 어느 순간 지탱하고는 있지만 손끝으로 건드리기만 해도 산산조각나 무너져내릴 것만 같다. 이 작품은 시간의 힘에 의해 부서져버리는 삶을 불가능한 줄 알면서도 덧없이 붙잡아보려는 인간의 비극적인 모습을 비통하게, 그러나 지극히 단정한 방식으로 그리고 있다. 단 한 번도 그 슬픔을 직접적으로 표현하지 않고, 다만 무의미한 사실들을 차분하게, 집요하게 묘사해나가면서 때때로 삶 전체에 던지는 작가의 눈길에는 끝없는, 그러나 유리처럼 맑은 슬픔이 비쳐 보인다. "침대, 표범 가죽, 하늘색 새틴을 씌운 화장대, 그것들은 이제 다른 방들을, 다른 도시들을 지나 어쩌면 헛간으로 들어가고 말 것이고, 머지않아 세상 그 누구도 그 물건들이 짧은 시간이나마 하리 드레셀의 딸이 살았던 말라코프 로의 방에 한데 모여 있었다는 사실을 알지 못하게 될 것이다. 오직 나를 제외하고는. 나는 열일곱 살이었다. 그리고 나에게는 오직 프랑스의 작가가 되는 일만이 남아 있었다." 따라서 작가가 해야 할 일은 세상을 전전하다가 부서지거나 헛간으로 들어가거나 영원히 사라져버리는 가구, 혹은 기억의 조각들, 의미 없는 디테일을 하나씩 주워모아 '추억을 완성하는' 일이다. 그러나 그 추억이 끝내는 완성될 수 없음을 작가는 미리부터 알고 있다.

오직 일회적으로 지나가며 우연과 외부적 사건들과 삶의 뜻하지 않은 곡절로 인해 헤어지는 사람들, 모였다가 흩어지는 물건들, 바스러져버리는 삶들의 어둠, '잃어버린 시간'을 찾아 그 어둠 속으로 오직 펜 한 자루를 비추며 찾아들어가는 작가가 만나는 것은 사실 사람도, 사물도, 기억도 아니다. 시간이 만드는 저 어둠 그 자체, 그 어둠에 의해 필연적으로 허물어지는 삶 그 자체일 것이다. 의미 있는 것이 있다면 그 어둠 속에서도 어떤 사람들의 기억이 섬광처럼 소생시키는 의식의 빛, 그 빛에 동력을 제공하는 삶에 대한 사랑일 것이다. 2차 대전이 파괴한 것은 단순히 재산이나 인명만이 아니었다. 그것은 실질적인 인간의 정체성이기도 하다. 모디아노는 바로 대전의 우연 속에 태어나 모든 과거를 상실한 세대로 성장한 대표적 작가다. 모디아노는 기억의 뿌리를 내릴 '콩브레'를 가지지 못한 대전 후의 떠도는 프루스트다. 그가 되찾는 '잃어버린 시간'은 시간의 산산조각 난 편린이며 슬픔이 가득 담긴, 그러나 손에 잡히지 않아서 더 아름다운 기억의 어둠이다.

(2015)

밤의 어둠 저편에 떠오르는 성城

파트릭 모디아노
『잃어버린 거리』
책세상, 1988 1996
문학동네, 근간

인상주의 화풍의 모디아노 소설

파트릭 모디아노의 소설은 인상주의 화가들의 그림과 닮은 데가 있다. 양자의 닮음은 직접적으로 우리에게 느껴지는 그것이 아니라 그 원리에 있어서의 닮음이다. 설명하면 이렇다. 인상주의 화파 이전의 화가들에게 있어서 빛은 사물과 세계를 드러내 보여주는 수단으로서 보조적 역할을 맡는 데 그쳤다. 다시 말해서 인간, 사물, 형태 등 그림의 주제를 구성하는 주인 곁에서 시중을 드는 하녀와 같은 것이 빛이었다. 그러나 인상주의와 더불어 빛의 역할이 점점 더 중요해지면서 마침내는 하녀가 주인의 자리를 차지하기에 이르렀다. 인간, 사물, 형태가 이번에는 빛을 드러내 보이는 수단으로 변해버린 것이다. 루앙의 대사원이나 밀짚 더미와 같은 대상을 각기 다른 시간에 반복하여 그리는 행위는 동일한 대상을 통하여 항상 변하는 빛 그 자체를 그리는 것을 의미한다.

인상주의자들의 빛에 해당하는 것이 파트릭 모디아노에게 있어서는 시간과 공간이다. 다른 소설가들, 특히 사실적인 이야기를 흥미롭고 감동적으로 구성하여 들려주는 소설가들에게 있어서도 시간과 공간은 물론 소설의 중요한 요소에 틀림없지만, 그것은 아무래도 인간의 행동이나 인간과 인간 사이의 관계를 드러내 보여주는 틀이요 배경, 즉 어느 정도 부차적인 성격을 지니는 것이라고 볼 수 있다.

그러나 파트릭 모디아노의 소설을 읽어보면 인간들의 행위는 오히려 흘러가는 시간, 즉 삶을 무너뜨려버리고 덧없이 지워버리는 그 힘을 드러내 보이는 수단으로서 그려지고 있는 듯한 느낌을 준다. 인간의 사랑, 증오, 사람과 사람의 만남, 웃음, 눈물, 요컨대 인간의 삶은 오로지 그것을 담는 그릇, 즉 공간의 저 영원하면서도 무심한 실체를 드러내는 데 도움을 줄 뿐이라는 다소 적막한 감회를 불러일으키는 것이 모디아노의 소설이다. 그의 작품 속에서 만나는 시간과 공간의 중요성은 그 속에 등장하는 수많은, 그리고 항상 흐릿하게 지워져가고 있는 인간들의 실루엣에 비하여 언제나 압도적인 힘을 행사한다. 모디아노는 어떤 장소의 형언하기 어려운 분위기를 살려내는 천재다. 그래서 어느 작가보다도 모디아노의 작품을 읽을 때 우리는 곧바로 어떤 '세계'를 떠올리게 된다. 그 세계는 이제 모디아노의 마크가 찍힌 독특한 세계다. 왜냐하면 그것은 모디아노 특유의 나직하고 억제된 슬픔의 목소리가 만들어낸 세계이기 때문이다. 여기 소개하는 소설 『잃어버린 거리』(1988년 번역본 초판의 제목은 『더 먼 곳에서 돌아오는 여자』였다. 1996년 『잃어버린 거리』로 재출간되었다)에서 우리가 만나게 되는 세계는 그의 다른 여러 작품들 속에서도 자주 등장하는 도시 파리다. 그의 작품 속에서 파리는 사건이 벌어지는 무대나 배경이라기보다는 그 자체가 우리에게 직접적인 감동을 불러일으키는 강력한 주인공이라 할 수 있다.

잃어버린 '나'를 찾는 먼 여행

이 소설에 등장하는 파리는 20년 전 이제 막 인생의 꿈 많은 출발점에 서 있던 프랑스 청년 장 데커에 의하여 체험된 공간인 동시에 20년이 지나 지금은 영국 국적을 가진 소설가 앰브로즈 가이즈가 만나게 되는 낯선 추체험의 공간이기도 하다.

사실 옛날의 프랑스 청년 장 데커와 오늘의 영국 작가 앰브로즈 가이즈는 같은 인물이다. 즉 20년 전에 이 작가는 프랑스인이었으며 장 데커라고 불렸다. 그런데 그는 어떤 사건을 계기로 영원히 프랑스를 떠나지 않을 수 없게 되었고 그후 앰브로즈 가이즈라는 이름으로 영국 국적을 취득하여 시리즈 소설을 써서 유명한 작가가 된 것이다. 그는 어떤 일본 출판업자를 만나 계약을 체결하기 위하여 파리에 왔다. 그러나 20년 전의 장 데커는 과연 오늘의 내레이터인 앰브로즈 가이즈와 같은 인물일까? 이런 질문은 탐정소설적인 동시에 형이상학적인 질문이다. 모디아노의 소설들은 그 출발에서부터 오늘날의 작품에 이르기까지 한결같이 '아이덴티티'에 깊은 관심을 나타낸다. '나'의 정체를 묻는 집요한 이 질문은 탐정소설적인 흥미를 불러일으킴으로써 독자의 관심을 끝까지 잡아두는 기능을 하는 동시에 소설이 지나치게 직접적으로 그 형이상학적인 성격을 드러내지 않도록 도와준다. 그러나 궁극적으로 『잃어버린 거리』는 모디아노의 다른 많은 소설의 경우와 마찬가지로 '나'의 아이덴티티에 대한 절망적인 탐구다. '절망적'이라 함은 반성의 주체로서의 '나'와 반성의 객체로서의 '나' 사이에 필연적인 일탈, 괴리의 관계를 설정해놓고 마는 시간의 파괴력을 뜻한다. 어제의 나와 오늘의 나는 과연 동일한 존재인가? 20년 전의 장 데커와 오늘의 앰브로즈 가이즈는 과연 같은 존재인가? 20년 전이나 오늘이나 마찬가지로 동일한 공간인 파리에서 앰브로즈 가이즈는 문득 장 데커의 모습을 추적하기 시작한다. 이 추적은 과연 가능한 것일까? 현재와 과거 사이에 가로놓여 있는 그 현기증 나는 거리를 내레이터는 "마치 갑작스럽게 어떤 우물 밑바닥이나 에어포켓 속으로 빠져내려가는 기분"이라고 표현하고 있다.

공간을 통한 시간의 인식

여기서 매우 흥미롭게 느껴지는 사실은 시간의 공간적인 파악 방식이다. 우리는 순수한 시간 그 자체를 인식할 수 없다. 우리가 시간의 흐름을 파악하는 것은 공간에 끼쳐진 시간의 영향 관계, 시간이 파괴해놓은 폐허를 통해서이다. 공간의 틀을 통해서만 비로소 우리는 시간을 인식하는 것이다. '우물 밑바닥'이라든가 '에어포켓' 같은 표현은 공간의 좌표로 번역해놓은 시간의 모습이다. 현재에서 과거로 되돌아가보려는 노력을 내레이터는 낙하산을 타고 고공에서 지상으로 뛰어내리는 행위에 비교하고 있다. 여기서 시간은 분명하게 공간의 모습으로 번역되어 있는 것이다.

지난 20년 동안 몸에 파묻어 감추어왔던 저 영국 작가라는 두꺼운 갑옷을 차츰차츰 벗어가고 있었다. 낙하산을 타고 뛰어내리듯 오랜 세월의 층을 거쳐 마침내 낙하가 완료되기를 기다릴 것. 옛적의 파리에 다시 착지할 것. 폐허를 찾아가 살펴보고 거기에서 자신의 자취를 발견하려고 노력할 것.

이처럼 공간의 개념은 손으로 만질 수도 없고 눈으로 볼 수도 없고 냄새 맡을 수도 없는 시간을 인지하는 데 있어서 매우 유용한 은유적 틀이 되어줄 수 있다. 내레이터인 앰브로즈 가이즈가 일본인 출판업자 다쓰케와 만나는 콩코르드 호텔 내층 식당에는 창가에

"관광지에서 흔히 볼 수 있는 삼각대로 받쳐진 망원경"이 설치되어 있다. 내레이터는 20년 만에 자기의 청춘 시절의 도시였던 파리에 돌아와 그 높은 빌딩 꼭대기로부터 밤의 도시를 내려다본다. "나는 망원경을 밀어놓고 유리창 너머로 파리 시가를 응시했다. 이 도시가 돌연 망원경으로 관찰한 어떤 별만큼이나 멀게 느껴졌다." 내레이터의 눈에 비친 '어떤 별' 같은 거리감은 공간적 거리감인 동시에 그의 현재와 과거 사이에 가로놓인 시간적 거리감이기도 하다.

이렇게 하여 이 소설 속에 등장하는 저 인상 깊은 도시 파리는 흘러간 시간의 깊이를 헤아리게 하는 공간적 형식 같은 것이 된다. 파리는 우선 밖으로부터 접근되는 대상이다. 이 소설에는 내레이터가 밖으로부터 파리로 들어오는 두 개의 장면이 강하게 조명되고 있다. 하나는 20년 전 청년 장 데커가 카르멘의 짐을 싣고 파리로 들어오는 장면이고 다른 하나는 소설의 초입에서 내레이터인 앰브로즈 가이즈가 공항을 거쳐 택시를 타고 파리로 들어오는 장면이다.

이방인으로 변한 '나'의 눈에 파리라는 도시는 적막한 일요일이다. 아, 파리에서 7월, 8월의 뜨거운 한여름을 보내본 사람은 안다. 한여름의 파리는 1년 중 다른 시기와는 전혀 다른 도시라는 것을. "대로에는 7월의 햇빛이 쏟아질 뿐 인적이 없었다. 혹시 폭격을 맞고 주민들이 모두 다 소개疏開해서 떠나고 난 유령 같은 어떤 도시를 통과하고 있는 것이나 아닌가 하는 생각이 들었다. 어쩌면 건물들의 벽 뒤에는 무너져버린 폐허들이 숨겨져 있는 것이나 아닐까?" 이것은 모디아노의 과장된 문학적 표현이 아니다. 여름이 되면 그 도시에서 살고 있던 파리 사람들은 모두 바캉스를 떠나버리고 그 대신 외국인들이 떼 지어 찾아든다. 이 소설 속에 줄기차게 쏟아지는 햇빛과 더위와 땀과, 그리고 저 집요한 침묵은 그래서 한여름의 파리를 아는 사람들에게 더욱 미묘한 감동을 불러일으킨다.

햇빛과 더위와 침묵, 그리고 도처에서 마주치는 관광버스와 낯선 언어를 사용하는 관광객들—이것이 이 소설 속에 등장하는 파리를 특징짓는 항구적 요소들이다. 다시 말해서 여기서의 파리는 삶을 통하여 생성된 공간이 아니라 우리들의 밖에, 그것 자체로서만 동질성을 갖춘 채 닫힌 공간이란 뜻이다. 오늘의 앰브로즈 가이즈에게 파리는 더위와 침묵만이 가득한 빈 그릇과도 같은 것이다. 이 빈 그릇의 눈에 보이지 않는 바닥에, 시간의 두꺼운 층을 벗겨내면, 청춘의 소용돌이치는 또하나의 공간이 살아 움직이고 있다는 것은 가능한 일일까?

과거를 환기시키는 고유명사들

우선 '빈 그릇'으로서의 파리를 구성하는 중요한 요소들 중의 하나가 모디아노의 소설에 수없이 등장하는 길 이름들과 저택, 식당, 카페들의 이름이다. 샹프레 톨게이트, 카스틸리온 가, 비농 가, 트뢰용 가, 세즈 가, 말제르브 대로, 쿠르셸 가, 몽소 공원, 윌슨 대통령가, 갈리에라 저택, 세르비아의 피에르 1세가, 칼라바도스, 미합중국 광장, 몽테뉴 대로, 롱 프앵, 마티뇽 대로, 알마 광장, 장 구종 가, 알베르 1세 산책로, 여왕 산책로, 리볼리 가, 알렉상드르 3세 다리……

이 수많은 가로명과 저택, 다리의 이름들은 그저 파리라는 '빈 그릇'을 구성하는 무의미한 요소일 뿐일까? 그렇지 않다. 오히려 그 반대다. 모디아노는 파리를 구성하는 그 수많은 가로명의 고유명사들이 지닌 특유의 환기력과 그 속에 함축된 역사적 공간적 정서의 힘을 익히 알고 있는 작가다. 아마도 소설의 무대가 파리가 아닌 다른 도시였을 경우에는 그 효과가 전혀 다를지도 모른다.

해묵은 도시, 파리 사람들만이 아니라 모든 사람들의 도시. 파리 특유의 저 기이한 공간적 정서가 소설이라는 허구적 공간을 벗어나서 독자 저마다의 개인적 기억 속으로 스며들게 된다. 가령 "몽테뉴 대로, 알마 광장, 나는 미처 장 구종 가 쪽 창문들을 알아볼 시간이 없었다. 보이는 것은 오직 아파트의 앞머리 쪽 조그만 정원을 에워싸고 있는 철책뿐이었다. 불빛이 전혀 없었다. 카르멘은 벌써 오래전에 그곳을 떠나버린 것이 분명했다. 그 여자는 어떻게 되었을까?" 이런 대목을 읽다보면 문득 가슴 한구석이 쩌릿해온다. 물론 지극히 개인적인 추억 때문이다. 그러나 그것 이상이다. 알마 광장가에 있는 카페 '세 프랑시스'에서 건너다보이는 장 구종 가의 그 작은 공원의 모습을 나는 잊지 못한다. 그러나 그것 이상의 여운이 그 이름 근처에 떠 있다. "그 여자는 어떻게 되었을까?" 이런 한마디도 문득 우리들의 가슴을 흔들어놓는다. 이것은 개인적이고 구체적인 어떤 추억 이상의 환기 작용이다. 파트릭 모디아노는 그저 파리의 어떤 거리 이름을 그렇게 발음하기만 하면 그 무표정한 고유명사가 독자의 정서에 의하여 돌연 살아 움직이는 공간으로 변한다는 것을 알고 있는 작가다.

어찌 그것이 파리의 경우뿐이랴. 수십 년 전에 헤어졌던 어린 시절의 친구가 오랜만에 귀국하여 자기집으로 오란다. 전화로 자기집의 위치를 알려준다. 어린 시절에 자주 드나들어 익히 알고 있는 그 자그만 한옥에 그의 부모가 여전히 살고 계시다고 한다. "그렇지. 국민학교 뒷담을 끼고 돌면 느티나무 큰 것이 하나 서 있잖아? 그 왼쪽에 항상 공터로 남아 있던 좀 더러운 채마밭 생각나? 거기다 항상 연탄재들을 내다버리곤 했지. 옳지, 그래. 지금은 흰색 타일을 바른 6층 빌딩이 들어섰어. 그 빌딩을 지나 셋째 골목…… 그렇지. 맨날 누런 똥개가, 말만한 똥개가 지키고 서서 반갑다고 꼬리를 쳐대던 그 쌀집이 나오지, 그래그래, 물론 개는 죽었겠지. 그게 벌써 언젠데, 그 쌀집……? 지금은 쌀집은 아니지만 집은 그대로 있어……" 이렇게 전화를 주고받는 두 사람의 머릿속에 고스란히 떠 있는 30년 전의 공간, 전화를 끊고 나면 폭삭 주저앉는 그 공간의 마력을 아는 사람은 파트릭 모디아노가 어떤 힘에 의존하고 있는지를 깨닫는다.

다른 저 무심한 관광객들과 마찬가지로 20년 만에 다시 와본 도시에서 '나' 역시 이제는 이방인이다. "그곳과 나를 이어주는 것은 이제 아무것도 없었다. 나의 삶은 이제 이 거리에도, 건물의 벽에도 새겨져 있지 않았다"라고 앰브로즈 가이즈는 술회한다. 그러나 정말 그런 것일까?

무너져버린 듯한 과거의 공간

공간은 그냥 그렇게 물리적으로 존재하는 실체가 아니라 인간의 구체적인 삶에 의하여 만들어지는 실체다. 또한 공간은 그 공간을 함께 체험한 사람들의 집단적 기억의 형태로 되살아날 수 있다. 공간을 살아 있는 실체로 만들어주던 사람들, 그들을 매개로 우리는 이미 무너져버린 듯한 과거의 공간을 다시 엿볼 수 있게 된다.

그리하여 이 소설에는 수많은 가로명들 못지않게 다양한 과거의 인물들이 빈 그릇 같은 저 공간의 어둠 속에서 유령처럼 떠오른다. 마리오 P. 시에라 달르, 루도 푸케, 파바르, 앙드레 카르베, 카르멘 블렝, 조르주 블렝, 루버 로자, 지타 바티에, 조르주 마이요, 텡텡 카르팡티에리…… 이 수많은 이름들은 여느 다른 소설들에 등장하는 인물들과는 다르다. 이들은 그들끼리 어떤 관계를 맺고 어떤 사건에 개입되고 그 결말이 독자들의 관심을 불러일으키는 그런 현실성과 박진감을 자아내지 못한다. 그들은 다만 과거의 어둠 속에서 문득 떠올랐다가 사라지는 얼굴들일 뿐이다. 그들은 과거라는 심연 속에 잠겨 있다. 마치 어둠 속에서 성냥불을 켜면 문득 나타나는 어떤 얼굴. 성냥불이 다 타서 꺼지고 나면 그와 더불어 다시 어둠 속으로 가라앉아버리는 얼굴. 또다시 한 개비의 성냥을 켜면 또다른 얼굴, 그 성냥불이 꺼지면 또다시 어둠.

이들은 마치 어느 화려한 야회에서 만난 사람들과도 같다. 서로서로 처음 만난 얼굴이 대부분이고 더러 이름을 소개받은 사람도 있다. 술잔을 들고 이곳저곳으로 옮겨다니며 두셋이 둘러서서 미소 지으며 더러는 가벼운 이야기를, 더러는 무거운 이야기를, 그러나 예절 바르고 상냥하게 주고받는다. 그리고 다시 다른 그룹 쪽으로 옮겨가며 또 상냥하게 웃는다. '공항에서 듣게 되곤 하는' 나직한 음악이 실내에 흘러퍼지고 샹들리에 불빛이 빛난다. 이 파티에 모인 사람들도 문득 어떤 빛나는 공간을 만들어낼 수 있다. 그러나 악수를 하고 외투를 찾아 입고 문밖을 나서면 그 공동의 공간은 문득 주저앉아버린다.

무너져버린 공간을 다시 떠오르게 하는 요소는 길 이름, 사람 이름만이 아니다. 그 이름만 들어도 이제는 사라져버리고 없는 어떤 시절이 궁궐처럼 덩그렇게 되살아날 것 같은 옛 노래 제목 〈포르투갈의 4월〉, 혹은 이제는 찾아볼 수 없는 자동차 이름들, 흰색 랑시아, 플라미니아, 검정색의 프레가트 자동차, '아주 옛날의 갱 영화에서처럼 쾅 하고 동시에 문들이 닫히는' 검은색 리무진, 혹은 바라빌 마장에서 키우던 그 아름다운 경마들의 이름, 이 모든 고유명사들은 이 소설의 도처에서 나타났다 사라지고 사라졌다 다시 나타나면서 옛 노래의 후렴처럼 반복된다.

꿈의 공간으로 되살아나는 옛 노래

파트릭 모디아노의 모든 소설들은 재미있는 사건과 행동으로 짜인 서사적 이야기라기보다는 나직하고 끊어져 쉬는 데가 많은 옛 노래, 지금은 다 잊은 줄 알았다가도 다시 들으면 가슴속 저 깊은 곳의 어떤 마음의 줄이 오래오래 진동하는, 그런 노래와도 같다. 그런 노래의 후렴처럼 사람들의 이름, 거리의 이름, 말 이름, 자동차 이름, 노래 제목, 그리고 수많은 옛날의 전화번호들이 반복된다. 이 반복되는 소리들은 우리들 영혼의 주름에 은연중에 살며시, 그러나 깊숙이 스며들어 떨린다. 그 떨림이 만들어내는 아름답고 슬픈 공간이 바로 모디아노의 소설이다.

밤이 되면 파리의 특정한 구역의 늘 같은 길을 끝없이 돌고 있는 하얀 랑시아 자동차 또한 어떤 슬픈 노래의 후렴 같은 것이다. "우리는 탐정놀이를 다시 시작했다. 또다른 자동차가 머지않아 우리를 뒤쫓아올 것이다. 그다음에는 두번째 자동차가, 다음에는 세번째 자동차. 그렇다. 영문 모를 어떤 장례식이나 순례를 위한 행렬이 하나 만들어질 것이다."

불을 끄고 어둠 속의 침대에 누워 두 눈을 감으면 "머릿속에서 하얀 자동차 한 대가 끊임없이 달린다. 컴컴한 거리와 건물들을 따라 그렇게 하얗게……" 그 자동차는 왜 그렇게 달리고 있는 것일까. 단한 번도 코스를 바꾸는 일도 없이, 시간이 늦지도 빠르지도 않게, 왜하얀 랑시아 자동차는 어둠 속에서 돌고 또 도는 것일까? 그것은 아마도 '카르멘의 시절', 저마다의 심장의 고동과 일치하던 그 도시를되살려내고자 하는 어떤 절망적인 의식인지도 모른다.

우리가 안간힘을 써가며 소생시키고자 하는 공간은 그냥 과거의공간이 아니라 항상 빛나는 '청춘'의 공간이다. 하얀 자동차 한 대가언제나 같은 코스로 돌고 또 도는 그 어둠은 아마도 그 청춘의 공간과 현재 사이에 가로놓여 있는 저 건너뛸 수 없는 깊은 어둠일 것이다. 그 어둠 저편에 떠오르는 청춘의 성城은 꿈일까 반딧불일까?

그리고 "아침에 일찍 일어나야지"라는 말이 그 떠도는 미국 자동차안에서는 기이하게 울리는 것이었다. 나는 헤이워드, 푸케, 그 밖의 모든 사람을 대낮의 밝은 빛 속에서 상상하기 어려웠다. 그들은 첫번째새벽빛이 밝아오기만 하면 여지없이 자취를 감추는 것이었다. 대낮에루도 푸케가 무엇을 하겠는가? 그리고 장 테라이유는? 그리고 마리오는? 그리고 파베르는? 그리고 회색 눈의 아내는? 마치 그 시절에도 이미 그들이 유령들에 지나지 않았던 것처럼 나는 그들을 오로지 밤 속에서만 알아볼 수 있는 것이었다.

그 모든 반딧불이들과 그 모든 빛나는 밤나방들의 공간은 물론 새벽이 오면 홀연히 사라져버린다. 모든 아름다운 밤이 그렇듯이, 모든 빛나는 청춘이 그러하듯이. 아니 역설적으로 말해서 청춘은 그렇게 돌연 찾아오는 끝이 만들어내는 통일성의 공간인지도 모른다.

그런 식으로 계속될 수는 없는 일이었다. 타-가-다 타-가-다. 박절기처럼 고집스럽게 그 소리를 반복하면서 어떤 꿈을, 점점 더 빨라져가는 운동을 다스려보려고 했던 그 가엾은 사람…… 드디어 총소리가 나고 유리 깨지는 소리가 나면서 회전목마는 멈추어버렸다. 이제 꿈에서 깨어나지 않으면 안 되는 것이었다.

그렇다. 어떤 꿈은 깨어나는 데 20년씩이나 걸리기도 한다. 그 꿈에서 깨어났을 때 비로소 꿈은 꿈으로서 총체성을 획득한다. 꿈에서 깨어나지 않고 있을 때 우리가 어찌 그것이 꿈인 줄 알기나 하겠는가. 참다운 인식은 꿈 깨임이다. 그러나 동시에 참다운 인식은 그 꿈을 노래로 만들어내는 일이다. 타-가-다. 타-가-다. 박절기처럼 그 소리를 반복하면서 모디아노는 총소리의 저 건너편, 유리 깨지는 소리, 기억상실과 전쟁과 잃어버린 호적부와 죽음 저 건너편 꿈의 공간을 더욱 빛나는 반딧불로 비추고자 하는 것이다.

(1988)

다이아몬드
목걸이를 걸고
사라진
실비아

파트릭 모디아노
『팔월의 일요일들』
세계사, 1991
문학동네, 2015

1950년대 이후 프랑스 문단에서 치열한 관심의 대상이 되었던 '누보로망'이 그 실험 시대를 마감하고 클로드 시몽의 노벨문학상 수상을 계기로 문학사에 편입된 이후 우리가 새로이 주목해야 했던 작가들은 어떤 사람들일까? 르 클레지오, 미셸 투르니에, 아깝게도 너무 일찍 세상을 떠난 조르주 페렉, 그리고 파트릭 모디아노…… 여기서는 20세기 후반에 떠오른 별 모디아노의 세계를 일별해보겠다.

1968년에 발표된 모디아노의 데뷔작 『에투알 광장』의 뒤표지에는 다음과 같은 짤막한 작가 소개가 실려 있다. "로제 니미에상과 페네옹상 수상. 파트릭 모디아노는 1947년 파리에서 출생했으며……"

그러나 10년 후인 1978년 공쿠르상을 수상하게 되는 『어두운 상점들의 거리』 뒤표지에 실린 출생년도는 다르다. "파트릭 모디아노는 1945년 불로뉴 비앙쿠르에서 출생했고 『어두운 상점들의 거리』는 그의 여섯번째 소설이다." 그런가 하면 일곱번째 장편소설에서부터는 아예 작가 소개가 빠지고 없다. 한편 1975년 10월 네번째 소설 『슬픈 빌라』를 발표하면서 도미니크 자메와 가진 인터뷰에서 모디아노는 데뷔작 『에투알 광장』을 열여덟 살에 썼다고 말했다. 그렇다면 그의 출생년도는 1950년이어야 마땅하다.

이 작가의 출생년도나 나이를 정확하게 밝혀내는 것이 주된 관심은 물론 아니다. 그러나 작가 자신이 이 세상에 태어난 출발점에 대한 기록에서부터 이 같은 불확실성이 나타나고 있다는 것은 실로 상징적이라 아니할 수 없다. 왜냐하면 모디아노의 세계는 처음부터 끝까지 어떤 불확실성, 뿌리 뽑힌 삶, 정체성의 상실과 관련되어 있기 때문이다. 그는 1968년에 첫 소설을 발표한 이래 20여 년 동안 무려 열두 권의 소설을 발표했다. 거의 2년에 한 권꼴로 내놓은 그의 소설들은 단 한 번의 예외도 없이 즉각적이고 폭넓은 서평과 소개의 대상이 되어왔다.

그러나 작가 자신이 세인의 눈앞에 나타나는 일은 거의 없었다. 데뷔 이후 20여 년 동안 겨우 두세 번의 짤막한 인터뷰가 고작이었다. 그렇게 독자들의 눈에서 멀찍이 떨어져 있어 다소 '신비한' 인상을 주기도 했던 모디아노가 1985년 어느 날 이례적으로 프랑스의 유명한 텔레비전 독서 토론 프로그램 〈아포스트로프〉에 출연했다. 지금은 고인이 된 여배우 시몬 시뇨레도 그녀가 쓴 처음이자 마지막 베스트셀러 소설의 작가 자격으로 함께 출연했는데, 그때 독자들은 처음으로 그가 시몬 시뇨레의 친구 아들이라는 사실을 알게 되었다. 모디아노의 소설 속에서 흘러간 시절의 단역 배우로, 혹은 순회공연을 떠나고 없는 연극배우로 어렴풋이 모습을 드러냈다가 종적이 묘연해지는 '어머니'처럼 그의 어머니 역시 실제로 배우였다. 그날, 이 과묵하고 수줍은 청년 작가를 텔레비전에 출연하도록 설득한 사람은 바로 어머니의 친구였던 시몬 시뇨레였다.

그러나 텔레비전을 시청한 독자들은 무엇보다도 그토록 매끄럽고 투명한 문체의 소설들을 연거푸 써냈던 이 작가의 전무후무한 '눌변'에 충격적인 감동을 받았다. 사람들이 텔레비전에서, 그것도 프랑스 텔레비전에서 그런 눌변을 접해본 일은 일찍이 없었을 것이다. 외국인인 필자도 그날 텔레비전을 보면서 모디아노가 말을 할 때면 순간순간 그의 말을, 표현을 '도와주고 싶은' 충동을 느낄 정도였다. 그러나 그 토론에 참가한 다른 사람들은 그렇게도 느리게, 서투르게, 힘들게 형성되고 고통스럽게 만들어지고 입 끝에서 주저하는 그의 생각을 도와주고 대신해주고 붙잡아주고 싶은 충동을 용케도 자제하고 있었다.

"그래요…… 에…… 그러니까 다시 말해서…… 나는…… 아니…… 하지만 그래도 노력해보겠지만…… 즉…… 사실……

에…… 그럴 필요가 있다면…… 나로서는…… 글로 쓰는 것이…… 에…… 더 쉬워요……" 발자크의 소설에 등장하는 어느 인물의 말투일 것만 같은 이 예는 모디아노와 인터뷰를 했던 도미니크 자메의 속기록에서 빌려온 것이다.

다른 사람 같았으면 병적인 결함으로 치부되었겠지만 이튿날 파리 신문들은 일제히 모디아노의 '감동적 눌변'에서 받은 깊은 인상을 잊지 않고 지적했다. 사실 그 감동은 그의 소설에서 발견할 수 있는 자유자재의 말솜씨와 작가 자신의 눌변 사이에 존재하는 기묘한 거리에서 오는 것이었다. 도미니크 자메는 인터뷰하는 동안 목도한 모디아노의 '말하기 어려움'에 대하여 이렇게 이해하고 있다. "알 수 없는 그 어떤 깊은 바닷속에서 진귀한 진주들을 캐내듯 침묵으로부터 그 문장들을 하나씩하나씩 앗아와야만 하는 것이다. 그가 자신의 내면 속에 문을 닫고서 들어앉아버리도록 놔둬서는 안 된다. 파트릭 모디아노는 바다의 은유를 부르는 작가다. 그에게는 매우 부드럽고 매우 푸르고 매우 깊은 무엇이, 깊은 바다 같은 것이 있다."

그 깊은 바다는 다름아닌 존재의 어둠이다. '존재의 어둠'이라는 표현은 물론 구체적이고 감각적인 세계의 예술가인 소설가 모디아노에게는 너무 거창한 표현이다. 모디아노라면 오히려 이렇게 말할 것이다. "어린아이를 혼자 어둠 속에 놔두면 안 된다. 처음에는 어둠에 겁을 집어먹지만 곧 그것에 익숙해져 마침내는 햇빛을 아예 잊어버리고 마는 것이다."

그의 데뷔작 『에투알 광장』은 5월 학생혁명에서 총파업, 드골 대통령의 하야로 이어지는 격동기인 1968년 6월에 나왔다. 당시의 정치적 이슈와는 전혀 무관한 유대인 및 유대인 배척 감정을 다룬 광란하는 문체의 바로크적 소설이었다. 유대인 청년 라파엘 슐레밀로비치는 유대인이라는 출신 성분의 고정관념에서 헤어나지 못한다. 그러면서 동시에 그 출신 성분의 노예가 되기를 거부한다. 그에게 모든 것은 조롱의 대상이다. 그는 폭력에 매혹되어 있고, 반유대주의자들 및 독일 SS 장교들과의 동지애 속에서 2차 대전과 독일 점령기를 체험하고 또한 그 시기를 꿈꾼다. 유대 민족의 영광과 수난과 유희와 비극을 골고루 몸소 체험하고 살면서 그는 허구적 인물들뿐만 아니라 셀린의 패러디인 듯한 루이 페르디낭 바르다뮈, 브라지야크, 히틀러, 프로이트 등의 실존 인물들을 만난다. 그는 조롱과 절규가 뒤섞인 그 환각의 소용돌이 한가운데 '에투알 광장'을 새겨넣는다. "1942년 6월, 어느 독일군 장교가 청년에게 다가와 묻는다—실례합니다. 에투알 광장이 어디 있지요? 청년은 자신의 왼쪽 가슴을 손가락으로 가리켜 보인다."(「유대 이야기」) 이와 같은 책머리의 제사는 독자들의 기억에서 오래도록 잊히지 않을 것이다. 파리의 가장 큰 광장의 이름인 '에투알'은 '별'이라는 뜻이지만 동시에 독일 점령기에 유대인들이 그들의 왼쪽 가슴에 달고 다녀야만 했던 비극적 저주의 표시였다.

　　로제 니미에상을 받은 이 데뷔작에 이어 이듬해에 두번째로 발표한 작품 『야간순찰』 역시 독일 점령기 파리의 어둠 속에서 전개되는 이야기다. 18세의 청년인 '나'는 가짜 증명서 덕분에 어머니와 함께 연금을 타먹으며 할 일 없이 지낸다. 그러던 어느 날 카페의 테라스에서 우연히 만난 두 사람(전과자인 케디브와 면직당한 전직 경찰관 필리베르가 이끄는 시마로자 광장 패거리)의 권유에 따라 홍신소의 사설 탐정으로 일하게 되고, 마침내 갱단과 경찰의 끄나풀로 전락하면서 점령기 파리의 어둠 속을 누비고 다니게 된다. 그는 시마로자 광장 패거리의 명령에 따라 도미니크 대위가 영도하는 일단의 레지스탕스 조직에 파고들어가 그들의 활동을 탐지하고, 종국에는 그 조직을 일망타진하고자 한다.

그는 맡은 임무를 너무나 충실하게 이행한 나머지 이번에는 도미니크 대위로부터 시마로자 광장 패거리 속에 잠입하여 그들이 꾸미고 있는 음모를 탐지해 레지스탕스에 보고해달라는 임무를 부여받기에 이른다. 이중간첩의 입장은 고통스럽다. 케디브는 그에게 도미니크 대위와 그의 조직을 넘기라고 닦달하고 도미니크 대위는 케디브와 필리베르를 제거하라고 요구한다. 어떻게 할 것인가?

"대위에게서 케디브에게로, 케디브에게서 대위에게로 끊임없이 오가는 짓은 기진맥진할 노릇이다. 나는 양쪽을 다 만족시키고 싶은데 (나를 살려주십사고) 이 이중의 장난에는 내가 갖지 못한 육체적 저항력이 요구된다. 그래서 나는 갑자기 울고만 싶어진다. 나의 자유분방하던 마음가짐은 사라져버리고 영국 유대인들이 말하는 이른바 '신경질적인 의기소침' 상태가 대신한다. 나는 온갖 생각의 미로를 비틀

거리며 지나, 마침내 반대되는 두 패거리로 나뉜 이 모든 사람들이 은밀하게 공모해 나를 망치려 한다는 결론에 이르렀다. 케디브와 대위는 같은 인물에 불과하며, 나 자신은 이 불빛에서 저 불빛으로 날아다니면서 그때마다 날개를 조금씩 조금씩 더 많이 태우기만 하는 겁에 질린 한 마리 불나방에 지나지 않는 것이다."

모디아노가 추적하는 파리의 어둠은 양심의 어둠이다. 모디아노의 주인공은 유다를 연상시킨다. 유다는 배신자가 되도록 운명 지어진 인물이다. 그가 배신하지 않았다면 복음서의 말씀은 실현되지 않았을지도 모른다. 그는 미리부터 악역을 맡게 되어 있었다. 그렇다면 그의 책임에도 한계가 있다고 볼 수 있다. 모디아노의 주인공도 어쩌면 인간의 죄악을 한몫 부담하고 있겠지만 인간이나 이 세계를 창조한 것은 그가 아니다.

그러나 모디아노의 소설은 양심과 죄악의 문제에 정면으로 접근하지 않는다. 이 작가에게 중요한 것은 오히려 소설 전체를 지배하고 있는 '어둠의 분위기'이며 그 분위기를 구성하는 이미지와 목소리, 어둠 속을 돌아다니는 '야간순찰' 행위다. 장차 그의 여러 소설에서 중요한 특징들 중 하나가 될 수많은 고유명사들은 이미 초기 소설에서부터 두드러지게 반복적으로 등장한다.

소설의 초입부터 케디브, 필리베르, 리오넬 드 지에프, 바루치 백작, 프라우 술타나, 리디아 슈탈 남작 부인, 비올레트 모리스, 헬더, 코스타체스코, 장 파루크, 드 메토드, 가에탕 드 뤼사츠, 오디샤르비, 시몬 부크로, 이렌 드 트랑제…… 등 수많은, 그리고 기이한 이름들과 그들의 목소리들이 끊임없이 반복되고 서로 뒤섞인다. 이 소설은 흔히 보는 줄거리 중심의 이야기도, 풍속소설도, 철학적 주제를 형상화한 소설도 아니다. 현재와 과거와 그보다 더 먼 과거의 시간적 층위가 처음 읽는 독자에게 빈번이 혼선을 일으킨다. 같은 이야기가 반복되거나 다소 다른 각도에서 되풀이해 다뤄지기도 한다. 혼란에 빠진 주인공의 머릿속에서 소용돌이치는 폭풍의 기록이요 어둠의 기록이기 때문이다.

이 같은 혼란 속에서 어떤 통일성과 질서, 혹은 규칙적인 모티프를 유지시켜주는 것이 인명의 반복이나 파리의 거리 이름(레오뮈르가, 불로뉴 숲, 마이요, 라 뮈에트, 오퇴유, 시마로자 광장, 클레베르 대로, 샤틀레 광장, 파스퇴르 대로……), 그리고 무엇보다도 독자의 의식 속에 스며드는 저 토막난 노래 가사들이 맡고 있는 역할이다. 모디아노의 소설은 같은 후렴이 반복되는 음악이나 몇 가지 모티프와 색채가 반복됨으로써 전체를 이루는 그림을 연상시킨다.

1972년에 발표된 세번째 소설 『외곽 순환도로』는 아카데미 프랑세즈 소설 대상을 수상했다. 소설의 주인공은 '잃어버린 아이'로 한사코 아버지를 찾아나선다. 그리하여 만나게 된 아버지가 유명하지도 않으며 미남도 아니고 용기 있는 사람도 아니라는 것을 알게 되고도 필사적으로 그에게 집착한다. 그는 모디아노의 아버지를 많이 닮았다. 그는 암시장의 밀매꾼일까, 쫓기는 유대인일까?

"아빠에 대해 관심이 많았어요. 사람은 항상 자신의 근원이 궁금한 법이니까요."

이야기는 우선 노랗게 바랜 한 장의 사진을 보면서 떠올리는 몽상에서 시작되고 바로 그 사진으로 돌아가 끝을 맺는다. 소설은 송두리째 익살맞은 조작인 동시에 때로는 악몽일 그 몽상 속에 담겨 있다. 여기서도 역시 시간적 순서에 혼란이 일어난다. 끊임없이 현재와 과거 사이를 넘나드는 시간적 왕래 속에서 주제가 변주된다.

독자는 자연히 화자의 나이가 몇 살쯤일까를 자문하게 된다. 그는 분명 청소년기의 인물이다. 그러나 소설에 진술된 주요 사건들이 발생할 당시 그는 27세의 청년이고 그가 글을 쓸 때의 나이는 57세다. 그렇지만 그는 책의 마지막 페이지에서 이렇게 말한다. "그런데 이렇게 젊은 내가 어떻게 그 사람들 이야기를 할 수 있을까?"

실제로 그는 자신이 알지 못했던 사람들의 이야기를 하고 있다. 2차 세계대전 이후에 태어난 작가 모디아노는 마치 자신의 체험인 양 자기가 태어나기도 전인 독일 점령기의 이야기를 고통스럽게, 그것도 일인칭으로 하듯이, 사진을 보고 그들을 상상해 지어내면서, 그들을 알았을 수도 있고 그들 가운데서 자신의 아버지를 찾아낼 수도 있었을 거라고 생각한다. 상상치고는 난처한 상상이다. 그 상상 속에서 아버지는 지중해 연안의 유대인, 살찌거나 왜소한 모험가이자 서투르고 한심한 인물이다. 주인공 세르주 알렉상드르가 스스로 지어낸 어린 시절은 어떤가? 그에겐 어머니가 없다. 아주 오랜 기억을 더듬으면, 아버지가 자신을 어느 부인에게 맡기고 떠났던 것만 생각난다 (언제, 무슨 사정 때문에? 알 수 없는 일이다. 이 이야기는 후일 그의 열한 번째의 소설 『감형』에서 좀더 구체적으로 다루어진다). 그런데 그 부인이 이번에는 아이를 보르도의 중학교에 보내고 그는 거기서 대학 입학 자격 시험을 치른다. 그 무렵 그가 알지도 못하는 아버지가 불쑥 나타나 자신의 모험에 찬 삶을 함께 나누지만 아버지는 곧 자식에게 싫증을 느낀 나머지 아들을 지하철 선로에 떠밀어 죽이려고 한다. 그것도 실패로 돌아가자 아버지는 자취를 감추고, 아들은 그를 10년 뒤에야 다시 찾는다. 이때 그 이상한 아버지는 아들을 알아보지 못한다. 아들은 궁지에 빠진 아버지를 구하려고 애쓰지만 헛수고다.

"파트릭 모디아노는 우리에게 우화적 소설을 보여준 것인지도 모른다. 우리는 처음에 이 작가가 그저 기이한 고정관념에 사로잡힌 채 점령기를 중심으로 맴돌고 있다고 생각하게 된다. 그러나 그 시기는 지극히 중요하다. 그렇게 파괴되어버린 가치들을 대신할 만한 새로운 가치가 그 이후에 전혀 출현하지 않았기 때문이다. 그는 어느 문명의 고아이며(어머니의 부재) 기껏 찾아낸 아버지는 혐오감을 자아내는 동시에 가엾기 짝이 없는 존재인데 그는 그 아버지와의 유대 관계를 분명하게 선언하기로 결심한다." 이것은 자크 브레너의 해석이다. 그러나 앞서의 『야간순찰』에서와 마찬가지로 모디아노의 주된 관심은 단순한 시대적 가치관보다는 '존재의 어둠'에 있는 것 같다.

'아버지 찾기'는 지금까지 모디아노가 소설에서 다뤄온 항구적인 문제다. 여기서 아버지를 '찾는다'는 것은 아버지, 즉 근원이 어둠에 묻혀 있음을 의미한다. 모디아노의 모색은 처음부터 끝까지 어둠 속의 모색이다. 그것은 무국적자 유대인의 모험이다. 그 어둠 속에 던져지는 저 간헐적이고 국지적인 불빛을 받아 찍힌 '사진'은 바로 그 안타까운 의식의 한순간인 것이다.

네번째 소설 『슬픈 빌라』에 이르면 초기 소설이 보여주던 문체와 호흡상의 바로크적 혼란과 숨가쁨이 한결 정리된 가운데 차츰 모디아노 특유의 담담하고 절제된 문장들이 그 '어둠'을 한층 더 '단정한 절망'으로 만들기 시작한다.

모디아노의 소설 대부분이 그러하듯 여기서도 시간상의 아나크로니즘은 소설의 존재 양식과 깊이 관련되어 있다. 대체로 독자가 이해할 수 있는 것은 주인공 빅토르 슈마라가 회상하는 12년 전의 기억이 소설의 주된 내용을 이루고 있다는 점이다. 과거와 현재가 그 경계를 헤아리기 어려울 정도로 뒤섞여 있는 모디아노의 세계 속에서 이야기는 대개 화자가 중년의 기슭에 이르러 소용돌이로 가득차 있던 젊은 시절을 돌이켜보는 형식을 취한다. 일인칭의 주인공이 18세였던 12년 전, 당시는 알제리 전쟁으로 프랑스 국내의 분위기가 매우 불안했던 시기였다. "그 이름난 온천도시의 조그만 호숫가에서 당시 열여덟 살의 나는 무엇을 하고 있었던가? 아무것도 하는 일이 없었다. (……) 나는 언제부터인지 모르게 결코 떨쳐버릴 수 없는 공포감에 사로잡혀 몹시 시달리고 있었는데 특히 당시 그 공포는 까닭 모르게 더욱 커져서 최고조에 달해 있었기 때문이다. 내가 파리에서 도망치듯 빠져나온 이유도 결국 나와 같은 사람들에게 파리라는 도시가 점점 위험한 곳이 되어간다는 생각 때문이었다." 눈에 보이지 않는 경찰의 손길이 뻗치고 있고 일제 단속이 잦아지고 도처에서 폭탄이 터졌다. 그래서 주인공은 "스위스에서 겨우 5킬로미터밖에 떨어지지 않은 곳이라는 이유로" 이 온천도시를 피난처로 선택한 것이었다.

얼핏 보기에는 역사적 주제를 다룬 것 같지만 이 소설에 등장하는 1950년대 말기 알제리 전쟁은 다른 소설의 독일 점령기나 마찬가지로 존재의 근원적 어둠에 대한 은유에 지나지 않는다. '어둠'은 도처에 있다. 우선 존재의 어둠은 뿌리 뽑힌 삶의 출발점을 뒤덮고 있다.

주인공에게는 아버지나 어머니가 기억 속의 한 편린에 불과하다. 아버지는 러시아혁명을 피해 젊은 나이에 조국을 떠나 콘스탄티노플, 베를린, 브뤼셀 등을 전전하다가 파리로 온 무국적자다. 그후 미국에 가서 결혼했다가 이혼하고 막대한 위자료를 받아 프랑스로 돌아온 그는 뮤직홀 무대를 전전하는 주인공의 어머니를 우연히 만났다. "그렇게 해서 내가 태어났다. 그들은 둘 다 1949년 7월 관광비행기를 타고 페라 곶 쪽으로 떠난 후 실종되었다." 이것이 적어도 주인공이 그의 여자친구 이본에게 들려준 이야기다. "그녀가 내 이야기를 믿었을까? 반신반의했겠지. 하지만 잠이 들기 전 그녀는 늘 나에게 귀족 칭호를 가진 저명인사나 영화배우들이 등장하는 흥미진진한 이야기를 해달라고 졸랐다."

어느 것 하나 확실한 것이 없다. 지어낸 이야기와 실제 사실 사이의 구별도 불확실하다. 빅토르 슈마라 백작이라고 자처하는 18세의 화자 역시 그 정체가 불분명하다. 빅토르라는 이름마저 그의 진짜 이름은 아닌 것 같다. 불확실한 것은 주인공 빅토르만이 아니다. 온천도시 호텔 로비에서 만나 동거하게 된 여자 이본 역시 신분이 매우 불확실하다. 〈산에서 보낸 연서〉라는 영화에 출연한 영화배우라지만 그 영화를 본 사람은 아무도 없다. "내가 물어보는 사람마다 그런 영화는 없다고 했고 게다가 (제작자인) 롤프마드자의 이름마저 기억하는 사람이 별로 없었다. 정말 안타까운 일이다. 내가 잘 알고 있었고 그토록 사랑했던 그녀의 목소리, 몸짓, 그리고 신비로운 시선들을 영화에서나마 다시 찾을 수도 있었을 텐데."

그러니까 존재의 어둠은 근원에만 있는 것이 아니라 현재 삶의 조건 그 자체이기도 하다. 어둠은 바로 시간의 파괴력이다. 흐르는 시간과 더불어 생생한 현재는 하나씩하나씩 심연 속으로 무너진다. 그 어둠 속에 때때로 기억의 편린들이 잠시 빛을 발하며 떠돌 뿐이다. 그러나 이 산산조각난 기억의 편린들을 무엇으로 모아 하나의 전체로 구성할 수 있단 말인가? 그리고 그 기억들조차도 기억의 주체인 개인의 소멸과 더불어 영원히 사라지고 마는 것이다. 앙리 맹트의 죽음과 더불어 그의 비밀도 어둠 속으로 영원히 가라앉아버린다.

"맹트의 죽음은 영원히 무엇인지 밝혀지지 않고 어둠 속에 존재하는 분명치 않은 문제들을 남겨놓고 말았다. 그래서 나는 끝내 앙리 퀴스티케르가 누구인지 알 수 없게 되고 말았다. 나는 큰 소리로 그 이름을 되풀이해 발음해보았다. 퀴스티케르, 퀴스티……케르, 나와 이본 이외의 다른 사람에게는 아무런 의미도 줄 수 없는 이름이다. 그런데 이본은 그후 어떻게 되었을까? 한 인간이 사라진 것에 우리가 가슴 저려 하는 것은 사실 그와 우리 사이에 존재했던 그 암호 때문이었는데, 한 존재의 사라짐과 더불어 그 암호가 무용하고 텅 빈 것으로 변해버리는 것이었다."

스위스 국경에서 불과 5킬로미터 떨어진 온천도시에서 만난 이본이나 앙리 맹트는 12년 뒤에 다시 생각해보면 한낱 꿈이나 유령에 불과했던 것처럼 보인다. 미국으로 함께 떠나기로 굳게 약속했던 이본은 왜 끝내 파리행 급행열차가 떠나는 역으로 나오지 않았을까?

『슬픈 빌라』의 참다운 주인공은 화자의 12년이라는 시간과, 옛날의 호사스럽던 호텔들이 지금은 더러는 헐려버리고 더러는 가구 딸린 아파트로 개조되어버린 기억 속 온천도시, 그 공간인지도 모른다.

모디아노가 지금까지 발표한 소설들 중 여러 작품의 제목이 공간적이거나 시간적인 의미를 함축하고 있다. 『에투알 광장』『야간순찰』『외곽 순환도로』『슬픈 빌라』『어두운 상점들의 거리』『잃어버린 거리』『어린 시절의 탈의실』등이 공간을 지시하는 제목들이라면 『청춘 시절』『팔월의 일요일들』은 시간과 관련된 제목들이다. 이런 사실은 그의 상상력이 주로 시간적이고 공간적인 특성을 지니고 있음을 말해준다. 그와 동시에 그가 문학을 통해 줄기차게 관심을 쏟고 있는 것은 바로 자신의 거리, 자신의 공간, 즉 '뿌리내릴 곳'을 찾고자 하는 고달픈, 그리고 필사적인 노력임을 암시하기도 한다.

자신의 근원과 혈통과 정체성을 규명하려 노력하고, 조각조각난 여러 이질적 문화 사이에서 찢긴 채 유령처럼 떠도는 대신 굳건한 전통 속에, 소속감 속에 뿌리내리고 싶어하는 간절한 욕구는 모디아노의 소설 도처에 고정관념처럼 나타나고 있다.

바로 이런 점에서 그의 다섯번째 소설 『추억을 완성하기 위하여』는 그 제목부터 의미심장하다. 프랑스에서 '호적부'란 호적을 담당하는 행정기관에서 신혼부부에게 발급하는 수첩으로 혼인 증명서가 포함되며 장차 자녀가 출생하게 되면 그 출생신고 내용도 이 수첩에 기록된다. 따라서 '호적부'는 한 인간의 사회적 소속 관계를 공식적으로 증명해주는 가장 구체적인 근거가 되는 것이다.

1977년에 발표된 이 다섯번째 소설은 모디아노의 소설들 중에서도 자전적 색채가 가장 짙다. 첫째로 이 작품 속의 일인칭 화자는 자신의 이름을 파트릭 모디아노로 소개하고 있다. 그리고 그 화자는 이렇게 술회한다. "나는 열일곱 살이었다. 그리고 나에게는 오직 프랑스의 작가가 되는 일만이 남아 있었다." 그는 과연 이듬해인 18세에 데뷔작 『에투알 광장』을 썼다고 한다. 그리고 끝으로 이 작품의 첫 장章에 기록되어 있듯이 작가는 그의 첫딸이 출생한 해에 이 소설을 쓴 것으로 알려져 있다. 따라서 이 작품에는 작가 자신의 최근 경험(딸의 출생을 통한 '뿌리내림'의 경험)이 투영되어 있다고 볼 수 있다. 1978년에 필자가 문장사에서 번역 출판한 이 소설은 우리나라 독자들에게 작가 모디아노를 처음으로 소개하는 계기가 되었다. 이 작품은 총 열다섯 장으로 구성되어 있는데 그 각각의 장은 독립된 별개의 이야기들을 이루고 있을 뿐 연속적인 줄거리로 이어져 있지 않다. 다만 열다섯 장에 공통된 화자 '나'의 목소리가 작품의 통일성을 유지해주며, 거기서 일관된 '분위기'가 만들어진다.

작품 앞에는 르네 샤르의 말을 인용한 제사가 붙어 있다. "산다는 것은 하나의 추억을 완성하기 위하여 집요하게 애쓰는 것이다." 요컨대 이 기이한 작품은 화자가 추억을 '완성'하기 위해 드러내 보이는 열다섯 개의 기억의 편린들이라고 할 수 있다.

1) 화자 '나'는 이제 막 태어난 딸의 아버지로서 급히 시청 호적과를 찾아 문을 닫기 직전에 출생신고를 한다. "나는 붉은색 가죽 표지가 씌워진 조그만 노트인 '호적부'를 들춰보면서 병원 층계를 내려갔다. '호적부'라는 제목이 졸업장, 공증인 증명, 족보, 토지대장, 귀족 칭호 증명서, 혈통 증명서 등의 온갖 관청 서류들을 대할 때 느껴지는 것과 같은 어떤 존중심 섞인 흥미를 불러일으켰다…… 처음 두 장에는 나와 내 아내의 성명과 더불어 나의 혼인 증명서 사본이 있었다. 내 호적상의 상세한 내용은 따지고 싶지 않았는지 '부父'에

해당되는 칸은 빈칸으로 남아 있다. 사실 나는 내가 어디서 태어났고 내가 태어났을 때 부모의 이름이 정확히 무엇이었는지 알지 못한다. 네 등분으로 접힌 푸른 바닷빛 종이 한 장이 이 호적부에 핀으로 부착되어 있었다. 내 부모의 혼인 증명서였다. 점령기에 한 결혼이었으므로 거기 적힌 아버지의 이름은 가명이었다."

여기서 우리는 모디아노가 자신이 태어나기도 전인 '점령기'에 왜 그렇게 집요하게 매달리는지를 이해하게 된다. 아버지와 어머니가 만난, 그리하여 내가 태어난 그 시대는 공포의 혼란기가 강요하는 '가명'의 어둠에 덮여 있기 때문이다. 화자는 그 어둠의 심연으로 내려가 존재의 깨어진 조각들과 만난다. 호적과를 찾아가는 길에 동행한 아버지의 친구 코로맹데는 바로 그 과거의 뜻 모를 파편들 중 하나다.

2) 화자가 스무 살도 채 되지 않았을 때 만난 앙리 마리냥은 '아버지의 수많은 화신 중 하나'라고 여겨지기에 관심의 대상이다. 그는 전쟁 전 중국에서 통신사 기자로 활약했고 "1940년에서 1945년 사이에는 파리, 비시, 리스본 사이에서 수수께끼 같은 사명"을 수행했으나 "1945년 베를린에서 호적상 종적을 감추게 된다". 그는 모디아노의 소설들 속에 줄기차게 등장하는 그 많은 실종자, 호적 상실자, 기억 상실자들의 무리 중 한 사람에 불과하다. 마리냥은 왜 중국으로 떠나려는 것인가? "자신의 청춘을 되찾겠다는 희망 때문이라고 그는 말했다. 그런데 나는? 그것은 세상의 다른 끝이었다. 나는 바로 거기에 나의 뿌리, 나의 가정, 나의 보금자리, 내게 없는 모든 것

이 있다고 나 자신을 설득하고 있었다." 그러나 중국으로의 여행은 끊임없이 미뤄졌다.

3) 세번째 장은 필라델피아의 양탄자 짜는 기술자의 딸인 할머니의 이야기다. 어린 시절과 청년 시절의 일부를 알렉산드리아에서 보냈다는(실제로 모디아노의 아버지는 알렉산드리아에서 자란 유대인이었다) 할아버지는 "그 어떤 우연으로" 파리에서 할머니와 만났으며 "어떻게 해서 그 만년에 할머니는 레옹 보두아예 가로 오게 되었던 것일까?" 화자는 오랜 세월이 지난 오늘 할머니의 흔적을 찾아볼 길 없는 레옹 보두아예 가를 헤매어다니며 몽상에 잠긴다.

4) 어머니는 반더레덴이 만든 네 편의 영화에 나온 매우 젊은 스타였다(실제로 모디아노의 어머니는 영화배우였다). 그의 소설들에 등장하는 수많은 연상의 여인들은 그의 실제 어머니를 어느 정도 닮아 있다. 그 어머니는 어둠의 시절 역에서 앙베르로 가는 기차를 기다리고 있었다. 그러고는 아무도 그녀를 본 사람이 없다.

5) 열다섯 살 때의 어느 겨울 화자는 리옹 역에서 아버지와 함께 기차를 탔다. 솔로뉴의 작은 역에 내린 그들은 어느 낯선 사람들의 시골집을 찾아가서 묵었다. 아버지는 아들을 그 집에 혼자 남겨둔 채 기차를 타고 떠나버렸다. 숲에서는 사냥이 계속되고 있었다.

6) 1973년 10월 초의 어느 저녁 화자는 카페에 마지막 손님으로 남아 있던 한 육십대 남자가 테이블 앞에 앉은 채 죽어 있는 것을 발견한다. 경찰은 그가 1913년 상트페테르부르크에서 태어난 앙드레

부를라고프라는 인물임을 밝혀냈다.

"그러니까 그의 인생은 1913년 러시아의 상트페테르부르크에서 시작된 것이었다. 강가에 있는 그 붉은빛 궁정들 중 어느 하나에서. 나는 그해에 이르기까지 시간의 흐름을 거슬러올라가 커다란 하늘빛 신생아실의 빠끔히 열린 문틈으로 미끄러져 들어갔다. 조그만 손을 요람 밖으로 내밀고 넌 잠자고 있었지."

7) 화자는 〈남부의 반 메르 선장〉이라는 영화의 각색 대본을 쓴다. 영화감독 조르주 롤네, 남자배우 브뤼스 텔장, 여배우 벨라. 한 편의 영화를 만들기 위하여 그렇게 모였다가 흩어져 사라져버리는 사람들. 모디아노의 소설에 자주 등장하는 영화 촬영 장면은 삶의 덧없음이 강한 조명을 받는 좋은 기회이다. (『잃어버린 거리』 참조)

8) 결혼한 화자는 아내를 데리고 비아리츠의 옛 성당을 찾아간다. 그곳에서 옛날 세례 증명서를 찾아낸다. "그후 많은 것이 변했고 가슴 아픈 일이 수없이 많았지만, 그래도 자신의 옛 본당을 다시 찾아냈다는 것은 힘이 나는 일이었다." 여느 작가 같으면 비로소 설명을 시작해야 할 곳에서 모디아노는 문득 입을 다물어버린다. 모디아노의 매혹은 이런 돌연한 침묵과 그뒤에 찾아드는 적막함과 투명한 슬픔이다. 가슴이 찢어질 듯하지만 눈물을 흘려서는 안 된다. 그 침묵은 눈물도 흐르지 않는 공허다.

9) 모디아노가 로잔에 살던 시절을 기록한 이 장에는 이 작품의 주제가 가장 극명하게 나타나 있다. "내 나이 겨우 스무 살이었지만,

내가 태어나기 전부터 이미 내 기억력은 존재하고 있었다. 예를 들어 나는 점령기 파리에서 살았던 것을 확신한다." 스위스에는 출생 이전의 기억의 망령들이 살아서 돌아다닌다.

10) 열여덟 살 때 로마의 한 서점에서 일하던 '나'는 카바레에서 쇼를 하는 갈색 머리 여자 클로드 슈브뢰즈 양을 알게 된다. 꽃다발을 들고 그녀를 찾아오는 노신사 르 그로와도 아는 사이가 된다. 그는 옛 이집트의 몰락한 왕이었다. '나'는 뤽상부르 공원에 앉아 펴든 신문에서 르 그로의 죽음을 알게 되었다. "그는 트라스테베레의 비알레 식당에서 사망했다. 아마 그가 그토록 좋아했던 초록색 이탈리아 파이를 먹고 있었을 것이다." 그 죽음 위로 모디아노의 투명하고 고즈넉한 시선이 던져진다. 삶의 어느 한순간의 스냅 사진.

"모든 것이 이제 시작되려는 참이었다. 미래는 찬란할 것이었다. 미래의 희망으로 가득차 있던 그 청년이 바로 르 그로였다." 밍크코트 속에 팬티 한 장만 걸친 여자와 함께 바라보는 옛날의 기록영화에서는 그러했다. 르 그로는 죽고 낡은 필름만 비늘처럼 떨어져 남았다.

11) '나'는 알렉스 삼촌과 함께 자동차를 타고 시골의 물방앗간을 사러 갔다. '나'의 나이 열네 살 적이었다. 삼촌은 "사람이 언제까지나 뿌리 없이 떠돌며 살 수만은 없"기 때문에 시골의 물방앗간을 사서 정착하겠다고 했다. 그런데 5년 전에 방앗간을 헐고 그 자리에 새로 집을 지어놓은 주인이 '옛날 물방앗간보다야 지금 이게 훨씬 값나가' 보인다고 자랑한다. "여기까지 오는 동안 삼촌은 오래된 돌방아

와 풀숲 사이로 흐르는 시냇물과 프랑스의 들판을 꿈꾸었다. 우리는 우아즈 주, 오른 주, 외르 주, 그리고 그 밖의 여러 주를 거쳐왔다. 그리하여 마침내 이 마을에 이른 것이다. 그런데 삼촌, 그 많은 노력이 다 무슨 소용이 있던가요?"

12) '나'는 드니즈 드레셀을 소개받았다. 그때 '나'의 머릿속에 문득 서커스 무대와 '하리 드레셀'이라는 이름이 떠올랐다. 이제는 아무도 기억하지 못하는 그녀의 아버지였다. "1952년 1월 카이로의 대화재와 하리 드레셀의 실종은—불행하게도—시기가 일치했다." 모디아노의 소설 속에서 쉽게 마주치는 또하나의 '실종'이다. '나'는 드니즈의 애인이 되었고 그녀의 요청에 따라 하리 드레셀의 생애를 추적한다. 그러나 "메모들을 모아두긴 했지만 나는 그 일생의 빈 구멍들을 메울 수가 없었다. 가령 1937년까지 하리 드레셀은 무엇을 했을까?" 단 하나의 구멍, 단 하나의 밝혀지지 않은 의문만으로도 과거 전체가 허물어져버릴 위험이 있다.

그런데 어느 날 집에 돌아와보니 책상 위에는 드니즈의 메모만이 기다리고 있었다. "나는 아르헨티나에 가서 살 거예요. 무엇보다 아버지에 대한 책은 계속 써주세요. 당신에게 키스를 보내며. 드니즈." 그는 그의 어린 시절 이래 "사람과 물건들이 어느 날인가는 우리를 떠나 사라져버린다는 것을 깨달은 이후로 이미 친숙한 공허감"을 다시 느낀다.

13) '나'는 결혼식을 치르기 전 몇 달 동안 아내의 고향인 튀니지

를 찾아간다. "알렉산드리아의 마지막 메아리가, 그리고 그보다 더 멀리 테살로니카와 화재로 허물어지기 전의 수많은 다른 도시의 메아리가 바람에 실려 내게로 왔다. 나는 내가 사랑하는 여자와 이제 곧 결혼하게 되어 있었고, 마침내 우리가 절대로 떠나지 말아야 했을 그 동방의 땅에 돌아와 있었다."

14) 콩티 강변로의 아파트를 세놓는다는 신문 광고를 보고 '나'는 그 집을 찾아간다. "그것은 분명 내가 어린 시절을 보냈던 아파트였다." 저물어가는 그 빈 아파트에서 화자는 "태어나기 전부터 존재했던 기억"을 따라 머나먼 과거를 되살린다. 그 과거는 실제의 현실일까, 상상일까? "아버지와 어머니는 발붙일 곳 하나 없는 두 명의 뿌리 뽑힌 자였고 그늘에서 너무 환한 빛으로, 빛에서 그늘로 그리도 쉽게 옮겨다니며 점령기 파리의 밤 속에 떠 있는 두 마리 나비였다. 어느 날 새벽 전화벨이 울렸고 알 수 없는 목소리가 아버지를 당신의 본명으로 찾았다. 그러고는 곧 전화를 끊어버렸다. 아버지가 파리에서 도망치기로 마음먹은 것은 그날이었다……"

15) '나'와 아내와 딸. '나'는 서른 살하고 넉 달, 아내는 곧 스물다섯 살이 된다. 니스 시가를 가로질러 달리던 택시가 한 호텔 앞을 지난다. "여닫이문이 닫혀 있는 흰색 건물. 나는 철책 너머 저 안쪽, 아마도 공원으로 바뀐 뜰을 잠시 보았다." (후일 모디아노는 바로 이렇게 가구 딸린 아파트로 변해버린 니스의 옛 호텔에 들어 사는 인물을 등장시켜 『팔월의 일요일들』을 쓰게 된다.) "그렇다, 나는 저 호텔에 머무른 적

이 있다. 내게는 그때의 희미한 기억, 당시 오늘과 똑같은 아내와 어린 딸아이와 함께였다는 기묘한 인상이 남아 있다. 그 전생의 자취를 어떻게 하면 되찾을 수 있을까?"

모디아노 소설의 가장 기이한 매혹은 투명하고 단정한 문체로 기록된 현실이 어느 순간엔가 문득(독자가 미처 경계심을 갖지 못한 사이에) 비현실의 세계로 탈바꿈하는 데서 온다. 그의 기억이 찾아가는 과거는 적어도 조각난 편린 하나하나로서는 분명한 모습을 갖추고 있다. 그러나 그것이 과연 실제로 '나의 과거'인지 단순한 상상인지 아니면 어떤 초현실적인 현상으로 인해 다시 찾게 되는 '집단적 기억'인지는 알 수 없는 일이다. 모디아노가 아니더라도 우리는 가끔 어느 골목을 들어서면서 돌연 '내가 전에 이곳에 와본 적이 있다'고 확신하는 순간을 경험하지 않는가? 난생처음 찾아오는 곳인데도 말이다. 그 '전생의 자취', 그 조각조각난 인상들 위로 모디아노는 밝은 언어의 빛을 비춰 보인다. 다만 그 조각들 서로 간에는 뛰어넘을 수 없는 깊은 어둠이 가로놓여 있다. 모디아노의 저 빛나는 기억의 조각들은 하나하나가 바닥 모를 어둠 속에 떠 있는 아름답고 외로운 섬들이다. 그리고 그 섬들마저 하나씩 어둠에 덮인 시간의 바다 깊이 가라앉고 있다. 마치 자동 타임 스위치를 켜면 잠시 드러나는 풍경─그러고는 다시 캄캄한 어둠이 뒤덮이듯이.

여섯번째 소설 『어두운 상점들의 거리』 역시 자아의 정체성을 탐구해가는 과정이라는 점에서 앞의 다른 소설들과 맥을 같이하고 있다. 그러나 사실상 모디아노는 이 공쿠르상 수상작을 계기로 전에 쓴 다섯 편의 소설에 비해 상대적으로 보다 일관된 줄거리를 갖춘 소설 작품들을 선보이기 시작한다. 이때부터 그의 소설들은 앞에서 이미 어느 정도 그 전조가 엿보였던 '탐정소설적 형식'에 더욱 뚜렷하게 의존하는 경향을 보인다.

이 소설은 원인은 불확실하나 언젠가부터 기억 상실로 인해 과거를 송두리째 잃어버린 한 사내가 자신의 정체성을 되찾기 위해 노력하는 일련의 과정을 그리고 있다. 두번째 소설 『야간순찰』에서처럼 화자인 '나' 기 롤랑은 흥신소 직원이었는데 직장이 문을 닫고 주인 위트가 지방 도시 니스로 은퇴한 것을 계기로 이제는 남의 비밀을 캐는 일을 그만두고 자신의 과거를 추적하는 일에 본격적으로 착수하게 된다.

그는 우선 어느 식당의 보이를 소개받는다. 자신을 보면 볼수록 아득한 옛날에 "늦은 밤이면 식당에 찾아오던 패거리 중 한 사람인 것 같은 인상"을 받는다고 증언한 사람이었다. 그런데 그 옛 고객 패거리 중 또 한 사람이 최근 어느 신문에 난 부고에서 상주로 소개되어 있음을 발견한다. 화자는 그 부고에 나온 장례식장을 찾아가서 옛 러시아 망명객들 가운데서 문제의 인물을 만난다. 이렇게 시작된 고달프고 안타까운 추적 과정은 수많은 낯선 인물들, 낡은 고문서들, 모습이 변해버리기 전의 인물들이 찍혀 있는 빛바랜 옛날 사진들, 어떤 인물들이 살던 거리나 집, 옛 전화번호부, 주소록, 증언 문서, 흥신소의 기록들을 차례로 거치며 계속 이어진다. '나는 누구인가?'라는 집요하게 되풀이되는 질문과 그것에 대한 잠정적이고 불확실한 가설과 해답들.

마침내 초인종을 누르자 문이 빠끔히 열리고 "잿빛 머리를 짧게 자른 여자"가 내다본다. 그녀가 "아니…… 당신은 맥케부아 씨…… 아닌가요?'"하고 묻는다. 처음으로 그의 얼굴을 분명히 기억하고 그의 이름을 아는 인물을 찾아낸 것이다. 그러나 앞서의 다른 작품에서 보았듯이 한 인물과 그 인물의 이름 사이에 과연 존재론적 실체를 뒷받침할 만한 관련성이 있기는 한 것일까? '나'의 이름이 맥케부아라는 사실을 알게 되었다는 것이 과연 '나'의 실체를 규명하는 데 어느만큼 의미 있는 가치를 지닐 수 있는가? 이름이란 사정에 따라 바뀔 수 있고 '가명'도 있을 수 있는 것이다. 더구나 신분을 노출하기 어려운 어두운 점령기에는 이름과 실제 인물 사이에 필연적인 관계가 아니라 마스크와 얼굴 사이와 같은 허구적 관계가 있을 뿐인 것이다.

기 롤랑, 즉 맥케부아는 추적을 계속한다. 과거 맥케부아의 여자 친구였던 드니즈 그리고 또다른 세 명의 남녀가 스위스 국경 가까운 므제브로 떠났던 사실이 밝혀진다. 점령기의 피난. "이제 두 눈을 감기만 하면 된다. 우리들 모두가 므제브로 떠나기 전에 일어난 일들이 단편적으로 기억에 되살아난다." 므제브의 '남십자성' 산장에 은신하고 있던 그들은 비밀리에 국경으로 안내해 월경시켜주겠다고 제안하는 청년 둘을 만났다. 그러나 마지막 순간에 눈 덮인 국경에서 그두 청년에게 가진 돈을 모두 빼앗기고 맥케부아(이 가명을 가진 인물이 실은 페드로라는 인물임이 밝혀진다)와 애인 드니즈도 그 과정에서 영영 헤어지고 만다. 그뒤는 어둠과 침묵과 기억 상실.

화자의 추적은 계속된다. 므제브에 은신해 있던 다섯 사람 중 한 남자 프레디의 흔적을 쫓아 배를 타고 머나먼 파디피 섬으로 찾아가지만 프레디는 마침 배를 타고 혼자 떠난 후 소식이 끊겼다는 것을 알게 된다. "나는 프레디 생각을 하고 있었다. 아니다, 그는 절대로 바다에서 실종되지 않았다. 그는 아마도 마지막 밧줄을 끊고 어느 산호초 속에 숨기로 결심한 것인지도 모른다. 나는 끝내 그를 찾아내고야 말 것이다. 그리고 나는 마지막 시도를 해볼 필요가 있었다. 즉 로마에 있는 나의 옛 주소, '어두운 상점들의 거리, 2번지'에 가보는 것 말이다." 이 소설의 제목이 된 "어두운 상점들의 거리"는 소설의 마지막 페이지에 가서야 비로소 등장한다. 그것도 소설 밖에서 실현되어야 할 미래의 숙제로서. 추적은 이렇듯 소설의 마지막 페이지 밖으로 유예되고 있다.

앞서 필자는 이 소설이 탐정소설의 형식을 취하고 있다고 했다. 화자의 직업이 흥신소 직원인 것을 보면 그의 추적이 탐정소설의 전형적인 방법을 빌리게 되리라는 것을 충분히 짐작할 수 있다. 그러나 이 소설이 흔히 보는 탐정소설이나 추리소설과 근본적으로 다른 점은 추적하는 자와 추적당하는 자가 동일 인물이라는, 즉 '자아 탐구'라는 점이다. 또 이와 근원적으로 관련된 특징이지만, 전통적 탐정소설과는 달리 여기서는 소설의 마지막 페이지에 이르기까지 '추적'의 확연한 결과를 얻지 못한다는 점에 주목하지 않을 수 없다. 탐정소설에서는 끝에 가서 수수께끼에 싸여 있던 '범인'의 정체나 범죄의 동기가 논리적으로 밝혀지지만 모디아노의 소설에서는 '나'의 정체에 관련된 많은 부분이 여전히 어둠 속에 남겨진 채 끝난다.

소설의 마흔번째 장, 화자 자신이 니스의 위트에게 보내는 편지의 한 대목이 그 깊은 의미를 잘 설명해준다. "지금까지 모든 것이 내게는 너무나도 종잡을 수 없고 너무나도 단편적으로 보였기에…… 어떤 것의 몇 개의 조각들, 한 귀퉁이들이 갑자기 탐색의 과정을 통하여 되살아나는 것이었어요…… 하기야 따지고 보면, 어쩌면 바로 그런 것이 인생일 테지요…… 이것이 과연 나의 인생일까요? 아니면 내가 그 속에 미끄러져 들어간 어떤 다른 사람의 인생일까요?"

내가 미끄러져 들어간 어떤 다른 사람의 인생…… 이 말은 단순히 삶의 실체에 대한 은유적 표현의 차원을 넘어서 바로 문학, 특히 '소설'의 존재 방식을 가리키고 있다고 할 수 있다. 우리가 소설에서 맛보는 저 내밀한 갈등과 공감(그것이 기쁨이건 슬픔이건 고통이건)은 바로 기 롤랑, 맥케부아, 페드로 같은 인물들과 독자인 나 사이의 경계선이 끊임없이 움직이거나 흐려지기 때문에 생겨나는 것이 아닐까? 독자가 이렇게 '다른 사람의 인생' 속으로 미끄러져 들어가면서 보편적 삶과 만나는 것이 소설이 아니겠는가?

끝으로 한 가지, 『어두운 상점들의 거리』의 서술 방식에 대해 더 지적해둘 것이 있다. 얼핏 보면 이 소설은 화자인 기 롤랑이 자신의 과거를 추적하는 과정을 그리고 있으므로 모든 사실들이 그의 추적과 조사에서 얻은 내용의 논리적인 해석과 분석에 의존하고 있는 것으로 여기기 쉽다. 사실 이 소설을 구성하는 마흔일곱 개의 장들 중 대부분이 기 롤랑의 시점에서 해석되고 기술된다. 그러나 몇 개의 장에서는 시점이 전혀 다른 인물들에게로 이동해 서술되고 있어서 그 느닷없는 시점의 전환이 독자를 어리둥절하게 만드는가 하면, 나아가서는 이 소설에 매우 새로운 환상적 차원을 부여한다. 가령 서른두번째 장은 돌연 지금까지의 무대와는 전혀 다른 머나먼 칠레의 항구도시 발파라이소로 이동하고, 그곳의 이름도 알 수 없는 한 여인이 먼 과거의 어린 시절 자신이 세례를 받을 때 대모가 되어준 한 여인을 머릿속에 떠올리는 짤막한 장면을 그려 보인다. 또 마흔세번째 장에서는 '어떤 여자'가 골목에서 떠들어대는 아이들 중 누군가가 '페드로'라는 이름을 부르는 소리를 듣게 된다. 그녀는 옛날에 자신이 드니즈라는 여자를 만난 적이 있으며 그 "드니즈는 페드로라는 이름의 남자와 같이 살고 있었다"는 사실을 머릿속에 떠올린다. 소설은 이렇게 시간과 시간, 공간과 공간, 시점과 시점 사이를 건너뛰면서 조각난 기억이나 기록들을 잠깐잠깐 단편적으로 조명하고 있다. 이 모든 조각들이 모자이크처럼 병치되어 환상적이고 여전히 몽롱한 안개에 싸인 분위기, 즉 삶이라는 몽상을 만들어내고 있다. 이 소설의 기이한 감동은 이처럼 장과 장, 이미지와 이미지 사이에 가로 놓인 건너뛸 수 없는 침묵에서 온다.

일곱번째 소설 『청춘 시절』은 아마도 모디아노의 소설 중에서 가장 전통적인 의미의 구성을 갖춘 작품이라 할 수 있을 것이다. 그리고 이 작가의 유일한 삼인칭 소설이기도 하다. 작품의 제목이 말해주듯이 한 쌍의 젊은 남녀가 어떻게 만났고 어떤 과정을 통해 오늘날 고즈넉한 스키장 마을에 정착하여 행복한 가정을 꾸미고 마침내는 두 아이의 부모가 되어 살게 되었는가를 그림으로써, 젊은 시절의 영상을 한 편의 고통스럽고 환상적인 꿈이나 시처럼 완성해놓고 있다. 루이는 군에서 제대하는 길에 카페에서 우연히 알게 된 중년 남자 브로시에를 따라 파리로 온다. 브로시에는 알 수 없는 일로 자주 여행을 떠났다 오곤 하며 루이는 혼자서 하는 일 없이 거리를 배회한다. 한편 화장품 가게 점원으로 일하다가 뛰쳐나온 처녀 오딜은 뮤직홀에서 벨륀이라는 중년 남자를 만난다. 그는 오딜을 가수로 데뷔시켜주겠다며 우선 견본 디스크를 만들어준다. 그러나 오스트리아에서 나라를 잃고 떠나와 사는 그 외로운 무국적자 중년 남자는 오딜을 혼자 남겨놓고 자살해버린다.

이렇듯 서로 다른 길을 걸어온 루이와 오딜은 성년의 문턱에서 방황하는 젊은 나이에 파리의 생 라자르 역에서 우연히 만나 동거하게 된다. 오딜은 가수가 되기 위해 백방으로 노력하나 그녀를 성적 대상으로 이용하려 드는 레코드 회사 경영자에게 모욕만 당할 뿐 실패한다. 한편 루이는 신비에 싸인 인물 브자르디에 의해 처음에는 차고 지기로 고용되었다가 나중에는 오딜과 함께 방학중 영국 가정에 머무르며 영어 연수를 하기 위해 떠나는 젊은 학생들 틈에 끼어 수상한 거액의 자금을 영국의 어떤 인물에게 전달하는 역할을 맡게 된다.

순진하게만 보이는 젊은 남녀 루이와 오딜을 이용해 브자르디는 이번에는 스위스로 자금을 보내려 한다. 그 일이 성공하면 아르헨티나로 가서 여생을 보낼 계획이다. 그러나 이 젊은 남녀는 지난번처럼 착실하게 심부름을 하지 않고 그 거액의 돈을 챙겨 종적을 감춘다. 덕분에 그들은 지금 고요한 스키장 마을에 정착하여 행복한 나날을 보내고 있다. 얼마 있으면 이들 부부는 서른다섯 살 생일을 맞게 되고 그들의 딸은 열세 살이 된다.

이들은 범죄와 관련 있는 듯한 그 수상한 돈을 횡령해 15년 후 고요하고 안정된 삶을 얻었지만 그것은 동시에 저 동요에 찬 청춘의 영원한 상실을 뜻하는 것이기도 하다. "그 무엇이, 훗날 그게 다름아닌 자신의 청춘 시절이 아닌가 자문하게 될 그 무엇이, 그때까지 그를 짓누르고 있던 그 무엇이, 마치 어떤 바윗덩어리 하나가 천천히 바다를 향해 굴러떨어지다가 마침내 한 다발의 물거품을 일으키며 사라지듯이, 그에게서 떨어져나가고 있었다." 청춘의 소멸 혹은 삶의 무화無化.

비교적 고전적인 소설 구조를 갖춘 이 작품 역시 작가의 다른 소설들이 다루고 있는 항구적인 주제들의 연장선상에 놓여 있다. 이 소설에 등장하는 몇 가지 주제, 모티프, 혹은 구성 요소들이 다른 작품들에 반복되어 나타나는 모티프들과 어떻게 궤를 같이하는지 간단히 살펴보자.

첫째로 '탐정소설적 구조'와 관련을 맺고 있는 요소로서 인물들의 신분의 불확실성을 들 수 있다. 모디아노의 인물들 대부분이 그러하듯 청춘 시절의 루이와 오딜은 이제 갓 스물이다. 그 나이에는 자연히 모든 것이 유동적이고 불확실하다. 그들은 소속된 곳이 없다. 루이는 군대를 제대했고 오딜은 직장을 뛰쳐나왔다. 그들에겐 가정도 없고 부모도 없다. 그들의 삶에는 아직 형태가 없다. 한편 그들이 만난 중년 남자들은 어떠한가? 그들은 모두 모디아노 소설 독자들에게 낯익은 '박명 속의 인물들'이다. 브로시에는 독신 남자이며 뚜렷한 직업이 없다. 일정한 주거지도 없다. 그의 사회적, 경제적 생활은 의문의 대상이다. 그와 어떤 관계인지 불확실한 브자르디는 과거 살인 혐의로 감옥을 다녀온 인물로 짐작된다. 그와 사귀는 니콜 하스와의 관계 역시 유동적이고 신비에 싸여 있다. 모든 것이 암시적일 뿐이다. 이 모든 인물들에 관련된 사실들 역시 그때그때의 현재만이 명백하게 조명될 뿐, 그 단편적인 현재의 모습에 의미를 부여하고 그것을 설명해줄 수 있는 과거나 출신이나 관계의 토대들은 모두 어둠에 싸여 있다.

둘째로 모디아노의 소설에 등장하는 인물들이 종사하는 직업의

'덧없음'도 주목할 만하다. 모디아노 자신의 어머니가 그러했듯 그의 작품에는 영화에 출연한 적 있는 단역 배우, 카바레의 가수, 순회공연을 떠난 연극배우, 자전거 경주 선수, 서커스 단원, 경마 기수, 학생 등 한결같이 떠도는 직업, 규칙성과 관습성을 갖추지 못한 직업, 일과성 직업들이 주종을 이루고 있어서 인물들의 삶을 항상 덧없는 신기루로 만들 소지를 마련하고 있다.

셋째로 행동이나 만남, 사건이 벌어지는 장소의 유동적, 우발적 성격 내지는 가변적 성격을 지적할 수 있다. 모디아노의 많은 인물들은 카페, 역, 호텔 로비, 대학 기숙사, 식당식 카바레, 길거리 등에서 우연히 서로 마주친다. 루이와 오딜이 처음으로 만난 생 라자르 역이 그렇고 루이와 브로시에가 우연히 알게 된 카페 테라스가 그렇고 오딜과 벨륀이 만난 뮤직홀이 그렇고 오딜과 마리가 알게 된 카바레가 그렇다.

이와 관련해 생각해볼 때 모디아노의 소설마다 끈질기게 등장하는 공간이 차고나 자동차 정비소라는 사실은 주목할 만하다. 정처 없이 돌아다니는 교통수단과 관련된 공간이라는 점이 의미심장하기도 하지만, 흔히 자동차 정비소나 차고는 도시의 규격화되고 정돈된 공간에 비해 장차 다른 건물이 들어설 때까지 한시적, 잠정적으로 이용되는 '공터'의 불확정적 성격을 지닌 곳이다. 그곳은 '떠도는 자들'이 모이거나 거쳐가는 곳이다. 『슬픈 빌라』에서 이본의 삼촌은 어두운 한밤중에 빈집처럼 텅 빈 차고 겸 헛간으로 화자를 데려간다.

삶의 불확실성이 그 어디보다 잘 드러나는 공간이다. 『추억을 완성하기 위하여』에서 우연히 만난 코로맹데는 화자의 아버지와 함께 찾아갔던 옛 정비소에 대해 장황하게 상기시키며 설명한다. 허물어진 공간, 지금은 없어진 공간이 대개는 옛날 정비소다. 『팔월의 일요일들』에서 '나'는 니스의 정비소에서 임시로 일한다. 그런데 『청춘 시절』의 브로시에 역시 자신이 자동차 사업에 종사하고 있으며 파리에서는 '차고 사업도 하고 있었다'고까지 소개한다.

넷째로 모디아노의 소설에는 수많은 종류의 자동차가 등장한다. 『슬픈 빌라』에서 맹트가 타고 다니는 낡은 베이지색 닷지, 『어두운 상점들의 거리』에서 아득한 기억 속에 나타나는 미국식 무개차, 『추억을 완성하기 위하여』에서 아버지와 함께 솔로뉴 지방으로 타고 가는 르노, 『야간순찰』에서 밤을 누비며 달리는 케디브의 흰색 벤틀리, 『감형』에서 안나가 타고 다니는 베이지색 4기통 자동차, 로제 뱅상의 미국 자동차, 장 D의 재규어, 그리고 『청춘 시절』에서 셰르부르 아가씨들이 타고 온 DS 19…… 자동차는 '떠도는 자'의 공간이다. 그리고 흔히 자동차의 회사명, 상표명, 모델명은 특정한 시대의 분위기를 단적으로 말해주는 문화적 기호의 역할을 한다. 자동차는 몸을 싣는 공간이지만 한시적인 공간이어서 시간이 지나가면 잊히고 부서지고 사라진다. 그 선연한 색깔과 번쩍이는 차체의 그립거나 애수 어린 모습은 오직 박명의 기억 속에만 남아서 달리고 있다. 덧없이 사라지고 마는 공간, 끊임없이 떠도는 공간으로서의 자동차는 그래서 모디아노 문학에서 없어서는 안 될 소도구다.

1985년 발표된 아홉번째 소설 『잃어버린 거리』는 필자가 '더 먼 곳에서 돌아오는 여자'라는 제목으로 번역 출간한 바 있다. 모디아노의 가장 아름다운 소설을 꼽으라고 한다면 나는 『어두운 상점들의 거리』와 이 소설, 그리고 뒤이어 발표한 『팔월의 일요일들』을 꼽겠다.

'잃어버린 거리'란 모디아노가 태어난 곳, 소설의 무대가 되고 있는 한여름의 파리 거리를 가리킨다. 파리는 20년 전 이제 막 꿈 많은 인생의 출발점에 서 있던(모디아노의 모든 주인공들과 마찬가지로) 프랑스 청년 장 데커가 체험한 공간인 동시에 20년이 지난 지금 영국 국적을 가진 소설가 앰브로즈 가이즈가 다시 만나게 되는 추체험의 공간이기도 하다.

그런데 사실 옛날의 프랑스 청년 장 데커와 오늘의 영국 작가 앰브로즈 가이즈는 동일 인물이다. 그는 어떤 살인 사건을 계기로 허둥지둥 그리고 영원히 프랑스를 떠나지 않을 수 없었다. 그후 그는 새로운 이름으로 영국 국적을 취득했고 시리즈 소설을 써서 유명한 작가가 되었다. 파리를 떠난 지 20년이 지난 뒤 그는 판권 계약을 맺고자 하는 어느 일본인을 만나기 위해 과거의 공간인 파리로 돌아온다. 그러나 20년 전의 장 데커는 과연 오늘의 화자인 앰브로즈 가이즈와 '같은' 인물일까? 『어두운 상점들의 거리』에서 이미 기억 상실자 기 롤랑을 통해 제기한 바 있는 정체성의 주제가 탐정소설적인 동시에 형이상학적으로 제기된다.

'나'의 정체를 집요하게 묻는 이 질문은 탐정소설적인 흥미로 독자의 관심을 끝까지 붙잡아두면서 긴장감을 지탱하는 동시에 소설이 지나치게 노골적으로 형이상학적 성격을 드러내지 않고 보다 암시적이고 내밀한 방식으로 분위기를 표현할 수 있게 해준다.

'나'의 정체에 대한 추적은 과연 기나긴 시간의 단절을 뛰어넘어 실현될 수 있을까? 현재와 과거 사이에 가로놓여 있는 그 현기증 나는 망각의 거리를 화자는 "갑작스럽게 우물 밑바닥이나 에어포켓 속으로 빠져들어가는 기분"이라고 표현하고 있다.

여기서 매우 흥미로운 것은 시간의 공간적 파악 방식이다. 우리가 순수한 시간 그 자체를 인식하기란 매우 어렵다. 우리가 시간의 흐름을 파악하는 것을 흔히 공간에 투영된 시간, 즉 시간이 공간 속에 남겨놓은 자취, 폐허를 통해서인 경우가 많다. 우리는 공간이라는 틀을 통해 비로소 시간을 인식하는 것이다. '우물 밑바닥'이라든가 '에어포켓'은 모두 공간축으로 투영해놓은 시간의 은유들이다. 현재에서 먼 과거의 모습과 실체를 찾아내고자 하는 화자의 노력은 낙하산을 타고 고공에서 지상으로 뛰어내리는 행위에 비유되고 있다. 시간이 공간으로 번역된 경우다.

"나는 지난 20년 동안 몸에 파묻어 감춰왔던 영국 작가라는 두꺼운 갑옷을 차츰 벗어가고 있었다. 낙하산을 타고 뛰어내리듯 오랜 세월의 층을 거쳐 마침내 낙하가 완료되기를 기다릴 것, 옛적의 파리에 다시 착지할 것. 폐허를 찾아가 살펴보고 거기에서 자신의 자취를 발견하려고 노력할 것."

화자 앰브로즈 가이즈가 일본인 출판업자를 만나는 콩코르드 호텔 18층 식당 창가에는 "관광지에서 흔히 볼 수 있는 삼각대로 받쳐진 망원경"이 하나 설치되어 있다. 화자는 20년 만에 자신의 청춘 시절이 매몰되어 있는 그 도시에 돌아와 그 높은 빌딩 꼭대기에서 도시 전체를 굽어본다. "나는 망원경을 밀어놓고 유리창 너머로 파리 시가를 응시했다. 이 도시가 돌연 망원경으로 관찰한 어떤 별만큼이나 멀게 느껴졌다." 화자의 눈에 비친 '어떤 별'과 현재 사이의 거리는 공간적인 동시에 시간적이다.

그런데 우리는 여기서 자아의 탐색, 혹은 정체성의 추구라는 모디아노의 항구적인 동시에 절망적인 주제에 겹쳐 서서히 모습을 드러내는 또하나의 주제와 만나게 된다. 그것은 바로 과거의 어둠 속에서 떠올라오는 '청춘'의 영상이다. 이 주제는 앞서의 『슬픈 빌라』나 『청춘 시절』 등에서 구체화된 이후 점점 더 뚜렷하고 중요한 위치를 차지한다.

그런 의미에서 뜨거운 여름 햇빛 속에 잠긴 현재의 파리는 그 청춘 시절을 되살리기 위해 마련된 정지된 공간이라 할 수 있다. 미라가 된 도시. 화석이 된 시간.

1) "대부분의 지하철역들도 모습이 변해 있었다. 그런데도 몇몇 역들은 사람들이 고치는 것을 깜빡 잊어버리기라도 한 듯 본래부터

있었던 조그만 장식 유리창이라든가 광고판의 황금색 장식이 된 틀이라든가 폭이 좁은 연보랏빛 벤치들을 옛 모습 그대로 간직하고 있었다. 저기 저 벤치에서 기다리고 있는 사람들은 어쩌면 20년 전부터 지금까지 꼼짝달싹 않고 앉아 있었는지도 모른다." 지하철을 타고 가며 화자는 이런 몽상에 젖는다. 그러나 다음 역에 이르자 "다시 현재로 되돌아오게 되었다".

2) 화자는 옛 시절의 친구 지타 바티에를 다시 만난다. "옆모습으로 보니 그녀는 더 젊어 보였다. 아마도 지난 20년 동안 그 여자는 감속된 속도로 혹은 동면 상태로 살아왔는지도 모른다."

3) 화자는 혼자서 거리를 걷는다. "나는 그 물웅덩이와 보도 표면에 무언가 나타나기라도 할 것만 같아서 기다렸다. 연꽃들, 두꺼비들, 해묵은 옛날 수첩의 페이지들, 죽어버린 페이지들, 반투명용지로 된 백여 페이지의 서류들, 녹슨 트롬본."

이렇듯 미라가 되어 있던 공간에서 무엇인가가 살아나기 시작한다. 이 소설의 아름다움은 죽은 공간, 정지된 공간에서 새살이 돋아나듯 '움직임'이 나타나기 시작하는 순간의 신선함에서 온다. 여기서 움직임은 '자동화'와 '노래의 후렴'을 통해 살아나고 있다. 우선 저 과거의 어둠 속에서 유령처럼 솟아나온 카르팡티에의 자동차는 밤의 파리 시내를 꿈속인 양 돌아다닌다. 그 현재의 운동으로부터 과거의 운동이 환기된다. 운동이 운동을 부른다.

① "나는 그 흰색 자동차의 뒤를 따라가면서 내가 그 여자를 '칼라바도스'에서 그녀의 집까지 바래다줄 때 해뜰 무렵 걸어가던 그 길과 똑같은 길을 지금 우리가 달리고 있다는 생각을 했다. 몽테뉴 대로 알마 광장." 그 길을 따라가면 "조그만 정원을 에워싸고 있는 철책"이 나오고…… 그리고 카르멘의 집이 보인다.

"알마 광장. 나는 다시 한번 아파트 쪽으로 눈길을 던지지 않을 수 없었다. 불이 모두 꺼진 채 캄캄했다. (……) 내가 처음 이곳에 왔던 때가 생각났다. 나는 리옹 역에서 오는 길이었다. 봄날의 파리를 가로질러갈 때의 그 인상을 그때 이후 나는 한 번도 느껴본 일이 없었다. 그때 나는 바야흐로 인생이 시작된다는 느낌이었다."

그렇다, 모디아노가 기억의 어둠 속에서 다시 찾아내려는 것은 바로 '인생의 시작'이라는 말이 환기시키는 역동적 청춘의 모습이다.

② 인생의 시작에는 노래가 있었다.

"자동차의 물결이 거침없이 흘렀고 차는 엔진 소리도 들리지 않는 가운데 부드럽게 달렸다. 라디오가 나직하게 켜져 있었는데, 우리가 콩코르드 다리께에 이르렀을 때 오케스트라가 〈포르투갈의 4월〉을 연주하는 소리가 들렸던 것으로 기억된다. 나는 그 곡조를 휘파람으로 따라 부르고 싶었다. 봄의 햇빛 속에서 파리는 내가 처음으로 발 디뎌보는 어떤 새로운 도시인 것만 같았다."

〈포르투갈의 4월〉, 그 노래의 저 깊숙한 곳에는 '뤼시앵 블랭의 시절'이 잠겨 있다. 저마다 지닌 저마다의 청춘.

로크루아는 말했다. 세상에는 두 부류의 사람들이 있는데, 하나는 책을 쓰는 사람들이고 다른 하나는 스스로 책의 내용이 되어 있으므로 책을 읽을 필요가 없는 사람이라고. 그들은 책을 살고 있는 거라고. 카르멘과 조르주는 바로 두번째 부류에 속하는 사람들이다.

모든 청춘은 이 두번째 부류에 속한다. 그 청춘에는 후렴처럼 노랫소리가 들린다. 청춘의 고동 소리 같은 노랫소리가. "그 시절 파리는 내 심장의 고동과 일치하는 도시였다. 나의 인생은 그 도시의 거리에 새겨질 수밖에 없는 것이었다. 나는 그저 혼자 기분 내키는 대로 어슬렁거리며 돌아다니기만 해도 행복했다."

파트릭 모디아노의 이 소설은 재미있는 사건과 행동으로 짜인 서사적 이야기라기보다는 나직하고 쉬는 데가 많은 옛 노래, 군데군데 가사가 지워진 옛 노래, 다 잊어버린 줄로만 알았는데 다시 들으면 문득 가슴 저 깊은 곳 사무치는 마음의 현을 건드리며 오래오래 진동하는 노래와도 같다. 그런 노래의 후렴처럼 기이한 여운을 지닌 사람들의 이름, 거리의 이름, 자동차 이름, 말 이름, 노래 제목, 영화 제목, 그리고 수많은 전화번호가 반복된다. 그 반복되는 소리들은 은연중에 영혼의 주름마다 살며시 그러나 깊숙이 스며들어 떨린다. 그 떨림이 만들어내는 아름답고 그리운 공간이 바로 청춘의 모습이다.

"그리고 '아침에 일찍 일어나야지'라는 말이 그 떠돌아다니는 미국 자동차 안에 기이하게 울리는 것이었다. 대낮의 빛 속에서 나는 헤이워스, 푸케, 그 밖의 모든 사람을 상상하기 힘들었다. 그들은 첫 새벽빛이 밝아오기만 하면 여지없이 자취를 감추는 것이었다. 대낮에 루도 푸케가 무엇을 하겠는가? 그리고 장 테라유는? 그리고 마리오는? 그리고 파베르는? 그리고 회색 눈의 아내는? 마치 그 시절에 그들이 이미 유령들에 지나지 않았던 것처럼 나는 그들을 오로지 밤 속에서만 알아볼 수 있는 것이었다."

그 모든 반딧불과 밤나방들의 공간은 물론 새벽이 오면 홀연히 사라져버린다. 모든 아름다운 밤이 그렇듯이, 모든 빛나는 청춘이 그렇듯이, 아니 역설적으로 말해 청춘은 그렇게 돌연 찾아오는 비극적 종말에 의해 비로소 통일성을 부여받게 되는 시간과 공간인지도 모른다. "그런 식으로 계속될 수는 없는 일이었다. 타-가-다, 타-가-다, 메트로놈처럼 고집스럽게 그 소리를 반복하면서 어떤 꿈을, 점점 더 빨라져가는 운동을 다스려보려 했던 그 가엾은 사람…… 드디어 총소리가 나고 유리 깨지는 소리가 나면서 회전목마는 멈춰버렸다. 이제 꿈에서 깨어나지 않으면 안 되는 것이다."

그렇다, 어떤 꿈은 깨어나는 데 20년씩 걸리기도 한다. 그 꿈에서 깨어났을 때 비로소 꿈은 꿈으로서 총체성과 통일성을 획득한다. 꿈에서 깨지 않는다면 어찌 그것이 꿈인 줄 알겠는가? 참다운 인식은 꿈에서 깨는 것이다. 그러나 동시에 참다운 문학적 인식은 그 꿈을 노래로 만들어내는 것이다. 타-가-다, 타-가-다. 메트로놈처럼 그 소리를 반복하면서 모디아노는 총소리의 저 건너편, 유리 깨지는 소리, 기억 상실과 전쟁과 잃어버린 호적부와 실종과 망각과 죽음 저 건너편 꿈의 공간을 더욱 빛나는 반딧불로 비추고자 하는 것이다.

모디아노의 『잃어버린 거리』는 이렇듯 청춘을 위해 드높이 올리는 마라빌 마장 폐허의 깃발과도 같은 것이다. "저 위에서 깃발은 녹색 쪽으로 약간 찢어지기는 했지만 미풍에 부드럽게 휘날리고 있었다. 흰 부분은 누리끼리하게 변해 있었다. 하지만 아무러면 어때랴? 지금은 사라지고 없는 마부들과 어린 순종 말들에게, 그리고 카르멘의 청춘에 경의를 표하는 의미에서 그 깃발을 마지막으로 올린 것은 최소한의 정성이었던 것이다."

『팔월의 일요일들』은 모디아노가 1986년에 발표한 작품이다. 아카데미 공쿠르의 작가 프랑수아 누리시에는 이 작품을 "거의 완벽한 소설"이라고 격찬했다. 이 소설은 신문 사회면 잡보 기사의 패러디요, 그것을 뒤집어놓은 탐정소설이다.

무대는 『추억을 완성하기 위하여』 『어두운 상점들의 거리』 『청춘 시절』 등에서 이미 집요하게 반복되어 나타나던 지중해 연안의 도시 니스. 흥신소를 운영하던 위트가 은퇴 이후 그곳으로 갔고 딸아이를 안은 모디아노는 택시를 타고 그 도시를 가로질렀으며 오딜과 루이는 브자르디가 맡긴 거액의 돈을 가지고 니스에서 한동안 시간을 보냈다.

은퇴한 노인과 개들만 산다는 아름다운 해변도시 니스, 그 바닷가의 '프롬나드 데 장글레(영국인 산책로).' "우리가 이 도시에 도착한 무렵 에플라툰 베이 부인은 이미 살 만큼 산 나이였다. 그래서 나는 그 부인이 희미한 기억이라도 간직하고 있는지 의심스러웠다. 그녀는 니스에 가득 살고 있는 수많은 유령들 중 정다운 유령이었다. 이따금 오후가 되면 그녀는 이 알자스 로렌 공원 벤치로 찾아와 우리 옆에 앉았다. 유령들은 죽지 않는 법이다." 니스는 과거의 기억들이 유령 같은 모습으로 낙착되는 도시다.

그곳에 한 불한당 사내가 그와 공모한 여인과 함께 나타나 7년 전에 잃어버린 큼지막한 다이아몬드를 회수해간다. 7년 전, 니스와 마찬가지로 '영국인 산책로'라는 이름의 거리가 있는 파리 근교 마른 강가의 작은 마을 라 바렌. 고즈넉하고 인적 드문 수영장에서 젊은 예술 사진가와 마찬가지로 젊은 여인 실비아는 우연히 만나 사랑하는 사이가 된다. 실비아는 마른 강가에 사는 또다른 불한당인 빌쿠르의 아내다. 실비아는 어느 날 빌쿠르에게 언어맞고는 그 패거리들이 빌쿠르의 어머니에게 팔아넘기기 전 구경시키려고 가지고 온 값비싼 다이아몬드 '남십자성'(이 보석 이름은 『어두운 상점들의 거리』에서 페드로와 드니즈가 은신했던 므제브의 산장 이름이기도 하다)을 훔쳐서 집을 나온다. 화자인 '나'와 실비아는 그길로 함께 자취를 감춘 후 인파가 들끓는 어느 해변 휴양지에서 '팔월의 일요일들'을 보낸 다음 니스로 온다. 그곳에서 그 값비싼 다이아몬드를 살 만한 사람을 물색한다. 프롬나드 데 장글레의 어느 카페 테라스에서 그 젊은 남녀는 문 닫는 시간까지 남아 있던 옆 테이블의 닐이라는 인물과 그의 아내 바르바라를 우연히 알게 된다. 닐은 해묵은 저택 '아쥐르 성'에 살고 있으며 외교관 번호판을 단 차를 타고 다닌다. 그는 '남십자성'을 사서 결혼 10주년 기념으로 아내에게 주고 싶다며 '나'와 실비아에게 접근한다. 어느 날 그들 부부는 다이아몬드 목걸이를 목에 건 실비아와 '나'를 항구 근처의 어느 식당으로 초대한다. 식사 후 깊은 밤이 되자 그들은 칸으로 가서 더욱 즐거운 시간을 보내자고 제안한다. '나'와 실비아는 어쩐지 내키지 않았으나 거절하지 못한다. 칸으로 가던 중 닐은 잠시 길가에 차를 세우고 '나'에게 담배를 사다달라고 부탁한다. 닐과 바르바라와 다이아몬드를 목에 건 실비아는 차 안에 남아 있었다. 그런데 그가 담배를 사서 계단을 내려서자 기다리고 있어야 할 자동차와 그 안에 있던 세 사람이 흔적도 없이 사라지고 말았다. 닐의 저택이라던 '아쥐르 성'으로 가보았으나 불은 꺼져 있고 문은 굳게 잠겨 있었다. 전화를 걸어보지만 응답이 없다. "내 앞의 모든 것이 단단히 닫혀 있었다. 내가 비집고 들어갈 만한 작은 틈 하나도, 조그만 접촉점도 찾을 수 없었다. 돌이킬 수 없게 모든 것에 빗장이 질려 있었다." 그가 담배를 사서 밖으로 나오는 순간 필름이 "끊어졌거나 아니면 한 통이 다 돌고 멈춘 모양이었다". 닐이 살던 저택은 미국 영사관 소유임이 밝혀지고 현재 그곳에는 아무도 살지 않는다는 것을 알게 된다. 그는 경찰서에 찾아가 호소하고자 한다. 그러나 어떻게 설명하면 경찰관이 이 어이없는 사건의 전말을 알아들을까? "실비아에 대해, 그리고 최근 내 삶에 일어난 그 모든 사건에 대해 무엇인들 정확하게 진술할 수 있었겠는가. 나 자신에게조차 너무나 단편적이고 너무나 불연속적이어서 도무지 이해가 되지 않는 이 모든 사건에 대해서 말이다. 더구나 나는 모든 것을 말할 수도 없는 처지였다. 몇 가지 사실은 나만 알고 묻어두어야 했다. (……) 모든 것을 처음부터 그에게 설명해야 할 터였다. 그러나 가장 힘든 것은 설명할 것이 아무것도 없다는 사실이었다. 처음부터 그것은 분위기의 문제, 무대 장치의 문제에 불과했던 것이다……"

모디아노는 여기서 그의 소설의 존재 방식을 암시하고 있다. 그의 소설에서 중요한 것은 논리적인 인과관계나 합리적인 체계나 의미가 아니다. 핵심은 오직 '분위기'와 '무대 장치'인 것이다. 니스라는 도시. 유령처럼 떠도는 인물들. 신분이 불확실한 그들의 정체. 마른 강가의 햇빛. 모든 것이 '조각조각난' 상태로 파열되어 있고 모든 것이 '불연속적'이다. 이처럼 상호관련성이 단절된 이미지의 편린들이 한데 모여 전체의 분위기, 전체의 '무대 장치'를 형성한다. 이것은 곧 모디아노의 소설 구성 방식을 요약하고 있다. 이런 의미에서 모디아노에게는 형식이 곧 내용이고 내용이 곧 형식임을 이해할 수 있다.

서로 이어지지 않는 파편 상태의 이미지, 파열해버린 삶의 모습과 관련해 생각해볼 때 여기에 등장하는 두 명의 '사진사'(화자인 '나'와 프롬나드 데 장글레에서 스냅 사진을 찍는 사람)는 매우 중요한 의미를 지닌다.

목에 다이아몬드 목걸이를 걸고 있는 실비아를 차에 태운 채 종적을 감춰버린 닐의 정체를 밝히는 데 사진사와 사진은 결정적인 역할을 한다. 스냅 사진사는 '나'와 닐이 함께 프롬나드 데 장글레를 지나갈 때 그들의 스냅 사진을 찍었을 뿐만 아니라, 닐이라는 이름으로 행세하는 그 인물이 자신의 어린 시절 친구였고 '아쥐르 성'에서 일하던 정원사의 아들임을 증언한다. 한편 옛날 마른 강가에서 화자가 찍었던 예술 사진 중 하나를 자세히 들여다보니 눈에 들어오는 '낯익은' 인물이 있다. 인물들을 찍자고 찍은 사진이 아니다. '분위기'와 '무대 장치'를 살리기 위해 찍은 예술 사진에 불과하다(모디아노의 소설들이 그러하듯이). 그는 『강변 풍경』이라는 제목의 사진집에 실을 사진들을 찍으러 그곳에 와 있는 것이다. "나는 주변 풍경과 사람들의 자연스러운 모습을 있는 그대로 담기 위해 내 라이카 사진기를 들고 근처에 숨어 있었다. (……) 그들은 한가하게 이야기를 주고받고 있었다. 그중 한 남자는 빌쿠르였다. 나는 곧 다른 한 남자의 얼굴도 알아보았다. 우리에게 자신을 닐이라고 소개했던, 그러나 사실은 폴 알레상드리라는 이름의 바로 그 남자였다. 마치 벌레가 처음부터 과일 속에 들어 있었다는 듯 마른 강가에 앉아 있는 그자를 그 사진에서 발견하다니 이 얼마나 기이한 일인가."

한 장 한 장의 사진은 그런 조각조각난 삶의 한순간, 한 조각을 담은 작은 섬이다. 그 조각조각난 편린들을 한데 모아 전체의 의미를 강조하는 것이 소설가가 할 일인지도 모른다. 그러나 '전체의 의미'를

찾아내는 것이 가능하기는 한 일일까? 모디아노는, 아니 화자인 '나'
는 대답한다.

"인생의 여러 사건들이 점점 더 안개에 덮이면서 서로 분간할 수
없게 되어버렸다. 남은 것은 오직 그 순간, 식사하는 사람들, 엄청나
게 큰 벽난로, 벽에 걸린 과르디 모작들, 그리고 나직하게 주고받는
목소리들…… 오직 그 순간뿐이었다."

이렇게 순간순간의 파편으로 바스러지는 우리의 삶, 잠시 빛을 받
아 감광지 위에 고착된 고립적 영상, 그것이 '사진'이라면 그 사진과
대립되는 것이 바로 큼지막한 다이아몬드 '남십자성'이다. 그것은 단
단함과 연속성, 통일성의 아름다움이요 빛이다. 그것은 덧없는 인간
적 삶을 초월하는 영원, 사물로 헌신한 영원 바로 그것이다.

"어쩌면 나는 사건의 자초지종을 잘못 설명했는지도 모른다. 실비
아에 대해 이야기할 게 아니라 '남십자성'에 대해 이야기할걸 그랬다.
그 보석에 얽힌 길고 피비린내 나는 이야기에 비하면 우리의 삶 따
위가, 우리의 이 하잘것없는 개인적이고 자질구레한 케이스 따위가
뭐 그리 중요하겠는가? 그것은 다른 수많은 에피소드들에 보태어지
는 또하나의, 그리고 마지막도 못 되는 에피소드에 불과한 것이다."

우리의 삶이 덧없는 파편들로 무너지는 것이라면, 실비아가 그 덧
없음의 화신이라면, 다이아몬드는 깨어지지 않는 전체요 시간을 초
월해 지속되며 빛나는 영원이다. 그러나 그 영원한 다이아몬드가 덧
없는 존재인 실비아의 목에 걸린 채로 사라졌으니 어찌할 것인가?

영원이 덧없음의 목에 걸려 있었다. 그리고 모두 사라졌다. '내'가 다시 찾고자 하는 대상은 잃어버린 실비아일까, 잃어버린 다이아몬드일까? 모디아노의 새로운 소설 한 편 한 편은 바로 이 질문에 대한, 매번 같으면서도 그 빛과 색깔이 변하는 대답들이라고 할 수 있다.

(2015)

청춘 시절

파트릭 모디아노
『청춘 시절』
민음사, 1994
문학동네, 2014

오늘날 우리나라에서 프랑스 소설을 즐겨 읽는 독자들에게 파트릭 모디아노가 어떤 작가인지를 소개하는 것은 무의미하다. 그만큼 그는 이미 충분히 알려진 독창적 '세계'와 모방할 수 없는 분위기, 그리고 투명한 우수의 문체를 구축하고 있다.

그는 1968년 6월에 『에투알 광장』으로 등단한 이래 지금까지 무려 스물여덟 권의 소설을 연이어 발표했다. 그는 처녀작 『에투알 광장』으로 로제 니미에상을, 『외곽 순환도로』로 아카데미 프랑세즈 소설 대상을, 『어두운 상점들의 거리』로 공쿠르상을 수상했고 아울러 유명한 감독 루이 말과 함께 영화 〈라콩브 뤼시앵〉의 시나리오를 써서 폭넓은 관심을 모은 바 있다.

현대의 바쁜 독자들에게 너무 긴 소설은 부담이라고 말하는 그가 평균 200페이지가 채 되지 않는 분량의 신작을 발표할 때마다 일간지 르 몽드의 서평란이나 주간지 『누벨 옵세르바퇴르』 『렉스프레스』 『르 푸앵』 등이 앞다투어 소개할 뿐만 아니라 그의 작품은 거의 예외 없이 베스트셀러 1위에 올라갔다가 내려오곤 한다. 많은 비평가들이 그를 미셸 투르니에와 더불어 누보로망 이후 프랑스 최대의 작가로 꼽는다.

그의 소설들은 한결같이 한 가지 세계만을 반복하여 그리고 있는 것 같다. 즉 2차 세계대전중의 점령기, 혹은 전후의 불안하고 동요에 찬 시기를 어렴풋한 박명 속에서 떠올리고 있는 것이다. 그가 그리는 인물들은 노랗게 빛바랜 사진 혹은 어둠 속에서 성냥불을 켜서 잠시 바라본 얼굴 같다. 물론 1945년생인 모디아노 자신은 2차 세계대전 시기를 몸소 체험한 세대가 아니다. 따라서 이 불확실한 세계의 분위기는 역사적인 한 시대를 증언한다는 의미에서가 아니라 미적인, 혹은 형이상학적인 이유에서 이 작가의 마음을 사로잡고 있는 것 같다.

비평가들은 흔히 그의 작품 세계를 '마술적 리얼리즘'이라고 명명한다. 구체적인 현실이나 눈에 선한 장면들을 비교적 짧고 건조한 문장으로 그려 보이고 있지만, 그 단순해 보이는 현재의 인물이 뿌리내리고 있는 근거는 어느새인가 어둠 속에 묻혀가고 있어서 구상적이었던 현실이 돌연 꿈처럼 공중에 떠서 흔들리는 것 같은 인상을 준다. 꿈의 바탕 속에서 현실이 떠올라오고 있는 것인지 현실이 불확실의 박명 속으로 지워져가고 있는 것인지 분간하기 어렵다.

이리하여 독자는 어떤 평범한(별 볼 일 없을 정도로 평범한) 개인의 삶을 따라가다가 필연적으로 인생 자체의 근거에 대한 형이상학적 의문과 마주치기 마련이다. 왜냐하면 존재의 근거가 어둠 속으로 무너지고 있기 때문이다. 그의 세계 속에 등장하는 인물들은 흔히 이름 없는 여배우, 운동선수, 유태인, 러시아 이민자, 점령기에 부모가 행방불명된 젊은이, 일정한 직업이 없이 암거래 따위에 손을 대고 있는 사람, 아마추어 사진작가, 기억 상실자 등 뿌리 뽑힌 존재이거나 화려한 조명 속에 잠시 등장했다가 어둠 속으로 사라진 삼류 스타들이다. 그러나 독자가 마주치게 되는 그 존재론적 의문이 제기되는 방식은 대개 흥미진진한 탐정소설의 형식을 빌리고 있다. 다만 탐정소설과 다른 점이 있다면, 모디아노가 추적하고 있는 대상이 범죄의 동기, 과정, 범인 따위가 아니라 인간의 아이덴티티('나는 누구인가?' '도대체 내가 지금 여기서 무엇을 하고 있는 것인가?')라는 점이다.

여기에 번역 소개하는 『청춘 시절une jeunesse』은 모디아노의 일곱번째 장편소설로 1981년에 발표되었다. 이 작품 역시 그 분위기와 성격에 있어서 다른 작품과 크게 다르지 않다. 어떻게 하여 파트릭 모디아노는 항상 똑같은 세계를 그리고 있으면서도 매번 독자를 이토록 매혹할 수 있는 것일까? 그러나 이 소설은 그의 수많은 작품들 가운데서도 특히 전통적인 의미에서의 견고한 구조를 갖춘 역작이다. 그리고 일인칭 서술이 대부분인 그의 작품들에서 보기 드문 삼인칭의 본격 소설이라는 점이 특징이다. 작품의 주제는 물론 '청춘 시절'이라는 제목 속에 잘 요약되어 있다.

프랑스 어느 산록의 스키장 마을. 아직 시즌이 아니라서 사람의 발길이 뜸하고 고즈넉하기만 하다. 소설은 이곳에 정착하여 '행복한' 가정을 이루고 귀여운 두 아이의 아버지 어머니가 되어 있는 어느 부부의 일상적 정경을 그려 보이면서 시작된다. 그들은 둘 다 이제 곧 서른다섯 살 생일을 맞으려고 한다.

서른다섯 살이 되면 저만큼 멀어져가려고 하는 '젊음'의 뒷모습이 보이기 시작하는 것인가? 액자 형식으로 된 이 소설의 도입부는 자신들의 청춘 시절을 바라보는 오늘의 시선과 지나간 젊은 날 사이의 '거리'를 확보하는 기능을 맡는다.

때로 인생은 그렇게, 서른다섯 살이 되면 새로 시작되기도 하는 것일까? (……) 그녀의 생각으로는 그렇지 않을 것 같다. 외려 마침내 안정권에 이르고, 페달보트는 지금 그녀 앞에 펼쳐져 있는 것과 같은 호수 위로 애쓰지 않아도 저절로 미끄러져간다. 그리고 아이들은 자란다. 그들은 떠나갈 것이다.

다른 한 세대의 청춘이 시작하려 한다는 전망과 더불어 하나의 청춘은 저만큼 등을 보이는 것이다.

사실 다루고 있는 주제나 그려 보이는 분위기가 이 소설에서만큼 액자 형식과 잘 어울리는 경우는 많지 않다. 도입부의 현재는 마치 이 소설의 핵심인 젊은 시절을 메우는 그림틀과 같다. 틀과 그림은 뚜렷한 대조를 이룬다. 현재라는 틀이 안정된 것일수록 그 속에 담긴 과거는 그만큼 더 어둠 속에 떠 있는 꿈같아 보인다. 아니 현재의 확실함(바로 눈앞에 있으니까)이 그 틀 속에 담긴 과거를 한 폭의 '그림', 즉 비현실적인 허구로 만들어놓는 것인지도 모른다. 젊은 날처럼 아름답고 젊은 날처럼 덧없는 그림이 또 어디 있는가? 그들은 집 앞의 여름산을 배경으로 오르내리는 선연한 붉은색 케이블카를 바라본다.

케이블카는 저녁 아홉시가 될 때까지 올라갔다 내려왔다 하는 모습을 보이다가 마지막에는 포라즈 산비탈을 따라 미끄러져가는 한 마리의 커다란 반딧불같이 되고 말 것이다.

청춘 시절 또한 이처럼 허공중에 떠 있다가 어둠 속으로 사라지는 반딧불은 아닐까?

사라져버리는 것이 어찌 청춘뿐이랴. 반딧불처럼 사라지든 페달보트처럼 저절로 미끄러져가든 삶은 흘러가고 돌아오지 않는다. 다만 소설은 그 흐름 위에 액자를 씌워서 문득 한 폭의 흐릿한 그림으로 정지시켜놓을 뿐이다. 이리하여 15년의 세월이 경과한 뒤 바라보는 젊은 시절은 고통스러운 은유가 되면서, 근거가 불확실한 인생 자체의 조건을 손가락질해 보인다. 삶의 불확실성은 청춘이 시작하는 지점의 저 무모한 우발성 때문이다. 거기에는 필연성이 없다. 군대에서 이제 막 제대하는 길인 스무살의 청년 루이, 그는 어디서 왔는가?

옛날 밤무대의 댄서였다는 어머니, 자전거 경기 선수였다는 아버지. 그들은 언제, 왜, 어디로 사라져버린 것일까? 그들은 이제 실체가 없는 풍문으로만 혹은 해묵은 신문 스크랩 조각으로만 겨우 남아 있을 뿐이다. 그들이 과연 실제로 존재하기나 했던 것일까?

자신의 어머니가 일했던 곳이 궁금해진 그는 '타바랭'의 주소를 찾아갔으나 빅토르 마세 가의 그 번지에는 창문도 없는 정면의 벽만이 가로막고 있었다. 옛 뮤직홀을 무도장이나 차고로 개조한 것이 분명했다. 그것은 아버지에 대한 추억에 잠긴 채 처음으로 그르넬 대로를 따라 걸어내려가 '벨 디브'를 바라보려고 마음을 가다듬던 그날 저녁과 똑같은 모험이었다.

이리하여 그의 부모의 삶을 떠받치는 중력 중심과도 같았던 두 장소가 이제는 더이상 존재하지도 않게 된 것이다. 고통으로 그는 땅바닥에 못박히는 기분이었다. 건물 벽면들이 그의 어머니와 아버지 위로 천천히 무너져내리고 있었고 그 끝없는 붕괴가 일으키는 구름 같은 먼지로 그는 숨이 막혔다.

그날 밤 그는 파리가 오직 '벨 디브'와 '타바랭'의 조명만이 빛나고 있는 시커먼 구덩이로 변한 꿈을 꾸었다. 나비떼들이 잠시 동안 그 불빛 주위에서 어쩔 줄 모른 채 날아다니다 그 구덩이로 떨어져버렸다. 나비떼는 그 속에서 두꺼운 층으로 쌓여갔고 루이는 그 속으로 무릎까지 빠져들었다. 그러다가 이윽고 자신도 나비가 되어 다른 나비들과 함께 어떤 도수관 속으로 빨려들어가버렸다.

그의 존재는 이처럼 무너져버린 어둠으로부터 왔다.

그에게는 미래 또한 약속된 시간이 아니다. 그러나 이제부터는 과거를 버리고 그 얼굴을 알 수 없는 미래 속으로 뛰어드는 일만이 남았다.

그의 머릿속에는 한 가지 생각뿐이었다. 신발과 양말을 벗어 쓰레기통에 처넣고 싶다는 것, 그리고 고무창을 댄 새 신발을 사 신고서 이제 다시는 발이 젖지 않으리라는 확신을 갖고 싶다는 것, 그 생각뿐이었다.

한편 화장품점 점원 생활을 그만두고 가수가 되겠다고 나선 스무 살의 처녀 오딜은 어떠한가? "예전에 기록부에 등재되어" 있었던 어머니, "친부 확인 불능"이라는 특기 사항으로 남은 아버지. 그러나 이는 모두 경찰의 기록 서류 속에 남은 과거일 뿐, 눈앞의 현실은 조절 밸브가 고장난 거대한 라디에이터가 열을 뿜어대는 서슬에 아예 창문을 열어놓고 지내야 하는 지붕 밑 다락방, 주머니 속에 남은 마지막 잔돈, 암담한 전망이다. 그리고 무엇보다도 "마치 목욕물 속에 들어가 뭉그적거리며 나오지 못하고 있는 듯이" 매일같이 찾아가 진종일 처박혀 지내는 뮤직홀 '팔라디움'. 그곳에서 그녀는 가수가 되겠다는 꿈을 지니고 마치 램프 불빛에 이끌려 날아드는 하루살이처럼 모여든 젊은이들을 정신없이 바라보기만 한다. "기선 앞에 잔뜩 몰려든 이민 희망자들 가운데서 두세 사람만을 뽑아 승선 트랩 위로 떠다미는 세관람의 눈에는 그 젊은이들이 어떻게 보이는가?

그리고 그들의 꿈은 너무나도 거세고, 음악을 통해 삶에 대한 저 따분한 예측으로부터 해방되고자 하는 그들의 욕망은 너무나도 난폭한 것이어서, 귀청을 찢을 듯한 기타 소리와 쉬어빠진 그 목소리들이 벨뢴에게는 종종 사람 살려 하고 내지르는 구조의 외침으로 들리곤 했다.

이처럼 무방비 상태의 맨주먹으로 삶이라는 거센 물결 앞에 서 있는 젊은 청춘들 앞에 나타난 저 수상쩍은 중년의 '안내자'들은 어떤 사람들일까? 그들과의 만남 또한 우연일 뿐이다. "자동차 사업"에 손을 대고 있다는 브로시에. 오스트리아에서는 작곡가였으나 지금은 이름도 알 수 없는 레코드 회사에서 "새롭고 예외적인 인재들을 발굴하는" 일을 맡고 있다는 벨뢴, 무공훈장을 받았다고도 하고 살인자라고도 하는 브자르디, 아름다운 연상의 여인 니콜 하스, 몸에서 화장수 냄새가 물씬 나는 비에티, 자클린 부아뱅, 마리, 호르단, 액스터, 사냥개를 데리고 다니는 보에르, 하워드 파커…… 수많은 사람들이 마치 안개 속에서 불쑥 나타났다가 다시 안개 속으로 사라지듯이 명멸하면서 이 젊은이들의 청춘 시절을 한 폭의 반추상 환상으로 만 직원"처럼 그 가운데서 미래의 재목을 찾아내는 것이 임무인 사들어놓는다. 한때는 영웅이었다는 아버지 메믈링의 흔적들이 남은, 지금은 허물어지고 없는 '벨 디브', 벨륀이 옛날 빈 시절에 작곡한 노래 〈하와이의 장미〉, 파리 한복판에서 문득 "바다를 향해 내려가는 해변 절벽의 언덕길"이 보이는 것만 같아지는 환상과 그 순간의 설렘, "모든 범죄자들이 미끄러져 들어가게 되어 있는 일종의 깔때기 같은" 생 라자르 역, 불길한 운명의 고정관념처럼 간단없이 나타나곤 하는 "뚱뚱한 금발"의 형사, 오딜이 부르는 〈거리의 샹송〉, "인생이 그렇듯이" 자주 틀면 쉬 닳는다는 플로피디스크, 콜랭쿠르 거리에 있는 카페 '레브', 니콜 하스가 준 지포 라이터, 역겨운 화장수 냄새…… 노래의 후렴처럼 되풀이하여 등장하는 이런 주제들 또한 나타났다가 사라지는 그 수많은 인물들과 더불어 청춘 시절의 영상에 모디아노 특유의 가슴 저릴 만큼 덧없는 분위기를 윤색하는 데 기여한다. 그리하여 스무 살의 불과 7개월 남짓한 시간이 슬프고도 감동적인 하나의 '그림'으로 완성된다.

그 무엇이, 훗날 그게 다름아닌 자신의 청춘 시절이 아닌가 자문하게 될 그 무엇이, 그때까지 그를 짓누르고 있던 그 무엇이, 마치 어떤 바윗덩어리 하나가 천천히 바다를 향해 굴러떨어지다가 마침내 한 다발의 물거품을 일으키며 사라지듯이, 그에게서 떨어져나가고 있었다.

1977년에 역자가 처음으로 『추억을 완성하기 위하여』를 번역 소개한 이후 파트릭 모디아노의 소설은 지금까지 15종 넘게 꾸준히 출간되고 있다. 여기에 소개하는 『청춘 시절』은 모디아노의 소설들 가운데서도 『더 먼 곳에서 돌아오는 여자』(원제 『잃어버린 거리 quartier perdu』)와 더불어 나로서는 가장 애착을 느껴온 작품이다.

* * *

2014년 10월 9일 저녁, 돌연 수많은 신문사와 방송국에서 쉬지 않고 내게 전화를 걸어왔다. 파트릭 모디아노가 노벨문학상을 탔다는 것이었다. 1970년대에 그를 처음 우리말로 번역 소개한 역자에게 그 작가에 대한 간단한 소개를 부탁하기 위해서였다. 그때부터 지금까지 몇 달 동안 나는 정신없이 바빴다. 그동안 소개한 모디아노의 소설 번역들이 30여 년의 세월을 거치는 동안 어느새 늙어버렸기 때문이다. 번역 위에 쌓인 시간의 먼지와 때를 벗겨내느라고 딴에는 노력했지만 얼마나 달라졌을지는 독자들이 판단할 것이다.

(2014)

미셸
투르니에와의
만남

미셸 투르니에
『짧은 글 긴 침묵』
현대문학, 1999
현대문학, 2004

아침부터 간간이 비가 뿌리다가 멈추곤 하는 전형적인 파리의 겨울 어느 날. 미셸 투르니에 씨를 만나러 가기 위하여 나는 뤽상부르 역에서 고속지하철RER을 탔다. 한 시간 남짓. 소Sceaux 공원 방향으로 달리다가 갈라지는 노선의 종점인 한가한 시골역 생 레미 레 슈브뢰즈에 내렸다. 약속대로 투르니에 씨에게 전화를 건다. 5분 이내에 데리러 나오겠단다. 맞은편 작은 상점 앞에서 바라보이는 역사는 꼭 반 고흐의 무덤이 있는 오베르 쉬르 우아즈 마을의 시청을 연상시키는 작고 아담한 건물이었다.

이내 조그만 회색 자동차가 와 서고 신문, 잡지, 저서 등에서 수없이 보아 이미 구면인 것만 같은 모습의 투르니에 씨가 차에서 내려 성큼성큼 다가왔다. 생각했던 것보다 키가 컸고 사진에서보다 주름살이 한결 더 많아진 얼굴이었다. 차에 올라 역 앞 광장을 벗어나면서 곧 그의 친절한 설명이 시작되었다. 40여 년간을 한결같이 살아온 고장, 발레 데 슈브뢰즈. 자동차들이 한가득 주차하고 있는 역 앞을 벗어나는 즉시 푸릇한 겨울 밀밭과 나뭇잎 떨어진 숲이 시작되고 있었다. 역과 들판을 갈라놓는 길을 넘어서면 등뒤는 파리 교외의 끝이고 앞쪽은 이제부터 프랑스의 전형적인 농촌 보스 지방의 시작이라고 설명하는 그의 목소리에는 고요한 전원에 대한 긍지가 담겨 있었다. 그가 지난 40년을 살아온 고장, 출판사에 다닐 때, 라디오 방송국에서 일할 때 줄곧 이 마을에서 파리까지 출퇴근했단다. 그후 작가가 되어 그가 써낸 수많은 작품들은 이 고장의 산물이다.

숲길을 뚫고 달리다가 문득 길가의 작은 집 한 채가 눈에 띄자 선로 건널목지기의 집이라고 설명한다. 전에는 그 옆으로 기찻길이 나 있었으나 지금은 선로를 걷어버려 빈집만 남았단다. 투르니에는 자신이 늘 지나다니는 이 건널목지기의 집을 소설 속에 등장시키기를 잊지 않았다. 자동차 안에서 핸들을 잡고 있는 작가의 뒷모습이 목의 자욱한 주름살들 때문에 앞모습보다 더 늙어 보인다. 1924년생이니 만 73세. 한국 문학 포럼을 준비하는 기회에 초청하고 싶다고 부탁했을 때 '늙어서 멀리 여행하기 어렵다'고 거절한 까닭이 이해될 것 같았다. 자동차가 작은 동네 안으로 들어서는가 했는데 이내 길가의 주차 공간에 멈췄다. 투르니에의 마을 슈와젤이다. 길 왼쪽으로 돌아서니 글에서 읽었던 사제관과 그 옆의 시골 교회가 바로 눈에 들어온다.

대문 안의 작은 마당. 사제관은 하얗게 단장된 3층 건물이고 왼쪽의 교회는 해묵은 돌에 시간의 더께가 무겁게 덮여 있다. 글 속에서만 읽었던 그 사제관에 첫발을 들여놓는 느낌은 허구 속으로 들어서는 기분과 크게 다르지 않다. 유학 시절 이후 다시 프랑스로 돌아가서 머물던 1970년대 후반, 그때 나는 처음으로 미셸 투르니에라는 작가를 '발견'하고 신선한 충격을 받았다. 나는 곧 그의 출세작 『방드르디, 태평양의 끝』을 번역하여 소개했었다. 그는 과연 1970년대 이후 프랑스가 배출한 최고의 작가다. 해마다 노벨문학상이 발표되는 무렵이면 투르니에는 예외 없이 후보 1순위에 꼽혀 기자들은 속보 기사를 쓸 경우에 대비하여 늘 내게 전화를 걸어오곤 했다.

겨울 해가 곧 저물 것이므로 우선 앞뜰부터 둘러보자고 투르니에 씨가 제안했다. 프랑스의 작은 마을들마다 하나씩 세워져 있던 교회지만 지금은 옛날 같지 않아 이젠 미사를 올리러 찾아오는 신자가 그리 많지 않다. 그래서 신부님은 일요일이면 여러 마을의 성당들을 순회한다. 따라서 성당마다 딸려 있는 사제관은 불필요해져버렸다. 투르니에 씨는 아주 오래전에 이 사제관을 사서 고요한 시골에 묻혀 살고 있다. 산문집 『짧은 글 긴 침묵』의 「매력과 광채」라는 글 속에도 이 집의 분위기는 실감나게 소개되어 있다. "'사제관은 어디 하나 그 매력을 잃지 않았고 정원은 어디 하나 그 광채를 잃지 않았다.' 사제의 정원에 둘러싸인 사제관에 25년째 살면서 나는 가스통 르루의 이 유명한 한마디 말을 수백 번도 더 들어왔다. 사제관의 매력? 그 정원의 광채? 나는 어느 면 그걸 증거하기 위하여 사는 기분이다. 문과 창문이 약간 협소한 편이지만 탄탄하고 근엄한 집인 이 사제관은 그 조용한 외관 뒤에 숱한 마법들을 감추고 있으니 말이다."

요즘도 일요일이면 신부님이 미사를 집전하기 위해 찾아와서 바로 사제관 왼쪽으로 보이는 작은 문을 열고 성당으로 들어가신다고 한다. 그 작은 문 밑에 달려 있는 디근자 모양의 쇠 시렁은 신부님이 시골길의 진흙 묻은 신발 바닥을 문질러 닦는 도구다. 아주 까마득한 옛적의 프랑스 모습이 엿보이는 한구석이다. 사제관과 성당 사이의 통로를 지나자 집 앞의 꽤 널찍한 잔디밭이 나타난다. 마당에 들어서자 해묵은 성당의 아름다운 전모가 눈에 들어온다. "교회 쪽의 저쪽 담 아래는 공동묘지죠?" "잘 알고 계시는군요. 담장 저 끝에 서 있는 작은 집이 무덤 파는 사람의 집이에요." 그는 '집'에 관한 글에서 이렇게 적고 있다. "담장 너머는 마을의 공동묘지다. 가끔 삽질하는 소리가 들리기도 한다. 형이상학적 소리다. 무덤 파는 사람이 땅을 파내는 것이다. 이야말로 아주 오랜 옛날부터 이 마을에 살고 있는 주민들과 더불어 절대적 붙박이 그 자체다. 집-박물관, 땅-재, 정원-묘지 같은 낱말들 사이의 심상찮은 친화력을 생각해보라. 그리고 시간의 이 두 가지 양상을. 한쪽에는 비명 소리와 분노로 가득찬, 항상 새롭고 예측 불허의 역사가 있다. 그리고 다른 한쪽에는 시계의 문자반처럼 둥글게 닫혀 있는 세계가 있다. 사계절과 녹색, 황금색, 붉은색, 흰색 이렇게 네 가지로 순환하는 이 세계 속에 인간사의 사건 같은 것이 끼어드는 법은 없으니 말이다." 해 지기 전에, 아니 '형이상학적인 소리'가 들려오기 전에, 우리는 마당의 잔디밭에서 우선 몇 장의 사진을 찍고 나서 집안으로 들어갔다.

현관에 들어서자 복도의 좌우를 갈라놓았던 벽을 터서 넓힌 거실이 눈에 들어왔다. 2층으로 올라가는 층계를 사이에 두고 왼쪽 입구의 책이 가득한 방과 오른쪽의 부엌을 제외하고는 모두 하나로 트인 공간이었다. 통로 쪽으로 등을 돌리고 놓은 소파 하나, 집주인이 앉는 안락의자, 아마도 식탁으로 사용되는 듯한 크고 긴 테이블이 전부였다.

수인사가 끝나고 내가 말을 꺼냈다. "요즘은 무슨 작품을 쓰고 계신가요?" 달변의 투르니에 씨에게는 긴 질문이 필요 없다. "김선생이 번역중이라는『짧은 글 긴 침묵』의 속편에 해당하는 산문집『예찬célébrations』, 그리고『흡혈귀의 비상le vol du vampire』이라는 제목으로 이미 펴낸 독서록에 이어지는 또 한 권의 독서록. 이렇게 두 권 분량의 원고를 써놓았지만 아직 출판은 하지 않고 있어요. 그리고 요즘엔 무엇보다 흡혈귀에 심취해 있어요. 그 주제를 가지고 한 권의 소설을 써보려고 말입니다. 아주 결정적인 흡혈귀 소설을요. 모리스 라벨이라는 작곡가는 왈츠곡을 작곡했었죠. 그가 원했던 것은 흔히 있는 왈츠곡들 중 한 곡une valse이 아니라 왈츠곡 그 자체la valse였어요. 과연 그 곡이 발표된 이후에는 아무도 더이상 왈츠를 작곡하지 않았죠. 내가 원하는 흡혈귀 소설도 그런 거예요." 부정관사가 아니라 정관사가 붙는 흡혈귀 소설! 투르니에는 항상 이런 식이다. 얼핏 들으면 매우 오만한 발언이다. 몇 달 전 프랑스의 어떤 문예지에서 우리가 살아온 20세기의 가장 중요한 문학적 사건이 무엇이냐는 앙케트를 보내자 많은 사람들이 마르셀 프루스트나 제임스 조이스의 출현을 꼽았는데 투르니에는 서슴지 않고 '미셸 투르니에의 『방드르디, 태평양의 끝』의 출간'이라고 대답했었다. 적어도 그의 야심은 그러한 것이다. 흡혈귀 소설의 결정판, 그 신화의 궁극적 해석, 그런 작품을 쓰겠다는 것이다. 그러나 모든 중요한 신화적 테마는 영원한 재해석, 혹은 다시 쓰기의 대상임을 그가 모를 리 없다.

그런데 왜 하필이면 '흡혈귀'일까? 나는 그런 주제를 좋아하지도 않거니와 그것이 딱히 내 정서의 심층을 진동시키지도 않는다. "한국인들도 흡혈귀에 흥미를 많이 가지고 있나요?" 나는 고개를 저었다. 흡혈귀라는 단어가 있는 것으로 보아 우리 옛이야기에도 그런 것이 있을지 모른다. 〈전설의 고향〉 같은 쪽 어디엔가…… 그러나 나는 흡혈귀 하면 금방 서양의 통속소설과 영화에 등장하는 드라큘라의 뾰족한 송곳니 두 개와 주르르 흐르는 피, 바람이 으스스하게 부는 옛 성관, 거미줄에 덮인 낡은 관을 깨고 나오는 시신, 아니면 할리우드의 가당찮은 영화들만 머리에 떠오른다. 흡혈귀는 과연 서양 현대 소설사의 첫머리에 등장하는, 저 '흑색소설'의 주인공이다.

　투르니에 씨는 그러나 이 주제에 대하여 대단한 열정을 가지고 있다. 그 열정은 곧 나같이 흡혈귀에 대해 부정적인 생각을 가진 사람도 설득해내는 힘으로 이어진다. 그는 내게 줄 책이 한 권 있다면서 자리에서 일어섰다. 작은 폴리오판 포켓북 한 권을 꺼내 들고 다시 자리에 앉은 그는 책의 앞뒤 표지가 위로 가도록 양손으로 펼쳐 들었다. "작가가 써서 출판한 한 권의 책이란 이렇게 가볍고 피가 없는 exsangue 한 마리 새에 불과합니다." 맞은편에 앉아 있는 내 눈엔 과연 그런 모습으로 펼쳐든 책이 한 마리의 하얀 갈매기 같아 보였다. 책을 그 반대쪽으로 펼쳐서 무릎이나 책상 위에 놓고 보는 게 습관이 된 나는 그렇게 뒤집어 펼친 책을 처음 본 느낌이었다. 그렇다. 내 눈에도 그것은 한 마리의 가볍고 핏기 없는 하얀 새였다. "피는 끔찍한 것이 아닙니다. 기독교의 오랜 전통 속에서 피는 곧 성스러운 생명입니다. 예수의 피를 받는 성배가 그렇고 영성체가 그렇습니다. 피가 없다는 것은 생명이 없다는 뜻이지요. 생명이 없는 자는 생명의 피를 애타게 그리워하게 되어 있어요. 이 핏기 없는 한 마리의 새, 반쯤만 존재하는 새, 즉 한 권의 책이 살아서 날 수 있게 되려면 바로 이 가벼운 새가 독자의 심장에 내려앉아 그의 피와 영혼을 빨아들여야 합니다. 그 과정이 바로 독서라는 것이지요"라고 말하면서 그는 펼쳐진 책의 안쪽 페이지를 자신의 가슴에 갖다댔다. 그때 그 책의 표지와 제목이 내 눈에 들어왔다. 『흡혈귀의 비상─독서록』. 그가 서명하여준 그 책이 지금 내 책상 위에 놓여 있다. 거기에는 이렇게 씌어 있다.

"작가가 한 권의 작품을 세상에 내놓는다는 것은 얼굴도 모르는 남녀 군중들 속으로 종이로 된 수천 마리의 새를, 바싹 마르고 가벼운, 그리고 뜨거운 피에 굶주린 새떼를 날려보내는 것이다. 이 새들은 세상에 흩어진 독자들을 찾아간다. 이 새가 마침내 독자의 가슴에 내려앉으면 그의 체온과 꿈을 빨아들여 부풀어오른다. 이렇게 하여 책은 작가의 의도와 독자의 환상이 분간할 수 없게 뒤섞여서—마치 한 아기의 얼굴에서 그의 아버지와 어머니의 생김새가 섞이듯이—들끓는 상상의 세계로 꽃피는 것이다. 그다음에 독서가 끝나고 바닥까지 다 해석되어 독자의 손에서 벗어난 책은 또다른 사람이 또다시 찾아와 그 내용을 가득한 것으로 잉태시켜주기를 기다린다. 이렇게 주어진 사명을 다할 기회를 가진 책이라면 그것은 마치 무한한 수의 암탉을 차례로 도장 찍어주는 수탉처럼 손에서 손으로 전해질 것이다." 이것이 '흡혈귀의 비상'이라 이름 지을 수 있는 그의 유명한 독서론이다.

다시 그의 마음이 온통 쏠려 있는 주제로 돌아온다. 지난 2년 동안 그는 줄곧 흡혈귀란 궁극적으로 무엇인가?라는 의문에 매달려왔다고 한다. "결국 어떤 결론에 도달했나요?" "결론이라기에 아직 좀 이릅니다. 그러나 잠정적으로 흡혈귀란 결국 '올바른 죽음에 실패한 자celui qui a manqué la mort'라고 해석해봅니다. 가령 자살한 사람, 자연스러운 죽음을 죽지 못한 자, 그가 바로 흡혈귀일 거라는 생각을 해요. 온전하게 죽지 못했기 때문에 그는 삶과 죽음의 경계선 근처를 배회하면서 삶의 온기, 즉 피를 빨아들이지 못해 고통스러워하는 거예요. 프랑스어에서 유령을 '되돌아온 자revenant'라고 하는 의미도 이렇게 해석할 수 있지요. 그는 고통받는 영혼이에요. 나는 흡혈귀 소설을 현대의 지하철 속에 갖다놓아볼까 해요. 언론이 보도하는 것을 자제하고 있어서 그렇지 실제로 파리의 지하철에 몸을 던져 자살하는 사람이 1년에 3백 명이 넘는다고 합니다. 하루에 한 사람 꼴로 죽는 셈이죠. 그리고 일반 자살자는 만 5천 명이 넘어서 교통 사고로 사망하는 사람 수보다 더 많다고 해요. 이렇게 죽은 사람은 죽음의 세계, 즉 피가 없는 세계에 그냥 있지 못하고 산 사람의 세계로 되돌아오려고 몸부림치게 되죠. 지브랄타르 반도가 세상의 끝이라고 본 고대의 율리시스가 그렇고 지옥으로 오르페우스를 불러들인 에우리디케가 그런 경우예요." "소설 쓰기 위한 자료 수집을 벌써 많이 해두신 모양이군요?" "그럼요. 벌써 오래전부터 생각해온 주제니까요. 집필실에 필요한 자료들을 모아두었어요. 그와 관련해서 생각나는 게 있으면 메모도 해두었고요. 이렇게 하나의 주제에 대하여 깊이 생각하고 그것에 친숙해지고 나면 정작 펜을 들고 작품을 쓰는 일은 아주 쉬워요." "그럼 그 자료들도 볼 겸 집안 구경을 좀 시켜주실 수 있겠어요?"

우리는 잠시 이야기를 멈추고 위층으로 올라간다. 한평생 결혼을 한 적이 없는 이 작가의 집은 고요하기만 하다. 문이 반쯤 열려 있어 흘끗 들여다보이는 2층은 볕이 잘 드는 아늑한 침실과 거실로 나뉘어져 있는 듯했지만 그는 그냥 지나쳐 곧장 다음 층으로 올라간다. "여긴 내 공간이 아닙니다. 손님이 와서 묵어가는 곳이죠. 엊그제까지 여동생이 와서 머물다가 떠났어요." 이렇게 그는 오래전부터 생활 공간을 1층과 3층으로 제한해놓고 산다.

3층은 널찍한 다락방이다. 층계를 중심으로 한쪽은 집필하는 공간이고 다른 한쪽 구석에는 침대가 놓여 있다. 넓게 터진 서쪽은 그가 좋아하는 사진 찍기 공간이다. 그는 이 다락방을 '성소sactuaire'라고 부른다. 그의 산문 「나체 초상화」를 통해서 독자들에게는 이미 잘 알려진 곳이다. 그가 '책의 요새'라고 한 곳과 '이미지의 다락방'이라고 명명한 공간이 실은 분리된 방이 아니라 하나의 지붕 밑 방이었다. 19세 소녀가 나체 사진을 찍게 되는 줄 알고서 알몸으로 벗고 등장했다는 일화가 생각났다. 그러나 연로한 그는 이제 사진 찍기는 거의 그만둔 상태라고 했다. 대신 침대가 놓인 구석을 가리키면서 "얼마 전에 어떤 기자가 날 보고 당신에겐 어떤 것이 행복이냐고 묻기에 좋아하는 한 권의 책을 들고 일찍 잠자리에 드는 것이라고 대답했어요. 저기가 바로 내 행복의 구석이지요." 저 오래된 침대에 누워서 그는 '가벼운 새들'에게 자신의 환상과 꿈과 피를 공급하여 저 어둠 속으로 멀리 날려보내면서 마냥 행복해하는 것이리라.

그가 책상 위에 놓인 한 무더기의 책들과 스크랩 파일을 열어 보여주었다. 드라큘라를 포함한 일련의 흡혈귀 관련 서적들. "『드라큘라』를 쓴 독일 작가의 이름을 따서 새 소설의 주인공은 브람Bram이라고 지을까 해요. 가령 책 제목을 『브람, 혹은 피맛』으로 하면 어떨까요?" 그리고 그는 자신이 발견한 '기막힌 한 편의 시'를 창작 파일 속에서 꺼내어 읽어 보였다. 먹이사슬에 관한 대화체 시였다. "너는 무엇을 먹고 사니?" 하고 물으면 각각의 동식물들이 먹이의 이름과 그 맛을 설명한다. 다음에는 바로 그 먹은 자를 먹은 자가 그 맛을 설명한다. 결국 마지막으로 피를 먹고 사는 흡혈귀에게 피맛이 어떻더냐고 묻자 그 대답이 시의 결론을 이룬다. "달고 달더라. 너는 이 맛을 모를 거야, 초식동물이여." 장차 세상에 나올 흡혈귀 소설 첫 페이지에는 아마도 이 시가 에피그래프로 새겨져 있을지도 모른다. 그는 이 절묘한 시를 쓴 시인의 이름이 제오 노르주Géo Norge라는 것까지는 알게 되었지만 생전 처음 들어보는 이름이라고 했다. 내친김에 바로 옆 서가에 꽂힌 문학사전에서 그 시인의 이름이 있는지를 같이 찾아보기로 했다. 20세기 초 벨기에의 대표적인 시인 가운데 하나였다. "이것 보세요. 우리들은 모두 얼마나 아둔한 작자들인가요. 바로 옆 나라의 대시인을 이름조차 모르고 있었다니!"

나는 문득 「나체 초상화」의 에피소드가 생각났다. 그 낯선 열아홉 살 처녀가 단순히 얼굴 사진(초상)을 찍고 싶다는 투르니에의 제안을 잘못 알아듣고서 "낙원의 이브처럼 벌거벗은 모습으로" 걸어 나와 모델이 되었다는 일화 말이다. 그때 그 여자는 "모든 무대 장치를 싹 지워버리면서 피사체를 마치 눈밭에 세워놓은 것처럼 분리시키는 배경막" 앞으로 걸어나왔다고 했다. 나는 그 배경막이 어디 있느냐고 물었다. 그것은 슬라이드를 비춰보는 스크린처럼 감긴 채 천장에 달려 있었다. 투르니에 씨가 손잡이를 돌리자 그 배경막이 천천히 풀리면서 내려와 한쪽 벽면을 거의 다 덮었다. 그러나 두꺼운 종이로 된 그 막의 아래쪽 끝은 벌써 너덜너덜하게 찢어져 있었다. 흘러간 시간의 상처였다. 나는 농담처럼 바로 그 배경막 앞에 선 작가의 사진을 찍고 싶다고 말해보았다. 그는 웃으면서 선선히 응했다. 나중에 돌아와 찍은 사진을 인화해보니 내 서투른 사진술 때문인지 그는 마치 『황금 물방울』 속에 나오는 이드리스의 증명사진처럼 '그 눈부신 빛의 벌판'에 창백하게 고립되어 서 있었다. 나는 그 사진을 바라보면서 거기에 던져진 참혹한 진실의 빛을 보는 것만 같아 마음이 아팠다. 공연히 사진을 찍은 것이 아닐까?

한참 뒤에 우리는 아래층으로 내려왔다. 그만 일어서려 하니 한국같이 먼 곳에서 찾아와서 이렇게 쉬이 떠나서야 되겠느냐면서 만류했다. 그리고 그는 부엌으로 들어가서 손수 차를 끓여 내왔다. 우리는 저무는 저녁빛을 내다보면서 차를 마셨다. 흐려오는 빛 속에서의 침묵이 무겁게 느껴져서 나는 이런 큰 집에 혼자 지내시니 적적하지 않느냐고 물었다. "적적하긴요. 당신이 벌써 오늘 이 집에 찾아온 세 번째 손님인걸요. 그리고 이스라엘 여행에서 돌아온 지 사흘밖에 되지 않았어요. 그동안 누이가 여러 날 집에 와 있었고요." 더군다나 흡혈귀들에게 생명을 불어넣어주는 일들로 행복하기만 하다는 이 작가가 어찌 적적하겠는가. 아래층 거실 안락의자 옆에는 틀에 끼운 어린 소년의 사진이 한 장 놓여 있다. 투르니에 씨의 양자 로랑의 사진이다. 17년 동안이나 같이 살다가 지금은 결혼하여 파리에 따로 분가한 37세의 아들이다. 로랑의 아이는 투르니에 씨의 손자나 마찬가지다. 바캉스 때는 한 가족이 함께 지내곤 한단다.

그는 이스라엘 여행 이야기를 들려준다. 매우 이상한 나라란다. 강연 초청을 받아 찾아갔지만 공항에서의 입국 심사는 삼엄했다. 성명, 나이, 주소, 직업 등의 신상에 대하여 꼬치꼬치 묻는 데까지는 가까스로 이해할 수 있었으나 작가라고 대답하자 그가 쓴 온갖 저서의 내용을 그 자리에서 간단히 요약하여 말하라는 데는 아주 질렸다고 한다. "이쯤 되면 두 가지 중에 한 가지 선택밖에 달리 대처할 도리가 없어요. 폭소를 터뜨리든가 아니면 문제의 이민국 관리의 뺨을 후려치든가 둘 중의 하나죠." 그가 무사히 다녀왔다는 것으로 미루어 전자를 선택한 모양이다. "유대인들 얘기로 내가 늘 인기를 끄는 삽화가 하나 있어요." 타고난 이야기꾼 투르니에가 실력을 발휘하는 순간이다. "내가 아는 오스트리아 출신 유대인 여성이 한 사람 있지요. 그는 국가를 상대로 하는 어떤 일을 해주고 현금으로 보수를 받게 되었어요. 그가 받은 오스트리아 지폐에는 유대인 출신인 프로이트의 초상화가 찍혀 있는데 누군가 그 석학의 얼굴 위에다가 굵은 글씨로 '더러운 유대인'이라고 욕을 커다랗게 써놓았더래요. 크게 분노한 그 여성은 수상에게 항의 편지를 썼답니다. 나라의 이름을 빛낸 위인의 얼굴에 이런 모욕적인 낙서를 한 사람이 있다는 것은 모든 국민의 이름으로 지탄받아야 마땅하다는 내용이었죠. 수상으로부터는 아무런 응답이 없었는데 거의 1년 가까운 세월이 지난 후 오스트리아 중앙은행장으로부터 한 장의 편지가 왔더랍니다. 문제의 훼손된 지폐를 중앙은행으로 가져오면 결함이 없는 새 돈으로 바꿔주겠다는 내용이었어요." 손에는 손으로, 유대인에게는 유대인식으로란 교훈일까?

그는 어떻게 하여 자신의 작품을 번역하게 되었느냐, 그리고 특히 『짧은 글 긴 침묵』의 어떤 점이 좋았느냐고 물었다. 우리나라 옛 선비들의 산문 전통과 어딘가 약간 미진한 듯한 그 짧은 산문들은 자유로운 형식에 있어서 통하는 데가 있는 것이 아닐까? 그러나 나는 사실은 유사성 때문이라기보다는 그 사고의 낯섦이 좋아서 번역하는 것이리라. 나는 대답 대신 "당신도 원래 번역자의 경험으로 시작한 작가가 아닙니까?" 하고 웃으면서 반문해보았다. 그래서 자기는 번역자의 고통을 잘 안다고 그가 말했다. 나는 문득 투르니에가 젊은 시절에 독일 작가 레마르크의 『서부전선 이상 없다』를 번역하고 나서 그 원작자를 만났던 이야기를 소개한 그의 저서 『성령의 바람』의 한 대목을 생각했다. "반군국주의로 전 세계에 유명한 오스나브뤼크 출신의 이 작가는 척추가 억세고 직사각형의 엄격한 얼굴에 늘 외눈안경을 걸고 있어서 옛 프러시아 군인 같은 인상이었다. 그의 초대를 받아 간 식당에서 나는 생전 처음으로 성게라는 것을 먹어보았다. '내 책의 번역자와 내 나라 말로 이야기를 나누어보는 건 이번이 처음이군요. 미국, 이탈리아, 러시아 등 다른 나라 번역자들은 독일어를 마치 고대 그리스어나 라틴어같이 죽은 언어처럼 말하더군요' 하고 그는 털어놓았다. 그는 번역의 노고를 치하하면서 그러나 번역은 오로지 장차 자기 개인의 글을 쓰기 위한 연습으로만 생각하라고 충고했다. '그렇지만 번역과 자기 글을 서로 혼동하면 안 될 것 같아요. 가령 내 최근 소설을 옮겨놓은 당신의 번역을—물론 아주 훌륭하죠—읽어보고 두 가지 놀라운 사실을 발견했어요. 첫째는 원서에 있는 몇몇 대목들이 번역서에 와서 없어져버렸다는 점이에요.' 그럼 두번째 놀라움은 뭐죠? 하고 매우 불안해진 내가 물었다. '두번째 놀라움은 그와 반대로 원서에서는 찾을 수 없는 몇 페이지를 번역서에서 읽을 수 있다는 점이었어요.' 당시 나는 스무 살이었고 시건방진 바보였으므로 E. M. 레마르크의 문장을 별로 대단찮게 생각하고 있었다. 나는 얼굴이 뻘게져서 말을 한참이나 더듬다가 방자하게도 이렇게 말했다. '두번째 것이 첫번째 것보다 나으면 되는 것 아닌가요?' 그는 너그럽게도 그냥 미소만 지어 보였다. 나는 그때까지만 해도 번역자란 작가의 반쪽에 불과하다는 것을, 가장 겸손하게 수공업적인 반쪽에 불과하다는 것을 모르고 있었다. 작가 지망생은 번역을 하면서 자기 스스로의 언어에 대한 장악 능력만을 습득하는 것이 아니라 인내, 돈도 명예도 거두지 못한 채 꼼꼼하게 실천해야 하는 저 불모의 노력을 배우는 것이다. 그것은 문학적 덕목을 배우는 좋은 학교다."

그러나 전에 쓴 책의 내용 못지않게 눈앞에 앉아 있는 투르니에 씨 자신의 최근 경험 또한 흥미롭고 교훈적이다. "한참 전에 나는 독일 작가 에른스트 용거—그는 나이가 103세인 최고령의 생존 작가예요—에 대한 글을 써달라는 부탁을 받았어요. 우선 프랑스어로 썼다가 독일어로 직접 옮긴 그 글이 독일의 유력지 『프랑크푸르트 알게마이네』에 발표되었지요. 그런데 최근에 프랑스에서 바로 그 독일 작가에 관한 연구 발표회가 있었던 모양입니다. 그 내용을 책으로 묶은 것을 한 부 보냈기에 들춰보았죠. 그런데 놀랍게도 그 속에 내 글도 한 편 실려 있는 거예요. 아무리 봐도 내가 쓴 적이 없는 글이라 여간 의아하지 않았습니다. 자세히 보니 바로 내가 독일 신문에 독일어로 쓴 바로 그 글을 누군가가 프랑스어로 번역한 것이었어요. 그런데도 그 글은 전혀 내 글이 아니더군요. 더욱 놀라운 사실은 그 이상한 번역을 원문과 대조해보니 한 군데도 '틀린 데'가 없더라는 점이에요. 문학 텍스트의 번역은 이처럼 그냥 틀리지만 않으면 되는 게 아녜요."

우리들의 번역 이야기는 자연히 저작권 문제로 옮겨갔다. 한국이 국제 저작권 협약에 가입한 것이 최근이라는 사실을 설명하다가 그리되었다. 투르니에 씨는 웃으면서 해적판 이야기를 하나 소개했다. 카다피의 삼엄한 회교국 리비아에서 나온 청소년판 『방드르디, 태평양의 끝』―이 책은 프랑스 국내에서만 이미 수백만 부가 팔렸다―
의 번역은 텍스트만 무단 번역한 것이 아니라 원서에 실린 삽화까지
도 무단 복제해 실었는데 놀랍게도 무인도에서 벌거벗고 사는 로빈
슨의 성기 부분만은 나무 잎사귀로 가린 그림으로 대신했더라고 했
다. "그 대목만 독창적이더군요" 하고 그가 덧붙였다.

　흐린 겨울날이 일찍 어두워졌고 집안은 점점 더 고요해졌다. 흡혈
귀가 비상할 시간이었다. '밤에 대한 그의 글이 생각났다. "내 밤의
고독은 어떤 엄청난 기대의 또다른 이름이다. 잠든 자의 기대인 동시
에 깨어 있는 자의 기대…… 이 밤, 내 잠든 육체를 스치는 날갯짓
과 은밀한 박동이 느껴진다. 내 잠자리 속으로 새들이 날아든 것인
가. 새들이거나 박쥐들이. 어떤 목소리가 대답한다. 아냐, 그건 묘지
에 묻혀 있는 사자死者들의 영혼이야. 그 영혼은 수세기 동안 저 담
장 뒤에서 떼 지어 기다리고 있다…… 어젯밤은 잘 잤다. 나의 불행
도 잠이 들었으니까." 자리에서 일어서기 전에 나는 신부들이 비워
놓고 떠난 사제관에서 40년을 살아온 그에게 물어보았다. "당신은
이곳 성당의 미사에 참석하십니까?" "아뇨. 그렇지만 어린 시절부터
몸담고 살아온 가톨릭의 정서는 내게 매우 중요합니다." "그럼 당신
의 신앙심의 실체는 어떤 것입니까?" "모든 사람은 다 신앙심을 많
게든 적게든 지니고 있어요. 내게 신앙심이 있느냐고 묻는 사람에게
대답 대신 들려주곤 하는 우스갯소리가 하나 있어요. 소련의 우주
인 가가린이 처음으로 우주 공간을 비행하고 돌아온 직후의 일입니

다. 그는 흐루시초프에게 불려갔어요. '그 광대한 외계에 가보았다니 말인데, 하늘나라에서 신을 만났습니까?' 가가린은 태연하게 신을 만났다고 대답했죠. 그러자 흐루시초프가 무릎을 치면서 '어쩐지 그런 것 같더라니까!' 하더랍니다. 그러나 흥분을 추스르면서 곧 말을 잇기를, '그렇지만 절대로 그 사실을 발설하지 않는다고 목숨을 걸고 맹세하시오' 하고 다잡더랍니다. 가가린은 물론 맹세했죠. 그다음엔 로마에서 교황이 가가린을 만나자고 청했습니다. 로마에 갔더니 교황이 또 묻더래요. '하늘나라에 가보니 신이 과연 있던가?' 가가린은 솔직히 대답했어요. '신은 만나지 못했습니다. 존재하지 않던걸요.' 그러자 교황이 소리쳤대요. '어쩐지 그런 것 같더라니까!' 교황도 황급히 다짐을 받더랍니다. '그렇지만 당신 어머니의 목숨을 걸고 맹세하시오. 그 누구에게도 그 사실을 발설치 않는다고 말입니다.' 이게 내 신앙의 현주소랍니다." 명쾌한 확신보다는 결론의 신화적 유예. 그렇지 않다면 소설은 존재할 이유가 없다.

　마침내 투르니에 씨의 집을 나설 시간이 되었다. 날이 어두워지자 자동차들이 뻘건 불을 켜고 바삐 지나간다. 파리에 자주 왔다면서 왜 지금까지는 한 번도 찾아오지 않았느냐고 그가 문득 생각났다는 듯 물었다. 이 먼 사제관에서 홀로 고요한 시간을 지내고 싶어하는 작가를 방해하고 싶지 않았다고 나는 대답했다. 그는 다시 나를 역으로 데려다주기 위하여 차에 오르면서 불모의 작업인 번역의 수고를 마다않는 당신이라면 언제든 환영이라고 했다. 그리고 헤어지는 서운함 때문인지 내년쯤 번역서가 나올 무렵 초청해주면 한국에 한 번 가보고 싶다고 했다. 나는 소란스러운 서울 거리에 서 있는 그를, 혹은 호젓한 산사로 오르는 오솔길 위에 서 있는 그를 머릿속으로 그려보았다. 둘 다 잘 상상이 되지 않았다. 생 레미 레 슈브뢰즈 역 앞에서 다시 저만큼 세워둔 자동차를 향하여 되돌아가는 그의 시커먼 뒷모습을 보면서 그 사제관의 고적한 밤을 상상해보는 편이 내겐 훨씬 더 자연스러웠다. "생 시드완 성자의 날인 11월 14일 자정에서 3시 사이의 한밤중에도 나는 안 무섭다. 오늘밤에는 근 2세기 동안 이 집에서 살았던 서른일곱이나 되는 사제들이 여기 모여서 다 같이 합창하듯이 큰 소리로 식사 전 기도를 외우고 나서 아래층에서 떠들썩하게 먹어대는 것이다. 3층에 있는 방에서 새털 이불을 뒤집어쓰고 누워 있는 나는 절대로 무섭지 않다. 안 무섭다. 그렇지만 사제들 자기네끼리 그냥 법석을 떨라고 내버려두고 싶다." 73세의 그 소년은 한겨울 밤의 망망대해 앞에서 정말 안 무서울까? 흡혈귀가 날아오르는 그 시각에 그는 다만 행복하기만 할까?

(1999)

2000년의
해후

미셸 투르니에
『예찬』
현대문학, 2000

투르니에의 『petites proses』를 『짧은 글 긴 침묵』이란 제목으로 번역 출판한 지 만 2년 만에 새로운 산문집 『예찬』을 번역 소개한다. 우연한 일이지만 지난번처럼 번역이 끝나갈 무렵 파리 근교의 슈와젤에 찾아가서 미셸 투르니에 씨와 한나절을 같이 지낼 기회가 있었다.

새로운 세기의 시작을 기념하기 위해 『현대문학』 2000년 1월호에 세계의 저명 작가들에게 설문지를 보내고 그 답을 얻을 필요가 있었을 때, 나는 일부러 투르니에 씨에게 편지를 보내고 바쁘겠지만 잊지 말고 답을 보내달라고 부탁했었다. 그는 그 어느 작가보다 먼저, 아주 흥미로운 답을 보내왔다. 답안 작성이 쉽지 않았다는 엄살도 덧붙였고 그와 더불어 연말에 파리에 오면 연락해달라고 했던 것이다.

미셸 투르니에 씨와 만나기로 약속한 날은 2000년 1월 8일이었다. 조선일보의 인터뷰 의뢰가 있었으므로 파리 특파원으로 부임한 지 얼마 되지 않은 박해현 기자와 생미셸 거리의 작은 카페에서 만나 같이 가기로 했다. 우리가 교외선을 타고 역에 내렸을 때는 정확하게 12시 30분. 12시 15분 아니면 30분쯤 역에 도착할 것이라고 했던 그분의 말로 미루어보건대 40년 그곳 생활에 열차 시간을 손바닥 들여다보듯 알고 있음이 분명하다. 전화를 받은 그는 2년 전과 다름없이 곧 역 광장의 카페 앞으로 왔다. 문득 우리들 등뒤에 나타난 투르니에 씨는 키가 껑충하고 전보다 더 허리가 구부정해 보였다. 1924년생이니 76세의 노인이다.

'교외의 끝이며 시골의 시작'인 슈와젤 마을로 그의 조그만 자동차가 달리는 동안 길가의 풍경은 을씨년스럽기 짝이 없다. 겨울이기 때문만이 아니다. 수십 년 이래 처음으로 프랑스를 휩쓴 광풍의 파괴력 때문이다. 마리 앙투아네트 왕비가 손수 심은 나무를 포함하여 베르사유 궁 그 드넓은 숲의 200년 묵은 거목들이 수없이 쓰러지고 꺾였다는 보도를 비행기 안에서 읽은 지 불과 며칠 되지 않았다. 지나는 길가의 당피에르 성 담장이 군데군데 무너지고 나무가 꺾여 쓰러진 모습이 참혹하다. 안개가 약간 낀 보스 지방의 겨울 낮. 투르니에 씨는 그 무서운 광풍으로 사흘 동안이나 전기도 난방도 끊어진 집에서 춥고 불안하게 지냈다고 했다.

자동차가 마침내 낯익은 그의 사제관 안으로 들어선다. "날씨가 좋아지면 우리는 뤽상부르 정거장에서 소선(오늘날에는 고속전철 RER 의 B선이 되었다) 지하철을 타고 생 레미 레 슈브뢰즈 종점까지 가곤 했다. 거기서 우리는 도보로 6킬로미터를 더 걸어가서 조그만 슈와젤 마을에 이르렀다. 그곳에서 우리는 캠핑 구역에 자리를 잡았다. 어떤 사람들은 그곳에 꽤 호화로운 텐트를 쳐놓고 여름 내내 그대로 두었다. 성당 맞은편에는 주막집 '페펭'이 있어서 우리는 그리로 커피를 마시러 가곤 했다. 바로 거기서 나는 라디오 방송국에서 가끔 같이 일하곤 했던 클로드 뒤프렌을 만났다. 그는 그때 막 마을의 사제관을 사서 수리중이라고 했다. 한창 수리중인 그 집으로 들어설 때만 해도 나는 내 생애의 가장 빛나는 시절을 그곳에서 살게 될 줄은 꿈에도 생각하지 못했다. 몇 달 뒤에 과연 클로드 뒤프렌은 내게 그 집을 산 것이 후회된다면서 딴사람에게 넘길 수만 있다면 기꺼이 그러겠다고 했다. 1957년부터 나는 점점 더 장기간 그곳에 가서 지냈고 1962년 4월에는 파리 시내에 있는 아파트를 처분하여 결정적으로 그곳에 정착하게 되었다." 이렇게 하여 투르니에는 이 사제관의 주인이 되었다. 그는 오늘날까지 발표한 모든 작품들을 다 이 사제관 집에서 썼다.

길가 쪽 마당의 커다란 자작나무 한 그루가 바람에 뿌리채 뽑혀 길게 쓰러져 있다. 투르니에 씨가 손수 심었던 나무다. "나는 특히 전나무와 자작나무를 한데 어울리도록 하는 북방식 혼합을 좋아한다. 전나무의 씩씩하고 검고 대칭적인 힘과 자작나무의 가볍고 희고 약간 나긋나긋한 우아함이 매우 행복하게 어울릴 것 같은 것이다." 그 아름다운 나무와 오랜 세월의 기억이 길게 누워 있다. 힘들여 다시 세우면 살 수 있을 것 같건만 투르니에 씨는 정원사를 불러 없애겠다고 단호하게 말한다.

그가 책에서 "아시아 분위기가 돋보인다"고 했던 길가의 소나무는 잘 보이지 않았다. 그리고 야곱의 은하수길로 순례 여행 떠나는 사람들이 와서 텐트를 치곤 했다는 반대편 정원 쪽의 밭도 이제는 담장에 가려 보이지 않았다. 2년 전에 조혜영군과 같이 와서 사진을 찍었던 앞뜰. 바람에 불려간 물뿌리개가 저만큼에 가서 넘어져 있다. 우리는 오후의 해가 기울기 전에 먼저 뜰 쪽으로 나가 조그마한 마을 교회의 첨탑을 배경으로 사진을 찍는다.

그리고 다시 길가 쪽 뜰로 나와서 커다란 마로니에 나무를 바라본다. 그 큰 나무에는 벌써 잎을 준비하는 봉오리가 탐스럽게 맺혀 있다. 그러나 이건 벌써 늦가을부터 맺혀 있던 것으로 이 나무는 이렇게 오랫동안 봄을 준비하며 기다린다고 투르니에 씨는 말한다. 그 마로니에 나무 밑에 회양목이 좀 구차하고 낮게 서 있다. 성지주일聖枝主日 때 쓰는 나뭇가지를 제공하는, 사제관에서는 없어서는 안 될 식물이다. "이 나무는 예외적이라 할 만큼 오래 산다. 이 나무가 공교롭게도 우리집 정원의 그런 부적절한 장소에 자라고 있는 까닭도 거기에 있을 것 같다. 원래는 그곳에 오직 회양목뿐이었고 마로니에는 나중에 우연히 그곳에 심어졌을 것이다. 그런데 지금은 그 거대한 이웃 때문에 제대로 빛을 받지 못하여 변변치 않은 소관목의 몰골이 되어 있지만 그 불편한 상황에 잘 적응하며 꿋꿋하게 자라고 있는 인상이다." 쓰러진 자작나무는 역시 사제관 특유의 이 회양목에 비하면 적응력이 부족한 모양이다.

거실 안이 선선하다. 수백만 부의 저서가 팔리지만 늘 수도사처럼 고요하게 사는 그의 집은 언제나 선선하다. 벽에 〈황야의 수탉〉 그림이 커다랗게 걸린 거실. 그는 이 그림 앞에서 사진 찍기를 좋아한다. 빈손으로 온 것이 마음에 걸린다. 새해라고 투르니에 씨가 샴페인을 따서 세 개의 잔에 채웠다. 그리고 "문학을 위하여Pour la littérature!"라고 소리치며 잔을 높이 들고 건배를 청했다. 소란스러운 경제와 정치, 그리고 사이버 문화에 밀려 까맣게 잊고 있었던 것만 같았던 '문학'이 이 방안에서 소리를 높이는 새해가 좋다. 우리가 문학 속에 있음을 믿는다.

"술을 안 하시는 줄 알았는데 어떻게……?" 하고 내가 물었다. 그렇지 않단다. 다만 지난번 내가 그를 만났을 때는 금주 '실험'중이었단다. 무슨 실험을? 프랑스인답게 논리적으로 대답한다. 세 가지를 실험해보았다. 1) 나는 술을 끊을 수 있는가? 2) 술을 끊는 것은 힘든가? 3) 술을 끊으면 무슨 이득이 있는가? 그렇다면 그 실험의 결과가 어떠했을까? 1번과 2번은 둘 다 '그렇다'였다. 그러나 3번은 '아니다'였다. 그래서 이제는 다시 술을 마신다고 한다. 하기야 생각해보면 그는 술로 유명한 부르고뉴 지방에서 어린 시절을 보냈다.

"코트도르 지방에 있는 내 고향 마을에서는 사람들이 일생 동안 맹물은 단 한 방울도 안 마시고 백 살까지 살다가 죽는다. 물은 마시라는 액체가 아니라 오로지 몸을 씻고 꽃나무를 축여주라고 생긴 것이다. 물을 마신다는 것은 전혀 유익할 것이 없는 야만적인 행동이다. 부르고뉴 지방에서 물을 마시는 사람은 원한을 잘 품고 편협해지기 쉬운 체질의 인물로 의심받는다. 어린 시절 나는 줄곧 '위장을 물에 빠뜨리는' 위험을 경계하라는 말을 들으며 자랐다." 좀 극단적으로 들리겠지만 투르니에 특유의 해학이다.

같은 '실험'을 술 대신 '고기'에 대해서 할 수도 있단다. 그러나 그 역시 아무런 이득이 없다고 했다. 그래도 고기를 안 먹고 채식을 하면 몸에 좋은 것 아니냐고 내가 반문했다. 이야기가 좀 엉뚱한 방향으로 흘렀다. 어쩌면 동물들에겐 그럴지 모르겠다. 그는 소설을 쓰기 위한 조사차 하루종일 도살장을 찾아가 견학한 일이 있다. 그 처참한 도살 광경을 보고 난 뒤라야 우리는 고기를 먹을 권리가 있다. 고기를 먹어도 그만큼의 부담을 의식 속에 걸머진 채 먹어야 한다. 이것이 리얼리스트 미셸 투르니에의 윤리다.

그사이에 남프랑스 망통에 가서 강연을 하고 돌아왔다고 했다. 그는 강연 여행을 가면 성인들을 위한 강연과는 별도로 꼭 어린이들과 만나 이야기를 하는 기회를 가진다. 최근에 자신의 저서 판매 실적에 대한 보고서를 받았는데 지난 1년간 판매된 총 25만 부 중 8만여 부가 오로지 청소년판 『방드르디, 태평양의 끝』이란다. 이 책은 지금까지 무려 4백만 부가 팔렸다. 따라서 자신의 가장 훌륭한 독자는 젊은 이들, 청소년들인 만큼 그들을 가장 귀중하게 생각한다고 말했다.

그러면서 브르타뉴 지방의 캥페르에서 보내온, "내 생애에서 가장 귀중한 선물"이라는 것을 자랑스럽게 보여준다. 커다란 앨범같이 생긴 책이다. 그곳의 초등학교의 학생들이 이 작가의 글(『짧은 글 긴 침묵』에 실린 짧은 텍스트 「언젠가 내가 한 여자를 얻게 되면」)을 주제로 하여 변주시켜 지은 짧은 글 모음이었다. 아이들이 각자 이 문장 속의 여자를 자기 마음에 드는 다른 대상으로 바꾸어 글을 지어가지고 한 권의 책을 만들어 작가에게 선물한 것이었다. 투르니에 씨는 아이들이 보내준 그 글 선물을 더없이 자랑스럽게 생각하는 것 같다.

곧 점심 식사. 초대받은 것이긴 하지만 앉아서 노대가의 서브를 받는 것이 민망했다. 일어서서 거들려고 하니 당신들은 내 손님이라며 한사코 말린다. 싱싱한 토마토와 새우 삶은 것이 전식. 전혀 기름기가 없는 소박하고 건강한 메뉴다. 우리는 그것을 샴페인과 같이 먹는다. 샴페인 맛이 일품이다. 나중에 안 것이지만 그 술은 새해라고 아카데미 공쿠르 회원들이 정기적으로 모임(매월 첫째 화요일)을 갖는 드루앙 식당에서 선물한 그 이름 높은 '블랑 데 블랑Blanc des Blancs'이었다.

"우리는 드루앙 식당에서 먹고 마시고 이야기를 나눈다. 인구에

회자되는 플라톤의 저 유명한 『향연』 이래 너무나도 잘 어울리는 세 가지 활동이 바로 그것인 것이다. 우리는 나의 드루앙 식당 경험 22년에 있어서 단연 최고인 요리사 루이 그롱다르의 요리를 먹는다. 그는 하늘을 찌를 듯한 명성을 누리고 있는데 과연 그럴 자격이 있는 인물이다. 테이블 주위에 둘러앉은 우리 회원들의 수는 모두 열 명이다. 나는 오랫동안 그 테이블이 둥글다고 생각해왔는데 실제로는 약간 타원형을 이루고 있다. 우리 좌석은 고정되어 있다. 그래서 나는 늘 이 지정석을 언젠가 한번 뒤섞어버렸으면 하고 상상해본다. 그냥, 어찌되나 보려고 말이다. 그러나 나는 절대로 그런 혁명적인 제안은 감히 하지 못할 것이다. 사실 식기들에는 우리들에 앞서서 그것들을 차지했던 선배들의 이름들에 뒤이어 우리 자신의 이름이 새겨져 있다."

아카데미 공쿠르의 회원은 보수를 받지 않는다. 한때 받은 적도 있었다. 꼭 공쿠르상 수상자여야 아카데미 회원이 되는 것은 결코 아니다. 지금 열 명의 회원 중에 수상자는 둘뿐이다. 반면에 아카데미 프랑세즈(프랑스 한림원)에는 공쿠르 수상자가 많다. 회원은 호선한다. 가장 젊은 사십대의 공쿠르 수상자로는 디디에 드쿠앵이 있다. 회원 중에 사망이나 탈퇴로 인해 결원이 생기면 서로 상의한 다음 두 명의 후보를 추천하여 본인들의 의사를 타진한다. 거절하는 경우는 두 가지. 1) 그런 명예에 전혀 취미가 없는 사람. 2) 더 많은 명예를 원해서, 즉 아카데미 프랑세즈에 들어가기를 원해서, 아카데미의 회장이 되는 방법. 다 같이 둘러앉아서 회장이 되고 싶지 않은 사람은 손을 들기로 한다. 지난번에는 모두 다 손을 들었는데 프랑수아 누리시에만이 손을 들지 않았다. 그래서 그가 회장이 되었다. 투르니에 자신은 아카데미 프랑세즈보다 아카데미 공쿠르가 더 좋단다. 친한 작가들끼리 일주일에 한 번씩 만나 문학 이야기를 나누고 식사를 하는 즐거움. 한림원의 그 빽적지근한 허례보다 이쪽이 낫다. 한림원은 마흔 명이지만 이쪽은 열 명이다. 1 당 4가 아닌가! 아카데미시앵들은 전기, 단편소설, 아동문학, 처녀작 부문, 그리고 '공쿠르' 본상 심사로 바쁘다. 1년에 최소한 50권은 읽어야 한다. 그는 무엇보다 단 한 번 자신이 열심히 주장하여 마르그리트 뒤라스의 『연인』에 공쿠르상을 준 것을 자랑스럽게 생각한다. 과연 이번 『예찬』에는 뒤라스에 대한 감동적이고 독보적인 텍스트가 포함되어 있다. "우리가 마르그리트 뒤라스에 대하여 알고 있는 몇 가지 안 되는 것들 가운데서 가장 먼저 머리에 떠오르는 것은 다름아닌 그의 얼굴이다. 그녀 자신, 소설 『연인』의 첫머리에서부터 벌써 그 얼굴에 대한 이야기를 꺼내고 있다." 이 책에 쓴 그의 서문이 생각난다. "찬미할 줄 모르는 사람은 비참한 사람이다. 그와는 결코 친구가 될 수 없다. 우정은 함께 찬미하는 가운데서만 생겨나는 것이기 때문이다." 문학과 예술은 무엇보다 찬미의 한 방식이다.

전식에 이어 송아지 고기와 양송이 익힌 것이 나왔다. 아주 훌륭한 붉은 포도주를 땄지만 주고받는 이야기에 정신을 집중할 필요가 있어서 마음 놓고 마시지 못한다. 문학상에 관한 이야기가 계속된다. 노벨상 수상자 발표가 있던 지난 10월에 수상 가능성 1순위라는 미셸 투르니에에 대한 정보를 확보하고자 기자들이 나를 찾는 바람에 약간 시달렸다는 이야기를 했다. "왜 해마다 노벨상 후보에만 오르고 정작 상은 못 받지요?" 즉시 대답이 나왔다. 너무 오랫동안 노벨 후보자nobelisable로 떠오른 사람들은 결국 상을 받지 못하더라. 영국의 그레이엄 그린이 그런 경우다. 어느 날 기자들이 보르헤스에게 같은 질문을 했더니 그는 이렇게 대답했다. "너무 오랫동안 후보에 오르내리다보니 스웨덴 한림원 사람들이 이미 상을 준 것으로 착각한 모양이지." 노벨상을 받는 것은 큰 영광임에 분명하다. 그러나 일단 그 상을 받고 나면 발목에 무거운 쇳덩어리를 단 것이나 마찬가지여서 자유로울 수가 없다. 그때부터는 미셸 투르니에는 벽장 속으로 들어가 갇히고 노벨상이 글을 쓰고 말을 하기 시작한다. 따라서 받지 않는 것이 더 좋을 수도 있다. 이게 그의 명쾌한 답이다.

그러나 당신은 이번에 귄터 그라스가 상을 받자 몹시 기뻐하지 않았는가? 투르니에 씨는 친구인 그 독일 작가를 너무나도 높이 평가하기 때문에 오래전부터 해마다 스웨덴 아카데미에서 보내는 추천서에 그의 이름을 천거해 보냈다. 그래서 귄터 그라스가 상을 받자 마치 자신이 받은 기분이다. 그러나 노벨상은 많이 변했다. 전에는 그래도 한 나라에서 가장 지명도가 높은 작가가 받았는데 나중에는 별로 알려지지 못한 사람들이 받는 경우가 많아졌다. 가령 생존 페르스가 그런 경우다. 그러나 그 시인은 로빈슨 크루소에 관한 글을 써서 미셸 투르니에에게는 각별한 관심의 대상이었다.

그는 자신이 한 페이지 가득 기고한 리베라시옹 신문 12월 25일 자를 보여주었다. 일기 형식으로 된 그 글을 그는 생일 이야기로 시작한다. 12월 19일. 에디트 피아프, 장 주네와 생일이 같다. 『방드르디, 태평양의 끝』의 저자는 '사수좌'라고 덧붙인다. "한 남자가 태양을 향하여 화살을 쏜다. 예술가 상이다. 그러나 그의 뒷모습은 지표에 발을 세차게 버틴 말 엉덩이다. 리얼리스트의 상이다." 그리고 나이로 따지면 말론 브란도, 폴 뉴먼, 찰튼 헤스턴, 샤를 아즈나부르, 레몽 바르 수상 등과 동갑이니 괜찮은 동반자들이다. 전전, 전중, 전후를 골고루 다 겪은 세대. "그 엄청난 시련을 겪어보지 못한 사람들을 한심한 멍청이로 본다"고 그는 유머러스하게 꼬집는다.

우리는 한국 통일의 전망에 관한 이야기를 주고받는다. 세 번이나 몸소 사제관에 찾아와 ("그는 지금 당신이 식사하는 바로 그 자리에 앉곤 했지요"라고 그가 내게 귀띔한다) 식사를 같이했다는 프랑수아 미테랑 대통령은 투르니에가 잘 아는 동독에 관심이 많았다. 독일의 통일은 큰 문제가 없었다. 동독은 소련이 날조한 국가다. 소련은 그 국가를 두 손에 들고 있다가 그냥 놓아버렸다. 따라서 그 동독은 서독과 통일되지 않으면 안 되었다. 반면에 북한은 동독보다 더 지독한 실체이고 남한은 서독만큼 경제적으로 강하지 못하다. 그래서 통일은 쉽지 않을 것 같다고 그는 말한다.

식사가 끝난 다음 천천히 붉은 포도주를 마시며 하늘이 나지막하게 내려와 있는 앞마당을 내다본다. 뒤프렌은 왜 이 사제관을 샀다가 그만 당신에게 팔아버렸죠? 사람들은 들어가서 사는 것보다 수리하고 꾸미는 데 더 취미가 있다. 뒤프렌의 어머니가 보니 아들이 집만 사놓고 가서 살 것 같지가 않았던 것이다. 그래서 투르니에 씨가 문득 파리 시내의 작은 집을 처분하고 이 집을 샀다. 그리고 소설가가 되었고 다시는 이 집을 떠나지 않았다.

나는 그를 만난 기회에 지금 번역중인 『예찬』 중에서 의문 나는 점 몇 가지에 대해 문의하는 것을 잊지 않는다. 그는 한 가지 한 가지 자세하게 대답해준다. 그리고 전에 편지에서 했던 말을 한번 더 한다. 한국의 독자들에게 너무 생소한 글들을 모두 다 번역할 필요는 없다. 불필요한 대목은 빼고 소개해도 좋다. 그 허락을 믿고 나는 『예찬』의 텍스트 중에서 꼭 세 개의 짧은 텍스트만을 생략했다.

그래도 한 가지 궁금한 것이 있었다. 「신의 궁수 세바스티아누스」라는 글에서 그는 "성인전 작가들인 자크 드 보라진과 앙젤뤼스 슈와젤뤼스는 그들의 글을 통하여 이 성인의 이야기를 그린 채색 삽화의 출현에 크게 기여했다"라고 쓰고 있는데 전자와는 달리 '앙젤뤼스 슈와젤뤼스Angelus Choiselus'라는 성인전 작가는 그 어느 인명사전에도 등장하지 않는다. 그는 어떤 인물인가? 짓궂은 투르니에 씨가 빙긋이 웃는다. "당연하지요. 앙젤뤼스 슈와즐뤼스는 바로 '슈와젤 마을에 사는 천사', 즉 미셸 투르니에를 가리키는 것이니까요." 자기가 한 말이라도 너무나 숭고한 말일 때는 감히 그것이 평범한 인간인 자신의 말 같지가 않고 성자가 한 말씀 같아서 그런 이름을 만들어냈다는 것이다. 작가 미셸 투르니에 특유의 유머에 속하지만 이 비밀을 알아낸 사람은 나뿐이라는 생각이 들어서 공모자가 된 기분이 된다.

그리고 내친김에 그는 'héliophanie'라는 새로운 단어도 자신이 만들어냈다고 자랑한다. 그는 대사전 『로베르 대사전Grand Robert』 한 권을 찾아들고 나와서 펼쳐 보인다. 'hélio'는 '태양'을 뜻하고 'phanie'는 '빛남'을 뜻하니 '해 뜰 때의 빛나는 광경'을 의미하는 말이 되겠다. 그 말은 신神의 공현公現을 뜻하는 'epiphanie'를 상기시킨다. 나는 그 말을 유난히 좋아한다. 투르니에 씨는 설명한다. 인도의 바라나시 하면 곧 그 유장한 갠지스 강과 해 뜨기 직전의 숭고한 침묵과 고요가 생각난다. 그리고 문득 해가 떠오를 때 기도와 찬송과 노래의 교향. 그는 그곳에서 해 뜰 때의 장관에 유별난 감동을 받았다. 그 감동을 마음속에 떠올리며 단어를 만들어 처음이자 마지막으로 『방드르디, 태평양의 끝』에서 사용했는데 『로베르 대사전』이 그 신조어를 인용했단다. 작가 투르니에는 그 유명한 사전 속에서 영원해진 자신의 이름을 큰 영광으로 생각한다. 작가란 언어의 장인이다. 그는 자신의 이름이 붙은 단어를 갖고 싶다. 과연 그는 신조어를 많이 만들어냈다. 나무 이름, 풀 이름, 짐승 이름을 끝없이 늘어놓고 묘사하는 것으로도 부족해서 사전에도 없는 신조어까지 만들어낸다. 그래서 번역자에게는 가도 가도 끝이 없는 험준한 산맥이 투르니에다.

"이 글의 제목에서 나는 나무의 지혜를 뜻하는 나무학xylosophie이라는 단어를 새로 만들어냈다. 그때 나는 실로폰xylopone=木琴이 내는 숲의 음악을 생각했다. 그러나 지금 내 펜 끝에서는 그보다 더 강력한 단어들이 서로 떠밀며 줄을 서 있다. 나무 파먹기xylophage, 나무 점占, xylomancie, 나무 숭배xyloâtrie 따위가 그것이다. 숲속으로 한번 발을 들여놓으면 이처럼 다시 나올 수가 없는 것이다." 투르니에는 언어의 숲 속에서 홀려 길 잃은 아이처럼 산다.

그 자신 관심이 많았던 번역 문제에 대한 의견을 묻자 자신이 플롱Plon 출판사의 번역판 편집 책임자로 있을 때의 일화를 소개한다. 유명한 '007시리즈'를 그리 대단찮은 역자에게 맡겼더니 그 책은 엄청난 부수가 판매되었고 반면에 특출한 문학적 창의성이 요구되는 카잔차키스의 시 번역은 매우 역량 있는 역자에 의해 여러 해가 걸려 번역되었지만 별로 많이 팔리지 않았다. 그러나 그는 편집 책임자의 직권으로 전자에게는 최소한의 번역료를, 후자에게는 노력에 값하는 후한 번역료를 지불했다고 말한다. 그러나 그는 곧 탄식하듯 말한다. "그런 편집자가 잘 있어야 말이지!"

식사와 이야기에 넋을 놓고 있다보니 칠십대의 노작가를 너무 오래 붙잡고 있었다는 생각이 들었다. 그는 새로 번역한 『예찬』의 손때 묻은 원본에 서명을 해준다. 지난번과는 달리 2층, 3층의 침실과 작업실 구경을 할 기회는 없다. 그러나 벌써 네 시간 가까이 함께 이야기를 하며 보낸 것이다. 이야기 도중에 찾아온 사람도 있었다. 마당에 쓰러진 자작나무를 자르기 위해 찾아온 정원사를 내다보아야 할 시간이기도 하다.

밖으로 나서니 전기톱 소리가 요란하다. 어른과 아이가 작업에 골몰해 있다. 나이든 쪽의 젊은이는 투르니에 씨가 어릴 때부터 거두어 키운 양자 로랑의 동생이고 자그마한 아이는 아비뇽에 살고 있는 로랑의 아들이란다. 옛날 로랑이 열한 살 때 처음 그 집에 왔을 적 모습을 '빼다박은 듯'하다는 그 소년이 태풍에 쓰러진 나무를 전기톱으로 토막내고 있다. 우리는 앞마당에서 사진 몇 장을 찍는다. 로랑은 아비뇽에 살고 투르니에도 종종 그곳에 내려가서 보낸다. 그러나 어릴 때부터 데려다 키운 사람이지만 투르니에의 소설은 한 권도 읽은 것이 없다. "읽지는 않았지만 쓰기는 했지. 초등학교 다닐 때 내 책으로 받아쓰기하는 숙제를 내가 불러준 적이 있으니까." 아이들은 대개 그런 것이다. 그러나 지구의 반대편 한국에도 애독자들이 많은데 무슨 걱정인가!

역으로 나오는 길에 나는 그의 글에도 나오는 잉그리드 버그만의 저택 쪽으로 한 바퀴 돌아가기를 청한다. "내가 처음 이 마을로 이사 온 1950년대만 해도 이런 모든 것들이 매우 순조롭게 이루어지고 있었다. 우리는 라 그랑주 오 무완의 집에 들러 인사를 하곤 했다. 그 집에는 이 지역의 귀부인인 잉그리드 버그만이 살고 있었다. 그러나 그 뒤 이른바 '진보'라는 것이 그 위력을 발휘한 것이다. 비록 주민들의 수는 줄어들지 않았지만 잡화점은 사라졌고 학교의 종소리도 더이상 들리지 않게 되었고 여인숙은 전업했으며 사람들이 친근하게 잉그리드 부인이라고 불렀던 귀부인은 이제 면사무소에 반신상이 되어 남아 있을 뿐이다." 매우 넓어 보이는 그 저택은 울타리 저너머 저녁 안개 속에 묻혀 있다. 그 집에는 지금도 버그만의 남편이 살고 있다. 투르니에 씨는 나중에 날씨 좋은 날 다시 오면 이 시골길을 같이 산책하자고 말한다.

슈브뢰즈 골짜기는 고전주의 시대의 '포르 르와얄'이 있었던 곳이다. 그가 설명한다. "루이 14세는 뱀굴le nid de vipére de Louis XIV이라고 했지요. 이젠 모조리 싹 밀어버리고 아무것도 남은 게 없어요." 브르퇴이유 성. 그리고 나무들이 열병하듯이 저 멀리 서 있는 안개 낀 들판. 지금은 없어진 기찻길. 그리고 역이 바라보이는 신호등 앞에서 헤어진다.

그의 뒷모습을 바라보며 나는 왜 문득 적막해지는 것일까? 저녁 안개 때문일까? "아마 나이 탓인가보다. 나는 점점 더 멋진 최후를 맞는 문제에 신경을 쓰게 된다. 나는 다른 사람들이 죽는 모습을 유심히 본다. 나는 평가하거나 개탄한다. 어떤 사람들은 멋지게 퇴장하고 어떤 사람들은 천덕스럽게 혹은 우스꽝스럽게 무너진다. 나는 은근히 유머러스한 의외의 죽음, 자연의 원소들과 결부된 죽음을 꿈꾼다. 간단한 일이 아니다."

지난번의 산문집 『짧은 글 긴 침묵』의 끝에 그는 자신의 생애를 요약하는 '고인이 된 한 작가의 약력'을 붙여놓았다. 거기에 그는 자신의 생몰연대를 '1924~2000'이라고 썼다. 그리고 다음과 같은 주석을 붙여놓았다.

"어떤 신문이 최근에 다음과 같은 주제에 대하여 설문조사를 했다. 2000년에 일어날 가장 중대한 사건은 무엇이라고 생각하십니까? 나는 주저하지 않고 이렇게 대답했다. 나의 죽음. 그리고 베토벤의 제7교향곡의 알레그레토 음악에 맞추어 팡테옹으로 나의 유해를 운구하는 방대하고 화려한 행렬에 대하여 언급했다. 혹자는 왜 2000년에 죽는 거죠? 하고 물으리라. 왜냐하면 그때 나는 76세가될 테니까. 나의 아버지는 그 나이에 돌아가셨다. 그의 아버지가 그랬듯이. 죽기에 아주 좋은 나이이다. 행운과 이성을 잃지 않은 채 그리하여 늘그막의 고통과 욕됨을 피할 수 있는 것이다. 그리고 젠장, 그만하면 충분히 산 거 아닌가?"

투르니에의 블랙 유머 속에는 가끔 눈에 보이지 않는 광풍이 술렁인다.

(2000)

문득
걸음을 멈춘
존재의 뒷모습

미셸 투르니에
「뒷모습」
현대문학, 2002

미셸 투르니에는 이제 한국의 독자들에게도 잘 알려진 프랑스 최고의 작가들 중 한 사람이다. 이미 고전이 된 그의 소설 『방드르디, 태평양의 끝』 『마왕』 『황금 물방울』, 단편집 『황야의 수탉』은 말할 것도 없고, 『짧은 글 긴 침묵』 『예찬』 『사상의 거울』 등의 산문집도 이미 우리말로 번역 소개되어 있다. 따라서 그의 작품 세계를 소개하는 것은 새삼스러운 일이 될 것이다.

박학하고 호기심 많은 이 작가는 소설과 산문 이외에 사진에도 각별한 관심을 가져서 사진작가들의 작품집에 독특한 시각의 글을 붙여 여러 권의 책을 내놓은 바 있다. 사진작가 에두아르 부바와 더불어 여행한 기록인『캐나다 여행수첩』(1974)을 시작으로 사진과 사진작가에 관한 글『가면의 황혼』(1992), 바이텔, 부바 등의 사진에 붙인 글『열쇠와 자물쇠』(1996), 그리고 여기에 번역한『뒷모습』(1993)이 그것이다. 한편 그는 1987년 12월부터 1988년 2월까지 파리 시립미술관에서 여러 사진작가들의 작품들 가운데 직접 골라낸 사진들로 전시회를 열고 그 카탈로그로『미셸 투르니에의 이마즈리』를 펴낸 바 있다.

그러나 이런 사진집들은 한정판으로 출간된 탓에 일반 서점에서 쉽게 구할 수 있는 책들이 아니었다. 지난봄, 파리 시청 옆 거처에 두어 달 머무는 동안 나는 그 인근의 유서 깊은 마레 거리를 자주 산책하곤 했다. 그 골목 안의 꽤 큰 중고 서적상에 우연히 발길을 멈추었다가 문득 마주친 책이 바로『뒷모습』이었다. 제목은 익히 알고 있었으나 직접 펼쳐보게 된 것은 처음인 그 책을 나는 무슨 보물이나 만난 듯, 손에 넣는 즉시 근처의 볕 좋은 카페테라스에 앉아서 몇 번을 되풀이하여 읽으면서 부바의 아름다운 사진에 눈길을 포개어놓고 있었다. 사진과 글이 주는 매혹, 그리고 그 두 예술가에 대한 애착 때문에 나는 집으로 돌아오는 길로 무작정 투르니에의 텍스트를 조금씩 번역하기 시작했다.

사실 나는 바로 그 며칠 전에 파리 근교 슈와젤로 투르니에 씨를 찾아가 만나고 온 참이었다. 우리들은 그가 펴낸 책들, 그리고 지금 쓰고 있는 책들에 관한 여러 가지 이야기를 나누었지만 이 사진집에 대한 이야기는 꺼낸 적이 없었다. 즉시 그에게 전화를 걸어 이 책의 한국어판을 내고 싶다고 하자 그 역시 매우 만족해했다. 한편 사진작가 에두아르 부바는 그의 친구 투르니에보다 한 살 위인 1923년 생으로 1999년에 작고했다. 그는 생전에 꼭 한 번 한국을 방문한 적이 있었다. 당시 주한 프랑스 대사관 문정관의 제안으로 한국인들의 삶의 모습을 담은 그의 사진과 함께 한국시를 번역하여 책을 내기로 기획하는 과정에 나 역시 그를 만난 적이 있었다. 여러 가지 사정 때문에 그 책의 출판 계획은 애석하게도 성사되지 못했지만 그때 이후 나는 부바의 이름과 그의 작품에 늘 각별한 관심을 가져왔다. 이번에 그의 사진과 투르니에의 글을 나란히 놓은 책을 우리 독자들에게 소개하게 되니 그때의 애석함을 어느만큼 위안받는 느낌이다.

프랑스 사진 역사에서 중요한 한 봉우리를 차지하는 부바Edouard Boubat는 파리에서 태어나 에콜 에스티엔느에서 공부했다. 처음에는 사진 판화 아틀리에에서 일했다. 1947년에 코닥상을 수상했고 갤러리 '라 윈'에서 브라사이, 두아노 등과 같이 작품을 전시했다. 특히 고급 예술지 『레알리테』와 오랫동안 협력한 다음 1967년부터 독립 작가로 활동하면서 1977년 사진 축제 '아를의 만남'을 기획하였고 1984년에는 사진 부문 국가대상을 수상했다.

위대한 예술가의 작품이 아니더라도 '사진'은 낯익었던 세상을 문득 낯설게 한다. 사진이 주는 으뜸가는 흥미는 바로 여기에 있다. 사진은 현실과 같으면서도 아주 다르다. 동적이고 변화무쌍한 현실과 삶을 순간적으로 정지시켜놓았기 때문이다. 잠시 전까지만 해도 살아 움직이던 것이 문득 멈추었다. 영원히 그렇게 멈추어 있을 것이다. 우리의 기억과 상상력은 그것을 순간적으로 다시 살아 움직이게 할 수 있을 것 같지만 사진은 집요하게 멈추어 있다. 사진의 매력은 우리의 동적 의지에 완강하게 저항하는 그 돌연하고 집요한 정지에 있다.

사진은 낯익었던 세상을 문득 낯설게 한다. 주변의 복잡한 맥락과 이어져 있는 존재들과 사물들을 일정한 경계에 의하여 단절, 고립시켜놓기 때문이다. 사진은 현실의 가없는 바닷속의 작은 섬이다. 그 속의 인간과 사물과 풍경은 현실의 '밖'에 떠 있다. 사진 속의 현실은 문득 꿈이 된다. 우리는 우리의 꿈을 오래오래 바라본다. 그래서 사진은 삶의 한가운데 놓인 종이 위의 죽음이요 구상적 현실 속에서 목격하는 친근한 추상이다.

그런 가운데서도 부바와 투르니에가 보여주는 이 책의 가장 큰 매력은 '뒷모습'이라는 독특한 주제의 선택이다.

뒷모습은 정직하다. 눈과 입이 달려 있는 얼굴처럼 표정을 억지로 만들어 보이지 않는다. 마음과 의지에 따라 꾸미거나 속이거나 감추지 않는다. 뒷모습은 나타내 보이려는 의도의 세계가 아니라 그저 그렇게 존재하는 세계다. 벌거벗은 엉덩이는 그 멍청할 정도의 순진함 때문에 아름답다.

뒷모습은 단순 소박하다. 복잡한 디테일들로 이루어진 것이 아니라 그저 한 판의 공간, 한 자락의 옷, 하나의 전체일 뿐이다. 무희나 패션모델이나 조각상의 벌거벗은 등은 하나의 평면처럼 빛을 고루 반사한다.

뒷모습은 골똘하다. 흑판에 글씨를 쓰고 있는 소녀, 쟁기를 지고 가는 농부, 그림을 그리는 여자, 배를 미는 뱃사람들, 엎드려 기도하는 신자들, 옷을 챙기는 모델, 물통을 들고 부지런히 걸어가는 정원사, 파도를 바라보는 가난한 연인들, 키스하는 남녀, 키 큰 어른들의 등 저 너머가 너무나도 궁금한 어린 천사, 어깨동무하고 즐겁게 걸어가는 두 친구, 저무는 빛을 받아 번뜩이는 저녁 바다를 바라보는 여인, 갈대나 풀을 베는 사내, 엎드려 물 마시는 아이들, 배의 선미에서 소용돌이치는 물결을 바라보는 사람들…… 모두가 골똘하다. 그 골똘함을 얼굴보다 더 잘 나타내는 것이 등이다.

뒷모습은 너그럽다. 그 든든함과 너그러운 등에 의지하고 기댈 수 없었다면 우리는 얼마나 외로웠겠는가. 어머니의 등이 있어서 우리는 업혀서 안심하며 성장할 수 있었다. 그 등이 있어서 소녀는 어린 시절에 이미 곰인형의 엄마가 될 수 있다.

뒷모습을 보이는 사람은 나와 같은 대상을 바라보는 동지다. 서로 마주보는 두 사람은 사랑하는 연인일 수도 있지만 서로를 공격하려는 적일 수도 있다. 그러나 내게 등을 보이는 사람은 나와 같은 방향을 바라보며 나와 뜻을 같이하는 동지일 수 있다. 같은 방향, 같은 대상, 같은 이상을 바라볼 때 우리는 이심전심의 기쁨을 맛본다.

그가 보는 바다를 나도 본다. 그가 보는 봄빛을 나도 본다. 그가 떠미는 배를 나도 떠민다. 그가 화폭에 옮기는 파도를 나도 본다. 그가 나아가는 길을 어깨동무하고 나도 함께 간다. 고개를 숙이고 허리를 구부리는 사람은 그의 등을 보이며 예절을 갖춘다. 나를 공격하지 않는다는 뜻이다.

뒷모습은 쓸쓸하다. 나에게 등을 돌리고 가는 사람, 그는 다시 돌아오지 않을지도 모른다. 등을 돌리고 잠자는 사람, 나를 깨어 있는 기슭에 남겨두고 잠의 세계로 떠난 사람은 우리를 쓸쓸하게 한다. 그러나 그 쓸쓸함이 더 아름답고 그 아름다움이 더 애달픈 때도 있다.

사진 속의 이 다양한 뒷모습을 들여다보고 있다가 다시 살아 움직이는 삶의 앞모습을 만나면 즐겁다. 그러나 그 즐거움의 배경에 오래 지워지지 않는 뒷모습들이 더러 있다. 이것이 바로 미적 균형이 아닐까. 에두아르 부바와 미셸 투르니에의 '뒷모습'에는 우리의 눈높이를 올려주는 그 같은 미적 균형이 있다.

(2002)

만남을 찾아가는
망각의
여정

크리스토프 바타유
『다다를 수 없는 나라』
문학동네, 1997
문학동네, 2006

1994년 초여름부터 나는 안식년을 맞아 파리에서 1년을 지낼 기회를 가졌다. 내가 거처하는 집은 시내의 중심가에 위치한 몽파르나스 역에서 기차를 타고 네 정거장, 그러니까 15분 정도밖에 안 걸리는 숲가의 작은 마을 뫼동에 있었다. 파리 시내의 땅속을 일상의 실핏줄처럼 누비는 퀴퀴한 지하철이 아니라 기차, 그렇다, 감탄 부호를 붙여서 발음해보고 싶은 기차를 타고 다니는 것이었다. 작은 역사들과 아파트, 그리고 선로 쪽 담장 너머로 팔을 뻗어 가볍게 흔들어 보이는 라일락 꽃가지들이나 그 위로 드리운 하늘을 차창으로 내다보며 파리 시내로 나오고 집으로 돌아가는 이 선로 위의 한가한 생활이 나에게는 말할 수 없이 정다웠다.

아주 현대식으로 신축한 몽파르나스 역은 쾌적하고 기능적인데다가 베르사유, 샤르트르를 거쳐 프랑스 서남부의 라 로셸이나 보르도, 바이욘, 이렇게 피레네 산맥이 뻗은 스페인 국경 쪽으로 떠나는 기차의 시발점이기도 해서, 때로는 돌연한 '여행에의 충동'을 억눌러야 하는 매혹의 장소였다. 어쩌면 인적이 드문 마을 역사의 벤치에 앉아서 한가하게 기다리거나 기차에 몸을 싣고 보내는 15분간은 장차 떠나게 될 아주 머나먼 여행의 예행연습인 것만 같았다. 나의 행선지는 불과 네 정거장 밖이었지만 자칫 유혹에 이끌리면 내처 대서양과 피레네 산맥 쪽으로 내달을 수도 있다는 사실이 언제나 내 가슴을 설레게 했다.

몽파르나스 역의 오른편 출입문으로 들어서면 곧장 나타나는 것이 밝고 큼직한 서점이다. 기차가 도착하기까지 시간 여유가 있으면 나는 늘 그 서점으로 들어가 서성대기를 좋아했다. 신문이나 잡지를 사기도 하지만 마음을 사로잡는 신간들의 표지 그림이나 제목과 저자의 이름을 아무 생각 없이 훑어보고 책을 펼쳐 첫 페이지를 읽어보는 그 여유가 내게는 유별난 즐거움이었다. 마치 크리스마스 가까운 무렵, 캐럴을 아득히 들으면서 불 밝힌 진열장 안으로 초콜릿 상자나 곱게 포장한 선물 꾸러미들을 건너다보는 어린아이의 설레는 마음 같았다.

내가 '안남annam(『다다를 수 없는 나라』의 원제)'이란 기이한 제목이 박힌 한 권의 작은 책을 발견한 것은 바로 그 서점의 진열장에서였다. 보통 소설책보다는 가로 폭이 좁고 길이가 긴 표지에는 한가운데 녹색을 배경으로 베트남 특유의 운하와 그 위에 떠 있는 지붕 덮인 배들과 야자수의 풍경이 그려져 있었다. 백 페이지도 채 안 되는 이 책은 손안에 쏙 들어오는 크기와 두께가 만만해서 마음을 끌었다. 저자의 이름도 출판사의 이름도 내겐 아주 생소했다. 그러나 포켓북과는 달리 가볍고 두꺼운 고급 종이에 크고 단정하게 도열한 활자들의 행렬이 아름다웠다. 나는 책을 사들고 기차에 오르는 즉시 문장은 짧고 여운은 긴 이 소설의 매혹 속에 빨려들고 말았다. 책을 다 읽고, 그후 몇 번이나 다시 읽고, 그리고 번역을 하고 마침내 이 글을 쓰고 있는 지금도 나는 그 짧은 문장들 사이에서 배어나오는 기이한 적요함, 거의 희열에 가까울 만큼 해맑은 슬픔의 위력으로부터 완전히 놓여나지 못하고 있다.

이 소설을 쓴 크리스토프 바타유에 대하여 알려진 바는 거의 아무것도 없다. 오직 1993년 9월에 나온 이 짧은 소설의 뒤표지에는 "크리스토프 바타유는 스물한 살이다"라고만 간결하게 적혀 있을 뿐이다. 그리고 나는 그 이듬해 어느 문예지의 소식란을 통해서 이 소설이 '처녀작상'을 수상했다는 사실을 알았다. 처녀작상? 그런 상이 존재한다는 사실 자체도 나는 그때 처음 알았다. 그러나 이 소설에는 너무나 잘 어울리는 상이란 인상을 받았다. 스물한 살이라는 작가의 나이 때문이었을까? 그 얇고 순결한 책의 부피 때문일까? 문체의 곳곳에서 배어나오는 여리고 적막한 여백 때문이었을까? 어쨌든 작가는 이 작품을 내놓은 지 꼭 1년 만에 같은 출판사에서 마찬가지로 얄팍한, 마찬가지로 수수께끼 같은 또하나의 소설 『압생트』를 발표했고 많은 서평자들로부터 격찬을 받았다. 그러나 중요한 것은 작가가 어떤 사람인가 하는 문제가 아니다.

이 처녀작 소설은 전체 길이만 짧은 것이 아니다. 이야기를 구성하는 문장도 지극히 절제된 단문들이다. 더군다나 문장과 문장을 이어주는 논리적, 인과적 접속사가 거의 다 생략되어 있다. 각각의 문장들은 광대한 바다에 불쑥불쑥 나타나는 하나씩의 섬이다. 섬과 섬 사이에는 심연이 가로놓여 있다. 가령 다음과 같은 서술이 그 좋은 예가 될 것이다.

수사들의 얼굴은 서서히 초췌해져갔다. 도미니크 수사의 뚱뚱하던 배가 들어갔고 수염에 이가 끓어서 면도를 하지 않으면 안 되었다. 카트린 수녀는 아름다웠다. 사람들의 시선이 자꾸만 그녀의 몸으로 갔다. 그 노인이 말했었다.

"각각의 존재는 하느님의 집이지요."

온갖 고난에 부대꼈지만 대책이 없었다. 푸른 대나무에서 떨어진 벌레들이 스물스물 기어다닌 곳에는 살이 썩었다. 그걸 치료하는 법을 배웠다. 새벽에 메콩 강의 미지근한 물에 들어가 목욕을 했다.

문체의 낯섦과 우화적이고 담담한 어조로 본다면 지금부터 50여 년 전 마찬가지로 무명인 한 청년 작가가 들고 나와 충격을 던져주었던 처녀작 『이방인』을 연상시키는 데가 없지 않다. 이 소설을 구성하는 각각의 문장들은 마치 이야기 속의 외롭고 행복한 수사 도미니크와 수녀 카트린처럼 고립되어 있다. 문장과 문장의 사이에는 망망대해와 건너질 수 없는 침묵의 공간이 깊고 넓다. 독자는 이야기의 흐름을 따라가고 있다고 믿지만 실은 섬처럼 고립된 문장들 사이에 깊고 넓은 침묵의 공간 속을 들여다보며 거기에 자신의 적막한 존재를 비춰보고 있다는 것을 어느 한순간 자각하지 않을 수 없다.

책의 뒤표지에는 이 소설의 줄거리가 다음과 같이 간략하게 요약되어 있다.

일단의 프랑스 선교사들이 18세기의 베트남을 향해 배를 타고 떠난다. 마음 착하고 신앙심 깊은 이 여자들, 남자들은 미지의 땅을 찾아가기로 결심한 것이다. 그들은 1년이 넘게 걸려서 비로소 사이공에 도착하게 된다. 거기서 그들은 남쪽 지방의 농사꾼들에게 복음을 전파한다. 그런데 한편 프랑스에서는 대혁명이 일어난다. 프랑스는 동방으로 떠난 자기 나라 선교사들을 까맣게 잊고 만다. 선교사들은 그동안 모든 것을 다 버렸고 모든 것을 다 다시 배웠다. 베트남은 특유의 습기와 특유의 아름다움으로 그들을 모두 딴사람으로 만들어버린 것이었다. 그들은 그 땅에서 살고 죽는다. 그들은 하느님을 까맣게 잊어버린 것이다.

이 소설은 무엇보다도 기나긴 여행의 이야기다. 다시 말해서 이 짧막한 작품은 모든 소설에 공통된 원형 그 자체를 보여주고 있는 것이다. 율리시스의 순항도, 오이디푸스의 고난에 찬 여로도, 이몽룡의 과거길도, 페르귄트의 모험도 모두가 다 긴 여행의 이야기다. 모든 소설은 각기 다른 방식으로 신기루나 고향이나 신을 찾아가는 구도의 과정을 그려 보인다. 그것은 외형적으로 성공일 수도 있고 실패일 수도 있다. 그러나 모두가 다 이러한 여정을 통해서 성년의 비밀에 이르거나 자신의 진정한 모습을 발견한다는 점에서는 크게 다르지 않다. 소설 『다다를 수 없는 나라』도 예외가 아니다. 어린 베트남 황제 칸의 여행과 죽음의 의미를 찾아내려는 듯이 일단의 프랑스인들은 미지의 베트남을 향하여 라 로셸 항을 떠난다. 내가 몽파르나스 역에서 탄 기차를 뫼동 마을에서 내리지 않고 내처 달리면 이르게 될 그 항구, 거기 어디쯤에서부터 18세기 베트남으로 가는 바다가 펼쳐져 있었던 것이다. 그 뱃길은 포르투갈, 모로코, 탕헤르, 아프리카 해안, 희망봉, 마다가스카르, 인도, 세일론을 거쳐 13개월 만에 베트남에 닿는다. 남쪽 바닫에 정착한 일단의 선교사들은 열심히 일하고 열심히 복음을 전한다.

그러나 도미니크 수사와 카트린 수녀는 그런 정착에 만족하지 못하고 또다시 북쪽으로 떠난다. 메콩 강을 건너 밀림을 지나고 화산의 분화구를 거쳐 콩 라이 마을에 이른다. 그리고 이곳에서 그들은 신을 잊은 채 자신의 고독과 서로에 대한 사랑을 발견하고 죽을 것이다.

이 소설 속의 기나긴 여행은 무수한 죽음들을 등뒤에 남긴 채 점점 가볍고 단순해진다. 그것은 일종의 마음 비우기 여행, 즉 절대적 망각의 여로다. 소설은 출발부터 죽음으로 시작된다. 먼 베트남에서 찾아온 일곱 살의 황제는 "가족들에게서 멀리" 떨어진 채 홀로 죽어 베르사유 궁궐 뒤 작은 묘지에 묻힌다. 선교사들을 베트남으로 떠나도록 주선했던 피에르 피뇨 드 브레엔 주교 또한 "투렌에 있는 부브레의 처소에서" 뒤이어 숨을 거둔다. 장차 대혁명의 소용돌이 속에서 처형될 루이 16세를 포함하여 소설 첫머리의 베르사유 궁전에서 서로 만났던 출발점의 세 인물이 모두 다 죽는다. 그러므로 이 기나긴 여행의 출발점은 다름아닌 베르사유의 '죽음'인 것이다. 이 죽음은 소설의 끝에서 행복한 남녀의 죽음과 이어지며 그 기나긴 지워짐의 도정을 하나의 고리로 묶어놓는다. 어린 황제의 묘비에 새겨진 비문 "나의 하느님과 나의 나라를 위하여"는 마침내 대나무 십자가에 새겨진 마지막 비문 "우리들의 하느님과 프랑스를 위하여"에 메아리치면서 하나의 원을 형성한다. 그러나 소설의 결말은 죽음이 아니라 실오라기 하나 걸치지 않은 남녀가 누린 행복한 사랑과 군인들까지 무장해제시키는 그들의 순진한 잠이다.

어쨌든 어린 황제의 죽음을 출발점으로 하여, 두 척의 배에 올라라 로셸 항구를 떠난 사람들의 여행은 무수한 죽음들로 점철된다. 마다가스카르 섬 앞을 지날 무렵 선원 한 사람이 괴혈병으로 죽는다. 떠난 지 일곱 달 만에는 또다시 선교사 한 사람과 선원 두 사람이 죽는다. 어떤 "아름다운 섬"을 앞에 두고 아르망드 수녀는 콜레라에 걸려 죽는다. 열사흘 동안 그녀와 함께 배 안에서 문을 걸어잠그고 남아 있던 도미니크 수사는 혼자 문을 열고 나와서 수녀의 시신과 함께 생장 호를 불태워버린다. 그리고 그는 전신에 배어 있는 죽음을 씻어내려는 듯이 "바다로 뛰어들어 아침나절 줄곧 헤엄을 쳤다". 베트남에 도착한 사람들은 곧 두 무리로 갈라졌다. 사이공으로 떠난 선장과 군인들은 모두 참혹하게 죽음을 당했다. "그들은 자기들 나라에서도 멀고 전쟁에서도 먼 곳에서 외로이 죽었다." 한편 도미니크, 미셸 두 수사와 카트린 수녀가 북쪽으로 떠난 뒤 바딘에 남아 있던 도미니코 수도회 성직자들은 우옌 안에 의해서 "모두가 다 학살당했다". 그리고 북으로 떠난 세 사람 중 미셸 수사 역시 도중에 습지 열병으로 죽는다. 이제 남은 것은 도미니크 수사와 카트린 수녀뿐이다. 그리하여 소설은 다음과 같은 두 남녀의 모습으로 끝을 맺을 수 있는 것이다.

그들은 벌거벗은 채 서로 꼭 껴안고 잠이 들어 있었다. 남자는 젊은 여자의 젖가슴 위에 손을 얹어놓고 있었다. 여자의 배는 땀과 정액으로 축축하게 젖어 있었다. 그들은 서로 사랑을 했던 것이다. 깊은 정적만이 깃들어 있었다. 군인들은 어떻게 해야 할지 망설였다. 육체를 서로 나누는 법이 없이 눈이 매섭고 말씨가 공격적인 남자들과 여자들을 찾아내게 될 줄로 기대했던 것이다. 성직자들의 태연하기만 한 모습과 창백함에 군인들은 감동했다.

손끝 하나 건드리지 않고 그들은 다른 마을로 떠났다.

이 모든 죽음들은 물론 참혹하고 슬픈 것이다. 그러나 정작 그 많은 죽음들과 상실들을 통해서 강조되고 있는 것은 슬픔이나 비극성이 아니다. 오히려 죽음들은 구도의 행보를 방해하는 비본질적인 군더더기나 거추장스럽고 무거운 표피가 떨어져나가고 망각되고 지워지는 과정으로 그려지고 있다는 것을 알 수 있다. 함께 떠난 사람들의 수가 죽음으로 인하여 줄어드는 것과 동시에 지닌 물건들이나 몸에 걸친 옷가지, 겉치레, 의식 따위들도 하나씩 제거되고 벗겨진다. 아르망드 수녀가 콜레라로 죽자 배를 한 척 불태워버리는 것이나 도미니크 수사가 "면도"를 한다든가 "헤엄을 치는" 것은 무거운 껍질을 벗어버리고 가벼움과 자유로움의 본질로 다가가는 한 과정이라고 볼 수 있다. 일행 중 가장 '무거운' 존재는 "구식 보병총으로 무장한 약 백 명 가까운 행렬"과 "주철대포"였다. 그들의 집단적인 죽음과 더불어 여행길은 점점 더 핵심에 가까워진다. 이제 성직자들만

남은 것이다. 과거의 추억이 지닌 무게도 떨어져나간다. "프랑스는 얼마나 멀리 떨어져 있는가. 그곳에서 벌어지는 일들은 모두가 무의미해졌다. 잘 이해하지도 못하는 베트남의 풍경들 가운데, 다스려지지 않은 대자연 앞에 있는 카트린 수녀는 보잘것없는 존재였다. 그의 기도는 곧바로 핵심을 향했고 이제 더이상 유혹 같은 것은 존재하지도 않았다. 세계는 속이 빈 조가비였다."

이 "속이 빈 조가비" 속에서는 심지어 신도 기도도 잊는다. 그 속에서 가장 구체적으로 만나게 되는 '본질'은 놀랍게도 '벌거벗은' 육체의 모습으로 경험된다. 카트린 수녀가 병이 들어 자리에 눕자 도미니크 수사가 "그녀의 하얀 무명 코르사주의 단추를 끌렀다. 그는 난생처음으로 여자의 젖가슴을 보았다. (……) 무거운 젖가슴에 진주처럼 땀이 맺혔다. 도미니크 수사는 성호를 긋고 나서 밖으로 나갔다." 순진하고 경이로운 이성의 발견과 기도는 서로 상충되지 않는다. 장차 카트린 수녀의 건강한 나신의 아름다움은 "분화구 속에 에메랄드빛의 물이 가득히 고여" 이루어진 달밤의 호수 속에서 더욱 투명하고 순결하게 드러날 것이다. "그녀의 몸이 거기에 길쭉하고 하얗게 비쳤다. 그녀는 천천히 몸을 수그리더니 그냥 그대로 있었다. 그리고 다시 젖은 몸을 일으켰다. 그녀가 멀게만 보였다. 그는 호수 안으로 걸어들어갔다. 도미니크는 어둠을 통하여 길게 누운 그녀의 몸의 윤곽을 분간할 수 있었다. 그 여자의 몸은 호리호리했다. 분화구의 찬물 속에서 그녀는 행복해 보였다. 그는 그녀가 사라진 줄로

만 알았다. 그녀는 마치 하늘의 그림자에 녹아든 듯이 가만 누워 있었다. 도미니크는 돌길을 걸어서 돌아왔다."

"모든 사람들로부터 잊혀진 채, 그리고 스스로를 잊은 채 살아남은" 이 두 사람은 이제 근원에 바싹 가까워져 있다. 그들은 원소와 만난다. "물과 불의 혼"이며 "오직 군더더기 없는 핵심"인 것이다. 여러 해가 지나고 나자 마침내 "신앙심이 지워졌고 오직 시편들과 기쁨만 남겨놓았다". 비본질적인 껍질인 양 신앙심마저 지워지고 신마저 망각되고 난 자리에 전라의 모습으로 남은 이 '기쁨'이 신의 부정인지 아니면 또다른 어떤 종교적 깨달음인지를 소설은 말하지 않고 있다. 그러나 그것이 대자연 속에서 찾아낸 본질적인 자아의 한 모습, 그것도 아니라면 적어도 그것에 대한 억누를 수 없는 열망인 것은 분명하다.

대혁명이 일어나 왕이 시해되고 수도원이 불타버리는 프랑스와, 마찬가지로 정치적 격동이 휘몰아치는 베트남 사이의 그 멀고먼 거리, 소식이 두절되어버린 잊힘의 거리, 그리고 그 공간적 시간적 거리가 기억들과 사물들을 지워버리면서 만들어내는 광대한 침묵의 공간—그 속에 그려지고 있는 무형의 여운이 투명하고 슬픈 동시에 무한히 행복하게만 느껴지는 것은 어인 일일까?

이 행복함, 혹은 순진무구함은 과연 구체적 역사의 상흔들까지도 초월하게 하는 힘을 가진 것일까? 우리는 적막하면서도 분화구의 호수처럼 마음의 상처를 씻어내주는 이 소설에 감동받은 독자로서

이 질문에 기꺼이 긍정으로 대답하고 싶어진다. 특히 모든 역사적 사실들을 단순화하여 저만큼 광대한 상상의 공간 속에 새로운 모습으로 재결합해놓는 우화적 문체의 단순 소박함이 그런 힘의 가능성을 시사한다. 그러면서도 다른 한편 이 아름다운 이야기와 겹쳐지는 역사적 사실들을 기억 속에서 완전히 지워버릴 수만은 없는 것도 사실이다. 과연 프랑스의 대혁명과 왕의 시해가 엄연한 역사적 사실이듯이 베트남 왕자 칸이나 그의 아버지 우옌 안, 그리고 피에르 피뇨 드 브레엔 주교 역시 엄연한 베트남 역사의 일부인 것이다. 그런데 소설은 역사적 사실과는 달리 어린 왕자 칸을 베르사유 궁전 밖의 묘지에 홀로 묻어놓고 있고 피에르 피뇨 드 브레엔 주교의 경우는 행복한 은퇴 생활과 고요한 임종만을 보여주고 있다. 이 같은 선택은 소설가가 누릴 수 있는 자유에 속하는 것일까 아니면 역사의 아전인수격 왜곡일까? 이 질문에 대하여 저마다의 독자가 스스로 답하도록 도와주기 위해서는 이 소설의 시대적 배경과 관련하여 다소 장황한 역사의 기술이 불가피할 것 같다.

1. 레黎 씨 왕조 : 베트남을 침략한 명나라 군대에 대항하여 1418년 타인 호아 지방에서 군사를 일으킨 레 러이黎利는 10년간의 투쟁 끝에 1428년 봄 마침내 독립을 쟁취하고 베트남의 역사에서 가장 오랫동안 (360년) 지속한 왕조인 레 왕조(1428~1788)를 세우고 나라 이름을 다이 비엣大越이라 정했다. 우리나라의 조선 왕조가 창건된 지 36년 만

의 일이었다. 1431년에 레 러이는 명에 책봉을 요청하여 안남국사安南
國事라는 임시 통치자로 임명되었다.

그러나 레 왕조가 발전하는 것은 처음 100년뿐이요 1527년에는
막당중莫登庸의 찬탈에 의해 일단 멸망하고 말았다. 막 씨 찬탈로부
터 18세기 말 레 왕조의 멸망까지 2세기 반 동안은 한마디로 막幕
씨, 찐鄭 씨, 우옌阮 씨 사이의 분열과 혼란의 시기였다. 막 씨가 권
력을 장악한 지 얼마 안 되어 찐과 우옌 양씨에 의한 레 황실 부흥
운동이 일어났다. 그 결과 막 씨가 쫓겨나고 왕조는 재건되었지만 황
제는 명목상으로만 존재하였을 뿐 나라는 사실상 우옌 씨 지배하의
남부 베트남과 찐 씨 지배하의 북부 베트남으로 양분되어 싸움을
계속하였다. 이러한 정치적 소용돌이 속에서 피해를 입은 것은 농민
들이었다.

2. 우옌阮 씨 세력 : 남부의 우옌 씨의 칭호는 처음 총진總鎭으로
일컬어지다가 1692년 이후에는 국주國主로 개칭되었으며 우옌 푹 코
앗의 시대인 1744년에 이르러 국왕國王으로 불리기 시작하였다. 그
러나 우옌 씨는 국호와 연호를 세우지 않고 레 씨를 전과 다름없이
받들었다. 그럼에도 불구하고 실질적으로는 하나의 독립국가나 마찬
가지여서 중국인이나 일본인은 이를 광남국廣南國이라 불렀고 유럽
인들은 코친차이나라고 하였다. 한편 레 왕조 말기인 1765년에 왕이
죽자 섭정이 열한 살밖에 되지 않은 우옌 푹 투언阮福淳을 왕위에 올

려놓고 권력을 휘둘러 불만이 생겨났다.

3. 떠이 썬 당西山黨의 난 : 농민들의 불만이 고조되어가는 가운데 1771년 우옌 씨 지배하의 남부 뀌 년 부근 떠이 썬西山 마을에서 우옌 씨 삼형제(원래는 성이 호胡 씨였던 우옌 반 냑阮文岳, 우옌 반 르阮文呂, 우옌 반 후에阮文惠)가 난을 일으킨다. 반란은 삽시간에 전국으로 파급되어 본래의 우옌 씨와 찐 씨 세력을 차례로 무너뜨리고 한 세기 반에 걸쳤던 남북 대립에 종지부를 찍었다. 이들은 곧 레 씨 왕조를 멸하고 자신들의 새로운 정권을 수립하였다. 오늘날 베트남 역사상 최대 규모의 농민운동이라고 불리는 이 떠이 썬 운동, 즉 '떠이 썬 당의 난'이 20년도 채 안 되어 이처럼 커다란 성공을 거둘 수 있었던 것은 당시 베트남 사회가 안고 있던 문제들이 농민을 지배층으로부터 이반시켰기 때문이다.

1771년에 일어난 이후 30년간 지속된 '떠이 썬 운동'을 역사가들은 흔히 전기·중기·후기의 3단계로 구분한다.

1) 1771~1786 : 전기는 우옌 씨 삼형제의 봉기(1771)로부터 그들이 찐과 우옌의 두 세력을 모두 타도하고 베트남의 재통일을 이룩한 때(1786)까지이고,

2) 1787~1789 : 중기는 1787년 무력한 레 왕조의 찌에우 똥 제帝가 중국의 청조淸朝에 다급하게 구원을 요청하는 때로부터 침략 전쟁에 실패한 청조가 떠이 썬 왕조를 정식으로 승인(1789)하면서 꽝

쭝光中 황제로 즉위한 우옌 반 후에의 재개혁이 실시되는 1792년까지이며,

3) 1792~1802 : 후기는 우옌 반 후에가 요절하는 1792년부터 쇠퇴 일로를 걷던 정권이 무너지고 1802년 우옌 푹 안에 의하여 베트남이 통일되어 우옌 왕조가 성립할 때까지이다.

소설 『다다를 수 없는 나라』는 바로 떠이 썬 운동의 중기인 1787년에 시작된다. 이 운동의 구체적인 과정을 살펴보면 다음과 같다.

4. 우옌 푹 안阮福映 : 1771년 떠이 썬 당의 난을 일으킨 우옌 씨 삼형제는 뀌 년과 쟈 딘을 공격하고 마침내 1777년에는 사이공을 함락하기에 이르고 그 과정에서 남부 세력의 중추인 우옌 씨 일족은 쟈 딘으로 도피했다가 대량 피살된다. 그 가운데서 왕 우옌 푹 투언의 조카 우옌 푹 안이 요행으로 목숨을 구한다. 그가 바로 소설 속의 섭정공 우옌 안인 동시에 아들 칸景을 베르사유로 보낸 장본인이다. 그는 대학살을 모면하고 메콩 델타의 늪지대로 도피하여 때를 기다리다가 훗날 쟈 딘 성(소설 속의 바딘?)을 회복하고 빈 투언까지 진격하는 한편 자신의 권위를 대외적으로 확립하기 위해 시암에 사절을 파견하여 우호 관계를 맺고 캄보디아의 왕위 계승 분쟁에도 간여하여 자기의 후원자를 왕위에 앉혔다.

1782년에는 떠이 썬 당 삼형제 중 큰형 우옌 반 냑이 스스로 왕

이라 칭하고 연호를 태덕泰德으로 정하는데, 이로 인하여 곤경에 처한 우옌 푹 안은 마침내 외국의 구원을 생각하게 되었다. 처음 필리핀과의 접촉이 실패하자 시암의 군사적 원조를 요청하였다. 방콕 왕조의 창건자인 라마 1세는 2만의 군대와 300척의 전선을 보냈는데 이들 군대는 약탈을 자행하여 민심을 이반시켰다. 이에 우옌 반 후에는 또다시 군대를 이끌고 내려와 시암의 군대를 미토 부근에서 기습하여 다대한 성과를 올리니(1785) 시암의 군대로 본국에 생환한 자는 겨우 2,3천 명에 지나지 않았다.

한편 이보다 조금 앞서 우옌 푹 안은 아드랑Adran의 주교인 피에르 피뇨 드 브레엔의 권유에 따라 프랑스 세력을 끌어들이기로 결정하였다. 여기서부터 베트남의 역사가 소설 『다다를 수 없는 나라』 속으로 밀려들어온다. 주교는 프랑스와 교섭할 수 있는 전권을 위임받은 후 우옌 푹 안의 어린 아들 칸을 데리고 프랑스로 떠났다. 따라서 주교와 칸은 소설 속에서처럼 베르사유 궁의 복도에서 우연히 마주친 것은 아니다. 그들 일행이 인도의 폰디셰리Pondichery에 도착한 것은 1785년 2월로 이때는 이미 쟈 딘 지방이 완전히 떠이 썬 당의 수중에 떨어져 있었다.

한편 1786년에는 북쪽의 찐 씨 왕국마저 붕괴한다. 이에 떠이 썬 당의 우옌 씨 삼형제 중 막내 우옌 반 후에는 레 왕조를 부흥시킨다는 미명하에 레 히엔 똥黎顯宗에 의해 위국공으로 봉해지고 그의 딸과 결혼한다. 레 왕조의 이름뿐인 왕 히엔 똥이 사망하자 뒤이어 제

위에 오른 찌에우 뚱 황제는 북쪽 변경으로 달아나 청나라에 구원을 요청한다.

이에 따라 그해 11월 청국군 20만이 침입을 감행하고 청군에 의하여 찌에우 뚱이 안남 국왕으로 책봉된다. 그러나 12월 22일, 청군의 침입에 직면한 우엔 반 후에는 전쟁을 효과적으로 수행할 목적에서 베트남의 합법적인 지배자인 황제의 위에 올라 연호를 꽝 쭝光中이라 하는 한편 청군을 격파하여 역사상 가장 위대한 승리를 거둔다. 마침내 1789년, 우엔 반 후에는 청의 건륭제에 의하여 왕으로 책봉되기에 이른다.

한편 1785년 미 토에서 패배를 당한 우엔 푹 안은 일시 방콕으로 피난하여 그곳에서 시암 왕을 도와 버마의 침입을 저지하며 말레이인 해적을 물리치는 데 공을 세우기도 하였다. 그러다가 2년 뒤에는 떠이 썬 당 내부의 분쟁을 이용하여 메콩 강 하류에 있는 롱 쑤엔龍川으로 돌아와 이를 근거지로 삼았다. 그의 세력은 급성장을 이룩하여 싸 덱, 빈 롱, 미 토 등을 차례로 점령하였다. 1788년 9월에는 마침내 쟈 딘 성의 재탈환에 성공하고 이듬해 초에는 쟈 딘 지방 전체를 지배하에 두었다.

5. 피에르 피뇨 드 브레엔 주교 : 앞서 폰디셰리에 이르렀던 아드랑의 주교는 왕자 칸을 데리고 1786년 7월 그곳을 떠나 이듬해 2월 프랑스에 다다랐다. 얼마 후 루이 16세를 어렵게 알현한 그는 왕에

게 공수攻守동맹의 체결을 역설하여 11월에는 마침내 베르사유 조약이 조인되기에 이르렀다. 조약에 따르면 프랑스 왕은 즉시 네 척의 군함과 완전무장한, 1650명의 군대를 코친차이나의 연안에 파견하며 그 대가로 코친차이나 왕은 다낭 항과 폴로 콘도르崑崙섬을 프랑스에 할양하고 유럽인 중에서 프랑스 사람들에게만 무역의 자유를 허용하기로 하였다.

그러나 조약은 프랑스 측에 의하여 일방적으로 파기되고 말았다. 루이 16세는 원정군의 편성을 인도에 있는 프랑스 군대의 사령관 콩베이Conway 백작에게 위임하였던바 그는 원정이 현실적으로 어렵고 비용이 많이 든다는 이유로 반대 의사를 표명하였다. 마침 프랑스 국내에서는 혁명의 조짐이 일고 있었기 때문에 베르사유 궁정은 콩베이 백작의 의견을 받아들일 수밖에 없었다(1788년). 이리하여 결국 아드랑의 주교는 약속받은 프랑스의 원조를 폰디셰리로부터 받을 수 없게 되었다.

그러나 주교는 이에 실망하지 않고 스스로 자금을 마련하여 무기와 탄약을 구입하는 한편 의용병을 모집하여 1788년 우옌 푹 안에게 보냈다. 그 자신은 이듬해 7월 왕자 칸과 더불어 코친차이나로 돌아왔다. 따라서 어린 황제 칸이 죽어서 베르사유 한구석 묘지에 묻힌다든가 주교가 투렌의 처소에서 "가족들이 지켜보는 가운데" 숨을 거둔다는 진술은 소설적 논리에서 생겨난 허구일 뿐이다. 주교가 모집한 의용병의 숫자는 300여 명으로 이들이 우옌 푹 안의 통일

사업에 결정적인 역할을 했다고는 할 수 없지만 몇몇은 요새의 건설, 무기, 제조, 조선, 육해군의 훈련 등에서 커다란 업적을 남겼다.

우옌 푹 안은 쟈 딘 지방에서 이들 프랑스 사람들의 도움을 받아가며 군사력을 확고히 한 다음 1790년부터는 떠이 썬 군에 대한 공세를 재개하였다. 과연 그가 가장 주의를 기울인 것은 군대였다. 1790년 그의 군대는 3만에 달했으며 이들은 모두 새로운 장비를 갖추었다. 그는 조병창에서 대포를 재조하게 하는 동시에 서양인으로부터 전함과 총포도 사들였다. 바로 이러한 때에 그는 아드랑 주교가 보낸 프랑스 사람들의 도움을 받기 시작하였던 것이다.

1792년 9월, 떠이 썬 정권의 꽝쭝 황제가 39세의 나이로 돌연 요절하고 만다. 뒤이어 1793년에는 청국으로 도피한 찌에우 똥 황제마저 북경에서 사망한다. 이로부터 10년 동안 떠이 썬 당의 우옌 정권은 쇠퇴 일로를 걷는다.

6. 우옌 왕조의 성립 : 이 같은 기회를 이용하여 우옌 푹 안은 쟈 딘 지방에서 지주 상인들의 지원을 얻어 점차 세력을 확장한다. 1801년에는 푸 쑤언을 빼앗고 1802년 6월 1일에는 통킨 지방으로의 북진에 앞서 조상의 도읍지인 푸 쑤언에서 자신의 연호를 자롱嘉隆이라 정하였다. 그의 북진은 거의 저항을 받지 않고 진행되어 푸 쑤언을 떠난 지 한 달 만인 7월 20일 탕 롱에 입성할 수 있었다. 소설의 마지막 부분을 장식하는 "1820년 어느 여름밤 무장한 사람들이

콩 라이 마을로 들어왔다"는 것은 바로 이때인 것이다. 14년간의 투쟁 끝에 우옌 푹 안은 마침내 하노이를 점령하여 베트남을 통일한다. 이리하여 떠이 썬 운동은 발발로부터 30년 만에 종말을 고하고 '베트남 최후의 왕조인 우옌 왕조'가 성립되어 2차 대전의 종말까지 명맥을 유지했다.

우옌 푹 안은 1803년 사절을 청조淸朝에 보내 책봉을 요청하여 이듬해 월남 국왕에 봉해졌다. 그는 또한 나라 이름을 남 비엣南越으로 하여 이에 대한 승인도 얻으려 하였지만, 청조는 남 비엣이란 이름이 예전 광동과 광서를 포함했던 찌에우 다의 남월국南越國을 상기시킨다는 이유로 승인을 거부하였다. 대신 청은 남과 월의 두 글자를 서로 바꾸어 비엣 남越南이란 이름을 제시하였고 우옌 씨도 이를 수락하여 오늘날 베트남이란 명칭이 생겨나게 되었다. 한편 서울은 우옌 씨의 본거지였던 후에로 정하였다. 새로운 왕조를 창건한 우옌 푹 안은 이리하여 자롱 황제(1802~1819)가 되었다. 그가 추구한 정책은 그의 후계자들, 특히 성조聖祖 민망제明命帝(1820~1840)에 의하여 거의 완성을 보았다. 그후 1840년 티에우 쩨 황제, 1848년 뜨득 황제를 거치면서 차츰 아시아 대륙과 관계가 가까워진 프랑스는 1858년 청국과 천진조약을 체결한 데 이어 9월 1일 함대를 파견하여 다낭을 점령하면서 베트남 식민화의 첫발을 내딛었다. 1860년경부터 베트남이 프랑스에 의해 절름발이가 되어가면서 1861년 11월 코친친 총독 취임, 1862년 6월 5일 제1차 사이공 조약, 1883년 8월

20일 아르망 조약을 통하여 베트남은 프랑스의 보호국으로 전락해 갔다. 그후의 역사는 프랑스를 퇴장시키고 미국과 베트남의 전쟁으로 이어지면서 그 무서운 불길 속으로 우리들도 뛰어들게 된다.

유럽인들이 베트남을 처음으로 방문하기 시작한 것은 바로 찐과 우옌 양씨가 이처럼 남북으로 대립하고 있던 시기였다. 그들의 도래는 17, 18세기의 베트남 역사에 지극히 제한된 범위에서만 영향을 끼쳤지만 후대 역사에는 중대한 결과를 초래했다는 점에서 주목할 가치가 있다.

이른바 지리상의 발견 시대 이후 아시아, 아프리카의 많은 지역에서 그러했듯이 베트남의 초기 방문자들도 상인과 선교사였다. 프랑스의 베트남에 대한 최초의 관심은 무역보다도 선교 활동에 있었다. 프랑스의 대리점이 설치되어 있을 때조차 그것이 상업을 위한 것인지 아니면 포교를 위한 것인지 분간이 안 될 정도였다. 예수회 교단은 북부 베트남에 근거를 마련하려고 알렉상드르 드 로드Alexandre de Rhodes를 책임자로 임명하여 선교 사업을 이끌어나가도록 했다. 프랑스 아비뇽 출신인 로드 신부는 베트남에 온 당대의 선교사들 가운데서도 가장 뛰어난 인물이었다. 그는 1642년 우옌 씨 지배하의 남부 베트남에 가서 먼저 베트남어의 습득에 주력하였다. 그리고 1627년 북부 베트남에 들어가 1630년 추방될 때까지 3년간 머무르면서 6천7백 명을 개종시켰다. 마카오로 갔던 그는 1640년 남부 베트남으로 되돌아와 프란체스코 부조미의 직을 물려받고 선교 활동을 하다가 1645년 우엔 씨에 의해 또다시 추방된 후 로마로 돌아갔다. 그는 교황을 설득하여 1659년 중국을 비롯한 동아시아 지역에서의 포교를 담당할 목적으로 새로운 독립 기구인 '파리 외방 선교회'를 결성하는 데 성공했다. 이 선교회는 우리나라에도 들어와 아직까지도 그 끈질긴 명맥을 유지하고 있다. 이 선교회를 통하여 많은 프랑스인 선교사들이 남북 베트남과 캄보디아로 보내져 후일 프랑스가 이들 지역에서 지배권을 차지하게 되는 주요 원인이 되었다. 후일의 역사는 이들의 활동이 서구 제국주의의 확장과 무관하지 않음을 주시하게 된다. 로드 신부는 또 포교를 돕기 위해서 『통킨의 역사』를 쓰고 라틴어와 베트남어의 대역으로 된 교리 문답과 베트남어, 포르투갈어, 라틴어의 대역사전을 만들었다. 뒤의 두 책에서는 처음으로 베트남어의 로마자화가 시도되었으며 이 글자는 오늘날 이 나라 국어 꾸옥 으Quoc-Ngu의 모체가 되고 있다. 결과적으로 보면 선교사들은 종교보다 베트남어의 로마자화를 통해서 베트남 사회의 발전에 기여했다고 할 수 있겠다.

1660년대의 찐 씨에 의한 가톨릭교 탄압은 가혹했다. 남쪽의 우엔 씨 치하에서는 탄압이 덜 가혹했다고는 하지만 기독교를 본질적으로 적대시하는 입장에 있어서는 다름이 없었다. 그러나 선교사들은 17세기 말엽에 이르면 베트남 내 정치 문제에도 개입하게 되고 1802년 우엔 씨 왕조가 성립된 후에는 마침내 포교의 자유를 획득하는 데 성공했다.

이 작품의 원제가 되고 있는 '안남安南'은 원래 베트남의 통킨 지방과 코친친 지방 사이에 있는 가장 협소한 중부 지방을 일컫는다. 이이름은 기원전 111년부터 기원후 939년까지 남 비엣을 점령하고 있던 중국이 옛 베트남 왕국에 붙여준 이름이다. 당나라가 679년 안남 도호부를 세우면서 이 땅을 안남이라고 불렀던 것이다. 안남이란 '남쪽을 안전하게 한다'는 의미로 그 명칭은 3세기 오吳나라로부터 비롯되었다. 따라서 한자명 '안남'은 이 나라에 대한 중국 천자의 주권을 명백히 하고 있다. 그후 베트남 사람들이 독립한 다음에는 대코 비엣으로 개명하였다.

그후 안남이라는 이름은 1790년 떠이 썬 운동의 성공으로 레 왕조의 왕위를 빼앗은 꽝 쭝 왕(우옌 반 후에)이 중국 청조로부터 승인을 받아 안남 왕으로 책봉되면서 다시 쓰이기 시작한다. 1803년 자롱嘉隆(우옌 푹 안)이 떠이 썬 당을 괴멸시키고 국토를 통일한 다음 왕위에 오르면서 중국의 승인을 받아 베트남(월남)이라는 이름을 얻었다.

1902년 베트남을 점령하고 있던 프랑스는 이 나라를 세 지역으로 나누었다. 고등판무관résident-supérier이 다스리는 북부의 통킨, 중부의 안남, 두 보호령과 총독이 통치하는 남쪽의 식민지 코친친이 그것이었다. 따라서 안남이라는 이름은 베트남 사람들에게는 프랑스 식민지 시절의 명칭인 관계로 부정적인 어감을 가진 말이 되었다. 그러나 이 약간 슬프고 아름다운 소설 속에서 그런 부정적인 어감을 읽어내는 프랑스 독자는 그리 많지 않을 것이다. 반면에 청룡부대와 백마부대를 파견했던 나라의 독자들은 어떠할까?

(1997)

침묵을
위하여

르 클레지오
『침묵』
세계사, 1990

전에도 좀 그랬지만 요즘은 날이 갈수록 더 '우리의 구체적인 현실'이
란 것에 깊숙이 개입되어 있는 문학에 염증을 느낀다. 이데올로기에
변화가 온 것일까? 이데올로기에 염증을 느끼는 것 자체가 벌써 보
수적 이데올로기의 나태함을 드러내는 것이다, 비정치적인 태도 또
한 하나의 정치적 태도다, 하는 식의 논리도 물론 잊은 것은 아니다.
그러나 한편 생각해보면, 그래 어쨌다는 거냐. 난 내 좋은 것만 하기
에도 시간이 모자라다. 이렇게 소리치고 싶은 때도 있다. 너무 진지
한 사람들, 언제나 이렇게 해라, 저렇게 해라, 이래야 마땅하다, 저래
야 마땅하다, 이 점을 반성하자 저 점에 대한 반성을 촉구합시다, 하

는 사람들의 소란에서 좀 멀찍이 떨어져 있고 싶다. 이건 그야말로 생리학적인 최소한의 요구와도 관련이 없지 않다. 나에게 필요한 것은 적어도 얼마간의 침묵이다. 고래고래 소리치는 사람들, 무엇보다도 '입담' 좋은 리얼리스트들로부터 거리를 두고서, 예컨대 전기 불빛이 전혀 보이지 않는 시골 마을의 밤하늘 같은 것, 그 시끄러운 세상을 다 지나고도 거기에 아직 초롱초롱 빛나는 별빛 같은 것이 내게는 필요하다. 적어도 잠시 동안만이라도.

이러한 마음 상태 속에서 생각해낸 것이 르 클레지오였다. 시인 최승호 형이 어디선가 읽은 「침묵」이라는 글 이야기를 했다. 그렇다. 세상에는 넘쳐나는 말의 홍수 속에, 그 쓰레기와 상품과 물건과 책과 기록과 옷가지와 세간과 신문기사와 이야기들…… 그 산더미 같은 삶의 분비물들 속을 파고 또 파서 그 깊숙이 어디엔가 묻혀 있는 '침묵'을 찾아 귀기울이고, 또 오래오래 기억하는 사람도 있구나 하는 생각에 나는 돌연 황홀해져버렸다.

1960년대 말, 벌써 20여 년 전에 나는 『엔에르에프』지에 실린 르 클레지오의 산문 「침묵」을 내 서투른 프랑스어 실력에 의지하여 번역했었다. 그때 나는 얼마나 젊었던가. 내 속에 타오르고 있던 그 정열은 얼마나 고압高壓의 침묵이었던가. 그 번역을 들고 당시 『월간중앙』이라는 잡지 편집실을 찾아갔을 때가 기억난다. 편집자가 물었다. 이건 소설인가요? 아뇨. 그럼 논문인가요? 아뇨. 그럼 수필인가요? 아뇨. 그럼 뭐죠? 모르겠는데요, 그냥 글이죠 뭐. 이런 문답의 상황은 지금도 크게 달라지지는 않았다. 글이라면 언제나 문제를 훤히 꿰뚫고 있는 출판사나 편집자나 비평가나 교수가 될 모르는 독자에게 소개하고 비평하고 해설해야 마땅하다. 정 시간이 없어서 그런 걸 다 못하겠으면 하다못해 시, 소설, 단편소설, 중편소설, 옴니버스 소설, 수필, 평론, 논문, 에세이, 해설…… 중 어느 것인가 꼭 집어서 밝혀줘야 마땅하다. 이걸 안 정해주면 어쩐지 주민등록증 번호가 없는 자, 생년월일을 모르는 사람, 기껏 부뜰이, 어펑네, 샹피 따위의 격식에 안 맞는 이름(대개는 어떻게 쓰는 게 정확한지 모르는)뿐 성이 없는 사람을 만나는 것처럼 사람을 당황하게 만든다. 이런 식이다. 그런데 대개의 참다운 예술은, 특히 르 클레지오는 그 반대다. 그 모든 체계, 전산망, 분류 행정 체계의 망으로부터 슬며시 옆길로 빠져, 저 논두렁이라든가 아직 숲과 길의 한계가 불분명한 오솔길이라든가 들판이라든가 뭐 그런 데로 가보자는 것이다.

사실 「침묵」이라는 글은 내 서투른 솜씨로 번역되었으되 당시에는 널리 알려진 이휘영 교수의 이름으로 잡지에 실렸다. 이젠 작고하신 지도 여러 해째인 나의 은사로부터 그 판권을 회수해오겠다는 의도와는 거리가 멀다. 다시 소개하기 위하여 기왕의 번역문을 원문과 대조하는 과정에서 당시의 수많은 오역을 발견한 것은 물론, 『엔에르에프』에 발표된 본래의 텍스트와 오늘날 『물질적 황홀l'extase matérielle』이란 제목의 단행본 속에 편입된 텍스트가 매우 여러 군데에서 큰 차이점을 드러내고 있을 뿐 아니라 많은 부분이 추가되었음을 발견했다. 이 말은 즉 처음에 아주 간단한 것으로 믿고 시작한 일에 내가 완전히 발목이 빠져버렸다는 말도 된다.

내친김에 1967년 초판이 나온 아름다운 산문집 『물질적 황홀』에서 책의 가장 앞부분에 실린 같은 제목의 산문을 마저 번역했다. 「물질적 황홀」이 아직 내가 태어나기 전의 우주의 모습을 그린 것이라면 같은 책의 맨 끝에 자리잡은 글 「침묵」은 내가 이 세상에서 사라지고 난 뒤, 내가 죽은 뒤의 우주의 광경을 그리고 있다.

흔히들 비평가들로부터, 그리고 이제는 문학사가들로부터 '그의 세대에서 가장 진정한 작가'라는 평을 듣는 르 클레지오의 초기적 면모가 잘 드러나 있는 글들이다. 가장 일상적인 것과 신성한 것, 거시적인 세계와 미시적인 세계가 유기적으로 한 덩어리를 이루도록 하면서 우주론적 '분위기'를 만들어내는 탁월한 재능이 돋보인다. 리얼리스트들은 우리가 육안으로 보고 경험한 세계를 상당히 목적론적인(그러면서도 '객관적'이라는 알리바이를 내세우면서) 관점에서 재현해 보인다. 그것은 흔히 '그럴듯한' 세계다. 그러나 르 클레지오는 우리가 전혀 보지 못한 세계를 보게 한다. 그는 우리가 한 번도 느끼지 못한 분위기 속으로 인도한다. 그는 로브그리예의 탁월한 묘사력을 갖추고 있으며 미셸 뷔토르의 도시적 냄새가 짙게 풍기지만 동시에 블레이크나 로트레아몽의 전통을 이어받아 껍질과 외관을 꿰뚫고 들여다본 세계의 비전을 바로 눈앞의 세계인 양 현전케 하는 힘이 있다. "작가의 세계는 현실이라는 환상으로부터 생겨나는 것이 아니라 픽션이라는 현실로부터 생겨난다"고 그는 말했다. 르 클레지오는 명상과 즉각적인 감각을 통해서 철학이 아니라 시에 이른다.

르 클레지오는 나보다 두 살 위인 1940년생이다. 어머니는 프랑스 여자였고 아버지는 18세기 이래 모리셔스 섬으로 이주한 부르타뉴 가계 출신으로 영국 국적을 가진 사람이었다. 그는 남프랑스의 니스에서 태어났다. 1969년 내가 엑상프로방스 대학교에 다니기 시작했을 때 그 대학을 1964년에 졸업한 르 클레지오 이야기들을 했지만 그의 개인 신상에 대하여 자세히 아는 사람은 아무도 없었다.

그는 1963년, 그러니까 아직 대학에 재학중일 때 첫 소설 『조서調書』를 발표하고 그 작품으로 르노도상을 획득함으로써 크게 주목받았다. 그러나 그의 사생활은 항상 비밀에 싸여 있었다. 1966년~1967년 사이에 그는 군복무를 대신하여 태국에서 교사 노릇을 했으며 그후 멕시코로, 캐나다로 끊임없이 여행하면서 살았다. 그는 특히 파나마의 엠베라 인디언 속에 들어가 살면서 인디언들의 언어를 배웠다. 물론 무슨 경험을 쌓기 위해서라든가 작가로서 소재를 얻기 위해서가 아니라 그것이 그 나름의 사는 방식이었다. 세상에서 그 누구보다도 '알려지지 않은 사람'이 되고 싶어하는 사람이 르 클레지오이지만 그는 이제 전혀 본의 아니게 유명해져버렸다. 그래도 그는 여행, 낯선 사람들 속에 묻혀 지내기, 격리된 생활을 통해서 '미지인'의 상태를 유지하려고 최선을 다하며 살았다. 그래서 지금까지 르 클레지오는 딱 두 번밖에 언론의 인터뷰에 응하지 않았다.

1978년 4월 프랑스로부터 대서양을 건너 뉴멕시코의 작은 마을에 사는 그를 찾아간 어느 기자에게 그는 처음에는 사진 찍히기를 완강히 거부했다가 기껏 타협한 것이 자기 얼굴을 연필로 데생하도록 허락한 것이었다. 기자가 그림을 그릴 줄 모른다고 하자 하는 수 없이 사진 찍기를 허락했지만 30미터 밖에서 찍는다는 조건이었다. 더욱 놀라운 것은 그가 금발의 미남이라는 사실이다.

'알려지지 않은 사람'이고 싶은 그의 태도는 특히 『땅 위의 미지인』'Inconnu sur la terre』(1978)이라는 소설 속에 잘 드러나 있다. 여기서 '미지인'이란 바로 알려지지 않은 사람, 알려지고 싶지 않은 사람이다. 그는 작가 자신일 수도 있고 독자일 수도 있다. 그는 어린아이이다. 그는 그냥 이리저리 돌아다니면서 사물을 바라보기는 하지만 설명하려 들지 않는 어린아이 같은 사람이다. 그의 작품 속에서 그의 관심을 끄는 인물은 흔히 어린아이, 가난뱅이, 떠돌이 같은 인물들이다. 그들은 사실 르 클레지오를 닮았다. 그 자신의 말을 들어보자. "그들은 완성되지 않은, 규정되지 않은 존재들이다. 어린아이들은 아직 자신의 삶을 완성하지 않았다. 그들은 자라나고 있고 아직 어떤 직업을 정한 것도 아니다. 가난뱅이들은 가진 것이 없다. 그들에겐 뭔가가 결핍되어 있다. 한편 떠돌이는 발걸음을 멈추지 않는다. 그들은 항상 공간 속으로 나아가고 있다." 이만하면 르 클레지오가 리얼리스트와는 아무 인연이 없다는 것을 알 만하다.

그의 소설 세계는 근본적으로 어린아이들, 여자들, 젊은이들과 같이 어린아이식 심리 구조를 가진 인간들로 구성되어 있다. 다시 말해 그의 세계 속에는 '어른'이 거의 없다. 사실 우리가 '어른'이라고 부르는 존재는 오로지 그가 '소유'한 것, '지배'하는 것에 의해서만 규정되기 때문에 이 작가에겐 흥미의 대상이 되지 못한다.

(1990)

* 이 책은 원저자 출판사(갈리마르)의 저작권을 획득하지 못한 채 출판한 서적의 하나다. 1998년 저자인 르 클레지오가 최초로 한국을 방문하였을 때 사적인 식사 자리에서 역자는 이 '해적판' 번역에 대하여 사죄하였다. 저자가 옛 번역본 한 부를 얻고자 하여 책을 건네주자 역자의 서명을 부탁하였고 책을 받고는 매우 기뻐하였다. 그러나 「물질적 황홀」의 일부 번역일 뿐인 「침묵」은 현재 절판된 상태다.

검은
영혼의
춤

L. S. 생고르
『검은 영혼의 춤』
민음사, 1977

플라톤의 유명한 말을 입증이라도 하듯이 역사 속에서 시인이 민족의 지도자가 된 일은 매우 드물다. 프랑수아 1세가 남긴 것이라고는 창문에 새겨놓은 2행시 한 수뿐이다. 그가 그 이상의 작품을 남기지 않은 것은 썩 잘한 일이다. 네로 황제와 프러시아의 프레데리크 왕은 저속한 시인이었다. 포르투갈의 동 디니즈에서 중공中共의 모택동에 이르는 동안 황제, 왕, 대통령 가운데 이렇다 할 시인은 찾아보기 어렵다. 이것은 정치와 시는 양립할 수 없는 두 개의 상반된 길임을 입증하는 것일까? 경험주의자들의 귀에는 '시인'이란 말이 신빙성 없는 사람이란 뜻으로 들리는 탓일까? 무엇 때문에 저 위대한 창조자들이 지닌 권능 속에는 민중들과 사건들 위에 영향력을 행사하는 행동의 힘이 포함되어서는 안 되는 것일까?

이 같은 편견에 대하여 앙리 포코니에는 대답한다. "모든 가치가 하나같이 다 거꾸로 뒤집히지는 않은 세계 속에서라면 그 세계의 권력은 시인들의 것이어야 마땅하다. 왜냐하면 시인이야말로 가장 명징하게 생각하는 투시력의 소유자이기 때문이다. 우리들 눈을 가리는 모든 외관과 관습을 꿰뚫고, 오직 시인만이 현실의 진정한 풍부함과 깊이와 불안을 포착하기 때문이다. 그들의 시선은 맑고 언제나 새롭다. 그들의 눈길은 현상을 보는 것에 그치지 않고 예견하기도 한다. 모든 인간적인 발견, 종교도 혁명도 그들의 작품이다. 그러나 그들의 난해하고 신비스러운 작품이다." 그러나 사실을 예언하는 사람이 시인이 아니듯이, 사실 속의 민중을 인도하는 것도 시인의 본질적인 사명은 아닌지도 모른다.

하여간 레오폴 세다르 생고르의 경우에 한해서는 플라톤의 생각은 옳은 것이 못 된다.

우리나라에서 이 시인의 이름을 들어본 사람들의 수는 지극히 적을 것이다(물론 근래 수년간 노벨문학상 후보 명단에 직업적인 주의를 기울여온 신문기자들은 예외로 해야 할 터이지만 그들 역시 생고르의 시를 직접 대해본 일은 거의 없을 것이다).

외무부의 의전 담당자들을 예외로 한다면 아프리카의 흑인 공화국 세네갈의 대통령이 레오폴 세다르 생고르임을 알고 있는 사람도 드물 것이다.

한국 사람들의 이 철저한 무지와는 상관없이 생고르는 현대 프랑스 문학사가 반드시 기록하여야 마땅할 특이한 시인들 중 한 사람이다. 세게르스 출판사의 시인 총서도, 갈리마르의 시인집도 물론 그의 이름과 작품들을 아라공, 르네 샤르, 생존 페르스, 클로델과 나란히 놓고 있다. 그리고 수많은 신생국들로 가득찬 아프리카의 위대한 지도자들의 대열 속에 생고르의 이름은 1960년 이래 가장 교양 있고 야심에 찬 이미지와 함께 열께한다. 생고르는 프랑스어로 시를 쓰는 많지 않은 세계적 흑인 시인이다.

프랑스 문학사 속에서 1906년은 저 '좋은 시절la belle époque'도 끝나가고 다시 새로운 초현실주의의 폭발적 혁명을 기다리기까지 비교적 황량한 시대가 계속되는 무렵이었다. 그때는 수도 파리에서 문학의 개화를 기대할 수는 없었다. 반면 지구의 이곳저곳에 흩어진, 유랑하는 몇몇 시인들이 프랑스의 앞날을 준비하고 있었다. 클로델은 중국에 머무르면서 『정오의 분할』을 발표했고 백계 러시아와 이베리아를 오락가락하면서 오스카 밀로즈는 『사랑에 젖은 입문』을 종이 위에 눕히고 있었으며 과들루프 출신의 한 젊은 문학도는 보르도에서 저 유명한 「찬가」를 쓰고 있었지만 그는 아직 '생존 페르스Saint-John Perse'라는 필명을 사용하지 않고 있었다.

클로델, 밀로즈, 생존 페르스, 이 세 사람은 과연 아프리카의 알려지지 않은 한 오아시스 마을에서 그해에 태어나는 한 '검둥이' 아기의 예술적인 미래를 특징지어줄 어떤 천재적 분위기로 지적할 만하다. 그러나 그 아이가 그 은총의 힘을 세상에 표현하기까지는 아직도 반세기를 더 기다리지 않으면 안 되었다.

아이는 레오폴 세다르 생고르라는 이름을 얻었다. 가톨릭 교회에 의하여 세례를 받았기 때문에 레오폴이었고 '세레르Sérère'족의 혈통이기 때문에 세다르였다. 그의 아버지는 공식적으로 알려진 숫자만으로도 약 20여 명의 아들과 딸들을 낳았지만 실제로는 그 이상일 것이 분명하다. 아프리카의 풍토 속에서는 아마도 일부일처제라는 가톨릭 계율도 계절과 피의 끓어오르는 감도에 따라 상당한 융통성을 가지는 듯하다.

몇몇 예외를 포함한다면 세레르족은 일찍부터 가톨릭교도들이었다. 그러나 그 종교는 이곳에서 매우 너그러운 융통성을 베풀었고, 다른 한편 마을 주위를 신비롭게 에워싸고 있는 저 성스러운 밀림과 물의 신들과 한데 뒤섞인 애니미즘의 성격을 지니고 있었다.

세네갈의 수도 다카르에서 100여 킬로미터 떨어진 곳, 거대한 바오바브나무가 그늘을 드리우고 야자수, 화염목, 무화과나무가 우거진 해안에 오아시스가 있었으니 그 이름이 조알이다. 이 도시는 16세기에 포르투갈 사람들이 건설했는데 지금도 회랑이 달린 그 시대의 건물들이 남아 있다.

조알에서 내륙으로 몇 마일 떨어진 곳, 햇빛에 말라서 소금 덩어리들이 번뜩이는 염수호를 따라가면 생고르가 태어난 마을 질로르가 나타난다.

그의 아버지는 1925년에야 세네갈에 합병된 시느 국왕의 혈통이며 독자적인 부족의 추장이었다. 쌀, 조, 땅콩이 그득한 그의 곡간과 소, 나귀, 낙타가 풀을 뜯는 목장은 그의 전설적인 부를 증언해주고 있었다.

생고르의 어머니는 질라스 태생으로 아버지보다는 좀 지체가 낮은 푈족이었다. 그러나 이곳은 모계 사회의 풍속이 잘 보존된 곳이었다. 생고르에게 특히 물질적인 부보다는 자연의 꿈과 모험 그리고 초현실적 비전을 열어준 사람은 그의 외삼촌인 목장지기였다.

"나는 내 속에 흐르는 어머니의 피를 느낀다. 나는 기회만 있으면 외삼촌과 어울려 지냈다. 그분은 나에게 짐승들의 삶과 자연 현상에 눈뜨게 해주었다"라고 후일 시인은 술회한다.

사회적 계급에서 오는 긍지와 은연중에 느낀 질투 때문에 그의 아버지는 아들이 목장지기 외삼촌과 어울리는 것을 금지했지만 레오폴은 남몰래 도망쳐서 악어떼가 우글거리는 물속에서 헤엄을 치기도 했고, 안장 없이 말을 타고 아카주 열매를 따먹기도 하면서 어린 시절을 보냈다.

'이 세상에서 가장 감동적인' 풍경 속에서 보낸 7년간의 어린 시절은 다시 무대를 바꾼다. 그는 조알에 있는 가톨릭 학교에 입학했다. 그러나 그는 자주 학교 수업을 빼먹고 밖으로 나가서 무덤이 가득찬 섬으로 달려가곤 했다. 나지막한 오막살이에 사는 사람들의 친구가 되는 것을 더 즐거워했던 것이다. 그곳에서 만난 무당 마론느가 들려주는 저 영혼의 노래들은 후일 이 시인이 채록하여 번역할 만큼 깊은 인상을 남겼다.

다음해 그는 조알에서 6킬로미터 떨어진 느가소빌 학교의 기숙생이 되어 처음으로 프랑스어를 세레르어와 병행하여 익혔다.

너그러운 신부들이 경영하는 이 학교에서 그가 배운 것은 무엇보다 자유와 신비, 그리고 모든 구상적 현실과 직접적으로 접촉하는 데서 느끼는 아름다움이었다. 교실에서 우등생이었던 레오폴은 그에 못지않게 숲속 사냥의 우등생이기도 했다.

1922년, 16세 때 그는 처음으로 고향을 떠나 다카르에 있는 신학교 콜레주 리베르망College Libermann에 입학하여 신부가 되기를 원했다. 그러나 그의 스승들은 사제의 삶이 그의 적성에 맞지 않음을 지적하고 속세에 살 것을 권했다. 그는 그때 이미 육체적 욕망에 눈뜨기 시작한 청년이었지만 무엇보다도 공부가 그의 최대의 흥밋거리였다. 프랑스어, 희랍어, 라틴어, 수학…… 모든 과목에서 그는 언제나 수석이었고 상징주의와 파르나스풍의 시를 짓기 시작했다.

1928년 마침내 바칼로레아(고등학교 졸업 자격시험)에 합격함과 동시에 장학금을 받게 된 이 22세의 꿈 많은 청년은 젊은 라스티냐크와도 같이 유럽 정복의 길에 올랐다. 10월의 파리에는 비가 오고 있었고 곧이어 눈이 내렸다. 일생에 처음 보는 눈발을 맞으며 파리를 걷는 아프리카 청년은 황홀했다.

명문 루이르그랑 고등학교의 입시반에서 보낸 3년은 그에게 비범한 친구들을 사귈 기회를 주었다. 드골의 계승자로서 장차 프랑스 대통령이 된 조르주 퐁피두, 로베르 베르디예, 작가 폴 귀트, 후일 티에리 모니에라는 필명으로 유명해질 작가 자크 탈라그랑 등의 친구들 속에서 생고르는 아프리카 지성의 상징이 되었다.

대학생이 된 후 그는 국제 학생 기숙사의 도이치 드 라 뫼르트관에 기숙하면서 프랑스 사람들과 프랑스 정신을 관통하는 참다운 여행과 탐색을 계속했다. 많은 사람들이 그를 동화된 프랑스인으로 생각했지만 그는 바로 그 프랑스의 교육을 통하여 유럽에 대한 회의와 의혹에 눈떴고 유럽의 절망을 아프리카의 혼으로 극복하는 태도를 찾고 있었다.

1931년 식민지 박람회를 통하여 프랑스에서는 피상적으로나마 흑인 세계를 알기 시작했고 블레스 상드라르에서 폴 모랑에 이르는, 아프리카를 테마로 한 문학이 새로운 바람을 몰고 오는 한편, 고전음악의 한가운데서 정열에 찬 재즈 음악이 솟아오르고 초현실주의가 관심을 집중시킨 흑인 미술이 새로운 발견의 황홀감을 자아내고 있었다. 생고르는 인종 차별의 희생자이기는커녕 흑인의 긍지를 도처에서 확인하는 기쁨을 맛볼 수 있었다. 특히 많은 여성들 속에서 그는 성공을 얻었다.

그러나 유럽에서 얻은 지적 광휘는 그의 두뇌를 만족시키기는 했지만 그의 가슴속 굶주림을 속시원히 채워주지는 못했다. 개인주의의 팽배, 찢어진 영혼, 노예화된 공장 노동, 빵을 위한 투쟁, 이 모든 것은 그의 영혼 속에 이상화된 저 불가사의의 대륙 아프리카와 대립적인 모습으로 부각되고 있었다.

1929년 그는 이와 같은 신념을 확인시켜주는 한 친구를 만났다. 식민지 마르티니크로부터 온 또하나의 흑인 에메 세제르는 이리하여 그의 둘도 없는 친구가 되었으며 후일 프랑스어로 시를 쓴 가장 위대한 흑인 시인의 자리를 함께 차지하게 된다.

그들은 함께 프루스트에서 버지니아 울프까지, 릴케에서 쉬페르비엘까지의 문학뿐만 아니라 아프리카에 바쳐진 모든 문학 작품, 니그로 아프리카의 모든 시 작품들을 읽어냈다. 언어학, 역사학, 인류학, 시…… 이 모든 관심의 주축이 그들에게 있어서는 무엇보다 먼저 아프리카, 그 '영혼의 대륙'이었다. 조국을 떠난 이 유형지에서의 삶은 그들에게 더욱 현실적이며 동시에 신비적인 인식을 일깨워주었다. "우정 어린 친구이며 선택된 증인인 바로 그가 나에게 아프리카의 계시를 주었다"라고 에메 세제르는 말했다.

국제 학생 기숙사에서 유명한 소잡지 『흑인 학생』을 펴내어 프랑스 국적을 가진 흑인들이 자신의 영혼을 표현하는 역사와 전통과 언어에 관심을 돌리게 한 것은 바로 그 두 사람이었다.

1936년 인민전선이 득세할 때 생고르는 그의 최초의 한 표를 공산당 후보에게 던졌다. 1933년에야 비로소 그는 프랑스 국적을 얻었던 것이다. 그와 동시에 그는 흑인으로서는 최초로 언어학 분야의 대학교수 자격시험에 합격했다. 그는 곧 투르시의 데카르트 고등학교 정교사로 취임하여 유례없는 환영을 받았고 가장 비범한 교사일 뿐 아니라 학생들과 가장 친근한, 문자 그대로의 친구가 되었다. 밤에는 노동조합의 노동자들을 위하여 무료로 프랑스어 교육을 담당했다. 한편 테니스와 육상경기 등의 운동에 열을 올렸고 한아름씩의 장미꽃을 안고 아가씨들을 찾아가기도 했다.

2차 대전이 터지자 식민지 보병연대의 병사가 되어 싸우다가 1940년 6월에 포로가 되어 포로수용소를 2년간이나 전전했다. 그러나 대학교수 자격증을 소지한 이 엘리트 지식인이 참으로 무지하고 가련한 친구들 속에 섞여 지내면서 그들의 본질 속에 숨어 있는 인간의 참모습을 발견할 수 있는 기회를 제공한 것은 이 수용소 생활이었다. 그 속에서 그는 모든 문맹자들을 위한 편지 대서사代書士의 노릇을 했으며 수용소 탈출을 위한 지하 조직을 만들었다. 이 암담한 시절에 대하여 생고르는 아무 말도 남기지 않았지만 그의 시집 『검은 성체hosties noires』는 그를 대신하여 그때의 고통과 희생을 간접적으로 증언한다.

1942년 의병을 제대한 그는 파리 교외의 마르슬랭 베르틀로 고등학교에서 학생들을 지도하면서 한편으로는 위험한 지하 운동을 계속하였다. 전쟁이 끝나고 파리가 해방되자 그는 해외 프랑스 국립학교의 교수로 피임되어 장래의 행정가들에게 아프리카의 문명과 언어를 가르치는 일을 담당하게 되었다. '전쟁은 끝났다. 이제야 비로소 투쟁할 때가 왔다!' '정열의 대륙'을 위한 그의 불타는 마음을 실천할 때가 온 것이다.

그러나 검은 피부에서도 똑같이 붉은 피가 솟아나는 것을 본 이래 그는 하나의 핍박을 또하나의 핍박으로 대치할 생각은 없었다. 그가 원하는 것은 세계의 참다운 평등이었다. 그는 상아탑의 인간으로부터 행동의 인간으로 탈바꿈하였지만 그의 무기는 폭력이 아니라 신념과 지혜와 외교적 세련, 그리고 무엇보다도 긍지와 인내였다.

1945년은 그에게 있어서 이중적인 새 출발이었다. 그해에 첫 시집 『어둠의 노래』가 출간되었고 동시에 그는 연합의회에서 세네갈 대표 국회의원으로 당선되었다. 그때부터 줄곧 그를 열광적으로 지지하는 세네갈의 민중들은 예외 없이 그를 당선시켜주었다.

한편 독일 점령 시대에 알리운 디옵이 기획한 잡지 『아프리카의 존재la présence Africaine』가 '네그리튀드'의 정신을 구체적으로 표현하고 앙드레 지드에 의하여 세상에 소개되면서, 생고르는 같은 아프리카 출신의 작가들, 알베르 카뮈, 리처드 라이트, 에이메 세제르와 함께 명성을 떨쳤다.

정치적으로 그는 부르봉 궁전의 의회에서 자기 나라를 위하여 투쟁하고 에드가 포르 내각의 장관을 역임하였고, 한편 시인으로서는 국제시인대회들에 참석, 수많은 강연과 낭독을 통하여 프랑스 문학을 대표하였다. 그는 아프리카의 정치인이었으며 동시에 프랑스의 시인으로서 세계에 이름을 떨쳤다.

1961년 그는 새로운 시집 『야상곡』을 출간했다.

명예 찬란함은 사하라 사막처럼 거대한 공허……

생고르 이전에는 프랑스어 사전 속에 '흑인 특유의 사고방식, 정신'을 의미하는 어휘 '네그리튀드négritude(흑인성)'는 존재하지 않았다. 언어학자 생고르에 의하여 만들어진 이 어휘 속에는 그의 영혼의 본질이 담겨 있다. 세계의 불의 앞에서 그가 느낀 사명감, 즉 수세기에 걸쳐서 허리를 굽히고 침묵하는 것 이외의 권리라고는 가져보지 못한 저 검은 피부 민중의 대변자가 되겠다는 사명감이 그 어휘 속에 담겨 있다. 식민지주의 앞에서 그가 느낀 예민한 감수성은 '흑인성' 속에 인권 헌장의 교리를 고통의 무게로 다져넣었다. 대학교수 자격시험에 합격한 직후 그는 고향 조알에 있는 가족에게 이렇게 편지했다. "진심으로 하고 싶은 말은 어느 날 기필코 세네갈은 자유의 나라가 되어야 한다는 것이며 나는 세네갈 독립을 위한 노동자가 되고 싶다는 것입니다." 그로부터 25년 후 그는 마침내 녹색, 황색, 적색의 깃발 속에 희망의 별을 수놓아 자기의 나라 하늘 높이 나부끼게 하였다.

그에게 있어서 흑인의 첫번째 임무는 스스로 부끄러움 없이 흑인임을 자처하는 일이며 스스로의 피부색을 참으로 되찾는 일이었다. 세레르족의 찬가와 사랑의 노래 속에서 가장 두드러진 것은 바로 그

피부색에 대한 긍정이며 그것을 가장 드높이 외치는 자는 가장 고귀한 사람이다.

네그리튀드의 정치가, 검은 피부의 찬미자인 생고르는 그러나 고립적인 민족주의자가 되기에는 지적 형성 과정과 기질이 너무나도 복합적인 휴머니스트이다. 그가 주장하는 흑인주의는 '혼혈 문명metissage'의 이념과 상치되지 않는다. 그가 원하는 것은 한 에트니ethnie(민족)의 독창성이기도 하지만 동시에 지구상의 모든 문명의 필연적인 혼혈적 종합이기도 한 것이다.

"나는 내 젊은 시절을 생각한다. 내가 아직도 참으로 태어나지 않았던 분리의 시절을. 그때 나는 나의 가톨릭교도로서의 의식과 세레르족으로 타고난 나의 피 사이에서 찢어져 있었다. 아니 도대체 나는 참다운 세레르족이었던가? 나는 말린케족의 이름을 가지고 있지 않은가! 게다가 나의 어머니는 필족 출신이었다. 이제 와서 나는 내가 지니고 있는 다양한 피에 대하여 부끄러워하지 않는다. 나는 내 가톨릭적 시선으로 이 모든 상호보완적인 세계들을 한데 끌어안을 수 있는 데서 나의 기쁨과 나 자신을 발견한다"라고 그는 썼다.

그러나 여전히 그의 마음을 괴롭히는 대립과 모순으로 오래 남아 있던 문제가 있었다. 그것은 바로 프랑스적인 것과 그의 조상으로부터 이어받은 전통 사이의 갈등이었다. 그가 프랑스적인 것(자유, 문화, 휴머니즘⋯⋯)에 경의를 품으면 품을수록 그것이 자신의 것이 아니라 남의 나라, 즉 프랑스의 것일 뿐이라는 생각이 그를 괴롭혔다. 그러나 그 모순은 오랜 고통과 실천을 통하여, 즉 그 무엇에 항거하는 힘을 통하여 변증법적 개념에 이르는 것이다. 여기서 그의 반수동적 동화 개념, 혹은 거꾸로 능동적 선택에 의한 문명의 진화라는 개념이 생겨난다.

그의 시는 이리하여 저 신비스러운 밀림 속의 어린 시절을 뿌리로 하여 프랑스어에 원초적인 힘을 제공하는 꽃으로 개화한다. 어린 시절의 특유한 추억을 담은 그의 시구詩句들은 동시에 지역적 특수성에서 시 특유의 보편성에로 확산된다.

조상들의 해묵은 전언들을 싣고 온 기이한 새들이 저녁 이슬 속에서 노래하던 시각,
조알에서 내게 찾아오던 오, 나의 누님인 미풍이 오늘 여기서 찾아왔구나

심지어 모든 흑인 세계는 서로 갈라놓을 수 없는 유일한 자기의 조국임을 자각했을 때도 생고르는 항상 그 우주의 중심에다가 자신이 어린 시절을 보낸 저 구석진 시골 마을을 위치시키기를 즐긴다. 먼 역에 떠나 살 때도 어린 시절의 추억은 사라지지 않고 고향의 형상과 색채와 맛과 소리를 되살려준다.

저녁 속의 아베 마리아, 대낮 속의 사포티유 향기……

포르투갈 성벽 돌 위에 서린 아베 마리아의 빛……

고향의 작은 마을은 그 시적 깊이에 있어서 결코 작은 마을이 아
니다. 시간의 헤아릴 길 없는 깊이에 의하여 추억의 고향은 가장 광
대한 우주로 변한다.

우리들의 컴컴한 피가 뛰는 소리를 들어보자, 들어보자 저 구석진 마
을들 속에서 아프리카의 깊은 핏줄이 울리는 소리를……

이 유년 시절을 우주의 중심으로 삼은 시 속에는 언제나 '하얀 웃
음'을 담뿍 실은 어머니가 서 있다. 부재도 죽음도 어머니의 탯줄을
끊어놓지는 않는다. 그 종족의 전통에 의하면 어머니는 항상 가풍
을 전달하는 임무를 띠고 재산의 상속 역시 모계를 통하여 이루어
진다. 대대손손을 이어주는 끈인 '이름' 속에도 어머니의 매듭이 견
고하게 맺어져 있다. "시느 왕국의 세레르족에게는 어린아이의 이름
속에 어머니의 이름이 붙여져 있다. 내 고향 마을 사람들에게 있어
서 내 이름은 언제나 세다르 니일란Sédar Nyilane이다. 즉 니일란의 아
들 세다르란 뜻이다". 생고르의 첫번째 시 「싸바족의 부름」에 벌써
생식의 육화된 상징으로 나타나는 '대지'는 이 원시적 어머니의 혼
을 담고 있다.
　땅 위에 버티고 서서 땅과 한몸이 되고 땅의 우아함을 배우는 종

족, 황량한 대지를 가꾸고 가문 계절이 지나면 땅에 불을 지르고 갈아서 엎고 씨를 뿌리는 그 종족 속에서 시인 생고르의 영혼은 태어났다.

"농부의 참을성으로 나는 여름날의 열일곱 시간을 줄로 썰며 일했네, 추수할 곡식을 뿌려야 할 때, 천둥 치며 위협하는 날에도".

포로수용소에 갇혀 있을 때도 시인은 농부 출신의 동료들을 위하여 시를 썼고 그들과 함께 기도했다. "우리의 동지, 프랑스 농부들의 몸과 함께, 신이여 우리는 우리의 몸을 바치나이다". 대지와 그 아들들이라는 범우주적인 테마는 바로 그가 가장 사랑하는 원칙의 모습을 따서 형성한 그의 영원한 시적 주제를 이룬다.

"나는 선택했노라 고통받는 검둥이의 백성들을 내 농부의 백성들을, 세계의 모든 농부들을".

생고르는 가톨릭교도이지만 그의 모든 동족이 그러하듯 편협한 교의의 노예는 아니다. 세네갈에서는 가톨릭과 이슬람이 공존하지만 대척적이지는 않다. 이 두 가지 종교가 다 같이 일신교이지만 아프리카 심장부의 생명인 애니미즘과 너그럽게 뒤섞여 있다. 죽은 조상들은 그들 일상의 행동과 꿈의 올실과 날실 속에 짜여 숱한 모습의 가면을 쓰고 춤춘다.

그대들은 영원의 대기를 걸러서 술을 만들고 나는 그 속에서 내 아비들의 대기를 마시네.

가면을 쓰지 않은 얼굴을 쓴 가면이여, 보조개도, 주름살도 없는 가면
이여

내 이교도의 수액은 쉬지 않는 해묵은 술이라, 하룻날의 종려로 빚은
술은 아니라네

애니미즘과 그에 의하여 생명을 얻은 대지는 저 거침없는, 그러나
우주적 차원으로 승격된 에로티시즘의 열기를 만들어낸다. 누구나
그의 유명한 시 「검은 여인」을 알고 있다("벗은 여인아, 검은 여인아, 그
대 입은 피부색은 생명이요, 그대 입은 형상은 아름다움이라, 나는 그대의
그늘 속에서 성장하였네").

예찬과 소유의 욕망을 표현하기 위하여 아프리카 대륙의 어떤 대
하大河를 여성화하는 시는 그의 아프리카적 영감을 폭력적인 힘으
로 드러내준다.

오호! 그대 밀림의 침상에 누워 있는 콩고 강이여, 길들여진 아프리카
의 여왕이여, 산맥의 남근들은 그대 드높은 깃발을 세워라

그러나 이것은 단순한 에로티시즘에 그치지 않고 한 걸음 더 나아
가 참다운 생명 예찬이요, 미의 예찬에 이른다.

나에트, 그의 이름은 계피처럼 부드럽다. 그것은 레몬나무가 잠들어 있는 향기다.

나에트, 그것은 꽃 핀 커피나무의 달콤한 흰빛이다.

그것은 정오의 수컷 사랑 아래 불타는 사반나이다.

이와 같은 사랑과 생명에 대한 예찬은 생고르의 시 중에서도 가장 코르네유적인 시, 고귀한 피를 타고난 귀인 겔로바르에게 바쳐진 시에 와서 흑인의 아름다움, 그의 건강, 그의 고귀함이 개선장군의 영광의 이름으로써 절정에 달한다.

"우리들 육체의 제물을, 캄캄한 어둠 빛으로 완벽한 모든 육체에서 선택한 육체의 이 선물을 받아다오."

선택받은 종족으로서의 긍지는 단순히 귀족 출신인 흑인에 국한하는 것은 물론 아니다. 헤어진 모든 형제인 아메리카 흑인 병사들에게도 그의 '흑인주의'는 전파되고 있다.

나는 다만 그대의 갈색 손의 따뜻함을 만져보았을 뿐인데, 나는 이름 부르노라, 아프리카!

그리하여 나는 잃어버린 웃음을 되찾았노라. 나는 해묵은 목소리에, 콩고 폭포의 우렛소리에 인사하였노라 후일 아메리카를 방문하였을 때 할렘에서 그는 노래하였다.

대하와 같이 나의 영혼은 깊어졌네.
나는 모든 새벽빛이 아직 젊어 있을 때 유프라테스 강물에 목욕하였네
내 잠을 흔들어 재운 콩고 강 곁에 내 오막살이를 지었네.
나는 나일 강을 바라보았고 그 강가에 피라미드를 세웠네.

1933년 페데리코 가르시아 로르카는 한 기자에게 이렇게 말했다. "나는 북아메리카에 있는 흑인들을 위한 시를 노래하고자 했습니다. 적대적인 세계 속에서 흑인으로 태어난 그들이 느끼는 고통을 표현하고자 했습니다. 이 말을 불쾌하게 생각하지는 마십시오. 흑인들이야말로 그 지역에서 가장 정신적이고 가장 섬세한 요소입니다. 왜냐하면 그들은 신념을 가지고 있으며, 그들은 희망을 가지고 있으며, 그들은 노래할 줄 알기 때문입니다." 이 말은 바로 생고르 자신에게 적용되어 마땅할 것이다. 생고르 시의 핵심은 아프리카의 타고난 흑인 춤과 노래의 리듬이기 때문이다. "시, 기도, 우주적인 힘과 신 속에 깃들인 창조 행위에 동화하는 능력, 바로 이것이 흑인의 가치와 표현력의 근원을 이룬다…… 자연히 이미지는 겉에 드러난 모습을 초월하여 생각의 깊이 속으로 뚫고 들어간다. 이것이 적어도 니그로 아프리카 이미지를 형성하는 것, 즉 아날로지, 상징, 정신세계의 표현(기호를 통한 의미의 표현)이다"라고 생고르는 말했다.

그의 시에 자주 나타나는 어둠, 밤, 태양, 대지, 사자, 바오바브나무, 심장, 그리고 무엇보다도 피는 아프리카인 특유의 리듬감에 실렸을 때 비로소 우리 가슴속에서 우주를 춤추게 한다. 그의 많은 시편들이 코라, 발라퐁, 타발라, 칼람 같은 악기 반주에 의하여 노래하도록 표시된 것은 대지와 어둠 속에서 태어난 니그로 영혼의 춤이 깨어나오는 현동감으로서의 시를 주목하게 한다.

오, 금빛의 밤으로부터—오, 나의 밤이여 오, 나의 흑녀여 오, 나의 눌리베여—이 땀땅 북소리로부터 새로운 세계의 해여 솟아올라라.

(1977)

사랑과
분노의
노래

자크 프레베르
『절망이 벤치 위에 앉아 있다』
열화당, 1985

프레베르. 프랑스어로 '프레'는 '초원草原'이고 '베르'는 '초록'이다. 그의 시는 그의 이름처럼 신선하고 아름답고 단순하다.

그는 태어나기도 단순하게, 아름답게 태어났다. 그가 즐겨 노래 부른 「열등생」은 나이를 쉽게 셈할 수 있도록 1900년(2월 4일)에 태어났다. 1977년에 그의 사랑하는 아내 자닌이 지켜보는 가운데 세상을 떠났으니, 그의 나이는 몇 살이었을까. 그러나 그는 끝내 노인으로서가 아니라 어린아이처럼 순진하게, 슬프고 아름답게 떠나갔다. 그러나 프레베르는 죽음보다는 태어남의 편이다.

나는 겨울에

2월 어느 밤에 태어났지

여러 달 전

봄이 한창이었을 때

우리 부모들 사이에는

불꽃놀이가 벌어졌지

그것은 생명의 태양이었지

그리고 나는 벌써

그 속에 들어앉아 있었지

부모님은 내 몸에 피를 부었지

샘에서 흘러나오는 포도주였지

불꽃놀이를 한 여자는 쉬잔, 남자는 앙드레 프레베르였다. 아버지 앙드레는 보험회사 사원이었지만, 자기 일을 늘 따분해했다.

그보다 그는 배우가 되기를 꿈꾸면서 신문에 연극평을 쓰는 쪽에 더 재미를 느꼈다. 그는 책읽기를 좋아했으며 뒤마, 졸라를 애독했다.

"'너희 엄마는 선녀란다' 하고 아빠는 말씀하시곤 했다. 그래서 나는 동화를 읽을 때면 엄마가 선녀처럼 이야기 속으로 사라져버리지나 않을까 싶어 겁이 났다."

파리에서 어린 시절을 보낸 자크는 여섯 살 때 아버지를 따라 남쪽 바닷가의 툴롱으로 이사했다. 아버지가 마침내 실직을 했기 때문이다. "아버지는 직장을 잃었다. 그는 별로 직장에 마음이 없었다. 직장도 별로 아버지에게 마음이 없었다." 그러나 이듬해 마침내 아버지도 자크도 일거리를 얻어 파리로 돌아왔다. 그후 프레베르는 파리를 거의 떠난 적이 없다. 그는 단연코 '파리의 시인'이다.

> 파리는 아주 작아서
> 그의 모든 위대함은 거기서 만난다네
> 만인이 거기서 서로 만나네
> 산山들도 서로 만나네
> 화창한 날에는 그중 어느 산이
> 한 마리 생쥐를 낳았네
>
> 그래서 그걸 기리려고
> 공원 만드는 사람들은
> 몽수리 공원을 만들었다네

가난하지만 신명나는 세월이다. 뤽상부르 공원, 싸구려 영화관, 고서점의 책들, 오데옹 극장의 연극. "어렸을 때 우리는 영화관에 가곤 했다. 다시 말해서 제때에 먹을 것도 없거나 외상으로 먹어야 하는 유별난 형편이었지만, 영화관에는 갔다는 말이다. 우선 값이 안 비쌌다. 더군다나 아버지, 어머니, 형과 나 모두 영화를 좋아했다. 담

뱃가게에 가면 얻을 수 있는 할인권을 가져가면 30상팀밖에 안 되는 입장료였다. 아버지는 우리들보고 먼저 들어가라고 했다. 그래서 형과 나는 들어가고 아버지는 말했다. '아이들 먼저!' 그렇게 말하고는 우리들을 들여보냈다. 그러고 나서는 어머니와 당신 것으로 표는 두 장만 내는 것이었다. '아이들은요?' '무슨 아이들 말예요?' '뭐라고요? 저 애들은 당신들과 함께 온 아이들 아닌가요?' '나는 그저 아이들 먼저라고 했어요. 아이들부터 먼저 들여보내는 법이니까요!' 그때 우리는 이미 안으로 들어가서 자리에 앉아 있었다." 영화에 대한 이 엉뚱한 열광은 후일 마르셀 카르네 감독, 자크 프레베르 시나리오, 조제프 코스마 작곡의 명편名篇들을 프랑스 현대 영화사 속에 길이 남게 하는 원초적 동력이 되었는지도 모른다.

그러나 프레베르는 우선 시인이 되기에 바빴다. 휴지 조각 위에서, 식탁보 위에서 노래하기에 우선 바빴다. 그는 깊은 밤에 홀로 흰 종이를 꺼내놓고 고뇌하며 시를 창조하는 위대한 시인이 아니었다. 그의 시는 걸어가면서, 노래하면서, 웃으면서 쓰는 시였다. 그가 쓴 시는 그저 친구들 사이에 전해졌다. 그가 초현실주의 시인들과 함께 어울렸다 하더라도 그것은 오직 우정이었을 뿐이었다. 그는 이론을 세우기보다는 파리의 거리를 떠돌아다니기를 즐겼고 심사숙고하기보다는 신명나게 사는 쪽을 더 좋아했다.

나는 알고 있네 살아 있기 위하여 하는 몸짓을

아니라고 말하려고

머리를 흔드는 것

남들의 생각이 흘러들지 않도록

머리를 흔드는 것

아니라고 말하려고

머리를 흔드는 것

그렇다고 말하려고 미소 짓는 것

사물에게 그렇다고 사람에게 그렇다고

바라보고 애무하고

사랑할

사물들과 사람들에게

이렇게 하여 그의 시대의 가장 위대한 '대중적'인 시인은 자신도 모르는 사이에 탄생해가고 있었다. 시를 쓰기 시작한 지 15년이 되도록 그는 시집을 내지 않았다. 아니 시집을 낼 생각도 하지 않았다.

2차 세계대전이 끝난 후 1946년에야 비로소 출판인 르네 베르플레가 이곳저곳에 발표되었거나 프레베르의 친구들이 지니고 있던 시들과 텍스트들을 찾아 모아서 『말』이라는 제목을 붙여 첫 시집을 내었다. 프레베르의 첫 시집 『말』이야말로 문자 그대로의 시집, 즉 흩어져 있던 시의 묶음인 것이다. 물루지나 쥘리에트 그레코가 불러서 유명해진 노래들을 통해서 시인이 이미 알려져 있는 파리, 특히 생

제르맹데프레에서 『말』의 성공은 즉각적인 것이었다. 『말』은 출판사 상의 이변이었다. 백만 부 이상이 팔린 이 책은 프레베르가 얼마나 '대중적인' 시인인가를 웅변으로 말해준다. 여기서 '대중적'이라 함은 결코 저속하다는 의미가 아니다. 프레베르는 빅토르 위고가 '대중적' 이었던 것처럼 대중적인 시인이다.

프레베르가 대중적인 것은 단순히 독자의 수와 시집의 판매 부수 만을 두고 하는 말은 아니다. 그의 시는 그 소재와 표현 방식이 대중 적이다. 그는 밑바닥 인생, 따라지 인생, 열등생, 길 잃은 자, 춥고 배 고픈 자, 핍박받는 사람, 전쟁에 나가서 돌아오지 않는 사람, 힘없는 사람, 그러나 아름다움에 목마르고 삶에 끝없는 애착을 가진 사람 들의 시인이다. 그는 바로 그들의 삶을 그들의 쉽고 정답고 일상적인 언어로 노래한다.

그래서 그는 어린아이들의 시인이며 여인들의 시인이며 사랑의 시 인이며 새와 달팽이의 시인이다. 그러나 사랑의 시인이 되자면 다른 한편으로 반항과 증오의 시인이 되지 않으면 안 된다. 그는 거만한 사람, 위선자, 도덕군자, 호전적인 사람, 억누르는 사람에 대해서는 언제나 저항한다. 「열등생」은 "그가 사랑하는 것에게 그렇다고 말하 고/ 선생님에게는 아니라고 말한다".

프레베르의 반항은 흔히 그가 '그들'이라고 3인칭 복수로 부르는 사람들을 향해 있다. 자연스러움과 꿈으로 인도해야 할 어린 시절의 눈앞에서 억압하는 힘으로 버티고 있는 '선생님', 그가 "그냥 거기에 계시옵소서. 그러면 우리도 땅 위에 남아 있으리다"라고 기도하는 저편의 하느님, 시 「자유지역」의 지휘관, 저울질하는 늙은이, 연인들을 비웃는 행인, 어른들, 전쟁을 만드는 사람들, 싱싱한 나무를 벌목하는 자들, 행복과 기쁨을 깨어버리는 심각한 사람들은 모두 프레베르의 날카로운 풍자의 대상이다.

삶과 아름다움에 대한 사랑을 노래했건, 그 사랑에 훼방을 놓는 대상에 대한 분노를 노래했건, 그 사랑과 분노는 항상 티 없고 순진하고 젊은 목소리를 닮고 있다. 프레베르의 시는 내용 못지않게 그 내용을 노래하는 말의 단순함에 있어서 참으로 드높은 의미의 '대중성'을 지니고 있다. 그의 시는 어른보다 어린이들에게, 늙은이보다 젊은이에게, 점잖고 심각한 사람들에게보다 단순하고 정직한 사람에게 직접적인 감동을 준다. 물론 여기서 중요한 것은 육체적인 나이가 아니라 마음의 나이다. 77세의 프레베르는 백발의 소년으로 노래하며 사라졌다. 우리들이 귀를 기울여 들어야 할 것은 바로 그 노래 속에 담긴 소년의 목소리다.

프랑스 샹송을 아는 사람들 중에서 누가 「고엽枯葉」을 모르겠는가?

그러나 인생은 사랑하던 사람들을

어느샌가 소리도 없이

갈라놓아버리고

바다는 헤어진 사람들의

발자국을 모래 위에서 지워버리네

　　그러나 그 노래의 가사가 프레베르의 시라는 것을 아는 사람은
많지 않다. 그의 대부분의 시적詩的 상송들은 노래하거나 소리내어
낭송하도록 씌어진 것이었고, 또 실제로 유명한 가수들에 의해서 널
리 알려졌다. 사실 프레베르 시의 스타일은 노래의 스타일과 잘 어울
린다. 같은 말과 문장의 반복, 후렴 등은 구어체의 요소를 강하게 지
니고 있다. 특히 중요한 내용과 소리의 반복은 시 전체에 동적인 분
위기와 리듬과 통일성을 부여한다. "기억하는가 바르바라" "내겐 아
무 말 없이, 나는 보지도 않고"와 「아침식사」에서 "너를 위해/ 내 사
랑아" 등의 반복은 흘러가는 노래의 리듬과 동시에 의미의 채색을
얻어내는 데 결정적인 역할을 하고 있다. 그리고 그의 시들은 많은
경우 제목부터가 '노래'인 경우가 많다. 「새장수의 노래」 「겨울 아이
들을 위한 노래」 「달팽이의 노래」 「피에 젖은 노래」 등등. 이 같은 내
용, 형식, 제목은 프레베르가 만인과 함께 즐거워하고 슬퍼하고 분노
할 수 있는 노래라는 표현 장르에 얼마나 깊은 애착을 가지고 있는
가를 말해준다. 사실 프레베르의 시는 비록 음악의 반주가 없이도
대중들의 가슴속에서 들리지 않는 노래로 반향하고 있다.

　　만인이 쓰는 쉬운 말을 단순한 어조로 노래했다는 사실은, 프랑

스어를 사용하는 대중에게는 널리 사랑받을 수 있는 요인이 될 수 있지만, 그 시의 번역이 마찬가지로 쉬워지는 것은 아니다. 많은 경우 오히려 그 때문에 번역은 더 어려워진다. 프레베르의 힘차고 길이가 긴 중요한 시편들이 이 번역 시집에서 제외된 것은 말의 의미보다도 소리의 반복이나 변형에서 얻어낸 원시原詩의 효과를 살려내는 것이 거의 불가능하기 때문이었다.

끝으로 여기에 번역한 시들은 프레베르의 시집『말』『비 오는 날과 맑은 날』『시인 자크 프레베르』, 조엘 사들러가 편선編選한『프레베르를 통하여』, 그리고 시인의 사후에 나온 유고 시집『밤의 태양』에서 뽑은 것임을 밝혀둔다.

(1985)

고요하고 광막한
모험

가브리엘 루아
『내 생애의 아이들』
현대문학, 2003

2001년 여름, 나는 처음으로 퀘벡의 몬트리올을 찾아갔다. 오래전부터 별러온 일이었다. 역사와 환경이 어느 면 우리 한국 현대 문학사와 비슷하면서 우리에게는 미지의 대륙이나 마찬가지인 퀘벡의 프랑스어권 문학의 대체적인 윤곽이나마 살펴보고 싶어서였다. 마침내 몬트리올 대학교 퀘벡 문학 연구소의 너그럽고 자상한 도움에 힘입어 많은 작품들과 자료들을 접하고 그곳의 여러 문인들과 교수들의 안내와 도움을 받을 수 있었다. 어떤 작품들은 나를 매혹했다. 나는 그 다음해 『현대문학』 2월호에 퀘벡 문학의 프로필과 거기서 만난 문인들과의 인터뷰 내용을 간략하게나마 소개한 바 있다. 여기에 번역하는 가브리엘 루아의 소설은 그 기회에 건져올린 첫번째 수확이다. 다시 말해서 한국의 독자들이 최초로 접하는 프랑스어권 퀘벡 문학의 한 대표적 모습인 것이다. 앞으로 기회가 있고 힘이 닿는다면 그 광대한 땅이 생산한 더 많은 작가들과 작품들을 우리 독자에게 소개하고자 한다.

*

사람들은 가브리엘 루아를 '캐나다 문학의 큰 부인'이라 부른다. 그녀는 무엇보다 『싸구려 행복bonheur d'occasion』의 저자로 세상에 널리 알려져 있다. 그러나 그 작품은 이 섬세하고 비밀스러운 작가의 길고 고독한 탐구와 창조의 한 출발점에 불과하다.

가브리엘은 1909년 3월 22일 캐나다 중부 마니토바 주의 생 보니파스에서 출생했다. 퀘벡 출신으로 이곳으로 이주한 식민청 관리 레옹 루아와 멜리나 랑드리의 여덟째, 즉 막내딸이었다. 이곳은 산이 거의 보이지 않고 가없는 평원만이 이어지는 광대하고 막막한 지역이었다. 이 황량하고 고독한 풍경 속에서 보낸 어린 시절은 그녀의 영혼 속에 깊은 자취를 남겼다. 더군다나 프랑스어권 가정으로부터 뿌리가 뽑힌 채 영어를 주로 사용하는 지역의 문화와 생활에 적응해야 하는 고통스러운 성장 과정은 그녀의 문학에 적지 않은 영향을 끼쳤다.

1915년에서 1928년까지 고향에서 초등, 중등학교 과정을 마쳤다. 학교에서는 영어와 프랑스어로 가르쳤지만 주정부는 프랑스어로 하는 수업을 하루 한 시간으로 제한했다. 그후 주 수도에 있는 위니펙 사범학교에서 1년간 교육학을 전공하고, 1929년 아버지가 사망하고 나자 마니토바 주 남쪽 마르샹, 카르디날, 그리고 나중에는 고향 가까운 프로방스 같은 소읍에서 홀로 교사 생활을 하며 어렵고 고독하게 지냈다. 그가 가르치는 대다수 학생들은 학교에 입학할 때 프랑스어도 영어도 못하는 외국 이민의 자녀들이었다.

교사 생활을 하는 한편 그녀는 '몰리에르 서클' 극단의 배우로 연극 활동에 열정을 바쳤다. 그녀의 서클은 오타와 연극 페스티벌에서 두 번이나 수상했다. 가브리엘은 1934년 처음으로 위니펙 프리 프레스에 단편을 발표했다. 이때부터 그녀는 연극배우와 작가 두 가지 중 어느 길을 택할 것인가를 놓고 고민한다. 결국 1937년 프티트 풀 도에서 여름 동안의 마지막 교사 생활을 청산하고, 가을 마니토바의 다민족 문화의 다양성과 유별난 풍경의 기억을 가슴에 담은 채 유럽으로 떠난다.

젊은 그녀는 18개월간 얼마 안 되는 저금으로 런던, 파리 등에 머물면서 연극배우 수업과 여행에 몰두한다. 마침내 배우가 될 희망을 접고 작가가 되기로 결심한 그녀는 신문에 처음으로 기사 몇 편을 발표한 다음 마지막으로 프로방스 지방을 여행한다.

1939년 캐나다로 돌아온 서른 살의 처녀는 프랑스어권인 몬트리올에 정착, 몇몇 잡지에 기사와 단편소설을 기고하며 어려운 생활을 시작한다. 드디어 1941년부터 5년 동안 월간 『농민소식』에 기자로 취직하여 많은 르포 기사를 쓰고 몇 편의 단편을 발표하는 한편 퀘벡, 캐나다 서부 등지로 자주 여행을 하고 특히 몬트리올의 도시 노동자들의 생활을 면밀히 관찰, 장차 첫 소설의 밑그림이 될 삶의 디테일들을 꼼꼼히 기록한다. 이렇게 기자 생활 틈틈이 써서 상하권 5백여 페이지로 발표하게 된 첫 장편 소설이 『싸구려 행복』이었다. 그녀가 36세 되던 1945년이었다.

이 첫 소설은 출간 즉시 큰 성공을 거둔다. 몬트리올의 남서쪽 가난한 변두리, 기찻길과 운하가 심장부를 통과하는 생 앙리 구역을 무대로, 자신의 어린 시절을 연상시키는 닫힌 세계, 가난, 기찻길 건너의 화려한 진열장 같은 부자 동네의 매혹 등 사회학적 현실을 정치하게 그렸다.

국내에서는 '지금까지 캐나다에서 발표된 책들 중에서 가장 진정하고 가장 대담하고 가장 완성도가 높은 책' '최초의 위대한 도시 소설' '퀘벡의 과거가 아닌 현재의 사회 현실을 반영한 최초의 책'이라는 평과 함께 발매 즉시 2천 부가 매진되었다. 또한 그해 12월, 뉴욕 굴지의 출판사와 계약에 성공하는 한편 미국에서(따라서 세계에서) 가장 영향력 있는 독서클럽의 사장이 번역 원고를 읽고 '이달의 책'으로 선정하기에 이른다. 1946년 12월에 이 책의 영어 번역판 『The Tin Flute』가 출판되자 무려 70만 부가 팔려나가고, 11만 불의 수입

이 들어온다. 캐나다에서 발표된 소설 중 전무후무한 기록이었다. 이어 할리우드의 유니버설 영화사가 영화 제작권을 구입하는가 하면, 1946년 아카디아 프랑스 아카데미는 작가에게 메달을 수여한다. 이어 캐나다 총독상까지 수상함으로써 작가 가브리엘 루아의 영광은 이어진다.

한편 프랑스에서는 플라마리옹 출판사가 이 소설의 판권을 구입하고 페미나상 심사위원인 장 드 광주 공작 부인이 몬트리올을 방문한 기회에 작가를 만난다. 드디어 가브리엘은 캐나다 작가로는 최초로 파리의 유수한 문학상인 페미나상을 수상하기에 이른다. 그러나 프랑스의 반응은 그리 뜨겁지 않았다. 성공에 뒤따르는 심리적 부담도 컸다.

뉴스의 표적이 되자 이 수줍은 작가는 캘리포니아로, 로우든으로, 생 보니파스로, 특히 페미나상이 수여될 때는 스위스로 자리를 피했다. 너무나 급작스럽고 강력한 조명은 그녀에게 사생활의 방해뿐만 아니라 일종의 위협 혹은 저주와 같은 느낌을 주었다. 무엇보다 가장 두려운 것은 이제 진짜 작가가 되어야 하는구나! 하는 부담이었다. 그리고 그녀는 도처에서 '이방인'이었다.

"그녀는 우선 그 출신(중부 영어권인 마니토바)으로 인하여 퀘벡 문단의 이방인이었다. 그리고 무엇보다 그의 삶과 인물의 비밀스러움, 일반 대중의 호기심으로부터 한사코 벗어나고자 하는 태도로 인하여 일반 독자들에게도 이방인이었다. 대중이 그녀를 만날 수 있는 기회는 거의 없었다. 그녀는 독자가 오로지 작품 및 글쓰기 자체와 대면하도록 하기 위해서도 대중 앞에 나타나기를 피했다. 작가가 대중에게 보이지 않을수록 오히려 작품이 대중에게 더 강하게 다가든다는 것이다." 그의 전기 작가 프랑수아 리카르는 이렇게 설명한다.

『싸구려 행복』은 30년 전 또 한 사람의 이방인, 즉 프랑스 출신의 루이 에몽의 『마리아 샵들렌』에 이어 퀘벡 소설사에 있어서 결정적으로 중요한 전환점이다. 루이 에몽이 먼 프랑스에서 왔듯이 영어권의 마니토바에서 온 가브리엘 루아는, 퀘벡 문학의 상투성과 문화적 속박으로부터 자유로울 수 있었고 그 발목을 잡고 있던 어둡고 무거운 전통의 전철을 밟지 않고 새로운 방향으로 전진할 수 있었다. 바다 건너 알제리에서 온 카뮈가, 과들루프에서 온 생존 페르스가, 루마니아에서 온 이오네스코가 프랑스 문단에서 그랬듯이.

그녀는 태연하게 도시의 벌거벗은 현실, 단순한 현실, 동시대의 현장에 날카로운 시선을 던졌다. '이른바 민족적 현실'이라는 편견에 한눈을 팔지 않고 구체적인 있음 그 자체를 보고 단숨에 찾아내는 정직하고 직접적인 시선이었다. 이 소설에서는 과거 개척자들의 '농토'가 현재 도시 생활의 '공장'으로 대체되었다. 현대의 도시가 마침내 그 나름의 시를 획득한 것이다. 그녀는 일체의 선입견, 일체의 대의나 주장으로부터 해방된 시선, 오직 냉엄한 소설가의 시선으로만 현실을 보았다. 그래서 그녀는 향토주의냐 이국 취미냐의 선택에 매달리지 않아도 되었다. 이렇게 하여 퀘벡 문학의 진정한 '현대'를 개

막할 수 있었다. 새로운 어조, 자신의 작품을 구상하고 사회적으로 위치시키는 새로운 방식을 통해서 1960년대까지 오랜 세월 동안 이 선구적 작가의 영향력은 지속되었다.

1947년 고향의 교회에서 뒤늦게 결혼한 그녀는 남편인 의사 마르셀 카르보트와 함께 퀘벡을 떠나 파리에서 1년, 파리 근교의 생 제르맹 앙 레에서 2년을 체류한다. 그곳에서 집필하여 1950년에 발표한 소설이 『물닭이 둥지를 트는 곳la petite poule d'eau』이다. 캐나다 중서부, 자신이 마지막으로 교사 생활을 했던 마니토바의 북쪽 섬에 외따로 사는 가족들의 이야기인 이 소설은, 『싸구려 행복』이 그려 보이는 동부의 도시 하층민들의 폐쇄적 지옥과는 반대로, 고독하지만 활짝 열린 자연 속의 낙원과 그 속에서의 자유와 일체감을 그리고 있다.

캐나다로 돌아온 그녀는 다시 몬트리올에 정착했다가 퀘벡으로 이사하여 그곳에서 죽는 날까지 살게 된다. 이때부터 그의 삶은 오로지 소설 집필에만 바쳐졌다. 그의 생애는 오직 수많은 작품의 집필과 발표, 그에 따른 영광스러운 수상의 기록으로 점철된다. 1954년 긴 침묵과 고통스러운 집필 과정 끝에, 단순하고 착하지만 사람들 사이에서 견디지 못하는 한 몬트리올의 은행 수납계 직원의 고뇌를 그린 『알렉상드르 셴베르Alexandre chenevert』(『The Cashier』라는 제목으로 영역됨)를 발표한다.

그리고 뒤이어 이듬해에는 『데샹보 거리Rue Deschambault』를 내놓는다. 생 보니파스를 무대로 동일한 화자가 들려주는 짤막한 18편의 삶의 이야기(어린 시절부터 18세까지)로 구성된 자전적 단편집이다. 이제 그의 작품 세계는 점차 내면화 과정을 밟는다. 마치 초기 소설의 치열한 행동성에 뒤이은 고요한 명상과 자기 인식의 과정 같은 시기라 하겠다.

그녀의 작품은 이처럼 도시와 시골, 동과 서, 남과 북, 추방과 귀환, 반항과 화해, 그리고 장편과 단편, 픽션과 자전적 이야기 사이를 왕래한다. 1956년에는 그의 전 작품에 대하여 뒤베르네상이 주어진다. 그 이듬해에는 『데샹보 거리』의 영역판 『Street of Riches』로 캐나다 총독상을 수상하고, 샤를부아의 프티트 리비에르 생 프랑수아 마을 강변에 새 주택을 구입하여 이제부터는 항상 그곳에서 여름을 보낸다. 그녀의 작품에서 자연이 매우 중요한 자리를 차지하게 되는 계기이기도 하다는 점에서 이 여름 집은 중요하다.

1961년, 『비밀의 산la montague secrète』 발표. 일생 동안 같은 산을 그리는 독학의 화가 이야기로 예술 창조의 알레고리다. 1964년 언니 안나의 죽음을 계기로 애리조나 여행. 1966년 『알타몽의 길la route d' Altamont』 발표. 이 작품은 앞서의 『데샹보 거리』와 쌍을 이룬다. 같은 화자 크리스틴의 이야기인 것이다. 이번에는 여섯 살에서 청소년기까지의 이야기를 네 가지 시기로 나누어 단편집으로 묶었다. 그중에서는 특히 단편 「노인과 아이」가 감동적이다. 1968년 퀘벡의 라발 대학이 그녀에게 명예 박사학위를 수여하고, 캐나다 예술위원회가 그녀의 전 작품을 기리는 메달을 수여한다.

1970년 에스키모에 관한 소설 『휴식 없는 강la rivière sans repos』을 발표한다. 이 소설은 뉴욕의 출판사로부터 거절당하는 수모를 겪었다. 같은 해 언니 베르나데트의 임종을 보기 위하여 고향 생 보니파스로 여행한다. 1971년에는 그녀의 전 작품에 대하여 가장 영예로운 퀘벡 다비드상이 수여된다. 1972년에 발표한 『유쾌했던 그 여름cet été qui chantait』은 작가가 여름을 보내는 강가의 집과 그 자연을 배경으로 한 작품이다. 샤를부아의 생 로랑 강가를 무대로 자연과 동물을 찬양하는 19편의 짧고 시적인 이야기들이다. 그러나 퀘벡에서는 좋은 평을 얻지 못했고 이로 인하여 작가는 큰 상처를 받았다.

그녀의 만년은 어둡고 쓸쓸했다. 건강이 나빠졌고 남편과의 사이는 점점 더 악화되었다. 그의 언니 아델은 증오와 질투로 그녀를 괴롭혔다. 그 비탄과 고통은 1975년의 『세상 끝의 정원un jardin au bout du monde』에 어둡게 투영된다. 이민자들을 주제로 한 네 편의 단편을 묶은 소설집. 표제와 같은 제목의 단편이 가장 감동적이다. 그녀는 만년의 무너지는 건강과 개인적 고통과 싸우면서 뛰어난 작품들을 선보였다.

1977년에는 여기 번역 소개하는 중편이 포함된 작품집 『내 생애의 아이들』을 내놓는다. 발표 즉시 한 번 더 캐나다 총독상을 수상하고 비평계의 호평을 받았으며 독자들 사이에서 큰 성공을 거둔다. 1978년 『지상의 여린 빛fragiles lumières de la terre』 발표. 캐나다 문학에 대한 공로로 몰슨상을 수상한다.

1979년 어린이들을 위한 앨범 『짧은 꼬리courte-queue』를, 1982년 『무엇 때문에 고민하나, 에블린?De quoi t'ennuies-tu, Evlyne?』을 발표한다. 소설을 구성하는 두 편의 이야기 중 죽음을 앞둔 오빠의 병석에 가기 위하여 버스를 타고 마니토바에서 캘리포니아로 가는 주인공 에블린의 여행 이야기인 첫번째 소설이 더 감동적이다. 그녀는 마침내 자신의 삶과 가족의 삶이 어떤 것이었는지 발견한다. 그의 오빠는 주위에 일종의 낙원을 건설하는 데 성공한 것이다.

가브리엘 루아의 생애 마지막 수년은 『비탄과 환희la detresse et l'enchantement』란 제목의 방대한 자서전 집필에 바쳐진다. 원래 4부로 계획된 이 작품은 처음 2부만이 완성되었다. 부모의 삶을 그리는 도입부에서 시작하여 자신의 어린 시절, 학업, 여교사라는 직업, 유럽 체류, 그리고 1940년경 몬트리올로 돌아와 『싸구려 행복』의 집필을 준비하는 데서 끝난다. 바탕에 깔린 비탄과 절망, 그러나 주위 사람들에 대한 사랑, 영혼 깊숙한 곳이 들여다보이는 듯한 인물들의 초상이다.

가브리엘 루아는 1983년 7월 13일 퀘벡 시립병원에서 74세로 눈을 감는다. 미완의 자서전 『비탄과 환희』가 사후에 발간되었다. 1984년 『문학 연구etudes littéraires』지는 겨울호를 이 작가 특집에 할애하고 프티트 리비에르 생 프랑수아 근처의 산 이름이 '가브리엘 루아'로 명명된다. 1987년 프랑스 보르도 대학 캐나다연구소가 '하나의 나라,

하나의 목소리, 가브리엘 루아'라는 제목으로 연구 발표회를 개최하고, 1989년 몬트리올의 『목소리와 이미지voix et Images』지가 봄호를 이 작가 특집으로 바친다. 10월 생 보니파스에서 위니펙 북서쪽으로 350킬로미터 떨어진 곳에 있는 워터헨 리버 섬이 '가브리엘 루아' 섬으로 명명되었다. 1996년 맥길 대학의 프랑수아 리카르 교수가 방대한 전기 『가브리엘 루아, 그의 삶의 이야기Gabrielle Roy, une histoire de sa vie』를 출판했다.

*

『내 생애의 아이들』은 일견 사범학교를 갓 졸업한 풋내기 여교사와 초등학교의 어린이들 사이에서 벌어지는 소박한 이야기들로 구성되어 있는 듯하지만, 실은 67세의 원숙한 대가가 쓴 감동적인 성장소설인 동시에 인생에 대한 찬미의 대서사시다. 이 작가의 작품 세계를 특징짓는 환기력과 문체의 질감, 그리고 거기서 솟구쳐오르는 고즈넉한 감동이 어떤 것인가를 어느 작품보다 더욱 선명하게 드러내는 소설이다. 이 작품은 작가가 마니토바에서 여교사로 지내던 젊은 시절의 구체적인 경험에서 영감을 얻은 이야기들을 여섯 편의 중·단편으로 나누어 배치하고 있다. 그러나 여러 중·단편들을 단순히 한데 묶어 내놓은 흔한 단편집이 아니라 자연스러우면서도 정교한 구조와 통일성을 갖춘 소설이다.

소설에서는 이름이 명시되지 않은 18세의 젊은 여교사가 화자로 등장하여 언뜻 보기에는 산만하게 분리된 듯한 여러 중·단편 전체를 관통하며 일관된 목소리로 조율한다. 여섯 편의 이야기들은 각각 빈센토, 클레르, 닐, 드미트리오프, 앙드레, 메데릭 등 한 명의 어린이가 주인공이다. 각각의 인물들은 어린 시절의 초상인 동시에 인간과 인생 전체의 초상이다. 이 소설은 그래서 어린 빈센토와의 첫 만남의 드라마에서 시작하여 성큼 커버린 메데릭과의 가슴 저린 헤어짐으로 끝나고 있다. 화자인 젊은 여교사는 「빈센토」와 「성탄절의 아이」 클레르를 통하여 첫 만남의 낯섦과 두려움, 그리고 거기에 뒤따르는 그만큼의 돌연한 기쁨과 막무가내의 애착과 호감을 경험한다. 「종달새」 닐과 드미트리오프를 통해서는 말이나 행동을 넘어서는 침묵의 공감, 인식과 예술의 힘을, 「집 보는 아이」 앙드레를 통해서는 성장의 고통과 동시에 고독 속에서의 용기와 자기 헌신을, 「찬물 속의 송어」의 메데릭을 통해서는 사춘기 특유의 감각적 떨림, 그리고 저항할 수 없는 사랑의 힘과 고통을 경험한다.

이 소설을 특징짓는 가장 중요한 조건은 황량하고 광대한 평원의 한구석에 자리잡은 주무대인 학교와 그 무대를 에워싸는 사회 문화적 환경과 자연적 환경이다.

학교는 화자인 여교사와 어린 학생들이 서로 만나고 헤어지는 장소다. 어린아이들은 매일 학교 밖으로부터 왔다가 학교 밖으로 사라지기를 거듭한다. 여교사는 교실의 자기 자리에 앉아서 아침이면 창문 밖으로 아이들이 "하늘 저 밑으로 가벼운 꽃장식 띠 같은 모양을 그리며 하나씩 하나씩, 혹은 무리를 지어" 나타나기를 기다리고, 또 저녁이면 창문 밖으로 "굽이돌다가 곧 끝 간 데 없는 지평선 저 너머로 사라져버리는 길"을 따라 집으로 돌아가는 아이들을 바라본다. 학교는 사랑과 인식의 출발점이다. 거기서 교사와 아이들은 서로 문자를 배우고 노래를 배우고 타자의 존재를 배운다. 그리고 무엇보다 사랑하는 법을 배운다.

그러나 따뜻한 사랑으로 보호된 이 학교가 때로는 자유를 구속하는 '감옥'으로 느껴지기도 한다. 가정의 오래된 습관의 끈에서 떨어져나온 빈센토에게 학교는 두려움의 대상이다. 긴 방학이 지난 뒤 며칠 동안은 다른 아이들도 자유에 맛을 들였다가 다시 학교로 돌아오게 되면 "꼭 감옥으로 들어온 기분"이 된다. 그러나 누구보다도 학교를 감금의 장소로 느끼는 인물은 "갈기가 검은 흰색 종마인 가스파르"의 등에 실려 광대한 대지를 마음껏 달리고자 하는 "전문 몽상가" 메데릭이다. "추운 데서 안으로 들어오는 작은 털짐승 특유의 그 기분 좋은 냄새를 실어오는" 다른 아이들 이상으로 메데릭은 지성의 감옥으로 끌려들어온 야생마의 상징 바로 그것인 것이다. 혼혈 인디언 여자와 백인의 피를 받은 그 소년은 교실에 앉아서도 "금방이라도 달아날 준비가 되어 있는 듯 자유로운 꿈속에서 무한히 먼 곳으로" 몽상 속을 헤매고 있다.

여교사는 그를 바라보면서 "결국은 사로잡히고 말 순진한 짐승 같다"는 인상을 받곤 한다. 그래서 그녀는 "그를 사로잡기를 바라면서도 동시에 그 짐승에 대하여 가슴 아픈 느낌을 지울 수 없다". 소년의 가슴속에 일고 있는 야성의 바람을 다스려 수련과 인식의 장으로 불러들여야 할 교사가 소년을 '상상의 여행'에서 불러내오는 것을 망설이기에 이른 것이다.

왜냐하면 스스로 '청소년기의 몽상에서 겨우 벗어나 아직 성년의 삶을 잘 받아들이지 못하고 있는 형편'인 젊은 여교사 자신이 때로는 학교를 일종의 '함정'으로 느끼기 때문이다.

"이른 아침 교실에 서서 내 어린 학생들이 세상의 새벽인 양 신선한 들판 위로 그 모습을 드러내는 모습을 바라볼 때면, 학교라는 함정 속에서 그들을 기다리고 있을 것이 아니라 그들에게로 달려가서 영원히 그들의 편이 되어야 옳을 것 같다는 느낌을 받는 것이었다."

이처럼 어린이들의 학교는 만남의 자리인 동시에 헤어짐의 자리요, 사랑과 인식의 장소인 동시에 때로는 감옥과 함정이라는 특유의 양면적 성격을 지님으로써 더욱 실감나는 인생 보편의 은유로서 기능할 수 있게 된다.

한편 이 학교에 오는 학생들이 이민자들의 다문화 집단이라는 사실은 이 소설을 특징짓는 주요한 사회 문화적 환경을 말해준다. "그것이 그들에게는 낯선 세상에 내딛는 첫발이었다. 아이들은 누구나 많든 적든 처음 학교에 오는 것에 대해 두려움을 가지고 있었지만, 내가 맡은 이민자 출신 꼬맹이들 중 몇몇의 경우, 그에 더하여 학교에 오자마자 귀에 설기만 한 언어로 말하는 소리를 듣는 혼란스러 움까지 맛보아야 했다." 그들은 모두가 광대한 캐나다 중부 마니토 바 평원으로 새로운 삶과 꿈을 찾아 모여든 가난한 이민자들의 자 녀들이다. 이 아이들에게 있어서 학교는 그러므로 새로운 타자만이 아니라 귀에 선 언어, 이질적인 문화와의 두려운 접촉과 이해의 출 발점이다.

플랑드르 억양을 버리지 못한 로제 베르헤겐, 소용돌이처럼 이탈 리아어로 어린 애정을 쏟아놓으며 "마늘과 라비올리와 감초 냄새" 물씬 풍기는 빈센토, 뒤늦은 선물로 "약간 흐릿하고 쓸쓸한 상아색 의 여린 빛으로 절어 있는" 오래된 아일랜드산 손수건을 들고 온 클 레르, 폴란드계 유대인 출신인 프티 루이, 이름부터 이국적인 니콜 라이, "자기 어머니의 언어"로 노래 부르는 우크라이나 출신의 닐, "자신의 힘을 넘어서는 어떤 힘, 옛날에는 집단적이고 신비스러우 며 무한한 것이었던 어떤 열정"에 의하여 글씨를 쓰는 어린 드미트리 오프, 프랑스 오베르뉴 출신의 꼬마들, "프랑스에서 가져온 리넨 시 트"를 꺼내어 선생님의 침상을 마련하는 앙드레, 인디언 혼혈인 메데 릭…… 이들 각자는 우선 서로에게 이방인이다. 교사 역시 그들에게 는 이방인이다. 어느 날 여교사가 저녁 산책길에 드미트리오프 집안 이 사는 동네로 들어선다. 벌써 "창문 뒤에서 손들이 움직였고 커튼 뒤에서 지켜보던 얼굴들이 놀란 눈길, 때로는 적대적인 눈길로, 오래 도록 나를 따라다녔다. 여기 폴란드, 러시아 울타리 안으로 저 젊은 캐나다 외국 여자가 무엇하러 왔다지?" 그들에게 학교는 단순한 배움의 자리만이 아니라 새로운 문화에 대한 도전과 힘겨운 이해의 과정이다. 여기에는 프랑스어가 모국어인 집안에서 태어나서 영어 사용 지역인 마니토바에서 '이방인'으로서 교육받았고, 또 이질적인 문화 속에서 자란 어린이들을 교사로서 가르쳐야 했던 작가 자신의 고통스러운 경험들이 다분히 배어 있을 것으로 짐작된다. 이런 의미에서 학교는 매우 다양한 삶의 경로를 체험하게 하는 성장소설의 장이 아닐 수 없다.

또한 이들 이민자들은 한결같이 가난하다. 우선 첫번째 이야기의 주인공 빈센토의 아버지를 보자. 불과 얼마 전에 이탈리아의 아부리제에서 온 이민자로 "쿠션을 만드는 장인인 그는 아직 정식으로 개업하지 못한 처지라 임시로 여기저기에서 닥치는 대로 일을 해주고 있었다". 「성탄절의 아이」에 등장하는 프티 루이의 집안은 초콜릿을 팔며 근근이 생활하고 있다. "말이 상점이지, 정돈할 공간이 부족해서, 아니면 주인이 소홀해서 상품들이 땅바닥에, 구석에 아무렇게나, 끝도 없이 널려 있거나 혹은 때가 잔뜩 낀 진열장 속에, 초콜릿이 비누와 콘플레이크 옆에, 뒤죽박죽으로 뒤섞여 있었다." 조니의 아버지는 "여름 한철 하수도 청소부로 일하고 겨울이면 실직자"여서 어머니가 덧신을 짜며 살고 있고, 니콜라이의 가족은 "시의 쓰레기 버리는 곳 옆에 살고 있었다. 그곳에서 녹슨 함석, 침대 틀, 아직 쓸 만한 판때기 등을 쉽게 주워 모아 꽤 괜찮은 오두막집을 지을 수 있었고 특히 여름철에는 꽃도 가꾸고 닭도 키웠다". 그의 어머니는 여름이면 진짜 꽃을 가꾸지만 겨울이 되면 얇은 천이나 종이로 조화를 만들어 백화점에 싼값으로 내다 팔았고 백화점은 그걸 비싸게 되팔았다. 어머니가 가정부로 일하는 클레르는 이들만도 못하여 성탄절 선물을 마련하지 못한 채 "빈손으로 온 어린 소년"이다.

「종달새」의 닐은 진흙탕의 늪을 건너 악취를 풍기는 도축장 근처 "낡은 판자 조각과 폐품으로 만들었을 오막살이집"에 살고 있다. 폴란드나 우크라이나 출신의 사람들이 더 많이 살고 있는 동네의 드미트리오프 집은 어떠한가? 속이 뒤집힐 것같이 역겨운 냄새를 풍기는 그 '소굴 같은 집'은 "반은 강둑에, 반은 집안을 시끄러운 소리로 가득 채우며 흐르고 있을 강물 속에 말뚝을 박아 그 위에 판자로 얼키설키 이어놓은 흔들거리는 바라크였다". 임신한 어머니는 자리에 누워 있고 아버지는 먼 곳으로 일 나가고 없는 집안에서 어린 나이에 어른이 해야 할 일을 도맡아 하느라고 학교를 그만두어야 하는 '집 보는 아이'에 대해서야 더 말할 필요가 없을 것이다.

이처럼 학교에 오는 어린이들이 이질적인 문화와 언어를 가진 집단의 출신이라는 사실과 그들의 가난과 고단한 삶은 분명 넘어서기 어려운 시련이며 도전이다. 그러나 이 시련과 도전은 오히려 그에 대한 응전으로서의 사랑과 인식과 아름다움의 불가사의한 위력을 더욱 돋보이게 한다.

이런 의미에서, 새로운 환경에 대한 두려움에서 야기되는 적대감을 돌연한 사랑의 표시로 반전시키는 어린 빈센토의 행동은 거의 기적에 가깝다고 하겠다. 목까지 기어올라 숨이 막히도록 껴안은 그가 "나를 놓아주도록 하기 위해서 이번에는 내 쪽에서 그를 꼭 껴안고 등을 정답게 토닥거려주면서, 내가 그의 말을 알아들을 수 없었듯이 그 역시 알아듣지 못하는 말이지만 애정이 서린 어조로 그에게 말을 하면서 차츰차츰 그를 진정시키지 않으면 안 되었고, 이제는 나를 잃어버리면 어쩌나 하는 가슴 찢는 두려움에 시달리는 그를 안심시키지 않으면 안 되었다. 마침내 나는 그를 땅 위에 내려놓을 수 있게 되었다. 그는 아직도 자신의 머리 위로 쏟아진 이 걱정스럽고 엄청난 행복에 몸을 떨고 있었다".

어떤 상황에서는, 포옹과 애무와 같은 몸짓, 혹은 애정이 서린 '어조'만으로도 서로 다른 언어 사이에 가로놓인 단층을 극복할 수 있다는 것을 어린 빈센토는 웅변으로 보여주고 있다. 그뿐이 아니다. 여교사에게는 '성탄절의 아이' 클레르의 '행복한 미소'만으로도 "세상에서 제일 좋은" 성탄절 선물이 될 수 있다. 그러나 아이는 눈보라 속을 뚫고 찾아가 선생님에게 해묵은 손수건 한 장이라도 선물로 줄 수 있을 때 "말로 표현하지는 않지만, 활기찬 보병 나팔 소리를 연상시키는" 행복감과 거기서 자연스레 피어나는 미소를 지을 수 있게 된다.

그러나 언어, 경제적 수준, 젊음과 늙음, 건강 등 모든 장벽을 허물어주는 통합의 힘은 무엇보다도 예술이 지닌 위대함일 터이다. 종달

새 같은 노래의 소질을 타고난 닐은 바로 그 같은 능력을 여실히 보여준다. 그의 노래와 미소는 "너무나도 전염성이 강한 것이어서 무대와 객석을 갈라놓은 난간을 넘어 노인들의 얼굴에 부드럽고 신선한 빛 그대로 와서 찍히는 것이었다". 그 '전염성'은 흥분하여 떠들던 교실의 아이들을 제자리로 돌아가게 하고, 다리를 다친 여교사의 어머니를 걷게 하고, 양로원의 노인들과 심지어 정신병원의 병자들까지도 잠시 자신들의 괴로운 현실을 잊고 심취, 열광하게 한다. 언어를 초월한 그의 노래, 감미롭고도 우수에 찬 그의 노래는 의미심장하게도 그의 고향의 "드니에프르 강이 흐르고 흘러 웃음과 한숨을, 회한과 희망을 다 같이 바다로 싣고 가서 결국은 모든 것이 하나의 물결로 합쳐진다는 내용이었다". 언어가 갈라놓은 사람들을 노래는 하나의 바다에서 만나게 해준다.

여교사는 닐의 도움을 받아가며 그의 어머니에게 어린 아들의 노래가 그토록 많은 사람들에게 가져다준 기쁨에 대하여 뭔가를 표현해보려고 애를 썼고, 닐은 그로서는 제대로 이해하지 못한 무엇인가에 대하여 여교사에게 감사의 마음을 표시하려고 고심했다. 그러나 그들은 곧 "말을 통해서 감정을 실토하는 것을 포기하고 그냥 맘의 소리에 귀를 기울였다". 언어가 갈라놓은 사람들을 공감이 서린 침묵이 하나로 합쳐준다. 마침내 닐과 그의 어머니가 함께 노래 부른다. "그러자 두 목소리가 높아지며 기이하고 아름다운 노래 속에 담겨 날아오르면서 서로 조화를 이루었다. 그 노래는 실제로 겪는 삶과 꿈속 삶의 노래였다. 광막한 하늘 아래서 그 노래는 그 어떤 손길처럼 가슴을 움켜잡아 이리 돌리고 또 저리 돌리다가 마침내 잠시 동안 자유로운 대기 속으로 조심스럽게 놓아주는 것이었다." 학교나 사회, 언어나 계층이 가두어놓은 사람들의 가슴을 노래는 이처럼 자유로운 대기 속으로 '해방'시킨다.

그러나 누구보다도 지적으로 열악한 환경 속에서 살고 있는 드미트리오프는 여기서 한 걸음 더 나아간 문제점을 노출시킨다. 지적으로 가장 뒤지는 집안 형제들 중 막내인 어린 드미트리오프에게는 '예외적인 글씨 쓰기 재주'가 있다. 그러나 글씨를 그렇게 잘 쓰면서도 그 글자가 대체 무엇을 '의미'하는지는 전혀 알지 못한다는 것은 놀랍다. "그가 아주 좋아하는 것은 글자들을 아는 것이 아니라 그냥 그 글자들을 글씨로 쓰는 것인 듯했다." 이것은 무엇을 의미하는 것일까? 교사는 나름대로의 암시적 해석을 내린다. "검은 불덩어리를 안고 내면으로 향하고 있는 그의 기이한 두 눈을 바라보면서, 나는 멀리서 창조주를 찬미하면서도 자신들에게 눈길을 던져달라고 주님께 애원할 생각조차 하지 않는 교회 성상 벽의 저 보잘것없고 가난한 성자들을 머리에 떠올렸다." 의미를 초월하는 소통의 비결은 그들 조국의 혼 속에 깃들어 있었던 것일까? 우크라이나의 '가난한 성자들'을 연상시키는 그들 부자에게 우선 중요한 것은 언어의 의미 이상으로 말없는 긍지와 공감과, 거기서 깨닫는 서툰 사랑일 것이다. 그리하여 그들 부자는 어린아이가 써놓은 글자들 앞에서 최초의 미소를 주고받는다. "마침내 그는 겁에 질린 작은 얼굴을 아버지의 옷소매에 묻은 채 가만히 있었다. 그리고 겁에 질린 두 눈을 아버지에게로 쳐들었다. 그러자 위에서 아래로, 아래에서 위로 미소가 오갔다. 너무나 짧고 너무나 서투르고 너무나 망설이는 미소여서 아무래도 그 두 얼굴 사이에서 오가는 것으로는 정말 처음인 것 같았다."

마지막으로 주목해야 할 것은 이 소설에서 가장 중요한 요소의 하나인 자연환경이다. 이 소설을 이루는 여섯 편 중 각 단편의 공통된 배경은 바로 캐나다, 특히 매니토바 주 특유의 끝 간 데 없이 광대한 공간과 무서운 눈보라이다. 특히 소설의 마지막 두 이야기인 「집 보는 아이」와 「찬물 속의 송어」에서는 이 같은 자연환경이 인간적 관계와 극적 전개에 적극적으로 개입함으로써 주인공들 못지않은 역할을 맡고 있음을 알 수 있다.

우선 「집 보는 아이」의 배경이 되는 공간을 주목해보자. 가난한 집 몇 채와 학교, 교회, 따분한 역사, 사일로, 물 저장 탱크 등이 전부인 쓸쓸한 '마을'은 "용기도 믿음도 내일에 대한 희망도 얻어낼 것이 없는" 곳이다. 반면에 "그 반대편으로 눈길을 돌리면 모든 것이 딴판"이다. "희망이 넘칠 듯이 흘러드는 것이었다. 나는 미래를 마주 보고 있는 느낌이었다. 그리고 그 미래는 내 생애에 있어서 한 번도 허용받지 못했던 가장 매혹적인 빛으로 반짝거리고 있었다." 사실은 아무것도 볼 것이 없는 그 황량한 공간이 매혹의 땅으로 보이는 것은 학생들의 절반 이상이 그쪽에서 오고 있기 때문이다.

다시 말해서 그 황무지는 새싹들이 돋아나는 약속의 땅인 것이다. 이는 물론 농토로 개간할 수 있는 가능성을 의미하기도 하지만 고독한 여교사에게는 무엇보다도 미래의 희망인 어린아이들이 새싹처럼 돋아나는 공간으로서의 의미가 더욱 중요한 것이다.

"나는 책상에 가 앉아서 우리 학생들이 나타나기를 기다리느라 마음이 급했다. 나는 한 줄기 작은 오르막길에서 눈을 떼지 못했다. 거기에, 아이들이 하늘 저 밑으로 가벼운 꽃 장식 띠 같은 모양을 그리며 하나씩 하나씩, 혹은 무리를 지어 나타나는 모습을 볼 수 있는 것이었다. 매번 나는 그런 광경을 바라보면서 가슴이 뭉클해졌다. 나는 광대하고 텅 빈 들판에 그 조그만 실루엣들이 점처럼 찍혀지는 것을 볼 때면 이 세상에서 어린 시절이 얼마나 상처받기 쉽고 약한 것인가를, 그러면서도 우리들이 우리의 어긋나버린 희망과 영원한 새 시작의 짐을 지워놓는 곳은 바로 저 연약한 어깨 위라는 것을 마음속 깊은 곳에서 절감하는 것이었다."

이 광대한 미개지는 이곳으로 찾아든 이민자들과 여교사가 각기 자기 나름대로 개척해야 할 과제로서 주어진 공간이다. 소설 속에서 아이들의 손을 잡고 그들의 집이 여기저기 흩어져 있는 그 먼 길을 찾아가는 여교사의 '행로'는 바로 그 고달픈 개척의 과제인 동시에 그 광대한 공간 속에 던져진 연약한 인간의 고독과 절망, 그리고 그에 맞서는 힘겨운 도전과 성장의 과정을 함축하고 있는 것이라 하겠다. 그래서 여교사는 말한다. "나는 또한 그때 세상 구석구석으로부터 그들이 나를 향하여, 따지고 보면 그들에게 한낱 이방인에 불과한 나를 향하여, 길을 걸어오고 있다는 사실에 큰 감동을 느끼고 있었다고 생각한다. 오늘날에도 여전히 알지도 못하는 그 누군가에게, 나의 경우처럼 사범학교를 갓 졸업한 경험 없는 풋내기 여교사에게, 사람들은 이 지상에서 가장 새롭고 가장 섬세하고 가장 쉽게 부서지는 것을 위탁한다는 것을 느낄 때면 가슴이 뭉클해진다."

그런 의미에서 이야기의 마지막 장에서 여교사가 단신 스키를 타고 앙드레의 집으로 찾아가 함께 밤을 보내면서 그 집 한가운데에다가 잠정적으로 일종의 이동식 교실을 설치하는 장면은 이 교사의 개척자적 이미지를 감동적으로 완성하고 있다. 더군다나 앙드레는 그같은 공부가 자신만을 위한 것이 아니라 장차 동생 에밀의 차례가 되면 '자신이 도와주기' 위한 것이라고 말함으로써 미래의 교사직을 자청하고 있지 않은가? 이리하여 개척의 손길은 종교처럼 번져나가게 된다.

그러나 이들이 보내는 맘이 "무슨 알 수 없는 축제의 신비스러운 준비 과정"같이 보이는 것은 단순히 그곳에서 배움이 이루어지기 때문만이 아니다. 이때 역시 가장 위대한 힘은 예술의 아름다움에 있다. 그 '축제'는 축음기에서 울려나오는 '옛 노래'와 선생님이 들려주는 '옛날이야기'를 담고 있는 것이다. 예술의 아름다움은 광대한 평원에 우연의 '주사위처럼' 외따로 던져진 그 가난한 집을 "단 하나 흐릿한 불이 켜진 램프가 자아내는 그 기적 같은 분위기"로 탈바꿈시키기에 충분한 것이다.

이 소설에서 가장 길고 가장 감동적인 이야기인 「찬물 속의 송어」에서는 그 광막한 공간의 힘이 더욱 강하게 느껴진다. 여기서 광대한 공간은 우선 메데릭이 출현하고 사라지는 배경으로서 나타난다. 그 소년은 "평원 저 멀리에서 빠른 속도로 다가오고 있는 어떤 하얀 점 하나"로 등장하여 줌 렌즈처럼 빠른 속도로 다가온다. "그 하얀 점이 검은 갈기를 휘날리는 말로 변했다." 이리하여 공간은 말이 달리는 속도를 실감 있게 전달하는 여백의 넓이로 작용한다. "그는 벌써 학교 마당의 입구에 와 있었다." 그러나 이 끝 간 데 없는 공간은 나타남보다 사라짐의 배경일 때 더욱 감동적이다.

"그리하여, 아침에처럼, 그러나 이번에는 매 순간 점점 더 작아지면서 이내 광대한 평원 속에서 검고 흰 점으로 변하여 사라졌다. 나는 우리들 사이의 먼 거리가 푸른빛으로 변하면서 그를 완전히 삼켜버릴 때까지 그를 눈으로 따라갔다. 아마도 오직 창가에 서서 바라보는 내게만 주어진 듯한 그 광경이 이번에는 소년 시절이 끝나가는 마지막 날들이 아니고서는 그토록 깊을 수 없는 어떤 고독의 고백 같아만 보였다."

이처럼 광대한 공간은 무한한 가능성을 암시하기도 하지만 그 속에 던져진 인간의 부서지기 쉬운 행복과 고독을 말해주는 것이기도 하다. 이 점은 특히 이 광대한 공간과 더불어 이 소설의 또다른 중요한 요소인 눈과 중복됨으로써 더욱 분명하게 감지된다. 눈에는 "만물을 서늘하게 덮어주고 어린아이들의 눈을 즐겁게 하는" 아름다움의 순기능이 없지 않다. 그러나 캐나다의 공간과 계절 속에서 눈은 대부분 대기를 "신음 소리"로 가득 채우고 "겨울의 깊은 바닥에서 들려오는 해묵은 비탄의 소리"로 인간에게 쓰디쓴 비웃음을 던지는 부정적, 공격적 요소로 등장한다.

「찬물 속의 송어」에서 열네 살의 메데릭은 새로 부임한 열여덟 살의 앳된 여선생에 대하여 연정을 느낀다. 소설은 어린 시절에서 성년으로 옮겨가는 시기의 고뇌와 수줍은 마음의 떨림을 이를 데 없이 섬세하고 여운이 긴 필치로 그려 보인다. 이때 여교사가 메데릭과 함께 마차를 타고 마을로 돌아오는 밤의 무서운 눈보라는 사랑의 모험, 청춘의 모험, 인생의 모험 그 자체의 은유가 된다. 그러나 그들은 함께 맞는 눈보라와 광대한 벌판이 합치면 난바다의 폭풍이 된다는 것은 알지만 정작 그것이 동시에 그들 자신의 가슴속에 소용돌이치게 될 폭풍의 예고라는 사실은 알지 못하는 듯하다.

"우리는 어떤 야성의 힘으로부터 오는 저항과 압력을 느꼈다. 그것은 광란하는 소리와 미친 듯이 밀어닥치는 백색 꿈의 형상으로 도처에서 폭발하고 있었다. 가스파르는 우리가 탄 연약한 배의 뱃머리를 이루고 있었다. 그가 폭풍을 가르고 나아가면, 계속되는 휘파람 소리와 뒤엉킨 외침으로 가득한 광란의 빠른 연주 속에서 폭풍은 둘로 갈라져서 눈썰매의 양쪽으로 흘러내렸다. 때로는 마치 반대편으로부터 격류에 휩쓸리는 뗏목에 실려 눈에 보이지 않게 우리 옆으로 스쳐지나가면서 절망적으로 구원을 요청하는 사람들의 고함소리가 들리는 것 같기도 했다." 이 모험은 청춘의 사랑이 그러하듯 방향 감각의 상실로 이어진다. 길을 인도하는 전신주는 나타났다 사라졌다 한다. 가없이 표적도 없이 펼쳐진 흰 눈의 공간 속을 전진하며 두 사람의 가슴속에서는 은유적으로나마 탈선의 욕구와 궤도를 찾고 싶은 욕구가 갈등한다. 내면의 갈등은 '거울'이 된 마차 창유리에 잠시 동안 열망과 몽상의 그림으로 변하여 와서 박힌다.

"그때 바로 내 얼굴 곁에 메데릭의 얼굴이 와서 박혔다. 그는 창유리에 자기의 얼굴도 비친다는 것을 모르고 바싹 가까이 다가온 것이었다. 그가 내게로 몸을 기울였다. 아마도 내가 잠이 들었는지 보려는 것 같았다. 내가 움직이지도 않고 말도 하지 않았으므로 그는 내가 자고 있는 줄로 알았을 것이다. 나는 눈을 반쯤 감고서 랜턴의 반사면에 비친 그를 감시했다. 거기에는 흐르는 눈가루에 쓸리면서 우리 두 사람의 흐릿한 얼굴이 마치 낡은 결혼 기념사진 속에서처럼 비쳐 지나가고 있었다."

그러나 이 같은 평면상의 광대함은 결국 보다 '높은 곳'에서 내려나보는 시선에 의하여 하나의 전체로 통합된다. 눈앞에 넓게 펼쳐진 공간은 모든 것을 그 품에 안아주면서 우리를 잠시나마 요지부동의 영원에, 무한의 장에 닿게 한다. 현실의 작은 세목들은 인생이라는 전체 속에 통합된다. 나무들은 숲으로, 물결은 바다로, 삶은 영원으로 흘러든다. 그리하여 우리의 삶 속에는 영원히 지워지지 않는 하나의 '차원'이 생겨난다. 그 총체로서의 아름다움이 한갓 꿈이었던들 어떠랴. 그것이 한 인간을 보이지 않게 문득 성장하게 하는 꿈인 바에야. 지나치게 길다는 느낌이 없지 않지만 다음의 인용문을 천천히 읽으면서 소설 전체의 가슴 저린 순간들을 그 위에 겹쳐보자. 우리의 소용돌이치는 마음이 마침내 한 장의 백지로 해방될 때까지……

그때의 정경을 어찌 잊을 수 있겠는가? 지금도 여전히 그 정경의 추억을 맞아들이려는 듯 내 영혼이 고즈넉하고 행복한 느낌과 함께 넓게 펼쳐지는 것을 느낄 수 있다. 어떤 높은 곳에서 목도하게 되는 그런 풍경 속에 과연 무엇이 있기에 우리에게 그토록 커다란 만족감을 주는 것일까? 그 풍경을 획득하기 위하여 치른 고생이 그만한 보상을 주는 것일까? 지금도 나는 그 까닭을 잘 알지 못하겠다. 한 가지 확실한 것이 있다면 그것은 그날 아침 메데릭과 나란히, 서로 머리를 마주대고 있는 말 위에 올라앉아 있을 때만큼 확실하게 그 평원의 광대함, 그 쓸쓸한 고귀함, 그 변모한 아름다움을 본 적이 없다는 점이다.

가장 먼 곳까지 우리 눈앞에 확 펼쳐진 그 평원은 마음을 사로잡는 디테일들을 무수하게 드러내고 있었다. 가령 푸른 하늘 가까이에는 이제 막 갈아엎은 땅이 그 위를 날고 있는 어두운 불새만큼이나 윤나는 검은색을 띠고 있고, 더 높은 쪽에는 밤안개가 아직도 땅바닥에 엎드린 채 흰 바탕에 검은색의 지극히 미묘한 목탄화를 만들고 있는 들판, 그리고 아주 먼 곳에는 작은 울안에 갇힌 봄인 양—아마도 어린 겨울 밀 싹인 듯—부드러운 녹색의 자그마한 사각형. 그러나 평원이 마음에 사무치는 것은 가장 희귀한 그 겉모습들 중의 어떤 한 가지 때문이 아니라, 오히려 그와 반대로 겉모습들이 결국은 모두 다 평원 속으로 사라져버리기 때문이었다. 처음에는 그 정경의 이러저러한 모습, 특히 울안에 갇힌 봄 같은 모습이 눈에 들어오긴 하지만 머지않아서 우리는 오직 요지부동인 것만을 의식하게 되니까 말이다. 물결들은 바다로, 나무들은 숲으로 돌아가고, 마찬가지로 거의 모든 인간적 삶의 지표와 모든 디테일들은 결국 평원의 무한한 넓이 속으로 돌아간다. 이렇다 할 그 무엇 하나 말하지 않으면서도 그 평원은 이렇게 하여 그토록 많은 것을 말해주고 있는 것이었다. 아마도 그래서 그 평원은 그토록 자주 나를 행복하게 해주었을 것이다.

나는 메데릭 쪽을 쳐다보았다. 이제는 이마 위로 푹 눌러쓴 모자 차양 밑에서 그는 나를 열심히 훔쳐보고 있었다. 그는 이 높고 기이한 장소에서 내가 맛보게 되기를 간절히 바랐던 행복감이 서서히 내 얼굴에 나타나는 것을 유심히 살피면서, 평원을 바라보고 있는 나를 쉴 새없이 주시하고 있었던 것이다. 이제 내 얼굴이 밝게 빛나는 것을 보자 그의 얼굴 역시 밝게 빛났다. 그것은 그가 순수하게 타고난 자질이었을까? 아니면 삶에, 특히 젊은이들의 삶에 있어서 흔히 그러하듯이, 그는 자신이 소유하고 있는 것을 충분히 깨닫기 위해서는 다른 사람이 그것을 함께 즐기는 것을 볼 필요가 있었던 것일까? 우리는 한동안 서로를 바라보고 있었다. 내 기억으로는 두 사람의 눈 속에 어떤 기쁨이 가득했던 것 같다. 이윽고 우리는 조금씩 웃기 시작했다. 부드럽고 가벼운 웃음, 약간 나른한 웃음이었다. 우리는 왜 웃었을까? 아마도 두 존재 사이에서 문득 생겨난 저 드물고도 신기한 공감 속에서 너무나 굳게 결속된 나머지, 서로를 이해하는 데 더이상 말이나 몸짓이 필요 없게 된 자신을 발견했기 때문이었을 것이다. 그럴 때 그들은 웃는다. 아마도 해방에서 오는 웃음을.

이상하게도 바로 그다음, 우리는 아무 말이 없게 되었다. 심각하기까지 했다. 각자 우리를 결속시켜주는 풍경에만 신경을 썼다. 거대하고 자유로운 공간이 다 그렇듯, 그 공간이 우리들의 마음속에 불러일으키는 것은 삶, 우리들의 미래, 그리고 시간이 흐르면서 우리가 갖게 될 얼굴에 대한 꿈속 같은, 그러나 흔들림이 없는 믿음이었다. 사실 지금 다시 생각해보면 내가 살아오면서 맛본 순수한 믿음의 순간들은 모두 메데릭과 내가 산꼭대기에 전망대처럼 만들어진 좁은 고원의 정상에서 행복하게 경험한 그때의 그 어렴풋한 행복과 관련된 것임을 지금도 알 수 있다. 지금 상상해보면, 그때 우리가 멀리까지 바라볼 수 있었으므로 만약 저 아래 평지에 있는 어느 농가에서 사람들이 가파른 산꼭대기에 뚜렷하게 드러난 두 사람의 실루엣을 바라볼 생각을 했다라면 우리들 자신도 먼 거리에서 보일 수 있었을 것이다.

가장 높은 곳으로부터 눈앞에 펼쳐지는 모든 것을, 어쩌면 미래까지도 바라보려는 듯이 여전히 말 위에 올라앉은 채 거의 미동도 하지 않고 우리는 얼마 동안이나 그러고 있었던 것일까? 마침내 메데릭이 우리 두 사람을 사로잡고 있던 몽상에서 깨어난 듯 평원의 가장자리에서 쾌활한 어조로 내게 제안했다.

"선생님, 송어떼가 그대로 있는지 보러 갈래요?"

그러나 미끈하게 만져지는 송어를 손안에 쥐어보는 것은 황홀하고 믿기 어려운 일이다. "의심을 모르는 야성의 생명을 손가락 끝에 감지하는 쾌감을 또다시 순간순간 맛본다"는 것은, 황홀하지만 무서운 일이다. "샘의 여기저기에서 눈과 눈을 맞추며 같은 행복감의 같은 미소를 입가에 번지게 만드는 너무나도 유사한 인상들을 서로 주고받는다"는 것은 아슬아슬하고 위험한 일이다. 그 에로티시즘과 공모의 눈짓이 비록 지평선 저 끝에 타오르는 단풍의 유혹적인 '불'과 반대로 학교라는 '찬물' 속에서 일어나는 일이라 할지라도. 그다음에는 오직 높은 곳에서 낮은 현실로 내려오는 일만이 남는다. 그다음에는 고달픈 어른이 되는 일과 마침내 서로 헤어지는 일이 남을 뿐이다.

(2003)

세상 끝의 정원

가브리엘 루아
『세상 끝의 정원』
현대문학, 2004

『세상 끝의 정원』은 작가 가브리엘 루아의 생애에서 가장 마지막 시기에 해당하는 1975년, 즉 작가가 66세 되던 해에 발표한 단편집이다. 이 작품집은 2년 뒤인 1977년에 캐나다 서부 대평원 궁벽한 지역의 어린이들을 중심으로 한 여섯 편의 이야기들을 묶어 발표한 소설『내 생애의 아이들』, 그리고 미완으로 남고 만 감동적 회고록『비탄과 환희』와 더불어 이 작가 후반기의 간결하고 고즈넉한 문체의 회고적 작품들 중 최대 걸작의 하나로 손꼽힌다. 캐나다 서부 내륙, 즉 매니토바, 서스캐처원, 앨버타 등 세 개 주에 펼쳐져 있는 광대한 평원 지역에 이주하여 정착한 소수 민족들을 주제로 하는 이들 네 편의 단편, 중편 중 어떤 것들은 그 구상과 집필 시기가 작가의 출세작 『싸구려 행복』이 쓰이던 1940년대, 즉 30여 년 전으로까지 거슬러올라간다.

3년에 걸친 유럽 체류를 끝내고 1939년 캐나다로 돌아온 무명의 젊은 여성 가브리엘은 고향 생 보니파스로 돌아가지 않고 세상에 나가 작가로 성공하고자 퀘벡에 정착한다. 그녀는 이곳에서 『르 주르』 같은 개방적인 신문에 글을 쓰며 어렵게 생활하다가 마침내 월간 『농민소식』지의 기자로 일하게 되면서 그 지역의 여러 정기 간행물에 기고하며 한편으로는 야심적인 소설 집필에 착수한다.

기자로서 밥벌이 및 직업적 구속과 작가가 되려는 야심을 서로 조화롭게 타협시켜야 한다고 생각한 그녀는 매년 분명히 구분되는 두 가지의 생활 패턴을 반복하려고 노력한다. 한편으로는 장소 이동과 모험, 다른 한편으로는 고요히 물러나 생각하고 글을 쓰는 생활이 그것이다. 첫번째 패턴은 주로 여름이 끝날 무렵부터 가을 동안 계속되었다. 그리하여 그녀는 몇 주일 혹은 몇 달 동안 여행을 했다. 조사, 취재, 면담을 위하여 세상을 돌아다니며 자료를 수집하려는 데 그 목적이 있는 것이었다. 그리고 겨울이 오면 집으로 돌아와서 『농민소식』에 기고할 글을 썼고 자유로운 시간이 생기면 단편이나 장편소설 쓰기에 몰두했다. 당시 보수적인 퀘벡 사회에서 가브리엘은 현장 르포에 뛰어든 보기 드문 여기자였다.

1942년 여름, 가브리엘은 몬트리올의 여러 간행물과 신문들의 재정적 지원을 얻어 7월 초에 캐나다 서부로 긴 여행을 떠난다. 우선 고향 매니토바의 생 보니파스로 갔다가 다시 서스캐처원 지역의 두코보르 사람들이 사는 곳을 거쳐 앨버타 주의 에드먼턴을 지나 다수의 우크라이나 이민자들이 사는 지역을 찾아갔다. 그리고 대초원과 프티 라크 데제스클라브 사이, 상당수의 캐나다-프랑스인들이 정착하고 있는 지역을 답사하고 나서 마침내 도우슨 크릭에 이르렀다가 11월 초순에야 퀘벡으로 돌아온다. 무려 4개월에 걸친 기나긴 여행이었다. 그때 쓴 르포 기사가 『르 캐나다』지에 연재한 일련의 글인 '서부에 던지는 시선', 그리고 『농민소식』지에 연재한 '캐나다의 민중들'이다.

이 글들 속에는 직간접으로 젊은 가브리엘의 이상주의적 혹은 자유주의적 사회주의 세계관이 비쳐 보인다. 여기에는 대체로 사회, 경제, 문화, 언어, 민족의 구분과 분열을 초월하여 부의 분배와 상호 차이에 대한 존중을 바탕으로 보편적 조화를 목표로 하는 세계관 혹은 이상이 표현되어 있었다. 이는 가브리엘이 매니토바에서 어린 시절을 보내는 동안 체험한 다민족적 분위기, 위니펙에서 사귄 친구들과의 접촉, 그리고 몬트리올에서 『르 주르』지라는 진보적 계층 속에서 접촉한 사람들 덕분에 더욱 확고해진 세계관이라고 할 수 있다. 이런 관점에서 볼 때, 이런 일련의 글들 속에 그녀가 깊은 관심을 가지고 접촉해본 서부 캐나다의 다양한 '민중'들 가운데 절대 다수를 차지하는 영국인들에 대한 언급이 전혀 없다는 사실은 특히 주목할 만하다. 마치 그 집단은 그녀가 캐나다의 이상으로 품고 있는 이미지에 잘 들어맞지 않는다는 듯한, 지배적 계층이라는 입장 때문에 캐나다라고 하는 고립된 여러 소공동체들 속에 들어갈 수가 없다는 듯한 태도가 이 글들 속에는 암암리에 나타나 있는 것이다. 그녀가 보기에 진정한 캐나다인은 지배적인 계층인 앵글로색슨이 아니라 메노니트, 후터리트, 두코보르 등 가난과 핍박을 피하여 캐나다의 미개척 농촌 지역으로 이민 온 소수 민족, 소수 공동체 사람들이었다. 그들은 보다 나은 세상에 대한 희망과 상호 협조 정신을 바탕으로 그곳에 모여 그들끼리의 작은 섬들을 형성하고 있는 불쌍한 사람들이었다. 이들 소수 공동체 속에는 물론 그녀가 쓴 일련의 르포 기사들의 끝에 소개된 캐나다-프랑스인들도 포함된다. 이들은 퀘벡에서 살고 있는 캐나다-프랑스인들이 아니라 가브리엘 루아의 부계나 모계의 할아버지들처럼 자기 고장 퀘벡을 떠나 서부 캐나다로 옮겨와서 다른 소수 인종들과 뒤섞여 사는 프랑스계 캐나다인들인 것이다. 종교적, 인종적 구속으로부터 벗어나 자기들의 고유한 능력에만 의존하여 살아가는 이 프랑스계 사람들은 이렇게 하여 퀘벡에서 잃은 것, 즉 개척 정신, 용기, 타자에 대한 관용을 되찾은 것이다. "그의 눈은 캐나다의 광활함에 눈뜬다. 우리 고장의 사람들은 우정의 사람들이다. 여행, 새로운 지평들, 온갖 종족들과의 접촉은 그들에게 그 우정에 대하여 많은 것을 가르쳐준다. 뤼텐느, 갈리시앵, 수데트, 두코보르와 같은 소수 집단들과 이웃하여 캐나다-프랑스인들이 살아가는 곳이면 어디서나 그들은 우정의 참맛을 보여준다"라고 그는 르포 기사들 중 하나인 '우리 고장 사람들'에서 역설하고 있다.

오늘날에 와서 돌이켜보면 이 일련의 기사들 중 가장 귀중한 것은 거기에 나타난 세계관뿐만이 아니라 그 르포 기사들이 날것 그대로 내포하고 있는 생생한 이미지, 생각, 인상 들에 대한 소상한 기록들이다. 이 자료들은 훗날 소설가의 창조 작업에 매우 귀중한 자양을 제공하기 때문이다. 가브리엘이 서부 캐나다(매니토바 주 위니펙 근처의 생 보니파스)에서 태어나고 오랫동안 그곳에서 성장하고 생활했다고 하지만 그녀가 깊숙하고 광활한 서부를 진정으로 재발견한 것은 이 르포 여행을 통해서였다. 이때 접촉한 서부의 정경은 그녀의 마음속에 깊이 각인되어 있다가 훗날 그의 작품 속에서 다시 새로운 모습으로 분출된다. 르포 여행 동안 관찰한 실제 사실, 사건들 못지않게 장소, 장면, 어조, 분위기, 바람, 길, 광활한 평원과 하늘 그리고 그곳의 고독한 존재들은 미적 언어와 명상과 상상을 통해서 새로운 아름다움과 의미를 담은 문학적 모티프들로 소생한다.

가령, '캐나다의 민중들' 시리즈의 두번째 르포 기사에서 가브리엘은 서스캐처원의 어느 궁벽한 곳에서 꽃을 가꾸며 사는 마샤라는 이름의 코카서스 출신 여자에 대하여 언급하면서 두코보르 사람들이 사는 곳에서 체류하는 동안 그녀를 찾아갔던 때의 일을 기억한다. 그다음 기사에서 그녀는 마르타라는 이름의 메노니트(메논파 교도) 늙은 여자가 남편에게 노예와 같이 부려지다가 죽는 이야기를 소개한다. 이 두 가지 일화는 훗날 중편 「세상 끝의 정원」을 구성하는 이야기의 핵심적인 자료로 사용된다. 그다음 기사에서 이 젊은 여기자는 우크라이나 출신 이민자들의 축제를 구경하기 위하여 찾아갔던 때의 일을 소개한다. 그곳에서 그녀는 "자기네 카페의 문턱에 나와 우두커니 서 있는 어떤 사내, 캐나다 서부의 작은 마을 어디에 가나 마주칠 수 있는 인물인, 늘 따분해하는 표정이며 늘 절망해 있는 표정의 그 사내", 즉 중국 식당 주인을 보게 된다. 이 인물은 나중에 「삼리웡, 그대 이제 어디로 가려는가?」라는 생생하고도 감동적인 모습으로 되살아난다.

1945년 가브리엘은 『아메리크 프랑세즈』지에 「한 나그네가 찾아와 문을 두드린다」라는 제목의 단편을 발표한다. 그 잡지는 그 몇 달 전에 이미 같은 작가의 단편 「우두 골짜기」를 실은 바 있다. 단편집 『세상 끝의 정원』을 출간하면서 작가가 책머리에 "이 단편들 중 두 편은 다른 곳에 발표되었다가 다시 손질하여 이 책에 실은 것"이라고 소개한 것은 이 사실을 두고 한 말이다. 문체나 주제가 유사한 이 두 단편은 소설가가 출세작 소설 『싸구려 행복』을 탈고한 다음인 1944년부터 구상하기 시작한 것으로 추정되는 일련의 작품 묶음인 『평원의 콩트contes de la plaines』에 속하는 것이다. 두코보르 이민 집단을 그리고 있는 「우두 골짜기」와 대초원 지역에 외로이 살고 있는 캐나다-프랑스인 가족들을 그린 「한 나그네가 찾아와 문을 두드린다」 외에 그 단편 묶음은 가브리엘이 1942년 여러 달에 걸쳐 감행한 취재 여행과 그후 언니 아델의 집에 가서 머물렀던 시기에 관찰하고 생각했던 것들에서 영감을 얻은, 서부 캐나다 소재의 다른 이야기들을 한데 담을 예정이었다. 그러나 그 기획은 여러 가지 사정으로 인하여 쉽게 실현되지 않은 채 오랜 세월이 흘러갔다. 30여 년이 지난 뒤 그 기획은 결국 『세상 끝의 정원』이란 제목으로 단편집을 준비하면서 색다른 모습으로 되살아났다.

둘째 언니 아델과의 재회는 1953년 가을에 이루어졌다. 캐나다 국립영화제작소가 작가에게 그의 고향 지역을 주제로 하는 시나리오를 준비해줄 것을 의뢰한 데 따른 것이었다. 이리하여 가브리엘은 10년 전 '캐나다의 민중들'의 취재를 위하여 갔을 때 그리도 감미로운 행복감을 맛보았던 곳으로 다시 여행할 기회를 얻은 것이었다. 언니 아델이 사는 곳은 앨버타 주의 저 구석진 곳인 탠전트였다. 그곳은 조용하여 상상력을 자극하기에 충분한 풍경이 드리워져 있어서 글을 쓰며 지내기에 매우 적당한 곳이었다. 오랜만에 재회한 두 자매는 그동안 지내온 삶에 대한 이야기를 나눌 수 있었다. 낮이면 작가는 국립영화제작소가 의뢰한 「이 세상에서 가장 아름다운 밀밭」이라는 제목의 시나리오를 쓰기 위하여 그 지역을 답사했다. 이 시나리오는 마리사라는 이름의 폴란드 이민자 여인의 초상으로 구상되었다. 그녀는 고향에서 보낸 젊은 시절, 도벽이 있는 알코올 중독자요 급한 성격에 화를 잘 내는 인물인 스테판과의 결혼, 낯선 캐나다의 리비에르 라 페에 처음 도착했을 때의 일, 찬란하면서도 견딜 수 없이 고독한 이 고장에서 때로는 번창하고 때로는 비참했던 이민 생활을 추억한다. 중편 「세상 끝의 정원」의 어떤 대목을 예고하는 이 텍스트는 그러나 끝내 완성되지 못했고 따라서 영화는 제작되지 못한 채 기획에 그치고 말았다. 여기에는 나이 차이가 많이 나면서도 젊은 날의 야심을 버리지 못하는 언니 아델이 그녀 역시 작가가 되고자 자기 집안의 역사를 거의 실록에 가깝게 서술한 소설을 발표함으로써 두 자매 사이에 다시는 회복할 수 없는 불화가 생긴 것도 한몫을 했다고 할 수 있다.

가브리엘은 1955년 가을에 다시 서스캐처원으로 2, 3주일 동안 여행을 하게 된다. 이때 그녀는 30여 년 동안 보지 못한 큰오빠 조셉을 다시 만난다. 그는 일흔이 가까운 인물로 알코올 중독자로 전락한 가정의 이단아였다. 그리고 오빠의 아내 줄리아도 만났다. 그들이 정착하여 살고 있는 돌라르는 가브리엘의 아버지 레옹이 초기 서부에 이주했던 시절 땅을 사서 자신의 아이들을 정착시키려고 했던 곳이었다. 가브리엘은 이곳에서 아버지의 세계를 다시 발견하고 까마득히 잊어버린 줄 알았던 풍경들, 찬란한 밀밭, 여기 저기 밀짚들이 쌓인 황금의 들판을 보고 황홀해진다. 아득한 옛날, 다섯 살 때 와보았던 그곳에서 가브리엘은 큰오빠의 이웃들도 만난다. 그중 하나가 고독한 바스크 출신 영감인 수무이야라는 인물로 주정부의 이민자들을 돌보는 것이 주된 직책이었던 가브리엘의 아버지가 지난날 그 정착을 도와주었던 사람들 중 하나였다. 그들은 작가가 된 가브리엘에게 지난날의 이야기를 들려준다. 그녀는 이 여행 동안 남편에게 보낸 몇 통의 편지 이외에 별다른 글을 쓰지 않았지만 이것은 그녀의 생애에서 가장 행복했던 여행 중 하나로, 작가로서의 변화에 중요한 계기로 작용하게 된다. 13년 전 '캐나다 민중들'에 대하여 취재하러 떠났던 여행과 마찬가지로 성숙한 작가가 되어 다시 돌아온 이 여행 역시 서부 캐나다에 대한 그녀의 비전을 더욱 풍요롭게, 더욱 정확하게 해주었고 훗날 그의 작품 속에 표현된 전형적인 인간 조건에 깊이와 높이, 그리고 공감에서 우러난 격조를 부여하게 된다.

자신이 쓴 실화 소설의 모작이라고 주장하며 언니 아델이 질투심을 감추지 못했던 작품 『데샹보 거리』를 발표한 이후 1955년에서 1970년에 이르는 장기간에 걸쳐 가브리엘은 몇몇 소설을 발표한 것 외에 많은 작품들을 구상했으나 끝내 완성하지 못했다. 그 미완성의 작품들 중 하나가 아직 제목을 정하지 못한 미완의 소설로 가칭 「룬드 부인」이다. 이 작품은 서부 캐나다라는 무대나 이민, 결혼한 여자의 고독, 정원 등의 주제로 보아 1947년에 발표한 단편 「추수의 달」이나 완성하지 못한 시나리오 「세상에서 가장 아름다운 밀밭」과 마찬가지로 아델이 살고 있는 탠전트 체류에서 영감을 얻은 일련의 글들에 속한다. 이 작품은 여러 가지 변모를 거쳐서 결국 「세상 끝의 정원」이라는 최종적인 모습으로 나타나게 된다. 1957년 퀘벡의 프티트 리비에르 생 프랑수아의 집을 구입한 후 그곳에서 보내게 된 첫 여름 동안 그녀가 작업한 것은 아마도 이 작품(「룬드 부인」)일 것이다. 그러나 가브리엘은 여주인공의 죽음으로 끝나는 그 원고의 첫번째 버전을 그대로 던져둔 채 오랫동안 손대지 못했다. 그 작품이 결정적인 모습을 갖추어 표면으로 부상하자면 작가의 만년, 회고의 시대를 기다리지 않으면 안 되었다.

"하늘을, 혹은 강물을, 혹은 바람 속에서 흔들리는 나무들의 우듬지를 바라보노라면 나 자신을 위해 지금 일어나고 있는 것을 묘사하고 그 운동 혹은 그 소리를 완벽한 어떤 이미지 속에서 포착하려 애쓰지 않을 수 없다." 1972년 그녀가 어떤 친구에게 한 이 말은 곧 생애 마지막 시기에 이른 그녀의 몸짓, 욕망, 사고를 지배하는 단 하나의 탐구, 단 하나의 법칙을 잘 요약한다. 나이가 많아지고 몸이 쇠약해지고 친구들이 떠나고 직업적인 걱정이 희미해지고, 그리하여 그의 삶과 존재가 군더더기 없이 벌거벗은 모습 그대로 드러나면서 글쓰기는 마침내 본질적인 위력을 발휘한다. 그녀는 자신의 최후에 대비해야 한다는 것을 깨닫는다. 그리하여 회한도 두려움도 없이 오직 태연함, 관조와 화해와 위안의 경지에 이르고자 한다. 이제 마침내 일생 동안 경작해온 자신의 작품을 어떤 방식으로 완성해야 할 때가 온 것이다. 문자 그대로 이 늙은 여인은 오직 자신의 붓끝에서 태어나 현재의 삶을, 지금까지 살아온 과거를 정당화시켜줄 단어, 문장, 이야기, 오직 그것에만 기대를 걸고 바로 그것과 자신을 동일시하게 된다. "글쓰는 것은 우리의 유일한 구원이며 우리를 해방함으로써 다른 사람들이 스스로를 해방시키도록 도와주는 유일한 수단이다"라고 그녀는 말한다. 기력이 쇠약해지고 모든 지기들이 하나씩 떠나가는 이 마지막 회고의 시기는 이리하여 역설적이게도 그녀의 생애에 있어서 가장 풍요롭고 생산적인 시대로 기록된다. 10년이 채 안 되는 이 시기 동안 그녀는 가장 위대한 걸작들을 발표했다. 『세상 끝의 정원』『내 생애의 아이들』, 그리고 머지않아 『비탄과 환희』. 이 모든 작품들은 지나온 삶에 대한 단순한 회고가 아니라 창조, 탐구, 발견의 저작들로 그녀의 최후, 최고의 경지를 아낌없이 드러낸다. 문체는 가장 확실하고 가장 효과적이고 가장 소박할 뿐만 아니라 어조에 있어서 가장 밝고 가장 맑은 높이에 이른 것이다.

그중에서도 같은 제목의 단편집에 실린 중편 「세상 끝의 정원」은 특히 주목할 만하다. 이 작품은 앨버타 주 북부 인적 없는 평원에서 남편과 외로이 살고 있는 여주인공 마르타의 이야기다. 이 여자는 우크라이나를 떠나 이곳에 정착하여 늙음에 이른 고독한 여인으로, 암에 걸려 쓸쓸한 만년을 보낸다. 그녀의 남편은 이제 그녀에게 말도 걸지 않고 그저 혼자서 투덜대며 주변을 돌아다니며 지낸다. 그녀의 아이들은 멀리 떠나 영어를 사용하면서 캐나다 사회에 잘 적응하며 살고 있다. 반면에 그 아이들의 부모인 마르타와 그녀의 남편은 끝내 영어를 배우지 못했다. 그들은 언어적으로 캐나다 사회에 편입되지 못한 것이다. 마르타는 온갖 고생을 하며 가난하고 외롭게 살아왔지만 삶을 깊이 사랑한다. 삶에 대한 이 끈덕진 사랑은 그녀가 죽을 날을 기다리며 정원에 애지중지 가꾸는, 보아주는 이 없는 꽃들을 통해서 감동적으로 표현된다. 반면에 그녀의 남편은 삶을 사랑하지 않는다. 그는 아내 때문에 이 머나먼 고장으로 이민을 왔다고 원망한다. 삶으로부터 너무나 많은 쓴맛을 본 것이다. 그는 정원 가꾸기에서 즐거움을 맛보는 아내를 원망하고 시기한다. 그런데 서리가 내리는 10월 어느 날 아침, 마르타는 문득 밤새 꽃들이 얼어죽지 않도록 남편이 종이 모자로 꽃들을 씌워주었다는 사실을 알아차리게 된다. 사랑받지 못한 한 여인에게 자기 주변 세상을 아름답게 가꾸는 것이 위안이라는 주제는 각기 다른 두세 가지의 미완성 혹은 발표된 텍스트의 모습으로 나타났었다. 가령 단편 「추수의 달」, 시나리오 「세상에서 가장 아름다운 밀밭」, 1950년대에 쓰다가 미완성으로 남겨둔 소설 「룬드 부인」 등 탠전트에 처음 머물 때 얻은 그 신선한 영감에 아직 참다운 깊이를 부여하지 못한 텍스트들이 그것이다. 가브리엘은 처음에 이 작품에다가 「볼린에 봄이 돌아오다」라는 제목을 붙였다가 결국 「세상 끝의 정원」으로 바꾸었다.

그녀는 이 작품을 1972년 말에서 1973년 초에 걸친 겨울, 프랑스 남쪽 프로방스 근처의 투레트 쉬르 루에 체류하는 동안 완성했다. 작가는 프랑스의 이 낯선 곳에서 영원히 고요하고 영원히 행복한 어떤 집, 어떤 고장의 한구석, 몸을 숨길 수 있는 안식처인 무인도의 존재를 믿고 싶은 열망을 가지고 있었다. 그러나 그 꿈은 결국 무너져버리고 말았다. 이제 마지막 숨을 곳은 퀘벡에 있는 자신의 집 프티트 리비에르 생 프랑수아뿐이었다. 아니 진정한 안식처는 추억이라고 하는 무궁무진한 마음속 세계뿐이었다.

프랑스에서 퀘벡의 집으로 돌아온 1973년 5월 그녀는 서부 르포 여행 시절로 거슬러오르는 작품으로 몇 년 전부터 쓰고 있는 중인 「삼리윙, 그대 이제 어디로 가려는가?」의 중심인물과 '지평선' 마을이라는 배경을 구체화해 그 대강을 완성했다. 그러나 여전히 그 마지막 대단원을 어떻게 매듭지을지를 고민했다. 절망한 삼리윙은 자살할 것인가 아니면 광대한 평원을 거쳐 같은 산이 보이는 반대편 마을로 옮겨가서 전과 같은 삶을 다시 시작할 것인가? 작가는 결국 후자를 선택했다.

단편집 『세상 끝의 정원』은 결국 1974년 봄에 완성된다. 이제 막 탈고한 「세상 끝의 정원」과 「삼리윙, 그대 이제 어디로 가려는가?」에다가 수십 년 전에 쓴 두 작품을 손질하여 추가한 것이다. 이는 작가 가브리엘 루아의 최초의 단편집이라고 할 수 있다. 『라 프티트 풀 도』 『데샹보 거리』 『알타몽의 길』도 여러 가지 이야기들의 모음이지만 행동과 인물들의 통일성이 강하고 문체의 흐름이 너무나도 연속적이어서 단편집이라기보다는 약간 느슨하고 개방된 장편소설이라고 해야 더 적절한 것이었다. "이번에는 진정한 단편들이다. 일종의 분위기를 제외하면 서로 간에 연결이 없다"고 작가는 이 작품의 특징을 강조한 바 있다.

이 책이 출간되자 어떤 비평가는 거기에 표현된 특유의 '북아메리카성'을 특히 주목했다. 이 단편집의 영역판 『바람 속의 정원』이 나오자 평단은 즉각 가브리엘 루아 예술의 절정이라고 격찬했고 어떤 사람들은 전형적인 캐나다 문학의 표상이라고 지적했다. 이민자들의 삶과 서부의 풍경을 감동적으로 묘사하고 표현함으로써 나르시시즘 적인 혹은 자기주장과 요구가 너무나 강한 현대 퀘벡 문학과 구별된 다는 점에서 그러한 것이었다. 결국 만년의 이 작가는 다양한 믿음, 다양한 인종 집단이 서로 다른 언어에 의하여 분열되지 않고 이 광 대한 평원에서 고단하지만 결국 서로를 이해하며 사는 모습을 그린 너그러운 통합의 문학에 도달한 것이다.

*

『내 생애의 아이들』에 이어 이 작가의 또다른 걸작 단편집 『세상 끝의 정원』을 번역 소개하게 된 것은 내게 유별난 의미를 갖는다. 지 난 3년 동안 나 역시 이 작품 속의 이민자들을 연상할 만큼 생애 중 에서 길이 잊지 못할 경험을 했기 때문이다.

서울의 한복판에서 몇 년 동안 넓은 공간의 화실을 무료로 얻어 써왔던 아내가 돌연 그 집이 팔리게 됨에 따라 엄청난 분량의 화실 짐 보따리를 의탁할 장소를 물색하지 않으면 안 되게 되었다. 나 역 시 감당하기 어려운 양의 책들을 좀더 여유 있게 정리할 공간이 시 급하게 필요했다. 그 필요를 만족시키기 위해서는 어딘가에 새로 집 을 지을 수밖에 없었고 그 집을 지을 땅이 필요했다. 우리는 능력에 맞는 값싼 땅을 물색하기 위하여 서울을 벗어나, 그러나 서울에서 그리 멀지 않은 지역을 무수히 찾아다녔다. 쉬운 일이 아니었다. 늘 방안에 처박혀 책상 앞에 앉아서 보내는 것이 고작인 게으른 사람들이니 궁지에 몰려 꽁무니에 불이 붙지 않고서는 결코 생각도 할 수 없는 고단한 탐색의 과정이었다. 결국 우리는 어떤 인적 없는 숲속에서 한 자락의 땅을 매입하는 행운을 얻게 되었다. 그러나 너무나 외따로 떨어진 자연 그대로의 험한 모습이어서 그런 곳에 어떻게 집을 지을지 막막하기만 했다.

집의 설계, 건축업자를 물색하기, 근근이 건축 자금을 마련하기 등 이루 다 설명하기도 어려운 일에 근 3년의 세월을 소모했다. 인적 없는 숲속에 험악한 시멘트 골조만이 덩그렇게 세워진 채 다시 몇 달씩 공사가 중단된 현장을 찾아가 눈만 맞추고 돌아온 저 눈부신 가을날, 혹은 눈 덮인 겨울…… 그 기나긴 3년이 지나 마침내 지난해 겨울 대강의 공사가 마무리되고 그 집안에 들어가 첫날밤을 지내면서 나는 가브리엘 루아의 고독하고 아름다운 소설 『세상 끝의 정원』을 번역하기 시작했다. 그리고 문제의 번역이 거의 마무리되어가면서 봄이 가고 여름이 왔다.

내가 집 앞에 심은 꽃씨들이 싹을 틔웠다. 하늘나리나 백합, 혹은 구절초의 모종도 옮겨 심었다. 붉은 잎의 단풍나무도, 프루스트가 콩브레에 아름답게 세워놓았던 산사나무도 구해서 심었다. 친구들이 매화나무와 목백일홍을 선물로 심어주었다. 창포가 피었고 바위취가 가냘픈 꽃대를 세웠다. 그러는 동안 그 외딴집에는 오직 낯선 새들과 구름이나 바람, 혹은 길을 잘못 든 자동차가 찾아왔다가 말없이 되돌아 나갔다. 나는 가끔 창가에 나서서 인적 없는 벌판 한 귀퉁이에서 꽃을 가꾸는 마르타의 여생을 머릿속에 그려보곤 했다. 지금은 텃밭의 토마토, 고추, 가지, 상추, 열무가 싱싱하게 자랐다. 소나무 숲이 깊고 푸른 이곳에, 나는 소나무에 에워싸인 마을이란 뜻으로 '솔마'라는 이름을 붙였다. 내가 태어난 내 고향 마을 '솔안'을 연상시켜 좋다.

아무도 찾아오지 않는 세상 끝 같은 골짜기 '솔마', 아직 문패도 달지 않은 이 적적한 집에서 번역한 『세상 끝의 정원』을 한국어 독자들에게, 이제, 내보낸다. 그 광대한 허허벌판에 가득한 고독과 삶에 대한 너그러운 사랑이 가녀린 꽃처럼 가슴 깊이 사무치기를 바란다.

(2004)

현대 프랑스
단편소설의
별을
보여드립니다*

로맹 가리 외
『새들은 페루에 가서 죽다
─프랑스 6대 문학상 수상 작품집』
과학과 인간사, 1980
현대문학, 1994

이 책에 수록된 열네 편의 소설은 그야말로 현대 프랑스 소설의 정수라 할 만한 것이다. 1945년부터 최근에 이르기까지, 프랑스 문학상의 정상이라 할 수 있는 공쿠르상을 비롯하여 아카데미 프랑세즈 상, 페미나상, 르노도상, 프랑스 국가문학 대상, 프랑스 비평가상 등을 수상한 대작가들의 수상작과 문제작 중에서도 가장 감동적인 작품들을 골라 실었기 때문이다. 진 세버그를 주연으로 하여 작가 자신이 영화로도 만든 바 있는 로맹 가리의 「새들은 페루에 가서 죽

---

* 이 단편 선집은 역자가 20여 년간 프랑스의 여러 문예지와 프랑스에서는 매우 드물게 출판되는 단편집들을 찾아 읽고 그중에서 특히 뛰어난 작가의 뛰어난 단편이라고 판단되는 작품들을 골라 번역 소개한 것이다. 한국 출판계에 외국 작품 저작권법이 발표되기 이전에 번역 출판된 이 책은 많은 독자들의 사랑을 받았지만 그후 불행하게도 절판되어서 개인 장서와 도서관에서밖에 찾아볼 수 없게 되었다.

다」를 위시하여 미셸 투르니에, 앙드레 도텔, 로제 그르니에, 레몽 장, 르 클레지오, 크리스티안 바로슈, 피에르 키리아, 앙드레 셰디드 등 프랑스 유수의 유명 작가들의 보석 같은 수작들을 한데 묶었다.

이 소설들의 개성과 작풍은 저마다 다르지만 각 작품들을 꿰뚫어 흐르고 있는 것은, 흐르는 시간 속에서 생명을 얻은 유한한 존재인 인간의 삶을 투시하는 극히 섬세한 시선과 그 섬세한 시선 속에서 결코 야단스럽지 않게 그려내 보이는 인생의 비극적인 단면들이다.

비극이 웅변적으로 극적으로 묘파되는 것은 과장이며, 폭죽처럼 과장된 절망은 우리 삶의 실제 모습과는 거리가 있기 때문일 것이다. 비극은 소리 없이, 조용히 때로는 유머러스하게, 우리 삶에 엄습하여 삶을 무너뜨리는 그 어떤 '것'들임을 우리는 오래전부터 잘 알고 있다.

새들이 날아와서 죽는 세계의 끝, 페루의 바닷가에서, 모든 희망을 애써 부정하며 살고 있는 남자(「새들은 페루에 가서 죽다」). 삶의 권태에서 헤어나기 위해 죽음으로부터 끊임없이 자극을 구하는 한 여자(「소녀와 죽음」). 옛 시대에 매달려 사는, 골동품상과 저술가인 두 남자와 그들에게 불꽃처럼 생의 충격을 던져주는 한 여자(「고독의 피에로」). 찢어지는 듯한 여자의 악쓰는 소리에 반하는 좀 모자란 남자(「인생의 어떤 노래」). 시골에서 도시로 온 후 여러 남자들을 상대하며 생의 순진성을 잃어간, 한 세련된 금발 여자(「약간 시든 금발의 여자」). 자신이 떠나왔던 무인도를 도로 찾으려고 여생을 방황하는 로빈슨 크루소의 후일담(「로빈슨 크루소의 말로_{末路}」). 비참한 궁핍과 절망 속에서 옆방의 '천사' 같은 여자를 짝사랑하다가 벽 너머에서 들려오는 신음 소리에 환멸하여 자살하는 대학생(「벽_壁」). 늘 해외 취재 여행에 대비하여 세면도구를 몸에 지니고 다니지만, 10년 동안 사무실 내에서 외신 기사만을 받아써야 했던 늙은 신문기자(「북경의 남쪽에서」).

이 뛰어난 작품들 속에서 만나게 되는 모든 남자와 여자의 이야기. 남자와 여자의 고독과 슬픔은 한국인인 우리들이 안고 있는 고독과 슬픔과도 무관하지 않다. 왜냐하면 가장 프랑스적인 감수성은 소소한 삶의 굴절과 결을 주목하면서 그 밑바닥에서 인간 본질의 문제를 제기하기 때문이다. 이들이 보고 있는 것은 고독하고 쓸쓸한 삶의 변경이지만, 그곳에 주목하는 일은 결국 삶에 대한 깊은 애정에서 비롯한다는 사실을 동시에 우리는 깨닫게 된다. 다음과 같은 일절이 극명하게 드러내 보여주는 바와 같이.

살아야 했다고. 알아들었어? 물론, 너나 나나 도대체 어디에 쓸모가 있었겠니? 그래도 살아야 할걸 그랬다고. 뭣 때문이냐고? 아무것 때문에도 아니지. (……) 그냥 여기 있기 위해서라도. 파도처럼, 자갈돌처럼. 파도와 함께. 자갈돌들과 함께. 빛과 함께. 모든 것과 다 함께.
　　　　　　　　　　　—앙드레 도텔, 「인생의 어떤 노래」에서

프랑스의 저명 문학상을 수상한 작가들과 작품들이 한데 모여 벌이는 축제인 이 한 권의 책이 우리에게 격조 높은 프랑스 소설의 진면목을 발견하게 해줄 최초의 신선한 경험이 될 것으로 믿는다.

(1980)

무너지는
삶에 대한
증언과 향수

로제 그르니에
『물거울』
문학동네, 2001

프랑스의 오래된 농가에는 흔히 지붕 바로 밑에 곡식이나 건초를 저장하는 공간이 하나 마련되어 있는데 프랑스 사람들은 이 지붕 밑방을 '그르니에grenie'라고 부른다. 나는 알베르 카뮈의 세계를 답사하고 다니다가 매우 흥미로운 '그르니에'를 둘이나 발견했다.

그중 하나가 카뮈의 고등학교, 대학교 시절의 스승인 철학자 장그르니에Jean Grenier다. 내가 오래전에 그의 아름다운 산문집 『섬』을 처음으로 번역 소개한 이후 이 과묵한 철학자의 글과 책은 우리나라 독자들에게도 널리 알려졌다. 그러나 장 그르니에는 이미 세상을 떠난 지 오래다.

카뮈의 또다른 '지붕 밑 방'은 소설가 로제 그르니에(Roger Grenier)다. 카뮈보다 여섯 살 아래 후배인 그는 올해 82세*나 된 노인이지만 근래에도 2년에 한 권 정도의 리듬으로 책을 써내면서 건필을 자랑하고 있다. 나도 여러 해 전에 파리, 브뤼셀 같은 데서 열린 카뮈 학회에서 더러 새하얀 은발과 매우 고요하고 깊은 눈빛의 그르니에를 만나 눈인사 정도는 한 적이 있지만 실제로 그와 이야기를 나누어본 적은 없다.

내가 그의 이름을 알게 된 이후 처음 읽은 작품은 1972년 페미나상을 받은 소설 『시네로망(ciné-roman)』이었다. 근래에 우리나라에 소개되어 많은 감동을 자아낸 영화 〈시네마 천국〉을 연상시키는, 그러나 그 영화보다는 훨씬 오래전에 발표된 이 소설은 그의 대표작으로 손색이 없다. 프랑스 서남부 어느 도시 교외에 위치한 동네 영화관의 역사를 이 작가 특유의 담담한 세필로 그린 이 작품은 여러 세대의 '감정 교육'을 담당했던 대중적 예술 장르인 영화가 한 어린 소년의 감성에 깊숙이 드리운 정서적 울림을 나직하게 반향하고 있다. 어린 아이의 눈에 비친 '배우'는 그야말로 현대의 '영웅'이지만 그 영웅도, 또 그 영웅의 빛나는 전장인 영화관도 세월과 함께 떠오르고 가라앉는다. 그래서 작가는 소설의 머리에 그가 좋아하는 미국 작가 스콧 피츠제럴드를 인용하여 제사로 삼고 있다. "물론 어떤 삶이든 삶

---

* 2014년 현재 93세인 그는 2012년 단편집 『짧은 이야기 긴 사연』(국내에는 2013년 문학동네에서 출간)에 이어 2014년에는 산문집 『Instantanés II』를 갈리마르 출판사에서 출간했다.

이란 붕괴의 한 과정에 불과하다." 이 말은 로제 그르니에의 전 작품을 관류하는 어떤 톤을 암시해준다. 그의 작품이 무엇보다 삶의 덧없음에 대한 애틋한 인식과 그 덧없음 때문에 오히려 더욱 귀중한 삶, 그 "붕괴의 과정"에 대한 담담한 증언과 향수, 그리고 사랑을 담고 있다는 점에서 그렇다.

또다른 걸작 『겨울 궁전』은 1914년 1차 대전 직전부터 1944년 해방 직후까지 30년에 걸친 프랑스 시골의 삶을 그린 소설이다. 이 책의 실질적 주인공은 등장인물들뿐만 아니라 한 시대의 인간과 사회를 소리 없이 무너뜨리는 힘인 시간과 시대다. 시간은 결국 우리를 자신도 남들도 알아보지 못하는 딴사람으로 만들어놓고 만다. 아름다운 시골 도시 포Pau의 라포르그 집안이 허물어지는 과정으로서의 30년. 그러나 역설적인 것은 이처럼 무너져가는 한 사회의 그림이 독자에게는 어떤 잃어버린 낙원에 대한 향수를 자아낸다는 사실이다. 그 모든 실패 속에서 우리들의 고향을 발견하다니…… 아라공은 말했다. "나의 삶, 이라고 말해보라. 그리고 눈물을 억제하라Dites ces mots : ma vie, et retenez vos larmes."

『시네로망』과 『겨울 궁전』 이후 나는 그가 발표하는 많은 책들을 마치 잘 아는 옛 친구의 신간을 받아 읽듯이 아주 당연하게 거의 다 읽었다. 작가 자신이야 지구 반대편 극동의 한구석에 그를 열심히 따라 읽고 있는 한 독자가 있다는 것을 짐작조차 하지 못할 것이다. 그러나 아무려면 어떠랴. 나는 사실 웬만한 고등학교, 대학교 동창생이나 고향의 아득한 옛 친구보다 로제 그르니에의 책 속에 들어앉아 있을 때 더 가까운 친화력을 느낄 수 있고 더 많이 편안하다. 문학 공화국의 백성들이란 이런 것이다. 그들에게는 국적이나 주민등록증이나 주식이나 지도자 같은 것은 필요 없다. 그저 삶이라는 경이를 찾아 헤매는 형형한 눈빛과 그윽한 '목소리'가 담긴 책만 있으면 그들은 눈에 보이지 않는 끈을 맞잡고 더없이 친숙한 한 마을의 주민이 되는 것이다.

*

로제 그르니에는 1919년 9월 19일, 프랑스 북부 노르망디 지방의 유명한 사과 브랜디(독일 작가 레마르크의 통속소설 『개선문』 때문에 우리나라에도 알거나 궁금해하는 사람이 꽤 많은)의 명산지 '칼바도스'의 성도 캉Caen에서 출생했다. 그러나 정작 청소년 시절은 스페인 국경이 지척인 서남쪽 도시 포에서 보냈다. 앞에서 언급한 대표적 소설 『시네로망』을 포함한 그의 소설 상당수는 바로 이 지방을 배경으로 하고 있다.

2차 대전 중 파스칼 피아와 알베르 카뮈가 항독 지하 운동의 유력한 대변지로 발간했던 신문 콩바가 해방을 맞아 지상으로 나온 이후, 1944~1947년 무렵 그는 카뮈에게 처음 소개되어 기자로 활동하기 시작했다. 신문의 기고가들 가운데 이미 중진급에 속해 있던 장 그르니에와는 달리 알렉상드르 아스트뤽, 앙리 토마와 더불어

'작가 기질이 있는 젊은 기자' 그룹에 속해 있던 그는 원래 연극 비평 담당이었으나 곧 르포 기사 쪽으로 뛰어들게 된다. 후일 카뮈는 갈리마르 출판사에서 자신이 편집 책임을 담당한 '희망' 총서 가운데 '전도유망한 젊은 작가' 로제 그르니에의 재판 평론집 『피고의 역할 le rôle d'accusé』(1949)을 포함해 출판하게 된다. 법정을 출입하는 기자의 경험을 바탕으로 쓴 이 에세이가 바로 로제 그르니에의 첫 저서다. 그때의 인연으로 카뮈와 매우 절친한 관계를 맺게 된 그는 어느 날 성당에서 결혼식을 올리게 되자 카뮈를 초대하면서 멋진 가정을 꾸미겠다고 말했다. 평소에 결혼에 대하여 다소 회의적인 생각을 지니고 있었던 카뮈는 웃으면서 대답한다.

"그거 잘됐군. 어차피 어리석은 짓을 할 바엔 아름다운 소리를 내는 게 낫지, 그럼."

그후(1948~1963) 그르니에는 프랑스수아르로 옮겨 기자 생활을 계속했다. 알베르 카뮈가 국도에서 불의의 자동차 사고로 사망한 1960년 1월 4일에도 그는 존경하는 선배의 죽음을 보도하는 기자였다. 한편 그는 1945년부터 라디오 RTL 방송에서도 활동했고 1964년 이후 오늘까지 바로 카뮈가 편집위원으로 있었던 갈리마르 출판사의 문학 자문위원으로 일하고 있다.

그의 저작은 다양하고 방대하지만 주로 피레네 산맥 가까운 남프랑스의 시골에서 보낸 어린 시절의 삶과 기억, 기자 생활 및 편집실의 경험, 그리고 그가 즐겨 읽었고 심취했던 몇몇 작가들에 대한 관심, 이렇게 세 가지를 중요한 축으로 삼고 있다. 그의 작품에 등장하는 대부분의 인물들은 이처럼 많든 적든 그가 겪은 경험과 관련된 자전적인 요소를 지니고 있는 셈이다. 그들은 한결같이 그의 동지요 그의 분신들이다. 그러나 그가 나직한 목소리로 환기해주는 거리의 냄새, 어떤 장소의 불빛, 진열장의 색깔 하나하나는 단순한 소설적 배경이나 소도구에 그치지 않고 한 시대의 마크가 각인되어 있어서 기이한 향수를 자아낸다.

1953년 첫 소설 『괴물들』을 발표한 이래 2차 대전 중 파리의 상황을 그린 『매복』(1958, 카트르 쥐리상 수상), 『로마의 길』(1960), 『겨울 궁전』(1965), 『시네로망』(1972, 페미나상 수상), 『그대 피렌체를 떠나야 하리』(1985), 『검은 피에로』(1986) 등 10여 편의 장편소설을 발표했다.

특히 오늘날 파리 문단에서 매우 드물게 볼 수 있는 탁월한 단편소설가로 알려진 그는 1961년, 파리 해방의 분위기를 그린 『침묵』을 발표한 이후 『물거울』(1975, 아카데미 프랑세즈 단편소설 대상 수상), 『편집실』(1977), 『프라고나르의 약혼녀』 『그 시절 사람』(1997), 『숙직 근무자』(2000) 등 아홉 권의 소설집을 선보였다.

에세이로는 앞서 소개한 『피고의 역할』를 비롯하여 카뮈의 작품론인 『알베르 카뮈, 태양과 그림자』(1987, 알베르 카뮈상), 콩바를 창간했던 기이한 인물의 평전 『파스칼 피아 혹은 허무에의 권리』, 다분히 그 자신의 분위기를 연상시키는 러시아 소설가 체호프에 관한 산문 『내리는 눈을 보라―체호프의 인상』(1992, 11월상), 스콧 피츠제럴드에 관한 『새벽 3시』(1996, 조제프 델테이유상), 그리고 최근에는 개와 문학에 관한 감동적인 에세이 『율리시스의 눈물』(1998, 3천만 애독자 상)을 발표했다. 그리고 1983년부터 1985년까지 전 9권에 달하는 알베르 카뮈 전집을 편집하여 클럽 도네톰Club de L'Honnête homme 출판사에서 간행했다.

그는 거의 모든 작품을 갈리마르 출판사에서 냈으며 1985년에는 그의 전 작품에 대하여 아카데미 프랑세즈 문학 대상을 수상했다.

그르니에는 나직나직 이야기한다. 아주 단순하고 약간 쓸쓸한 이야기를. 비록 그것이 끔찍한 이야기라 할지라도 그는 목소리를 높이는 법이 없다. 슬픈 이야기도 그의 목소리를 빌리면 어둡고 답답한 것이 아니라 바람이 조금씩 통하는 서늘한 이야기가 된다. 그 속에는 무엇인가 있어서 우리들로 하여금 아주 절망하지 못하게 한다. 어떤 떨림, 혹은 아이러니, 혹은 동정, 혹은 그 모두 다. 우리는 로제 그르니에의 목소리에 귀를 기울이면서 그가 절대로 진실을 배반하지 않으리라는 것을 느낄 수 있다. 그는 거창한 인물을 믿지도 않고 내세우지도 않는다. 그의 단편소설을 읽고 있노라면 고독 속에서도 좀 덜 외롭다는 것을 느낄 수 있다. 그의 소설 속에서는 허먼 멜빌에서처럼 이런 목소리가 들린다. "바틀비, 가끔 나는 너의 우울한 이름을 되풀이하여 부른다. 그것만으로도 충분히 힘이 난다."

로제 그르니에는 보잘것없는 편집부의 이름 없는 기자들처럼, 매직 팔라스의 소년처럼, 『겨울 궁전』의 리디아처럼 "무대 뒤"의 인물들을 사랑한다. 그는 남의 뒷전에 가려지고 지워진 모습, 이렇다 할 것이 없는 인생, 실패한 운명, 사라진 꿈, 고즈넉하지만 위협 속에 놓인 일상을 통해서 바로 우리들의 삶을 이야기한다. 무대 뒤에서 바라본 삶을. 그르니에는 화자의 뒤에 숨어 있는 희미한 인상의 증인이 되고자 한다. 그러나 그가 무대 뒤에 자리잡는 것은 더 넓은 시야를 확보하기 위한 전략임을 알아야 한다. 무대 뒤에서라야 시야에 들어오는 삶을 안으로부터, 진실의 빛 속에서 체험할 수 있는 것이다.

그는 복잡하게 에돌아가지 않는다. 그의 묘법은 빠르고 생략적이고 예리하고 단순하다. 특히 단편소설에서는 무심한 듯한 그 어조의 울림이 깊다. 그는 표현하는 것보다 침묵하는 것에 의해서 체호프를 연상시킨다. 친근한 현상들과 사물들이 지닌 그 어떤 불확정적인 것, 떨리는 것의 표현에서 그러하다. 그는 설명하는 대신 우리 일상의 삶을 구성하는 범상한 것들을 드러냄으로서 우리 시대의 엑스레이 사진 같은 그 무엇을 우리 앞에 내민다.

이 책에 묶은 중편 「카리아티드」는 『물거울』에서, 중단편 「약간 시든 금발의 여자」와 「북경의 남쪽」은 『편집실』에서, 중편 「존재하는가?」와 「그 시절 사람」은 최근에 나온 단편집 『그 시절 사람』에서 가려 뽑은 것임을 밝혀둔다.

(2001)

율리시스와
서우

로제 그르니에
『율리시스의 눈물』
현대문학, 2006

4년 전 크리스마스가 가까웠던 어느 날 아침, 서재를 막 나서는데 맞은편 방문이 쑥 열리면서 큰딸아이가 제 방에서 나온다. 그 아이 품에서 무엇인가 자그마한 것이 꼬물거린다. 주먹 크기만한 무슨 동물이다. "그거 뭐냐? 아이고 예뻐라!" 아뿔싸. 무심코 내뱉은 감탄사를 다시 주워 담기에는 너무 늦어버렸다. 아이들이 어렸을 때부터 고양이나 강아지를 한 마리 키우자고 애타게 졸라대도 꿋꿋이 버티며 잘도 맞서왔다. 여러 세대가 함께 사는 아파트에서 어떻게 동물을 키우겠는가. 가뜩이나 비좁은 집안에 식구가 하나 더 늘면 얼마나 옹색하겠는가. 그리고 식구들이 모두 집을 비워야 할 때는 어떻게 한단 말인가. 해결해야 할 문제가 한두 가지가 아니다.

그런데 내가 그만 두 손 들고 자발적으로 찬성한 셈이 된 것이다. 대학 3학년 겨울방학을 앞둔 딸아이가 추운 날 등굣길 학교 정문 앞 노상에서 "그냥 두면 죽을 것 같아서" 덜컥 친구에게 5만 원을 빌려 사가지고 데리고 온 것이 퍼그 잡종인 이 강아지였다. 올 때부터 온전치 못했던 강아지는 일주일이나 온 집안 식구들 품에 안겨 비밀리에—가장인 나 몰래—동물병원을 들락거린 끝에 마침내 내보일 만한 꼴이 되었다. 딸애의 좁은 방 크리넥스 통 안에서만 갇혀 지내는 신세가 불쌍해서 대담하게 문밖을 처음 나서는 길이었는데 그만 나와 맞닥뜨렸고 나는 덜컥, 본의 아닌 환영사를 내뱉은 것이다. 베이지색 퍼그 잡종인 강아지는 그렇게 하여 우리집 식구가 되었다.

딸아이는 이미 일주일 전부터 강아지의 이름을 '서우'라고 지어 계속 불러오고 있던 터였다. 그 이름에는 사연이 있다. 우리 신혼부부가 프랑스에 체류하고 있던 1970년대, 큰딸은 제 어미 뱃속에 있었다. 할아버지께 사실을 고하였더니 집안 항렬인 우愚 자를 넣어 사내아이면 서양에서 태어난 서우西愚, 계집아이면 난초 같은 난우蘭愚라 하면 좋겠다는 답이 왔다. 그런데 나는 딸을 얻었고 현지의 이름 짓기 관행과 한국어 어감을 두루 고려하여 이름을 아린雅麟, Aline이라고 지었다. 따라서 사내 이름으로 예정된 '서우'는 끝내 대상을 얻지 못하고 잊혔다. 그런데 아린이는 20여 년이 지나 제가 데려온 암캉아지에게 그때 태어나지 않은 사내아이 이름을 회복시켜놓은 것이다. 이리하여 서우는 이를테면 아린이의 분신 같은 존재가 되었다. 그런 이름을 가진 존재를 내가 어찌 물리칠 수 있으랴. 프랑스 유학을 거쳐 지금은 미국에 가 있는 아린이는, 그래서일까? 전화할 때마다 집안 식구 중 어느 누구보다도 서우의 안부가 제일 궁금하다.

초등학교와 중학교 시절 우리 고향집 과수원에는 '메리'라는 이름의(당시에 농촌의 개는 이름이 없이 그저 개, 워리, 삽살이, 똥개, 복슬이 정도거나 이름이 있으면 한결같이 '메리' 혹은 '해피'였다) 셰퍼드가 한 마리 있었다. 그 개는 나의 그림자였고 동생이었고 친구였고 동지였고 부하였다. 내가 중학교에 입학하여 서울로 온 뒤, 방학이 되어 고향집으로 돌아가면 제일 먼저 알고 냅다 뛰쳐나오는 것이 메리였다. 그러나 방학이 끝나서 읍내 기차역까지 가는 40리 길을 가장 힘들게 하는 것도 메리였다. 쫓아도 쫓아도 한사코 따라오는 메리, 그 40리 길가의 마을 마을을 지날 때마다 짖어대는 개들과 어김없이 한바탕 혈투를 벌이거나 감당 못할 애정 표현에 넋을 놓아 나의 애를 태우고, 쫓으면 산비탈로 휙 달아났다가 잊을 만하면 저 앞 길섶에 미리 와서 나를 기다리는 메리, 그는 사람과 우정의 혹독한 대가로서 이별의 어려움이 어떤 것인가를 일찍부터 내게 가르쳐주었다. 어느 날 병이 든 그는 식구들에게 추한 모습을 보이기 싫었는지 집 뒤꼍 대나무 숲에 가서 엎드려 남몰래 일생을 마감했다. 중학교 2학년의 어린 내가 반년 동안 아껴 모은 용돈을 투자하여 50부 한정 활판 인쇄로 찍어낸 처녀작 소설, 지금은 자취 없어진 작품 『애정』은 바로 나와 메리의 우정에 관한 이야기였다.

죽음이 메리와 나를 갈라놓은 뒤 나는 다시는 개를 가까이하거나 좋아해본 적이 없었다. 더군다나 고등학교 시절 짝사랑하는 연상의 여학생 집을 찾아갔다가 덩치 큰 사냥개에게 뒷다리를 물린 후, 혹시나 모를 일이니 광견병 예방주사를 맞아야 한다는 말을 듣고도 무서워서 끝내 맞지 않았다. 삼청동 어딘가에 있다는 센터까지 갔다가 끝내 주사를 맞지 않고 돌아왔었다. 그래서 가끔 나 자신도 통제하지 못한 분노를 폭발시킨 다음이면 그때 광견병 주사를 맞지 않은 탓은 아닐까 하는 두려움과 쓴맛에 시달리곤 했다. 그후부터 덩치크고 사나워 보이는 개의 옆을 지날 때면 늘 발뒤꿈치가 간질간질해지면서 전신의 세포가 곤두선다. 개가 너무나 무서운 것이다.

그런 내게 수십 년이 지난 지금 문득 서우가 온 것이다. 지난 4년동안, 아침저녁이면 나는 서우를 데리고 집 뒤의 야산 공원과 동네를 함께 산책하곤 했다. 그때마다 마주치는 사람들의 반응이 각양각색이다. 저만치에서부터 좋아서 쓰다듬을 듯 어르며 다가오는 낯선 사람과 그에게 고개를 푹 숙이고 꼬리치며 엉금엉금 다가가는 서우, 그런가 하면 까닭 모르게 야수로 돌변한 듯 강아지가 짖어대며 내닫고, 사람은 깜짝 놀라 도망치며 욕을 퍼붓기도 한다. 대체 개와 사람이 순간적으로 상대방에게 무슨 냄새와 눈빛으로 신호를 했기에 이처럼 판이한 사랑과 적대 관계를 드러내는 것일까? 신비하기만 하다.

말을 아껴 더욱 감동적인 로제 그르니에의 책 『율리시스의 눈물』을 번역한 것은 그러나 우리집 서우 때문이 아니다. 나는 본래부터 체호프처럼 목소리가 나직나직한 이 작가의 문체를 좋아했고 당연히 그의 책이 나올 때마다 구해서 읽었다. 다행스럽게도 지금은 저자가 어김없이 책을 보내주므로 나는 가장 부지런한 애독자가 되었다. 『율리시스의 눈물』도 예외는 아니었으나 번역까지 할 생각은 없었다. 그런데 어느 날, 읽다가 접어둔 책의 한 챕터인 「바크 가의 산책」에 다시 눈이 멈추면서 내가 좋아하는 소설가 로맹 가리와 관련된 한 대목이 뒤늦게 내 마음을 흔들었다. 번역은 거기서 시작되었다.

1980년 9월 어느 날, 우리는 바로 그가 사는 집 건물 앞에서 가리를 만났다. 그는 평소와 마찬가지로 말했다.

—이리 와봐, 바보야!

우리는 그에게 가까이 다가갔다. 내가 로맹에게 말했다.

—자네가 율리시스를 만나는 것도 이게 마지막인 것 같네. 살날이 얼마 안 남았어.

로맹 가리는 갑자기 격렬한 울음을 터뜨리며 자기집 처마 밑으로 가서 숨었다.

율리시스는 9월 23일에 죽었고 가리는 12월 2일에 죽었다.

1년 사이에 진 세버그, 가리, 그리고 율리시스가 세상을 떠났고 우리의 길이 텅 비어버렸다. 우리는 서로 사랑하는 사이였으니까 그 셋을 한데 결부시켜서 말해서 안 될 까닭은 없지 않은가?

대학을 졸업하자 파리로 간 아린이는 무슨 우연인지 줄곧 7구 갈리마르 출판사 옆 본 가와 바렌 가에서 살았다. 둘 다 바크 가와 지척이었다. 로제 그르니에, 로맹 가리, 진 세버그, 샤토브리앙, 앙드레지드, 로댕, 그리고 특히 로제 그르니에의 개 율리시스의 체취와 발자취가 서려 있을 그 거리를 나는 수없이 걸어다녔다. 커피를 마셨고 칫솔을 샀고 진열장을 구경했고 철책 너머 꽃 핀 화단이나 궁륭형 입구 저쪽 안뜰과 저택들을 기웃거렸다.

어떤 텍스트는 원서로 읽을 때 더 정답고 어떤 텍스트는 한 단어 한 단어, 한 줄 한 줄 고심해서 새기며 읽을 때 비로소 마음속 깊이 사무친다. 『율리시스의 눈물』은 바로 후자에 속한다. 지난봄, 파리 체류중에 나는 책을 여기저기 순서 없이 다시 읽고 번역하고 또 읽었다. 번역 자체에 목적이 있다기보다는 곱씹어 읽고 생각에 잠기는 한 방법이었다고 하는 쪽이 옳다. 심심풀이 삼아 띄엄띄엄 번역했다. 그동안 센 강변의 나뭇가지들에는 연두색 봄빛이 짙어갔다.

마침내 나뭇잎에 가려 강 건너 카미유 클로델의 옛집이 보이지 않게 되었을 무렵, 서울에서 문득 서우가 심한 병에 걸렸다는 다급한 소식이 왔다. 갑자기 몸무게가 반으로 줄었고 힘이 없어 소파 위로도 뛰어오르지 못했다. 깎은 털이 다시 나지 않아 가죽 속으로 뼈가 앙상하게 드러났다. 췌장에서 소화효소가 분비되지 않아 영양분이 공급되지 않는다는 진단이었다. 책의 번역 초고가 완성될 무렵 나는 서울로 돌아왔다. 서우는 거의 가망 없다 싶을 정도의 처참한 몰골이 되어 있었다. 나는 서우 바라보기를 피하면서 건강하던 시절에 찍은 사진들 쪽으로만 흘끔거렸다. 아픈 작별을 각오하고 있었다.

그런데 병원에서 외국에 주문했던 약이 도착했다는 전갈이 왔다. 사료에 소화효소가 든 약을 뿌려 먹이기 시작하자 얼마 되지 않아 서우는 살이 붙기 시작했다. 눈에 생기가 돌아왔다. 푸른색이 감돌며 허옇기만 하던 살가죽에 빛나는 베이지색 털이 돋아났다. 나는 개와 관계된 이야기이긴 하지만 사람과의 관계에 대한 이야기이며 프랑스 문학, 철학 분야의 작가들과 그들의 텍스트가 간단없이 인용되거나 언급되기도 하는 이 책의 수준이 우리 독자들에게 부담스럽게 느껴지지나 않을까 걱정되었다.

서우는 생을 마감하는 날까지 그 소화효소 약을 계속해서 복용하지 않으면 안 된단다. 특별 사료와 약값이 만만치 않다. 서우는 의료보험에도 해당되지 않는다. 그래도 거의 죽음의 경계선까지 가 있었던 그 비참한 몰골이 머리에 떠오르면 약값이 무슨 문제랴 싶어진다. 가난한 사람은 돈이 없어 병원에도 못 가는데 부잣집 개는 호강한다고 빈정대던 나였지만 스스로 당하고 보니 다른 도리가 없다.

이른 아침에 조간신문을 펴들고 서재에 나와 앉아 사회면을 읽을 때쯤이 되면 어김없이 서우의 아침 문안이다. 내 무릎 위에 뛰어올라와서 오른쪽으로 펼쳐진 사회면 아래쪽을 깔고 앉는다. 그런 쓸데

없는 잡보 기사로 마음을 어지럽힐 까닭이 무엇이냐는 것이다. 그리고 머리를 내 정강이 위에 찰싹 붙이고 금방이라도 잠이 들 태세다. 세상이 돌연 고요하고 다감해진다.

아침식사를 할 때면 문득 발목 근처가 따뜻해온다. 서우가 식탁 밑으로 다가와서 내 발등에 몸을 붙이고 엎드려 있는 것이다. 내 발목과 다리 근처에 한가함과 나른한 시간이 따뜻하게 고인다. 음식 냄새를 맡고서 혓바닥을 길게 내밀어 콧등까지 싹 핥는 서우의 모습은 안 봐도 안다. 상 위로 뛰어올라가서 밥과 반찬을 같이 먹고 싶은 것을 간신히 참고 있는 저를 잊지 말라는 신호다. 개는 욕망의 표현, 특히 먹고 싶은 욕망의 표현을 에둘러 하는 법이 없다. 시선뿐만 아니라 전신의 세포가 자석처럼 먹이를 향해 쩌릿하게 통일되는 것이다. 욕망과 사랑에 솔직한 개는 위선을 모른다. 시인은 개 특유의 집중을, 아니 정신 통일을 누구보다도 잘 안다.

먹을 것이 아니라는 걸 알아채자 즉시

개는 초점에서 내 얼굴을 지우고

내 몸 뒤 끝없이 먼 곳을

철망과 담 산과 구름과 하늘

먹을 것이 아닌 모든 것들을 뚫고

아득하고 깊은 곳을 바라보았다

세상은 너무나도 고요하고 깨끗하다

고막이 제거된 개의 눈 속에서

먹을 것은 남김없이 영양분이 된

영양분은 남김없이 살이 된

살은 다시 무언가 먹을 수 있다는 희망이 된

개의 눈 속에서

생로병사生老病死를 넘어 어디에선가

먹을 것을 찾아낼 수 있을 것 같은

개의 눈 속에서

—김기택, 「개」

(2006)

나직한 목소리로
환멸을
말하다

로제 그르니에
『**이별 잦은 시절**』
현대문학, 2008

작가 로제 그르니에는 소설 속에서나 실제 삶에 있어서나 결코 목소리를 높이는 법이 없다. 그의 문장은 모파상이나 쥘 르나르 같은 19세기 단편소설의 황금시대를 연상케 한다. 물론 거기에 그르니에 특유의 신랄함과 어두운 토닉이 약간 가미되어 있다. 언제나 부드럽고 나직나직한, 그리고 지극히 고전적인 톤의 그 목소리가 전달하는 것은 삶의 기쁨이나 희망이 아니다. 그 목소리의 끝에서 우리가 만나는 것은 항상 우수와 실망과 환멸, 그리고 근원적 비관의 시선이다. 하지만 이런 부정적인 느낌은 처음부터 그 목소리 속에 전제되어 있는 것이 아니다. 그것은 그의 소설 주인공들이 보여주는 끈질긴 희망과 기대와 사랑의 저 끝에 무슨 거역할 수 없는 배경처럼 아주 서서히, 그러나 확실하게 떠오르는 것이다.

로제 그르니에는 환멸의 마술사다. 그는 삶의 갈피갈피에 스며 있는 자잘한 슬픔들의 섬세한 연출에 뛰어난 작가다. 얼른 보기에 그저 단순 소박하기만 한 그의 문장들 저 뒤에는 회색빛 솜처럼 부드러운 절망이 배어 있다. 그는 어떤 비평가의 말처럼 '21세기 속에서 길을 잃은 후기 낭만주의자'일지도 모른다. 그러나 그의 표백된 목소리 속에 숨어 있는 매서운 시선은 분명 현재형이다.

그의 사소하기 짝이 없는 이야기들은 결국 인간 조건을 반사하여 보여주는 흐린 거울이다. 엄청난 소용돌이에 휩쓸려들어가는 저 딱하고 보잘것없는 허수아비들. 아주 사소한 것 하나, 삶의 분기점에서 자신도 모르게 내린 하나의 선택 때문에 모든 것이 큰 재난 속으로 빠져든다. 기계 속에 묻어들어간 지푸라기 하나, 톱니바퀴 속에 튀어들어간 모래알 하나가 회전을 멈추게 하고 시스템 전체를 망가뜨린다. 『이별 잦은 시절』에 실린 열 편의 소설들은 모두가 그런 정답고 가엾고 참혹한 이야기들이다.

독일 치하의 어두운 시절, 한 젊은이가 소식이 끊어진 사랑하는 여자를 찾아 그녀가 사는 지방 도시 클레르몽페랑으로 찾아간다. 때가 때인 만큼 교통 사정은 불안정하기 짝이 없다. 끊어졌다 이어졌다, 가다 서다를 반복하는 그의 고생스러운 행로는 가히 『오디세이아』를 방불케 한다. 그러나 목적지에서 그를 기다리고 있는 것은 눈물이 쏟아질 지경으로 진부한 결말이다. 더군다나 목적지가 아니라 그 길고 힘겨운 행로 자체에서 그는 어쩌면 어떤 진정한 행복의 기회를 만났으나 스치기만 하고 그냥 지나보낸 것인지도 모른다. 우리는 삶을 살아가는 동안 이처럼 자신도 모르게 "일생을 같이했을 수도 있었을" 존재의 옆을 그냥 모르고 스쳐지나치곤 한다. 결국 우리의 딱한 주인공은 무용한 열정의 기억만을 지닌 채 환멸과 실의에 차서 집으로 돌아온다. 표제작인 이 첫번째 단편 「이별 잦은 시절」은 이 책 전체의 톤을 모범적으로 예고하고 있다.

이 작가에게 있어서 대개 남자들은 허약한 존재로서 자신만의 공상과 열정에 매달린 채 가슴 떨며 망설이기만 하는 콤플렉스 덩어리들이다. 반면에 여자들은 강철같이 모질고 냉혹하거나 대책 없이 무심하다. 그의 주인공들은 하나같이 러시아적 혼을 가진 숙명론자다. 그들은 모두 불같이 타오르지만 타오르는 속도만큼 신속하게 재가 되어 무너진다. 가혹한 현실을 좀더 일찍 직시할 줄 알았더라면 자신이 그토록 탐내는 미모의 바이올리니스트가 결코 자신의 진정한 상대가 될 수 없다는 것을 깨달았을 젊은 피아니스트. 너무나 오랫동안 자신의 사랑을 털어놓지 못하고 애만 태우다가 소리 없이 시들어가는 소심한 남자, 좋아하는 남자의 곁에 있겠다는 일념으로 그의 속물 사촌과 결혼하였더니 정작 사랑하던 사람은 일찍 죽고 말아 일생을 망친 여자, 추악하고 사나운 여자와 결혼하고 나서야 미욱하고 뻔뻔스러운 다른 사내와 결혼한 처제가 미모에 마음씨까지 고운 여자라는 사실을 뒤늦게 발견한 하급 관리. 수술대에 속수무책으로 누운 채, 젊은 인턴이 자신의 으깨어진 얼굴을 꿰매면서 매혹적인 글래머 간호사와 본격적으로 '작업'에 들어가는 대화를 잠자코 듣고 있어야 하는 무력한 사내. 유명 가수 에디트 피아프와 유명 소설가 장 콕토가 같은 날 사망한 덕분에 그 기사를 써서 실추된 명예를 회복할 수도 있었을 왕년의 대★기자는 더이상 글을 쓰지 못한 채 알코올에 몸을 맡긴다.

로제 그르니에는 자신이 소설가이면서 동시에 자기가 좋아하는 다른 작가들에 관한 책을 많이 써냈다. 카뮈, 피츠제럴드, 체호프, 파스칼 피아, 클로드 루아…… 그중에도 체호프에 대한 그의 관심과 애정은 특별하다. 많은 사람들이 그의 작품을 읽으면서 가장 먼저 체호프를 연상한다. 그 자신도 이 점을 기꺼이 인정한다. "나는 체호프를 읽고 또 읽었다. 지금도 다시 읽는다. 나는 그의 것이면 뭐든지 다 좋아한다. 심지어 그의 결점까지도 좋아한다. 그는 너무나도 이타적이고 너그러운 인물이다. 그런데 깊이 들여다보면 그가 그 누구도 사랑하지 않는다는 것을 알 수 있다." 과연 그르니에는 체호프를 좋아할 뿐만 아니라 체호프를 닮았다.

로제 그르니에가 체호프를 연상시키는 데는 이처럼 복합적인 이유들이 있겠지만 이 두 작가의 가장 중요한 공통점은 역시 문체다. 그들은 다른 작가들이 장황하게 말할 것을 불과 몇 개의 단어로 간결하고 소박하게 말할 줄 아는 드문 작가들에 속한다. 이는 바로 그르니에 자신의 저서 『내리는 눈을 바라보라』에서 포크너가 체호프에 대하여 꼬집어 말한 특징이기도 하다. "예술가가 직면해야 할 가장 중요한 작업은 최대한 신속하고 단순하게 말하는 것이다. 그가 체호프 같은 좋은 예술가, 일급의 예술가라면 매번 2,3천 단어로 그것을 말할 수 있을 것이다. 그러나 그가 최고의 자질을 갖추지 못했다면 때론 8만 단어가 필요할 것이다." 『이별 잦은 시절』은 이런 특징을 웅변으로 말해주는 소설이다. 수포로 돌아간 만남, 평범한 실패, 사소한 배반…… 대단할 것도 비극적일 것도, 과장될 것도 지나칠 것도 없다. 그저 좀 심각한 성격, 살아가다 마주친 슬픔, 오해, 어긋남, 실망, 몰이해, 버림받은 느낌, 막연한 고독감…… 이런 것들을 표현하는 그르니에의 문장은 간결하고 압축되어 있다. 그러나 문장과 문장 사이사이에서 격렬하면서도 아이로니컬한 그 무엇이 배어나온다. 그의 나직한 목소리를 따라가노라면 "만약 삶이 말을 할 줄 알았더라면 아마도 이렇게 말을 했을 것이다"라고 톨스토이에 대하여 사를 뒤 보가 한 말을 생각하게 된다. 가느다란 새의 뼈들로 조립한 듯한 그의 투명한 산문 구조는 결국 광대하고 단조로운 공허의 기슭을 드러내 보이며 마감된다. 그러나 군더더기 없는 그 뼈대들 사이에는 무수한 작은 광채들과 여인들의 향기와 미소, 싸움, 향수, 여행, 뜨거운 약속, 대담한 시도, 다감한 애정, 이런 것들이 가득차 있다. 그의 소설의 진정한 맛은 바로 이런 고전적 깊이와 섬세하고 날카로운 시선이 머무는 침묵의 공간이다.

로제 그르니에는 오늘날 파리 문단의 대부, 혹은 살아 있는 역사라고 해도 과언이 아니다. 87세의 고령에도 불구하고 그는 지금도 매일 갈리마르에 출근하여 편집위원으로 활동하고 있으며 1984년에는 특히 천재적인 작가 실비 제르맹을 발굴한 바 있다.

나는 카뮈 연구와 관련하여 매우 일찍부터 그를 주목해왔다. 그러나 내가 그와 비교적 자주 만나기 시작한 것은 그의 소설집 『물거울』을 번역한 뒤 파리에 체류하는 동안 그가 일하는 갈리마르 출판사로 찾아갔던 2002년 봄 이후였다. 그후 나는 현대문학에서 개에 관한 그의 독특한 책 『율리시스의 눈물』을 번역 출판할 기회를 가졌었다. 이듬해 그는 한국예술원 개원 50주년 기념 강연에 초청받아 서울을 방문한 바 있다. 나는 파리에 갈 때마다 어김없이 바크 가에 있는 그의 집이나 거기서 지척인 갈리마르 출판사의 미로와 같은 복도 어디엔가 박혀 있는 그의 방으로 찾아가서 그를 만났다. 87세라는 게 믿어지지 않을 정도로 건강한 그는 언제나 예외적일 만큼 비상한 기억력으로 나를 놀라게 한다. 오직 관심은 단 한 가지 문학뿐인 그의 열정은 거의 신비스러울 정도다. 그는 최근 몇 년 사이에 매년 한 권꼴의 책을 써내고 있다.

여기에 번역한 『이별 잦은 시절』은 '87세의 청년 작가'가 쓴 소설이다. 놀랍지 않은가! 그러나 진정으로 놀라운 것은 이런 화려한 경력과 문단 내 위치에도 불구하고 그가 예외적일 만큼 솔직, 겸손한 인물이라는 사실이다. 파리 문단에서도 널리 알려진 그의 겸손을 말하면 이런 대답이 돌아온다. "겸손하다고요? 아마 게으름이 남들에게는 그렇게 보이는 것이겠지요." 그 정도 나이에 이르면 지나온 삶의 어느 한 토막이 송두리째 이미 자신의 것이 아닌 듯 느껴진다고 털어놓는 이 '환멸의 전문가'는 세간의 평에 대하여 이렇게 자신을 설명한다.

"그건 좀 과장된 표현이죠. 나는 그러지 않아도 충분히 비관적인 인물인걸요. 그런데 사실 나는 내가 좋아하는 작가 루이 귀유와 같은 관점을 가지고 있어요. 사람은 자신이 생각하고 믿는 것 따로, 자신의 타고난 기질 따로인 것 같아요. 그래서 인생이란 끔찍한 것이라고, 그래서 희망을 가질 만한 것은 아무것도 없다고 생각하면서도 한편으로는 항상 즐거워하며 지낼 수도 있는 거랍니다." 그렇다, 그의 소설을 읽을 때마다 그는 근원적으로 비관적인 세계관 속에 발을 딛고 서 있다고 느낀다. 그러나 그를 만나면 문득 축제는 끝이 없을 것만 같은 느낌이다.

(2008)

운명과의
비극적 유희

에마뉘엘 로블레스
『일각수 사냥』
문학동네, 1997

1914년 5월 4일 알제리의 오랑에서 태어난 작가 에마뉘엘 로블레스 Emmanuel Roblés는 그보다 꼭 한 살 위인 작가 알베르 카뮈의 가장 절친한 친구였다. 이십대 초반의 문학청년으로 처음 만난 그들의 우정은 각별했다. 카뮈가 불의의 자동차 사고로 국도변의 낯선 마을에서 세상을 떠났을 때 가장 먼저 연락을 받고 달려가 시신을 수습한 사람도 그였다.

프랑스령 알제리에서 태어난 두 사람이 자라난 환경은 너무나도 유사하다. 카뮈가 태어난 지 1년 만에 아버지가 전사하고 스페인계 어머니가 남의 집 가정부로 생계를 꾸려가는 가운데 성장했듯이 스페인계인 아버지가 사망한 직후 유복자로 태어난 로블레스 역시 세탁부로 간신히 생활을 꾸려야 했던 어머니의 손에서 어렵게 자라났다. 그들은 이리하여 가난, 탁 트인 바다와 작열하는 햇빛의 지중해적 세계와 삶에 대한 열정, 그리고 스페인계 특유의 비극적 감각을 유산으로 물려받았다.

나는 카뮈에 대하여 관심을 갖다가 1970년대 초 프랑스에서 로블레스라는 작가를 처음으로 발견하였고 그후 그의 작품들을 즐겨 읽어왔다. 탁월한 극작가이기도 한 그의 소설들은 무엇보다 이야기의 극적 짜임새가 균형을 이루고 있고 간결하면서도 격정을 감춘 문장이 마음속에 여운을 남긴다. 카뮈가 『결혼·여름』을 발표하던 무렵인 1938년 알제리에서 소설 『행동』으로 작품 활동을 시작한 그는 그후 파리로 와서 주로 그라세, 쇠이유 같은 저명 출판사에서 많은 소설과 희곡, 그리고 시집을 발표하여 프랑스 국내에서는 물론이려니와 30여 개국어로 번역되어 널리 알려진 작가다. 그는 또한 전 세계 방방곡곡을 누비고 다닌 탁월한 강연의 연사였다.

나는 1980년대 초 로블레스 씨가 한국을 방문한 기회에 그를 처음으로 만났다. 스페인계 사람 특유의 소탈하고 너그럽고 청년 같은 열정, 그리고 카뮈에 대한 공동의 관심과 사랑 덕분에 우리는 곧 오랜 친구 같은 사이가 되었다. 파리에 갈 때마다 우리는 긴 오후 시간을 함께 보내곤 했다. 그는 호인이었고 달변이었으며 해학적이었다. 사고로 부인과 아들을 잃고 나서 파리의 불로뉴 비앙쿠르의 아파트에서 혼자 살았지만 그의 얼굴에는 언제나 미소가 가득했다. 일생 동안 술과 담배를 입에 대어본 적이 없는 그는 탄산수 바드와를 즐겨 마셨다. 1994년 후반에 내가 안식년을 얻어 파리에 가서 늦여름과 가을을 보낼 때 우리는 특히 자주 만날 수 있었다. 그러나 잠시 귀국하여 겨울을 보내고 이듬해 봄 다시 돌아갔을 때 그는 세상에 없었다. 서울과 파리 사이에 가로놓여 있던 그 적막한 겨울이 우리를 아주 갈라놓은 것이다. 어쩔 줄을 몰라 나는 익숙한 그의 전화번호를 꾹꾹 눌러대다가 벨이 울리기 전에 그만 수화기를 내려놓곤 했다.

이 책의 번역은 그 같은 우정과 추억의 산물이다. 소설의 본래 제목은 『일각수 사냥la chasse à la licorne』이다. 일명 '유니콘unicorn'이라고도 하는 일각수一角獸는 문장紋章이나 신화에 등장하는 환상의 동물로 몸은 말, 머리는 숫염소와 닮았고 이마 한가운데 한 개만의 긴 뿔이 나 있으며 흔히 발은 두 갈래로 갈라진 쌍굽이다. 고대인들은 일각수가 인도에서 온 것으로 믿었다. 흑색과 백색이 한데 섞인 하나뿐인 긴 뿔은 정신적인 힘과 처녀 같은 순수성의 상징이다. 미국 뉴욕 소재 클롸트르 박물관에 소장된 중세 시대의 태피스트리 〈우리에 갇힌 일각수〉가 가장 널리 알려진 이 동물의 모습이다. 작가는 뉴욕에 있는 이 유명한 미술품에서 영감을 얻어 제목을 정했고 프랑스어 원본의 표지에는 그래서 이 아름다운 태피스트리의 복제 그림을 실었다.

『일각수 사냥』은 두 남자 주인공 세르주 모로와 피에르 마르티낭주가 연기하게 되는 연극의 제목으로서 전체 이야기의 암시적이고 강박적인 배경, 혹은 라이트 모티브로 작용한다. 이 소설의 첫 페이지에는 작가의 아들 "폴 로블레스를 추억하며"라는 헌사가 붙어 있다. 너무나 젊은 나이에 세상을 떠난 아들의 추억은 순수의 사냥이 암시하는 비극성과 무관하지 않을 것이다. 그러나 무엇보다도 일각수의 상징성은 이 작품의 앞에 제사題詞로 붙인 라몬 센더의 인용에서 잘 드러난다(로블레스는 로르카를 위시한 수많은 스페인 문학 작품들을 번역했는데 그중에는 라몬 센더의 작품『왕과 왕비』도 포함되어 있다).

모든 것이 이미 다 불에 타고
유린당했을 때, 내 너를 찾아가리라
하여, 우리 함께 일각수 사냥을 하고
그때 우리 자유로운 사랑 속에 하나되어 살리라.

과연 이 소설 속에서는 가진 것 없는 천둥벌거숭이 두 젊은이와 '자유로운 사랑'을 갈구하는 여자들이 보일 듯 말 듯 어두운 세상의 밀림 속으로 사라져가는 일각수를 미친 듯이 찾아 헤맨다. 처음부터 가난하기만 했던 세르주 모로는 불안정한 삶의 숱한 질곡과 덫을 만나지만 끝내 더럽혀지지 않는 영혼을 간직한다. 덫으로 가득찬 부당한 세계와 순수한 영혼의 만남은 때때로 내면에서 용암처럼 끓고 있던 분노의 폭발, 즉 걷잡을 수 없는 폭력의 모습으로 나타나곤 한다. 오직 그의 친구인 피에르 마르티낭주만이 그 폭발을 진정시킬 수 있다. 그러나 피에르는 매력적인 여자 마들렌을 만나 새로운 세계를 발견한다. 부유한 골동품상인 남편에 대하여 권태와 염증을 느끼고 있던 이 여자와의 만남은 그저 한때의 우연한 바람으로 그칠 수도 있었을 것이다. 그러나 그들은 참다운 자유와 행복을 맛본다. 사랑은 뜨겁게 달아올라 그들을 압도하고 그들을 걷잡을 수 없는 소용돌이 속으로 실어간다.

이렇게 피에르와 마들렌이 허위의식으로 가득찬 일상의 굴레로부터 해방되어 사랑의 열정에 휩싸일 때, 한편 세르주의 주위에서는 그를 위협하는 올가미들이 점점 더 조여든다. 그의 반응은 용의주도하지 못하고 거칠다. 그는 극적인 상황 속으로 몸을 던져넣는다. 그를 돕는 그 두 친구의 행복마저 위태로워진다. 세르주는 친구들의 도움으로 한밤중 탈출에 성공한다. 그러나 쫓기는 몸이 된 그는 어두운 숲속을 화살 맞은 짐승처럼 숨가쁘게 질주한다. 순수의 사냥 저 끝에는 항상 죽음이 기다린다.

에마뉘엘 로블레스는 『순수의 사냥』에서 군더더기 없는 문체, 극작가 특유의 장면 감각, 극적 속도, 대화의 진실성 등 신의 장기를 유감없이 발휘하면서 인간들이 자신의 운명과 벌이는 비극적 유희라는 그의 변함없는 주제를 감동적으로 육화한다. 사랑과 너그러운 우정만으로는 우리를 휘어잡는 이 알 수 없고 무서운 운명의 힘을 이길 수 없는 것일까? 로블레스의 작품을 읽고 나면 언제나 저 부서지기 쉬운 행복의 떨림과 위기, 그 위기 때문에 더욱 귀중해지는 삶의 빛이 긴 여운으로 남는다. 순수한 인간들은 이렇게 그들의 실패를 통하여 우리의 삶을 더욱 귀중한 것으로 변모시켜놓는다. 모든 것이 이미 다 불에 타고 유린당했을 때, 내 너를 찾아가리라. 덧없는 삶의 빛이여, 순수의 사냥이여.

(1997)

'아버지'의
신화

파스칼 자르댕
『노란 꼽추』
세계사, 1990
문학동네, 근간

인간은 원칙적으로 이 세상에 태어나는 순간 최초의 '사회'와 만나게 된다. 이 사회는, 사람에 따라 다르기는 하겠지만, 적어도 두 인격으로 구성되어 있게 마련이다. 이 만남으로 성립되는 것이 바로 아버지, 어머니, 아기라는 최초의 삼각 사회다. 인간이 이 세계와 접하는 그 일생의 새벽, 거기에는 한 남자와 여자가 있었다. 이와 같은 최초의 만남이 어린아이와 함께 성장하면서 우리들이 저마다 '나의 세계'라고 부르는 지극히 감성적인 의식의 공간을 형성한다. 의식, 무의식의 사연들이 얽히고설킨 그 공간 속에 기이한 빛과 그림자를 던지는, 그 모든 것의 원천인 아버지, 어머니—빈번이 우리는 그 최초의

306
김화영의 번역수첩

시간으로, 처음 만났던 인격에까지 꿈처럼 거슬러올라가본다.

얼마나 많은 작가들이, 어린 시절 동구洞口에 우뚝 서서 바람 물살을 일으키던 아름드리 상수리나무처럼, 삶의 출발점에 서 있던 그 남자와 여자를 찾아 기억의 길고 몽롱한 길을 오직 언어가 던지는 빛을 따라 찾아가보았던가!

그러나 우리가 만약 그 생각을 조금 더 밀고 나가서, 문학 속에 나타난 아버지와 어머니의 상을 구체적으로 확인해보려고 시도한다면 기이한 불균형을 확인할 수 있지 않을까 싶다. 서가 앞에 서서 '어머니'라는 저 다감한 세 음절을 발음하기만 해도 쉽사리 몇 권의 책들이 정다운 자력을 발하며 우리의 눈길을 이끌 것이다. 사랑의 어머니, 미움의 어머니, 기쁨과 고통의 어머니…… 문학사 속에는 숱한 여인들이 모국어처럼 깃들어 있다. 그러나 소설가, 철학자, 시인들은 마치 성서의 말씀처럼, 혹은 유복자들처럼 아버지에 대하여 침묵하는 경우가 많다.

프랑스 문학사 속에서 살펴볼 때 작가들은 흔히 어린 시절에 아버지를 잃었거나 부재하는 아버지의 아들이라는 경우를 놀라움과 함께 확인할 수 있다. 샤를 페기, 아폴리네르, 앙드레 지드, 몽테를랑, 말로, 아라공, 사르트르, 카뮈…… 생각나는 대로 꼽아보아도 그 수는 많다. 프로이트의 정신분석학이 그 대단한—상당수의 경우 정당한—의의와 비판에도 불구하고 오늘날의 문학 연구와 비평에 막강한 호소력을 발휘하는 한 이유를 여기서 짚어볼 수 있을 만도 하다.

만약 이 작가들이 성년에 도달할 때까지 아버지가 그들에게 사랑과 존경의 그늘을 드리워줄 수 있었다면 그들의 운명은 전혀 다른 행로를 밟아갔을 것임을 우리는 쉽사리 짐작할 수 있다. 만약 두 살밖에 되지 않았던 장 폴 사르트르가 아버지를 여의고 어머니와 저 자상하고 박식하며 엄숙한 외조부 슈바이처 씨의 손에 성장하지 않았더라면 20세기 프랑스 문학사와 철학사 속에 여러 페이지가 바뀌었거나 생략되었을 터이며, 기이한 회고록 『말』은 완전히 그 내용을 달리했을 가능성이 농후하다. 그러면 사르트르와 동시대에 프랑스 문학의 거봉이었던 카뮈는 어떠한가? 그가 최초로 출간한 시적 산문집 『안과 겉』은 다음과 같은 서문의 일절을 포함하고 있다. "그 무엇도 내가 꿈꾸고 그려보지 못하도록 막지는 못할 것이다. 또다시 한번 그 작품의 한가운데 한 어머니의 저 경이로운 침묵을 담아보고 한 인간이 그 침묵에 값하는 하나의 정의, 혹은 사랑을 다시 찾기 위하여 바치는 노력을 표현해보겠다는 꿈을." 그 어머니의 경이로운 침묵의 뒤에는 생후 1개월밖에 되지 않은 아들을 남겨놓고 1차 대전의 전장으로 끌려나가서 전사한 아버지의 부재가 잠겨 있다. 이리하여 카뮈의 작가적 생애는 과연 예술이라는, 그리고 저 말없는 어머니라는 우회를 통하여 부재하는 아버지를 찾아 끝없이 방황하는 도정이 되었다고 우리는 말할 수 있다.

물론 예외는 있다. 가령 정신분석학적 감수성 따위는 아랑곳도 하지 않는 마르셀 파뇰의 『나의 아버지의 영광』은 온통 정다운 아버지의 포근한 웃음 속에 묻힌 천재의 걸작이다. 이는 지극히 희귀한 예이다. 바로 이러한 이유 때문에 그런 흔하지 않은 책들이 출간되면 유난스러운 관심을 끌 만하다. 1978년 말 프랑스 문단에는 돌연 세 권의 소설이 한꺼번에 출현하여 해묵은 '오이디푸스 콤플렉스'를 청산하려는 듯 빠르게, 따뜻하게, 혹은 잔혹하게 '아버지'를 말한다. 기다렸다는 듯이 공쿠르상과 페미나상은 그중 두 작가를 수상자로 선정했다.

그중 가장 젊은 작가 클로드 들라뤼는 성서라는 신화적 체계를 빌려 '돌아온 탕자'의 눈으로 전능의 아버지를 재발견한다. 12년간의 가출과 방황 끝에 그 『영원한 아들』은 아버지가 군림하는 가정의 성으로 돌아온다. 그러나 젊은 여자와 재혼을 준비중에 거의 비교秘教의 전수와 같은 모험을 통하여 아버지의 가면은 차례로 하나씩 벗겨진다. 그의 위엄과 재산은 밀수라는 어둠 위에 쌓인 성에 불과했다. 마침내 그 폭군의 전능한 위엄은 사라지고 다만 두 손에 수갑을 찬 아버지는 경찰관 두 사람의 감시를 받으며 떠난다. 성서의 신화는 전복되어 이삭이 아브라함의 처형을 목도하게 된 것이다. 이 양식적 희생의 비유는 아마도 영원한 아들의 조건에서 해방되는 유일한 수단이었는지도 모른다. 성인의 자리에 오르는 인간이 겪는 이 희생의 신화는 서양 문학의 중요한 테마이겠지만, 이 테마의 문학적 내면화는 그만큼 어려운 것이어서 도식적이 될 위험을 안고 있다. 하여간 삼십대의 들라뤼가 선보이는 『영원한 아들』은 이와 같이 문학적 성인으로 발돋움한다.

한편, 기이하게도, 여성만으로 구성된 페미나상 심사위원회가 수
상자로 선정한 프랑수아 송켕의 소설 『어떤 아버지의 사랑』은 바로
그 아버지를 언어적 창조의 원천에서 구원의 힘이 되게 한다. "언어
의 길을 통하여 나는 나의 아버지의 추억을, 나에게 언어의 유모였
던 아버지의 추억을 되찾는다. 『어떤 아버지의 사랑』 속에서 나의 모
든 어린 시절은 언어의 무궁무진한 풍부함과 매력에 의해서 소생되
어 펼쳐진다. "나의 아버지는 마치 채석공처럼 언어의 풍부함과 매력
을 발굴하여 나를 유혹했고, 나를 현실로부터 보호해주셨다. 언어
는 말을 하게 해주는 동시에 이야기를 들려줄 수 있게 해주는 것이
어서 우리는 자신도 모르게 상상 속으로 소풍을 떠날 수 있는 것이
다"라고 작가는 말한다. 산더미같이 쌓인 추억은 이 기묘한 언어의
황홀감을 통해서 은밀한 조화를 얻는다. 그러나 얼른 보기에 그 소
풍을 위하여 선택된 장소는 음산하다. 회색의 벽과 탄광재로 꺼멓게
된 작은 정원을 가진 교외의 그 흔한 어느 집, 그 속에 살고 있는 어
린아이는 마치 성령이 거꾸로 깃들어 어머니 없이 오직 아버지 혼자
서 잉태한 것만 같다. 그러나 구리를 무한히 사랑하고 기름이라면 홀
딱 반하고 자웅양성의 달팽이 수집에 열을 올릴 뿐 아니라 "코를 고
는 듯하며 알록달록하고 여기저기를 꿰맨" 언어를 유난히 좋아하고,
가짜 진주를 만들고 비 오는 날에는 요술쟁이가 되며 천연색 꿈을
꾸고 상상의 여행에는 이골이 난 아버지와 함께라면 "여자도 커튼도

없는" 그의 집에서도 독자는 슬퍼지기는커녕 따뜻하기만 하다. 아!
꿈의 아버지, 환상의 아버지, 말의 요술, 언어의 황홀로 옷을 입혀주
고 이불을 덮어주는 그 아버지는 언어 속에서 더욱 생생하게 살아
있다.

　그러나 어느 날 반신불수로 인하여 오직 "길이로 쪼개어 반쪽만
의 아버지"만이 남게 되었을 때 치유 불가능해진 것은 바로 아들이
었다. 많은 세월이 지난 뒤에도 아들의 그 이상한 병은 치유되지 않
았다. "나의 병은 너무나 많은 아버지를 가진 데서 생긴 병이었다."
프루스트가 어머니의 죽음 이후 영원한 어린아이 상태로 남았듯이
송켕 역시 영원한 아버지의 어린아이로 남아버렸다. 아내도 그 누구
도 그들 세계에는 들어앉을 자리를 발견할 수 없었다. 그들은 영원
히 두 사람만이었다.

　이 작가의 아버지 사랑 같은 것은 '18미터짜리 개미'처럼 아무도
본 일이 없는 꿈의 사랑이다. 프로이트의 오이디푸스가 저 어두운
심층 의식 속에 살고 있다면, 이런 사랑은 저 하늘에 지은 꿈의 집
속에나 살고 있을 것이다. 아니 저마다 꿈속에 지어놓은 신기한 언
어의 집 속에 살고 있을 것이다. 환상과 신비스러운 이야기의 천재가
길들여놓은 오이디푸스 작가의 가장 깊은 고백은 바로 어떤 논리로
도 환원시킬 수 없는 그 환상 속에 담겨져 있다.

　"나는 돈키호테나 카프카처럼 책장을 스칠 듯 말 듯 속삭이며 지
나가는 작가들을 좋아한다. 나는 말하는 인형들을 조작하는 작가

들을 보면 도망을 친다. 글은 충동이며 리듬이며 분출이며 생명력이다. 나는 호사와 풍부함, 압축된 작가들, 넘치는 사랑, 허약해지는 법도 없이 열거되는 어휘, 감히 엉뚱한 자리로 옮겨갈 줄 아는 동사, 대담한 연결부호, 분출하는 단어, 해학의 도약, 존경심이 가득찬 오만불손, 말의 금지된 연결, 무용한 반복, 위험한 전의를 좋아한다. 나는 계속되는 정지, 욕망을 새롭게 하는 휴지休止를 좋아한다. 나에게 있어서 글을 쓴다는 것은 독자를 나의 기쁨 속으로 유인하는 일이다."

파스칼 자르댕의 『노란 꼽추』 역시 아버지에 대한 깊은 사랑과 동시에 언어에 대한 열광에서 태어난 산물이다. 그러나 여기서의 사랑은 송켕의 경우처럼 부자간의 신기롭고 순탄한 관계만은 아니며, 어머니가 철저하게 빈칸으로 남아 있지도 않다. 여기서야말로 아버지와 아들 사이의 관계는 존경과 반항, 사랑과 증오가 가장 뜨거운 온도에까지 가열되어 단단한 금속으로 제련되고 있다. "어머니는 나에게 첫번째 키스를 해주었고, 그분은 내가 사랑했던 첫번째 여자다. 아버지는 내가 최초로 충돌했던 대상이었다. 그는 나의 첫번째 증오였고, 나의 첫번째 정열이었다. 어머니는 여전히 따뜻한 사랑이며 아버지는 요란한 폭발이었다"라고 아들은 말한다. 그들의 사랑은 억압과 반항, 심지어는 주먹다짐의 치열함에 이른다. 그 정도로 보건대 절대로 흔한 경우가 아니다. 여자에 대한 부자의 태도 역시 상극이다. "여자들을 성녀와 창부라는 두 범주로 분류하는 '노란 꼽추'

의 지적인 테러리즘은 내게 깊은 영향을 주었다." 따라서 아들의 여자들에 대한 존중은 아버지에 대한 '반동'으로부터 생겨난다. 아무도 감히 저항하지 못하는 그 엄청난 아버지에게 유독 아들만은 한사코 제 고집을 꺾지 않는다. "나는 매우 어렸을 적부터 그 정도 수준의 아버지에게서 헤어나려면 최대한 일찍부터 자기 자신의 날개로 날지 않으면 안 된다는 것을 깨달았다. 나는 열네 살에 집을 나왔다." 아니 집을 나오기 전인 열 살 때 이미 아들은 '존재하려고 시도'하고 '나도 여기 있노라'고 마음의 결정을 내렸다. 요컨대 아들은 아버지의 성을 공유하는 한 아버지의 이름을 자기의 이름으로 바꾸기 위하여 필사적이다. 물론 아버지는 "내가 자기의 자리를 탈취하려 한다고 나를 미워했다".

아버지와 아들 사이의 갈등은 그 양쪽이 다 같이 강하다는 점에 그 치열함이 있고, 거의 비극적인 극단에서 통일을 이룬다. 파스칼 자르댕의 아버지는 들라뤼의 아버지처럼 그의 위력을 밀수라는 허구 위에 쌓은 것이 아니라 유별난 '성격'의 치유할 길 없는 불꽃 위에 세운 것이다. 성격의 성城은 삶이 계속되는 한 허물어지지 않는다. 아니 『노란 꼽추』의 경우 그 성격의 성은 죽음 뒤에까지도 굳건히 버티고 서 있는 것 같다.

그러면 '노란 꼽추'란 어떤 인물인가?

적어도 아들의 예외적인 글은 그를 철저하게 예외적인 인물로 만들고 있다. 우선 신체적 조건에 있어서 예외적이다. 제목이 알려주듯 그는 후천적인 질병으로 인한 꼽추다. 문제는 이 신체적 결함을 철저하게 보상하는 그의 처절하면서도 우스꽝스럽고 심술궂으면서도 용감하고 기발한 행동, 여자들에게도 어렵지 않게 성공을 거두는 매력에 있다. 작가의 말대로 꼽추인 아버지를 두기도 어렵지만 높은 2층 창문에서 심심치 않게 뛰어내리고도 상처를 입지 않고 손 짚고 거꾸로 서서 걸어다니는 재주를, 취미를 가진 아버지를 두기도 어렵다. 그러나 아버지의 예외적인 성격은 신체적인 데보다 더 깊은 곳에 뿌리박고 있다. 그의 성격적 치열함은 자기가 후천적 꼽추가 되었음을 확인한 후 그가 보인 반응에서 엿볼 수 있다. "그는 수도 없이 많은 접골사들을 만나보았고, 두 손으로 문턱을 잡고 매달려 체조를 해보다가 부상까지 입었으며" 심지어는 점쟁이를 사서 살풀이까지 시도했다. 신체적 보상이 불가능해지자 사회적 보상으로 길을 찾는다. 그는 친구, 친지, 가족 들을 '보호'하는 데 예외적으로 몰두한다. 장장 두 페이지에 걸친 그 '보호'는 파스칼 자르댕의 그 광기에 찬 나열식 문장의 리듬만이 묘사해낼 수 있을 것이다. '노란 꼽추'는 이처럼 '보호하는 입장'을 통해서 타인의 사랑을 원했고, 지배를 원했다. 그러나 문제는 이렇게 심리학 개론만큼 명료하고 간단하지 않다. "그는 몇몇 사람들에게 은밀히 사귀는 여자들과 자식들 때문에 자기가 얼마나 괴로워하는지에 대해서 잔뜩 늘어놓곤 했다. 이야기를 듣는 사람이 그의 의견에 맞장구를 치면 그는 만족해하지 않았다. 왜냐하면 결국 자기만이 우리들을 평가할 수 있기를 원했기 때문이다. 그리고 그는 한 번도 자기가 하는 말도, 남이 하는 대답도 믿지 않았다. 그는 사람들과 사실들에 대하여 자기 말도 아니고 그에 대한 대답도 아닌 제삼의 생각을 가지고 있었고, 그것을 믿는다." 그의 아내에 대한 태도 역시 간단하지 않다. 불구에 대한 책임이 아내에게도 있다고 여긴 그는 아내를 사랑하지 않았다. 그러면서도 그의 주된 관심사는 처음부터 끝까지 그 어떤 정열보다도 먼저 그의 아내였다. "일, 정치, 전쟁, 평화, 야망, 다른 여자들, 가장 고위층에 속하는 비밀에 싸인 암거래 등은 모두가 기껏해야 이차적인 문제였을 뿐이다." 이것은 파스칼 자르댕이 묘사하는 갖가지 질투극과 무관심의 가장, 기다림, 신비스러운 독선 등을 통하여 매우 분명하게 드러난다.

이 모순에 찬 성격은 희극적이며, 동시에 비극적인 그의 '인생 연극'에 와서 그 전모를 드러내는 듯하다. "나는 아버지가 단 한 번 우는 것을 보았다. 그러나 15분 후 그는 벌써 흰 냅킨으로 그의 두 손 속에 비둘기가 퍼덕이는 재주를 부려 보여주었다. 왜 그는 그렇게도 재빨리 자신의 감정을 가다듬는 것일까? 아마도 그는 나와 마찬가지로 가장 넓은 의미의 연극이 명상보다도 더 큰 의미를 지닌다고 생각하는 배우 기질의 인간이었기 때문일 것이다. 연극을 할 수만 있다면 어떤 연극인들 어떠랴!" 이 같은 비극성과 희극성의 균형, 위태로우면서도 재미있고 불타오르는 듯한 균형, 그 균형을 삶 속에서 철저하게 산다는 의미에서 아들이 그리는 아버지 '노란 꼽추'는 전형적인 동시에 압축된 프랑스인이라고도 할 수 있다.

어느 모로 보나 실로 소설적인 이 인물이 실명의 인물, 아니 그냥 실명 정도가 아니라 프랑스 현대사의 심장부에 위치하는 인물이라는 점에 이 소설의 특성이 있다. 가장 허구성이 강한 인물과 가장 역사적인 인물과의 결합은 '노란 꼽추' 내부의 강렬한 꿈과 현실의 기이한 혼합과 평행선을 이루고 있다.

프랑스 현대, 특히 양차 대전 사이의 정치 및 문화를 일단 염두에 두면서 이 소설 속에서 '노란 꼽추'와 직접적인 관련을 맺고 있는 인물들을 간단히 소개해 보자.

• 피에르 프레네(1897~1975): 연극 및 영화배우. 1915년 코미디 프랑세즈에 데뷔하여 특히 마르장 파뇰의 연극과 〈마리우스〉 〈파니〉 〈세자르〉 삼부작에서 일급의 배우가 되었으며, 장 르누아르의 〈위대한 환상〉, 클루조의 〈까마귀〉 같은 걸작에 주역으로 활동, 당대의 이름난 여배우 이본 프렝탕과 결혼.

• 폴 모랑(1888~1957): 문학의 위대한 여행자로 알려진 시인, 소설가 및 외교관. 『20세기의 연대기』(1930) 등 많은 작품을 남긴 아카데미 프랑세즈 회원.

• 장 지로두(1882~1944): 고등사범학교 출신. 외교관, 소설가 및 20세기 초반 최대의 극작가. 소설 『벨라』, 희곡 『지그프리드』 『앙피트리옹』 『간주곡』 등 걸작을 남김.

• 장 가뱅(1904~1976): 오페레트 가수로 데뷔하여 뒤비비에 감

독의 〈페페 르 모코〉, 카르네의 〈안개 낀 부두〉로 우리나라에도 유명해진 영화배우.

이상은 '노란 꼽추'와 절친했던 문학, 연극, 영화계의 유명 인사들이지만, 정치가들과의 관계는 그의 직업 및 사회적 진출에 직결되어 있다.

- 앙투안 피네(1891): 정치가 및 사업가로 참의원, 재무부 장관, 내각 수반, 1959년 드골 정권의 재무부 장관.
- 에드가르 포르(1908): 제4공화국의 여러 장관을 거쳐 내각 수반, 1978년까지 국회의장, 아카데미, 프랑세즈 회원 및 역사학자.
- 라울 도트리(1880~1951): 엔지니어 및 정치가, 프랑스 국립 철도회사 창설자, 건설부, 환경성 장관 및 초대 원자력 원장.
- 조르주 망델(1885~1944): 정치가, 여러 차례에 걸쳐 장관 역임. 1940년에는 대독일 휴전을 강력히 반대하여 대전중 북아프리카에 망명했다가 비시 정권에 의해 체포되고 독일군에 인계되어 퐁텐블로에서 처형당함.
- 피에르 라발(1883~1945): 정치가. 1914년 사회 당원으로 국회의원이 되고, 1925년 이후 수차례에 걸쳐 장관 역임. 1940년 독일과의 휴전 조약 후 비시 정권의 내각 수반이 됨으로써 제3공화국에 종지부를 찍은 장본인, 독일군에 협력한 내무·외무장관. 1945년 해방

을 맞자 국외로 도피했다가 오스트리아의 인스브루크에서 미군에 체포되어 프랑스에 인계되었고, 마침내 총살을 당했다.

'노란 꼽추'는 바로 비시 정권하에서 한때 피에르 라발의 수석 보좌관이었다. 해방된 프랑스에서 장 자르댕은 그다지 자랑스러운 인물은 못 되어서 스위스에서 줄곧 은거하고 있었다. 이 소설은 독일 점령하에서 그의 활동에 대하여 몇 가지 긍정적인 활동을 증언할 뿐 그 밖의 오류에 대해서는 침묵을 지키고 있다.

그러나 이 소설은 오늘날 새로이 이목을 끌기 시작한 대독 협력 작가 드리외라로셸에 대한 기이한 관심과 함께 오늘날 프랑스의 정치적, 문화적 기류와 관련이 없지 않겠지만, 일단 역사적 인물로서보다 '노란 꼽추'라는 독특한 성격으로서 읽히는 것이 마땅할 것이다.

아버지와의 갈등, 증오, 반항은 이리하여 치열한 관심이라는 본래의 목표를 강화하고 마침내 독자를 매혹하는 사랑, 깊고 질긴 뿌리를 가진 사랑으로 통합될 수 있다. "내게 일어난 일이면 그 어느 것 하나, 그와 무관한 것이 없었다. 우리들은 항상 함께 있지 않으면 항상 화가 나 있었다. 그러나 단 한 번도 고요한 물과 같은 한계 속에갇혀서 지내본 일은 없다"라고 작가는 소설의 서두에서 술회한다. 그러나 아버지는 압박이요, 보호이면서 동시에 궁극적으로는 '뿌리'라는 사실을 이 소설처럼 뜨겁게 증언하는 예는 흔하지 않다. "서로의 의견이 일치하기에는 우리는 서로 너무나 사랑하고 있었다. 그리고 어느 날 그는 나에게 사람이란 자기 아버지의 말에 귀를 기울여서는 안 된다고 말했던 것이다. 나에게 그런 충고를 할 때, 그는 참으로 솔직한 심정이었다는 것을 내가 알아차렸을까? 하여간 나는 그의 말을 믿었다." 아마도 아들이 믿는 아버지의 말은 오직 이것뿐이었는지도 모른다. 그 말을 통해서 그는 아마도 아버지의 본질에, 뿌리에 되돌아가서 '분노와 희망과 야망과 주먹질과 광기의 모습'을 갖출 수 있었을 것이다. 이리하여 '이 지옥과 같은 관계' 속에서 비로소 두 개의 불꽃은 열광의 순간으로 만난다. 아버지를 닮는다는 것은 과연 폭풍 속을 뚫고 가는 것만큼이나 고통스럽고 신나고 끔찍하며 신기한 것, 즉 한 사람의 '삶' 그 자체인 것처럼 보인다. 그러나 그에 못지않게 어려운 일은 이 예외적인 아버지를 참으로 예외적이게 만드는 언어의 통일성이다. 여기서 말하는 통일성은 역사학자나 전기 작가의 저 단순하고 따분한 연대기적 통일성이 아니다. '기억 속에 부는 바람 소리'처럼 종횡무진의 의도적 무질서 속에 참다운 통일을 부여하는 것은 무질서만이 때묻지 않은 채 간직하는 자연발생적 힘이다. 천 가지 얼굴을 가진 장의 연극 속에 깃든 성격의 힘은 오직 이 광적인 속도로 달리는 파스칼의 언어만이 하나의 통일성으로 포착할 수 있을 것 같다. 진정한 『노란 꼽추』는 장과 파스칼의 폭풍 속에서 화해하여 이룩한 자르댕의 승리, 불꽃같이 치솟는 치열함의 승리이다.

(1990)

나를 향해
오고 있는
목소리

알랭 레몽
『하루하루가 작별의 나날』
현대문학, 2001

읽을 책을 선택하고 사는 계기는 다양하다. 신문이나 잡지에 실린 서평, 이미 알고 있는 작가의 명성, 출판사의 신뢰도, 친구의 소개, 눈에 드는 광고, 서점의 진열장에서 언뜻 본 표지의 인상, 매력적인 제목, 작가의 사진 속에서 마주치는 저 설핏한 눈빛……

그러나 『하루하루가 작별의 나날』이란 제목의 이 책은 그저 '만만해' 보여서 집어들었다. 가끔씩 책은 만만해줘야 한다. 뚱뚱하고 거만해서 나를 압도하는 책은 부담되어 싫을 때가 있는 것이다. 고즈넉했던 휴가의 끝 무렵에는 특히 그렇다.

파리에서 보낸 한 달 간의 여름방학이 며칠 남지 않은 8월 하순의 어느 날. 슬슬 떠날 준비를 해야 한다. 헌 옷가지들을 대충 개켜 놓고, 책들, 노트들을 주섬주섬 트렁크에 담고, 극장, 미술관, 박물관의 입장권, 광고지, 영수증, 낡은 신문들과 주간지들, 이젠 무엇을 의미하는지 알 수 없어진 전화번호, 이름, 주소가 휘갈겨진 메모지 따위는 휴지통에 버리고, 비행기 표와 여권을 챙겨서 책상 위의 눈에 띄는 곳에 둔다. 즈브레 상베르탱 같은 향기 좋은 포도주나 한 병 사둘까?

이럴 때, 나는 천천히 걸어가다가 서점에 들러본다. 비행기 안에서 읽을 만한 책이 뭐 없을까? 내가 즐겨 가는 서점은 둘이다. 생제르맹데프레의 '라 윈La Hune', 라스파유의 '갈리마르Gallimard'. 진열대에 펴놓인 수많은 책들 중 조그만 것 하나가 '만만해서' 눈에 들어온다. 고등학교 때 몰래 피우던 켄트 담배 종이처럼 은은한 흰 줄이 세로로 쳐진 옅은 하늘빛의 단색 표지. 붉은색 저자명. 'Alain Rémond'? 처음 들어보는 이름이다. 검은색으로 찍힌 책의 제목. 'Chaque jour est un adieu'. 이 간결하고 적막한 문장을 뭐라고 번역하면 좋을까? 표지의 아래쪽에 아주 조그맣게 표시된 출판사 이름 쇠이유Seuil. 내가 유난히 좋아하는 출판사. 나는 자주 그 집 앞으로 지나다니곤 했다. 자콥 가 27번지. 비교적 작은 편인 내 왼손 안에 쏙 들어오는 책의 사이즈. 겨우 125페이지의 그 만만한 두께와 가벼움. 날이 갈수록 이런 가벼운 책이 좋다. 게을러진 탓이다. 게을러진 내가 좋다.

책의 뒤표지에 간단한 저자 소개의 말. 알랭 레몽. 주간지『텔레라마*télérama*』의 편집국장으로 그 잡지에서 '나의 눈'이라는 제목의 고정란을 집필하고 있다. 책의 앞쪽에 소개된 저서 목록을 훑어본다. 1971년『사랑에 대하여, 밤에 대하여』라는 첫 저서를 낸 이후『이브 몽탕』(1977),『내 눈의 기억들』(1993),『당신의 말을 막지 않았어!』(1994),『이미지들』(1997) 등의 책을 써냈다.

책을 펼치고 첫 부분을 읽어본다. "어제저녁, 이브가 트랑에 들렀다가 우리집 앞을 지나왔었다고 말했다. 그러면서 그 집에 지금은 누가 살고 있는지 아느냐고 물었다. 나로서는 전혀 아는 바 없는 일이다. 그 집이 언제 팔렸는지조차 잘 알지 못한다. 아마도 어머니가 돌아가시고 얼마 안 되어서였을 것 같다. 나는 그런 건 상관하고 싶지도 않았다. 나는 눈과 귀를 꽉 막고 지냈다. 팔든지 말든지 마음대로들 해요. 난 아무래도 좋으니. 나는 알고 싶지 않아. 전혀 관심 없어. 집이라는 게 웬만해야 말이지……"

그리고 책의 마지막 페이지를 편다. "나는 전쟁을 끝내기 위하여 이 책을 썼다. 모르탱의 집은 허물어졌다. 르 테이윌의 집은 허물어졌다. 트랑의 집은 팔려버렸다. 아버지가 돌아가셨다. 어머니가 돌아가셨다. 누이가 죽었다. 나는 산 사람들, 그리고 죽은 사람들, 그들 모두와 평화롭게 지내고 싶다."

그러니까 브르타뉴의 어느 구석진 시골집 속에 책 한 권이 들어 있는 것이다. 그 집 속에서, 그 책 속에서, 누군가 낮고 빠르게 말을 하고 있다. 나는 그 목소리가 나를 향해 오고 있다는 것을 느낄 수 있다. 그 목소리 속에 식지 않은 불덩이가 묻혀 있다는 것을 알 수 있다. 이렇게 되면 만만한 정도 이상이다. 나는 망설이지 않고 그 책을 산다. 그리고 집으로 돌아와, 비행기를 타기도 전에 그만 다 읽어버리고 말았다. 책을 읽는 동안 계속하여 그 나직하고, 그러면서도 좀 다급한 목소리가 나를 따라다녔다. 하마터면 수십 년 동안 참았던 울음을 픽, 하고 터뜨릴 뻔했다. 그러나 실제로 울지는 않았다. 책을 읽다가 울 뻔했다고 해서 다 훌륭한 책, 뛰어난 문학 작품일 수는 없다. 그러나 책 속에서 나를 향해서 오고 있는 이런 목소리는 영원히 잊지 못한다.

정작 비행기 안에서는 심각하고 어떤 뚱뚱한 책을 꺼내놓고 몇 줄 읽다가 계속 졸기만 했다. 깨어보니 그 책은 발밑에 떨어져 있었다. 단풍잎이 다 떨어진 초겨울 어느 날, 나는 먼젓번 책, 하마터면 나를 울릴 뻔한 이 조그만 책의 번역을 마쳤다. 여러 번 읽고 또 읽으면서 옮기다보니 울음은 가슴 저 바닥으로 가라앉고 목소리만 초겨울의 햇빛처럼 밝아져서 쟁그랑…… 귓가에 울린다.

(2001)

폭풍 같은
성장과
구도의 길

알랭 레몽
『한 젊은이가 지나갔다』
현대문학, 2003

블라디보스토크에서 시베리아 횡단열차에 올라 18일 만에야 도착한 모스크바. 거기서 다시 꼬박 하룻밤을 기차간에서 보내며 상트페테르부르크까지 올라갔다가 닷새 만에 서울로 돌아가는 비행기를 타기 위하여 되돌아온 모스크바. 그 중앙우체국 건너편, 자동차 없는 어느 한적한 보행자 거리의 벤치에 앉아 이 글을 쓴다. 7월 18일. 빛 밝은 오전 11시. 벤치의 건너편 왼쪽 구석에는 키 크고 깡말라 후리후리한 안톤 체호프의 까만 청동상이 바라보인다. 건물 한구석에 엉거주춤 서 있는 그의 모습이 적적하여 오히려 정답다.

서울로 돌아가기 위하여 비행장으로 떠나기까지 아직도 내 앞에는 무엇으로 채워야 할지 알 수 없어 막막하기만 한 여덟 시간이 벌판처럼 펼쳐져 있다. 나는 원래 관광에는 별다른 취미가 없다. 알아듣지도 못하는 러시아말에 이제 내 귀는 지쳤다. 내 머릿속에는 지금도 몇 날 며칠 동안 시베리아 벌판을 지칠 줄 모르고 달리던 기차의 덜컥대는 소리의 여운이 길게 남아 있다. 그래서 나는 그 긴 여운의 꼬리를 붙잡고 지나가던 바람이 가끔씩 찾아와서 옷깃을 슬쩍 건드리곤 하는 이 한가한 벤치에 와 앉았다. 무엇을 할까…… 가방에 넣어 가지고 왔으면서도 한 번도 펼쳐보지 않았던 시집 『물속까지 잎사귀가 피어 있다』를 펼쳐놓고 오래 읽는다.

어머니는 겨울밤이면 무덤 같은

밥그릇을 아랫목에 파묻어두었습니다

내 어린 발은

따뜻한 무덤을 향해

자꾸만 뻗어나가곤 하였습니다

그러면 어머니는 배고픔보다 간절한 것이

기다림이라는 듯이

달그락달그락 하는 밥그릇을

더 아랫목 깊숙이 파묻었습니다.

오랜만에 마주친 모국어 활자들이 나를 활처럼 팽팽하게 당겼다놓는다. 나는 문득 멀리 뛴다. 나는 전혀 딴생각의 숲속으로 날아가서 꽉 꼽힌다. 어제 상트페테르부르크에서 우연히 오래 닫혀 있던 이메일을 열어보니 소설 『한 젊은이가 지나갔다』의 번역 원고를 서둘러 마무리하여 넘기고 떠난 나에게 출판사는 그사이에 책의 출판 작업을 거의 끝내고 '역자 해설'이 바쁘다는 독촉 메일을 반복하여 배달해놓고 있었던 것이다.

정면으로 건너다보이는 카페 겸 피제리아Pizzeria '아카데미아'의 테라스에서는 테이블 사이로 눈이 맑은 금발의 러시아 아가씨가 지붕 위의 비둘기처럼 자박자박 돌아다니며 세팅을 하고 있다. 저 여급 아가씨는 며칠 전 자신이 체호프 동상 앞에 선 내 사진을 찍어준 것을 까마득히 잊었을 것이다. 그리고 내가 상트페테르부르크를 돌아 다시 이 벤치를 찾아와 앉아 자기를 느긋이 바라보고 있다는 사실도 까마득히 모르고 있을 것이다. 그때 내 사진기를 받아들고 사각형의 구도 속에 나와 체호프를 적절하게 배치하여 담기 위하여 카메라를 가로세로로 거듭 옮겨 잡아보면서 거리를 가늠하던 그 투명하고 순진한 표정을 나는 아직도 기억한다. 며칠 전, 상트페테르부르크로 떠나기에 앞서 우연히 한 카페에서 아침식사 후 바로 옆에 있는 중앙 우체국에서 편지를 부치고 나서 그 길 건너의 차 없는 길을 거닐게 되었다. 상쾌한 이른 아침이었다. 길가의 건물 앞에 어떤 사람의 엉거주춤한 전신상이 보였다. 가까이 다가가보니 내가 늘 좋아했던 체호프의 것이었다. 살아 있는 체호프였더라면 그렇게 선선히 다가가지 못했으리라. 나는 한참을 그 옆에 서 있다가 이웃 카페에서 일하는 젊고 아름다운 여자에게 그 앞에 선 나의 사진을 찍어달라고 부탁했었다.

물론 나는 저 아가씨를 다시 보기 위하여 며칠 뒤 이곳으로 다시 돌아온 것은 아니다. 그저 길을 걷다가 시간을 보내기 위하여 다시 이 차 없는 거리의 한적함과 고즈넉한 아침나절의 벤치에 마음이 끌려 이 자리에 와 앉은 것뿐이다. 그리고 기왕이면 체호프의 키 크고 적적한 모습이 바라보이는 쪽의 벤치를 택했는데 문득 그 금발의 아가씨가 시야에 나타난 것이다. 그러나 나는 햇빛이 너무 뜨거워져서 카페에 등을 돌린 쪽으로 옮겨 앉지 않으면 안 되겠다.

그렇다. 내가 이 하염없이 남은 시간을 채우기 위하여 해보기로 한 '딴생각'이란 나 자신도 모르게 등을 떠밀고 있는 '숙제', 즉 '역자 해설'에 대한 것이다. 알랭 레몽의 첫 소설 『하루하루가 작별의 나날』을 우연히 서점에서 조우하여 손에 잡은 것은 몇 년 전 어느 여름날, 파리에 가서 머물다가 귀국길의 비행기를 타려던 바로 그날이었다. 비행기 안에서 읽을까 하여 서점에서 산 그 책을 꾸려놓은 짐을 깔고 앉아서 단숨에 다 읽어버리고, 그때의 마음 흔들림을 잊지 못해 서울에 돌아와 곧 번역을 했다. 그것이 계기가 되어 나는 같은 저자의 두번째 소설이며 동시에 지난번 소설과 어느 면 쌍을 이루는 『한 젊은이가 지나갔다』를 본의 아니게 또 번역하게 되었다.

『한 젊은이가 지나갔다』의 번역에 정신없이 매달렸던 6월과 지금

모스크바 체호프의 동상 앞에 앉아 있는 7월 하순 사이에는 광대한 시베리아의 자작나무 숲과 스텝을 뚫고 밤낮없이 달리는 열차의 바퀴 소리와 마음속의 누군가를 부르는 듯한 낮고 긴 기적 소리, 그리고 선잠에서 발을 내려놓은 낯선 도시들의 안개와 비린내가 가로놓여 있다.

프랑스 북쪽 브르타뉴와 노르망디가 서로 접하는 어느 외지고 가난한 시골, 자식 많은 가난한 집에서 태어나 어린 시절을 보낸 한 소년이 숙식을 해결하는 방편으로 들어간 어느 가톨릭 교단의 기숙학교, 그곳을 출발점으로 하여 끊임없는 의문, 이름 모를 갈망과 더불어 집요하게 매달리게 된 신과 세계의 문제, 그 해답을 찾아 헤맨 캐나다 유학 생활, 또다시 로마의 신학대학에서 보낸 몇 해, 그에 이어 군복무 대신 역사의 '속죄'를 위하여 자원하여 찾아간 알제리의 사막 카빌리아 땅, 그리고 드디어 1968년 5월, 그 푸르른 혁명이 회오리처럼 휩쓸고 지나간 파리에서 어린 시절과 젊은 날이 송두리째 의지하고 있던 신의 집을 박차고 나와 마침내 홀로 서기까지의 길고 숨찬 행로. 이것이 바로 『한 젊은이가 지나갔다』라고 표현한 폭풍 같은 성장과 구도의 길이다.

나를 매혹한 것은 소설을 구성하는 이야기보다 삶의 진실에 대한 의문과 진정한 삶에 대한 갈망에 사로잡혀 분류처럼 세차게 달려온 그 젊은이의 내면적 에너지였다. 그 에너지가 나를 밤낮없이 그 책의 번역에 집중적으로 매달리게 했다. 소설 속에는 가시적으로 만

날 수 있는 장소들과 인물들과 사건들 못지않게 이제는 과거가 되어
버린 자신의 젊은 시절을 숨가쁜 현실로 소생시키는 작가 내면의 불
덩어리와 호흡이 깃들어 있다. 그 뜨거움과 가쁜 숨소리는 저 삶의
중심에서 타오르는 열정의 에너지다. 번역자로서의 나는 무엇보다도
그 가쁜 숨소리와 가슴속에서 타오르고 있는 불길의 힘과 속도를
고스란히 살려내려고 노력하지 않으면 안 되었다. 그래서 나는 일단
번역을 시작하자마자 거의 밤낮을 쉬지 않고 빠른 속도로 달렸다.
원문의 의미 못지않게 나 자신의 내면에서 솟구쳐오르는 어떤 뜨거
운 힘과 속도가 방해받지 않도록 뒤돌아보지 않은 채 계속하여 달
렸다. 그리고 마침내 원고의 마지막 구두점을 찍고 났을 때 나는 그
저 한두 번 다시 읽어보면서 오직 텍스트를 추진하는 에너지와 속도
감을 더욱 생생하게 살릴 수 있도록 극히 몇 군데만을 잘라내거나
손질한 다음 원고를 넘겨버렸다. 나는 지금까지 어떤 텍스트를 이토
록 빠른 속도로, 거의 미칠 듯한 추진력에 떠밀리며 번역해본 적이
없다. 사실 이 번역에는 의미상의 차이가 있는 곳도 있을 것이고 자
신도 모르게 스스로 추가하거나 삭제한 대목도 없지 않을 것이다.
하는 수 없다. 그 모든 것에 앞서 나는 열정의 힘과 속도를 옮겨놓아
보고자 했을 뿐이다.

원고가 완성되어 출판사로 넘어가자 비로소 나의 여름이 시작되
었다. 나는 급히 짐을 꾸리고 내 젊은 날의 작은 꿈을 실현하기 위하
여 블라디보스토크로 떠났다. 다음 행선지인 하바로프스크로 가는

기차에 올랐을 때 내 머릿속에서 알랭 레몽의 젊은 날의 이야기는 하얗게 증발하고 없었다. 그리고 끝없는 자작나무 숲과 초원이 기차의 덜컹거리는 바퀴 소리를 따라 춤추기 시작했다. 그러나 모스크바의 어느 길거리 벤치에 와 앉아 있는 지금 나의 내면에는 알랭 레몽으로 하여금 자신의 젊은 날을 소생시키며 차츰차츰 속도를 빨리하며 달려가게 했던 그것, 잡을 수 없는 에너지와 시베리아를 뚫고 밤과 낮을 가르며 달리던 기차 바퀴 소리가 한데 겹쳐져 하나가 되면서 그것은 기차가 아니라, 그것은 한 사람의 과거가 아니라, 우리가 '젊음'이라고 말할 때, 우리가 참으로 '삶'이라고 말할 때, 그 중심에서 분출하는 뜨거운 그 무엇으로 변하여, 그러나 이제는 그 뜨거움이 피운 한 송이 환한 아침 꽃이 되어 떠오르는 것이다.

그런데 왜 여기쯤에서 앞서 펼쳤던 시집의 기이하고 그만 외면하고 싶은 한 대목이 떠오르는 것일까?

나는 병든 어머니를 화장실에서 훔쳐보며 수음을 하였고 절정에 도달하는 순간 재빨리 늙어버렸다.

나는 다시 생각해본다. 이런 소설은 어느 면 재빨리 늙어버리는 우리의 삶의 한 지점에서 절정의 불길을 바라보는 한 시선을 보여주는 것은 아닐까? 과연 이따위 글이 작품의 '해설'이라고 할 수 있을까 하고 당연한 의문을 갖게 될 독자는 '해설' 따위는 아예 접어두고 소설의 저 중심에서 지금도 타오르고 있는 삶에의 열정을 직접 맞닥뜨릴 일이다. 그러면 나도 슬슬 벤치에서 일어나 간단히 점심을 때우고 비행장으로 떠날 준비를 해야겠다.

　돌아보니 투명한 피부의 금발 아가씨는 어느새 사라지고 테라스의 빈 테이블보가 바람에 펄럭거린다. 그럼 그것은 낯선 도시의 한복판에서 본 낮꿈이었던가?

(2003)

경계 지대의
신비적 비전

실비 제르맹
『프라하에서 울고 다니는 여자』
문학동네, 2006

2003년 봄, 파리에서 몇 달 머무는 동안 가끔 나는 갈리마르 출판사로 소설가 로제 그르니에 씨를 찾아가 대화를 나누곤 했다. 프랑스 문단에서 새롭게 주목할 만한 작가들 가운데는 어떤 사람들이 있을까에 대하여 이야기를 주고받다가 나는 그에게서 다음과 같은 말을 듣게 되었다.

"오늘날 프랑스 문단에 재능 있는 작가들은 부족하지 않을 만큼 많습니다. 그러나 실비 제르맹은 그냥 재능 정도가 아니라 어쩌면 천재가 아닐까 하는 느낌을 갖게 합니다. 그런 느낌을 갖는 사람은 나만이 아닙니다.

나는 갈리마르 출판사의 출판 선정위원회 위원입니다. 우리가 매년 접수하는 수천 건의 원고들 가운데는 많은 단편집들이 있습니다. 글을 쓴 사람이 어느 정도 재능을 갖추고 있어서 장래가 기대된다고 판단하면 우리는 단편소설의 원고를 보낸 사람에게 이런 설명을 해줍니다. 그렇게 힘을 들여 글을 써도 일반 대중은 단편이라는 장르를 별로 달갑게 생각하지 않으니 꼭 작품을 발표하고 싶다면 단편이 아니라 장편소설을 써보는 편이 더 낫다고 말입니다.

지금부터 17년 전 나는 실비 제르맹이라는 젊은 여성에게 이런 설명을 해주는 임무를 맡은 적이 있습니다. 그런데 불과 석 달 뒤 나는 어떤 소설의 처음 100페이지에 해당하는 원고를 받았습니다. '이게 바로 내가 쓰고 싶은 것입니다' 하고 실비 제르맹이 내게 말했습니다. 그 원고가 바로 소설 『밤의 책』의 첫 100페이지였지요. 내가 충격을 받지 않았다면 거짓말일 겁니다.

『밤의 책』과 그 후편인 『호박색 밤』은—아니 『밤의 책』은 『호박색 밤』의 프롤로그라고 하는 것이 더 적당하겠군요—결코 우리가 흔히 알고 있는 의미의 소설이 아닙니다. 동화와 성서의 중간쯤 된다고나 할까요. 나는 대중적인 성공 여부에 따라 문학 작품의 가치를 평가하고 싶지는 않습니다. 그렇지만 그녀의 첫 소설 『밤의 책』은 출간되자마자 무려 다섯 가지 문학상을 한꺼번에 휩쓸었다는 사실은 말해두지 않을 수 없습니다. 데뷔작 소설로는 전무후무한 일이었지요. 그리고 그에 뒤이어 나온 세번째 소설 『분노의 날들』은 페미나상을 받았습니다."

프랑스에서 보기 드물게 많은 단편소설을 발표한 그르니에 씨가 단편소설에 대한 독자들의 거부 반응을 솔직히 시인하는 것은 흥미로웠다. 그는 자신의 표현처럼 '천재적'인 작가 실비 제르맹을 이처럼 단편이 아닌 장편소설로 데뷔시킨 이래 오늘까지도 이를테면 그녀의 정신적 후견인 역할을 하게 된 것을 늘 자랑스럽게 생각하는 것 같았다. 요컨대, 나는 그르니에 씨를 통하여 실비 제르맹이라는 작가의 존재를 처음 알게 되었다. 어떤 작가에 대하여 좀처럼 과장된 평가를 하는 법이 없는 그의 예외적인 소개말에 이끌려 나는 즉시 실비 제르맹의 작품들을 찾아 읽기 시작했다. 그중 내가 처음 읽은 책이 오늘에서야 우리 독자들에게 처음으로 소개하는 『프라하 거리에서 울고 다니는 여자』다. 앞으로 시간과 능력이 닿는 한, 20여 권에 달하는 이 작가의 작품들 가운데서 『밤의 책』을 비롯한 몇 권을 더 골라 번역 소개할까 한다.

그녀의 데뷔작 『밤의 책』과 그에 이은 『호박색 밤』은 우리가 흔히 생각하는 소설과는 많이 다르다. 하긴, 아직도 『전쟁과 평화』 『바람과 함께 사라지다』 『토지』 같은 책이 아닌 다음에야 '우리가 흔히 생각하는 소설'이란 것이 대체 어떤 것일까? '동화와 성서 중간쯤 된다'고 할 수도 있을 그 책 속에는 짐승들의 소리와 바람 소리가 이 지상의 노래를 교직하고 있다. 그렇다고 해서 시간을 초월한 태곳적의 세계는 아니다. 기묘한 환상이 만들어낸 것 같은 그녀의 인물들은 우리가 살아온 현대 세계 속에 깊숙이 뿌리를 박고 있다. 1870년 보불전쟁 이후 20세기 중엽의 알제리 전쟁, 그리고 동구의 스탈린 체제에 이르는 구체적인 시대 배경 속에서 그 인물들은 '역사'에 짓밟히고 으깨어지는 모습을 보여준다. 실비 제르맹은 '역사'란 것이 매우 거창한 모습을 지닌 것 같지만 사실은 "진흙 속에 뒹구는 개털같이 구역질나는 영혼들의 악취"가 진동한다고 잘라 말한다.

그녀의 작품들에는 이별, 버림받음, 그리고 단순 소박한 인간들의 비참과 신의 침묵을 말하는 수많은 페이지들이 가슴을 뒤흔든다. 실비 제르맹은 그 보잘것없고 비극적인 인물들을 강과 운하에서 숲으로, 들판에서 도시로 이끌고 다닌다. 그의 소설에서는 가족과 마을과 나라의 집단적 기억, 몽환적인 이미지들로 점철된 기억이 작가의 깊이를 알 수 없는 무의식으로부터 솟아오르곤 하는 것 같다. 기이한 별명을 가진 한 남자아이가 아무 죄도 없는 빵집 조수를 죽이는 것은 그가 태어나기도 전에 있었던 여러 번의 전쟁들 때문에 악을 물려받았기 때문이다. 그는 범죄자인 동시에 피해자다. 실비 제르맹의 세계에서는 늘 이런 식이다. 도스토옙스키와 베르나노스의 세계가 그리 멀지 않다. 『프라하 거리에서 울고 다니는 여자』에서 그녀가 폴란드 작가 브루노 쉴츠에 대하여 "폭넓은 비전의 전개, 소용돌이치는 욕망, 주문을 읊는 것 같은 집념 등 실로 마술적일 만큼 아름다운 작품" 세계라고 한 말은 그대로 그녀 자신에게 적용될 수 있을 것이다.

무엇보다도 신의 침묵은 이 신비적인 소설가의 마음에 치유할 길 없는 상처를 남기는 것 같다. 그렇다. 실비 제르맹은 일종의 신비주의자다. 작품들만을 접해보았을 뿐 실제로 작가를 만나본 적이 없는 나는 최근 어떤 신간 잡지에서 처음으로 그녀의 사진을 보았다. 사진 속 그녀의 가냘픈 실루엣은 아름답지도 추하지도 않고 무어라 형언할 수 없는 그 '이상함'의 인상 때문에 한동안 나를 불편하게 했다. 단순히 그녀의 사진 때문이 아니라 지금까지 읽은 그녀의 작품들 속에서 마주친 기이하고 비참한 인물들과 그들이 몸담고 사는 세계, 즉 늪이나 숲, 혹은 흐릿하게 안개 낀 옛 도시 등의 분위기, 그 누구도 흉내낼 수 없을 그녀 특유의 주문을 외우는 듯한 어조와 몽환적이면서도 강력한 실감을 살려내는 표현들, 그리고 그녀가 개인적으로 살아온 이력들이 그 위에 포개어져서 평범한 나에게 그토록 불편하고 이상한 느낌을 갖도록 만들었던 것 같다.

　　실비 제르맹은 프랑스 중부 샤토루에서 태어났다. 그러나 그녀가 태어난 장소는 그다지 중요하지 않다. 왜냐하면 그녀는 이곳저곳의 임지로 전근 다니는 관리의 딸이었기 때문이다. 그녀의 생애에서 특기할 만한 사실은 어린 시절 4년간을 살았던 로제르 지방에서 본 늑대 인간의 거대한 석상에서 어떤 근원적이라고 할 수 있는 공포를 느꼈다는 점이다. 그 신화적인 동물은 그녀의 상상에 영원히 지워지지 않는 흔적을 남겼다. 그 늑대 인간은 그녀가 저명한 철학자 에마뉘엘 레비나스의 지도하에 받은 철학 박사학위보다 그녀의 문학적 정신과 감수성의 형성에 더 중요한 것이었는지도 모른다. 그녀는 철학 공부를 통해서 진정한 문제는 악의 문제라는 사실을 깨달았다. 그리하여 그의 모든 소설에서 우리는 악과 원죄에 매혹되어 광란의 궁극을 향하여 치달리는 인물들을 만나게 되는 것이다.

그녀는 파리에서 살았고 체코의 프라하에서 여러 해를 지냈다. 그때마다 그녀는 영원히 자신이 살고 있는 장소와 풍경의 일부를 이루는 것 같은 인상을 주었다. 그의 작품이 주는 감동은 어느 면, 장소의 분위기와 실체를 살려내는 그 예외적인 능력과 무관하지 않다. 그르니에 씨가 말했다. "한 가지 확실한 것은, 그녀가 남불 지방에 가서 살지는 않을 것이라는 점입니다. 빛나는 태양, 요란하게 울어대는 매미 소리, 로즈메리 향기는 그녀의 세계가 아닙니다. 그녀의 세계는 그녀가 쓴 책에서 느낄 수 있는 세계, 국경 지역, 변방, 역사의 밀물과 썰물에 휩쓸리는 불확정의 영토, 전쟁이 터지면 항상 그 최전방이 되는 경계선 지대 같은 곳입니다. 그렇지 않으면 베리 지방의 늪, 모르방의 숲이지요. 그녀가 프라하를 환기할 때 보면 그곳은 그녀가 쉬지 않고 피워대는 담배 연기를 통해서 보이는 꿈속의 도시 같아요."

오늘날 실비 제르맹이 몸담아 살고 있는 세계는 프랑스의 서남부라 로셸의 북부 늪으로 뒤덮인 지역이다. 물과 땅과 하늘이 맞닿아 경계가 지워진 그곳은 이 세상이 처음 태어나는, 혹은 이 세상이 끝나는 원소들의 대혼란의 풍경을 이룬다. 그녀에게 시작은 곧 끝이요 끝은 곧 시작이다.

그녀의 많은 작품들 중에서 내가 『프라하 거리에서 울고 다니는 여자』를 처음 읽게 된 것은 무엇보다도 기이한 울림을 가진 책의 제목과 그 표지에 찍힌 여자의 흐릿한 뒷모습 때문이었다. 아니 어쩌면 그녀의 '천재적인' 세계에 대한 강한 호기심과 조급해진 마음에 쫓겨 우선 가장 분량이 적은 책부터 집어든 것인지도 모른다. 그러나 손에 잡은 책을 내려놓지 않고 단숨에 읽어나가게 된 것은 이 책의 첫 문장에서 풍기는 강력한 매혹에 등을 떠밀렸기 때문이다. "그 여자가 책 속으로 들어왔다. 그 여자는 떠돌이가 빈집으로, 버려진 정원으로 들어서듯 책의 페이지 속으로 들어왔다. 그 여자가 들어왔다, 문득. 그러나 그녀가 책의 주위를 배회한 지는 벌써 여러 해가 된다. 그녀는 책을 살짝 건드리곤 했다. 하지만 책은 아직 존재하지 않는 것이었다. 그녀의 발자국마다 잉크맛이 솟아났다." 이런 첫 문장의 충격을 받고 나면 책장이 손바닥에 딱 붙어버리는 법이다.

이 책은 『la pleurante des rues de prague』라는 제목부터 역자에게는 해결할 길 없는 난제다. 직역하면 '프라하 거리의 우는 여자'라는 뜻이겠지만 우선 'la pleurante'라는 말은 그냥 '우는 여자'가 아니라 흔히 무덤 앞에 조각하여 세우는 '상복 차림의 눈물 흘리는 여인상'을 가리킨다. 그런데 이 여인은 무덤 앞에 움직이지 않고 서 있는 석상이 아니라 프라하라는 도시의 거리거리를 울면서 돌아다닌다. 당연히 독자는 어두운 역사의 자취가 찍힌 거대한 무덤 같은 고도 프라하와 그 도시의 거리 모퉁이에서 문득문득 그 모습을 나타내며 눈물 흘리며 걸어가는 여인을 상상하게 마련이다. 이리하여 차츰 안개 속의 프라하라는 이국의 도시는 책을 읽는 사람의 내면 풍경이 되어 개인적 집단적 역사와 기억의 어둠이 깊게 파인다.

『프라하 거리에서 울고 다니는 여자』는 소설도 아니고 시도 아니다. 책의 편집자가 그녀의 다른 저작들인 『광대함』과 『소금의 광채』와 더불어 이 작품을 '이야기'라고 소개하는 것은 바로 소설도 아니고 시도 아니라는 의미일 것이다. 구태여 장르의 구분이 필요하다면 이야기를 가진 긴 산문시라고 할 수도 있을 것이다.

한 여자가, 거대한 여자가 프라하의 안개 속에서, "낮의 빛을 부식시켜버린 것 같은" 안개 속에서 저만큼 걸어가고 있다. 헌 누더기 옷을 펄럭이며…… "여자는 자신의 옷차림에 대해서는 전혀 신경을 쓰지 않는다. 마음이 너무 헐벗고 비탄에 잠긴 사람들은 원래 그런 법이다. 가슴이 어둠에 잠기고 생각이 인적 없는 길들을 따라 풀어 흩어지는 사람들의 몸은 그 무슨 옷으로도 가릴 수가 없다." 그 여자는 이름도 나이도 얼굴도 없다. 그러나 위풍당당하다.

한 여자가, "늦가을 그 흐린 오후의 다른 모든 조난자들 중 한 조난자일 뿐인" 한 여자가, 뒷모습을 보이며 가고 있다. 그녀는 가끔 구체적인 모습을 드러내어 저만큼 걸어가고 있지만 마치 투명인간 같다. 나무 기둥이나 다리의 교각, 그리고 벽도 쉽사리 통과한다. "그녀

에게는 어떤 물질도 장애가 되지 않는다." 그런가 하면 푸드득 날개
치며 날아오른 백조가 그녀의 몸을 공기처럼 관통하여 지나간다. 그
녀는 떠돌아다니는 개들처럼, 방랑자들처럼, 바람에 불려다니는 나
뭇잎처럼 지나간다. 그녀가 지나가면 바람이 인다. 그녀의 발자국 속
에는 숨소리가 나고 잉크 바람이 일어난다. 그녀는 난데없이 나타나
고 자취 없이 사라진다. 그녀는 존재하며 또한 존재하지 않는다.

한 여자가 울면서 가고 있다. 땅속의 샘물, 심연 속 깊숙이 어둑하
고 차가운 곳에 고여 있는 물, "수천 년 묵은 바위틈에서 새어나와
침묵과 공허의 광대함 속에서 기이한 울림을 펼쳐놓는 눈에 보이지
않는 물"소리로 울면서 가고 있다. 그 무슨 고통이 있어 그녀의 내면
에서 그처럼 울고 있는 것일까? 눈물은 헌 누더기옷을 걸친 이 거대
한 여자를 만드는 본질이며 질료이기 때문이다. 눈물은 인간들이 겪
어낸 모든 고통과 고독과 악의 산물이기 때문이다.

으스스한 느낌을 줄 만큼 엄청나게 큰 거인 여자가 5월의 어느 저
녁, 모든 라일락꽃들이 활짝 핀 프라하 거리를 천천히 걸어가고 있
다. 이 떠돌이 여자가 엄청나게 큰 것은 '복수의 존재'이기 때문이다.
그녀의 몸은 다른 몸들로부터 나오는 무수한 숨결, 눈물, 속삭임들
이 합류하는 장소다. 이 여자는 어떤 공통된 고뇌의 발산이다. "상喪
과 유기와 배반이 분비한 가지각색의 슬픔들"이 낳은 여자. 그녀는
눈에 보이지 않는 비물질적인 존재이면서도 이따금씩 도시 한 모퉁
이에서 가시적인 모습으로 나타나기도 한다. 이 거인 여자는 살과 피

가 아니라 이 세상의 모든 눈물과 집단적 기억의 압축으로 만들어졌다. 그렇기 때문에 그 여자가 나타날 때마다 내레이터의 깊은 무의식 속에서는 어떤 추억, 명상, 작품의 분위기, 혹은 고통의 편린들이 솟아오른다.

어느 가을날 저녁 프라하의 구시가 골목으로 한 여자가 걸어간다. 심하게 다리를 전다. 그녀의 왼쪽 다리는 오른쪽 다리보다 훨씬 짧다. 그녀가 다리를 쩔뚝거리는 것은 두 세계 사이를 번갈아 딛고 가기 때문이다. 여자는 가시적인 세계와 비가시적인 세계, 현재의 세계와 과거의 세계, 살과 숨의 세계와 먼지와 침묵의 세계 사이에서 끝없이 다리를 쩔뚝거리고 있다. 그 여자는 하나의 세계에서 다른 세계 사이를 오간다. 사라진 자들과 살아 있는 자들의 것이 한데 섞인 눈물의 남모르는 밀사가 되어. 그 여자는 존재하지 않는 침묵 위에 한 발을 디딘 다음 다른 한 발은 언어의 세계로 조심스레 내려놓는다. 그래서 그녀의 뒤를 따라가는 우리 독자들의 마음도 심하게 다리를 전다.

한 여자가 프라하의 비셰흐라드 언덕에 앉아 있다. 그녀의 키와 몸집은 단순히 "거인 여자 정도가 아니라 상상을 초월하는 어떤 거상巨像의 그것"이다. 그 여자는 땅과 담벼락 색깔의 헌 누더기 주름 속에 수천수만 명의 이름들, 얼굴들, 목소리들을 담아 가지고 있다. 그 여자는 인간들이 겪은 모든 "시간의 살갗"이다. 그 여자는 시간의 살갗을 훑고 지나가며 그 살갗을 부르르 떨게 하는 신비스러운 전율이다. 피로, 흥분, 다정함 혹은 고통의 전율일 뿐 결코 분노의 전율은 아니다. 그 여자는 이 세상처럼 광대하고 역사처럼 긴 그 살갗을 훑고 지나가는 무한하게 부드러운 연민의 전율이다. 그렇다. 마지막으로 전신을 관통하는 전율과도 같은 실비 제르맹의 텍스트를 천천히 음미하여 읽으면서 그 거인 여자의 실체를 상상해보자.

그 여자는 마치 해질녘 들판 가장자리의 어느 비탈 위에 앉아서 잠시 휴식을 취하는 농사짓는 여자처럼 편안하게 벌린 무거운 무릎 위에 두 손을 얹은 채 앉아 있었다. 저녁 등불이 켜지기 시작하는 도시가 그녀의 발아래 펼쳐져 있었다.

그 여자는 겸손하면서도 위엄 있게 요지부동으로 군림하고 있었다. 그러다가 돌연 그녀가 상체를 약간 앞으로 기울이더니 마치 도시 전체에게 제 무릎 아래 와서 누우라고, 품에 와 안겨 쉬라고 권하기라도 하듯 두 팔을 벌려 도시 쪽으로 내밀었다.

그 여자는 아주 천천히 도시를 안아올렸다. 그녀는 마치 어머니가 아기를 안아올리듯이 도시를 쳐들더니 무릎 위에 올려놓고 천천히 흔들었다.

한순간, 아주 짧은 한순간, 도시 전체가 거인 여자의 무릎 위에서 조용히 흔들리고 그녀의 품안에서 포근히 감싸였다. 그리고 그녀의 배에서, 대지와 그 뿌리의 깊은 태반 속에서, 우유맛이 나는 눈물의 종소리를 내는 심장에서 솟아오르는 노래가 그 도시를 쓰다듬었다.

인간의 역사에서는 "진흙 속에 뒹구는 개털같이 구역질나는 영혼들의 악취"가 진동한다. 총에 맞아 쓰러진 소년과 함께 그가 옆구리에 끼고 가다가 굴러떨어진 빵 덩어리는 여전히 드로호비츠의 골목길들을 따라 굴러간다. 그것은 먼지와 피 속에서 이 세상 끝까지 굴러간다. 거인 여자는 세상의 탄식과 눈물의 모든 소리를 향해 가슴을 열고 빵 덩어리가 아니라 빵 덩어리의 먼지와 피의 맛을 긁어모은다. 추억을 끝장내버리기 위해서가 아니라 그 반대로 그 추억을 더욱 생생하게 하고 그것에 현재의 색깔들을 회복시켜놓기 위해서, "새로 태어난 심장처럼 그 추억이 고동치게 하기 위해서" 말이다. 그러나 무엇보다도 그녀가 자신의 헌 누더기 품 안에 도시 전체를 안아올리는 동안 우리가 전신으로 느끼게 되는 것은 "무한하게 부드러운 연민의 전율"이다.

여기서 나는 쩔뚝거리는 걸음으로 프라하 거리를 울고 다니는 이 거대한 여자의 뒷모습을 독자들에게 맡긴다. "가시적인 것을 난파시키는 시간", 어느 낯선 책의 한 모퉁이에서 이런 여자를 마주치고 나면 그때부터 당신의 삶은 결코 그 이전의 삶과 같은 것일 수 없다. 이제부터 그대 영혼의 어느 한구석에는 헌 누더기를 걸친 한 여자가 현재와 과거를, 눈에 보이는 세계와 눈에 보이지 않는 세계를, 침묵과 언어의 세계를 한 발씩 번갈아 디디며 쩔뚝거리며 가고 있을 것이다. 독자여, 책을 덮으면서 '프라하'라고 발음해보라. 버림받음, 고통, 악, 역사, 연민 같은 말이 그냥 추상적인 단어가 아니라 흐린 거리 저 만큼에서 쩔뚝거리며 울고 가는 거인 여자의 모습을 하고 있다는 것을 알게 될 것이다. 그리고 "텍스트는 고독, 부재가 환하게 밝혀지는 장소, 공허가 날카롭게 우는 소리를 내고 침묵이 노래하는 장소"임을 마침내 깨닫게 될 것이다.

(2006)

내 인생의 작가와 작품

나이가 들수록
젊어지는
소설의 번역

알베르 카뮈
『이방인』
책세상, 1987
책세상, 2012

『이방인』은 나와 동갑내기로 이 세계가 전쟁의 어둠에 휩싸여 있던 1942년, 세상에 태어났다. 열다섯 살에 영문도 모르고 읽었던 이 소설이 운명처럼 내 청춘을 동반해왔다. 이 책의 번역은 물론 처음이 아니다. 우리나라가 전쟁을 겪고 있던 1950년대, 이휘영 교수가 처음으로 『이방인』의 번역을 세상에 내놓은 이래 여러 차례 서로 다른 번역물이 뒤이어 나왔다. 특히 이휘영 교수의 명역은 신화적이었다. 나 역시 그분의 탁월한 번역을 읽으면서 카뮈와 만났었다.

그러나 30여 년의 세월이 지나면서 언어의 관습도 달라졌고, 작품 해석의 방향도 조금씩 변하고 보완되었다. 그리고 특히 이교수의 번역이 판을 거듭하면서 오늘날에는 원래의 형체를 분간하기 힘들 정도로 일그러지고 말았다. 심하게 말하면 오늘날 이휘영 교수의 이름이 찍힌 번역은 원래의 정교한 번역의 아름다움을 거침없이 훼손하고 있다. 나는 이런 모든 문제를 나름대로 보완하고자 했다. 특히 홍승오 교수의 현대적이고 탁월한 번역에 많은 도움을 입으면서 이휘영 교수의 번역을 재해석했다.

다른 한편 이휘영 교수가 번역의 대본으로 삼은 『이방인』 원본의 초판본은 카뮈 자신에 의하여 부분적으로 수정된 바 있다. 나는 이 번역을 위해서 플레이아드판 카뮈 전집과 폴리오판, 그리고 갈리마르 출판사 원본을 면밀하게 대조했다(이 소설의 첫머리에 나오는 죽음은 '어머니'의 죽음이 아니라 '엄마'의 죽음이다. 이것이 적어도 번역자의 작품 해석이다).

끝으로 작품의 이해를 돕기 위하여 사르트르의 「『이방인』 해설」을 완역해 싣고 또 피에르-루이 레Pieere-Louis Rey가 1970년에 낸 입문서 『카뮈와 이방인』을 연보와 작품 요약만을 제외하고 모두 다 번역하여 실었다.

지금은 고인이 되신 은사 이휘영 교수 영전에 이 보잘것없는 번역을 감사와 존경의 뜻과 아울러 바치고자 한다.

(1987)

1987년 나의 첫 번역본을 선보인 이후 28년이라는 긴 세월이 흘렀다.

그 사이에 독자의 감성과 언어 관습도 사회의 구조적 변화와 더불어 많이 변했다. 뿐만 아니라 『이방인』이라는 소설 자체가 이제는 우리 독자들에게도 익숙한 '고전'으로 충분히 자리를 잡았다. 따라서 번역이 독자들을 위한 필요 이상의 친절을 베풀 필요가 없어졌다.

이번에 『이방인』을 전면적으로, 새롭게, 번역하면서 역자는 카뮈의 소설 원문이 가진 문체, 문장 구조와 어순을 최대한 존중하면서 원문에 가장 밀착된 번역이 되도록 노력했다. 이를 위하여 몇 가지 원칙에 따랐다.

1. 오늘의 한국어가 허용하는 한 가장 간결하고 단순한 문장과 단어로 번역하도록 노력했다. 가장 단순한 것이 항상 가장 이해하기 쉬운 것은 결코 아니므로 그에 따르는 위험도 감수할 필요가 있다고 판단했다.

2. 독자의 가독성을 돕는 의역을 가능한 한 피하고 원문의 탈색된 문체를 그대로 유지, 표현하고자 했다.

3. 카뮈의 원문이 가시적으로 표현하고 있지 않는 한, 문장과 문장 사이의 인과관계나 시간적 선후 관계에 대한 해석을 임의로 추가하지 않도록 노력했다.

물론 새 번역의 기회에 몇 가지 오류와 어색한 표현, 관습상 달라진 호칭 등을 고쳤다.

번역에 사용한 텍스트는 『Albert Camus, Oeuvres completès, I, édition publiés sous la direction de Jaqueline Lévi-valensi』, Bibliothèque de la Pl?iade, 2006, Gallimard, pp. 139~213이다.

(2015)

가장 오래된 것과
가장 싱싱한 것의
만남

알베르 카뮈
『최초의 인간』
열린책들, 1995
열린책들, 2001

1960년 1월 4일 월요일 오후 1시 55분 상스에서 파리로 가는 국도 7번. 파리에서 그리 멀지 않은 빌블르뱅 마을 어귀. 아름드리 플라타너스 가로수들이 양편에 늘어서 궁륭을 이루고 있는 국도상에서 돌연 알 수 없는 '끔찍한 소리'가 쾅 하고 들렸다. 자동차 한 대가 육중한 가로수를 들이받고 섰다. 운전대를 잡고 있던 미셸 갈리마르는 물론 그 옆자리에 앉아 있던 작가 알베르 카뮈도 현장에서 사망. 마흔일곱 살. 노벨문학상을 수상한 지 3년 뒤였다.

그로부터 34년 후, 1994년 9월 27일 오후 1시. 파리의 생클루 광장가의 '레 트루아 조뷔' 식당. 청년 시절 이래 알베르 카뮈와 절친한 친구였던 소설가 에마뉘엘 로블레스 씨는 나에게 그 비통한 순간의 일을 이렇게 설명했다. "신문기자 친구들에게서 카뮈의 사고사 소식을 듣는 즉시 나는 아내와 함께 마담 가街에 있는 그의 집을 찾아갔어요. 카뮈의 아내인 프랑신보다 우리가 먼저 그 집에 도착한 것이더군요. 그녀는 집에 돌아올 때까지도 아무것도 알지 못하고 있었어요. 그녀의 언니 크리스티안이 그녀를 한쪽으로 불러서 그 끔찍한 소식을 알렸죠. 내가 차를 운전해서 프랑신, 크리스티안, 이렇게 셋이서 빌블르뱅으로 급히 갔지요. 벌써부터 잔뜩 몰려든 기자들과 사진기자들의 접근을 막느라고 경찰관들이 삼엄하게 지키고 있는 면사무소 홀 안으로 나는 프랑신을 데리고 들어갔어요. 프랑신은 오직 나와 검시 의사 외에 다른 사람은 들어가지 못하게 했지요. 공교롭게도, 그 의사의 이름 역시 카뮈였어요. 시신은 트렌치코트를 입은 채 긴 테이블 위에 뉘어져 있었어요. 시트를 들추니 얼굴에는 이마 전체를 가로지르는 한 줄의 긴 상처와 왼쪽 손등에 긁힌 자국이 나 있을 뿐이었어요. 카뮈는 잠들어 있는 것만 같았어요. 잠시 침묵에 잠긴 채 마음을 추스르고 난 프랑신이 중얼거리듯 말했어요. '그의 손이, 그 아름다운 손이······' 그녀는 고통 때문에 경련을 일으키면서 그 손을 천천히 쓰다듬었어요. 그러더니 의사에게 고개를 돌리면서 나직한 목소리로 물었어요. '사망한 것이 틀림없습니까?' 내겐 아주 의외의 질문이었지요. 의사도 역시 어이없다는 듯이. '아니, 부인. 목과 척추가 부러졌습니다. 보세요······ 두 군데 긁힌 상처에 피가 안 났잖아요. 충격으로 심장이 먼저 멎었던 것입니다.' '이런 일은 분명하게 확인을 해야 한다고 그이가 늘 말하곤 했기에……' 하고 말을 흐리는 프랑신의 목소리는 참혹했어요." 이야기를 마친 로블레스 씨는 1992년 2월에 내게 보내준 적이 있었던 자신의 원고 「알베르 카뮈의 얼굴」이라는 텍스트를 『최초의 인간』의 한국어판에 번역 전재하는 것을 쾌히 승낙해주었다.

사고 당시 차 안에 있던 물건들 중에는 충격으로 인하여 현장에서 무려 150미터나 되는 먼 곳까지 튕겨나간 것도 있었다. 그 직전까지만 해도 카뮈는 남프랑스의 뤼베롱 산기슭 작은 마을 루르마랭의 시골집에서 새로운 소설 집필에 여념이 없었다. 휴가를 맞아 시골집에 함께 내려와 있던 가족들—부인 프랑신 카뮈, 쌍둥이 남매 카트린과 장—은 아이들의 학교 개학에 맞추어 파리로 막 떠난 뒤였다. 카뮈 역시 가족과 함께 파리로 돌아갈 예정이었다. 그런데 마침 절친한 친구 미셸 갈리마르 부부가 자동차 편으로 파리에 돌아간다면서 동행을 권했다. 이리하여 카뮈는 미리 사둔 기차표를 가방 속에 넣어둔 채 가족들과는 별도로 미셸 갈리마르의 자동차에 동승하게 되었던 것이다. 사망 후 가방에서 발견된 그 쓰지 않은 기차표를 근거로 하여 당시의 어떤 기자는 이 '부조리' 작가의 '부조리한 자살'을 성급하게 추측하기도 했다. 카뮈 자신의 소설 『이방인』에서처럼, 이 같은 우연의 기묘한 연쇄는 돌연 작가를 뜻하지 않은 죽음으로 인도했다.

자동차가 가로수와 충돌하여 멎는 순간 이제 막 깊게 갈아엎은 길옆의 밭고랑으로 튕겨나간 소지품들 중에는 검은색의 작은 가방이 하나 있었다. 그 가방 속에는 카뮈가 루르마랭을 떠나기까지 열중하여 집필하고 있었던 육필 원고가 담겨 있었고, 그 '작품'이 바로 지금 여기 번역하여 출간하는 『최초의 인간』이다.

이 원고의 존재는 이미 카뮈를 연구하는 전문가들 사이에서는 널리 알려져 있다. 로제 키요는 그가 펴낸 '플레이아드 전집'의 주석에서 이 작품을 극히 짤막하게나마 소개한 바 있다. 그러나 지금까지는 몇몇 연구가들만이 복잡한 경로로 가족의 허락을 얻어 그 자리에서 급히 원고를 일별─瞥해보는 영광을 가졌을 뿐이었다. 한편 1974년 봄, 파리의 뤽상부르 공원 옆 마담 가에 있는 카뮈의 그 어둑신한 아파트에서 프랑신 카뮈 부인에게 나를 처음으로 소개해준 바 있었던 툴루즈 대학 교수 장 사로키 씨(그는 이미 카뮈 사후에 출간된 소설 『행복한 죽음』의 편집과 주석을 맡은 바 있다)는 누구보다 먼저 이 미완의 원고를 면밀히 검토하여 학위논문 「알베르 카뮈의 작품에 나타난 아버지 찾기」la recherche du père dans l'oeuvre d'Albert Camus」를 발표한 바 있다. 그러나 소설 자체가 출간되지 않고 있었기 때문에 아직까지 그는 작품의 인용이 다수 포함된 자신의 학위논문을 책으로 펴내지도 못하고 있었다.

카뮈의 사망 후, 1960년에 프랑신 카뮈 부인은 우선 육필 원고를 바탕으로 타자본을 작성했다. 그리고 그것을 카뮈의 가까운 친구들,

특히 시인 르네 샤르, 소설가 로제 그르니에 그리고 로베르 갈리마르 등에게 읽어보도록 부탁한 다음 그 텍스트의 출판 여부에 관하여 의견을 물었다. 그들은 모두 출판하지 않는 쪽으로 충고했다. 우선 그것은 '미완성 원고'가 아니라 쓰다 만 '초고'에 불과하다는 이유 때문이었다. 작가가 예기치 못한 죽음을 맞지 않았더라면 작품은 실제로 지금 여기 펴낸 책보다 분량이 훨씬 많아졌을 것이며 구성과 문체 및 내용 역시 여러모로 달라졌을 것이다. 따라서 지금 여기에 펴내는 『최초의 인간』은 우리가 끝내 읽을 수 없게 된 어떤 '소설'의 '밑그림'의 일부에 불과한 것이다. 더군다나 독자가 읽으면서 확인할 수 있듯이 이 글 속에는 온갖 자전적인 내용이 전혀 여과되지 않은 상태로 노출되어 있다. 카뮈의 예술적 태도를 조금만 이해하는 사람이라면 작가 자신이 결코 이대로는 출판하지 않았으리라는 것을 충분히 짐작할 수 있다. 그렇기 때문에 이 글은 34년 동안이나 출판되지 못한 채 어둠 속에 묻혀 있었던 것이다.

그렇다면 그 34년 동안의 세월은 어떻게 하여 '출판할 수 없는 밑그림'을 '출판 가능한 원고'로 탈바꿈시켜놓을 수 있었던 것일까? 우선 그사이에 원고의 판권을 가진 프랑신 카뮈 부인이 사망했다. 그리하여 딸 카트린이 아버지가 남기고 간 전 작품을 관리하게 되었다. 아들 장과 마찬가지로 변호사 출신인 카트린은 14년 전부터 카뮈의 지적 유산 관리를 맡은 '직업인'이 되었다. 카뮈의 작품 관리는 그 자체만으로도 벅찬 '직업'이다. 가령 카뮈의 수많은 작품과 글 가운데서 소설 『이방인』 하나만 예를 들어보자. 외국의 번역판은 그 만두고라도 프랑스 국내에서만 무려 20여 만 명의 새로운 독자들이 매년 『이방인』을 다시 '발견'하고 있으며 그 소설 한 권의 프랑스어 판만 해도 지금까지 무려 700만 부 이상 판매되었다. 또 생전에 격동하는 동시대 역사와 상황에 깊숙이 개입해 있었고 폭넓은 인간관계를 맺어왔던 카뮈였으므로 그의 미발표 문학 텍스트들은 물론 신문의 사설이나 기사, 잡지 기고, 인터뷰, 연극, 서한, 작가수첩, 메모 등 수많은 글들이 책으로 출판되지 않은 채 남아 있다. 이들은 적절한 기회에 분류 정리하고 나아가서는 책으로 묶어 펴내야 할 대상들이다.

카트린은 우선 카뮈를 연구하는 모든 사람들이 고대하고 있었던 『작가수첩 Ⅲ』을 정리하여 출판했다. 그후 그녀는 카뮈의 친구들에게 『최초의 인간』을 30여 년 만에 한번 더 읽고 그 출판 여부를 판단해줄 것을 요청했다. 뜻밖에도 그들은 모두 생각을 180도로 바꾸었다. 제2차 세계대전 직후 카뮈가 이끌던 저 유명한 일간지 '콩바'의 기자였으며 현재는 갈리마르 출판사의 중진 편집위원이기도 한 소설가 로제 그르니에의 설명을 들어보자.

"그렇다. 난 의견을 바꾸었다. 처음 읽었을 때는 출판에 절대 반대였다. 그런데 두번째는 절대 찬성이었다. 1945년 '콩바'의 편집국에서는 당시 활동하던 작가들 중에서 누가 후세에 남게 될까 하는 질문을 던져보곤 했다. 그건 아무도 알 수 없는 일이었고 또 사실 그때까지 살아남아서 그 사실을 확인할 수 있는 사람도 없겠기에 아무려면 어떠랴 하는 심정이었다. 그런데 불행하게도 카뮈의 삶이 너무 일찍 끝나버렸다. '후세'라고 하는 것은 확고하게 정해져 있는 것이 아니라 끊임없이 움직이고 변화하는 것이다. 1960년 이후 카뮈를 판단하고 이해하는 방식은 네 가지, 다섯 가지, 여섯 가지 천차만별이었다. 『최초의 인간』을 출판할 경우 최악의 시점이라면 그건 필경 그의 사망 직후였을 것이다. 그가 한창 공격을 받던 때였고 흔히들 카뮈는 이제 끝났다고 떠들던 때였으니까 말이다. 그후 그는 온갖 사람들에 의하여 복권되었다. 로브그리예는 그를 누보로망의 선구자라고 했고 신철학자들은 그를 등에 업고 나왔다. 정신적 태도가 유사했는데도 1968년의 젊은이들이 카뮈를 더 많이 들먹이지 않은 것이 이상할 정도다. 지금도 사르트르-카뮈 논쟁은 계속되고 있다. 프랑스 사람들은 볼테르 대 루소 하는 식의 결투를 좋아하니까. 그러나 이제는 공산주의의 붕괴로 카뮈의 생각이 옳았다는 것을(너무 일찌감치 옳았다는 것이 그의 잘못이었다) 사람들이 깨닫게 되었다. 그러니 후세란 끊임없이 변하는 것이다. 『최초의 인간』을 출판하는 최적의 시점은 바로 지금이다. 그 증거로 이 책이 나오자마자 얼마나 요란하게들 떠들어대고 있는가."[*]

　요컨대 『최초의 인간』이 햇빛을 보게 된 데는 외적인 상황의 변화

---

[*] ⟨Bulletin d'Information, Albert Camus, Le Premier Homme⟩, N° 33, Mai, 1994, Sociètè des Etudes Camusiennes, p. 17.

가 크게 작용한 것으로 해석된다. 1952년 『반항하는 인간』과 스탈린주의를 에워싸고 월간 『르 탕 모데른』지를 무대로 하여 벌어진 사르트르-카뮈 논쟁 이후 카뮈는 너무나도 빈번히 그리고 무참하게 프랑스 좌파 지식인들의 공격 대상이 되었다. 그 악의에 찬 공격들은 알제리 전쟁과 카뮈의 노벨상 수상을 거쳐 그의 죽음의 순간에까지도 계속되었다. 그때 카뮈가 겪은 고통은 그의 가장 암울한 작품인 『전락』 속에 가슴이 섬뜩한 조롱과 고백, 그리고 자기 고발의 형태로 그 흔적을 깊이 남기고 있다. 『최초의 인간』에 대한 구상이 처음으로 그의 『작가수첩 Ⅲ』 속에 등장하는 무렵인 1953년 10월의 노트는 당시 그들의 공격이 그에게 얼마나 깊은 상처를 주었는지를 짐작할 수 있게 한다.

문단이나 정당의 따라지에게 모욕을 당하고도 입 한번 뻥끗하지 못하는 고상한 직업! 흔히들 품위가 떨어진다고 하는 다른 시대에는 적어도 우스꽝스러워지지 않도록 시비를 걸어 상대를 죽일 권리는 있었다. 물론 그것 역시 바보 같은 짓이긴 하다. 그러나 적어도 모욕을 이보다는 덜 편안하게 만들어줄 수는 있는 것이다.

그리고 바로 그다음 페이지에는 이렇게 적혀 있다.

1953년 10월 『시사평론 Ⅱ』 발표. 이제 목록 작성은 끝났다―해석과 논쟁. 이제 남은 것은 창조다.

이 공격적인 '해석과 논쟁'의 와중에 카뮈가 긍정적인 쪽으로 관심을 돌려 마음을 가다듬고 몰두하기 시작한 '창조'가 바로 『최초의 인간』의 구상이었을 것으로 짐작된다.

그러나 카트린의 지적대로 문단과 정치 상황 및 여론에 변화가 뚜렷이 느껴진 것은 1980년대였다. 바로 이 무렵에 어머니의 사망으로 카뮈의 작품 관리를 넘겨받게 된 카트린은 우선 『작가수첩 Ⅲ』의 출판을 통하여 새로운 '직업'을 익히고 나서 카뮈 연구가들의 강력한 요청과 로제 그르니에, 로베르 갈리마르 등의 격려에 힘입어 무려 2년 반에 걸쳐 『최초의 인간』의 '밑그림'을 출판 가능한 원고로 탈바꿈시켰다. 그 과정은 이 책의 머리에 붙인 '편집자의 말'에 간략하게 기록되어 있다. 그러나 실제로 일은 훨씬 더 복잡했다. "책과 관련하여 여러 권의 공책들(『작가수첩』)과 노트들이 또 있었다. 나는 우선 카뮈가 쓰고자 하는 책이 어떤 것이었는지에 대하여 어느 정도 감을 잡을 수 있는 공책들부터 검토를 시작했다. 그런데 『최초의 인간』을 위한 자료들이 담긴 파일이 하나 더 있었다. 통일성이 없어서 출판할 수는 없는 것이지만, 신문 잡지의 스크랩들과 더불어 가령 오를레앙빌의 지진에 대한 모든 자료, 등장인물들에 대한 노트 등이 포함된 것이었다. 그런 모든 것들을 검토하고 나서야 비로소 책의 분위기에 젖어들 수 있었고 원고 정리를 시작할 수가 있게 된 것이다." 이것이 원고 정리에 무려 2년 반이라는 긴 세월이 소요된 것에 대한 카트린의 설명이다.

이리하여 책은 카뮈의 일생과 떼어놓을 수 없는 갈리마르 출판사에서 1994년 4월 13일에 출간되었다. 그러나 작가가 생전에 발표한 모든 작품들이 포함된 권위 있는 '백색 총서la collection blanche'로서가 아니라—"그 총서에 넣어서 책을 낸다는 것은 독자들에 대해서뿐만 아니라 아버지에 대해서도 떳떳하지 못한 일이었을 겁니다"라고 카트린은 말했다(르 몽드, 1994년 4월 22일자). 카뮈의 완결된 '작품'이 아니기 때문이다—작가의 사후에 유고들을 펴낸 별도의 '알베르 카뮈 노트cahiers Albert Camus' 시리즈 제7권으로 출판된 것이다.

그러나 책을 내놓으면서 카트린이나 출판사, 그리고 카뮈의 친구들이 자신만만했던 것은 결코 아니었다. "카뮈를 위해서 난 몹시 겁이 났어요. 남들이 공격을 한다 해도 자신을 방어할 본인이 없으니 말입니다."(르 몽드) 본인이 살아 있을 때조차도 "문단이나 정당의 따라지에게 모욕을 당하고도 입 한번 뻥긋하지 못하는 고상한 직업!"이라고 탄식했던 카뮈였다.

그러나 놀라운 일이 벌어졌다. 출판된 『최초의 인간』은 거의 아무런 공격을 받지 않았을 뿐만 아니라 일간 르 몽드는 4월 16일에 플로랑스 누아빌의 「알베르 카뮈의 치유할 수 없는 어린 시절」, 4월 22일에 또다시 플로랑스 누아빌의 「다시 찾은 알베르 카뮈」로, 주간 『누벨 옵세르바퇴르』는 4월 14~20일자 미셸 쿠르노의 「알베르 카뮈의 미완의 고백」, 4월 23~29일자 특집호, 6월 9~15일 「카뮈의 승리」 특집 등 여러 차례에 걸쳐 대서특필하며 열광했다. 찬미로 가득찬 평가를 선도한 것은 오히려 이탈리아 신문(노스트로 템포Nostro Tempo, 일 지오르노Il Giorno)들이었다. 프랑스의 유수한 신문, 잡지, 방송치고 이 책의 출판과 카뮈에 대한 재평가를 다루지 않은 매체는 거의 없었다.

『피가로 리테레르Figaro Littéraire』는 4월 15일자를 카뮈 특집으로 할애하여 장 마리 루아르의 기사 「정직함」을 사설로 다루었고, 크리스티앙 샤리에르의 「정의의 인간 카뮈」, 알랭 제라르 슬라마의 「찾을 수 없는 모럴을 찾아서」를 실었다. 편집자 카트린 카뮈도 유명 인사로 부상하여 4월 22일 베르나르 피보의 널리 알려진 TV 프로그램 〈부용 드 라 퀼튀르Bouillon de la Culture〉에 출연하고 여러 신문과 모임에서 인터뷰를 했다. 이 와중에서 발견할 수 있는 다소 비판적이거나 무심한 평으로는, 왕년에 「그는 고등학교 졸업반을 위한 작가인가?」란 공격적인 글을 써서 카뮈 연구가들에게 자주 인용되는 장 자크 브로쉬에의 「그것은 초안에 불과하다」(『에벤느망 드 죄디L'Evénement de Jeudi』, 4월 7~13일)와 『파리 마치Paris Match』(4월 21일)의 질 마르탱 쇼피에가 피상적으로 휘갈겨 쓴 「알베르 카뮈가 이상적 어린 시절의 초상을 그릴 때」뿐이었다.

한편 우리나라의 신문 보도를 주도한 것은 한겨레의 특파원 고종석이었다. 그는 책이 프랑스의 서점에 나오기 전에 이미 4월 13일 출간 예정 소식을 알리면서 작품의 성격과 중요성, 프랑스 현지의 반응을 소개했다. 그후 다른 여러 일간지들, 주간지들과 방송이 뒤따랐다. 비교적 상세한 소개의 글로는 주간 『시사저널』의 파리 통신원 양영란이 쓴 「정직한 『이방인』 되살아오다」가 있다.

　이와 같은 언론과 비평계의 전반적인 호평과 재평가, 나아가서는 카뮈의 '복권'을 일반 독자들 또한 예외적인 열광으로 뒷받침했다. 책이 서점에 나온 첫 주 동안에 초판 5만 부가 매진되었다. 4월 22일자 르 몽드에 의하면 벌써 16개의 외국 출판사와 번역 출판 계약이 맺어졌다고 한다. 그리고 프랑스에서는 완성된 작품도 아닌 이 미완의 '밑그림'이 다른 모든 신간들을 제치고 무려 6개월 동안 베스트셀러 최상위의 자리를 지켰다. 파리의 한복판에 있는 대형 서점 프낙 FNAC의 서적부 입구에 높다랗게 쌓여 있는 이 책의 무더기를 바라보면서, 길거리와 지하철 안에서 『최초의 인간』을 들고 있는 사람들을 심심치 않게 마주치면서, 사람들은 카뮈가 30여 년 만에 다시 그 젊은 얼굴로, 에마뉘엘 로블레스가 감동적으로 회고하는 그 빛나는 얼굴로 되살아나고 있음을 확인했다.

* *

　『최초의 인간』의 구상과 관련된 기록이 카뮈의 『작가수첩 Ⅲ』 속에 처음 등장하는 것은 1951년으로 소급된다.

소설…… 동부 군인 묘지. 아들은 서른다섯 살이 되어 아버지의 무덤을 찾아갔다가 아버지가 서른 살에 사망했다는 사실을 알게 된다. 아버지는 '나보다 손아래가 되었군'.

그러나 작품의 제2장 '생브리외'에 등장하는 이 '손아래' 아버지의 테마가 명백하게 '최초의 인간'이라는 제목과 함께 소설의 구상 속에 구체적으로 편입되어 처음 나타나는 것은 정확하게 1953년 10월이다.

소설. 제1부. 아버지 찾기, 혹은 알지 못하는 아버지 찾기. 가난에는 과거가 없다. '어느 날 시골의 공동묘지에서…… X는 자기의 아버지가 그 순간에 자기 자신보다 더 젊은 나이에 죽었다는 것. 거기에 누워 있는 이는 비록 35년 전부터 거기에 누워 있기는 하지만 2년 전부터 자기보다 손아랫사람이라는 것을 발견한다. 그는 자신이 아버지에 대해 아무것도 아는 것이 없음을 깨닫고 그 아버지를 다시 찾아 나서기로 결심한다……'
이사하는 중에 출생.
제2부. 어린 시절(제1부와 섞인). 나는 누구인가?
제3부. 한 인간의 교육. 육체에서 벗어날 수가 없다. 아! 최초의 행위들의 천진무구함!

오 아버지! 나는 내가 갖지 못한 그 아버지를 미친 듯이 찾았었다. 그런데 이제 나는 내가 항상 갖고 있었던 나의 어머니와 그의 침묵을 발견하는 것이었다.

『최초의 인간le premier homme』

구상?

1) 아버지를 찾아서.

2) 어린 시절.

3) 행복의 시절(1938년 병을 얻다). 행복의 과잉으로서의 행동. 그것이 끝났을 때의 강한 해방감.

4) 전쟁과 레지스탕스(바로 아켐과 교착된 지하 신문).

5) 여자들.

6) 어머니.

따라서 『작가수첩 Ⅲ』 속에서 발견되는 『최초의 인간』 관련 기록들과 지금 번역 출판하는 이 책의 부록 중 「최초의 인간—노트와 구상」을 근거로 해볼 때 우리는 다음 몇 가지 사실들을 추론해볼 수 있다. 우선 이 작품은 애초부터 카뮈의 머릿속에서 '아버지 찾기'라는 핵심적인 주제를 출발점으로 하여 구상되었다는 점을 알 수 있다. 이는 장차 '최초의 인간'이라는 제목, 혹은 주제의 의미를 해석하는 데 있어서 중요한 실마리를 제공할 수 있을 것이다.

둘째로 카뮈가 구상한 작품의 내용 중에서 사망 직전까지 '밑그림'의 형태로 순서를 달리한 채로나마 실제로 집필된 부분이 1장 '아버지를 찾아서', 2장 '어린 시절', 6장 '어머니' 등의 세 개 장이라면 3장 '행복의 시절(1938년 병을 얻다)', 4장 '전쟁과 레지스탕스', 5장 '여자들' 등의 세 개 장은 전혀 손을 대지 못한 채 남게 되었다는 것을 알 수 있다.

다만 5장 '여자들'과 관련된 것으로 짐작되는 제시카는 이미 1954년부터 그 성격이 구체화되고 있는 인물임을 발견할 수 있다.

『최초의 인간』: 제시카를 거쳐가는 단계들 : 관능적인 소녀, 절대에 매혹된 사랑에 빠진 젊은 여자, 진짜로 사랑을 하는 여자, 처음의 애매함에서 벗어난 완성.

한편 4장 '전쟁과 레지스탕스'와 관련이 있을 듯한 인물로 아랍인 사독이나 투사 피에르, 딜레탕트인 장은 다소 뒤늦게, 1955년에야 비로소 수첩의 메모 속에 나타나고 있다.

끝으로 우리가 확인할 수 있는 흥미로운 사실은, 카뮈가 1953년 10월경에 『최초의 인간』이라는 소설을 처음으로 구상한 이래 1956년까지 약 3년 동안에는 비교적 꾸준히 이 '소설'을 염두에 두고서 머릿속에 떠오르는 인물, 장면, 사건, 심리 등 여러 가지 요소들을 '수첩'

에 메모해두곤 했다는 점, 그러나 "전쟁이 벌어지고 있는 알제리를 향하여" 되돌아가는 어머니와 그 어머니를 혼자 떠나보낼 수밖에 없는 아들이 서로 헤어지는 대합실 장면의 '소설(끝)'과 "소설. 제시카와 15년 동안이나 사랑을 하고 난 뒤에 그는 어떤 젊은 무용수를 만난다"고 구상해보는 1956년 8월경의 노트를 끝으로 그후 약 3년 가까운 기간 동안 '수첩' 속에는 이 '소설'에 관한 구상의 흔적이 전혀 나타나지 않고 있다는 점이다. 소설에 관한 노트가 전혀 보이지 않는 이 시기(1956년 8월~1959년 5월)야말로 이 작가에게는 가장 견디기 어려웠던 '침묵의 시절'이다.

그러나 겉보기에는 그렇게 절망적이라고 여겨지지 않을 수도 있다. 오히려 어느 면에서는 화려해 보일 정도이다. 1957년에는 노벨 문학상을 수상했다. 이듬해 6월에는 미셸 갈리마르와 요트를 타고 그리스 여행을 했으며, 9월에는 루르마랭 시골집을 매입했다. 한편 걸작 소설 『전락』을 집필했고 연말에는 도스토옙스키의 소설 『악령』을 각색하여 무대 연습에 들어갔다. 따라서 이 시기는 오히려 행복과 풍요의 시절로 보일지도 모른다. 그러나 건강이 악화된데다가 그에 대한 문단과 정치권의 공격이 견딜 수 없을 정도에 이른 나머지 1957년의 어느 일기에서 그는 "10월 17일. 노벨상. 짓눌림과 우수가 함께 섞인 이상한 감정"이라고 짤막하지만 고통스러운 어조의 기록을 남기고 있다. 그런 가운데 알제리 사태가 점차 비극적 국면으로 접어들면서 그는 이러지도 저러지도 못한 채 참을 수 없는 침묵 속으로 빠져들었다. 그는 자신의 상상력 속에서 '풍경'이 자취를 감추고 있다고 스스로 한탄한다. 이 무렵에 쓴 한 단편소설의 제목처럼 그는 「배교자—혼미한 정신」의 시대를 살고 있었다.

『최초의 인간』이 책으로 출간되고 난 직후 로베르 갈리마르는 이렇게 증언했다. "프랑신이 내게 이 책의 존재를 알려주었을 때 나는 너무나도 의외여서 놀랐다. 왜냐하면 카뮈는 고인이 되기 약 1년 전, 내가 지금도 어디라고 손가락으로 가리켜 보일 수도 있는 『엔에르에프』지 편집부 복도에서 내게 '끝장이야, 난 더이상 글을 못 쓰겠어' 하고 말했었기 때문이다. 알제리 전쟁 때였고 그는 기진맥진한 상태였으며 문단에 대한 혐오감과 구토증을 참을 수 없어 했다. 게다가 작가들 가운데 그와 심정을 같이하는 정신적 가족이 하나도 없었다. 결국 그는 '연극에 몰두해보겠다'고 말했다. 그래서 나는 이 소설의 원고를 보고 속으로 '아니, 다시 손이 풀렸군' 하고 생각했던 것이다. 그렇기 때문에 나는 이 원고가 그가 살아 있던 마지막 6개월 동안에 쓴 것이라고 확신하는 것이다."(《Bulletin d'Information》, 19쪽.)

로베르 갈리마르의 증언은 사실과 정확하게 맞아떨어지고 있다. 왜냐하면 1959년 4월 28일에 그를 괴롭히는 사람들로 가득찬 파리로부터 멀리 떨어진 루르마랭 시골집으로 내려온 카뮈는 『작가수첩 Ⅲ』에 이렇게 기록하고 있기 때문이다.

5월.

작업 재개. 『최초의 인간』 제1부에 진척이 있다. 이 고장. 그리고 이 고
장의 고독과 아름다움에 감사.

이것이 『작가수첩 III』 속에서 『최초의 인간』과 관련된 것으로 발
견할 수 있는 마지막 기록이다. 그 이후 운명이 그에게 허락한 최후
의 7개월은 예정에 없던 유서가 되고 만 『최초의 인간』의 열광적인
집필에 바쳐진다. "때로는 마침표도 쉼표도 찍지 않은 채 판독하기
어려운 속필로 펜을 달려 쓴 144페이지의 원고"라고 카트린이 표현
한 그 뜨거운 상상력의 질주가 시작된 것이다. 독자들 자신도 이 책
을 읽으면서 프루스트의 문체를 연상시키는 기나긴 문장, 한번 시작
하면 끝날 줄 모르며 숨가쁘게 이어져가는 문장의 호흡 속에서 그
분출하는 에너지를 충분히 느낄 수 있을 것이다(그 결과 번역자에게
는 이 끝없이 길고 숨가쁜 문체야말로 감당할 길 없는 고난의 연속이 아닐
수 없었다). 그러나 그 뜨거운 상상력의 질주를 낯선 국도상의 아름
드리 가로수가 문득 가로막아버린 것이다.

카뮈는 알제리의 가난한 거리에서 자란 열일곱 살 소년이었던 자
신이 어떻게 하여 글을 쓰기 시작했던가를 이렇게 설명했다. 청소
년 시절에 그가 처음으로 읽게 된 앙드레 드 리쇼의 책 한 권이 "창
작의 세계를 어렴풋이나마 들여다볼 수 있게" 해주었을 때 그는 "책
이란 것이 그저 잊어버렸던 일이나 심심풀이를 위한 재미난 이야기

를 털어놓는 것만은 아니란 것을 알게 된 것이다". 그리하여 그는 처음으로 글이 무엇인지를 알게 되었다. "나의 고집스러운 침묵, 막연하고도 극단적인 고통들, 나를 에워싸고 있는 기이한 세계, 내 가족들의 기품 있는 심성…… 이런 모든 것을 책에서 말해도 되는 것"임을 깨달았다. 그리하며 젊은 카뮈가 '이런 모든 것'을 서투르나마 진실된 어조로 서술하여 발표한 최초의 글이 산문집 『안과 겉』이다. 그는 젊은 시절에 쓴 이 책의 초판이 절판된 지 20여 년이 지난 후 거기에 긴 '서문'을 새로이 덧붙여서 재판을 냈다. 그때가 바로 『최초의 인간』이 구상되어 집필을 기다리던 1958년이었다.

우리는 『최초의 인간』과 관련하여 특히 그 '서문' 속의 중요한 몇 가지 내용에 주목하지 않으면 안 된다. 첫째 카뮈는 『안과 겉』을 쓰던 스무 살은 겨우 글을 쓸 줄 알까 말까 한 나이라고 고백함으로써 데뷔 시절에 쓴 그 글의 서투름을 인정했다. 둘째로 그는 자신이 진정으로 쓰고자 하는 작품은 자신의 '앞'에, 즉 미래에 있다고 고백했다. 마치 지금까지 쓴 모든 작품들은(노벨문학상까지 받고 난 뒤에) 진정한 작품을 쓰기 위한 일종의 연습이었다는 듯이. "그렇기 때문에 아마도 나는 20년 동안 일과 작품 생활을 거치고 나서도 여전히 나의 작품은 아직 시작조차 되지 않았다고 생각하며 살아가는 것이리라."(『안과 겉』) 그리하여 그는 "만약 내가 어느 날엔가 『안과 겉』을 다시 쓰는 데 성공하지 못한다면 나는 아무것에도 성공하지 못한 결과가 될 것이다"라고 못박아 말했다.

끝으로 그는 새로 쓰는 작품의 중심에는 "한 어머니의 저 탄복할 만한 침묵. 그리고 그 침묵에 어울릴 수 있는 정의, 혹은 사랑을 찾기 위한 한 사나이의 노력"을 갖다놓겠다고 말했다. 그리고 거기에는 카뮈의 저 감동적인 예술론이 결론으로 이어진다.

한 인간이 이룩한 작품이란, 예술이라는 우회의 길들을 거쳐, 처음으로 가슴을 열어 보였던 한두 개의 단순하고도 위대한 이미지들을 다시 찾기 위한 기나긴 행로에 지나지 않는다. (『안과 겉』)

마침내 카뮈는 1959년 5월, 『안과 겉』에 썼던 '그 모든 것'을, 아니 지금까지 서투른 형식으로 썼던 모든 작품들을, 다른 말로 바꾸어 "아직 시작조차 되지 않았다고 생각하는" 작품을 전혀 새로운 형식과 격조와 방대한 서사적 구조로 '다시 쓰는' 기나긴 '우회'의 행로에 오른 것이었다. 그것이 바로 여기에 소개하는 『최초의 인간』이라고 나는 믿는다. 따라서 이 작품이야말로 카뮈에게 있어서는 일생일대의 승부요 그의 모든 역량의 대집성이라고 말할 수 있다.

여기서 우리는 이러한 전체적 맥락에 비추어 '최초의 인간'이라는 제목과 주제의 의미를 해석해볼 수 있을 것이다. 모든 참다운 예술 작품이 그러하듯이 이 경우에도 의미는 중층적이고 열려 있는 것이다. 그러나 그 의미들 중에서 핵심적인 몇 가지를 가려내보고 그들 사이의 상관관계를 헤아려 작품이 주는 감동의 형식을 드러내보려고 노력할 수는 있는 일이다.

첫째, 앞에서도 지적했듯이 '최초의 인간'이란 주제는 작품 구상의 시초에 자리잡고 있었던 '아버지 찾기'와 밀접한 관계가 있을 것 같다. 이 작품을 처음 구상하기 시작하는 무렵인 1953년에 카뮈는 마흔 살이 되었다. 그는 이 시기를 전후하여 나이에, 특히 이 마흔이라는 '고비'에 유난히 민감했던 것 같다. 그해 11월 7일 만으로 마흔 살이 되면서 그는 『작가수첩 III』에 이렇게 기록하고 있다.

마흔 살이 되면 사람은 자신의 한 부분이 소멸되는 것을 용납한다. 다만 다 쓰지 못한 이 모든 사랑이 나로서는 감당할 힘이 없는 한 작품을 일으켜세워 빛나게 해주기를 하늘에 빌 뿐.

그의 어머니가 생브리외에 있는 아버지의 무덤을 찾아가보라고 부탁한 것도 이 무렵이었다. 내키지 않는 걸음이었지만 묘지로 찾아간 그는 묘석에 '1885~1914'라고 새겨진 명문을 발견하자 스물아홉 살에 사망한 아버지는 마흔 살이 된 자기 아들보다 훨씬 '젊다'는 사실을 깨닫는다.

그리하여 그는 그 '알 수 없는' 아버지에 대한 이야기를 물어보고 싶어진 나머지 그에 대한 기억을 간직하고 있을 사람들을 찾아 알제리로 가게 된다. 원천과 뿌리, 즉 "처음으로 가슴을 열어 보였던 두세 가지의 단순하고도 위대한 이미지들"을 찾아가는 일종의 순례 행로였다. 그러나 그가 찾아낸 것은 아버지의 철저한 부재와 어머니의 침묵뿐이었다. 그것은 가난과 무지, 기억 상실과 무관심의 세계였다. 요컨대 그것은 무無의 세계였다. 이리하여 그는 자신이 텅 비어 있는 무의 세계와 마주한 '최초의 인간'임을 발견한다.

> 오 아버지! 나는 내가 갖지 못한 그 아버지를 미친 듯이 찾았었다. 그
> 런데 이제 나는 내가 항상 갖고 있었던 나의 어머니와 그의 침묵을 발
> 견하는 것이었다. (『작가수첩 Ⅲ』)

이렇게 볼 때 이 부재와 침묵 속에 서 있는 카뮈 자신이 바로 '최초의 인간'인 것이다. 즉, 최초의 인간이란 일차적으로, 아버지를 모른 채 '주워온 아이'처럼 혼자 인생길을 개척해야 했던 카뮈 자신과 그의 소설적 분신인 자크 코르므리이다.

그러나 프랑스계의 알제리 이민(혹은 식민)이었던 자크 코르므리(카뮈)의 조상들 역시 '뿌리 뽑힌 채' 황무지뿐인 척박한 땅에 처음으로 발 디딘 '최초의 인간'들이었음이 드러난다. 그들에게는 등뒤로 추적할 수 있는 역사도 기억도 문헌도 없다. 모든 것은 그들로부터 원점에서 다시 시작되었다. 이런 중층적인 의미에서 이 소설의 제1장을 마무리하는 다음과 같은 감동적인 한 구절을 천천히 새겨가며 다시 읽어볼 필요가 있다.

그가 오랜 세월의 어둠을 뚫고 걸어가는 그 망각의 땅에서는 저마다가 다 최초의 인간이었다. 또 그 땅에서는 그 역시 아버지 없이 혼자서 자랐을 뿐, 이야기를 해도 좋을 만한 나이가 되기를 기다렸다가 아버지가 아들을 불러서 집안의 비밀을, 혹은 오랜 옛날의 고통을, 혹은 자신이 겪은 경험을 이야기해주는 그런 순간들, 우스꽝스럽고 가증스러운 폴로니어우스조차도 레어티즈에게 말을 함으로써 돌연 어른이 되는 그런 순간들을 그는 한 번도 경험해보지 못했었다. 열여섯 살이 되어도 스무 살이 되어도 아무도 그에게 말을 해주지 않았고, 그는 혼자서 배우고 혼자서 있는 힘을 다하여 잠재적 능력만을 지닌 채 자라고, 혼자서 자신의 윤리와 진실을 발견해내고 마침내 인간으로 태어난 다음 이번에는 더욱 어려운 탄생이라고 할, 타인들과 여자들에게로 또 새로이 눈뜨지 않으면 안 되었다. 이 고장에서 태어나 뿌리도 신앙도 없이 살아가는 법을 하나씩 하나씩 배우려고 노력하는 모든 사람들이, 결정적인 익명성으로 변한 나머지 자신들이 이 땅 위에 왔다가 간 단 하나의 거룩한 흔적인, 지금 공동묘지 안에서 어둠에 덮여가고 있는 저 명문을 읽을 수도 없는 묘석들마저 없어져버릴 위험이 있는 오늘, 모두 다 함께 다른 사람들의 존재에 눈뜨며 새로이 태어나는 법을, 자신들보다 먼저 이 땅 위를 거쳐갔고 이제는 종족과 운명의 동지임을 인정해야 마땅할, 지금은 제거되고 없는 정복자들의 저 엄청난 무리들에게 눈뜨며 새로이 태어나는 법을 배우지 않으면 안 되듯이.

따라서 최초의 인간은 아버지 없이 자란 카뮈 자신이며 동시에 소설의 주인공 자크 코르므리이다. 최초의 인간은 또한 몸에 박혔던 포탄의 파편 한 조각만을 세상에 남긴 채 너무나 젊은 나이에 사라져버린 그의 아버지인 동시에 지금은 묘지의 "묘석마저 없어져버릴 위험이 있는" 그 모든 조상들이기도 하다.

그리고 또한 최초의 인간은 역사도 전통도 재산도 물려받은 것이 없는 모든 '가난한 사람들'이기도 하다. 이 작품과 관련된 최초의 메모로 『작가수첩 Ⅲ』에 기록되어 있다가 후일 작품 속에 편입된 저 '헐벗음'의 이미지는 바로 그 점을 잘 보여준다.

소설. 그때 그에게 가장 인상적이었던 것은 그의 집에서 어느 정도로까지 물건을 찾아볼 수 없었느냐 하는 점이었다. 필수품이라는 말의 뜻을 그보다 더 잘 보여줄 수는 없을 것이다. 그의 어머니가 거처하는 방에는 아무런 흔적도 물건도 없었다. 가끔가다가 손수건 하나 정도가 예외였다.

가난한 사람들은 빈 공간 속에 서 있는 '최초의 인간'이다. 그들은 과거로부터 유산받은 것이 아무것도 없다.

그러나 한 차원 더 넓혀서 생각해보면, 정도의 차이야 있겠지만, 사실 아버지 없는 '고아'가 되어보지 않은 사람이 어디 있겠는가? 모든 인간은 다 어느 만큼은 '주워온 아이'이다. 필연적인 '죽음'에 의하여 삶의 의미가 무화無化되게 마련이고 보면 모든 인간은 스스로, 그리고 혼자서 자신의 삶에 의미를 부여함으로써 타인에게로 '눈뜨며' 다시 태어나야 하는 '최초의 인간'이다. 그러나 이러한 일반화는 작품의 구체적인 감동을 추상화할 위험이 없지 않다.

다만 우리는 이 글을 마무리하면서 이렇게 뒤집어 말해볼 수 있을 것이다. '최초의 인간'이란 아버지도, 과거도, 역사도, 기억도, 물려받은 재산도 없는 가난하고 고독하고 헐벗은 사람들, 즉 부정적인 의미의 인간만을 가리키는 것이 아니다. 한 걸음 물러나 다시 생각해보면 그것은 더욱 긍정적이고 밝고 순결한 의미도 지니고 있다는 것을 알 수 있다. 모든 '최초'란 순결하고 빛나는 것이다. 낙원의 아담이 아무것도 지닌 것 없이 맞은 이 세상 최초의 아침이 그러하듯이. 그래서 카뮈는 1954년의 『작가수첩 III』 속에 이렇게 적고 있는 것이 아니겠는가?

티파사의 아침 폐허 위에 맺히는 이슬. 세상에서 가장 오래된 것 위에 세상에서 가장 젊고 싱싱한 것. 이것이 바로 나의 신앙이고 또 내 생각으로는 예술과 삶의 원칙이다.

세상에서 가장 오래된 것은 우리가 몸담고 있는 세계요 우주다. 그러나 세상에서 가장 젊고 싱싱한 것은 우리들 저마다의 새로운 '탄생'이다. 그 탄생과 더불어 삶도 역사도 의미도 가치도 늘 다시 시작하는 것이다. 아마 그렇기 때문에 카뮈는 이 소설의 첫머리에다 한 가족 전체가 낯선 땅에 도착하는 순간에 자크 코르므리가 '탄생' 하는 장면을 가져다놓은 것인지도 모른다. 작품의 서두를 여는 저 길고 도도한 문장을 다시, 천천히 그리고 깊이 음미해보라. 그것은 "사흘 전에 대서양 위에서 부풀어오른" 구름떼들이 "숱한 제국들과 민족들이 수천 년 동안 이동해온 것보다 더 빠를 것도 없는 걸음으로" 동진東進한 끝에 마침내 알제리에 이르러 빗방울로 변한 다음 자크 코르므리를 뱃속에 품고 있는 여인의 마차 포장을 후려치는 과정을 하나의 긴 문장 속에 그리고 있다. 이는 바로 '세상에서 가장 오래된 것'이 '세상에서 가장 젊고 싱싱한 것', 가장 새로운 생명, 즉 영원한 '최초의 인간'으로 잉태되는 저 경이로운 탄생의 과정 바로 그것이 아닐까?

*

번역의 대본은 Albert Camus, 『Le Premier Homme』(Cahiers Albert Camus 7, Gallimard, 1994)를 사용했다. 끝으로 내가 이 책의 번역을 위하여 파리에 체류하는 동안 너그러운 우정과 정확한 언어 능력으로 번역에 도움을 아끼지 않았던 장 노엘 쥐테[Jean Noel Juttet] 씨. 자신의 귀중한 텍스트를 이 책에 신도록 허락해주고 역자가 끝까지 해결하지 못했던 몇 가지 문제들을 20세기 초엽 알제리 사정에 대한 구체적 체험과 스페인 및 마혼 지역 이민들의 속어에 대한 지식을 동원하여 속시원히 지적해준 작가 에마뉘엘 로블레스 씨에게 진정 어린 감사를 표한다.

(1995)

침묵의 바다 위에
떠 있는
말의 섬

알베르 카뮈
『작가수첩 III』
책세상, 1998

이 책은 1989년, 알베르 카뮈의 유고遺稿로 갈리마르 출판사가 내놓은『Carnets III, Mars 1951~Décembre 1959』의 완역이다.

카뮈는 1935년부터 줄곧 학생들이 흔히 사용하는 공책에다가 작가로서 필요한 단편적 내용들을 기록해왔다. 그중 1935년 5월부터 1953년 12월까지 첫 일곱 권의 공책에 기록된 내용은 작가 자신이 생전에 타자로 옮겨놓도록 했고 부분적으로 수정을 가하기도 했다. 이처럼 잘 정리된 텍스트들 중 처음 여섯 권의 공책에 해당되는 부분은 플레이아드판 카뮈 전집을 편집하고 그 주석을 붙인 로제 키요의 손에 의하여 1962년에 『작가수첩 I carnets I, 1935. 5.~1942. 2』, 1964년에 『작가수첩 Ⅱcarnets Ⅱ, 1942. 1.~1951. 3』로 같은 출판사에서 간행되었다. 한편 1946년 3월에서 5월까지의 북미 여행과 1949년 6월에서 8월까지의 남미 여행에 관한 노트는 그들 공책 속에서도 별도의 여행기를 이루는 내용이라 하여 1978년에 역시 로제 키요의 서문 및 주석과 함께 『여행 일기journaux de voyage』라는 제목으로 같은 출판사에서 간행되었다.

따라서 여기에 번역한 『작가수첩 Ⅲ』은 책 앞에 붙인 편집자의 말에 명시된 바와 같이 작가 자신이 타자로 옮기고 수정을 가한 일곱번째 공책과 처음 기록된 상태 그대로 남은 여덟번째 및 아홉번째 공책의 내용을 책으로 묶은 것이다. 『작가수첩 Ⅱ』가 나온 후 무려 25년을 기다려서 마침내 출간된 이 책은 카뮈 연구자는 물론 그의 독자들에게는 하나의 '사건'이 아닐 수 없다.

우리는 카뮈의 수고手稿가 기록된 애초의 원본을 '공책Cahier'(가령 이 책 속의 '공책 제7권, 1951년 3월~1954년 7월' 등)이라는 용어로 지칭하고 공책의 수고가 책으로 출판되었을 때 그 책을 '작가수첩 carnets'(이 책의 제목)이라고 지칭했다. 다른 한편 프랑스어로 '카이에 Cahier'라는 표현은 갈리마르 출판사가 알베르 카뮈의 미출판된 글이나 다른 연구자들이 카뮈에 대하여 쓴 연구 내용들을 출판하면서 그 일련의 출판물을 지칭하기 위하여 이름 붙인 'Cahiers Albert Camus'에도 포함되어 있다. 따라서 이 경우는 앞에 말한 '공책'과 혼동을 피하기 위하여 '알베르 카뮈 노트'라고 부르기로 한다.

『작가수첩』은 카뮈의 작업 도구

『작가수첩』은 무엇보다도 작가 알베르 카뮈의 작업 도구다. 그는 공책에다가 그때그때 머릿속에 떠오른 단편적인 생각, 창작 계획, 쓰고 싶은 소설이나 희곡 혹은 에세이의 한 구절, 그 초안, 다른 사람의 글을 읽는 동안 인상적이라고 여겨지거나 필요하다고 생각되는 문장을 인용해둔 독서 노트, 편지의 초안 등을 기록해두곤 했다.

그러나 『작가수첩 Ⅲ』은 앞서의 다른 두 권과 동일한 기능을 맡고 있으면서도 거기에 부가하여 카뮈 자신의 구체적인 삶에 흔적을 남긴 일들, 가령 그리스·이탈리아·알제리 여행, 알제리 전쟁, 사르트르와의 논쟁과 불화, 노벨상 수상, 루르마랭에 있는 시골집 매입 등 사적인 사실이 기록되어 있고 나아가서는 지극히 내밀한 감정들까지도 비쳐나고 있어서 한결 더 내면 일기의 성격이 짙어진 인상을 준다. 이 책의 출판이 이처럼 뒤늦어지고 또 내용 중 몇몇 고유명사(인명)가 편집자에 의하여 지워지고 이니셜들이 바뀐 것 또한 거기에 나타난 사생활의 흔적과 무관하지 않을 것이다.

카뮈는 말년 약 10년 동안 한편으로는 점차 흐려져가는 기억을 돕기 위하여 (창작 수첩으로서의 기록 못지않게) 개인적인 삶의 행적과 리듬을 기록한 일기를 쓰고자 했으며, 다른 한편으로는 삶이 지닌 '비밀스러움'의 향기나 여운 같은 것을 손상하지 않기 위하여 일기 쓰기를 기피하는 이율배반적인 심리를 경험한 것 같다. 그리하여 이 책에는 작가수첩과 일기 사이에서 보여주는 카뮈의 망설임이 전체적으로 깔려 있다. 그는 1958년 8월 2일에 이렇게 적고 있다. "나는 억지로 이 일기를 쓴다. 그러나 싫증을 지우기 어렵다. 왜 내가 그걸 한 번도 안 했는지 이제야 알겠다. : 내게 있어서 삶은 비밀스러운 것이다. 삶은 다른 사람들에 대하여 비밀스러운 것이다(이 점이 X에게는 그렇게도 괴로운 것이다). 그렇지만 삶은 나 자신의 눈에도 비밀스러운 것이 분명하다. 나는 삶을 말 속에 노출시켜서는 안 되는 것이다. 삶은 귀먹은 상태, 표현되지 않은 상태일 때 내게는 풍요로운 것이다. 지금 내가 억지로 일기를 쓰는 것은 내 기억력의 결함에 대한 공포심 때문이다. 그러나 나는 이걸 계속할 수 있을지 자신이 없다. 사실 이런 식으로도 나는 많은 것을 잊어버리고서 적지 않고 있다." 그는 꼭 한 달 뒤에는 또 이렇게 적는다. "이 수첩으로서 가장 좋은 원칙은 때때로(한 주에 두 번?) 지난 한동안에 있었던 중요한 일들을 요약해놓는 것." 과연 그때부터 한동안은 거의 '일지日誌'에 가까운 짧은 '요약'들이 이어진다. 그리고 일기의 내용을 기록한 날짜가 그전보다 더욱 빈번히, 더욱 정확하게 표시되어 있다. 그러나 그 날짜들이 임박한 죽음을 향하여 다가가는 발걸음임을 카뮈 자신은 모르고 있었기에 뒤늦게 읽는 독자들에게는 그만큼 더 참담한 느낌을 자아낸다.

더군다나 1958년 7월에서 1959년 12월에 해당하는 마지막 공책(제9권)은, 1961년 1월 4일 오후 2시경 빌블르뱅 근처에서 가로수와 충돌한 자동차로부터 퉁겨져나가 진흙 속에 처박힌 카뮈의 '검은 가죽가방' 속에 그의 여권과 사진, 그리고 쓰다 만 최후의 소설 『최초의 인간』의 원고 및 몇 권의 책들과 함께 들어 있던 문제의 '일기'였다.

미완으로 남은 몇몇 작품의 구상 과정과 사람들과의 관계

이 『작가수첩 III』에는 무엇보다 먼저 1951년 10월 출간된 『반항하는 인간』에 대한 논쟁과 관련된 카뮈의 개인적 반응, 그와 아울러 사르트르, 좌파 지식인들, 공산주의, 마르크스주의 등에 대한 카뮈의 비판적 태도들이 단편적으로 그러나 집요하게 나타나고 있다. 그리고 『안과 겉』의 신판에 붙이는 서문, 장 그르니에의 『섬』에 붙이는 서문들의 초안, 1956년 5월에 발표하게 될 『전락』, 1957년에 묶어 발표하게 될 『적지와 왕국』('유적의 단편들'이라는 제목의 작품들)의 각 단편소설들이 점차로 모습을 갖추어가는 과정들이 엿보인다.

한편 이미 완성되어 작가의 생전에 발표된 이 작품들 이외에 그가 살아 있었으면 구체적으로 형상화되었을 몇몇 작품들의 구상 과정이 연속적으로 기록되고 있는 것을 볼 수 있다.

쥘리 드 레피나스의 생애를 바탕으로 한 3인극, 「돈 후안」과 파우스트의 신화를 혼합한 「돈 후안 파우스트」, 그리고 「바쿠스 신의 여제관」 등의 희곡, 특히 교통사고로 목숨을 잃기 직전까지 쓰고 있었던 소설 『최초의 인간』은 모두 결국 미완의 노트로 수첩 속에 남고 말았다.

카뮈 자신은 『작가수첩』 속에서 흔히 자기 작품의 발전 과정을 1. 시시포스 신화로 상징되는 부조리의 단계, 2. 프로메테우스로 상징되는 반항의 단계, 3. 네메시스로 상징되는 절도 혹은 사랑의 단계로 구상하고 또 설명하곤 했다. 이 책 속에는 그 세번째 단계에 대한 기획과 그에 포함될 작품들의 주제가 열거되어 있다. 그는 1956년 봄으로 추정되는 어느 날 이렇게 쓰고 있다 "제3단계 이전에 : '우리 시대의 영웅'에 대한 단편소설들. 심판과 유적의 테마. 제3단계는 사랑이다 : 최초의 인간, 돈 파우스트, 네메시스 신화. 방법은 솔직함이다." 그렇다면 작가의 예기치 않은 죽음으로 인하여 제3단계의 '사랑'이 미완으로 남고 만 셈이다.

다음으로 이 수첩 속에서 주목할 만한 것은 카뮈가 그 만년에 특별한 관심을 가졌던 저작들 및 사람들과의 관계다. 그가 일생을 두고 꾸준히 관심을 기울여온 니체와 톨스토이, 그리고 에머슨은 여기서도 여전히 수많은 인용과 독서의 대상이 되고 있다. 한편 가까이 교분을 가졌거나 마음속으로 친근하게 여겼던 작가 마르탱 뒤 가르, 연극인이요 친척인 폴 외틀리, 고독한 최후를 마친 화가 드랭의 죽음이 짧지만 마음을 흔들어놓는 자취로 기록되고 있다. 그리고 형제처럼 가까이 지냈던 시인 르네 샤르, 카뮈의 영원한 스승인 장 그르니에, 이니셜로만 표기되고 있는 여배우 마리아 카자레스가 그의 마음속에 뚜렷한 비중을 차지하고 있음을 볼 수 있다.

한편 이 『작가수첩』이 내면 일기로서의 성격을 다분히 드러내고 있는 대목은 바로 자신의 가족들에 대한 직접적 언급들이다. 미완으로 남은 소설 『최초의 인간』은 한 시대의 기록인 동시에 카뮈 자신의 자전적 요소가 다분히 섞인 한 청년의 이야기인 만큼 아버지, 어머니에 관한 기록은 창작 노트를 겸하고 있는 것이 사실이다. 그러나 현재의 자신보다 더 젊은 나이에 전사한 아버지, 글을 읽을 줄도 모르는 어머니(카뮈는 『이방인』에서처럼 여기서도 '엄마'라고 부르고 있다)의 병석을 지키는 아들 카뮈의 사랑과 침묵이 가득한 시선 등은 그의 다른 글 속에서는 접할 수 없는 직접적 감정을 노출시키고 있어서 예외적이다. 그리고 다만 은폐된 이니셜들을 통해서 짐작만 할 수 있을 뿐인 그의 부인 프랑신, 카뮈와 함께 배를 타고 그리스 여행을 했던 마리아 카자레스 등에 대한 미묘한 정서들은 그의 만년의 내면적 혼란에 떨리는 빛을 던져주고 있다. 그리고 1945년에 태어난 쌍둥이 아들 장(1956년 7월 어느 날 : "장이 낚시 도구를 사달라기에 사주었다. 벌레를 아무리 찾아도 찾을 수가 없다. 그러다가 마침내 벌레를 구했다. 그래서 낚시를 간다. 피라미 여섯 마리를 잡았는데 물고기가 고통스럽게 죽어가는 걸 보고는 울음을 터뜨린다. 다시는 낚시질을 하지 않겠단다.", 1984년 여름 브뤼셀에서 내가 만난 장 카뮈는 파리에서 변호사 개업을 하고 있었다)과 딸 카트린("카트린이 아프다. 나는 남프랑스로의 출발을 중지한다. 가슴이 쓰리다")도 각기 한두 번씩 언급되고 있다.

빛과 행복의 땅, 지중해 여행 기록

『작가수첩 Ⅲ』은 또한 1955년 봄, 1957년, 1958년, 그리고 그의 어머니가 수술을 받기 때문에 급히 찾아간 1959년 등 여러 차례에 걸친 알제리 여행 기록을 포함하고 있다("등나무 : 등나무는 내 젊은 시절을 그 향기로, 그 신비롭고 풍염한 격정으로 가득 채웠었다⋯⋯ 다시금 지칠 줄 모르게. 그것들은 내 삶에 있어서 숱한 존재들보다도 더 생생하고 실재하는 힘을 가진 것들이었다"). 그에게 알제리는 매번 생명과 젊음과 빛의 요람이다("아침에 알제의 아름다움. 생 조르주 정원에는 재스민. 그 향기를 들이마시니 내 가슴속에는 기쁨과 젊음이 가득찬다. 신선하고 쾌적한 도시로 내려간다. 멀리 반짝이는 바다. 행복").

사실 카뮈에게 있어서 지중해 연안의 고장은 모두가 빛과 행복의 땅이다. 무엇보다도 헬레니즘의 요람인 그리스가 그렇고 빛 밝은 이탈리아가 그렇다. 그는 41세 때인 1954년 11월 24일 이탈리아 강연 일정에 따라 토리노에 도착, 제노바, 피렌체, 로마, 소렌토, 폼페이 등지로 여행을 하고 12월 14일에 파리로 돌아간다.

그리고 다시 1955년 8월에는 베네치아, 파름을 거쳐 산 레오에 이르러 다음과 같은 기록을 남긴다. "산 레오—그곳으로 은퇴하여 살고 싶은 마음—내가 가서 살거나 죽어도 좋겠다 싶은 장소들의 목록을 작성해볼 것. 항상 조그만 마을들. 티파사. 제밀라. 카브리스. 라 발데모사. 카브리에르 다비뇽 등등. 산 레오를 다시 찾아올 것." 그리고 이어 산 세폴크로, 시에나를 거쳐가며 아직 사십대 초반인 작가답지 않게 생애의 마지막을 예감하는 듯한 비통한 기록을 계속한다. "나는 내 삶이 끝날 때 산 세폴크로의 골짜기로 내려가는 길로 다시 돌아오고 싶다. (……) 두꺼운 벽들과 서늘한 방들을 갖춘 어느 집에 저녁 빛이 골짜기로 내리덮이는 광경을 좁은 창문으로 내다볼 수 있는 아무 장식 없는 방 하나를 얻고 싶다. (……) 내가 늙으면 이 세상 그 어느 곳과도 비길 데 없는 시에나의 이 길 위로 돌아오고 싶다. 그리하여 내 사랑하는 저 낯모를 이탈리아 사람들의 선량한 마음씨들에 둘러싸인 채 이곳 구덩이에서 죽고 싶다."

그러나 결국 카뮈는 산 레오에도, 산 세폴크로에도, 시에나에도 다시 돌아가보지 못했고 '아무 장식 없는 방'에서 저녁 빛을 바라보며 늙어갈 겨를도 없이 불의의 사고를 만나버리고 말았다.

가난하지만 꿈 많은 이십대 청년 시절 카뮈가 계획했던 '율리시스의 순항' 같은 그리스 여행은 세계대전의 발발로 좌절되고 말았다. 그는 1955년 4월에야 마침내 그리스 여행을 실현할 수 있었다. 그러나 이때는 이미 세계적으로 널리 알려진 장년기의 작가로서 찾아온 강연 여행이었다. 아테네, 미케네, 아르고스, 노플리, 델프, 볼로스, 살로니카, 델로스, 올림피아, 에지나, 그의 말대로 "그리스를 가로질러 돌아다닌 20일"을 출발 직전 아테네로부터 가만히 응시하며 카뮈는 이렇게 적고 있다. "그날들이 내게는 가슴 한복판에 간직할 수 있을 단 한줄기의 기나긴 빛의 샘인 것 같아 보인다. 내게 그리스는 오직 횡단의 도정을 따라 펼쳐진 길고 광채 나는 한나절에 불과한 것만 같고 또 빛의 바다 위로, 투명한 하늘 아래 지칠 줄 모르고 떠다니는, 붉은 꽃들과 팔다리가 없는 제신들로 뒤덮인 어떤 거대한 섬인 것만 같다. 이 빛을 간직하고 돌아가서 세월의 밤에 다시는 지지 말 것." 그리고 5월 16일 "가슴이 미어지는 느낌"으로 그리스를 떠난다.

카뮈는 '빛의 샘'이요 정신적 힘의 원천인 그리스로 다시 한번 찾아갈 기회가 있었다. 1958년 6월 9일에 출발. 이번에는 후일 카뮈와 함께 같은 자동차 사고로 생을 마감하게 될 미셸 갈리마르의 요트를 타고 떠나는 약 20일간의 호화판 항해였다. "빛과 공간의 소용돌이 한가운데 있는 기막힌 섬."

고통과 혼란의 근원, 노벨상 수상

끝으로 『작가수첩 Ⅲ』에서 주목할 수 있는 사건 하나는 노벨상 수상이다. 수상 사실 자체는 그러나 너무나 짧게 기록되어 있다. "10월 17일. 노벨상. 짓눌림과 우수가 함께 섞인 이상한 감정. 스무 살에 가난하고 헐벗은 처지였을 적에 나는 진정한 영예를 체험했었다. 나의 어머니." 그는 이 영광스러운 소식을 접했을 때 가장 먼저 고향 알제리에 있는 어머니에게 전화를 걸었고, 또 노벨상 수상 연설문은 중학교에 진학하도록 장학금을 얻어준 옛 초등학교 시절의 교사 루이 제르맹에게 바쳤다. 그러나 노벨상은 그에게 영광과 기쁨이기 이전에 오히려 고통과 혼란의 근원이었다. 축하해주는 사람들의 다른 한편에서는 견딜 수 없는 모욕과 공격이 끊이지 않았기 때문이다. 수상

소식을 들은 지 이틀 후에는 벌써 다음과 같은 기록이 나타나고 있다. "10월 19일. 내게 일어난, 그리고 내가 요구한 것도 아닌 일로 인하여 질려 있다. 모든 것을 결말짓자는 것인지 내 가슴을 저미는 것만 같은 너무나도 비열한 공격들. 르바테는 감히 총살 집행반을 지휘하고 싶어하는 나의 향수 운운하는 말까지 하고 있다. 그 사람이 사형선고를 받았을 때 내가 다른 레지스탕스 작가들과 더불어 사면을 요청한 바도 있었는데 말이다. 그는 사면을 받았는데 자기는 나를 사면하지 않는 것이다. 또다시 이 나라를 떠나고만 싶은 마음. 그러나 어디로?" 이미 건강 악화로 창작에 엄청난 지장을 받고 있던 그는 "그물코에 걸린 물고기"에 자신을 비유하고 있었다. 그러한 그에게 노벨상 수상으로 인한 이 같은 공격은 병의 재발로 이어졌다. "이달 중에 세 번이나 밀실 공포증으로 인하여 더욱 심해진 호흡 곤란 발작을 일으키다. 불균형. (……) 12월 29일. 15시. 또다시 갑작스러운 발작. 하루도 다르지 않은 꼭 4년 전 X.는 정신 이상 상태에 빠졌었다(아니지, 오늘이 29일이니까 하루가 다르구나). 몇 분 동안 완전히 미쳐버린 느낌. 그다음에는 기운이 쭉 빠지고 몸이 떨림. 진정제. 이 글은 한 시간 뒤에 쓰고 있는 중이다. 29일에서 30일로 가는 밤 : 끝도 없는 고뇌." 이처럼 『작가수첩』의 전 편에 걸쳐서 끊임없이 계속되는 힘겨운 질병과의 싸움은 이 책을 읽는 사람을 줄곧 안타깝게 한다.

그리고 그 밖의 주목할 만한 사실들은 고향땅 알제리에서 벌어지는 전쟁, 그 속에서 그가 선택할 수밖에 없었던 고통스러운 침묵, 그 질병과 전쟁과 소란, 특히 공격적 어둠 속에서 맞이하는 사십대의 쓰라린 자각이라고 하겠다.

1953년 11월 7일 40세가 되면서 그는 이렇게 쓴다. "마흔 살이 되면 사람은 자신의 한 부분이 소멸되는 것을 용납한다. 다만 쓰지 못한 이 모든 사랑이 지금 나로서는 감당할 힘이 없는 한 작품을 일으켜세워 빛나게 해주기를 하늘에 빌 뿐."

사십대로 접어들면서 카뮈에게 있어서 나이는 하나의 강박관념처럼 느껴졌던 것 같다. 1954년 11월 7일에도 그는 짤막하게나마 '41세'라고 기록하기를 잊지 않았다. 4년 후인 1958년 11월 7일에는 다시 이렇게 쓴다. "45세. 내가 원했던 대로 고독과 반성의 한나절. 지금 당장이라도 그런 초연한 태도를 갖기 시작하여 50세가 되었을 때는 그 완성을 보아야 할 것이다. 그때에는 비로소 군림할 수 있으리라." 카뮈는 끝내 50세가 되지 못하고 말았다. 1959년 4월 어느 날 카뮈는 니체를 읽으면서도 나이를 생각했다. "1887년의 니체(43세) : '나의 삶은 바로 이 순간 정오에 이르렀다 : 하나의 문이 닫히고 또하나의 문이 열린다.'" 이같이 인용한 니체의 말은 그의 마음속에 또하나의 문을 열어주었던 것일까?

하여튼 이 무렵 카뮈는 현실의 삶 속에서 하나의 문을 연 것이 사실이다. 오래전부터 원했던 시골집을 하나 사게 된 것이다. 1958년 9월 카뮈는 르네 샤르가 살고 있는 남프랑스의 작은 마을 일쉬르 라 소르그의 생마르탱 호텔에 자리를 잡고서 시골집을 보러 다니기 시작했다. 파리의 소란을 피하여 고독한 가운데 창작에 전념하고 싶었던 것이다. 마침내 9월 30일 결정이 내려진다. "보클뤼즈를 다시 보고 집을 하나 구하기 위하여 한 달을 보냈다. 루르마랭의 집을 매입." 10월 19일에는 파리에서 다시 시골집으로 돌아간다. "끊임없는 빛. 가구 하나 없이 텅 빈 집에 여러 시간 동안 우두커니 서서 포도나무의 붉은 낙엽들이 거센 바람에 불려서 이 방 저 방으로 날아드는 것을 보다. 미스트랄 바람." 그는 이 루르마랭 집에서 겨우 14개월 남짓 주인 노릇을 해보았을 뿐이었다. 1960년 1월 2일 이 집 앞에서 미셸 갈리마르의 자동차를 타고 출발한 이후 그는 영원히 살아서 돌아오지 못했다. 다만 며칠 후 집에서 불과 얼마 떨어져 있지 않은 마을의 공동묘지에 돌아와 묻혔을 뿐이다. 지금은 그의 아내 프랑신도 그 묘지에 함께 잠들어 있다.

카뮈의 『작가수첩』은 모두가 조각조각난 생각과 사실과 감정과 언어의 파편들이다. 이제 이 조각들을 이어 하나의 세계, 하나의 꿈, 하나의 희망, 요컨대 하나의 작품으로 완성해야 할 창조자는 그 파편들 사이사이에 가득한 침묵만을 남겨둔 채 가고 없다. 그런데 기이한 것은 섬처럼 떠 있는 이 언어의 파편들 사이사이에 하얗게 펼쳐진 침묵이 오히려 웅변적이고 감동적이란 사실이다. 그 침묵의 백지

속에 향기처럼, 여운처럼 비쳐 보이는 내밀한 삶 혹은 꿈. 삶을 풍요롭게 하는 것은 바로 '비밀'이기에 이 침묵은 살아 있는 우리의 마음을 이토록 천천히, 그러나 깊숙이 흔들어놓는 것일까?

(1998)

'알베르 카뮈 전집'
번역을 마치며

알베르 카뮈
『시사평론』
책세상, 2009

이제 여기서 근 23년에 걸친 한국어판 '알베르 카뮈 전집'의 대장정
을 마무리한다.

전집의 첫째 권 『결혼·여름』의 첫머리에 "1960년대에 처음—얼마
나 가슴 뛰며!—읽었던 카뮈의 『결혼』과 『여름』을 완역했다"라는 '옮
긴이의 말'을 처음 쓴 것이 1987년 여름이었던 것으로 기억된다. 그
때는 미처 이 책이 이렇게 긴 세월에 걸친 '전집'의 시작이라는 것을
알지 못했다. 그저 카뮈의 책 가운데서도 내가 유난히 좋아했던 산
문, 그러나 우리나라에서 온전한 번역이 나와 있지 않은 책을 번역한
다는 즐거움에서 시작한 일이었다. 초록색 한지를 콜라주한 나무 두

그루가 서 있는 『결혼·여름』의 번역 초판을 받아들고 얼마나 기뻤던가. 그리고 나서 출판사 쪽의 적극적인 제안과 내 과도한 욕심이 만나 겁도 없이 전23권의 '카뮈 전집'을 기획한 것이었다. 그때의 의욕 같아서는 1년에 서너 권씩 번역하면 넉넉잡아 7, 8년이면 마무리지을 수 있을 것 같았다.

그러나 막상 일을 시작하고 나자 그건 지나친 낙관이었음을 깨달았다. 대학의 강의와 연구는 물론이려니와 카뮈 이외의 다른 책을 쓰고 번역하는 일, 그리고 우리 문학을 위한 비평 활동 등 여러 가지 산적한 일들이 카뮈 전집의 번역 사이에 간단없이 끼어들어 속도를 늦추었다. 번역도 번역이지만 책 뒤에 소상한 해제를 붙이는 일은 고단한 작업의 끝에 새삼스레 시작되는 벅찬 고역이었다.

23년이 흐르는 사이에 많은 것이 변했다. 전화나 인터넷 메일의 저쪽에서 응답하는 출판사 담당자의 면면도 목소리도 여러 번 바뀌었다. 언제나 변함없이 성실하고 하나같이 열성적이었던 그 모든 편집자들의 모습이 눈에 선하다. 그분들에게 진심으로 감사하다. 초판에서 개정판을 거듭하는 사이에 책의 체재와 표지도 여러 차례 모습이 달라졌다. 원고지에서 타이프라이터로, 다시 개인용 컴퓨터로. 미련하고 거추장스럽던 데스크톱이 간편한 노트북으로 개선되었다. 원고와 책 보따리를 싸들고 도고, 경주, 해운대, 양평, 파리 등을 떠돌아다니며 고전하는 사이에 의욕 넘치는 사십대 교수였던 나는 대학에서 은퇴하여 지하철을 무료로 이용하는 나이가 되었다.

번역에 많은 도움을 주었던 프랑스 쪽의 귀중한 분들은 차례로 세상을 떠났다. 특히 카뮈의 지기들. 작가의 가장 가까웠던 친구인 소설가 에마뉘엘 로블레스 씨는 나에게도 귀중한 친구였다. 어느 해 가을 파리에서 헤어지고 봄에 다시 만나자고 했는데 이듬해 초 문득 세상을 떠나고 전화선 저 끝에 더이상 나타나지 않았다. 1974년 내가 프로방스 대학교에서 학위논문을 발표할 때 심사위원장이었고 후일 미테랑 대통령의 주택성 장관, 클레르몽페랑 시장이었던, 그리고 무엇보다 최초의 플레이아드판 전집을 편집한 권위자 로제 키요 씨는 『이방인』 출간 50주년 때 나의 초청을 기꺼이 수락, 한국을 방문하여 강연도 해주었지만 그사이에 유명을 달리했다. 1984년 파리에서 카뮈학회를 함께 만들어 줄곧 회장직을 맡아 열정적으로 일했고 전체 4권에 걸친 새로운 '플레이아드판 카뮈 전집'이라는 방대한 작업을 떠맡아왔던 자클린 레비 발렌시 교수 역시 전집의 완성을 보기도 전에 일손을 놓고 떠났다. 그러나 그의 뒤를 이어 노력한 사람들에 힘입어 새 전집은 최근에 완간되었다.

이제 남은 사람은 콩바 시절 카뮈의 동료였던 소설가 로제 그르니에 씨뿐이다. 올해 90세인 그분은 지금도 갈리마르 출판사에 출근하여 일하고 여전히 책을 써내는 한편 『엔에르에프』지 창간 100주년과 카뮈 사후 50년 기념행사 준비에 여념이 없다면서도 최근에는 예일 대학에 강연을 간다고 메일을 보내왔다. 한편 그사이, 내가 젊은 시절을 보냈던 남프랑스의 작은 도시 엑상프로방스에 카뮈의 모든 원고와 기록과 그에 대한 연구 업적들을 모은 '알베르 카뮈 연구 센터'가 문을 열었다. 어떤 고마운 분은 그 연구 센터에 내 번역본이 전시된 것을 발견했다면서 사진을 찍어 보내오기도 했다. 사람들은 늙고 사라져도 카뮈의 작품은 조금도 늙지 않았다. 『이방인』은 오늘날에 새로이 떠오르는 그 어느 소설 못지않게 젊고 『전락』은 그 어느 첨단 의식보다 신랄하다. 반세기가 넘는 세월을 넘어 스탈린식 공산주의의 위험을 경고하고 오늘의 세계화 시대를 예감했던 카뮈의 '시사적'인 목소리는 조금도 낡지 않았다. 이 점이 무엇보다도 이 전집을 완간한 시점에서 느끼는 가장 큰 보람이다.

그사이에 나는 카뮈가 어린 시절과 젊은 시절을 보냈던 알제리를 찾아가는 기쁨도 맛보았다. 1974년 여름, 알제 대학교의 초청장까지 받아놓고도 한국과 수교 관계가 없다는 정치적 사정 때문에 나의 방문은 좌절되었다. 그후 30년이 지나 양국 간의 수교도 이루어지고 알제리 쪽의 불안한 사회 분위기도 진정되어 나는 마침내 『이방인』의 무대였던 벨쿠르의 가난한 그의 옛집, 그가 다녔던 초등학교, 세상의 첫 아침 같은 오랑의 바닷가를 찾아갈 수 있었다. 그리하여 나는 알제의 저 '초록빛 저녁'을 담은 책 『알제리 기행』을 내놓을 수 있었다.

카뮈는 1960년 1월 4일 교통사고로 사망했다. 46세가 갓 넘은 나이였다. 내년이면 그의 사후 50년이다. 프랑스 대통령은 그의 무덤을 남프랑스의 한적하고 정다운 마을 루르마랭의 공동묘지에서

'위인'들을 모시는 파리 한복판 팡테옹으로 옮기겠다고 제안하여 지식인 사회에서 논란을 자아내고 있다는 소식이다. 작가의 아들은 반대하고 딸은 그다지 싫지 않다는 반응이다. 나로서는 어느 쪽이 더 합당한지 잘 판단이 서지 않는다. 뫼르소가 "비둘기들과 컴컴한 안뜰이 있고 사람들은 모두 피부가 허옇다"고 말했던 파리, 그 써늘한 대리석 건물 안과 햇빛이 잘 비치는 프로방스, 로즈메리 향기에 싸인 작은 무덤 돌을 비교하고 있자니 카뮈 자신의 글 「수수께끼」의 한 구절이 떠올라 마음이 착잡해질 뿐이다. "오늘날의 모든 공공 활동을 경조부박의 대양 속에 빠뜨려놓는 성급한 말과 판단의 홍수는 적어도 프랑스 작가에게는, 다른 한편으로 볼 때 그 작가라는 직업을 지나치게 중요시하는 이 나라에서, 그 작가가 끊임없이 필요로 하는 겸양을 가르쳐준다. 우리가 아는 몇몇 신문에 제 이름이 난 것을 보는 일은 너무나도 모진 시련이어서 그 시련은 마땅히 영혼에 좋은 약이 되기 때문이다. 그러므로 스스로 찬양해 마지않는 위대함이란 것이 실은 아무것도 아니라는 사실을 그렇듯 싼값으로, 제가 바치는 바로 그 경의를 통하여, 날마다 우리에게 가르쳐주는 사회는 찬양받을지어다. 그런 사회가 내는 평판의 소리는 떠들썩하게 울리면 울릴수록 쉬 소멸한다. 그것은 이 세상의 모든 영예란 지나가는 연기와 같은 것임을 잊지 않기 위하여 교황 알렉상드르 6세가 자주 자기 앞에 태우게 했던 검불 부스러기 불을 생각나게 한다." 그러나 세상에 없는 카뮈의 무덤을 어디에 두느냐와 상관없이, 나는 이 20권의 한국어판 전집이 우리 독자들에게 살아 있는 카뮈의 목소리를 들을 수 있는 마음속의 팡테옹이 되는…… 그런 몽상에 잠겨보기도 한다.

끝으로, 원래 기획했던 23권의 카뮈 전집 중에서 우리의 '시사적' 관심과 상대적으로 거리가 먼 『시사평론』의 2권과 3권은 역자에게나 독자에게나 과중한 부담이 될 것 같아서 뒤늦게 제외했다는 것을 밝힌다. 그리고 『알베르 카뮈−장 그르니에 서한집』은 이 전집과 별도로 번역 소개할 기회가 있을 것으로 믿는다.

카뮈의 세계에서 모든 끝은 시작과 다시 만난다. 그것이 삶이라는 원圓을 이룬다. 그래서 나는 이제 독자들과 함께 내가 가장 좋아하는 카뮈의 이 말을 다시 한번 읽는 일부터 시작해보고 싶다.

인생이라는 꿈속에, 여기 한 사나이가 있어, 죽음의 땅 위에서 자신의 진리를 발견했다가 다시 잃고 나서, 전쟁과 아우성, 정의와 사랑의 광란, 그리고 고통을 거쳐, 죽음마저 행복한 침묵이 되는 이 평온한 고향으로 마침내 돌아오고 있는 것이다. 그리고 또 여기…… 그렇다, 적어도 내 그것만은 확실히 알고 있나니, 바로 이 유적의 시간에일지라도, 인간에 의하여 이룩되는 작품이란, 예술이라는 긴 우회의 길들을 거쳐서, 처음으로 가슴을 열어 보였던 두세 개의 단순하고도 위대한 이미지들을 찾아가기 위한 기나긴 행로 이외에 아무것도 아니다,

라고 꿈꾸어보지 못하게 막는 것은 아무것도 없다."

(2009)

삶의 모순을
살아내려는 의지

알베르 카뮈
『손님』
문학동네, 2014

여기에 소개하는 작품 『손님』은 작가 알베르 카뮈가 1957년에 발표한 단편집 『적지와 왕국』에 실린 여섯 편의 단편 중 가장 널리 알려진 작품 「손님」을 자크 페랑데즈가 만화로 옮겨놓은 것이다.

단편집 제목에서 말하는 "적지"란 유적의 땅, 즉 자신의 고향에서 쫓겨나 사는 낯선 귀양살이 땅을 의미하고, "왕국"은 "왕자같이 뛰어놀던 고향 산천"이라고 말할 때의 고향땅을 의미한다. 우리 인간이 유한한 생명을 부여받아 태어나 사는 이 세계는 우리들 각자의 '왕국'과도 같은 곳이지만 삶이 고달플 때, 나아가 죽음의 운명을 타고난 우리가 언젠가는 두고 떠나야 할 곳이라고 볼 때는 '적지'다. 같은 공간이 때로는 적지요 때로는 왕국으로 여겨지는 것이다. 그런 적지인 동시에 왕국이 『손님』의 무대가 된 고원 지대 혹은 알제리, 나아가서는 우리들이 사는 세상이다.

역자는 2011년 프랑스의 프로방스 지방에서 여름 한때를 보내는 동안 그곳의 작고 아름다운 마을 루르마랭으로 알베르 카뮈의 집을 방문할 기회를 가지게 되었다. 작가 카뮈가 1960년 1월 4일 불의의 교통사고로 사망한 뒤 지금 그 집에는 작가의 딸 카트린 카뮈 여사가 아버지의 문학 유산을 정리 관리하며 살고 있다. 이 아름다운 만화책은 카트린 카뮈 여사가 그때 나의 방문을 기념하여 직접 서명하여 선물로 준 책이다.

『손님』은 1950년대 말, 프랑스 식민지였던 알제리에서 프랑스 정부군과 알제리 민족해방전선 사이에 '알제리 전쟁'이 한창 벌어지던 때 집필된 작품으로 당시 작가 자신이 몸소 겪고 있었던 인종적, 정치적 갈등 상황의 고통을 고스란히 반영하고 있다. 그러나 『손님』을 알제리 전쟁 상황의 직접적인 묘사라고 보는 것은 작품의 의미를 너무 좁게 한정하는 것이 될 것이다.

카뮈는 이야기의 주인공과 마찬가지로 알제리-프랑스계의 가난한 집안에서 태어났다. 자신의 늙은 어머니가 여전히 가난한 사람들의 거리에 있는 옛집에서 살고 있던 그때, 그는 프랑스의 주목받는 지식인으로서 인종적 갈등의 한복판에서 선택을 강요받는 처지에 놓여 있었다. 과연 알제리는 과거와 마찬가지로 미래에도 프랑스

령으로 남아 있어야 하는가, 아니면 알제리를 그 땅의 다수 주민인 아랍계 사람들에게 넘겨줌으로써 그 나라의 '독립'을 도와야 하는가 하는 절박한 선택의 갈림길에 서 있었던 것이다.

우선 이 이야기의 주인공 이름부터가 작가 자신을 은연중에 암시하고 있다. 주인공인 '다뤼Daru'는 작가의 이름인 '카뮈Camus'와 모음이 똑같다. 그 인물의 직업이 '교사'라는 사실도 의미심장하다. 이 작품의 주인공 교사 다뤼는 이를테면 작가 카뮈의 '대변자' 역할을 하고 있다고 볼 수 있다. 카뮈는 사실 대학을 졸업하고 대학교수가 되고자 하여 자격시험에 응시하려 했으나 폐결핵 환자라는 건강상의 이유로 신체검사에서부터 제외되어 뜻을 이루지 못했다. 그는 늘 자신이 작가가 되지 않았으면 교사나 의사가 되었을 것이라고 말한 바 있다. 또한 알제리 전쟁의 도화선이 된 1954년 11월 1일의 아랍 민중 '혁명'의 최초 희생자는 그 지방의 어떤 백인 '교사'였다.

식민지라는 정치적 갈등 상황은 소설보다 시각적 표현인 만화에서 보다 직접적으로 드러난다. 첫 페이지와 마지막 페이지의 교실 풍경부터가 그렇다. 학생들이 일제히 쳐다보고 있는 칠판에는 그들이 살고 있는 알제리 땅이 아닌 프랑스 본토의 지도와 그 나라의 센, 루아르, 가론, 론 등 4대 강이 그려져 있다. 반면에 교단에 선 교사는 유럽계 백인이고 그가 가리키는 강들의 이름을 소리내어 발음하는 학생들은 모두가 다 아랍계 원주민의 복장과 피부색을 하고 있다. 한편, 지도 위에 그려진 프랑스 4대 강의 풍족한 물, 그러나 추상적 기호인 물과 실제 이 고원 지대의 현실적 가뭄은 매우 대조적이다.

책을 펼치면 가장 먼저 눈에 들어오고 페이지마다 가장 넓고 중요한 지면을 차지하는 것은 이 이야기의 무대가 되고 있는 높고 황량한 알제리 북부의 고원 지대 풍경이다. 학생들을 위한 학교인 동시에 단 한 사람의 교사인 다뤼가 거처하고 있는 집인 소박한 학교 건물은 바로 이 높은 고원에 홀로 외롭게 자리잡고 있다. 그만큼 이 장소의 지형적 위치가 상징적 의미를 지닌다는 뜻이기도 하다. 아랍인들, 즉 학생들이 사는 인근 마을이나 관공서가 있는 저 아래쪽 도시들과 상당히 떨어져 있는 높은 고원은 멀리까지 바라볼 수 있는 전망대의 구실을 하고 있다. 그리고 무엇보다 이 높고 구석진 고원은 "수도승처럼" 혼자 살고 있는 교사 다뤼의 고독한 삶과 그 어느 편에도 속하지 않은 그의 독립성을 의미한다. 그는 혼자서 학생들을 가르칠 뿐만 아니라 혼자서 램프의 등피를 닦고 혼자서 난로에 불을 피우고 책을 읽으며 생활한다. 어디 그뿐인가. 그는 학생들에게 자신이 배급받은 곡식을 나누어준다. 고원 지대 풍경의 황량함은 이 지역의 땅이 척박할 뿐만 아니라 "8개월 동안 비 한 방울 안 오다가 느닷없이 눈이" 내리며 사나운 겨울이 닥쳐드는 악천후로 인하여 주민들이 기근에 시달리고 있음을 알 수 있게 해준다. 이와 같은 고단한 삶의 환경 속에서 유럽계 백인인 교사는 아랍계 학생들은 물론 인근 주민들과 삶의 고통을 함께 나누는 것이다. 그는 인종적인 차이를 넘어서 이 지역에 사는 다른 주민들에 대하여 강한 연대감을 느낀다. 왜냐하면 그들과 마찬가지로 그 역시 이곳에서 태어났고 "이곳을 벗어나면 귀양살이"라고 느끼기 때문이다. 척박하지만 아름다운 이 고원은 바로 그들 모두의 '왕국'이고 그 안에서 그들은 모두 '왕'이라는 느낌을 가지고 살아간다.

그런데 이 눈 덮인 겨울날 고원 저 아래쪽에서 '손님'이 찾아온다. 말을 탄 경찰관과 두 손이 밧줄에 묶인 채 그 뒤를 터덜터덜 걸어서 따라오는 한 아랍인 죄수가 그들이다. 경찰관은 유럽계 백인이고 죄수는 아랍인이다. 비록 죄인이라지만 마치 "가축처럼" 묶인 채 끌려온 아랍인을 보자 교사 다뤼는 인간의 존엄성을 훼손하며 모멸감을 주는 처사에 대한 수치심과 분노를 느낀 듯 경찰관에게 "포승줄은 풀어줘도 되잖아요?" 하고 반문한다. 여기서 공무를 집행하는 경찰관과 사람의 존엄과 도리를 중요시하는 교사 사이의 근본적인 태도 차이가 엿보인다.

경찰관은 다뤼에게 죄수를 다른 도시로 데리고 가 그곳 경찰에 '넘겨주라'는 임무를 맡긴다. 교사는 우선 "내 일이 아니다"라고 거절한다. 경찰관이 '전시'이므로 그 '명령'을 따라야 한다고 말해도 교사는 여전히 항변한다. "난 이 모든 상황이 싫어요. 특히 저 친구! 하지만 그를 넘겨주진 않을 거예요. 그 짓만은 못해요. 저들에게 내 말을 그대로 전하세요. 난 그런 일 하지 않을 거라고요." 이 일종의 양심 선언으로 교사 다뤼는 사람을 죽인 아랍인이 밉긴 하지만 그렇다고 백인 경찰의 앞잡이가 되어 "(죄수를 넘겨주는) 그 짓"은 하지 않겠다는 자신의 독립적인 결의를 분명히 하는 것이다. 이런 태도는 알제리가 프랑스의 식민지로 남는 것도, 그렇다고 유럽계 주민을 추방함으로써 아랍계의 독립국을 건설하는 것도 다 같이 반대하며, 오직 두 민족이 연방제 국가를 이루어 동등하고 정의로운 권리를 함께 누리기를 원했던 카뮈 자신의 정치적 입장을 잘 반영하고 있다고도 해석할 수 있을 것이다.

결국 상황에 떠밀려 다뤼는 아랍 '손님'과 하룻밤을 보낼 수밖에 없는 처지가 된다. 두 종족의 불안한 '동침'이다. 말이 잘 통하지 않는 그들 두 사람 사이는 서먹서먹하다. 그러나 그는 손님에게 먹을 것을 나누어준다. "왜 나하고 같이 식사를 하는 거지?" 하고 손님이 묻는다. 보통의 경우 식민지의 백인 교사가 아랍 죄수와 함께 식사를 하는 것은 예외적인 일이기 때문이다. 그러나 교사의 대답은 인종적인 차원이 아니라 평범한 인간의 생리적인 차원에서 간단명료하다. "배고프니까."

한밤중에 죄수가 일어나 밖으로 나간다. 교사는 그가 도망치는 것으로 짐작한다. 그리고 "잘됐지 뭐" 하고 자위한다. '손님'이 스스로 선택을 해주고 있는 것이니 그에게는 오히려 짐이 가벼워진 셈이다. 그러나 '손님'은 용변을 보고 다시 돌아와 눕는다.

아침이 되었다. 그들은 함께 세수를 하고 함께 아침식사를 한다. 이제 두 사람은 함께 걷는다. 보이는 것은 오직 눈 덮인 황량한 고원 풍경뿐이다. 이 인적 없이 고독한 세상에서 두 사람은 "함께 걷는다." 소설의 원제인 'L'Hôte'는 원래 '손님'이라는 의미 외에 '주인'이라는 의미도 있다. 따라서 이 황량한 고장에서 지금 두 사람은 동시에 주인이고 동시에 손님인 것이다.

마침내 고원의 반대편에 이르자 교사는 놀랍게도 아랍인 죄수를 아래쪽 도시의 경찰서에 데리고 가서 '넘겨주는' 대신(그는 앞서 경찰관에게 자신의 입장을 분명히 밝힌 바 있다) '손님'에게 "이틀은 버틸 수 있을" 먹을 것과 돈, 그리고 선택권을 준다. 동쪽으로 두 시간을 걸으면 "관청과 경찰서가 있다". 한편 고원을 넘어가는 남쪽으로 "하루만 걸어가면" 방목장이 나타나고 '유목민'들을 만나게 된다. 경찰서로 가면 형벌을 받을 것이고 유목민들에게로 가면 "자기네 법에 따라 거두어 보호해줄" 것이다. 떠돌아다니는 자유인들인 '유목민'의 '법'은 인적 없는 사막에서 만나는 이들에게 자기들의 가진 것을 나누어주며 거두는 '환대'의 법이다. 카뮈는 모든 작품에서 법의 이름으로 인간을 구속하는 직업인 '경찰관'이나 '재판관'에 대한 혐오감을 드러내는 동시에 아랍인, 특히 넓고 고독한 사막을 떠돌아다니는 '유목민'의 매인 데 없는 자유로움, 의로움, 그리고 너그러운 환대의 풍속을 찬미해왔다. 그는 『작가수첩』에 유목민들에 대하여 이렇게 기록하고 있다. "그들은 가난하고 궁핍하다. 그들은 손님을 맞으면 가진 것을 있는 대로 다 내어준다. 그들은 왕들이다." 작가 자신의 그런 태도가 여기서도 교사 다뤼를 통해서 뚜렷하게 표현되고 있다. 한쪽은 인간의 투쟁이 지배하는 '역사'의 세계이고 다른 쪽은 역사를 벗어나 뿌리 뽑힌 자유인의 세계다. '손님'은 이제 그 둘 중에서 한쪽을 선택하지 않으면 안 된다.

한편, 선택권을 넘겨받은 채 넓고 황량한 고원에 홀로 남겨진 '손님'은 당황하여 망설인다. 그리고 놀랍게도 자유와 환대가 기다리는, 그러나 하루 종일 걸어가야 하는 모험 쪽이 아니라 자신에게 내려질 형벌이 기다리는, 가까운 쪽의 탱기, 즉 경찰서 쪽으로 걸어가기 시작한다. 이 태도는 살인을 저지른 자신의 죄를 인정하는 '손님' 쪽의 정의로움을 드러내는 대목이기도 하다. 이런 면은 살인을 저지르고서 법정에서 한 번도 자신에게 유리한 '변명'이나 변호를 하지 않는 『이방인』의 뫼르소나 희곡 『정의의 사람들』의 야네크의 태도를 상기시킨다. 사실 카뮈는 일생 동안 사형제에 반대해왔고 그 주장을 책으로 썼지만 그의 모든 작품에서 다른 사람의 생명을 빼앗은 인물들은 그 자신도 예외 없이 다 죽음을 맞는다.

그런데 가장 놀라운 일은 교사 다뤼가 다시 자기의 집, 즉 학교로 홀로 돌아왔을 때 일어난다. 사실 아침에 두 사람이 집(학교)을 떠날 때 어디선가 '탁' 하는 소리가 들렸다. 그래서 교사는 무엇일까, 사람의 기척은 아닐까 하고 의아해진 나머지 다시 학교로 돌아가보았었다. 그때는 아무것도 발견하지 못했다. 그런데 그가 손님을 보내고 돌아왔을 때 교실의 칠판에는 지우지 않은 프랑스 지도와 강의 그림 옆에 분필로 "너는 우리 형제를 넘겨주었다. 그 대가를 치르리라" 하는 협박의 글이 적혀 있는 것이다. 다뤼는 그들의 '형제'를 '넘겨주기'를 거부하고 그에게 선택의 자유를 주었지만 저들은 그 사실을 알지 못한 채 '형제를 넘겨준' 것으로 알고 복수를 다짐하는 것이다. 이것이 바로 증오와 복수에 바탕을 둔 전쟁과 살육의 상황 바로 그것이다.

만화책에는 표현되어 있지 않지만 실제 소설은 다음과 같은 말로 끝을 맺고 있다. "다뤼는 하늘과 고원, 그리고 저 너머 바다에 이르기까지 펼쳐진 보이지 않는 땅끝을 응시하고 있었다. 그가 그토록 사랑했던 이 광막한 고장에서 그는 혼자였다." 고독하지만 스스로 '왕'인 양 느꼈던 이 드넓은 고원이 귀양살이의 '적지'로 변한 것이다.

"하늘과 고원, 그리고 저 너머 바다에 이르기까지 펼쳐진 보이지 않는 땅끝"과 같은 광대한 적지는 알제리라는 한 지리적 공간을 훨씬 넘어선다. 이곳은 이간이 사는 세상 전체요 삶 전체다. 그 광막한 곳에 혼자 남은 교사 다뤼의 고독은 이 죽음의 세계에 던져진 인간 그 자체의 존재론적 고독이다. 카뮈는 단순히 알제리의 정치적 상황뿐만이 아니라 이 세상에서 살아가는 인간이 처한 근원적 조건이 바로 이런 양면성의 갈등과 모순이라고 보았다. 우리는 도처에서 이런 풀 수 없는 모순과 갈등의 상황 속에 놓이곤 한다. 문학은 이런 모순을 '해결'하자는 것이 아니라 그 조건을 뚜렷하게 '의식'하고 그 고통스러운 조건을 회피하지 않은 채 온몸으로, 열정적으로 살아내도록 도와주기 위하여 존재하는 것이다.

결국 알베르 카뮈는 이 작품을 발표한 지 2년 남짓 지난 1960년 1월 4일 친구가 운전하는 자동차를 타고 루르마랭 시골집에서 파리로 가다가 불의의 교통사고를 당했다. 그로부터 2년 뒤인 1962년에 전쟁은 종식되고 알제리는 독립하여 아랍계 무슬림 사회주의 공화국이 되었다. 카뮈와 마찬가지로 알제리 땅에서 태어나 그곳을 유일한 조국으로 여기며 살아가던 프랑스계 알제리 사람들은 재산과 땅을 버리고 알제리를 떠나지 않으면 안 되었다.

(2014)

글의 침묵

장 그르니에
『섬』
민음사, 1980
민음사, 1993

아무나 글을 쓰고 많은 사람들이 거리에서 주워온 지식들로 길고 긴 논리를 편다. 천직의 고행을 거치지 않고도, 많은 목소리들이, 무거운 말들이 도처에 가득하고, 숱하고 낯선 이름들이 글과 사색의 평등을 외치며 진열된다.

정성스러운 종이 위에 말 없는 장인이 깎은 고결한 활자들이 조심스럽게 찍히던 시대로부터 우리는 얼마나 멀리 떠나왔는가? 노랗게 바랜 어떤 책의 첫 장을 넘기고 "장인 마리오 프라씨노가 고안한 장정 도안에 의거하여 그리예와 페오의 아틀리에에서 제조한 독피지犢皮紙에 50부의 특별 장정본을 따로 인쇄하였다"라고 써놓은 것을 읽

2부 내 인생의 작가와 작품

을 때면 마치 깊은 지층 속에 묻혀버린 문화를 상상하는 듯하다. 그런 책 속에는 먼 들판 끝에 서 있는 어느 집 외로운 창의 밤늦은 등불 빛이 잠겨 있는 듯하다. 그러나 이제 사람들은 썩지 않는 비닐로 표지를 씌운 가벼운 책들을 쉽사리 쓰고, 쉽사리 빨리 읽고, 쉽사리 버린다. 재미있는 이야기, 목소리가 높은 주장, 무겁고 난해한 증명, 재치 있는 경구, 엄숙한 교훈은 많으나 '아름다운 글'은 드물다.

잠 못 이루는 밤이 아니더라도, 목적 없이 읽고 싶은 한두 페이지를 발견하기 위하여 수많은 책들을 꺼내서 쌓기만 하는 고독한 밤을 어떤 사람들은 알 것이다. 지식을 넓히거나 지혜를 얻거나 교훈을 찾는 따위의 목적들마저 잠재워지는 고요한 시간, 우리가 막연히 읽고 싶은 글, 천천히 되풀이하여, 그리고 문득 몽상에 잠기기도 하면서, 다시 읽고 싶은 글 몇 페이지란 어떤 것일까?

겨울 숲속의 나무들처럼 적당한 거리에 떨어져 서서 이따금씩만 바람 소리를 떠나보내고 그러고는 다시 고요해지는 단정한 문장들. 그 문장들이 끝나면 문득 어둠이거나 무無. 그리고 무에서 또하나의 겨울나무 같은 문장이 가만히 일어선다. 그런 글 속에 분명하고 단정하게 찍힌 구두점.

그 뒤에 오는 적막함, 혹은 환청, 돌연한 향기, 그러고는 어둠, 혹은 무. 그 속을 천천히 거닐고 싶어하는 사람들을 위하여 나는 내가 사랑하는 이 산문집을 번역했다. 그러나 전혀 결이 다른 언어로 쓰여진 말만이 아니라 그 말들이 더욱 감동적으로 만드는 침묵을 어떻게 옮기면 좋단 말인가?

(1980)

스승과
제자 사이의
오래된 우정

알베르 카뮈·장 그르니에
『**카뮈-그르니에 서한집** 1932~1960』
책세상, 2012

원래 '알베르 카뮈 전집' 속에 포함시키기로 계획했던 『카뮈-그르니에 서한집 1932~1960』을 전집에서 분리하여 별도로 펴내기로 결정한 것은 '전집' 번역이 거의 다 마무리되어갈 무렵이었다. 그리하여 '전집'이 완간된 뒤에야 시작한 이 책의 번역은 거의 2년 가까운 시간이 흐르고야 겨우 마무리할 수 있게 되었다. 20세기 중반기 긴 세월 동안 프랑스 지성계에서 독보적인 위치를 점하며 방대한 저서 목록을 갖춘 두 작가, 철학자가 30여 년에 걸쳐 꾸준히 교유하며 주고받은 편지들의 표현과 내용을 두루 이해하고 옮기는 데는 서한문 특유의 직접성, 즉흥성에서 오는 문체의 성격과 그 편지를 쓴 각 장소와 시간적 상황의 특수성 때문에 예상보다 훨씬 많은 어려움이 따랐기 때문이다.

금년 6월, 겨우 번역을 끝내고 많이 지친 상태에서 또『카뮈-그르니에 서한집 1932~1960』의 해설 원고를 쓰지 않으면 안 되었다. 그때 문득 파리에서 한 프랑스 친구로부터 그와 가까운 지인 중에 장 그르니에 연구로 학위를 받은 파트릭 코르노Patrick Corneau 교수가 있다는 말을 들은 기억이 되살아났다. 즉시 코르노 교수의 이메일 주소를 알아낸 나는 무턱대고 짤막한 인사의 말에 이어 불과 한 달 반 정도의 시간 여유가 있을 뿐이라 어렵겠지만 혹시 내 번역을 위한 '해설'을 써줄 수 있을지 청해보았다. 그는 흔쾌히 내 청을 받아들였고 불과 한 달 남짓한 시간 동안에 깔끔한 원고를 작성하여 메일로 보내왔다. 그것이 이 책의 뒤에 번역하여 붙인 해설 「알베르 카뮈와 장 그르니에─공감과 차이 사이로 난 우정의 길」이다.

『카뮈-그르니에 서한집 1932~1960』의 번역 원고를 출판사에 넘기는 즉시, 6월 하순, 나는 예정했던 대로 작년에 이어 또다시 프로방스로 떠났다. 장 지오노의 고장 보클뤼즈 지방의 친구 집에서 일주일을 머물렀다. 그곳에서 친구와 함께 바셰르, 바농 같은 "언덕 위에 올라앉은" 중세 마을들을 찾아다니는 중이었는데 지도 속의 인근 마을 '시미안 라 로통드'가 귀에 많이 익었다. 나는 즉시 그 마을을 찾아갔다. 『카뮈-그르니에 서한집 1932~1960』에서 그 마을 이름이 처음 등장하는 것은 1956년 7월 25일자 장 그르니에의 편지에서였다. 그는 "내일 목요일 우리는 시미안(바스 잘프)으로 떠나요. 그곳에 사제관을 하나 빌려놓았거든요"라고 카뮈에게 쓰고 있었다. 그사이에 지역명은 바스 잘프에서 알프 드 오트프로방스로 바뀌었다.

그 마을의 좁은 골목 그늘에 테이블 몇 개를 벌여놓은 카페 '오 플레지르 데지외('눈의 즐거움'이란 뜻)에서 점심식사를 하는 동안 나는 우연하게도 카페의 여주인으로부터 장 그르니에의 아들 알랭 그르니에(이 서한집에 여러 차례 등장하는 인물)가 바로 자신의 이웃이라 잘 아는 처지라는 이야기를 들을 수 있었다. "바캉스라 곧 내려온 다면서 오랫동안 닫아놓은 자기집 덧문을 미리 열어서 통풍을 시켜 달라고 부탁하더니 아직도 안 오네요"라고 부인은 혼잣말하듯 말했다. 바로 그 부인을 통해 나는 장 그르니에가 들어 살던, 편지 속의 '사제관'의 위치 또한 확인할 수 있었다. 편지 219의 시미안 그림엽서에 그가 '동그라미 표시'를 해서 가리켜 보인 사제관이 그 집인 것 같았다. 교회와 사제관은 언덕 위에 올라앉은 마을의 맨 앞줄에 자리 잡고 있어서 그 앞으로 펼쳐진 광대한 풍경이 한눈에 내려다보였다. 그르니에는 바로 그 풍경을 눈앞에 두고 카뮈의 『적지와 왕국』의 첫 원고를 읽고 『섬』의 그 아름다운 '서문'을 써준 카뮈에게 감사의 편지를 썼을 것이다. "당신에게 『섬』의 서문을 써달라고 부탁한 것은 정말 뻔뻔스러운 짓이었어요. 하지만 나에 대한 당신의 태도가 아니었다면 난 그럴 생각도 하지 못했을 겁니다. 이런 것이 바로 커다란 우정의 증거가 아닐까 합니다. 이제야 귀한 여름날에 내가 당신에게 생고생을 시키고 있다는 생각이 들어 마음에 걸리는군요."

그 시미안 벌판의 전망은 그곳에서 그리 멀지 않은 루르마랭 마을 안―"루르마랭에서 괜찮은 집을 하나 발견했습니다(저도 선생님의 영역으로 발을 들여놓은 거지요). 곰곰 생각해본 끝에 이 참한 집을 샀습니다."(카뮈의 편지 226), "정말 기뻐요. 루르마랭은 시미안에서 40킬로미터밖에 안 되지요. 그런데 그 집이 대체 어디 있어요? 마을 안인가요? 아니면 밖인가요? 당신도 아시다시피 나는 집의 위치를 대단히 중요하게 생각해요."(장 그르니에의 편지 227)―알베르 카뮈의 집 테라스에서 내다보던 들판과 그 끝에 병풍처럼 둘러선 뤼베롱 산맥의 풍경을 떠올리게 했다. 작년 여름, 나는 10여 년 만에 프로방스를 다시 찾게 된 기회에 소설가 로제 그르니에 씨의 소개로 알베르 카뮈의 옛 루르마랭 집에 여전히 살고 있는 그의 딸 카트린 카뮈를 만날 수 있었다. 카트린은 친절하게도 카뮈가 글을 쓰던 방과 찬란한 프로방스 풍경이 내다보이는 테라스로 나를 안내했다. 눈앞으로 탁 터진 들판과 멀리 뤼베롱 산맥이 내다보였다. 이 풍경을 앞에 두고 카뮈는 편지 229에서 이렇게 썼다. "이곳은 며칠 전부터 좋은 날씨가 계속되고 있습니다. 그리고 저 또한 일과 걱정거리뿐이었던 3개월을 보낸 후 드디어 평온과 고요를 다소간 되찾게 되었습니다. 제겐 빵만큼이나 고독이 필요했습니다."

카트린의 집무실에 놓인 작은 서가에는 내가 번역한 『최초의 인간』이 꽂혀 있었다. 그녀는 이제 막 새로 나왔다면서 카뮈의 단편소설 「손님」을 가지고 자크 페르낭데즈가 만화로 그린 책에 서명하여 내게 선물로 주었다. 가만히 앉아 있어도 땀이 줄줄 흐르는 무더운 여름날이었다. 이렇게 하여 작년과 금년의 프로방스 여름 여행중에 카뮈와 그르니에가 이 서한집의 마지막 부분에서 편지를 주고받던 루르마랭과 시미안 마을을 차례로 방문하는 기회를 갖게 되었으니, 번역 내용의 현장감에 더하여 서한문 필자들의 시선이 가서 머물렀던 빛나는 풍경 위에 내 시선을 겹쳐보는 그 감회가 각별하지 않을 수 없었다.

프로방스 체류가 끝나고 나는 자동차로 파리까지 올라가는 동안 프랑스 문학 기행을 겸해 쉬엄쉬엄 여러 지방을 방문하여 머물렀다. 그중에 이 서한집에 포함된 편지들의 한 발신지인 상봉 쉬르 리뇽 근처의 농가 '르 파늘리에'를 어렵사리 찾아간 것도 귀한 인상의 하나다. 그 집은 프랑스 중부 고원 지대의 궁벽한 시골에 위치하고 있어서 꼬불꼬불 산길을 한없이 돌고 돌아가야 했다. 프랑스가 독일군에게 점령당해 있던 시절인 1942년 8월 알제리의 오랑에서 바다를 건너 고도가 높은 '르 파늘리에, 마제 생 부아 근처, 오트 루아르'로 요양차 찾아온 카뮈는 장 그르니에에게 "아마도 두 달쯤 더 머무를 것 같습니다. 경치는 아름답지만 약간 뻣뻣합니다. 그러나 이곳은 휴식하기에 좋은 조건을 갖추었습니다"라고 썼다. 그는 결국 두 달이 아니라 1년이 넘도록 그 궁벽한 르 파늘리에에 머물지 않으면 안 되었다.

이듬해 5월 19일 그는 전쟁중 "먹을 것이 아무것도 없다"는 스승 장 그르니에에게 '식품 소포' 꾸러미에 자신이 숲속에 들어가서 직접 따온 "몸에 해롭지 않은 그물 버섯" 가루를 넣어 보내며 이렇게 쓴다. "그 가루는 소스를 만드는 데 사용하면 최고입니다. 요리에 맛을 내려면 티스푼 하나면 충분합니다. 그만하면 상당히 많은 양의 말린 버섯에 해당하니까요. 그 모든 것이 양호한 상태로 배달되었으면 합니다." 과연 '르 파늘리에' 농가는 고사리가 우거지고 울창한 전나무 숲에 둘러싸인 외진 곳이었다. 물자가 귀하던 전쟁중에도 그 숲에는 버섯이 많이 돋아났던 것 같다. 지난날 젊은 카뮈가 병마에 시달리는 몸을 의탁한 채 『페스트』를 집필했고, 또 한편으로 은밀히 레지스탕스와 접선하던 브뤼크베르제 신부가 "항독 저항운동의 둥지"라고 말했던 그 준엄한 회색 농가는 70년이 지난 오늘날 파란 덧문에 초여름의 눈부신 햇빛을 받으며 사람 그림자 하나 없는 숲 한가운데 호젓하게 서 있었다.

7월 초순, 파리에 도착한 나는 20구의 유서 깊은 페르라셰즈 묘지 근처, 강베타 광장이 환히 내려다보이는 파트릭 코르노 교수의 정갈한 거실로 초대받아 카뮈에 관해서, 장 그르니에에 대하여 많은 이야기를 나눌 수 있었다. 코르노 교수는 그가 편집하여 펴낸 장 그르니에의 『사랑과 관심—예술에 관한 글 1944~1971』(렌 대학 출판부, 2008)을 서명하여 내게 선물로 주었다. 서울에 돌아온 뒤 그는 서한집 번역을 하는 데 그 의미가 불확실한 여러 대목에 대하여 자신의 의견을 이메일로 알려주는 수고도 아끼지 않았다. 이번 번역에서 몇몇 오류를 줄이는 데는 그의 친절한 도움이 있었다.

번역에 있어서 역자는 편지 특유의 물리적 조건을 그대로 재생하도록 노력했다. 가령 보통의 경우 마침표나 쉼표를 찍어야 할 곳에도 '—'를 빈번히 사용하는 카뮈와 그르니에의 표기 방식을 고치지 않고 그대로 따랐다. 아마도 단 한 사람만의 독자를 상대로 하는 편지 특유의 사적 상황에 기대어 글쓴이가 자신의 생각의 망설임, 침묵, 반성 등의 심리적 흐름을 이렇게 표현하고 있는 것이라고 보았기 때문이다.

또 카뮈와 그르니에가 원래 스승과 제자로서 만나 편지를 주고받기 시작한 것이므로 서로 간의 호칭 번역에서 다소 난점이 없지 않았다. 카뮈가 그르니에에게 보낸 편지의 서두에서 "Cher ami(친애하는 친구에게)"라고 부를 때는 "선생님께"로, 그르니에 편지의 서두에서 "Cher ami"라고 부를 때는 "친애하는 카뮈"로 옮겼음을 밝혀둔다.

(2012)

『보바리 부인』에서
『마담 보바리』로
가는 먼길

귀스타브 플로베르
『마담 보바리』
민음사, 2000

플로베르는 『마담 보바리』를 집필하는 데 무려 4년 반이라는 긴 세월을 바쳤다. 역자는 이 작품을 번역하는 데 꼬박 3년을 보냈다. 세계 현대소설사에서 결코 비켜갈 수 없는 '교차로'와도 같은 이 걸작의 한국어 번역은 이미 여러 가지 나와 있었으므로 새로운 번역에는 그만큼 크고 어려운 책임이 따른다고 생각했다. 그래서 이 번역은 착수 단계에서부터 매우 심각한 결단과 신중함을 요구하는 것이었다. 결국 번역 자체보다 텍스트의 설정과 기존의 다른 번역들과의 대조, 그리고 의문점들을 해결하기 위한 전문가 자문에 훨씬 더 많은 시간이 소요되었다.

이십대 초반에 이 작품을 처음 접한 이후 헤아릴 수도 없을 만큼 여러 번 읽고 또 읽고 대학과 대학원에서 『마담 보바리』에 대한 강의를 수차례 반복하면서, 나는 이 작품에 대하여 끊임없이 새로운 매혹을 느꼈지만 그 번역에 대해서는 불만과 의문이 너무나도 많았다. 그래서 언젠가는 꼭 이 작품을 새롭게 번역하고 싶었다. 마침내 민음사의 '세계문학전집' 기획이 내게 그 오랜 숙원을 실현하는 기회를 가져다주었다. 마음 같아서는 이 번역이 내 생애에서 각별하게 기억될 만한 작업이 되도록 하고 싶었다. 그래서 나는 다음과 같은 방식으로 작업을 진행했다.

우선 파리에서 간행된 다음과 같은 불어판들을 상호 대조하고 그 소개와 주석들을 참고하여 1차 번역을 완성했다.

1) Madame Bovary, L. Conard, 1930.

2) Madame Bovary, Oeuvres complètes 1, présentation et notes de Bernard Masson, Ed. du Seuil, 1964.

3) Madame Bovary, Extrait, (pour les notes de Jacques Nathan), Larousse, 1965.

4) Madame Bovary, sommaire biographique, introduction, note bibliographique, relevé des variantes et notes par Claudine Gothot-Mersch, Garnier, Frères, 1971.

5) Madame Bovary: moeurs de province, présentation, notes et transcription par Pierre-Marc Biasi, Imprimerie

Nationale, 1994.

그리고 다음과 같은 한국어 번역판과 영어 번역판 혹은 주석 들을 참고하여 앞서 준비된 1차 번역 텍스트를 수정·보완했다.

한국어 번역판
1) 『보봐리 夫人』, 상·하권, 오현우 옮김, 삼중당, 1979.
2) 『보봐리 부인』, 민희식 옮김, 문예출판사, 1975.
3) 『보바리 부인』, 박광선 옮김, 신영출판사, 1986.
4) 『Madame Bovary』, 불어판, 신아사, 1998(이형식 교수의 주석을 참고).

영역판
1) Madame Bovary, translated by Alan Russel, Hamondsworth, Penguin Books, 1950.
2) Madame Bovary, translated by Paul de Mann, A Norton Critical Edition, New York, 1965.
3) Madame Bovary, translated by Francis Steegmuller, First Vintage Classics editon, New York, 1992.

그리고 끝으로, 번역이나 텍스트의 의미 해석, 고유명사의 발음,

19세기 초엽 노르망디 지방 풍속 등과 관련하여 여전히 불확실하거나 의문으로 남는 80여 개 항목들에 관하여 최종적인 자문이 필요했다. 그래서 역자는 앞서 언급한 가르니에 프레르Garnier Freres사의 불어판을 펴낸 플로베르 전문가 클라우딘 고도-메르슈Claudine Gothot-Mersch 교수와 지난날 프랑스 유학 시절의 은사인 앨리스 모롱Alice Mauron 교수에게 질문서를 보내어 자문을 구했고 두 분 교수들은 친절하게도 수십 페이지에 달하는 매우 소상하고 친절한 응답을 작성하여 보내주었다. 이 두 분의 도움에 진심으로 감사드리는 바이다.

이렇게 하여 이 번역판은 앞서 여러 국내외의 번역자, 주석가, 그 밖의 전문가들로부터 커다란 도움을 받아서 완성된 것이다. 그럼에도 불구하고 역자의 미숙함으로 인하여 번역이 매끄럽지 못한 곳이 한두 군데가 아니고, 또 오역이 없다고 장담할 수 없는 형편이다. 현명한 독자들의 충고와 지적이 있기를 바란다.

(2000년)

---

* 민음사 '세계문학전집'에 포함된 『마담 보바리』 번역본에는 역자의 매우 긴 작품 해설이 실려 있지만 그 내용이 역자의 저서 『프랑스 현대 소설의 탄생』(돌베개, 2012)과 상당 부분 중복되므로 여기서는 생략한다.

맨발에 닿는
세계의 생살,
혹은 소생의
희열

앙드레 지드
『지상의 양식』
민음사, 2007

『지상의 양식』이 처음 발표된 것은 1897년이다. 다시 말해서 이 책과 우리 사이에는 1세기 하고도 10년이라는 긴 세월이 가로놓여 있다. 세기가 두 번이나 바뀐 것이다. 우리가 이 책에 담긴 메시지와 영원히 새로워지는 열정을 이해하기 위해서는 우선 이 책이 쓰이고 발표되고 많은 젊은이들에게 놀라운 충격으로 받아들여진 그 당시, 즉 19세기 말엽 프랑스의 문학적, 정서적 환경으로 되돌아가볼 필요가 있다.

19세기 말엽은 장르 사이의 구분, 상이한 예술 분야 사이의 경계가 허물어져가는 가운데 대상을 설명하고 묘사하며 분석하는 리얼리스트 소설이 종언을 고하는 한편, 새롭고 종합적인 장르를 추구하는 경향이 나타나는 시기였다. 앞서 지나간 두 세기 동안에는 인간의 이성을 바탕으로 하는 합리주의가 지배적인 힘을 행사해왔다. 지드가 『지상의 양식』을 발표하던 시기는 이에 대한 반발로 심각한 정신적 불안에 사로잡힌 세기말이었다. 신비, 환상, 난해함에 대한 매혹은 바로 그런 분위기에서 연유하는 것이었다. 말라르메는 1891년에 말했다. "어떤 대상에 이름을 붙여 부른다는 것은 벌써 조금씩 조금씩 짐작해나가는 기쁨으로 이루어진 시의 즐거움의 4분의 3을 없애버리는 일이다. '암시한다는 것' 그게 바로 꿈인 것이다."

따라서 당시의 '새로운' 작품들은 정해진 틀에서 벗어나고 소설도 시도 에세이도 아닌, 그러나 동시에 그 모두인 것이 되려는 의지를 드러낸다. 그것이 에두아르 뒤자르댕의 『월계수는 베어졌다』의 내적 독백이건, 모리스 바레스의 『야만인들의 시선 아래서』의 막연하고 추상적인 장면들이건, 지드의 『앙드레 발테르의 수기』라는 쓰다가 만 것 같은 기이한 작품이건 상관없었다. 『지상의 양식』이 고전적이고 전통적 분류 방식의 시각에서 볼 때 잡종의 작품인 것은 당연하다.

그러나 1897년 대중의 몰이해를 가져온 이 작품의 진정한 독창성은 1927년판 서문에 밝혀져 있다.

나는 문학이 견딜 수 없을 만큼 인공적 기교와 고리타분한 냄새로 찌

들어 있던 시기에 이 책을 썼다. 당시 나는 문학이 다시금 대지에 닿아 그저 순박하게 맨발로 흙을 밟도록 하는 것이 급선무라고 여겼다. 이 책이 얼마나 그 시대의 취미와 충돌하였는가는 당시 이 책이 인기를 얻는 데 완전히 실패하고 말았다는 사실만 보아도 알 수 있는 일이다.

그는 또 이렇게 썼다.

『지상의 양식』이 발표되었을 때는 상징주의의 전성기였다. 나는 이렇게 하여 예술이 자연스러움과 삶에서 단호히 분리되는 큰 위험 속에 놓여 있다고 생각했다.

사실주의와 자연주의가 예술을 지배하는 분위기에 대한 반발로 과연 상징주의자들은 결연히 현실로부터 등을 돌리게 되었다. 그들은 졸라, 공쿠르 형제, 나아가서 부르주아적인 드라마의 밑바탕에 깔려 있는 일종의 '유물론'을 배격하고자 했다. 그리하여 그들은 일상의 현실과 우발적 사건들을 초월한 어떤 예술, 추상적이고 지적인 예술, 극단적인 의식의 예술만을 꿈꾸면서 절대의 세계를 향하여 몸을 던졌다.

그러나 새로운 젊은이들은 이미 상징주의에서마저 멀어져가고 있었다. 『지상의 양식』이 발표되자 자크 리비에르는 "우리의 영혼은 달라졌다"고 선언했다. "우리는 새로운 취향과 쾌락을 즐기게 되었다"

는 사실을 증명하고자 했던 것이다. 그의 의도는 과거의 상징주의자와 그가 몸담고 있는 현재의 감각이 어떤 차이를 보이는지를 설명하자는 데 있었다.

상징주의자들이 알고 있는 것은 오직 피로해진 사람들의 쾌락일 뿐이다. 그들은 너무나 많이 일을 하고 난 한 세기의 끝에 이르고 있었다. 그들은 하루가 저물어가는 분위기 속에서 살고 있었다. 공장 저 위의 저녁 하늘이 연기에 뿌옇게 흐려져 있듯이 그들 주위의 세계에는 김이 서려 있었다. 그 세계는 닳아버린 것이었다. 그 세계는 차츰 일종의 허약함과 관념성에 사로잡혀버렸다. 그 세계는 너무나 연약하고 덧없어진 나머지 인간들의 정신 속으로 빨려들어가서 오직 그 속에서만 몽상처럼 유지되고 있었다. 상징주의가 관념 철학에 매달려 있었던 것은 다 까닭이 있어서였다. 정말이지 그 세대 사람들에게 있어서 사물들은 현실성을 상실해버렸다. 모든 것이 다 마음속의 것이 되었다. 그들의 현재는 어떤 오랜 과거의 귀결에 지나지 않았으므로 그들은 무엇보다 추억하는 것을 좋아했다. 그들은 기억 속을 헤집는 데 정신이 팔려 있었다. 흔히 하늘이 창문에 와서 몸을 기대는 것을 보면서 그들은 어떤 소심한 쾌감에 젖어 말없이 작은 불씨가 다시 일어나는 것에 황홀해하고 있었다.

오늘날 우리는 더 격렬하고 더 유쾌한 쾌락들을 맛본다. 그 쾌락들은 모두가 다 삶의 즐거움 속에 내포된 것이다. 우리는 삶의 새로움이 잠

깨어 일어나는 것을 느낀다. 19세기가 마감되어가는 무렵의 어둠과 권태 위로 갑자기 매서운 바람이 불면서 우리의 머릿속에 가득차 있던 꿈들을 흩어버렸다. 우리는 밖으로 나와서 밖에 있음에 만족해하며 밝은 표정으로 똑바로 섰다. 우리는 이제 과거를 깨끗이 씻어내고 온통 미래에 쏠린 채 현재 속에서 살고 있다. 다시 한번 더 아침이다. 모든 것이 새로 시작된다. 우리는 이상할 정도로 다시 젊어졌다.

이 돌연한 젊음으로 인하여 모든 세계와의 접촉이 우리에게는 감미롭기만 하다. 온갖 쾌락을 맛보기 위해서는 그저 앞으로 나아가기만 하면 되는 것이다.

자크 리비에르가 이렇게 외친 것은 『지상의 양식』이 발표되고 나서도 10여 년이 지난 1913년이다. 그 당시 그는 이미 '개종한' 상태였다. 알랭 푸르니에에게 보낸 편지가 증명하듯, 그 자신은 이미 『지상의 양식』을 읽고 엄청난 충격을 받았던 것이다. 그는 1906년 9월 16일 알랭 푸르니에에게 이런 편지를 썼다.

어쩌면 너는 충분할 만큼 감각적이지 못하고 신선한 물과 그늘에 충분할 만큼 황홀해하지 못하고 어쩌면 너의 감각적인 쾌락들에는 너무 많은 추억과 잡념들이 섞여 있고 어쩌면 너는 벌거벗은 자연을 있는 그대로 만끽하지 못하는지도 모른다. 그것이 바로 지드다.

그렇다. 그것이 바로 지드다. 지드는 『지상의 양식』이 발표되기 직전인 1896년에 자신의 친구에게 이렇게 썼다.

우리는 서둘러 문학을 관능주의의 심연 속으로 빠뜨려야겠어. 거기서 문학이 완전히 새로운 모습으로 소생하여 다시 태어날 수 있도록 말이야.

지드는 『지상의 양식』 1장 끝 부분에서 이렇게 외친다.

나타나엘이여! 우리는 언제 모든 책들을 다 불태워버리게 될 것인가! 바닷가의 모래가 부드럽다는 것을 책에서 읽기만 하면 다 되는 것이 아니다. 나는 내 맨발로 그것을 느끼고 싶은 것이다. 감각으로 먼저 느껴보지 못한 일체의 지식이 내겐 무용할 뿐이다.

사람들은 분명 이 메시지를 오랫동안 기다려왔다. 그것은 당시 이미 널리 퍼져 있었던 어떤 감정의 목마름에 대한 응답이었다. 그 점을 우리에게 확인시켜주는 것은 단순히 젊은 비평가 에드몽 잘루의 매우 분명한 지적만은 아니었다. 벌써 2년 전부터 '본연주의naturisme'라는 매우 의미심장한 이름의 유파가 형성되어 1897년 1월 10일자 『피가로』에 요란한 선언문을 발표했다. 이 선언문의 필자인 시인 생 조르주 드 부엘리에는 이 새로운 운동의 주제를 잘 드러내주는 네

명의 작가를 등에 업고 나왔는데 그중에는 폴 포르, 모리스 르 블롱, 미셸 아바디와 더불어 지드의 이름도 들어 있었다. 그러나 실제로 지드는 이 새로운 운동인 '본연주의'와 관련하여 자신의 태도 정립에 잠시 주저한다. 그는 문제의 본연주의자들과 어느 면 가깝다고 느끼면서도 그 운동에 편승할 경우 자신의 독창성을 상실하게 될지도 모른다는 점에서 드러내놓고 본연주의를 지지하기를 망설인다. 세계에 대한 "유쾌한 수용"과 자연과의 열광적인 교감을 내세우는 그들의 주장에 공감하면서도, 다른 한편 그들이 주창하는 문학상의 민족주의와 민중적 전통에 관한 찬양에 대해서는 거부감을 느낄 수밖에 없었던 것이다.

그러므로 부엘리에의 본연주의와 어느 면에서 본연주의보다도 더 본연적(자연적)인 성격을 지닌 『지상의 양식』 사이에서 몇몇 사람들이 발견했던 유사성이란 것에는 상당한 오해와 애매한 면이 개재되었다고 볼 수 있다. 지드는 그러므로 그 어느 유파에도 속하지 않는 삶, 생살이 그대로 닿는 삶의 유파, 독립된 자유 그 자체이고자 했다.

『지상의 양식』의 의미와 메시지를 정확하게 이해하고 음미하기 위해서는 책이 발표될 당신의 일반적 문학 경향과 정서 못지않게 이 책을 저자인 지드 자신의 개인적 삶과 관련하여 자리매김함으로써 해석해보는 일이 반드시 필요하다. 독자는 이 책의 자전적인 성격에 강한 인상을 받지 않을 수 없다. 책의 화자는 단순히 새로운 윤리를 선언하는 것에 그치지 않는다. 그는 지금까지 자신이 살아온 과거의 여러 가지 경험을 되돌아보며 그것을 판단하고 거기서 어떤 교훈을 이끌어낸다. 그러므로 우리는 지드를 『지상의 양식』으로 인도하게 된 도정의 출발점으로 되돌아가서 그 이후의 정신적 행로를 간단히 되밟아볼 필요가 있다.

『지상의 양식』 8장을 펼쳐보면 불과 세 페이지에 걸쳐 밝고 빛나던 어린 시절과 어둠에 젖어 있던 소년 시절을 동시에 회고하는 지드를 발견할 수 있다. 이 두 가지 양면은 무엇을 의미하는 것일까?

오! 시간이 그 원천으로 거슬러올라갈 수 있는 것이라면! 그리고 과거가 돌아올 수 있는 것이라면! 나타나엘이여, 나는 그대를 데리고 가고 싶구나. 내 청춘의 그 사랑의 시절, 생명이 꿀처럼 내 안으로 흘러들던 그 시절로. 그렇게도 많은 행복을 맛본 것으로 영혼이 달래질 수 있을 것인가? 나는 거기, 그 정원들에, 다른 사람 아닌 내가 그곳에 있었던 것이니. 나는 그 갈대들의 노래에 귀를 기울이고 있었다. 그 꽃들의 향기를 들이마셨다. 나는 그 아이를 바라보았고 쓰다듬었다― 그리고 물론 그러한 것들은 모두 새봄이 돌아올 적마다 벌어지는 유희들이기는 하다―그러나 그때의 나, 그 '타인', 아! 어찌하면 나는 다시 한번 그가 되어볼 수 있을 것인가!

이렇게 "생명이 꿀처럼 내 안으로 흘러들던" 그 시절을 추억하는 지드지만 그보다 불과 몇 페이지 앞에서는 오히려 그 시절의 '어둠'

을 잊지 못하고 있는 것이다.

물론, 그렇다! 나의 청춘은 참으로 어두운 것이었다.
나는 그것을 후회한다.

그렇다면 『지상의 양식』의 시인이 실제로 보낸 어린 시절은 어떠했던가? 지드는 부유한 가정에서 태어났다. 아버지 폴 지드는 오직 장래가 촉망되는 대학교수에 불과했지만 가난한 사람은 아니었다. 그러나 그는 노르망디의 부유한 집안의 막내딸 쥘리에트 롱도와 결혼함으로써 그녀가 가져온 지참금 덕분에 남부럽지 않은 부를 누릴 수 있었다. 더군다나 그들 사이에서 태어난 지드는 훗날 외사촌 누이 마들렌 롱도와 결혼함으로써 한꺼번에 라 로크와 퀴베르빌 두 곳의 성을 소유한 성주가 되었다. 그는 생계를 유지하기 위하여 일을 할 필요가 없었다. 그리고 오십대가 넘어서자 그의 문학은 결코 무시 못할 수입원이 되었다.

그러나 아버지가 일찍 사망하고 난 뒤 어린 지드가 몸담아 성장하게 된 모계의 롱도 집안은 지극히 돈을 아껴 쓰는 청교도였다. 금전적으로 아쉬움을 몰랐던 지드였지만 그는 항상 어린 시절의 교육에서 얻은 낭비에 대한 혐오와 절약 정신을 마음속에 간직하고 있었다. "어머니는 항상 식탁에서 일어서기 전에 마시던 시드르 잔은 다 비워야 하고 빵은 내가 먹을 수 있는 양 이상을 집어들지 말아야 한다고 가르치셨다. 내가 늘 절제된 생활에 대한 절박한 필요를 느끼며 지내는 데는 아마도 그때의 검약 의식이 어느 정도 작용하고 있는 것 같다."

열한 살의 어린 나이에 아버지를 잃은 그는 여자들(그의 어머니와 이모들, 그리고 세 외사촌 누이 마들렌, 잔, 발랑틴)에 에워싸여 지냈다. 그 여자들은 엄격한 청교도로서 모두가 다소간 종교의 두려운 이미지를 대변하고 있었다. 따라서 분별과 염치와 예절에 대한 부르주아적 감정은 그만큼 더 무겁게 어린 지드의 마음을 짓눌렀다. 어린 시절에 규칙적으로 여름 바캉스를 보내곤 했던 노르망디의 라 로크 성과 부활절 방학을 보냈던 아버지 쪽 남불 지방(랑그도크)의 위제스에서 지드는 프로테스탄트의 두 가지 얼굴을 경험했다. 용서보다는 죄의 참회를 요구하는 개신교의 분위기는 그가 몸담고 성장했던 유일무이한 종교적, 윤리적 풍토였다. 폴 지드 부인은 자신의 아들을 가장 엄격한 윤리의 존중, 율법과 권위의식 속에서 키웠다. 이는 신에 대한 사랑보다는 죄에 대한 두려움이 우선하는 세계를 의미한다. 이때 무엇보다도 가장 중대한 죄는 당연히 육체적인 면에서의 죄를 말한다. 사실상 지드가 종교에 대하여 가장 먼저 경험한 것은 이처럼 가장 강한 구속과 금지의 성격을 드러냈다.

어린 지드에 대한 주위 환경의 지배와 영향은 일방적인 것이었다. 그러나 그는 항상 '분열된', 그리고 불안감을 떨쳐내지 못하는 심약한 아이였다. 신체적으로나 심리적으로나 허약한 체질에다가 감정적인 면에서 극도로 예민했던 그는 열한 살 이후부터 여러 가지 불안한 심리적 위기를 겪었다. 그의 학교 생활은 불규칙했고 그의 교육은 여러 가지 사건이 겹치면서 자주 정해진 틀을 벗어났다. 매우 중요한 충격들 가운데서도 특히 1882년 외사촌 누이 마들렌의 '비밀'(그녀의 어머니의 불륜)을 발견하게 된 것은 그가 그녀에 대하여 품은 사랑이 신비적으로 윤색되는 결정적 계기가 된다. 요컨대 이 극도로 예민한 아이의 신경쇠약 증세는 너무나 엄격한 청교도적 교육, 열네 살 때 발견한 『아미엘의 일기』 등에 영향을 받아 양심 검증에 집착하는 내성적 경향으로 굳어지면서 더욱 복잡한 양상을 보인다. 심한 불안에 시달리는 가운데 그는 누이 마들렌의 슬픔과 같은 주위 사람들의 고통이 자신의 책임이라고 믿는 경향이 있었다. 매우 열광적인 종교 감정에 사로잡힌 채 순수에 목말라하는 그가 강박적인 죄의식과 끊임없이 싸울수록, 자신의 내면에서 느끼는 악의 힘은 더욱 강하고 제어하기 어려운 것이 되었다. 그는 『앙드레 발테르의 수기』에서 이 강박적인 죄의식과 고통을 묘사했다. 그것은 또한 소설 『위폐 제조자들』의 어린 보리스를 통해서도 다시 환기된다. 그 인물과 앙드레 지드는 너무나도 닮은 꼴이다. 성격적 애매성, 습관적 자위행위, 어머니의 청교도주의, 자신의 '악습'의 발견, 아버지가 사망하는 시기 등 그들은 많은 공통점을 드러낸다. 마찬가지로 외숙모 에밀 롱도의 간통 사실의 발견은 그의 죄의식을 더욱 부추긴다. 그는 자신을 죄지은 존재라고 여긴다. 따라서 그는 천사와도 같은 사촌 누이 마들렌의 순결한 사랑을 받을 자격이 없다고 생각하며 고민하는 것이다.

이와 같은 존재의 고통과 끊임없는 심리적 불편함은 모순된 두 가지 결과를 가져온다. 고통에 대한 가장 자연스러운 회피 반응은 우선 자신의 내면으로 침잠하는 나르시스적 현상으로 나타난다. 마들렌에 대한 지드의 사랑, 에마뉘엘에 대한 앙드레 발테르의 사랑은 대부분 에코에 대한 나르시스의 사랑의 변형이다. 즉 가상의 분신을 창조함으로써 자기 분열을 부정하는 태도 바로 그것이다. 그와 정반대되는 것이지만 그에 못지않게 자연스러운 또하나의 반응은 타자에게로의 도피다. 우리는 어린 지드에게서 타자에 대한 호감, 혹은 공감의 능력이 일찍부터 나타나고 있음을 목격한다. 그 능력은 그를 자신으로부터 타자에게로 투사시켜 '감정이입'에 의하여 살아가게 만든다고 장 들레는 설명한다. 그 결과 그는 스스로의 모순에서 해방된다. 자신 속으로 침잠하는 동시에 분열되어 자신의 밖으로 튕겨나가는 것, 이것이 바로 지드의 청소년기의 생존 방식이다. 그러나 자신의 밖으로 나가는 것은 오직 상상 속에서만 실현이 가능한 것이다.

중요한 것은 현실 속에서 자신의 '밖'으로, '타자'의 세계로 나가는 것이다. 초기의 여러 가지 우정들, 일찍부터 깨달은 작가로서의 소명의식, 『앙드레 발테르의 수기』라는 작품의 모습으로 나타난 젊은 시절의 결산, 이런 모든 것을 넘어서서 그가 처음으로 실질적인 해방의 걸음을 내딛게 된 것은 다름아닌 1893년 10월의 여행, 새로운 곳으로의 출발이었다. 그는 마침내 가정과 종교의 속박을 벗어나 먼 곳으로, 낯설고 '다른' 곳으로 떠난다. 그것은 오랫동안 준비해온 것으로 가정과 문단, 1890~1893년에 드나들었던 상징주의 살롱과 서클의 환경에서 자신의 뿌리를 뽑아내는 일이었다. 1893년 10월 18일, 그는 친구 폴 알베르 로랑스와 함께 마르세유에서 북아프리카로 떠나는 배에 올라탄다. "내가 그리스도에게 작별을 고할 때 마음이 찢어지는 듯한 느낌을 받지 않은 것은 아니다"라고 후일 그는 술회한다. 지드가 북아프리카의 튀니스를 지나 수스에 이르렀을 때 파리에서 제대로 치료하지 않은 감기가 심해져서 결핵으로 발전했다. 그런 가운데서도 그는 현지의 어린 소년 알리에게서 관능적 쾌락을 맛본다. 1월에 비스크라에 도착한 그는 '백인 신부들의 집'에 묵으면서 울라드나일족인 소녀 메리엠에게서 뜨거운 관능을 처음으로 맛본다. 그 인근에서 발견한 셰트마, 우마크, 투구르 등의 오아시스 마을들은 그에게 황홀할 정도로 벌거벗은 세계의 모습을 보여준다. 두 여행자는 마침내 귀로에 올라 몰타, 시라쿠사, 로마, 피렌체, 제네바 등의 경로를 거친다.

지드가 아프리카 여행에서 돌아온 것은 여러 달이 지난 1894년 봄이었다. 그러나 그는 이듬해에 다시 아프리카로 떠난다. 이번에는 외사촌 누이 마들렌과 결혼한 뒤 신혼여행이었다. 이 여행은 1895년 10월에서 이듬해 5월까지 무려 7개월에 걸친 것이었다. 그 여행길의 생모리츠에서 쓴 글이 후일 『지상의 양식』에 편입될 「메날크의 이야기」였다. 그들은 피렌체, 튀니스, 엘 칸타라, 비스크라, 투구르 등의 여정을 밟았는데 이 여행의 흔적은 『지상의 양식』보다 『배덕자』에 훨씬 더 사실적으로 서술되어 있다. 그리고 다시 1896년, 1899년, 1900년, 1903년, 이렇게 지드의 아프리카 여행은 계속되었다. 그곳에서 그는 "소생의 비밀"을 안고 돌아왔고 『지상의 양식』은 그 비밀의 서정적 표현이다. 그는 아프리카에서 매우 중층적인 의미의 해방을 체험했다. 쾌락의 발견, 감각론적 윤리로의 개종(병으로 생명이 자신에게서 빠져나갈 듯한 느낌을 맛보았기에 그만큼 더 격렬하게 실감한), 자신의 어두운 어린 시절에 그의 본성과 자아의 개화를 억눌러왔던 모든 억압의 거부와 버림에 힘입어 얻은 승리는 바로 윤리적, 종교적 해방이었다.

다음으로 얻은 것은 현실에 등을 돌리는 문학의 보잘것없는 '늪'에서 빠져나옴으로써 맛본 문학적 해방이다. 그리고 끝으로 얻은 승리는 사회적 환경과 가정의 굴레에서 벗어나는 개인의 해방이었다. 여기서 『지상의 양식』이라는 제목을 선택한 것은 의미심장하다. 사실 그 주변의 가까운 사람들은 모두 이 제목에 반대했다. 그러면서도 그는 자신도 '형편없는' 것으로 생각하는 이 제목을 마치 무엇엔가 도전하듯 고집했다. 그는 어머니에게 보낸 편지에서 이렇게 말했다.

"이 형편없는 제목은 꼭 필요한 것입니다. 이제 나는 이 제목을 고치지 않을 생각입니다. 인정받지 못하는 한 이 제목은 형편없는 것이지요. 그러나 지나고 보면 그 솔직함과 거칢 때문에 오히려 멋들어진 것일 수 있습니다. 나는 시적인 제목은 질색입니다. 난 그런 제목을 원하지 않아요. 너무 안이한 것이니까요."

그러나 『지상의 양식』에서 우리는 그의 '소생' 이후 '새로운 존재'를 형성하는 모든 것과 아프리카 여행 이전의 과거형 지드에 속하는 것을 서로 구별해볼 수 있다. 그리고 바로 그런 점에서 이 책은 지드가 과거의 바탕을 송두리째 부인하고 부정하기보다는 새롭게 획득한 것을 자신의 존재 속에 편입시키는 '결산'의 시도라 볼 수 있는 것이다. 과연 그는 어머니에게 보낸 편지에서 "이제 나의 어린 시절은 끝난 것 같습니다. 이제 쓰려고 하는 책 속에 나는 그 어린 시절을 송두리째 다 파묻어놓고 싶습니다"라고 말했던 것이다. 그리하여 우리는 이 책에서 동시에 여러 가지 다양한 인물들의 삶을 살아내고자 하는 의지, 삶 앞에서 동시에 여러 가지 '자세'를 취해보고자 하는 프로테의 자질과 동시에 그보다 앞선 젊은 시절의 불안에 찬 종교적 고뇌를 한꺼번에 읽게 되는 것이다. 비평가들은 흔히 이 책의 핵심은 "선택의 필요"라는 문제라고 보았다. 따라서 그 문제는 이 책의 가장 중요한 또다른 주제인 "모든 가능성을 향한 준비된 마음의 대기 상태disponibilité"와 모순 관계를 드러낸다고 지적했다. 그러나 우리는 여기서 지드의 더 근본적인 고민은 어느 한쪽을 선택하는 문제가 아니라 "삶의 다양한 형태들"을 통합하고 조정하여 그 모든 삶을 다 살고자 하는 데 있었다는 것을 이해할 수 있다.

『지상의 양식』은 지극히 개인적이고 직접적인 체험의 산물인 것이 사실이다. 그러나 그가 읽은 작품들과 만난 사람들, 그리고 그 사람들과 책들에서 받은 영향도 그의 인격 형성에서 무시할 수 없는 자양분이다. 지드에게 끼친 독서의 영향과 관련하여 가장 먼저 언급해야 할 책은 단연 성서라고 하겠다. 『앙드레 발테르의 수기』에 비한다면 이 책에서 발견할 수 있는 성서의 언급은 덜 직접적이며 그 빈도역시 낮은 편이고, 종교적인 메시지를 해석하는 방식 또한 한결 자유롭다. 그러나 성서의 영향은 책의 형식과 문체에 있어서나 여러 가지 이미지나 신화적인 에피소드들에 있어 충분히 가시적이다.

성서 다음으로 눈에 띄는 것은 괴테를 통해서 발견하게 된 페르시아 서정 시인들 및 어린 시절에 읽은 『천일야화』의 영향이다. 『지상의 양식』의 6장은 『파우스트』의 저자에게 헌정된 것이긴 하지만 괴테의 영향은 더 간접적이다. 그러나 어린 시절부터 그가 즐겨 읽고 명상해온 괴테는 그의 정신에 매우 깊은 자취를 남기고 있다. 바로 그 괴테 덕분에 지드는 목신木神이 지닌 예지의 요체를 터득할 수 있었고, 『지상의 양식』을 넘어서서 일생 동안 늘 그에 대하여 변함없는 애착을 가졌던 것이다. 한편 많은 해석자들은 지드의 배덕자적 태도를 니체와 결부해 해석하곤 했다. 그러나 연구자들은 당시의 지드가 니체를 전혀 읽어보지 못했다는 사실을 밝혀냈다. 그러나 지드가 세기말 지성계를 짙게 물들이고 있었던 막연한 니체주의에 아주 무감각했다고 말할 수는 없을 것이다. 그렇다고 해도 지드의 메날크는 니체의 차라투스트라와 직접적인 관계가 없다고 해야 옳다.

끝으로 많은 사람들이 메날크라는 인물의 모델이 과연 누구일까에 대하여 매우 궁금해했다. 『지상의 양식』과 『배덕자』의 중심적이면서도 눈에 보이지 않는 인물인 메날크는 『앙젤에게 보내는 편지』에도 등장한다. 메날크가 오스카 와일드의 모습과 닮았다는 사실은 부정하기 어렵다. 1895년 재판으로 몰락하기 전까지, 그 당당하고 화려한 모습을 자랑했던 오스카 와일드는 1891년 11월 파리에서의 첫 만남 이후 줄곧 지드를 매혹시켰다. 지드는 그를 1894년 봄 피렌체에서, 1895년 알제리에서 다시 만났다. 한편 우리는 저스틴 오브라이언이 지적했듯이 메날크라는 인물에게서 『목가』를 쓴 베르길리우스의 모습을 발견할 수도 있다. 메날크는 『목가』의 시인 자신을 형상화한 목동, 바로 그의 이름인 것이다. 한편 조지 D. 페인터는 메날크가 위스망스의 소설에 등장하는 주인공 데 제생트와 닮았다고 주장한 바 있지만 그 주장을 그대로 받아들이는 것은 쉽지 않다. 그러나 그의 다음과 같은 설명은 상당한 설득력을 지닌다. "메날크는 지드의 다른 인물들, 가령 발테르, 위리앵, 티티르(그 밖에도 많은 인물들을 포함시킬 수 있을 것이다)와 마찬가지로 지드의 인격의 다소 과장된 모습, 혹은 분신을 나타내고 있다."

결국 『지상의 양식』에서 우리가 발견하게 되는 것은 저자인 지드 자신, 다시 말해서 그가 만난 여러 사람들과 다양한 사건들이 만들어낸 한 인간의 다면적인 모습이다. 적어도 우리는 메날크가 지드의 다른 모든 인물들과 마찬가지로 그의 실제 삶의 오직 한줄기뿐인 행로가 아니라, 가능성 있는 삶의 무한한 방향들 중 하나를 구체화해 보여준다고 말할 수 있을 것이다.

『지상의 양식』이 1897년 2월에 완성된 것은 분명하지만 지드가 그 책의 원고를 언제 처음 쓰기 시작하였는지를 밝히는 것은 쉽지 않다. 지드는 1893년 10월부터 1896~1897년 겨울에 이르는 약 3년에 걸쳐 틈틈이 메모해두었던 문장들과 노트들을 다듬고 고치고 정돈했다. 「메날크의 이야기」는 장차 이 책의 가장 치밀하고 수미일관하게 구성된 한 부분을 이루게 된다. 지드는 이 글과 관련하여 드루앵에게 보내는 편지에서 "이것은 처음부터 『지상의 양식』을 위하여 매모해둔 종이쪽들에서 다시 찾아낸 문장들을 꿰어 맞춘 것"이라고 말했다. 그런데 사실 이 책 전체가 발표되기 전 몇몇 잡지들에 선보인 『지상의 양식』의 네 가지 단편斷片들 중 그 어느 것도 준비중인 이 책의 발췌라고 소개된 적은 없었다. 지드는 「메날크의 이야기」를 발표하고 나서 "이것을 『지상의 양식』의 서문으로 삼을 생각이 없으며 이 글 전체를 다시 인쇄하는 일은 결코 없을 것이다"라고 못박아 말했다. 그러나 이 글은 그 전체가, 그것도 『지상의 양식』의 중심되는 위치(4장)에 삽입되어 다시 발표되었다. 책의 '중심된 위치'라 함은 곧 이 글이야말로 『지상의 양식』의 메시지를 압축시켜 책의 전체 구조를 거울처럼 비추는, 지드 특유의 '심연 체계mise en abyme'의 기법이 활용된 전형적 예라는 의미이기도 하다.

이 특유의 기법을 통해서 지드는 책을 글을 쓰는 작자에게로 '반사'시키는 동시에 일종의 반사 거울에 의하여 작품 속에 그 자체의 비평을 도입하여 어떤 '형이상학적 깊이'를 부여하고 있는 것이다.

이 언급을 계기로 이제 우리는 이 기이한 책의 숨은 '구조'에 대해 생각해볼 차례가 되었다. 지드 연구에 탁월한 심리 분석을 추가한 장 들레는 이렇게 지적했다. "지드의 책들만큼 치밀하게 구성된 것은 없을 것이다. 그가 젊었을 적에 낸 책들도 그렇다. 다만 『앙드레 발테르의 수기』와 『지상의 양식』은 예외다." 그러나 이 책의 경우도 실은 예외는 아니다. 조금만 더 주의를 기울여 이 책을 읽어본다면 우리는 『지상의 양식』 속에 감추어진 구조를 읽어낼 수 있다.

겉보기에 매우 단편적인 서술과 시편들, 메모들을 산만하게 이어놓은 듯한 인상을 주는 『지상의 양식』은 사실상 4장 1의 '메날크의 이야기'를 중심으로 1장과 마지막 8장 사이에 매우 치밀한 방식으로 짜이고 배열되어 있다. 도입 발단부인 1장은 1)책의 주제와 키워드가 소개되는 프렐뤼드, 2) 시인 자신이 오늘의 재생과 부활에 이르게 된 변화의 과정을 요약하는 회고, 3) 감각론적인 복음서로 책을 통해서 얻은 교양의 거부를 선언한다.

한편 마지막에 배치되어 1장으로부터 "빛과 발광체" 사이의 관계에 대한 제사를 이끌어내는 8장은 지금까지 이 책에서 다루어온 주제들을 전반적으로 다시 다루는 가운데 흘러가버리는 시간의 슬픔을 느끼게 하는 한편 타자를 향하여 마음을 여는 것이 긴급하다는 점을 역설한다.

2장은 이제 더이상 죄의 두려움에 억눌리지 않는 삶의 강렬함과 순간의 향유를 지향하는 개인으로서 반드시 갖추어야 할 자질인 "준비된 마음의 대기 상태"라는, 이 책의 가장 중요한 주제가 소개된다.

3장에서는 여행과 꿈과 추억을 통하여 관능을 노래한다. 그러나 메날크가 등장하여 모범을 보이려는 듯이 발언하게 되는 4장 바로 앞에 놓인 이 대목은 폭풍 뒤에 찾아든 항구, 모험 끝에 되돌아가는 기항지에의 욕구를 나타내는, 『지상의 양식』의 '반反주제'로 마감된다.

4장은 메날크의 발언에 이어 베르길리우스의 『목가』나 『데카메론』을 연상시키는 시적 디베르티멘토를 거쳐 피로와 실망의 기운이 엿보이는 마지막 장으로 끝난다. 이어 5장은 '비 많은 노르망디 땅'에서 한숨 돌리는 휴지의 장이다. 그러나 농장을 노래하면서 시인은 금방이라도 다시 벌판으로 내달릴 것 같은 '썰매'들을 발견한다. 6장 '린세우스'는 샘물, 잠자는 자리, 도시들 같은 가시적이고 육체적 지각으로 감지 가능한 사물들을 노래한다. 그리고 다시 해가 떠오르는 날들에 대한 믿음("하나하나의 사물을 더 가까이에서 보라. 린세우스여, 오라! 가까이 오너라. 이제 날이 밝았다. 우리는 낮을 믿는다")을 말한다. 7장에서 시인은 다시 아프리카와 열정적으로 사랑했던 사막으로 돌아간다. 그리고 다소간의 환멸에도 불구하고 죽음의 의식과 '돌연한 맛'의 삶으로부터 '자신이 걷는 길이 바로 자신의 길, 반드시 밟아가야 하는 길'이라는 확신을 얻는다("그리고 나는 여기서 행복이 죽음 위에 피는 꽃과 같음을 사랑한다"). 그리고 책은 마침내 '진정한 것들'인 '타자他者'와 그의 삶의 중요성을 인정하는 대단원으로 마감된다.

흩어져 있는 노트와 메모를 세심하게 짜맞추는 작업을 통해서 완성시킨 이 치밀한 구조(무려 25년간에 걸쳐 적어놓은 토막글들을 바탕으로 조립한 『새로운 양식』의 경우도 마찬가지다)는 그러므로 지드가 수차 강조했던 작품 구성의 중요성을 실천으로 보여주고 있다. 이는 동시에 그 자체로서 자족하며 지탱되는 작품, 그리하여 작자와 분리된 독립적 존재로 생명을 가지는 예술 작품의 한 범례가 된다.

이제 많은 세월이 지난 뒤 지금 『지상의 양식』을 어떻게 자리매김하는 것이 좋을까? '고전'이 되어버린 이 책은 지드의 저서들 가운데서 가장 많이 읽히는 책은 아니다. 『지상의 양식』은 지드의 다른 일곱 권의 저서가 프랑스의 가장 유명한 문고판 중 하나인 '리브르 드 포슈'로 출판되고 난 다음에야 겨우 그 대열에 합류할 수 있었다.

1897년 5월 메르퀴르 드 프랑스 출판사에서 『지상의 양식』이 처음 출간되었을 때 저자인 지드는 파리에 없었다. 이탈리아 여행중이었던 그는 친구 발레리에게 책의 출간을 잘 살펴달라고 부탁했다. 그는 2월 말경 출판사에 원고를 넘긴 다음 겨우 집을 이사하는 일만 마치고 파리를 떠나버렸던 것이다. 장차 20세기 초엽이면 젊은이들에게 일종의 '복음서'와도 같은 존재가 될 이 책은 출간 당시에는 거의 사람들 눈에 띄지 않았다. 초판 1650부가 매진되는 데 무려 18년이 걸렸다. 그리고 처음 11년 동안 팔린 책은 겨우 500부에 불과했다. 당시의 유수 일간지인 피가로, 골루아, 질 블라스 등은 문예면에서 이 책을 언급도 하지 않았다. 서너 종류의 잡지에, 그것도 지드의 친구들(앙리 게옹, 레옹 블룸 혹은 출판사 사장 부인 등)이 몇 마디 언급한 것이 고작이었다.

왜 그랬을까? 당시 스물일곱 살의 지드는 이미 문단의 무명 인사가 아니었다. 『앙드레 발테르의 수기』 『나르시스론』을 위시하여 무려 일곱 권에 달하는 저서를 출간했고 그중 몇 권은 문단의 상당한 주목을 받았다. 그러므로 이 책이 세인의 이목을 끌지 못한 이유는 다른 데 있었다고 볼 수 있다. 이 작품은 당시의 독자들에게는 너무나 새롭고 독창적이어서 이해하기가 쉽지 않았던 것이다. 다만 당시 열아홉 살이던 비평가 에드몽 잘루만이 책의 본질을 꿰뚫었다. 그는 이렇게 평했다.

내가 아는 한 가장 아름다운 책들 중 하나이다. 우리가 가장 초조하게 기다려왔고 또 우리가 필요로 하는 책이다. 따라서 책은 시의적절한 때에 나왔고 장차 큰 영향을 끼치게 될 것이다. (……) 금세기가 베르테르와 르네의 영향을 받았듯이 아마도 다음 세기의 문학은 이 책의 주인공인 메날크의 영향을 받게 될 것이다. (……) 이 절묘하고 기이한 책이 권하는 것은 바로 낙관과 삶에 대한 사랑, 깊고도 새로운 사랑인바 다른 그 어떤 작가도 앙드레 지드만큼 기막힌 아름다움과 광채로 그 감정을 표현한 적이 없다.

그의 평은 적절했지만 너무 일찍 나온 것이었다. 그로부터 10년,

15년, 20년이 지난 뒤에야 비로소 대다수의 젊은이들에게 『지상의 양식』의 발견은 곧 맨살의 삶 그 자체의 놀라운 발견인 동시에 그들 내면에서 폭발하는 열광과 진실에 도취하는 기회가 될 것이다.

장차 로제 마르탱 뒤 가르는 그의 대하소설 『티보 가의 사람들』에서 다니엘 드 퐁타냉의 입을 통하여 그 열광과 진실의 폭발을 대변하게 되고 이어 수천수만 명의 동시대 젊은이들이 그 서정적 모험을 자신의 것으로 만들게 될 것이다.

20세기 후반에 들어와서까지 그 열광은 프랑스 이외의 다른 지역들에서 계속되었다. 이라크 출신의 유명한 캐나다 비평가 나임 카탄은 1945년, 당시 열여섯 살이었던 자신이 『지상의 양식』을 어떻게 처음 발견하게 되었는지를 이렇게 술회한다.

1945년 나는 바그다드에서 어떤 영국 병사를 알게 되었다. 그는 대화 도중에 주머니에서 책 한 권을 꺼내더니 한 대목을 내게 읽어주었다. 나는 즉석에서 매혹된 나머지 그 책을 내게 좀 빌려달라고 간청했다. 그것이 바로 『지상의 양식』이었다. 내 나이 열여섯 살 때였다. 그 병사는 다음날 떠나게 되어 있었으므로 책을 그 다음날 돌려주기로 약속했다. 나는 밤을 꼬박 새워서 그 책을 손으로 베꼈다. 당시 바그다드에서 지드의 책을 구하는 것은 쉬운 일이 아니었다.

실존주의가 지배적인 관심사였던 해방 직후의 프랑스에서는 지드에 대한 그 같은 열광이 더이상 지속되지 않았지만 이 증언은『지상의 양식』의 충격이 멀리 떨어진 곳에서 여전히 계속되고 있음을 말해주는 것이었다.

출간 당시 이 작품이 성공하지 못한 이유 중 하나는 그 어떤 작품과도 닮지 않았고 독자들에게 익숙한 그 어떤 장르에도 속하지 않은 낯선 형식 때문이라고 하겠다. 이 책은 시, 소설, 에세이 그 어떤 장르에도 속하지 않는다. 앙리 게옹만이 책에 대한 독자적인 설명을 시도하면서 "이것은 시도 소설도 아닌, 유일무이한 예술적 표현이 되기를 바라는 책"이라고 말했다. "지드는 영혼의 움직임을 따라갈 수 있도록 해주고 철학적 평온함에서 서정적 열광으로 옮겨갈 수 있는 새로운 형식을 상상해내게 되었던 것이다. (……) 변주와 발전으로 이루어진 작품이다." 반면에 많은 독자들이 더할 수 없이 당황스럽고 난처한 이 책의 겉모습 앞에서 "예술 작품을 만들어보려고 노력하는 흔적이 전혀 없이 너무나 막연한 문장들만을 선호한다"라고 불평했고 "이 둔주곡의 오케스트라에서 간신히 벗어나면 오직 어리둥절하고 실망스럽다는 느낌만 남는다. 이건 완성된 책이라기보다 책의 자료들에 불과하다"라고 비판했다.

오직 앙리 게옹만이 이 책의 형식에 대하여 "시도 소설도 아닌, 유일무이한 예술적 표현이 되기를 바라는 책"이라고 지적할 줄 알았다(1897년 5월『레르미타주 L'Ermitage』). 그는 같은 해 5월『메르퀴르 드 프랑스 Mercure de France』에 발표한 보다 긴 글에서 이 책의 특수한 주제 자체가 예외적이고 독특한 형식을 요구한다는 사실을 분명하게 지적했다.

이 책의 주제를 직접적이고 개인적인 방식으로 다루려고 했다면 지속적인 서정성이 필요했을 터인데 그 서정성을 그렇게 오랫동안 지탱한다는 것은 불가능한 일이다. 책 전체의 출발점이 되는 원초적 철학 역시 쉽게 정리하여 표현할 수는 없었을 것이다. 게다가 그렇게 했다면 이 책에는 아마도 다양성과 결집력이 결여되었을 것이다. 그렇기 때문에 앙드레 지드는 영혼의 움직임을 따라갈 수 있도록 해주고 철학적 평온함에서 서정적 열광으로 옮겨갈 수 있는 새로운 형식을 상상해내게 되었던 것이다. 이 작품을 구성하는 여덟 개의 장 각각은 항상 동일한 생각을 발전시키고 있으면서도 그 각각의 형식과 본질이 매우 상이한 것이어서 앞에 놓인 장이나 뒤에 오는 장과는 아무런 연관이 없을 뿐만 아니라 그것에 의하여 동기가 부여되는 일이 없다. 온통 변주와 발전으로 이루어진 작품이다보니 가령 소설이 요청하는 외형적인 구성에 도달할 수가 없는 것이다. 그렇지만 이 작품은 나름대로 구조를 갖춘 것이다. 그러나 그 구조는 첫 장에서 마지막 장으로 점점 확대 발전하는 서정성의 운동에서 생겨나는 독특한 구조다.

그러나 지드가 늘 "작품이란 구성이다"(『일기』)라고 주장해왔다는 사실을 잊어서는 안 된다. 그는 이미 초기작인 『앙드레 발테르의 수기』에서부터 예술 작품은 엄격한 구조를 필요로 한다는 사실을 강조해왔다. 그는 1917년『악의 꽃』 서문에서 "예술 작품의 존재 이유인 형식은 일반 독자가 나중에야 알아보는 그 무엇이다. 형식은 작품의 요체다"라고 말했다. 그러나『지상의 양식』의 메시지는 파르나스파의 단순 소박하고 차디찬 기하학적 구성이나 엄격하게 상징적인 형식과는 다른 어떤 차원의 형식과 질서를 필요로 한다.

*

나는 3년 전 여름 동안 파리에 머물면서『지상의 양식』을 번역했다. 아직 문학이 무엇인지, 독서가 무엇인지 제대로 알지 못하는 사춘기에 맹목의 열광을 이기지 못한 채 빠져들었던 책이 바로『지상의 양식』이었다. 그 시절 나는 꿈에 취한 듯 "나타나엘이여, 내 그대에게 열정을 가르쳐주리라"를 기도문인 양 혼자서 중얼거리곤 했다.『지상의 양식』은『좁은 문』『배덕자』와 함께 나의 소년 시절을 불문학이라는 '일생'의 업으로 기울게 한 결정적인 계기였다.

그리고 나는 1960년대 대학의 불문과에 입학하여 바로 이 책을 처음 번역했던 이휘영, 김붕구 교수들의 지도를 받으며 지드와 카뮈를 원서로 읽는 황홀함을 경험했다. 그로부터 다시 40여 년이 경과하여 내 나이 환갑을 넘긴 후, 그리고 대학의 강단에서 또다른 청춘들을 향하여 바로 그 지드와 카뮈를 함께 읽고 가르치다가 나 또한 강단에서 물러난 다음, 마치 뜨거운 청춘 시절의 앨범을 바라보듯이 그 선생님들의 옛 번역들을 한 줄 한 줄 참고하고 원문과 대조하면서 이 책을 새롭게 번역했다. 그리고 또 초벌 번역을 덮어놓고 오랫동안 마음속에 청춘의 시간을 발효시킨 다음 다시 처음부터 손질하는 데 몇 해가 걸렸다.

앞서 언급한 두 스승님의 지혜로운 기존 번역이 없었다면 나는 이 새로운 번역을 시작할 엄두조차 내지 못했을 것이다. 혹시나 좋은 번역을 공연히 손대어 그릇되게 만들어놓은 대목은 없는지 염려스러울 뿐이다. 다만 옛날의 두 분 선생님 시절에는 구하지 못했던 새로운 연구 문헌들을 참고할 수 있었다는 것으로 구차한 변명을 삼아보려 한다. 번역은 물론 해설과 본문에 붙인 많은 주석을 위하여 무엇보다 지드 연구의 큰 봉우리인 클로드 마르탱 교수와 이본 다베의 다양한 연구 업적에 크게 기대었음을 여기에 밝혀두고자 한다. 그리고 번역과 연구를 위하여 지금은 이미 찾기 힘들어진 지난날의 여러 중요한 참고 서적을 파리의 고서점과 도서관에서 구해준 심은진 교수에게 이 자리를 빌려 감사와 우정의 뜻을 남기고자 한다.

(2007)

시간의 넓이와
생명의 높이

장 지오노
『나무를 심은 사람』
민음사, 2009

화가인 아내는 좋은 화실을 하나 얻어 가지고 있었다. 서울 시내 한복판 동네에서 정원까지 달린 단독주택 한 채를 큰 부담되지 않는 비용으로 통째 쓸 수 있었으니 큰 행운이었다. 그러나 행운의 시절도 그만 끝이 오고 말았다. 집이 팔려 급히 비워야 했다. 이미 그린 그림들은 물론, 각종 재료와 물감 외에도 다른 사람의 눈에는 무용해 보일지 모르는 잡동사니 등 엄청난 분량의 세간을 옮겨놓을 다른 화실을 빠른 시일 안에 구하지 않으면 안 되었다. 서울 시내에서 또 그런 집을 얻는 것은 어려웠다.

우리는 결국 살고 있는 동네에서 너무 멀지 않은 시골에 땅을 구입하여 집을 짓기로 결심했다. 아내의 화실은 물론이고, 나 역시 정년퇴직이 가까워오고 있어서 대학교 연구실을 비우면 개인용 서재를 마련할 필요가 있었다. 예산이 극도로 제한되어 있다보니 '싼 땅'을 발견하는 일이 중요했다. 거처하는 아파트에서도 이사라곤 할 줄 모른 채 수십 년째 눌러살고 있는 주변머리 없는 사람들이 갑자기 땅을 보러 다니는 일은 결코 쉽지 않았다. 여러 날 서울의 서쪽과 동쪽 지역을 두루 헤매고 다녔다. 우리 수준에 맞으면서 한적한 곳을 찾는 일은 거의 불가능에 가까웠다. 너무나 고단하고 실망스러웠다. 무엇보다 빨리 집을 비워야 할 일에 마음이 무거웠다.

그런데 어느 저녁나절, 우울한 얼굴로 돌아서는 우리에게 복덕방 청년이 "저기 한 곳이 더 있긴 한데 좀 덩어리가 크고 험한 곳이라 어떠실지……" 하고 말끝을 흐렸다. 인적이 없는 산속이었다. 외줄기 비포장도로가 뻗어 있었는데 의외로 전신주들이 길을 따라 올라가고 있었다. 산 위쪽 국유림을 가꾸기 위하여 닦아놓은 임산도로라고 했다. 떡갈나무, 오리나무 같은 잡목이 우거지다가, 늘 푸른 소나무 숲에 맞닿은 곳이었다. 자욱한 숲 저 속에는 큼직한 바위들이 험하게 뒤엉켜 있었다. 우선, 아무도 없는 숲의 고요가 마음을 이끌었다. 그런데 무엇보다 땅값이 지금까지 본 그 어느 곳보다 싸다는 것이 장점이었다. 과분하게 넓은 땅이 문제였지만 다른 친구들을 설득, 공동 매입하여 분할하는 쪽으로 노력하기로 했다.

이렇게 하여 나는 2002년, 내 나이 환갑이 되던 해에 '시골집' 한 채를 마련하게 되었다. 밤이 되면 인근에 불빛이 전혀 보이지 않아 칠흑 같은 어둠이 되었다. 어린 시절 이래로 그런 깜깜함의 아름다움은 처음이었다. 공연히 무섭기도 하여 잠을 설쳤다. 한밤중에 깨어 혹시 집 주위에 낯선 사람이나 짐승이 어슬렁거리지나 않는지 자꾸만 통유리 저 너머를 살폈다. 하지만 사람과 짐승은 먼 곳에서 저마다의 일로 바빴고, 또 내가 지니고 있는 최대의 재화란 대부분 남들의 관심과 거리가 먼, 그러나 무겁기만 한 책들이 고작인 집이고 보니 나의 두려움은 기우에 불과했다. 오히려 숲속에 반딧불이가 꿈처럼 날아다니고 소나무 밑에 무슨 그물망 같은 거대한 주황색 버섯이 추상화처럼 돋아나는 그곳이 나에게는 무슨 횡재를 만난 느낌을 주는 낙원이었다.

3층 높이의 나무들이 빽빽하게 우거져 있는 곳이라 특별하게 '정원'을 꾸밀 일은 없었다. 다만 자잘한 잡목을 걷어낸 자리에 흙을 실어다 붓고 작은 채소밭을 만들었다. 건축 자재를 실어 나르느라 트럭과 장비가 드나들었던 뒤꼍의 텅 빈 자리는 대나무, 전나무, 자작나무를 심어서 막았다. 친구들이 배롱나무, 단풍나무, 매화나무, 모란을 한 그루씩 선물해주어 집 주위에 심었다. 아니, 나는 선물을 강요하기도 했다. "이 얼마 되지 않는 땅에 그대의 나무를 심을 자리를 비워주겠소" 하고 선심 쓰는 표정을 지어 보였더니 사람 좋은 친구들이 못 이긴 채 응해주었던 것이다. 뜰 한구석 바람이 없는 곳에는 감나무 한 그루를, 집 입구에는 바위 사이에 반송 한 그루씩을 심었고, 측백나무를 나란히 심어 길과 마당을 구획 짓는 울타리로 삼았다. 나는 벌써 7년째 이 집에 살고 있다.

언제나 책상머리에 앉아 있는 것이 고작이었던 나는 차츰 나무에 대하여 관심을 갖게 되었다. 집안보다 집밖에서 지내는 시간이 훨씬 더 많아졌다. 호미와 삽, 톱과 전지가위, 고무신과 장화를 마련했다. 여러 켤레의 작업용 장갑이 헐고 더러워졌다. 흙의 종류와 퇴비의 특징, 물길과 배수에 호기심이 생겼고 더위와 추위, 볕 드는 곳과 그늘진 곳에 눈이 갔다. 큰 나무 밑에 어깨를 마주대고 엎드려 있는 바위와 사이사이에 뒤엉킨 담쟁이덩굴들, 오랜 세월 동안 떨어져 쌓인 낙엽들과 나뭇가지들을 몇 날 며칠에 걸쳐 걷어냈다. 그리고 그 자리에 푸른 이끼를 덮고 틈틈이 물을 주었다. 한참 뒤, 자생하는 솔이끼가 탐스럽게 돋아났다. 큰 나무들이 우거져 그늘진 곳이 많고 공기가 신선하니 이끼에게는 최적의 환경이었다. 서재에서 내려다보면 수십 개의 푸른 이끼 바위가 태곳적 모습으로 엎드려 있다.

상대적으로 추운 지역이라 겨울이 되면 대나무, 배롱나무, 감나무, 모란은 짚을 구해서 싸주어야 했다. 소나무, 측백나무는 봄철에 순이 돋을 때 일정한 길이로 순을 잘라주어야 모양이 참해진다. 죽은 가지와 너무 촘촘하게 난 가지는 솎아주어야 바람이 통한다. 이 모든 것이 창백한 지식인에게는 만만치 않은 노동을 요구하는 것이었지만 동시에 전에는 맛보지 못했던 즐거움을 주었다. 즐거움은 철이 바뀌고 해가 거듭함에 따라 더욱 깊고 은근한 것으로 변해갔다.

그런데 이 숲속에 이런 좋은 일만 있는 것은 아니었다. 지난 3년 동안 이 골짜기는 진종일 시끄러웠다. 국유림이라 짐작되어 영원히 친하게 눈 맞추며 살 수 있겠거니 믿었던 숲이 개인들에게 분양되었다. 국유림이 아니었던 모양이다. 어느 날 낯선 사람이 검은색의 크고 번쩍이는 승용차에서 내려섰다. 그는 숲속을 돌아다니며 태곳적부터 가만히 엎드려 있던 바위에 흰 스프레이를 뿌리며 표시를 했다. 자기 땅의 경계라는 뜻이었다. 이윽고 집 앞의 빽빽한 숲속으로 굴삭기가 쳐들어왔다. 나무는 베어내고 작은 바위는 파헤쳐 들어내고 큰 바위는 요란한 소리를 내며 깨뜨려 길을 뚫었다. 땅 주인은 잘 보이지 않고 사나운 기계들과 인부들만 여러 달을 두고 부산했다. 그 참을 수 없는 소음의 공격은 이 골짜기의 유일한 주민인 나만의 몫으로 고스란히 돌아왔다. 그들은 숲을 깎아내어 터를 닦더니 내 코앞에 조립식 집을 지었다. 그런데 기이하게도, 완공된 그 집이 지금은 늘 비어 있다. 밤이 되어도 불빛 하나 없이 캄캄하다. '법적으로' 임야를 집터로 바꾸기 위하여 지은 집이었기 때문이다. 법이 숲을 돈으로 만들어놓았기 때문이다.

이리하여 나는 아름답고 푸른 숲 대신 그 못난 조립식 집 지붕만 바라보며 살게 되었다. 하는 수 없이 작년에는 사람이 살지 않는 빈집을 시야에서 가리기 위해 나무를 심었다. 사람만의 힘으로 바위 사이에 흙을 져다 붓고 나무를 심자니 여간 힘든 노릇이 아니었다. 끝내 몇 그루는 누렇게 말라죽었다. 금년 새봄이 되어 나는 죽은 나무를 캐내고 또다른 나무를 더 심었다. 앞으로도 심고 또 심어야 할 것 같다. 남의 '재산'일 뿐인 그 빈집을 푸른 나뭇잎으로 가릴 때까지. 다행스럽게도 집은 더 자라지 않고 낡아가지만 나무는 쉬지 않고 자란다. 그 생명의 믿음이 내게 힘을 준다.

나무는 자란다. 이 단순하고 평범한 진리를 모르는 사람은 없다. 그러나 많은 사람들이 이 단순 평범한 사실을 잊고 지낸다. 많은 사람들이 모든 숲은 늘 '천연의 숲'인 줄로만 안다. 왜냐하면 나무가 자라는 과정 자체는 육안으로는 보이지 않기 때문이다. 자신과 자신의 일에만 골몰해 있던 사람들은 이미 다 자라 있는 현재의 나무를 보고 여기 큰 나무 혹은 작은 나무가 있구나 하고 확인할 뿐이다. 처음 심었을 때나 막 돋아났을 때의 나무는 본 적이 없다. 보았다 해도 이미 기억에서 지워져버린다. 많은 사람들이 나무는 그저 저 혼자 돋아나 저 혼자 잘 크고 있다고 무심히 생각한다.

나무가 자란다는 사실은 그 나무를 유심히 그리고 꾸준히 관찰하는 사람의 눈에만 인식된다. 작년의 나무와 금년의 나무를 비교하는 사람의 눈에만 그 나무는 경이롭다. 나무는 무엇보다 그 나무를 손수 심은 사람의 눈에 제일 잘 보인다. 나무를 심은 사람은 오며 가며 그 나무를 끊임없이 관찰하게 마련이다. 20여 년 전, 서울의 한 아파트를 처음 분양받아 입주하면서, 그해 마침 막내가 초등학교에 입학하기에 아이 키만한 감나무 한 그루를 늘 드나드는 현관 앞에 심었다. 나는 수십 년간 집을 나서며, 집으로 돌아오며, 이 감나무와 눈을 맞추곤 했다. 막내가 대학원에 다니는 지금 이 감나무에서 매년 큼직하고 탐스러운 감을 두 광주리씩이나 딴다. 또 어느 해인가엔 마을 사람들이 한강이 내려다보이는 아파트 뒷산에 나무를 심겠다고 모금을 했다. 나도 거기 참가하여 얼마 안 되는 돈을 내고 벚나무를 심었다. 지금은 그 벚나무가 아름드리로 자라 봄이면 꽃이 하늘을 덮은 채 한강을 내려다보고 있다.

나무를 심어놓고는 도무지 키가 크지 않고 늘 그 턱인 것만 같아 마음이 조급해지기도 한다. 그러나 시간과 함께 나무는 저 혼자 쉬지 않고 자란다. 사람은 나이를 먹고 늙어가고 해놓은 일 없이 허송세월로 등이 서늘한데, 나무는 소리 없이 그러나 어김없이 그늘을 키운다. 나무를 심어놓고 나면 늘 볕이 잘 드는지, 가뭄을 타지는 않는지, 병충해는 없는지를 생각하며 유심히 살피게 된다. 가을이 되어 단풍이 들고 잎이 떨어지는 것을 바라보면 마음이 스산해진다. 겨우내 여러 달 동안을 죽은 듯이, 앉지도 못하고 줄곧 제자리에 선 채 겨울을 나는 나무를 바라본다. 그러나 문득 나무들이 밤새 내린 눈꽃을 가득히 달고 아무도 오지 않는 산골에서 황홀한 축제를 벌일 때면 그들의 설렘에 눈이 부시다. 어느 날, 마침내 가지 끝에 맺힌 작은 싹의 솜털, 그 주먹 쥔 손을 펼치면 기적처럼 삐져나오는 연두색 새잎. 그 연두가 차츰 초록으로 변하고, 초록에 지치도록 크고 무성한 잎들이 넓은 그늘을 드리운다. 이렇게 나는 나무의 시간과 계절과 삶에 나의 일상을 포개며, 아, 이 세상은 그래도 살 만한 것이구나 하고 느끼곤 한다.

7년 전, 처음으로 집을 짓고 뒤곁에 심은 10여 그루 자작나무는 어쩐 일인지 하나씩 죽어갔다. 겨우 세 그루가 남았다. 나는 또 10여 그루를 더 심었다. 또 몇 그루는 죽었다. 그래도 살아남은 놈들은 이제 안심해도 될 만큼 자리를 잡았다. 그중 첫해에 심은 세 그루는 장년이 되어 굵기뿐 아니라 피둥피둥 윤이 나는 그 몸피며 거침없이 뻗어서 하늘을 덮는 가지들이 마치 아득한 옛적부터 이 숲속에서 세상 모른 채 살아온 주인인 양 가볍고 반드러운 잎들을 한가하게 뒤집는다. 전나무는 많이 컸지만 날로 울창해지는 대나무 숲속에서의 운신이 힘든지 그늘에 묻힌 아래 가지들이 말라 죽는다. 그래도 하늘을 향해 경쟁하듯 뻗어 있는 높은 가지들은 서슬이 푸르다. 제일 신기한 것은 대나무들이다. 추운 지역이라 이곳에 왕대가 제대로 살지 못한다는 말을 듣고 해마다 고생스레 짚으로 싸서 월동한 덕인지 작년 여름엔 팔뚝만한 죽순이 기적처럼 돋아났다. 불과 며칠 사이에 키를 넘겨 하늘을 찔렀다. 나는 이 황량한 겨울 잡목림 속에서, 지구 온난화 덕분에 날로 세를 확장하며 청청해질, 너무도 엉뚱한 대숲과 그 숲을 흔드는 바람 소리를 꿈꾼다. 그 꿈의 인력에 끌려 올봄에는 또 때죽나무와 산딸나무 묘목을 심어본다.

나는 바로 이 숲속의 집에서 장 지오노의 『나무를 심은 사람』을 번역했다. 이미 우리 독자들에게 널리 알려진 이 단순하고 감동적인 이야기에 과연 무슨 '설명'이 필요하겠는가. 나로서는 다만 이 소설이 보여주는 시간과 공간의 광대함에 독자들의 시선이 잠시 머물러주기를 바랄 뿐이다.

우선 공간을 보자. 이야기의 무대는 "여행자들에게는 전혀 알려져 있지 않은 어느 고원 지대"로, "고도가 약 1200미터에서 1300미터에 이르는 헐벗고 단조로운 황무지"라고 소개되어 있다. 작심하고 배낭을 꾸려 등산을 해야 할 정도의 만만찮은 고도다. 그런데 그토록 높은 지역의 넓이가 또한 놀랍다. 어디를 보나 "한결같은 메마름과 한결같은 목질의 거친 풀들"뿐인 이 고장에서 "다섯 시간이나 더 걸어갔지만" 물을 찾을 수 없었다고 한다. 어디 그뿐인가. 가장 가까운 마을이라도 "하루하고 반나절 이상"을 더 걸어가야 하는 곳에 있었다고 하니 얼마나 광대한 황무지인가? 이보다 더 높은 설악산에 가서도 앞서 가는 등산객의 종아리만 쳐다보며 하루 종일 걸어 올라가야 하는 우리로서는 외로움의 이 가없는 넓이가 오히려 환상적이어서 부러울 지경이다. 엘제아르 부피에는 이런 광대한 황무지에 떡갈나무, 너도밤나무, 자작나무, 단풍나무 등 여러 수종의 나무들을 심었다. 그중에서 떡갈나무 숲만 벌써 "길이는 11킬로미터, 폭은 가장 넓은 곳이 3킬로미터"나 되었다고 한다. 공간의 차원이 이쯤은 되어야 비로소 두 번에 걸친 '세계대전'도 까마득히 모른 채 비켜 갈 수 있을 것이다. 그래서 이 남자는 "1914년의 전쟁을 몰랐던 것처럼

1939년의 전쟁 역시 모르고" 혼자서 나무만 심을 수 있었던 것이다.

우리라면 엘제아르 부피에 같은 제아무리 위대한 성격의 힘이 있다 해도, 나무를 심고 싶은 헌신적 열의가 있다 해도, 이만한 넓이의 '임자 없는' 땅을 찾아볼 수가 없을 것이다. 만약 그런 땅이 있다면 어느새 일간지 전면에 분양 광고가 날 것이고 뒤이어 굴삭기가 '개발'의 이빨을 벌리고 달려들 것이다. 정부와 군청은 여기에 무슨 신도시를 세워 부가가치와 일자리를 창출하겠다고 외칠 것이다. 때로 나의 이 외딴집 앞을 지나던 낯선 이가 차를 세우고 다짜고짜 "이곳은 평당 얼마쯤 가느냐" 하고 물어 내 마음을 슬프게 하는 세상이 아닌가. 그래서 우리에게 가장 부족한 것은 재산이 아니라 인간다운 '외로움의 넓이'라는 생각을 하게 된다. 푸른 나무를 심어 가꾸고 싶은 외로움의 넓이 혹은 엘제아르 부피에 같은 침묵의 깊이 말이다.

『나무를 심은 사람』의 이야기가 전개되는 '공간'이 이토록 광대하다면 나무를 심고 그 나무가 자라는 '시간'은 또한 어떠한가. 작가는 책의 서문에서 한 인간의 "예외적인 자질들"을 깨닫자면 그의 행동을 관찰할 수 있는 "오랜 세월"이 필요하다고 말한다. 그 오랜 세월이란 구체적으로 엘제아르 부피에가 나무 심기를 계속해온 약 40여 년을 말한다. 이십대의 화자가 처음 만났을 때 55세였던 그는 1947년 89세로 눈을 감았다. 그사이에 1차 세계대전과 2차 세계대전이 지나갔다. 무심히 흐르는 시간은 사람을 늙게 했고 전쟁은 수많은 생명을 앗아갔다. 그러나 사람이 심은 나무는 시간과 함께 자라나 황무지에서 마르지 않는 샘물이 솟아나게 했다. 화자는 전쟁에 나가 참혹한 5년을 보냈지만 엘제아르 부피에가 "1910년에 심은 떡갈나무들은 그때 열 살이 되어" 키가 화자보다도, "그 사람"보다도 더 커졌다. 나무는 눈에 보이지 않는 시간을 가시적인 공간으로 바꾸어놓는다. 나무는 흘러간 시간의 가시적인 넓이, 생명으로 변한 시간의 가시적인 높이가 되어 그 시간의 허무함이 아니라 자라는 생명의 보람을 말해준다.

아니, 이 이야기의 배경이 되고 있는 시간은 단순히 엘제아르 부피에가 나무를 심으며 보냈던 40여 년의 세월만으로 제한된 것이 아니다. 화자는 이 이야기를 시작할 때 언급했던 그 쓸쓸한 마을이 아주 까마득한 옛날, 갈로 로만 시대의 옛 촌락이 있었던 자리에 터를 잡은 것이었음을 말하고 있다. "그래서 고고학자들이 찾아와서 그 자리를 파헤쳐본 결과, 20세기에 와서는 얼마 안 되는 물을 얻고자 해도 저수 탱크의 도움을 받지 않을 수 없는 바로 그 장소에서 낚싯바늘이 발견된 적도 있었던 것이다." 갈로 로만 시대라면 프랑스 역사의 가장 오래된 사원으로 거슬러올라가는 수천 년 전의 까마득한 고고학적 시간이다. 그러나 여기서 시간은 수천 년 전의 '과거' 쪽으로 아득히 거슬러올라가기만 하는 것이 아니다. 시간은 또한 이 광대한 땅에 심은 나무가 자라나게 될, 아니 오랜 세월이 지나 그 나무가 수명을 다해 죽고, 그 나무에서 떨어진 씨앗에서 싹이 트고, 그것이 또 나무가 되어 자라는 저 무궁한 '미래'를 향해 열려 있다. 이야기는 이렇게 과거와 미래로 다 같이 열린 광대무변한 시간과 공간을 손가락질해 보이고 있다. 이 이야기의 진정한 감동은 광대무변한 시간과 공간에 비하여 너무나 왜소하고 덧없는 인간의 삶을 위대하고 가시적인 보람으로 바꾸어놓을 수 있었던 '성격의 힘'에서 온다. 그 성격의 힘으로 엘제아르 부피에는 스스로 그 광대무변한 시간과 공간의 차원으로 올라선 것이다.

베르공 마을 사람들은 폐허가 된 집들을 쓸어내고 무너진 벽들을 모두 깨끗이 허물버리고 다섯 채의 집을 새로 지었다. 여기서 화자는 말한다. "희망을 가지지 않고서는 그런 작업을 계획할 수 없는 법이었다. 그러니까 이곳에 희망이 되살아난 것이었다." 『나무를 심은 사람』의 이야기는 그러니까 현실의 교훈을 넘어서는 꿈과 희망의 이야기다. 이 이야기는 우리 각자에게 꿈꿀 권리가 있음을 말해준다. 이 꿈의 우화는 너무나 바삐 돌아가는 시간, 너무나 좁은 공간 속에서 헐떡거리는 우리에게 가없는 '외로움의 넓이'를 깨우쳐주고 허무한 시간을 살아 있는 생명의 공간으로 바꾸어놓은 나무를 보여준다. 이 시간과 공간의 광대함 앞에 왜소한 자신의 모습을 세워놓고 잠시 겸손해지는 시간, 우리는 저마다 메마른 가슴속에 한 그루의 나무를 심어볼 일이다. 그리고 잠시 눈을 감아보자. 혹시 이런 '부활'의 목소리가 들리지 않겠는가.

이젠 모든 것이 다 변해 있었다. 공기 그 자체까지도. 예전에 나를 맞아주었던 메마르고 거친 바람 대신에 여러 가지 냄새를 실은 부드러운 미풍이 불고 있었다. 물소리와 흡사한 어떤 소리가 저 높은 언덕에서 들려오고 있었다. 그것은 숲속에서 부는 바람 소리였다. 그보다 더 놀라운 것은, 마침내, 연못으로 흘러드는 진짜 물소리가 들린다는 사실이었다 샘이 하나 만들어져 있고 물이 가득 고인 것을 볼 수 있었다. 그리고 가장 감동적인 것은, 그 샘 곁에 이미 네 살은 되었음직한 보리수 한 그루 심어져 있는 것이었다. 벌써 탐스럽게 자란 이 나무는 의문의 여지가 없는 부활의 상징이었다.

나는 가끔, 내가 이미 이 세상에서 사라지고 난 먼 훗날에도 내가 어제 그리고 오늘 심은 저 어린 소나무가 해묵은 노송으로 변하여 갑옷 같은 나무껍질을 두른 우람한 몸피를 드높게 펴고 서늘한 바람 소리를 내며 하늘을 찌르고 서 있을 먼 미래를 꿈꾸어본다. 그때 어떤 사람은 '저절로 나서 자라고 있는' 그 소나무 밑을 무심히 지나겠지만, 푸른 솔바람 소리는 그의 막힌 가슴 한가운데를 쏴 하고 뚫고 가겠지.

(2009)

3부

프랑스 문학, 프랑스 문화 깊이 읽기

외국문학 교육과
문학 비평

미셸 레몽
『프랑스 현대 소설사』
열음사, 1991
현대문학, 2007

『프랑스 현대 소설사』라는 제목으로 번역하여 펴내는 이 책은 원래 1967년에 아르망 콜랭Armand Colin 사에서 미셸 레몽Michel Raimond 교수가 『대혁명 이후의 소설le roman depuis la révolution』이라는 제목으로 1967년에 처음 출판한 이래 지금까지 줄곧 쇄를 거듭하면서 그 명성을 누리고 있는 역작이다. 영미 쪽과는 달리 일반성보다는 체계성과 독창성을 중시하는 프랑스 특유의 비평계 풍토 탓인지 프랑스 문학에 관한 대학교 수준의 '교과서' 개념의 책은 매우 찾아보기 어려운 것이 현실이다. 이런 가운데 오래전부터 아르망 콜랭 사가 펴내는 '대학 총서collection U.'는 대학 교육 수준에 적절한 저서들을 많이 포함하고 있어 특히 외국의 프랑스 문학 전공 교수들 및 대학생들에게는 적지 않은 도움을 주고 있다. 그중에서도 특히 미셸 레몽의 이 소설사는 로제 파욜Roger Fayolle의 『문학비평la critique』(김화영 편, 『프랑스 현대 비평의 이해』, 1984, 민음사 참조)과 더불어 매우 친절하며 소상한 동시에 탁월한 '교육적' 배려가 돋보이는 저서이다.

이른바 '현대' 프랑스 소설의 흐름을 개괄적으로 종합하면서도 매우 복합적인 시각에서 자상하고 섬세하게 소개하는 책으로 이 이상의 것을 찾기도 어려울 것으로 안다. 수년 동안 대학원에서 소설사 교재로 그 원서를 사용해오다가 이제 대학의 전공자는 물론 프랑스 현대 소설에 관심을 가진 일반 독자들에게 이 책을 번역 소개할 기회를 갖게 된 것을 매우 기쁘게 생각한다. 우리말로 역술한 『소설의 세계l'Univers du roman』(번역본 제목은 『현대 소설론』)와 아울러 이 책을 번역 정리하여 펴냄으로써 우선 프랑스 현대 소설에 관한 이론과 역사 양면의 기본적인 교재들을 우리말로 준비한 셈이 된다.

1989년으로 200주년을 맞은 프랑스 대혁명을 단순히 남의 나라의 일로 '기념'만 하는 것이 아니라 대혁명을 기점으로 한 '현대'의 정신적 뿌리와 그 풍토를 프랑스 소설사를 통해 구체적으로 되살펴보며 이해하고 음미해보는 것은 뜻깊은 일이다.

원래 미셸 레몽의 『대혁명 이후의 프랑스 소설』 원서에는 여기에 번역한 본문에 이어 18세기 말 사드 백작의 「소설 문학과 악」에서부터 발자크를 거쳐 루카치, 골드만에 이르는 수많은 소설가들 및 비평가들이 소설에 관하여 쓴 경험적, 이론적 글들이 약 60편 가까이 발췌되어 실려 있으나 여기서는 편의상 그 번역을 생략하였다. 다만 우리나라에서는 초역인 『인간 희극』의 「서문」 전문을 번역하여 추가하였다. 그리고 책의 뒤에 붙인 작품 색인에는 프랑스 소설 작품들 중 지금까지 한국어로 번역 출판된 역본들의 역자, 제목, 출판사 등을 가급적 총망라하여 조사, 정리하려고 노력했다.

(1991)

시적 모험의
추체험

마르셀 레몽
『프랑스 현대 시사』
문학과지성사, 1983
현대문학, 2007

이 책은 마르셀 레몽Marcel Raymond의 저서, 『de baudelaire au surréalisme』의 완역이다. 원서의 초판은 1940년에 출간되었으나 이 역서의 대본은 그후에 나온 수정 증보판이다.

이 책의 자자한 명성은 내가 대학에 다니던 때 은사 김붕구 선생님을 통해서 들은 바 있었다. 내가 대본으로 사용한 원서 속표지에는 '1965년 6월 14일'이라는 날짜가 기록되어 있다. 대학 시절 아버지가 주신 귀한 선물이었다. 이 책을 처음 접한 후 거의 20년 가까운 세월이 지난 오늘 그 역서를 내놓은 감회가 내게는 실로 각별한 것이 아닐 수 없다.

이 책의 첫 번역은 나라 안 사정이 매우 혼란하던 1980년 초에 시작되었다. 아무것도 손에 잡히지 않던 그 착잡한 시기를 통과하는 한 방법으로서, 나는 오랫동안 생각만 했을 뿐 감히 엄두를 내지 못했던 이 번역을 시작해보기로 결심했다. 월간 시 전문지 『심상』의 박동규 주간이 번역 연재를 자청한 내 뜻을 쾌락해주셨고 이렇게 하여 3년에 걸친 고통은 시작되었다.

대학 재학중에 처음 읽었던 이 책, 그후 몇 번이고 읽은 서론 부분은 내게 너무나 낯익은 것이었다. 매월 잡지에 연재하는 번역이니만큼 읽고 또 읽고, 여러 군데에 자문을 구하는 식으로 하면 아주 깔끔한 번역을 내놓을 수 있으리라는 생각에 자신도 있었고 또 청년 시절에 내가 그 같은 감동을 맛보았던 대저를 내 나라 말로 내 나라 시인들, 시 학도들에게 옮겨 소개한다는 보람에 가슴 부풀기까지 했다.

마르셀 레몽은 누가 뭐래도 현대 프랑스 비평이라는 거대한 나무의 가장 중요한 뿌리 부분의 하나이다. 그중에서도 이 책은 핵을 이룬다. 그러나 그 방대한 문헌학적 지식, 오늘날의 허영심에 찬 분망한 독자들로서는 도저히 따를 수 없는 시의 독서량과 통찰력, 그리고 서구의 마지막 인문주의적 교양과 그 속에서 엄격하게 배양한 섬세하고 조심스러운 예지는 곧 역자에게 수치스러운 곤혹과 고통을 안겨주기에 충분한 것이었다. 거기에 덧붙여, 단순한 독자와는 달리 필자의 사소한 '곁눈질'과 여담, 글에 특수한 어조를 부여하기 위한 수사적 '양념'까지도 사전들을 찾고 찾아 그 뜻을 풀이해야 하고 또 알맞은 내 나라 말로 알기 쉽게, 그리고 지나치게 장황하지 않도록 옮겨야 하는 번역자 특유의 기막힌 책무란…… 나는 매번 변명을 찾고 싶어했지만 고독한 번역자의 노역에 변명이 끼어들 자리는 없다.

더군다나 마르셀 레몽은 위대한 비평가임에 틀림이 없지만 이 책의 마지막 「에필로그」가 증언하듯이 전전戰前 비평가 특유의 완만하고 섬세하고 끝이 잘 보이지 않는 장문長文의 대가다. 관계대명사가 없는 우리말 구조를 남몰래 원망한 적이 한두 번이 아니다. 읽고 생각하고, 생각하고 또 읽어도 어떻게 옮겨야 할 것인지 막막하기만 한 기나긴 문장을 앞에 놓고 그 기가 막힌 순환 논리의 묘기를 보여주는 레몽을 원망한 적도 한두 번이 아니다. 그러나 매번 확인하게 되는 것은 프랑스말로 쓴 저자 쪽에서도, 우리말로 읽는 독자 쪽에서도 번역자를 두둔해줄 수 있는 응원군은 없다는 딱한 사실뿐이었다.

「서론」 부분이 지난 다음부터 나는 스스로의 과욕을 매번 걸려오는 『심상』 편집실의 전화벨 소리와 동시에 확인하고 또 확인했다. 그 3년 동안 전화 속의 목소리도 바뀌었다. 낯모르는 목소리를 향하여 그들과는 전혀 무관한 번역의 당혹감을 엉뚱한 짜증으로 화풀이하기도 했다. 실로 이 번역은 『심상』 편집실의 참을성 있는 채근과 격려에 힘입은 바 크다. 연재가 마침내 끝난 것은 1983년 3월이었다.

사정이 이러니만큼 이 번역이 서투르고 허술하다는 것을 새삼 고백할 필요도 없다. 다만 번역 연재가 끝난 후 이미 활자화되어 있는 첫 번역 전체를 다시 읽어보고 어느 면 원서를 모르는 독자의 입장이 되어 좀 거리를 두고 면밀히 살필 수 있었던 것이 다행이었다. 상당히 많은 부분을 다시 원문과 대조하여 수정할 수 있었고 또 불확실한 부분은 고려대학교에 와 있던 프랑스인 교수에게 자문을 구하여 바로잡을 수 있었다. 그리고 다시 조판 후 교정을 보는 과정에서 프랑스 현대 시 분야의 보기 드문 전문가인 고려대학교의 강성욱 교수에게 상당히 많은 부분 자문을 얻을 수 있었던 것이 큰 도움이 되었다. 그러나 자문에 응해주신 두 분 교수는 역자의 질문에만 자상한 해답을 주신 것에 불과하므로 그 밖의 오역이나 미진한 부분이 있다면 그것은 물론 역자 자신의 몫이다.

다만 여기에 펴내는 역본은 내가 평소에 믿고 있는 바와 같이, 천천히 글의 내용을 바로 이해하고 음미하려는 독자라면 역본만으로도 반드시 그 뜻이 이해될 수 있도록 가능한 한 노력을 다한 것임을 말해두고 싶다. 번역이 아니라 우리말로 쓰인 저서라 하더라도 그 내용이 깊고 섬세한 것이면 여러 차례에 걸친 신중한 재독再讀을 요구하게 마련이다. 레몽의 이 저서는 프랑스의 지식층 독자라고 해서 반드시 쉽게 읽을 수 있는 성질의 내용이 아니다. 보들레르 이후의 현대 프랑스 시에 관심을 가진 사람이라면 반드시 읽어야 할 이 책의 중요성을 감안한다면 그 정독은 역서라고 해서 예외일 수는 없다.

이해의 편의상 역본의 제목은 『프랑스 현대 시사』라고 고쳤지만 본래의 제목은 여기에 부제로 표시한 '보들레르에서 초현실주의까지'다. 독자가 직접 읽으면서 이해할 수 있으리라 생각되지만 책이 방대한 것이라 전체적인 맥락을 쉽게 파악하기는 용이하지 않을 것이다. 이 책의 전체적인 구성을 요약하자면 두 가지라고 할 수 있다. 첫째, 보들레르 이후 초현실주의 전후 시대에 이르는 프랑스 시를 하나의 뭉뚱그려진 총체로 본다는 견해인데 그 뿌리는 유럽의 전기 낭만주의에까지 소급된다고 간주한다.

둘째로 이렇게 하나의 전체로 본 시적 노력과 탐구의 내용은 그 양태에 있어서는 시인에 따라 극히 다양하지만 결국 "인간성을 위협하는 세계 속에서 점차 잃어가고 있는 인간의 생명적 본질을 다시 찾으려는, 인간의 사활이 걸린 기도企圖"라고 요약될 수 있다. 다양한 현대 시의 모든 양상은 결국 "인간의 사활이 걸려 있는 작업opération vitale"이라는 테두리 내에서 이해되고 설명된다. 이것은 다른 말로 바꾸면 나와 세계라는 이원론의 극복이라고 할 수 있다.

저자가 서문에서 밝히는 의도는 다음과 같은 말에서 적절하게 요약되고 있다. "우리의 의도는 역사적 범주에 속하는 것이 아니다. 우리는 원인과 결과의 관계를 규명하자는 것도 아니고 여러 가지 계보와 상호 영향 관계를 밝히자는 것도 아니다. 우리에게 중요한 것은 몇몇 특출한 시인들이 참가했고 지금도 참가하고 있는 하나의 모험, 혹은 하나의 드라마가 어떤 양상을 띠고 있는가를 살펴보는 일이다. 그러니까 우리는 역사를 통하여 전개되고 또 그 성취의 장소와 가능성을 인간이 사는 시간에서 빌려오고 있는 어떤 변증법의 대전제들을 포착해야 한다. 그럼으로써 우리는 인간 정신이란 바탕 위에다가 그 같은 변증법이 어떤 이상적인 사이클을 그리며 여하한 총체의 방법들과 열망들을 그려 보이는지를 살펴보고 그것들 상호간에 어떤 신비스러운 통일성이 엿보이는지를 지적해야 한다."

결국 보들레르에서 초현실주의에 이르는 시는 "하나의" 드라마요 "동질적인" 모험이다. 변증법은 이 같은 동질적 기획이라는 틀 속에서 실현되고 있다. 요컨대 레몽이 여기서 그려 보이려고 하는 것은 현대 감수성의 역사요 정신사라고 할 수 있다.

"세계와 인생에 대한 합리적이고 실증적인 관념이 인간 정신에 가하는 구속"은 그것이 처음 출현했던 18세기 말엽 이후 완화되기는커녕 산업사회로 깊숙이 들어선 오늘날에는 더욱 가중된 것이 사실이다. 지금도 시는 과연 이 같은 구속에 대항하여 인간의 "권리 청구"와 같은 소임을 다할 수 있을까? 적어도 이 책은 이 같은 근본적 질문을 구체적으로 제기하도록 하는 깊은 성찰을 드러내 보이고 있다는 점에서 감동적이다.

(1983)

20세기 비평의
실험실

로제 파욜, 제라르 주네트 외
『프랑스 현대 비평의 이해』
민음사, 1984

이 책을 엮어 펴내는 목적은 무엇보다도 '교육적'인 데 있다. 다시 말해서 이 책이 대학의 문학 교실(특히 불문학과)에서 강의와 토론의 출발점으로 사용되기를 바란다는 뜻이다. 특수한 예외도 있겠지만, 오늘날의 프랑스 문학비평의 원전을 학생들이 직접 읽는 것은 바람직한 일이면서도 그 실천은 지극히 어렵다. 그 까닭은 첫째 어학적인 해독 능력의 부족, 둘째 문학비평과 이론 강의에 할당된 시간의 불충분에 있다고 할 수 있겠다. 그러나 무엇보다도 가장 큰 원인은 20세기 중엽 이후에 특히 뚜렷한 변혁을 겪은 프랑스 현대 비평을 수용할 만한 지적인 틀이 학생들에게 갖추어져 있지 않다는 데 있다. '작품'이

'텍스트' '담화' '언술' '기호' 등의 낯선 용어로 명칭을 바꾸었다는 것은 단순한 표현상의 변화가 아니라 '비평'이 '문예과학'으로 그 야심을 전환하고 있음을 뜻한다. 따라서 이 책은 아쉬운 대로나마 학생들로 하여금 새로운 비평적 분위기, 맥락 그리고 용어들에 친숙해지도록 하자는 데 그 목적이 있다.

그러나 짧게는 최근 약 20년, 길게는 약 반세기 동안 활발하게 진행되어온 새로운 비평의 양상을 분류 개괄하고 개념을 해석하는 일은 쉬운 일이 아닐뿐더러 그 시각이 만인에게 다 같이 일치할 수는 없는 일이다. 이 책이 거의 동일한 대상(프랑스의 현대 비평, 혹은 문학 연구 방법론)에 대하여 쓰인 서로 다른 필자들의 글을 한데 모아놓게 된—중복을 무릅쓰고—까닭은 바로 거기에 있다. 그 결과 한편으로는 학생들에게 현대 비평을 바라보고 개괄하는 다양한 시각을 보여주고 다른 한편으로는 시각을 옮겨가면서 동일한 대상을 검토하는 동안에 자연스럽게 그 대상과 친숙해지는 동시에 대상을 입체적, 역동적으로 이해시킬 수 있기를 기대한다. 말을 바꾸면 이 책은 현대 프랑스 비평에 대한 이해를 돕는 동시에 매번 새로운 방식으로 질문해보고자 한다.

이 책은 3부로 나누어져 있다. 제1부는 로제 파욜 교수의 글「문학 텍스트에 관한 오늘의 비평적 담화」다. 이 글이 프랑스에서 찾아보기 어려운 대학 '교과서' 중 하나인 그의 저서 『문학비평』에서 따온 것이라는 사실은 이 책의 '교육적' 목적과 부합한다. 프랑스 현대 비평의 흐름과 양상을 개괄적으로 소개하는 수많은 글들 중에서도 편자의 생각으로는 이 글이 어느 것보다도 겸손한 만큼 소상하고 친절하다. 그는 "그동안 예외적일 정도로 변형되고 다양해진 탐구 형태, 그리고 흔히 다른 정밀과학이나 인간과학들에 대한 충분한 이해를 전제로 하게 마련인 그 탐구 형태를 이모저모로 골고루 파악하고 소화했다고 자처하는 전문가가 과연 있기나 할까?"라고 자문하면서도 "전통적 제도와 프로그램의 틀 속에서 여전히 문학 연구를 계속해왔고 또 계속하고 있는 사람들에게는 그러한 담화를 이해할 준비가 갖추어지지 않은 것 같다. 그러기 위해서는 중·고등학교, 대학교에서의 문학 공부가 옛날의 관습을 존중하는 데만 머물지 말고 문학 교육 분야에서는 아직 너무나도 알려지지 않고 있는 제반 과학 및 여러 가지 연구 방면들이 가져다준 바를 활용할 준비를 갖추어야 마땅하다"는 생각에서 최선을 다했고 매우 긍정적인 성과를 거두었다고 여겨진다. 그는 초현실주의 이후에 문학 작품 자체가 크게 변모했다는 데서 비평적 변혁의 뿌리를 찾으면서 랑송으로부터 '사회 비평'에 이르는 많고 다양한 형태의 비평 방법들을 세심하게 설명하고 비판, 수용한다. 이 글이 발표된 것이 1978년인 만큼 제목의 '오늘'은 충분한 의미가 있는 수식어로 간주되지만 사회 비평 쪽에 관심이 더 많은 그의 입장은 자연히 그레마스와 같은(예를 들어서) 기호학 쪽의 검토를 소홀하게 했다는 한계 또한 감추지 못하고 있다.

제2부는 네 개의 장으로 이루어져 있다. 제1장은 국제적으로 널리 알려진 언어학자요 기호학자인 동시에 현대 시 비평가로서도 독보적인 위치를 점하고 있는 조르주 무냉 교수의 「문학 텍스트에의 기호론적 접근」이다. 파욜과 동일한 대상을 다루면서도 그 시각이 기호론적이라는 것이 특징이다. 기호론 중에서도 특히 에릭 뷔센스, 루이스 프리에토 등 구조언어학파를 중심으로 한 '전달 기호론'을 옹호하는 그의 입장은 널리 알려져 있거니와 이러한 태도 때문에 '의미작용 기호론'을 비과학적이라는 면에서, 언어학의 남용 혹은 오용이라는 측면에서 매우 비판적으로 보게 된다. 이 글은 따라서 '전달 기호론'의 범주 밖으로 제외시킨 '의미작용 기호론'이라는 매우 헐렁한 룰 속에서 '문학 텍스트에 대한 여러 가지 기호론'들을 광범하게 다루고 있다.

광범하게 다룬다는 것은 긍정적, 부정적 두 가지 측면이 있다. 즉 이 글은 오늘날 프랑스의 문학 연구를 '문학 기호론'이라는 틀 속에 묶어 총망라함으로써 우리에게 매우 넓은 시각을 제공한다는 점에서 긍정적인 측면을 지니고 있다. 반면 "작품을 구성하는 문장들 전체가 전달하는 언어적 의미, 즉 거기에 사용된 어휘와 문법 지식만으로 풀이해낼 수 있는 명백하고 표면적인 의미"가 아니라 보다 "심층적이고 중요하다고 여겨지는 의미"를 작품 속에서 탐구하는 작업이면 모두 다 '문학 기호론'의 일종이라고 간주함으로써 종래의 문학 연구(혹은 신비평), 구조주의 비평, 문체론 연구 등과 '기호론' 사이의 구별을 지극히 모호하게 만든다는 점에서 상당히 부정적인 측면도 가지고 있다.

특히 첫째, 롤랑 바르트에 관해서 언급할 때는 예외 없이 비판적이고 풍자적인 몇 마디를 삽입하지 않고는 참지 못하는 일종의 혐오증세, 둘째로 오늘날 프랑스에서 괄목할 만한 위치를 점하는 그레마스 그룹의 연구를 거의 단편적으로밖에는 언급하지 않고 있다는 점 등이 이 글을 읽을 때 유의해야 할 한계라고 할 수 있다.

그러한 가운데서도 무냉은 몇 가지 엄격한 원칙에 따라 문학 기호론의 방법, 기능, 목표를 설명하고 있다. 첫째, 기호론은 그 대상이 기호(혹은 신호)인가 아니면 지표인가에 따라 앞서 말한 두 가지 기호론으로 분리된다. 둘째, 문학 기호론에 의해서 밝혀지는 새로운 국면들의 가치는 항상 변별적 기능에 따라 평가된다. 셋째, 변별적 기능이 가장 큰 의의를 갖게 되는 것은 문학 작품 속에서 밝혀낸 어떤 특징이 문학 작품의 '미학적' 특징을 설명하는 데 유효한 것이 될 때이다. 즉 문학 작품이 지닌 어떤 특징은 그것이 작품을 '미학적'인 것으로 변화시켜줄 때 참으로 의의 있는 것이 된다.

이와 같이 변별적 기능이라는 기준에서 출발하여 무냉은 마침내 "문학 작품에 대한 독자의 미학적 반응에 바탕을 둔 문학 기호론이야말로 문학의 고유한 성격을 객관적으로 식별할 수 있는 기호론이다"라는 결론에 도달한다. 일종의 특이한 수용미학을 지지하는 무냉의 이 같은 결론은 '의미작용 기호론'의 테두리 속에서 취급된 문학 기호론을 보다 객관성이 있는 '전달 기호론' 쪽으로 이동시키려는 그의 의지를 암시하고 있다. 이렇게 하여 주관적 '해석'에 의존할 수밖에 없는 문학적 '지표'가 객관적으로 '전달' 가능한 문학적 '기호'로 변용될 가능성을 보여준다고 하겠다.

제2부의 제3장과 제4장은 프랑스 비평 사조를 보다 폭넓은 배경 속에 위치시키고 있는 것이 특징이다. 포케마와 입슈는 1977년에 『21세기의 문학 이론』(영문)을 함께 저술한 바 있는데 여기에 실린 글 「20세기 문학 이론」은 1981년에 나온 바르가 편 『문학의 이론』 (불문)에서 뽑은 것으로 앞서 책의 요약과도 같은 것이다. 이들은 바르가와 더불어 프랑스가 아닌 북구의 저명한 문학 교수들이라는 점에서 프랑스 현대 비평을 서구 전체의 비평 판도 속에 놓고 영미, 독일, 러시아 비평과의 관계를 조망하는 데 적절한 시각을 갖추고 있으며, 다른 한편으로는 기호학과 인식론이라는 바탕 위에서 비평을 검토함으로써 우리들에게 매우 체계적인 안내를 하고 있다.

제2부 제4장은 주네트의 「수사학과 문학 교육」이다. 이 글은 직업적 비평가들의 비평 이론 쪽이 아니라 학교의 문학 교육, 특히 수사학 교육의 변천을 설명하는 흔하지 않은 글들 중의 하나이다. 사실 오늘날의 프랑스 비평이 서구 비평 전체에 있어서 선도적 역할을 하게 되고 또 프랑스 국내에서도 작가들보다 비평가, 시학자, 문학 이론가들이 더욱 큰 관심의 대상이 될 정도에 이르게 된 20세기 후반

의 비평 주도적 문학 풍토가 어떤 교육제도의 배경과 병행하고 있는가를 살피는 데 이 글은 귀중한 빛을 던져준다. 다른 한편 대학이 비대해지고 문학과의 수가 급격히 늘어나서 무시하지 못할 '제도'로 군림해가는 오늘날의 우리 실정을 감안한다면 '문학을 어떻게 가르칠 것인가?'라는 질문을 심각하게 함축하고 있는 이 글은 우리들 자신에게 반성의 기회를 제공한다고 할 수 있다.

특히 균형을 위하여 이 책 속에 포함시키지 못했지만 주네트의 중요한 저서 『피귀르 Ⅲ』첫머리에 실린 「비평과 시학」「시학과 역사」는 이 책의 다른 글들과 아울러 반드시 참고해야 할 글임을 지적해두고 싶다.

제3부는 이상에서 총론적으로 검토한 현대 비평의 여러 갈래에 대한 일종의 각론인 동시에 이해를 돕는 '해설'이다. 제1장과 제2장은 주제 비평과 심리 비평의 이해다. 크게 말해서 비평과 심리학의 관련성을 살피는 부분이다. 특히 리샤르의 글은 제목에도 불구하고 주제 비평의 주도적인 비평가가 그 비평의 전성시대(1963년)에 그 비평의 '새로움'을 전문가답게 구체적으로 이해시켜주는 독보적인 해설이다.

제3장과 제4장은 '문학사회학'과 '사회 비평'의 이해와 관련된 것으로 파욜의 표현을 빌리면 '복수적 주체'가 문제되는 비평을 검토하고 있다. 골드만에 관한 해설은 이미 이 밖에도 몇 가지의 국내의 저작들과 글들이 나와 있으므로 간략하게 그쳤다. 반면 '사회 비평'은

그것이 텍스트와 지극히 밀착되어 있는 작품인 관계로 적용의 실례가 소개되지 못한 실정일뿐더러 그 방법론과 대상도 생경한 것이다. 뒤셰 교수와의 인터뷰는 이 책을 위하여 의도적으로 편자가 요청하여 얻어진 것인데 이것 역시 '교육적'인 시각에 맞추어져 있다. 방법론과 실제 적용을 참고할 수 있도록 뒤셰 교수의 저작과 논문의 목록을 장황하게 열거했다.

제5장은 부족한 대로나마 편자가 보편적인 독자의 이해를 위해서 '기호학'을 쉽게 안내한 것이다. 문학과 직접적인 관련이 적지만 우리나라 학생들에게는 매우 낯선 이 학문의 테두리를 짐작해야 비로소 현대 비평을 기호론적 시각에 맞출 수 있기 때문에 삽입한 것이다. 이 글은 무냉의 글과 관련시켜 이해하면 유익할 것이다.

그리고 제6장은 기호학 중에서도 실제 문학 이론 전체에 새로운 차원을 부여하는 크리스테바의 매우 난해한 기호분석론의 소개다. 구체적인 내용은 물론 크리스테바 자신의 저작과 논문들을 접해보아야 어느 정도 이해가 가능하겠지만 이 해설은 기호 분석론이 겨냥하는 전체적 방향을 핵심만 추려 설명하고 있다는 점에서 슬기로운 안내역을 충분히 하고 있다고 믿는다.

끝으로 권말에 부록한 「보바리 부인」론은 현대 비평 이론의 조망이 아니라 그중 한 방법론을 실제로 적용한 예이다. 흔히 '주제 비평'의 항목 속에 분류되는 장 루세의 글은 물론 하나의 예에 불과하지만, 비평의 방법론은 그 자체로서보다 실제 작품의 의미를 드러내는 데 얼마나 효과적인가에 따라서 그 가치가 평가될 수도 있다는 점에서 귀중한 예가 되어줄 것이다. 특히 루세의 명료하고 신중한 논리와 독서의 깊이는 비평 방법론이 비평가 개인의 문학적 감수성 및 재능과 얼마나 밀접한 관련이 있는가를 보여주는 경우이므로 다시 한번 '교육적'이다. 문학 이론은 궁극적으로 '과학'이 되고자 하지만 그 과정에 있어서는 필연적으로 '독서 방법론'을 전제로 하는 것이다.

(1984)

의식을
모험으로 바꾸어
신화에
이르다

장 라쿠튀르
『앙드레 말로
—20세기의 신화적 일생』
현대문학, 1995
김영사, 2015

이 책은 장 라쿠튀르Jean Lacounture의 『Malraux, une vie dans le siècle』을 완역한 것이다. 원래 1973년에 간행되었다가 같은 출판사의 'Points' 문고로 다시 나온 책이다. 말로는 이 책의 초판이 나온 3년 뒤인 1976년 11월에 사망했다.

나는 말로가 사망한 지 한 달 뒤에 프랑스에 도착하여 곧 이 책을 읽었다. 거인의 죽음과 때를 같이하여 읽은 전기 속에는 물론 상황 자체가 조성하는 암울한 감동이 덧보태지는 것이기도 하겠지만, 말로라는 인물이 인물이고, 대기자 장 라쿠튀르의 문체가 문체인지라 책을 손에 들면서부터 놓지 못한 채 방대한 분량을 단숨에 읽어

내려갔다. 20세기가 저물어가는 시간에 이 아름다운 책을 손에 들고 나는 몇 번이나 책의 제목을 다시 음미하곤 했다. '20세기의 신화적 일생'이란 표제는 과연 의미심장하다.

우선 말로가 태어난 해가 1901년이고 보면 바로 우리들의 20세기가 첫발을 내딛는 시간이다. 그는 사춘思春의 나이에 인류 역사상 처음으로 전쟁이라는 단어 앞에 '세계'라는 수식어가 붙는 격동을 맞았다. 그 이후 공간적으로는 유럽, 인도차이나, 스페인, 소련, 중동의 사막 등 이른바 지구촌의 광대한 영역에서 치열한 모험들 속으로 몸을 던졌고 그 활동 범위는 문학, 미술에서부터 군중을 사로잡는 웅변, 탐험, 전쟁, 정치를 거쳐 그 모두를 초월하는 신화의 경지에 이르렀다. 그는 그냥 모든 일에 끼어드는 재사나 팔방미인이 아니다. 그의 치열성은 항상 그의 모험을 절정의 한계점에까지 인도한다. 프랑스 문학사는 소설 『인간의 조건』을 위시한 여러 작품을 창조한 앙드레 말로에게 언제나 가장 중요한 여러 페이지를 할애할 것이다. 1957년에 기자들이 알베르 카뮈에게 그가 노벨문학상 수상자로 결정되었다는 소식을 알리자 그의 입에서 나온 첫마디 대답은 "그건 말로가 타야 할 상인데!"였다.

그러나 그는 단순히 백지 위에다가 언어를 가지고 상상력의 성을 쌓는 상아탑의 지식인이 아니다. 이 지구상에서 가장 큰 소용돌이가 일어나는 역사의 현장에는 항상 말로가 있었다. 인도차이나의 밀림 속으로 뛰어든 말로의 모험을 라쿠튀르는 '심심풀이'라고 명명했다.

그러나 이 심심풀이가 곧이어 그를 스페인 내란의 불바다 속으로 불러들였고, 반파시스트 운동의 연단 위로, 모스크바로, 레지스탕스의 어둡고 위험한 숲속으로, 알사스 로렌의 격전지로 불러들였다.

그의 일생을 윤색하는 '세 인물'인 앙드레 지드, T. E. 로렌스, 트로츠키는 문학, 행동, 이데올로기 면에서의 앙드레 말로를 표상하는 세 가지 얼굴이다. 그뿐이 아니다. 그의 일생은 20세기의 인류를 움직인 드골, 모택동, 스탈린, 닉슨과 관련되어 있다. 이 말은 곧 그가 20세기의 세계사를 꿰뚫고 지나가는 중심을 가장 뜨겁게 달리고 있었다는 뜻이기도 하다. "우리 세대의 벌판 위로는 역사가 탱크처럼 마구 휩쓸고 지나갔다." 이렇게 말한 말로는 단순히 한 세대를 대표할 뿐만 아니라 격동의 20세기를 사는 우리 모두의 집단적 체험을 압축하여 보여준다.

역사의 소용돌이와 함께 태어나서 항시 역사라는 고정관념을 통해서 선택하고 행동한 말로에게 있어서 문학인, 지식인이 빠져들기 쉬운 개인적 감정들은 아예 처음부터 도외시되거나 운명이라는 거시적 차원 속으로 수렴되어 변신을 겪게 된다. "오직 나 개인에게만 중요한 것이 무슨 중요성이 있겠는가!"라고 그는 말했다. 그는 '한심한 비밀들의 작은 무더기'를 끌어안고 앉아 있을 수는 없었다.

그러나 역사란 이 인간 사회 속에서 일어나는 가시적 '사실'들 혹은 '사건'들의 총화는 아니다. 사실이나 사건을 초월하는 신화적 차원, 여기에 말로 특유의 예외적 성격이 발견될 수 있다. 말로가 니체에게서, 도스토옙스키에게서 찾고자 한 것은 바로 "역사는 사실이 아니라 신화에 의하여 만들어진다"라는 확신이다.

『인간의 조건』보다 먼저, 이미 청년 시절에 『종이 달』『엉뚱한 왕국』을 쓴 말로의 내면에는 사실과 사건, '한심한 비밀들의 무더기', 진眞과 위僞라는 평면적 차원을 초월한 곳에 신화적 지평에의 매혹을 뿌리치지 못하는 '무당'이 춤을 추고 있었다. 그리하여 그는 소용돌이치는 사건들 속으로 몸을 던져 그 사건을 극단적인 의식의 모험으로 변용시키고자 했다. 그는 인류의 복지와 건전한 사회를 구현하고자 하는 정치가가 아니다. 그에게 중요한 것은 항상 집단 운명과의 싸움이고 인간에게 주어진 운명을 치열한 모험에 의하여 초극하는 데 있었다. 이리하여 누구나 겪을 수 있는 같은 경험도 말로의 의식을 통과하여 그의 붓끝에 이르면 저 유명한 태풍의 이야기들로 변한다. "그가 다녀온 지평에서는 항상 바람이 다르게 분다"고 라쿠튀르는 말한다.

그의 생애를 훑어보면서, 그리고 그가 쓴 글과 숱한 '전설'들을 그의 실제 행동과 대비해보면서 우리는 항상 어디까지가 사실이고 어디까지가 허위인지를 분간하기가 어려워진다. 그러나 그러한 분간의 욕구가 놓여 있는 바탕은 지극히 사실적인 차원이다. 말로의 삶과 의식은 말로의 차원에 놓고 이해해야 한다.

"영웅주의를 통해서 도전하고 우정에 의해서 부정하고 예술을 통해서 불가역과 투쟁한 일생"을 민사소송의 서류를 읽듯이 산문적으로 따져본다는 것은 아무 의미가 없다. '신화' '모험' '죽음' '역사' '운명'이라는 말들은 말로의 치열한 삶을 통하여 보다 드높고 거시적인 차원으로 승격하여 우리들 속에서 사실들에 의하여 가려져 있던 어떤 힘을 충동한다. 삶의 한가운데에 이 같은 충동을 불러일으키지 못한다면 예술이 무슨 소용이 있겠는가? 말로의 위대함은 그러한 충동력과 치열성에 있다. 체험의 정점에서 극단적인 의식을 모색한 말로의 삶은 그러나 모든 다른 삶과 마찬가지로 '죽음'이라는 실패로 끝난다. "한 인간을 만들자면 60년이 걸린다. 그러고 나면 그는 죽기에나 알맞은 신세가 된다"고 말로는 말했다. 그러나 그 죽음에 도전하는 하나하나의 모험, 그 모험을 '체험과 의식'으로 변모시키고자 한 그의 투쟁 자체가 삶에 새로운 의미와 새로운 차원을 회복시켜준다.

그는 죽음이라는 고정관념에 사로잡혀 있었던 인물이지만 바로 그 죽음의 고정관념으로 인하여 삶을 더 진하고 강한 것으로 변모시켰다. 죽음은 그로 하여금 인간 운명에 걸맞은 싸움 속으로 뛰어들게 했다. "항상 구속적인 환경 속에서만 창조력이 솟는다는 기이한 케이스"라는 라쿠튀르의 지적은 바로 그의 행동과 예술적 창조의 성격을 잘 설명해준다. 라쿠튀르는 이렇게 말한다. "그러나 그가 다른 사람이 아니라 바로 말로이고 보면, 그의 내면으로 이따금씩 천재가 깃들고, 항상 이미지와 생각들을 불러들여 서로 충돌시킴으로써 우렁차게 진동하도록 만드는 기상천외한 재간을 지닌 인물이고 보면, 그 신들린 듯한 순간들로부터 뿜어나오는 몇몇 텍스트들을 해독하는 것이 불가능하지는 않다. 일종의 자력을 지닌 이 인물은 너무나도 위대한 작가여서 이런 최면술 실험으로부터 문학이 솟아나오지 않을 수 없는 것이다."

프랑스의 현역 대기자들 중에서도 정상급을 차지하는 전기 작가 장 라쿠튀르의 장점은 바로 말로라는 인물을 그 인물에 걸맞은 지평 위에 놓고 그에 걸맞은 문체를 통해 이해하도록 해준 점이다. 이 책의 출간으로 인하여 말로의 문학 연구는 참으로 새롭고 창조적인 조명을 받게 되었다. 그만큼 이 책을 떠받들고 있는 문헌과 조사의 범위가 깊고 넓고 세심하다. 그러나 아무리 부지런한 조사와 용의주도한 문헌의 탐색이라 할지라도 그 인물의 핵심을 이루는 '신화'의 규모와 높이와 성격을 올바르게 조명하지 못했다면 이 책은 단순한 자료에 지나지 않았을 것이다. 라쿠튀르가 드러내 보여준 또하나의 장점은, 말로가 누구보다 위대한 작가였다는 사실을 항상 염두에 두고 작품에 대한 깊은 이해를 바탕으로 작가의 삶을 헤아렸다는 점이다. 미국의 기자 허버트 R. 로트만이 쓴 방대한 『알베르 카뮈』 전기와 이 책을 비교해본다면 그 차이를 충분히 이해할 수 있을 것이다. 말로도 카뮈도 궁극적으로 그들이 우리의 관심을 끄는 것은 무엇보다도 그들이 치열한 삶의 체험을 '의식'의 기록으로 변신시킨 작가였다는 사실 때문인 것이다. 특히 이 땅덩어리 위에 그냥 '발자취' 정도가 아니라 자신의 '손톱자국'을 남기고자 한 말로의 경우에는 더욱 그러하다.

참고로 1973년 이 전기를 발표한 직후 라쿠튀르가 『문학잡지』지와 가진 인터뷰의 일부를 소개하겠다.

문 당신이 쓴 말로 전기의 제2부, 즉 1947년에서 현재에 이르는 기간에 걸친 대목에서 당신은 그를 상당히 가혹하게 비판한 것 같다.

답 당신이 그렇게 읽었다니 과연 가혹한 비판이었는지도 모른다. 그렇지만 내 책이 비판받아야 할 곳이 있다면 그것은 그 책에 쓰여진 부분보다는 쓰여지지 않은 부분이다. 그중에서도 특히 내 책에 빠진 것은 두 가지다. 하나는 말로의 어린 시절과 청년 시절의 영향이다. 정신분석학적인 측면에서 보다 깊이 추적하여 해석하여야 하는데 그렇게 하지 않은 점이다. 그는 어린 시절을 몹시 싫어했다. 싫어한다는 사실 자체가 벌써부터 의미심장한 것이다. 나는 정신분석학적인 개념이나 기술을 잘 운용할 줄 모르지만 다음에 고쳐 쓸 때는 그 점을 다루어보고 싶다. 좀더 자세한 자료들을 얻었고 이 책이 나온 이후 내가 만난 사람들은 보다 쉽게 대답을 해주었다.

다른 한편 아주 흥미 있는 한 가지 문제에 대해서 나는 아주 조금밖에 다루지 않았는데 그것은 바로 말로의 침묵이라는 문제다. 그것은 라신이나 랭보의 침묵과 비견할 만한 것이다. 말로는 작가로서는 원숙기에 접어든 오십대가 되면서 상상력이 고갈되어버렸다. 그리하여 기껏 『예술 심리학』(『제신의 변신』)에 몇 장을 더 추가한 것이 고작이고, 샤토브리앙이나 프루스트와 경쟁을 해보겠다는 『반회고록』 속에서

『앙탈부르의 호두나무』와 『모멸의 시대』에서 몇몇 대목을 재탕해가지고 몇 가지 르포르타주들과 섞어놓은 것이 전부였다. 나는 그가 클라피크를 다시 등장시키는 장들을 매우 좋아하지만 그래도 그것은 위대한 말로의 절정은 못 된다.

『반회고록』은 말로가 가장 아꼈던 의미 있는 책이다. 단 한 권만의 책을 읽어야 한다면 바로 그 책을 읽어야 할 것이다. 그러나 『희망』에 비겨본다면 인공적인 흠이 얼마나 많은가…… '기교'도 너무 눈에 띈다. 애매성은 아마도 상당히 풍부한 구석을 가지고 있지만 그 정도로는……

『반회고록』은 어떤 내기에 바탕을 두고 있다. 즉 역사는 그 자체로 볼 때 중심주의적인 힘을 가지고 있어서 의미와 행동을 집중시키는 창조력을 발휘한다는 생각이 그것이다. 역사가 그런 것이 되도록 하기 위해서 역사가 혼자서 말하게 버려둘 것이 아니라 역사에 영향력을 가해야 한다는 생각인 것이다.

문 그것이 바로 말로에게서 볼 수 있는 마르크스주의의 어떤 자취가 아닐까?

답 아니다. 말로는 반마르스크주의자들 중에서도 가장 극렬한 인물에 속한다. 그와 역사와의 관계는 바로 미슐레Jules Michelet를 고리로 해서 맺어진 것이다. 그는 한 시대에 활력을 불어넣고 역사의 흐름을 자신의 주위로 불러들이는 일종의 미슐레가 되고자 했고 동시에 역사적 교향곡의 작곡가 및 지휘자가 되고자 했다.

문 1947년의 말로는?

답 '프랑스 국민연합'은 한심한 이야기다. 나는 누구에게도 정치 윤리 강의를 할 생각은 없지만 내가 볼 때 그 시대는 따분하고 완전히 실패한 시대였다. 거기에 끼어든 재능 있는 인물들―그 수는 많았다. 우선 드골부터가 그랬다―을 볼 때 유감스러운 일이다.

문 당신의 책 속에서 보면 1947년부터 말로는 우파가 된 것 같은데.

답 우파는 아니다. 그러나 그는 하마터면 파시스트가 될 뻔했다. 만약 '프랑스 국민연합'이 그 절정에 달하던 무렵, 즉 1947년 말에서 1948년 초 사이에 권력을 잡았더라면 파시즘과 상당히 비슷한 꼴을 볼 뻔했다. 어느 면으로는 그의 적수들인 스탈린파 때문이었다. 그들은 그 시대의 신경질적인 풍토 속에서 볼 때 파시스트들보다 더 나을 것이 없었다. 다행히도 내가 존중하는 드골과 말로는 '프랑스 국민연합'의 실패 덕분에 파시즘의 유혹을 모면할 수 있었다. 그러나 오해는 없기 바란다. 내가 말로를 존경하지 않는다면 말로에 관한 책 같은 것은 쓰지도 않았을 것이다.

존경하는 인물의 전기를 쓰면서도 필요하다면 가혹한 비판을 서슴지 않을 수 있는 그 '보편적 동의'의 풍토 또한 이 책이 우리에게 주는 감동의 일부이다.

이 책은 원래 1982년 출판사 홍성사에서 나왔었다. 그후 출판사가 문을 닫으면서 오랫동안 절판 상태였다. 이번에 현대문학사에서 다시 책을 출판하면서 누락된 부분 및 잘못된 곳을 찾아 전체적으로 고쳤다. 그러나 라쿠튀르의 글은 아름답고 격조 높은 프랑스어 문체를 구사하고 있는데 글을 번역하는 가운데 그 감동적인 힘과 울림을 제대로 옮겨놓지 못했다는 느낌이 많다. 미흡한 대로나마 이 책의 번역으로 인하여 20세기의 격동과 그 소용돌이 속에서 다듬어진 역사의 의미를 헤아리고자 하는 독자들이나 앙드레 말로 문학의 토양을 이해하려는 사람에게 귀중한 도움이 있기를 바라 마지 않는다.

(1995)

의식의 새로운 풍경

크리스티앙 데캉
『**오늘의 프랑스 철학사상
(1960~1985)**』
책세상, 1991

『오늘의 프랑스 철학사상(1960~1985)』이라는 제목으로 소개하는 이 책은 1986년 보르다스Bordas 출판사에서 나온 크리스티앙 데캉Christian Descamps의 저서 『les idées philosophiques contemporaines en France(1960~1985)』의 우리말 완역이다.

대학생 정도 수준의 독자들에게 오늘날 프랑스 철학의 풍경을 가급적 폭넓게 그려 보여주는 책을 찾아보던 중 이 조그만 포켓북을 골라 번역에 착수하게 되었다. 제한된 분량으로나마 사르트르의 『변증법적 이성 비판』을 기점으로 하여 최근까지 약 25년 동안 프랑스의 사상적 모험이 그려 보인 판도 전체를 총체적으로 조감해보겠다는 야심을 그 밑바탕에 깔고 있는 책이라고 볼 수 있다.

이 책이 다루고 있는 25년은 적어도 두 가지 사실로 우리에게는 비상한 관심의 대상이 될 수 있다. 우선 20세기 후반의 이 시기 동안에 우리는 실존주의 및 현상학으로부터 구조주의로, 그리고 마침내는 구조주의로부터 이른바 '포스트모던의 조건' 속에서 등장한 '후기구조주의' '신 구조주의', 혹은 이 책의 저자의 표현을 빌리자면 '개별적 사상'으로, 사유의 배경에 커다란 변화가 거듭되는 것을 목격했다.

다음으로 이 시기, 그중에서도 지난 약 15년 동안에는, 구조주의, 특히 구조언어학에서 그 모델을 빌려온 각종 인간과학들의 거센 바람에 밀려 뒷전으로 밀려나 있는 듯 보였던 '철학'이 마침내 프랑스 지성계의 중심부로 복귀하고 있다는 느낌을 강하게 받을 수 있었다. 월간 『마가진 리테레르』(1985년 12월)는 '지난 10년간의 프랑스 철학' 특집호를 내보내면서 그 서문에 이렇게 썼다. "전속력으로 질주하여 돌아오는 꿈처럼, 오늘날 프랑스에는 철학이 돌아오고 있다. 치명적이 될 것 같다던 수십 년간의 위기를 지나 빛나는 모습으로 되돌아오고 있다." 철학으로서는 치명적이 될 뻔한 위기는, 그 뿌리가 19세기, 저 무시무시한 19세기에 박혀 있다. 세계를 투명하고 확실하게 설명할 수 있는 '앎'의 빛에 대한 과학의 환상, 마침내 인간이 세계와 화해하여 행복하고 해방된 존재로 살아갈 수 있도록 지상 낙원을 건설하겠다는 정치적 유토피아, 그리고 위대한 선두주자들, 마르크스,

니체, 프로이트. 여기에 가공할 만한 기세로 그 세력을 확장해가는 인간과학이 가세하여 기존에 습득한 고전적 사상의 틀을 그 뿌리에서부터 뒤흔들어놓았다.

그렇다면 왜 이 책이 다루고 있는 시기 동안에 철학의 '복귀'가 가능해진 것일까? 여기에 대한 대답으로 우리는 '구조주의'와 '후기구조주의'의 관계를 간단히 살펴보기로 하겠다.

오늘날 프랑스 철학 사상을 한마디로, 혹은 한 가닥으로 요약하는 것은 불가능하다. 그만큼 그 사상의 판도는 '새롭고 복잡하다'는 것을 데캉의 책은 웅변으로 보여주고 있다. 그러나 그 복잡한 여러 가닥의 흐름들 중에서 지난 25년간 프랑스의 국내외를 막론하여 가장 크게 주목받고 있는(긍정적으로건 부정적으로건) 지적 운동은 단연 '신구조주의néo-structuralisme'라고 볼 수 있다.

신구조주의는 1968년 5월 사태를 전후하여 프랑스, 특히 파리의 지적 센터들(콜레주 드 프랑스, 고등연구원, 뱅센 대학 등)을 중심으로 한 '새로운 프랑스 학파'의 사유 방식을 일컫는다. 이는 기존의 지배적인 철학 및 문학 교육에 반대하는 운동으로 형성되어 몇몇 대학의 고지를 점령하는 데 성공했다. 이러한 분위기는 결코 1968년 5월 사태와 무관하지 않다.

그렇다면 신구조주의의 관심점과 특징은 어떤 것일까? 만프레드 프랑크의 말을 빌리자면 "신구조주의는 서구 사상 전통 가운데 지난 2세기의 절정"으로서 나타난 것이다. 여기서 말하는 지난 2세기란

계몽주의로부터(푸코는 1775년을 출발점으로 잡는다) 오늘에 이르는 이른바 '현대moderne'를 가리킨다. 앞질러 말해보자면 '포스트모던'은 이 2세기에 걸친 '모던'의 한 극점이라고 볼 수 있다. 첫째, 신구조주의는 헤겔과 니체의 뒤를 이어 '형이상학의 종결 이후의 사상'이라고 스스로를 이해한다. 서구 정신의 핵심이 되어온 형이상학은 한마디로 '초감각supersensible 세계에 대한 확신'을 말한다. 니체는 이 초감각 세계에 대한 확신의 붕괴, 즉 형이상학의 죽음을 제신들의 황혼이라고 불렀다. 이것은 곧 서양의 황혼이며, 합리성 개념의 황혼인 동시에 의미의 점진적인 어둠이며, 방향감각의 상실이다. 유일하게 정당성le légitimité을 부여할 능력이 있는 지고한 가치인 초감각 세계의 죽음이 초래한 상황을 리오타르는 "포스트모던의 상황"이라고 불렀다. 따라서 신구조주의는 포스트모던의 상황 속에서의 사유 형태다.

둘째로 형이상학이 종결된 뒤의 사상인 신구조주의는 '구조주의 이후의 사상'이다. 사실 '신구조주의'나 '후기구조주의'라는 표현들은 다 같이 불완전하다. 아마도 그렇기 때문에 데캉은 '개별적 사상'이라는 표현을 쓰고 있는지도 모르겠다. 그러나 '신구조주의'는 분명 소쉬르, 방브니스트, 레비-스트로스, 주네트 등으로 대표되는 고전적 구조주의에 직접적으로 잇닿아 있다. 그것은 구조주의와 '내적인' 관계를 맺고 있다. 다시 말해서 '신구조주의'는 단순히 시간적으로 구조주의보다 뒤에 나타난 것만이 아니라 비판적인 방식으로 구조주의와 관계를 맺고 있어서 그 둘 사이의 관계를 고려하지 않고는 이해될 수 없다.

신구조주의는 그에 앞선 구조주의를, 철학적 운동이라기보다는 오히려 인간과학의 방법론으로 간주되었던 구조주의를 철학적 조망 속에서 급진화하고 나아가서는 구조주의를 전복시킨다고 할 수 있다. 이들의 조상은 형이상학의 죽음을 진단한 니체, 하이데거, 프로이트, 나아가서는 조르주 바타유, 에마뉘엘 레비나스 등이다. 신구조주의는 서구적 '인식소'의 특징적이고 근원적인 욕망을 해명하고 개념적으로 파악하고 설명하는 일이었지만, 이제 그것은 더이상 효력을 갖지 못한다고 믿는다. 포스트모던의 앎知은 이제 더이상 플라톤적 관념론, 기독교적 신앙, 헤겔적 자아의식의 형태를 취할 수 없게 되었으며, 그렇다고 고전적 구조주의가 보여주던 앎의 형태를 취할 수도 없는 일이다.

신구조주의가 형이상학의 종결, 즉 초감각 세계에 대한 확신의 붕괴가 초래한 포스트모던 상황 속의 사유 형태라면, 구조주의와 형이상학의 관계는 어떠한가? 형이상학의 전제들 중 하나는 우리가 몸담고 있는 감각 세계를 초감각 세계의 반영, 표현, 혹은 실습장이라고 보는 점이다. 이런 시각에서 보면 현실 그 자체는 사유 세계의 산물이거나 물질적 반영이다. 현실은 그 자체로서는 감지될 수 없는 것, 관념의 세계, 공리, 공식, 개념, 법과 같은 이른바 초감각적 세계의 '재현re-présentation'이라고 보는 것이다.

그러나 구조주의는 이 같은 형이상학적 가설을 부정한다. 소쉬르의 시각에서 보면, 심리 상태, 인식 상태가 먼저 존재하고 그것이 나중에 상징의 세계(음향, 시니피앙) 속에 재생되는 것이 아니라, 그와는 반대로 사유라는 비감각적 세계(시니피에)는 오히려 음향적인 것의 감각적 영역(시니피앙) 속에서 변별과 연결의 과정을 통하여 얻어진 '결과'라고 본다. 이런 면에서 보면 구조주의는 형이상학적인 것이 아니다.

반면 기술과 과학을 통해 사회적 세계를 지배하기 위하여 질서의 원칙과 보편적 규칙성을 발견하고자 하는 그것의 또다른 전제로 보면 구조주의는 형이상학적이다. 형이상학적 사고의 최신 형태인 이같은 면의 구조주의로부터 해방되고자 하는 리오타르는 구조주의의 특징은 '모던(현대)'에서 벗어나지 못하고 있다고 단정한다. 포스트모던의 역사적 요청을 염두에 둔 사람이라면 이 같은 측면의 구조주의를 거부하는 것이 당연할 것이다. '모던'에 대한 '포스트모던'의 결정적 공격은 개념, 형이상학, '지배maîtrise' '체계système' 등을 겨냥하고 있다. 데리다, 라캉, 들뢰즈, 리오타르, 크리스테바, 보드리야르 등은 각기 판이한 세계를 보여주고 있지만 그들 간의 최소한의 공통분모가 있다면 바로 구조주의, '닫힌 체계'에 대한 거부라고 할 수 있다. 1968년을 전후하여 구조주의와 신구조주의를 이어주던 매듭은 '체계'의 폐쇄성과 개방성을 분기점으로 하여 단절된다.

'역사적' 사고의 비판, '주체sujet'라는 카테고리에 대한 비판, '의미sens'의 우선에 바탕을 둔 해석학에 대한 비판 등을 특징적 조망으로 삼는 신구조주의는 무엇보다도 이론, 원칙의 높은 자리에서 한눈에 굽어볼 수 있는 '닫힌 체계', 즉 이른바 '분류학taxinomie'을 거부한다. 지정된 한계를 인정하지 않은 채 무한대의 '변형'이 가능한 '열린' 구조에 연동되어 있는 신구조주의적 세계는 보수적이고 나태한 정신에게는 현기증나는 풍경이요 통일이 불가능한 파편화된 세계라고도 할 수 있다. 데캉의 『오늘의 프랑스 철학사상』에 대한 설명이 때로는 지나친 비약으로 인하여 동요하고 때로는 깨어진 거울처럼 단편적인 것은 아마도 그런 까닭일 것이다.

다소 산만한 듯한 데캉의 설명을 돕고 추스를 겸 어느 면 각도를 달리하는 시점을 보여주기 위하여 앞서 언급한 『마가진 리테레르』지 특집호에서 지난 15년간의 프랑스 철학의 갈래와 방향을 종합 소개한 디종 대학 교수 장자크 뷔낭베르제Jean-Jacques Wunenberger의 글 「철학의 유혹la tentation philosophique」을 번역하여 덧붙였다.

(1991)

소설의
해부학 실습실

롤랑 부르뇌프, 레알 웰레
「현대 소설론」
현대문학, 1986

이 책의 텍스트는 롤랑 부르뇌프Roland Bourneuf와 레알 웰레Réal Ouellet 두 교수가 P. U. F 사에서 1975년에 펴낸 『소설의 세계l'univers du roman』이다. 일반적으로 문학, 특히 소설 기술론에 적당한 '교과서'로 마땅한 것을 찾아볼 수가 없던 차에 이 책이 출간된 것은 여간 반가운 일이 아니었다.

티보데, 포스터, 라보크 등은 고전적인 반면 이제는 좀 낡은 것이 되어버렸고 러시아 형식주의자들이나 주네트, 부드, 아몽 등은 체계적인 반면 지나치게 전문적이어서 일반인의 접근이 용이치 못하다. 따라서 광범한 새 이론들을 포괄적으로 다루면서도 생소한 설명의 모델들이나 용어들을 보다 친절하게 접근하도록 안내하는 소설론으로 나는 이 이상의 책을 아직까지 찾지 못했다.

원서를 가지고 여러 해 동안 대학원 강의를 해온 경험을 바탕으로 하여 좀 색다른 방식으로 이 책을 옮겨보았다. 가급적이면 '우리말로 읽는 독자의 입장에 서서' 원 텍스트의 불필요한 부분들을 생략하는 대신 필요한 경우에는 원문과 상관없이 상당 부분을 보충해서 설명하기도 했다. 또 원주와는 별도로 소설론의 내용, 예로 든 작가, 작품, 용어 등을 이해하기 쉽도록 각주를 소상하게 붙이려고 노력했다.*

그리고 이 책이 실제로 소설 기술론에 관심을 가진 모든 사람들에게 실질적인 '도구'로 쓰이기를 바라는 의미에서 장황하지만 각종의 색인과 참고 문헌을 최대한으로 제공하려고 애를 썼다.

(1986)

---

* 이 책의 내용을 국내의 독자들에게 보다 이해하기 쉽도록 삭제 보완하는 과정에서 원저자의 이해를 구하고 동의를 얻었다.

미술,
그 표현 기법의
역사

르네 위그
『예술과 영혼』
열화당, 1979

역자가 르네 위그라는 철학자를 '발견'한 것은 프랑스에서 학위논문을 한창 준비중이었던 1970년, 가스통 바슐라르가 상상력에 관하여 쓴 일련의 저서들을 통해서였다. 나는 곧 여기에 그 일부를 번역한 『예술과 영혼』을 읽고서 깊은 감동을 받았고, 마찬가지로 방대한 저작인 『보이는 것과의 대화』『19세기 프랑스 미술』『이미지의 힘』, 그리고 『베르메르』『들라크루아』『고갱』『반 고흐』『모나리자』 등 작가론, 작품론들도 차례로 접하게 되었다.

조형미술에 대한 나의 관심은 르네 위그를 읽기 전부터 각별한 것이긴 했지만, 특히 그의 저서들과 바슐라르의 『꿈꿀 권리』를 접하고

난 이후부터, 미술도 예술 일반을 관류하는 어떤 공통된 상상력의 형식화라는 지평 속에서 보다 거시적으로 파악되어 마땅한 대상이라는 확신이 굳어진 셈이다.

르네 위그의 비평 정신도 따라서 융, 바슐라르, 마르셀 레몽, 풀레 등과 같이 심리주의와 휴머니즘을 동시에 그 바탕으로 하는 한 유럽 비평 전통의 조망 속에서 이해됨으로써, 역자에게는 가장 친근한 지적 분위기들 중의 하나로 여겨졌다.

이 같은 지적 친화력 때문에 나는 우선 1977년에 『보이는 것과의 대화』 중 한 부분을 우리말로 옮겼고, 이듬해에는 단행본 『모나리자의 신비』를 옮겨 펴낸 바 있다.

여기에 번역한 것은 『예술과 영혼L'art et l'âme』(1960) 중 제1부에 해당하는 「표현의 여러 가지 수단」이다. 이 번역은 원래 역자가 두번째로 프랑스에 가 있는 동안(1977~1978) 여러 달에 걸쳐 월간 『공간』에 번역 연재한 것이었다. 연재가 끝난 다음 책으로 출판하기 위하여 그 글을 다시 읽었을 때 나는 몹시 놀랐고 부끄러웠다. 외국에 가 있으면서 우리말로 번역을 한다는 것이 얼마나 무모한 것인가를 절감했다. 그래서 이 책의 출판을 위하여 나는 연재된 번역을 전면적으로 수정했다. 그리고 교정을 보면서 또 한번 세심하게 손질을 하느라고 했다. 그래도 미흡한 곳이 한두 군데가 아니다.

비록 서툰 말솜씨로 옮겨졌으되 내용이 요구하는 만큼의 노력을 다하는 독자에게는 결국 역문 안에서 의미가 이해될 수 있도록 손질

503
3부 프랑스 문학, 프랑스 문화 깊이 읽기

했다는 변명을 덧붙여두고자 한다. 이는 졸역을 정당화하려 함이 아니라, 좋은 책은 그만큼의 정독을 요구한다는 당연한 사실을—그러나 쉽고 간단한 글에 길든 사람들이 흔히 잊어버리는 사실을—한번 더 강조하려 함이다. 특히 원문이 지닌 상당히 긴 호흡을 존중할 수밖에 없었으므로, 많은 문장들이 숨찰 정도로 길게 옮겨진 것을 반드시 결점으로만 받아들이지는 말기를 바란다. 이 책의 독자는 서툰 번역에도 불구하고 자신이 바친 독서의 노력과 반성의 보상을 충분히 받을 수 있으리라고 역자는 확신한다. 그만큼 이 책은 선택된 대상과 대상을 조명하는 방법, 분석을 뒷받침하는 미학적 비전, 그리고 그 모든 것을 글로 표현하는 격조에 있어서 독특하고 슬기롭다.

이 책에서 우리가 얻을 수 있는 것은 단순히 미학에 대한 지식만이 아니다. 그것은 인간의 참다운 내적 현실에 대하여 흔하지 않은 빛을 던져주고 있다.

(1979)

문화 충격으로서의
논술

폴데살망
**『논술의 일곱 가지 열쇠
－바칼로레아 논술의 정석 1』**
창, 1994

해마다 대학에 입학하는 신입생들을 접하면서 점점 더 절실하게 느끼는 것은 그들의 독서력과 표현력 부족이다. 고등학교에서 그토록 많은 정력과 시간을 공부에 바치고 나서 치열한 경쟁에서 이긴 인재들의 지적 능력이 겨우 이것인가 하는 의문이 저절로 일지 않을 수 없다. 도대체 젊은이들이 밤잠을 설쳐가며 그 귀중한 노력과 시간을 어떤 공부에 바쳤던 것일까?

대학에서는 각자의 전공이 다르므로 공부의 내용도 물론 다르다. 그러나 무엇을 전공하든 간에 대학생이면 누구나 갖추어야 할 자질이 하나 있으니 그것은 다름아닌 지성과 교양이다. 대학은 기업체나 관공서의 직원을 양성하는 곳이기 이전에 교양인을 양성하는 곳이다. 대학생들의 지성과 교양은 나라 전체의 삶의 양식과 질, 그리고 문화 수준에 깊은 영향을 끼친다. 지성과 교양은 올바른 사유와 표현의 산물이다.

그런데 지성과 사유는 다름아닌 언어를 통하여 형성되고 경험되며 표현된다. 언어의 종류는 다양하다. 그것이 외국어일 수도 있고 수학 언어, 전자 언어일 수도 있다. 그러나 그런 다양한 언어들 이전에 교양의 가장 기본이 되며 가장 광범하게, 또 가장 빈번히 활용되는 언어가 국어이다.

지성과 국어 사이의 이처럼 뗄 수 없는 관계에 착안해본다면 국어 교육의 중요성은 새삼스럽게 강조할 필요가 없을 정도이다. 그런데 과연 지성의 바탕이 되는 우리나라의 국어 교육은 어떻게 이루어지고 있는가? 적어도 지금까지 우리나라에서 이루어져온 국어 교육에는 분명 몇 가지 문제가 없지 않다.

첫째는 교과서이다. 초등학교에 입학한 이래 우리나라의 피교육자들은 너나없이 '국어 교과서'의 충실한 독자였다. 교과서의 내용 그 자체에 대해서는 여러 가지로 평가할 수 있을 것이다. 그러나 교과서라는 것 자체가 지닌 심각한 문제는 가장 독서열이 왕성하고 지적 호기심이 많아야 할 연령의 젊은이들이 단행본 한 권 분량 정도에 불과한 국어 교과서만으로 그 나이에 필수적이고 광범위한 독서를 면제받고 있다는 점이다. 교과서에 실린 시 몇 편 수필 몇 편, 단편소설(그것도 지면의 제한 때문에 콩트에 가까울 만큼 짧은)을 읽고 나면 독서는 끝이다. 신간 과학 도서, 고전 소설, 오늘날의 급변하는 삶과 관련된 교양서를 읽어야 마땅하지만 그 어느 것 하나 읽지 않아도 무방할 듯하고 또 읽을 시간도 없다. 그러나 국어 교과서는 젊은이들이 해야 할 독서의 작은 출발점일 뿐 결코 종착점이 되어서는 안 된다.

우려되는 다른 하나는 대학 입시 문제다. 비단 국어 과목에 한정된 것은 아니지만 지난 10여 년간 실시해온 이 나라 대학 입학 시험의 출제 방식에는 커다란 문제점이 있다. 지금까지는 채점의 편의와 이른바 공정성이라는 구실로 사지선다 단답형 문제가 대학 입시의 근간을 이루어왔다. 이러한 파행적 출제 및 채점 방식은 단권형 국어 교과서와 더불어 이 나라 젊은이들에게 순발력과 암기력을 키워주었을지는 모르나 이들의 참다운 언어 능력은 참담할 정도로 저하시켜놓았다. 이들은 사지선다형, 단답형, 전략형의 시험 문제집의 열광적인 독자는 되었을지 모르나 그 나이에 반드시 읽으라고 권하고 싶은 저 수많은 양서들과는 철저하게 무관한 공부와 생활로 밤잠을 설치고 있었던 것이다. 논리적 창조적 사유와 자기표현은 퀴즈와는 다른 것이다. 사지선다형, 단답형이란 참다운 지성과는 거리가 멀다. 무엇 때문에 답이 하나뿐인 앎의 세계를, 그것도 컴퓨터가 읽기 좋은 수성펜의 언어로 답하는 놀음만을 강요받아야 한다는 말인가?

위정자들과 교육자들, 학부모와 학생들 사이에서 대학 입시의 주체가 교육부여야 하는가 고등학교여야 하는가 아니면 대학이어야 하는가를 놓고 논란이 많은 모양이다. 그러나 중요한 것은 입시의 주체가 아니라 입시 및 교육의 방향이다. 국어 시험 출제 방식에 어떤 문제가 있는지를 알아보려면 지금 당장이라도 도하 주요 일간지의 여러 페이지에 걸쳐 공급되고 있는 '실전 대비' 모의 시험 문제들 중 국어(그중 고문과 문법은 그만두고 현대문만이라도) 과목 시험 문제에 교양인을 자처하는 대학교수, 문인, 언론인 등 기성세대 학부모가 스스로 답을 써보고 주어진 '정답'과 비교해보라. 그때서야 비로소 이 나라 국어 교육과 시험이 얼마나 '보편성'과 멀리 떨어진 곳에서 당사자(출제 교수, 교사, 가정교사, 입시 학원, 입시생, 참고서 출판사 등)들 사이에만 통하는 '암호 풀이'가 되고 있는가를 실감하게 될 것이다.

적어도 국어 과목에 있어서만은 학생들이 입시 준비 때문에 읽어야 할 책을 읽지 못하게 하는 교육을 해서는 안 된다. 오히려 그 반대이다. 학생들이 양서를 폭넓게 읽고 싶도록, 읽지 않으면 안 되도록 만드는 국어 교육, 국어 시험이 되어야 마땅하다. 그렇게 쌓은 교양과 언어 능력을 바탕으로 자신의 생각을 논리적이고 순치된 모국어로 표현할 줄 알아야 한다. 바로 이러한 국어 교육, 아니 나아가서는 교양 교육 일반의 방향 전환을 위해서 근년의 일부 대학 입시에서 실시하기 시작한 것이 바로 '논술' 혹은 '국어 논술'이라는 것이다. 이것은 첫째, 교과서 위주나 입시 참고서를 통해서 연마한 순발력 위주가 아니라 광범한 독서를 통해서 교양을 갖춘 수험생 쪽이 좋은 성과를 거둘 수 있는 시험 방식이다. 다음으로 이런 시험은 출제자가 전권을 가진 '하나밖에 없는 답' '선택을 강요받는 답'의 세계가 아니라 수험생이 자신의 생각을 논리적으로 표현하는 '보편성' '다양성' 그리고 '개성'의 세계다.

다만 여기서 짚고 넘어가야 할 것은, '논술'이 단순히 국문학에 한정된다는 선입견은 옳지 않다는 점이다. 물론 국어 생활에 커다란 몫을 차지하는 것이 문학, 특히 국어를 사용한 문학임은 물론이다. 그러나 지성이 필요로 하는 것은 한국 문학만이 아니다. 우리말로 쓰여진 양서들이나 실생활의 언어 경험을 통하여 우리의 사고에 올바른 자양을 공급하는 것이면 어느 것이나 다 논술의 대상이 될 수 있다. 그것은 사회, 정치, 문화, 예술, 외국의 문학 및 문화까지 광범한 분야를 포괄할 수 있어야 마땅하다. 그래서 어떤 대학에서는 '국어 논술' 입시의 출제 교수를 국어국문학 전공에 국한하지 않고 인문, 사회과학 및 외국 문학 교수들에까지 확대하고 있는 것이다. 요컨대 '논술'은 지난날의 문장력에 치중한 '작문'보다는 더 논리적이고 보편적인 교양과 사고 능력을 요구한다.

따라서 지성과 교양이라는 문제를 심각하게 생각해본 사람들이라면 논술이 대학 입시에 포함되어야 한다는 당위성에 대해서는 큰 의의가 없는 줄 안다. 다만 수험생과 교사 등 당사자들이 당장 우려하는 점은 우리나라에 사실상 '논술'의 경험과 전통이 거의 없다는 점이다. 실제로 수험생은 고사하고라도 그들을 지도하는 교사, 심지어 교수까지도 본격적인 논술 작성의 훈련을 받은 경험이 거의 없는 실정이다. 우선 이 같은 전통 부재는 '논술'이라는 용어 자체가 우리의 귀에(적어도 교과 및 시험 과목의 명칭으로서는) 매우 생소하다는 사실이 증명한다. 다음으로 시중에 논술과 관련된 교과서는 물론 참고서가 거의 없다는 사실은 충격적이다. 물론 상업적인 목적에서 '논술'과 관련시킨 제목을 달고 있는 책은 근래에 무수히 쏟아져나왔다. 그러나 실제로 논술 작성을 위하여 구체적이고 효과적인 지침을 제공하는 수준의 책은 별로 보지 못했다. 이는 능력 부족이라기 보다는 전통 부재에 그 원인이 있다고 볼 때 당연한 현상이다.

지금 여기에 펴내는 책 『논술의 일곱 가지 열쇠』는 바로 이러한 경험과 전통 부재 상태에서 생긴 공백을 어느 정도나마 메워보려는 목적으로 준비되었다. 왜냐하면 이 책은 나 자신의 저술이 아니라 프랑스 대학 입학 시험 논술 과목 참고서를 편역한 것이기 때문이다. 나는 지금부터 20여 년 전 프랑스 유학 시절에 처음으로 우리나라의 교육에 논술의 전통이 없다는 사실을 고통스럽게 절감했다. 프랑스는 세계적으로 '논술dissertation'의 전통이 각급 학교의 교육제도 속에 가장 오래전부터 가장 확고하고 뿌리깊게 자리잡은 나라이기 때문에 당시 나 자신이 느낀 결핍감은 심각한 문화 충격으로 체험될 수밖에 없었다.

더군다나 최근 좀 무리하다 싶을 정도의 '프랑스어 보호법'이 말해주듯이 프랑스인들은 모국어에 대한 애정과 존중이 남다른 사람들이다. 그들은 일상의 대화중에도 순간적으로 말을 틀리게 하고 나면 반드시 '미안하다'고 사과하고 정정한 다음에야 말을 계속하는 민족이다. 대학의 학사 자격을 프랑스어로는 'licence'라고 하는데 이는 '면허증'이라는 뜻이다. 즉 남을 가르쳐도 된다는 면허증이다. 따라서 전공이 무엇이건 가장 중요시하는 과목이 국어 논술이다. 내가 수강한 영화 과목 교수와 수학(집합론) 교수는 전공 못지않게 어휘와 문장의 논리와 표현에 까다로웠다. 역대 정치 지도자들, 가령 나폴레옹, 드골 대통령, 미테랑 대통령이 탁월한 정치 지도자인 동시에 위대한 저술가인 것은 우연이 아니다.

이러한 표면적 현상 뒤에는 프랑스의 오랜 전통인 대학 입학 자격 시험(바칼로레아baccalauréat=BAC)이 있다. 고등학교 졸업장을 받으려면 반드시 이 시험에 합격해야 하고 이 시험에 합격하면 원칙적으로 자신이 원하는 대학에 입학할 수 있다. 오늘날 바칼로레아 시험은 여러 과목으로 구성되어 있고 전공에 따라서 달라지지만 '프랑스어', 즉 국어 과목은 필수로서 고등학교 2차년(우리나라의 고등학교 2학년) 끝(6월 후반경)에 치른다. 구체적인 시험 문제는 교육구 단위로 달라지는 것이 보통이지만 교육성의 지침은 반드시 필기시험과 구두시험 두 가지를 요구한다. 필기시험은 텍스트 요약, 텍스트에 대한 해석과 분석, 논술 중 택일하도록 되어 있다. 그러나 실제에 있어 중요시하는 정도의 차이가 있을 뿐 이 세 가지에는 다 같이 '논술'의 요소가 포함되어 있다. 그리고 구두시험은 고등학교에서 배운 여러 작가들의 리스트(학교와 교사에 따라 다를 수 있다)를 수험생이 시험관에게 제시하면 시험관이 그중에서 선택하여 질문한다. 대답에 소요되는 시간은 약 20분이다. 필기시험 중 논술의 경우 출제는 교육성이 지정한 고등학교 교사들이 하고 채점 역시 고등학교 교사들이 담당한다. 시험 시간은 네 시간, 답안의 분량은 A4 용지 양면 정도(이 책 속에 소개된 어떤 여학생의 '모범 답안' 분량을 참고할 것)인데 논리성, 개성적 반응, 표현력, 철자법 등을 채점 기준으로 삼으며 20점 만점에 10점 이상을 받아야 합격할 수 있고 불합격의 경우 이듬해 바칼로레아 시험 때 다른 과목들과 함께 응시하여 만회하거나 재시험을 쳐야 한다. 구체적인 경향이나 내용, 수준은 이 책을 정독하면 충분히 알 수 있다. 그러나 '논술'과 그 설계 훈련은 대학 입학 자격시험에 그치지 않고 그후 초등학교 교사 자격시험, 중등 교사 자격시험, 대학교수 자격시험, 고등사범학교 입학 시험 등 주요 국가고시, 그 밖의 각종 취업 시험에서 정도와 수준을 달리하면서 계속되므로 프랑스 지식인과 논술은 뗄 수 없는 관계를 맺고 있다고 할 수 있다.

이 책은 사실 지금 당장 대학 입시 준비를 하는 우리나라의 수험생들에게는 앞에서 지적한 경험과 전통 부재로 인하여 그 수준이 좀 벅찬 것이라고 할 수 있다. 나는 대학에서 상급반 대학생들을 상대로 이 책의 원서를 '논문 작성법'의 교재로 여러 해 동안 사용해본 경험이 있다. 프랑스어 원서를 사용한 데도 원인이 있겠지만 대학생들도 이 책 내용의 이해에는 어려움을 겪었다. 따라서 고등학교 3학년 평균 수준에서 이 책의 지침을 당장에 자신의 것으로 삼아 실천하려면 상당한 어려움이 따를 것으로 짐작된다.

오늘날 나태한 사람들은 '쉬운 것'이 마치 보편성과 위대함의 상징인 것처럼 생각하기 쉽지만 지성의 세계에 있어서는 더러 어려울 수밖에 없는 것도 있다는 것을 알아두어야 한다. 쉽고 어려움은 사실 대상 자체에 내재하는 속성이라기보다는 주체와 대상 사이의 관계인 것이다. 독서량이 적고 자율적 사고의 습관이 부족한 사람들, 특히 그 방면의 교육적 훈련이 결여된 사람들에게 쉬운 '논술', 어떤 책들의 제목처럼 '반갑다'거나 '놀면서' 할 수 있는 논술이란 있을 수 없다. 논리적 사고와 언어 구성 능력은 오랜 훈련을 거치고 난 뒤에도 결코 쉬운 것이 될 수 없다. 그것은 우리의 끊임없는 사유와 반성과 배움의 결실이기 때문이다. 그리고 더욱 원천적으로는 '정답'이 따로 없는 '열린' 세계가 논술의 세계이기 때문이다. 정답이 따로 없다고 해서 논리적 규율이 없는 것은 결코 아니다. 다만 논술문의 규율은 밖으로부터 주어진 정답이 아니라 논술의 논리 속에 내재하는 규율이라는 점이 특수하다.

그러나 논술이 어떤 타고난 재능의 전유물은 결코 아니다. 노력과 훈련을 통해서 논술의 능력이 개선되고 발전될 수 있다는 데 이 책의 존재 이유가 있는 것이다. 나는 사실 대학 입시를 준비하는 수험생들보다는 논술을 지도하는 선생님들이나 대학생 이상 수준의 독자들에게 도움과 참고가 되고자 하는 뜻에서 이 책을 만들었다. 특히 나는 학생들에게 논술이나 논문 작성을 지도하는 분들이 이 책을 통하여 다른 나라(그것도 데카르트와 파스칼의 나라)에서 오랜 전통으로 자리잡고 있는 범례를 참고하면서 우리나라 젊은이들에게 보다 적합한 교육 자료와 방법을 개발하게 되기를 바란다.

교육 자료로서의 기능 이외에 사실 나는 이 책을 통하여, 우리가 국제적인 경쟁(이는 단순히 경제적인 의미만은 아니다)에서 남들에게 뒤떨어지지 않으려면 약간의 물질적 성과를 가지고 자만할 때가 아니라는 사실을 구체적인 실례로 증명해 보이고 싶었다. 남의 나라 자녀들이 폭넓은 독서와 반성적 사유를 거쳐 이런 수준의 시험을 치르고 대학에 들어갈 때 우리의 귀중한 젊은이들은 사지선다형의 퀴즈풀이 같은 단답을 컴퓨터용 카드에 까만 점들로 찍어놓기 위하여 엄청난 정력과 시간과 비용을 바친다는 사실을 우리는 깊이 반성해볼 필요가 있다고 나는 굳게 믿는다. 따라서 이 '참고서' 속에서 논술의 쉬운 '요령'을 발견하려고 애쓰는 것은 부질없는 일이다. 대신 이 책의 진정한 독자는 올바르고 폭넓은 독서와 자율적인 사고의 훈련만이 훌륭한 논술문을 쓸 수 있게 해준다는 사실을 깨닫게 될 것이다. 그런 깨달음이 있은 후에 이 책을 다시 읽어본다면 그때에야 비로소 어떤 '열쇠'를 이 책 속에서 발견할 수 있을지 모른다. 그는 물론 논술의 열쇠가 존재한다고 하더라도 그것이 비단 일곱 가지만은 아니라는 것도 함께 알아차릴 수 있을 것이다. 여기서 일곱이란 우리 모두의 지적 축복을 위한 하나의 비유에 불과하기 때문이다.

(1994)

논술의 세계로
건너가는
징검다리

폴데살망
『홀로서기 논술과 요약』
창, 1995

지금까지 우리나라에서는 그 어느 학교에서도, 그 어느 누구도 논술문 작성의 방법을 정규 교과목으로 정하여 교육해본 적이 없었고 교육받은 적도 없었다. 이 같은 전통 및 경험 부재의 환경 속에서 불쑥 대학 입학 시험의 형태로 등장한 이 논리적 글쓰기는 많은 교사들과 수험생들을 당혹스럽게 하고 있다.

그러나 객관식, 단답형 대학 입시가 가져온 지적 황무지 앞에서 이제 그 누구도 논술 교육의 필요성과 당위성을 부정하는 사람은 없다. 다만 이 방면의 교육 전통이 없는 곳에서 이 교육을 어디서부터 어떻게 시작할 것인가에 대하여 의문을 가지는 사람이 많다. 이런 사정을 감안하여 나는 이 분야에 있어 100년이 넘는 오랜 전통을 쌓아온 프랑스의 교육 모델을 우리 실정에 맞게 수정 보완하여 논술 교재를 만들어보기로 하였다.

그 첫번째 결실이 작년에 펴낸 『논술의 일곱 가지 열쇠』였다. 이 본격적 논술문 작성의 길잡이 책은 각계의 좋은 반응을 얻었다. 대학 입시를 준비하는 수험생 자신들보다는 오히려 그들을 지도하는 교사, 나아가서는 입시 문제를 출제하고 채점하는 대학교수들로부터 긍정적인 호응을 얻을 수 있었다. 다만 그분들은 한결같이 그 책의 가치를 충분히 인정하면서도 처음으로 논술문 작성에 임하는 초보자들에게 있어서는 책의 수준이 상대적으로 높아서 이해가 쉽지 않고 경험이 부족한 수험생들이 실제로 응용하려 할 때 어려움이 있다고 지적했다.

그래서 나는 『논술의 일곱 가지 열쇠』에 들어가기 전에 수험생들이 단계적 연습을 통하여 논술에 보다 쉽게 접근할 수 있는 디딤돌을 놓아줄 필요를 느꼈다. 이제 여기에 펴내는 『홀로서기 논술과 요약』은 바로 본격적인 논술문 작성으로 인도하는 초보적 디딤돌 혹은 사닥다리와 같은 것이다.

제1부는 짧은 문장에서 문단으로, 다시 문단에서 논술문으로 나아가는 여러 단계의 '연습'들로 이루어져 있다. 여러 가지 구체적인 예들에서 자신의 '의견'을 이끌어내는 방법, 반대로 어떤 의견이나 주장을 뒷받침하기 위하여 여러 가지 '사실'들의 예를 들어 보이는

방법 등이 그것이다.

이때 나는 항상 책 속에서 선보인 모범 답안이나 다른 논술문의 구조를 수험생 자신이 논리적으로 '분석'해봄으로써 장차 스스로 논술문을 작성하려 할 때 모범 혹은 힌트로 삼을 수 있도록 유의했다. 따라서 모든 연습 문제는 언제나 '분석'과 실제 논술문 '작성'이라는 양면에서 이루어질 수 있도록 노력했다.

제2부는 우리나라 대학 입시 논술 문제의 다른 한 유형으로 자주 출제되는 '요약'의 훈련에 할애되어 있다. 이것은 다른 사람이 쓴 '원문'의 내용을 정확히 이해한 다음 그것을 일정한 비율로 축약하는 방법을 익히는 과정이다. 어떤 의미에서 논리적 요약은 단순히 입시 준비를 위한 훈련 방법으로만 생각할 것은 아니다. 우리가 어떤 책을 읽으면서 그 내용을 올바르게 이해하고 간추려 마음속에 담아두고자 할 때 반드시 거치는 과정이 곧 '요약'인 만큼 모든 지적 사고는 요약을 필요로 한다.

사실 논술 시험과 관련하여 많은 사람들이 평가 및 채점의 객관성에 의혹을 느낀다. 이는 물론 논술 교육의 전통 부재에서 오는 우려라고 할 수 있다. 프랑스처럼 대학 입시에서부터 대학교수 자격시험에 이르기까지 각급 학교 및 과정에서 줄기차게 논술을 교육하고 논술을 통하여 능력을 평가해온 나라에서는 그 어느 누구도 그 평가의 객관성에 대하여 불안해하지 않는다. 오랫동안 반복해온 습득과 훈련의 객관성과 가르치고 배워온 논리의 구속력을 채점자와 수험생이 다 같이 공유하고 신뢰하기 때문이다.

평가의 객관성이라는 측면에서 본다면 요약은 논술문 작성 그 자체보다도 더욱 가시적인 객관성을 보이고 있다고 할 수 있다. 요약은 일정한 논리적 절차와 과정을 매우 구체적으로 요구하기 때문이다. 요약에는 '원문'이라는 결코 무시할 수 없는 구속이 전제되어 있다. 따라서 원문이 갖추고 있는 논리적 구조의 세밀한 '분석'이 선행되지 않고서는 요약은 불가능하다. 이런 점에서 요약의 연습은 곧 논술문 작성으로 가기 위하여 반드시 거쳐야 할 전략적 과정이기도 하다.

이 책의 글쓰기 연습과 요약 과정을 여러 차례 반복하여 익히고 나면 『논술의 일곱 가지 열쇠』도 충분하고 효과적으로 이해, 활용할 수 있으리라고 확신한다. 그러나 이 책에도 보완하여야 할 불완전한 곳이 많을 줄 안다. 독자 여러분의 유익한 지적이 있기를 바란다.

(1995)

프랑스 문학의
동향

레몽 장
『책 읽어주는 여자』
작가세계, 1998
세계사, 2008

김화영 선생님은 벌써 30년 가까운 세월 동안 강단에서 프랑스 현대 문학을 가르치고 있습니다. 일찍이 1948년에 대학교수 자격시험에 합격했고 초기에는 고등학교 교사의 경험을 가진 바도 있었지요. 1953년에서 1955년까지는 미국 펜실베이니아 대학에서 강의했고 뒤이어 1955년에서 1957년까지는 베트남의 사이공 대학에서 불문학을 강의했습니다. 더군다나 여러 해 동안 베트남과 모로코에서 프랑스 대사관 문정관으로도 활약했습니다. 그후 1961년부터는 엑상프로방스 문과대학에서 지금까지 학생들을 가르치고 있습니다.

레몽 장 그러다가 1969년 가을에 처음으로 한국에서 유학 온 당신을 만났지요.

김화영 그랬지요. 처음 가보는 외국이라 매우 어리둥절했는데, 현대 문학 전공 교수로 누구를 지도 교수로 정하면 좋으냐고 물었더니 한결같이 선생님이 적임자라고 하더군요. 그러나 선생님이 저의 청을 쾌히 승낙해주지 않아서 저는 당황했었지요.

레몽 장 당시에는, 요즘도 사정은 비슷하지만, 지도해야 할 학생수가 너무 많아서 모든 사람들의 청을 다 들어줄 수는 없는 형편이었지요.

김화영 그건 선생님이 그만큼 유명하다는 증거겠지요. 아닌 게 아니라 선생님의 학위반 세미나에 가보면 세계 각지에서 찾아온 학생들을 만날 수 있었어요. 독일, 호주, 캐나다, 브라질, 스위스, 일본 등…… 그리고 그후 한국의 김치수(이화여대), 최현무(서강대)씨 등도 선생님의 지도하에 탁월한 박사학위 논문들을 썼지요. 더군다나 선생님은 단순히 대학 강단에 서는 교수로서뿐만 아니라 르 몽드, 『누벨 옵세르바퇴르』 등의 신문에 자주 기고했고, 『크리티크』 『유럽』 『브탕 모데른』 등을 통해서 자주 평문들을 발표했지요. 그래서 대중들에게도 익숙한 비평가입니다. 그러나 선생님은 무엇보다도 1959년 처녀작 소설 『뉴욕의 폐허les ruines de New York』를 발표한 이래 꾸준히 소설을 써온 작가로 널리 알려져 있습니다. 소설은 모두 몇 권쯤이나 발표했나요?

레몽 장 1984년 갈리마르 출판사에서 낸 자전적인 이야기 『안경

les lunettes』까지 합치면 한 열다섯 권쯤 되지요.

김화영 그리고 『12번 선la ligne 12』이 공쿠르상 결선에까지 올라가는 것을 본 기억이 있습니다만, 『벨라 B의 환상, 기타un fantasme de Bella B. et autres recits』라는 단편집은 공쿠르 단편상을 받았다고 하던데요?

레몽 장 1983년에 상을 받았어요. 악트쉬드라는 출판사를 위해서 잘된 일이고 특히 프랑스에서 출판사와 독자에게 점점 더 소외되고 있는 단편이라는 장르에 관심을 끌게 한 점이 기뻤지요.

김화영 하여간 교수, 비평가, 소설가로서 프랑스 문단에서 적극적으로 활동하는 문인, 미국, 사이공 등에서 문정관으로 근무한 경험, 그리고 유럽과 러시아는 물론 아시아, 미국, 칠레 등을 꾸준히 여행하며 세계 여러 나라의 지적, 문화적 분위기와 접촉해온 경험 등을 고려해볼 때 선생님은 여러 갈래의 시각들이 한데 만나는 교차로에 서 있다고도 할 수 있겠습니다. 바로 이러한 입장에서 최근의 현대문학, 특히 선생님이 여러 가지 면에서 친숙하게 접촉해온 '누보로망' 이후의 프랑스 문학이 어떤 경향을 보이고 있는지에 대하여 좀 소상하게 말씀해주시면 감사하겠습니다.

레몽 장 아닌 게 아니라 1986년이 저물어가는 지금의 시점은 지난간 약 30년간의 프랑스 문학을 전망해보기에 적합한 시점이라고 할 수 있겠습니다. '누보로망'의 대표적인 작가인 알랭 로브그리예가 「장래의 소설이 나아갈 길」「이제는 효력을 상실한 몇 가지 개념들」

같은, 당시로서는 매우 주목할 만한 글들을 발표한 것은 지금으로부터 꼭 30년 전인 1956년이었습니다. 또 비평가인 동시에 에세이스트로서 유명한 롤랑 바르트 같은 사람도 1956년에 「객관적인 문학」 「문자 그대로의 문학」 같은 글을 발표함으로써 '누보로망'에 대한 관심 혹은 그 경향의 장래에 관한 어떤 시각을 표명했습니다.

김화영 그로부터 30년이니 그야말로 문학의 한 세대가 경과한 셈이군요. 그럼, 과연 '누보로망'은 그 이름처럼 그렇게 '새로운nouveau' 것이었나요?

레몽 장 그렇습니다. 30년이면 많은 일이 일어나고 수정되고 변모하고 소멸하고 새로이 태어나는 세월이지요. 그러니 구태여 아이로니컬한 어감을 보태지 않고도, '누보로망(새로운 소설)'을 이제는 '옛날 소설', 거의 '늙은 소설'이라고 불러도 좋을 때가 된 셈이지요. 가령 나는 엑스 대학에서 강의를 할 때 나도 모르게 '누보로망'이 정말로 무슨 '새로운' 실험적 문학인 것처럼 말하게 되는 경우가 있는데, 오늘날의 학생들에게는 너무나 옛날 얘기가 되고 만 문학인걸요. 그러니 과연 30년 세월이라는 거리는 그 문학에 대한 결산을 해볼 수 있는 가능성을 제공한다고 생각해요. 그럼 우선 '누보로망'이라는 말 앞에 붙어 있는 '누보'라는 형용사에 관해서 생각해봅시다. 발레리는 일찍이 이 '새로운(누보)'이라는 형용사는 이론적인 의미를 상실한 '무의미한' 말이라고 지적한 바 있습니다. 사실 '누보로망'이 등장할 무렵에는 도처에서 그 형용사가 유행처럼 쓰였습니다. '누벨 크리티크(신비평)' '누벨바그(새로운 흐름의 영화)' '누보 테아트르(신연극)' 등이 그 예들이지요. 이렇게 되니 '누보'의 가치는 점차 평가절하될 수밖에 없었지요. 얼마 전에 떠들썩했던 '누벨 필로조피(신철학)'파가 좋은 예입니다. 신철학파가 그 나름대로의 흥미 있는 구석이 있다는 것을 부정하지는 않겠지만 그것은 결코 '새로운' 것은 아니었습니다. 오늘날에 와서도 '새로운'이라는 형용사에 대한 기호는 여전해서 '신좌파' '신의학', 나아가서는 '새로운 요리법'까지 등장하고 있어요. 그러나 이런 경향은 '누보'의 가치를 깎아내리고 의미의 가난을 초래할 뿐입니다. 그러나 '누보로망'이 등장할 당시 '누보'란 바로 과거와의 '단절'을 의미하는 것이었지요. '누보로망'이 그 당시에 지녔던 야심은 정말로 중요한 작품을 생산하는 쪽보다는 19세기에서 물려받은 전통적 소설, 즉 발자크에서 졸라에 이르는 리얼리즘 소설의 모델에 대한 부정적 거부의 성격을 띤 것이었지요. 문학에 있어서나 예술 일반에 있어서나 하나의 형식 전통이 아무런 개혁을 거치지 않고 반복되어 헐어빠지게 되면 결국에는 죽음에 이르고 만다는 점을 생각해볼 때, '누보로망'의 시도는 문학의 근본 문제와 결부된 것이라고 할 수 있지요.

김화영 그러니까 그 같은 부정적 측면에서 결국은 어떤 '새로움'이 도출된다고 할 수 있을까요?

레몽 장 그래요. '누보로망'의 흥미로운 면은 그것이 단순한 문학의 재생산이 아니라, 문학 그 자체에 질문을 제기하는 문학, 저 자신을 비평하고 반사하는 문학이라는 점이지요. 적어도 한 세대 동안 작가들은 비평적이고 이론적인 시선을 가지고 문학 창작에 임한 것입니다. 작가들은 소설가, 즉 예술가인 동시에 이론가이고자 했습니다. 로브그리예, 뷔토르Michel Butor, 나탈리 사로트Nathalie Sarraute, 좀 더 정도가 덜한 대로나마 클로드 시몽Claude Simon은 작가인 동시에 문학이론가였지요. 이것은 특히 대학의 학생들과 교수들의 작업 속에 두드러지게 반영되었습니다. 작가들은 자신들의 작품에 대한 이론적 성격의 분석에도 기여함으로써 대학생들의 관심을 끌었던 것입니다. 내가 볼 때 이 점이야말로 '누보로망'의 특징들 중 하나라고 생각됩니다. 즉 창작과 비평 사이, '누보로망'과 '신비평' 사이의 풍요롭고 지속적이며 긴밀한 관계야말로 그 시대 문학의 특이한 현상이었습니다. 오늘날에 와서 보면 비평, 이론적 성찰, 작품의 분석 등에 작가가 활발하게 개입하는 현상은 다소 수상하게 보이기도 하고 어떤 이는 그런 태도에 경계심을 나타내고 더러는 거부 반응을 보이기도 합니다. 그러나 당시에는 그런 경향이 매우 중요한 것으로 여겨졌습니다. 그것은 한편으로는 문학의 진보를 위한 진지한 재반성의 행위였고 다른 한편으로는, 무엇보다 먼저, 독창적이라고 할 수 있는 작품들을 생산할 수 있는 계기가 되었습니다. 나는 세계 여러 나라들을 여행하면서 이제는 『변모la modification』『질투la jalousie』(로브그리예) 같은 작품이 대학 사회 및 양식 있는 독자들에게 그 시대를 표상하는 고전적 모델로 변해 있다는 것을 목격했습니다. 그리고 무엇보다도 특기할 만한 사실은, 그러니까 작년인 1985년 노벨문학상이 '누보로망' 중에서도 그리 잘 읽히지는 않는 편이었던 클로드 시몽에게 주어졌다는 점입니다. 즉 '누보로망'은 이렇게 하여 세계 문학의 전면에 등장한 것입니다. 그러나 사실 클로드 시몽은 일반 독자들에게는 '어려운' 작가입니다. 그의 작품들은 오락이 아닌 까다로운 것입니다. 그러나 프루스트 역시 그의 작품이 처음 나왔을 때는 매우 어려운 작품이었습니다. 지드도 당장에는 그 작품의 진가에 대해서 부정적이었다는 것은 널리 알려진 일화입니다. 그러나 프루스트는 오늘날 현대 문학의 거봉巨峰으로 우뚝 서 있습니다. 따라서 '누보로망' 같은 어렵고 실험적인 작품들도 세계인의 눈에 한 시대의 문학을 대표하는 것으로 나타나 보일 수도 있다고 말할 수 있습니다.

김화영 그렇다면 '누보로망'은 한 시대를 대표하고 나서 막을 내린 것일까요?

레몽 장 아니지요. '누보로망' 계열의 대다수 작가들은 '계속하여' 왕성한 활동을 벌이고 있습니다. 나탈리 사로트는 3년 전에 「유년시절enfance」을 발표했고 로브그리예는 「다시 돌아오는 거울le miroir qui revient」이라는 자전적 소설을 발표했습니다. 그리고 최근, 불과 두어 달 전에는 클로드 올리에Claude Ollier도 「해독할 수 없는 이야기 histoire illisible」라는 신비스러운, 그러나 아름다운 제목의 이야기를 통해서 자신의 삶을 돌아보고 있었습니다. 나는 금방 내가 예로 든 세 사람의 작가들이 한결같이 자신들의 자서전적인 작품을 내놓고 있다는 사실에 깊은 인상을 받았습니다. 인생의 어느 지점에 이르러서 자신의 과거를 돌아보며 살아온 삶을 증언해 보이는 것은 소설가에게 있어서 자연스러운 일일 것입니다. 그러나 '누보로망'의 소설가에게는 그게 어쩐지 의외의 일로 여겨져요. 왜냐하면 본래 그들의 문학은 자서전적인 증언 같은 것에는 그다지 관심을 보이지 않는 것 같았기 때문입니다. 오늘날 프랑스에서 찾아볼 수 있는 흥미롭고 특이한 경향이 있다면 바로 체험으로 되돌아가보려는 경향, 체험된 증언에 대한 취향이 부활하고 있다는 점일 것입니다. 내가 볼 때 이러한 경향은 프랑스의 새로운 역사학파인 '누벨 이스트와르(신연사)'과의 작업과 관련이 없지 않은 것 같습니다. 이 역사학파는 바로 증언, 문헌, 형태, 멘탈리티 등에 주된 관심을 기울이는 학파입니다. 또 한편 이런 경향은 오늘날 프랑스에서 널리 유행하는 전기류의 서적들과도 무관하지 않을 것 같아요. 이런 현상은 상당히 특이한 것으로서 어쩌면 형태적 탐구에만 정신을 쏟고 있었던 '누보로망'에 대한 반작용의 한 결과일 수도 있다고 믿어요.

김화영　그러면 '누보로망'과 직접적인 관련을 맺고 있지는 않으면서도 오늘날 프랑스에서 괄목할 만한 활동을 하고 있는 작가는 어떤 사람들이 있으며 그들은 '누보로망'과 어떤 거리에 서 있다고 할 수 있나요?

레몽 장　여기서 반드시 지적해두고 싶은 것은 '누보로망'은 그 이후에 나타난 대다수의 프랑스 작가들에게 일종의 조건을 제공했다는 사실입니다. 즉 그후에 등장한 작가들이 이제는 마치 '누보로망'이 없었던 것처럼 글을 쓸 수는 없게 되었다는 점입니다. 그들은 '누보로망'에 대하여 일부러 거리를 유지하려고 노력하는 경우도 있고 혹은 반대로 그것과 가까워지려고 노력하거나 다소간의 영향을 받은 경우도 있습니다. 하여간 지금은 바로 그 새로운 작가들, 그야말로 '누보로망'의 동시대 작가들이 두각을 나타내는 시기입니다. 그중 한 사람이 조르주 페렉Georges Perec입니다. 불행히도 몇 년 전에 죽었지요. 그의 탐구적인 작품들은 흔히 일상생활의 자질구레한 일과 사물들의 기억을 바탕으로 한 여러 가지 형태적 조작을 드러내 보이는데 여러 가지 면에서 '누보로망'의 경향과 관련이 있는 작품들입니다. 그리고 오늘날 프랑스 문단에서 지극히 중요한 지위를 차지하고 있는 미셸 투르니에Michel Tournier 같은 작가는 물론 매우 독창적이고 독자적인 세계를 창조하고 있어요. 그러나 그 역시 자기 시대의 어떤 흐름에 대하여 결코 무심하지는 않았다고 여겨집니다. 특히 나는 서울로 오는 비행기 안에서, 바로 2주일 전쯤에 나온 그의 작품 『짧은 글 긴 여운petites proses』을 읽었는데, 그 책은 자기집이나 정원 따위의 일상적이고 구체적인 현실, 물건 등에 대한 매우 공을 들인 문체의 그들을 모은 것입니다. 그 책이 다루는 대상의 구체성, 문투 등은 여러 면에서 '누보로망'을 연상케 하는 것이었지요.

그리고 오늘날 프랑스 문단에서 매우 중요한 작가인 르 클레지오가 있죠. 그는 오랫동안 프랑스 문학의 떠오르는 젊은 별이었어요.

그의 많은 소설들은 가장 최근의 『황금을 찾는 사람le chercheur d'or』 (어느 면에서는 전통적 여행 소설의 일면도 없지 않지만)에 이르기까지, 세계를 바라보는 방식, 디테일에 대한 관심, 문체의 여건에 대한 신중하고 깊은 반성 등으로 볼 때 자신의 글쓰기 작업에 대한 강한 자의식을 드러내 보이고 어느 면에서는 '누보로망'적 탐구와의 관계를 가늠해볼 수 있게 해줍니다. 그리고 끝으로 현대 프랑스 문단의 저 어마어마한 여성작가 마르그리트 뒤라스Marguerite Duras를 빼놓을 수 없겠지요. 그는 특히 2년 전 『연인l'Amant』으로 공쿠르상을 받은 이후 일반 독자들에게까지 널리 알려지게 되었어요. 뒤라스는 최근에 『푸른 눈 검은 머리les yeux bleus les cheveux noirs』라는 놀라운 제목의 소설을 발표했지요. 아마 뒤라스쯤 돼야 이처럼 단순하면서도 용감한 제목을 붙일 수 있을 겁니다. 오늘날에는 이처럼 널리 알려져 있지만 뒤라스 역시 『모데라토 칸타빌레moderato cantabile』 이후 줄곧 미시적이고 좁은, 그리고 어려운 스타일의 실험이라는 길을 밟아왔습니다. 그렇던 뒤라스도 오늘날에는 백색의 문체가 아니라 '이야기' '스토리' 쪽으로 되돌아오고 있는 듯한 인상을 줍니다. 이상으로 불과 네 사람만의 예를 들었습니다만, 오늘날 프랑스의 주목할 만한 현대 작가들은 어떤 방식으로건 '누보로망'과의 관계를 드러내 보이고 있습니다. 그 관계가 직접적이건, 간접적이건, 영향이건, 대화건, 하여간 관계는 존재해요. 끝으로 하나만 예를 들겠어요. 널리 알려지지는 않았으나 몇 년 전에 '르노도상'을 받은 다니엘 살나브Danièle Sallenave라

는 작가가 있어요. 이 특이한 작가는 이제 막 『유령 같은 삶la vie fant
ôme』이라는 묘한 작품을 발표했습니다. 한 여자와 두 남자 사이의 관
계라는, 세상에 흔하디 흔한 간통 이야기가 주제라면 주제지요. 그
러나 이런 진부한 주제를 가지고 작가는 매우 힘있고 아름다운 소
설을 만들어내는 데 성공하여 폭넓은 독자층에서 크게 화제가 되고
있습니다. 그것은 바로 어떤 추상적이고 이념적인 주장이 아니라 디
테일의 섬세한 천착과 묘사, 어휘에 대한 빈틈없는 반성, 정확한 시
선을 통해서 아름다운 작품을 만들어냈기 때문입니다. 이 점이 중요
해요.

김화영 그러나 이런 사람들은 모두가 탁월한 개인들입니다. 그렇
다면 '누보로망' 이후에 그것을 계승하는, 혹은 그것의 반작용으로
나타나는 어떤 주의, 어떤 유파가 있다고 보십니까?

레몽 장 오늘 오후에 만난 어떤 기자도 그 점을 묻더군요. 꼭 무
슨 '주의' 같은 것을 지적해달라는 거예요. 그런데 수미일관한 어떤
'주의' '유파' 같은 것은 지금은 없다고 말하는 것이 옳아요. 사람들
은 한 시대나 조류를 파악하기 위해서 어떤 주의나 유파를 원하지
만 오늘날 프랑스에는 그런 것이 없어요. '누보로망'이야말로 마지막
유파였지요. 이제는 지적, 문화적 환경이 변했어요. 마지막으로 주의
가 하나 있긴 있었지요. '구조주의' 말입니다. 그러나 그것은 소설 쪽
보다는 인문과학 쪽으로 여러 가지 이론들의 풍요를 가져왔지요. 또
한 구조주의는 한 시대의 지적 경향을 도식화, 단순화하는 데 기여

했다고 할 수 있어요. 그러나 오늘날의 작가나 대중은 이미 그러한 이론적 탐구에 대해서는 별로 관심이 없어져버렸습니다.

김화영 이념, 주의, 유파, 운동은 없다 하더라도 지적, 사회적 분위기에 주도적인 힘을 행사하는 세력이나 분위기는 있을 것 아닙니까?

레몽 장 그래요. 오늘날 프랑스 문화계, 특히 문학을 지배하는 경향은 단연코 '미디어의 권력'이지요. 텔레비전, 영화, 라디오 등. 그리고 문학에 관한 한 일종의 '출판 조작manipulation éditoriale'이라고 할 수 있는 특이한 추세가 지배적이라고 하지 않을 수 없어요. 이것은 곧바로 문자 시장과 직결된 현상입니다. 이런 것은 물론 오늘날 세계 전체에 공통된 현상이라고도 할 수 있지만 프랑스에 특유한 면이 없지 않아요. 이 점에 관해서는 레지스 드브레Régis Debray의 저서 『프랑스의 지적 권력le pouvoir intellectuel en Franc』이 매우 시사적이지요. 그에 따르면 전에는 프랑스의 지적인 권력은 우선 작가들의 손안에 있었다고 할 수 있습니다. 2차 대전 이후 세계적 영향력을 행사했던 카뮈, 사르트르, 시몬 드 보부아르의 경우를 생각해보면 그 말의 뜻은 곧 이해가 됩니다. 작가가 아니라면 지적 권력은 대학생들의 것이었다고 할 수 있습니다. 예를 들어서 20세기 초엽 프랑스 강단 비평을 좌지우지했던 귀스타브 랑송Gustave Lanson은 바로 그 대표적인 예입니다. 그리고 또 지적 권력은 영향력 있는 잡지들에 의하여 행사되었다고도 볼 수 있지요. 저 유명한 『엔에르에프』라든가 『크리티크』『텔

켈』 같은 잡지의 영향은 막강한 것이었지요. 그런데 오늘날에 와서 지적 권력은 작가도 대학생도 잡지도 아닌 미디어의 손아귀로 들어가고 말았어요. 레지스 드브레의 이러한 분석은 아주 정확하다고 느껴져요. 그러면서 한편으로는 좀 불안한 현상이죠. 하여간 미디어의 힘은 생각보다는 훨씬 커요. 그래서 '누보로망' 이후에 프랑스의 주된 흐름이 무엇이냐는 질문을 받으면 나는 이렇게 대답하고 싶어요. 물론 훌륭한 개인들이 존재한다. 독자적인 지적, 문학적 활동도 있다. 그러나 그 모든 활동은 미디어의 강력한 지배를 받고 있다. 그리고 그 영향, 그 지배에 따르는 결과가 나타나게 된다고 대답하고 싶어요.

김화영 그런 현상에서 유래하는 결과란 가령 어떤 것일까요?

레몽 장 그 전형적인 결과 중 하나를 나는 오늘날의 프랑스 시의 현황에서 찾아볼 수 있다고 생각해요. 20세기 전반기까지만 해도 세계에서 가장 위대한 시문학 중의 하나를 선보일 수 있었던 프랑스에서 오늘날 시는 매우 주변적인 것이 되고 말았지요. 출판업자들은 시를 외면하고 있어요. 시장성이 없다는 거예요.

김화영 하긴 프낙 같은 대형 서점에서 시집이 꽂힌 칸의 공간은 한심할 정도로 축소되었더군요. 대시인 앙리 미쇼Henri Michaux가 죽었을 때 갈리마르 사가 그의 시집의 신판을 찍어냈는데 도무지 팔리지 않는 걸 보았어요.

레몽 장 출판업자는 시집을 내는 것을 거의 다 포기했어요. 반면 소설은 시장성이 있다는 거예요. 그러나 이건 편견이지요. 다른 나라에서는 시가 많이 읽히는 경우가 없지 않으니까요. 한국은 바로 그 좋은 증거일 겁니다. 그리고 프랑스에서도 과거에는, 가령 레지스탕스 시대에는 시가 많이 읽혔어요. 아라공Louis Aragon, 프레베르Jacques Prevert를 한번 생각해봐요. 오늘날 프랑스 시단에는 이를테면 '상속 부재 현상'이라고 불러도 좋을 만한 현상을 볼 수 있어요. 무슨 말이냐 하면, 사람들에게 오늘날 프랑스에서 가장 중요한 시인이 누구냐, 심지어 가장 혁신적인 바람을 몰고 온 시인이 누구냐고 물어보면 대개의 경우 팔십대 시인들의 이름을 들어 보이는 거예요. 프랑시스 퐁주Francis Ponge의 경우가 그래요. 그는 연로한 시인이면서 많은 사람들의 눈에 프랑스 시의 혁명을 가져온 예술가로 보이고 있지요. 정말로 귀중한 시인인 기유빅Guillevic의 경우도 마찬가지지요. 그 역시 팔십대 시인입니다. 또 프랑스 현대 시의 모뉴먼트라고도 할 수 있는 르네 샤르René Char 또한 같은 세대입니다. 이따금씩 학생들 앞에서 오늘날 프랑스의 대표적인 시인들로서 지금 말한 퐁주, 기유빅, 샤르 같은 시인을 꼽게 되는 경우가 있는데 학생들은 그 시인들의 나이를 생각해보고는 이상하다는 거예요. 그런 시인들이 과연 '오늘날'의 시인이냐는 거예요. 그리고 보면 지난 세대의 시적 유산에 대한 승계가 제대로 이루어지고 있지 않다는 느낌을 받아요. 물론 그에 뒤이어 지평선에서 떠오르고 있는 시인들이 없는 것은 아녀요. 가령 베르나르 노엘Bernard Noël, 자크 루보Jacques Roubaud, 드니

로슈Denis Roche 같은 시인들은 매우 중요하지요. 그들은 그러나 제한된 독자, 특히 전문가들 사이에 알려진 시인들이므로 전세대의 대가들하고는 전혀 달라요. 그리고 그 밑에 사십대, 삼십대의 시인들 쪽으로 눈을 돌려본다면, 물론 많은 시인들이 있지만 그들은 그저 수많은 먼지들, 수많은 파편들 같아 보입니다. 출판사도 독자들도 별로 신경을 쓰지 않는 상태이고 보면 이런 세대의 시인들에 와서 시는 일종의 주변적인 현상으로 밀려나고 있다는 느낌을 받아요. 이렇게 되니 시인들은 시인들대로 아주 기묘한 전위적 지위를 갖게 되면서 심각한 위기와 만나게 된다 싶어요.

김화영 선생님이 '출판업자들의 조작' 혹은 '미디어의 권력'이라고 이름 붙인 현상과 관련하여, 시단詩壇 말고 일반의 문제를 좀 말씀해 주실까요? 어쩐지 요즘 프랑스 지성인들은 상당히 잠잠한 것 같은 인상을 주는데요, 사르트르, 바르트, 푸코, 라캉 등 대스타들이 사망해버리고 나니 그쪽도 상속이 제대로 안 되는 것 아닌가요?

레몽 장 미디어의 권력에서 온 결과랄지 아니면 그 동기들 중 하나랄지, 하여간 오늘날 프랑스에서는 기이하게도 문학의 '탈정치화' 현상 같은 것을 목격할 수가 있어요. 흔히 들리는 말처럼 '이데올로기의 종언'이라고 할 수 있을까요? 이건 오늘날의 프랑스에서 매우 놀랍고 새로운 현상이에요. 또 동시에 대단히 역설적인 현상이지요. 사실 근래에 벌써 여러 해 동안 프랑스에서는 사회당 정권이, 아니 적어도 사회주의를 겉으로는 표방하는 정권이 들어서 있지요. 좌파 정권이 들어서 있는 그 기간 동안에 바로 지식인들, 적어도 '참여적' 지식인들이 가장 깊은 침묵 속에 잠겨 있는 거예요. 이상한 일이지요. 하여간 이런 현상 또한 내가 보기에는 다소 수상쩍은 '미디어의 권력'과 무관하지 않은 것 같아요. 미디어가 권력을 행사하면 사람들은 사실 지식인들 쪽보다는 정치 생활, 그 밖의 연예계 생활이 분비하는 스타들 쪽에 훨씬 더 많은 관심을 기울이게 되지요. 가령 영화 및 상송계에서 엄청난 인기를 모으고 있는 유명한 인물 이브 몽탕 같은 사람은 어떤 사상운동의 대변인 역할을 하고 있어요. 내가 말하고자 하는 것은 결코 이브 몽탕 같은 사람에 대한 비판이나 아이러니는 아닙니다. 다만 그의 경우는 바로 미디어의 권력에 의하여 문자 그대로의 지식인들 편은 다소 소외되는 현상을 보이는 반면 다른 계층이 그 배턴을 이어받아 이데올로기적, 정치적 메시지를 전달하는 현상의 한 좋은 예를 보여준다, 이런 말입니다. 이제 미디어는 정치적 메시지의 전달역으로 새로운 스타들을 생산해내게 된 것입니다. 그와 동시에 지식인들 쪽에서는 유난히도 유보적인 태도, 신중한 태도, 침묵 등을 만나게 되는 겁니다. 그렇다고 매우 복합적인 이런 현상을 간단히 설명해버릴 생각은 없습니다. 그렇지만 역시 기이한 현상은 현상이지요. 또 어떤 면에서 보면, 프랑스 지식인들은 본래부터 야당 쪽 입장, 반대편 입장, 비판적 입장에 서 있어야 어울리고 맘이 편해지는 것인지도 모르지요. 이건 또 볼테르, 에밀 졸라, 사르트르로 이어지는 프랑스 지성의 해묵은 전통의 맥락에서 충분히 이해가 되는 것이기도 합니다. 한편 사회당이 집권하여 무엇보다도 문화 활동에 깊은 관심을 기울이고 지식인의 활동을 도와주려고 하면 할수록 지식인들 쪽에서는 자신의 확고한 위치를 정하고 스스로를 규정하는 데 어려움을 느끼지 않을 수 없게 되는 것 같습니다. 바로 여기서 그들은 유보적인 침묵을 지키게 되고 또 '누보로망' 이후의 문학은 사회적, 정치적 참여 쪽보다는 글쓰는 행위 그 자체, 문학의 형태 쪽에 더 많은 관심을 기울이게 되는 것 아닌가 싶어요.

김화영 오늘날의 프랑스 문학의 분위기가 상당히 구체적으로 느껴지는 듯합니다. 그러면 이번에는, 귀중한 시간을 내어서 우리나라를 방문한 이 기회를 이용해서 교수, 비평가로서보다는 작가 레몽 장 씨에게 몇 가지 질문을 해보고 싶습니다. 아니, 우선 동시에 교수, 비평가, 작가일 경우 선생님에게는 어느 쪽이 제일 중요한가요?

레몽 장 사실 나의 입장은 좀 특이해요. 나와 문학의 관계라는 면에서 보면 나는 작가로서 문학의 '안'에 있으면서도 동시에 교수, 비평가로서 '밖'에도 있는 거지요. 그런데 나이가 들수록 내겐 작가 생활이 점점 더 귀중하게 느껴져요. 한번은 어떤 여학생이 내가 쓴 소설들에 관하여 아주 정성스레 논문을 써가지고 와서 나보고 읽어봐달라고 하더군요. 그런데 나는 그 글이 별로 읽고 싶지가 않았어요. 다른 작가에 대한 평문을 읽는 것은 아주 재미있어요. 그러나 자신이 쓴 작품에 대한 글은 그게 너무 이론적이고 과학적이 되어 텍스트 분석, 기호론적 분석을 해대는 경우, 내 작품 속에 깃들어 있는 문장의 맛이나 창조의 신비 같은 것이 싹 가셔버리는 느낌을 받기 때문이에요. 나는 오히려 내 작품 속에 드리워진 어슴푸레한 구석, 완전히 노출되지 않은 면을 그냥 간직하고 싶거든요. 물론 남들이 하는 일도 존중은 해야죠. 교수나 비평가가 하는 일은 바로 작품에 빛을 던지는 일이니까요. 이런 각도에서 나는 늘 위대한 시인 르네 샤르의 말을 상기하곤 합니다. 그는 비평가들을 향해서 이렇게 말했지요. "당신의 일에 충실하시오. 그러나 우리가 어둠 속에 이루어놓은 작업을 당신은 환한 불빛 속에서 하고 있다는 사실을 알고 있어야 합니다." 그렇다고 내가 무슨 문학 창조의 신비주의적 신화를 주장하려는 것은 아닙니다. 잠시 전에 나는 작가와 이론가를 겸하는 '누보로망'의 선구자들에 대해서 이야기한 바도 있습니다. 그러나 역시 교수, 비평가인 동시에 작가인 나는 이를테면 어둠 속에서 더듬거리며 하는 창조 행위의 몫을 강조해두고 싶은 특이한 혹은 모순된 입장에 놓여 있습니다.

김화영 작가로서 선생님이 거쳐온 과정을 간략하게 설명해주시겠습니까?

레몽 장 처음 글을 쓰기 시작할 무렵에 나는 '누보로망' 쪽의 작업에 아주 민감했었지요. 그들의 탐색이 내겐 대단한 흥미의 대상이었어요. 그리하여 '누보로망' 쪽의 여러 친구들을 사귀게도 되었습니다. 미셸 뷔토르, 클로드 올리에 같은 사람들은 아주 가까운 친구들이지요. 데뷔작은 『강연la conférence』이라는 제목의 소설로 오늘처럼 강연을 하는 어떤 사람을 중심으로 조리해본 글이었어요. 그리고 그다음으로 '누보로망'의 형태적 실험의 흔적이 유난히 눈에 띄는 『두 가지의 봄les deux printemps』을 시도해보았어요. 주제는 물론 소련의 탱크에 의하여 점령당한 체코슬로바키아의 심각한 정치적 상황을 중심으로 한 것이지만 거기서 주된 관심은 역시 어떤 형태적 실험, 일종의 몽타주 수법, 실험적 문체 같은 것이었지요.

김화영 문헌, 벽보, 다른 사람의 글, 시, 연설문, 기타 정치적 유인물 등 이른바 삶의 담화의 조각조각들이 허구의 글과 병치되기도 하고 허구 속으로 넘쳐들어오기도 하는 그 수법이 흥미로웠어요. 돌연 단어가 빠져버리고 여백이 생기기도 하고 어휘가 연상시키는 소리의 변주로 인하여 파생되는 다른 어휘들의 번식 현상 등은 '누보로망'의 전형적 탐색 그것이더군요. 그러나 실험 소설로서의 지적 흥미 외에는 반드시 '재미있는' 소설이라고 하긴 어렵더군요.

레몽 장 그래요. 벌써 옛날 일이 되었어요. 하여간 그런 실험을 부분적으로 해보면서도 나는 어쩐지 '누보로망' 쪽에 에누리 없이 참가하기가 어려웠어요. 뭔가 맘에 걸리는 게 있었던 거예요. 그건 다름이 아니라, 그 같은 실험, 그 같은 연습이 지니는 '부질없음' 혹은 '무상성無償性' 같은 것 때문이었어요. 왜 그랬을까요? 나는 학생 시절을 보낼 때 실존주의의 깊은 영향을 받았어요. 사르트르, 카뮈, 시몬 드 보부아르의 영향이 컸지요. 당시의 작가란 단순한 예술가, 즉 형태의 창조자만이 아니라 스스로 지성인, 지식인임을 자처했지요.

따라서 나에게는 '지식인으로서의 작가'라는 개념은 매우 중요했어요. 지금도 그렇고요. 그 개념의 등장은 아시다시피 프랑스의 경우 드레퓌스 사건 시대까지 소급해 올라가지요. 그것은 곧 자기 시대의 사회적, 정치적, 윤리적 문제에 대하여 작가가 역사적인 책임을 지닌다는 것을 의미하지요. 그때는 바로 사르트르가 '참여engagement'라는 개념을 세상에 내놓은 시기였습니다. 사르트르는 1945년 이후 『르 탕 모데른』지 창간에서부터 그 중요한 개념을 정열적으로 발전시켰어요. 그 생각은 당시의 젊은 세대에게 깊은 영향을 끼쳤어요. 그 무렵 전쟁과 레지스탕스를 경험하고 난 프랑스의 젊은 지식인들은 마르크스주의, 공산주의의 영향 아래서 사회적 변화와 개혁에 대한 강한 희망을 품고 있었으며 동시에 어떤 종류의 사회에 대한 거부감 또한 강하게 느꼈지요. 그래서 나는 '누보로망'에 대하여 대단한 매력은 느끼면서도 그와 동시에 그런 문학이 너무나 지나치게 형식 미학에 집착한다는 느낌을 지우기 어려웠고 그리하여 그런 종류의 문학은 지식인으로서의 작가가 마땅히 떠 짊어져야 할 책임을 지지 않고 있다는 생각을 하게 됐어요. 그 점이 내 마음에 걸렸고 문젯거리로 제기되었어요. 그렇게 제기되는 문제에 대처하는 한 방법으로 시도해본 것이 짤막한 몇 편의 소설들이었어요. 우선 나는 '누보로망'에서 그것 특유의 매우 묘사적인 문체를 빌려다 쓰면서도, 어떤 정치적 주장이라고까지는 할 수 없으나 적어도 우리가 살고 있는 사회의 구체적 현실에 던져지는 시선을 표현하는 데 그 같은 묘사적 문체가 봉사할 수 있도록 노력했습니다. 나는 그러한 생각을 두 가지 작품에서 실현해보려고 노력했어요. 그중 하나가 『12번 선』이라는 작품으로 발표 당시에 어느 정도 성공을 거두었지요. 프랑스에 와서 사는 어떤 아랍 이민 노동자의 일상생활이라는 매우 단순한 주제를 다룬 작품이었어요. 오늘날 프랑스의 문명, 문화를 이해하는 데 있어서 알제리, 튀니지, 모로코 등지에서 이민 와서 노동하며 사는 사람들의 생활과 문화는 매우 중요한 테마 중의 하나입니다. 그러나 내가 그 작품을 발표한 1973년 당시에는 비교적 새로운 것이었다고 할 수 있어요. 나는 아랍 이민 노동자의 하루 생활을 그야말로, 로브그리예의 표현대로 거의 '광학적'인 시선을 통해서('누보로망'을 어떤 사람들은 '시선의 에콜'이라고 불렀지요) 정밀하게 묘사해보려고 애썼어요. 그 노동자의 삶을 비극적으로 비장하게 그려 보이는 태도를 지양하려 한 것이지요. 그들의 비참한 삶에 대한 고발이라면 소설을 쓸 것이 아니라 직접적인 산문을 쓰는 것이 더 낫겠지요. 소설의 힘은 바로 그러한 주제에다가 진정한 사실 증명과 관찰과 광학적 묘사의 가치를 부여하는 데 있습니다. 그래서 나는 '누보로망'과 관계가 그다지 없지도 않은 제목의 『12번 선』을 쓴 것입니다. 여기서 '12번 선'이란 바로 그 노동자가 인종차별적인 시선을 느끼면서 타고 다니는 버스 노선입니다. 또 그 비슷한 시기에 나는 『자상한 여자la femme attentive』라는 소설을 썼어요. 여성의 사회적 조건에 관한 주제를 다룬 작품이었지요. 그 무렵에는 여성 문제, 여성해방 등이 사람들의 중요한 관심사였지요. 나는 어느 날 신문에서 짤막한 기사 하나를 읽고 깊은 인상을 받게 되어 그것을 소설 속에서 다루어본 겁니다. 어떤 여자가 슈퍼마켓에서 보잘것없는 물건 하나를 훔친 죄로 잡혀가서 구속됨으로 인해 그 여자의 삶이 온통 뒤죽박죽 되어버리는 이야기지요. 그러나 그것을 다루는 방식은 이번에도 순전히 묘사적이었어요. 따라서 이런 류의 소설을 쓴 시기는, 이를테면 글쓰는 방식과 태도에 있어서 다분히 '누보로망'의 그것과 궤도를 같이하면서도, 다른 한편으로 그것이 다루는 주제는 '참여적 주제'까지는 안 된다 하더라도 하여간 우리가 살고 있는 구체적이고 현실적인 사회의 한 모습, 끊임없는 내 관심의 표적이 되고 있는 사회의 한 모습이라는 점에서 그 특징을 찾아볼 수 있는 시기였어요.

김화영 그런 의미에서는 전 세계의 이목이 집중되었던 체코 사건과 파리의 1968년 5월 학생혁명이라는 매우 중요한 정치적 국면을 다루면서도 '누보로망' 특유의 몽타주 기법을 활용한 『두 가지의 봄』도 이미 동일선상에 놓일 수 있는 작품이라 할 수 있겠군요. 그러면 한편으로 매우 현실적, 사회적인 주제를, 다른 한편으로는 극도로 객관적, 묘사적인 문체를 사용하는 종합적 '해결책'이 지금까지 계속 선생님의 창작 방식이 되어오고 있나요?

레몽 장 반드시 그렇지는 않아요. 그후에는 '역사소설'이라고 부를 수 있는 장르를 시도해보았지요. 이건 좀 역설적으로 느껴질지도 모르겠지만 아마 오늘날 프랑스에서 지배적인 분위기는 '이야기나 역사에 대한 '취향'과 무관하지 않을 겁니다. 소위 '신역사파'의 주역으로 알려져 있는 자크 르 고프Jacques Le Goff, 조르주 뒤비Georges Duby 같은 역사가들과의 개인적인 친분 관계 및 관심도 그런 맥락에서 이해할 수 있겠지요. 하여간 나는 내가 살고 있는 엑상프로방스에서 17세기 초엽에 실제로 있었던 역사적 사실을 다루어보게 되었어요. 이건 바로 타종교나 다른 신념에 대한 편협하고 비관용적인 태도, 일종의 이설異說 배척적인 케이스에 관한 주제지요. 옛날 엑스에 루이 고프라는 사제가 있었는데 그는 악마와 계약을 맺은 신들린 사람이라는 소문이 나서 교회 당국으로부터 참혹하게 처형당하고 말았어요. 불에 태워 죽였지요. 실제 그 사제는 그저 비순응주의적인 정신의 소유자였어요. 나는 오늘날에도 여전히 계속되고 있는, 가히 종교적이라 할 정도의 이설 배척적인 풍토를 옛날의 역사적 사실을 통해서 조명해보고 싶었던 거예요. 작품 이름은 『어두운 샘La fontaine obscure』이었어요. 오랜 옛날에 있었던 사건을 오늘의 시각으로, 즉 오늘의 정치적, 정신분석학적인 시선으로 재해석해보려는 것이 내 뜻이었어요. 그 책은 서점에서, 내가 쓴 책들 중에서도, 가장 인기 있었던 책이었어요. 나는 역사적 사실을 가지고 역사적 허구를 통해서 많은 대중들에게 증언할 수 있었던 것을 기쁘게 여기고 있었어요. 이 무자비하고 편협한 탄압과 희생의 이야기가 세상에 발표되자 그 반응 또한 재미있었지요. 그 책을 읽고 우파 쪽에서는 그건 바로 스탈린주의에 대한 고발이 아니겠느냐고 하더군요. 그래서 나는 아니다, 그건 파시즘에 대한 고발이다, 라고 대답해줬지요. 또 좌파 쪽에서는 그건 바로 스탈린주의에 대한 고발이다, 라고 대답했어요. 이처럼 각자는 이 소설에서 자기에게 편한 국면만을 읽더군요. 하여 간 이런 것은 모두 오늘날까지도 이설 배척의 옹졸한 태도가 계속되고 있다는 증거라고 할 수 있겠지요.

김화영 선생님은 역사소설만이 아니라 최근에 와서는 다른 여러 가지 장르에 손을 댄 것으로 알고 있는데요. 프랑스의 문학 풍토가 달라진 것도 있겠지만 선생님은 점차 교수, 이론가, 평론가로서 어떤 주장이나 미학, 혹은 이데올로기에 충실하려는 좀 인위적인 쪽보다는 그저 자신에게 재미있다고 여겨지는 것이면 무엇이나 자연스럽게 손대는 쪽으로 차츰 변한 것이 아닐는지요. 이런 것, 나이하고 좀 관계가 있는 것 아니겠어요?

레몽 장 맞아요. 소설을 쓸 때 나는 평론가나 교수로서의 나와 가급적 관계가 없으려고 애를 써요. 내게 즐거운 글, 내게 재미있는 글만 쓰려고 노력하지요. 그래서 쓴 것이 단편소설이지요. 그런데 출판사에서는 이 장르를 기피해요. 상을 받게 되어서 출판사한테는 다행지만요. 또 나는 비평을 할 때도 소설 쪽보다는 시 쪽에 더 관심이 있어요. 난 사실 남의 소설은 잘 안 읽어요. 특히 비평가적인 입장에서는. 그래서 친구들도 기유빅, 토르텔, 드니 로슈 같은 시인들이 더 많아요. 그리고 최근에는 『세잔, 그 생애와 공간Cézanne, la vie l'espace』이라는 전기적인 책을 한 권 냈지요. 나는 그가 일생을 두고 성장하고 살고 그림을 그렸던 바로 그 엑스 시에 살고 있어요. 세잔은 우선 미술사에서 위대한 이정표가 되는 창조자였기 때문에 흥미를 느꼈지요. 그러면서 다른 한편 나는 이미 낡아버린 장르인 '전기'를 좀 혁신시켜보고 싶은 생각도 들었어요. 그것은 전기인 동시에 픽션이에요. 그 책이 나온 총서 이름도 '픽션 그리고 기타fiction et cie'라는 것이에요. 세잔의 그림을 글로 '묘사'해보는 작업도 흥미로웠지요. 그 속에서 나는 세잔이 그린 에밀 졸라 부인 초상화 한 폭을 매우 정밀하게 묘사했어요. 그런데 실제로는 존재하지 않는 그림이죠. 왜냐하면 세잔은 그 그림이 맘에 들지 않아서 갈기갈기 찢어버렸거든요. 그리고 나는 세잔이 모델로 삼았던 엑스의 여러 가지 풍경들, 생트 빅투아르 산을 비롯한 여러 가지 장소, 집 등의 현실과 그의 그림들을 하나하나 비교도 해보았어요. '글쓰기'를 통해서 나는 세잔의 세계를 재구성해보려고 노력했어요. 이런 의미에서 나는 전기라는 장르 속에서도 다시 한번 '누보로망'의 기법과 만난 것이지요. 그러나 내가 전기도 일종의 허구라고 말할 때 마음대로 인간의 삶을 지어냈다는 의미는 아닙니다. 문학 행위로써 글쓰기, 묘사 등은 이미 허구적인 글과 맥을 같이한다는 뜻에서 한 말일 뿐입니다.

김화영 그 밖에 선생님이 앞에서 강조하신 '미디어의 권력'과 관련하여 혹시 영화 시나리오나 텔레비전 영화 시나리오 같은 것을 써보지 않았습니까? 사실 '누보로망'은 영화적인 수법과 깊은 관련이 있다고 하는데…… 로브그리예 같은 작가는 널리 알려진 영화감독

이 아닙니까? 마르그리트 뒤라스도 그렇구요……

레몽 장 내 작품으로 『12번 선』이 영화화된 적이 있습니다만 그보다 나는 최근에 아주 흥미로운 경험을 한 가지 했지요. 이번 여름에 텔레비전 영화를 만들기 위해 시나리오 한 편을 썼어요. 영화를 찍어서 방영했을 때 아주 반응이 좋았거든요.

김화영 어떤 내용이었나요?

레몽 장 그 이야기는 신문에서 읽은 기사에서 힌트를 얻은 것이었어요. 미국에서 실제로 있었던 일이지요. 내 이야기는 이래요. 어떤 젊은이가 서점에 들어가서 신간 소설 한 권을 슬쩍 훔쳤어요. 『청靑과 흑黑』이라는 제목의 소설이었지요. 그런데 그 젊은이는 그냥 책만 훔친 게 아니라 뻔뻔스럽게도 서점을 나오면서 주인에게 『청과 흑』이라는 소설이 있느냐고 물었어요. 그랬더니 놀랍게도 주인은 그런 소설은 없다고 대답하는 거예요. 젊은이가 훔쳐서 지금 손에 지니고 있는데도 말예요. 그후 청년은 타이피스트로 일하는 여자친구에게 그 소설 한 권을 몽땅 다 깨끗한 백지에 타자로 옮겨 쳐달라고 부탁해요. 여자친구는 너 미쳤느냐, 요즘처럼 복사기가 발달된 세상에 책 한 권을 전부 다 타자로 옮겨 치다니…… 하며 거절했지만 청년은 마침내 여자를 설득하는 데 성공했죠. 여자는 고생스럽게 책 한 권을 다 옮겨 쳤고 젊은이는 그 원고에 자신의 이름을 써넣어가지고 그 책이 나온 출판사로 투고를 했어요. 그랬더니 얼마 후 출판사에서 답장이 왔어요. 당신의 원고를 주의깊게 읽었다. 재능이 엿보이는 것은 사실이나 아직 글이 미숙한 데가 많고 전체적으로 짜임새가 부족하므로 출판은 불가능하다고 판단을 내렸다는 회답이었어요. 젊은이는 그 원고와 회답을 가지고 원작자를 찾아갔어요. 나는 평소에 당신의 작품을 즐겨 읽고 당신을 존경하는 팬이다. 그런데 그만 내가 공연한 장난을 해가지고 당신에게 누를 끼치게 되었으므로 사과하러 왔다, 라고 말하면서 그 원고와 회답을 작가에게 보여주었어요. 그러자 작가는 노발대발했어요. 그러나 차츰차츰 작가는 젊은이에 대하여 인간적으로 호감을 느끼게 되고 두 사람은 친한 사이가 되었어요. 드디어 두 사람은 문제의 소설을 서로 상의하고 토론하면서 다시 쓰게 되었지요. 서로 세대가 다르므로 소설은 특히 젊은 사람의 새로운 시각에 의하여 여러 군데가 수정되어 완성되었고 이번에는 『청과 흑』이 아니라 『흑청黑靑』이라는 제목으로 변했지요. 두 사람 중 어느 한쪽의 작품이라고 규정하기 어려운 이 개작 소설은 출판되어 크게 호평을 받았다는 게 이야기예요.

김화영 그야말로 선생님이 앞에서 말씀하신 '출판 조작'의 사회적, 문화적 현상을 직접 소재로 삼은 풍자적 이야기로군요. 정말로 이런 일이 일어날 수 있을까요?

레몽 장 하여간 내 시나리오 속에서는 일어났지요. 미국에서는 스탕달의 작품을 그대로 옮겨 써서 투고했다가 딱지 맞은 사건이 일어났었다니까요. 그러나 출판 조작이라는 문제를 완전히 부정적인 시각에서만 볼 것은 아닐지도 몰라요. 그 같은 변화가 새로운 분위기를 만들어내고 있으니까요.

김화영 여러 가지로 오랜 시간 이야기해주셔서 감사합니다. 우리 나라 사람들은 흔히 외국인을 만나면 '우리나라 인상이 어떠냐'고 묻 기를 좋아합니다. 공항에 막 도착한 사람에게도 물으니까요. 어디 나 도 그런 멍청한 질문을 반복해볼까요?

레몽 장 여러 아는 얼굴들을 다시 만나게 된 나라니까 인상이 좋 지요. 나는 한국에 대한 얘기보다 프랑스에 대한 얘기로 결론을 맺 고 싶어요. 비교적 여러 나라를 여행하고 다니는 편인데 내 느낌은 이래요. 프랑스 사람들의 가장 큰 결점은 나르시시즘인 것 같아요. 프랑스에서 하는 일, 파리에서 일어나는 일들이 바로 이 지구 전체 의 문제나 되는 것으로 착각하는 경향이 프랑스 사람들에게는 없지 않아요. 물론 프랑스, 혹은 파리에서 일어나는 일들이 중요할 때가 많기는 많아요. 그러나 그 밖의 다른 지역에서도 그에 못지않게 중 요한 일이 일어나고 그에 못지않게 중요한 삶이 영위되고 있다는 것 을 알아둘 필요가 있어요. 우리 모두는 항상 밖을 향해 '열려 있어 야' 해요. 나는 한국에 와서도 다시 한번 많은 것을 발견하면서 작 가, 지성인의 진정한 역할은 '여러 가지 문화들 사이의 대화'를 증진 시키는 일임을 확인합니다. 그리고 또 남을 인정하는 일이 삶을 부 드럽게 만드는 일이지요. 자신이 동의하는 이데올로기 속에서 숨막 혀 있는 것보다는 자기가 동의하지 않는 이데올로기 속에서 숨통이 좀 트이는 역설도 삶의 일부분이지요. 나는 역시 숨통이 트이는 세상 편이에요.

김화영 그럼 심호흡을 한번 해볼까요?

(1998)

1974~2014
김화영의 번역수첩
ⓒ 김화영 2015

초판인쇄 2015년 11월 11일
초판발행 2015년 11월 22일

지은이 김화영
펴낸이 염현숙
책임편집 김민정
편집 강윤정
디자인 고은이 유현아
마케팅 정민호 나해진 이동엽
홍보 김희숙 김상만 한수진 이천희
제작 강신은 김동욱 임현식 | 제작처 영신사(인쇄) 경원문화사(제본)

펴낸곳 (주)문학동네
출판등록 1993년 10월 22일 제406-2003-000045호
주소 10881 경기도 파주시 회동길 210
전자우편 editor@munhak.com | 대표전화 031) 955-8888 | 팩스 031) 955-8855
문의전화 031) 955-3576(마케팅) 031) 955-8861(편집)
문학동네카페 http://cafe.naver.com/mhdn | 트위터 @munhakdongne

ISBN 978-89-546-3655-1 03810

www.munhak.com